OMNIB

E L James

CINQUANTA SFUMATURE DI ROSSO

Traduzione di Eloisa Banfi

MONDADORI

Questo libro è un'opera di fantasia. Personaggi e luoghi citati sono invenzioni dell'autrice e hanno lo scopo di conferire veridicità alla narrazione. Qualsiasi analogia con fatti, luoghi e persone, vive o scomparse, è assolutamente casuale.

www.librimondadori.it

ISBN 978-88-04-62325-0

Copyright © Fifty Shades Ltd, 2012
The author published an earlier serialized version of this story online with different characters as *Master of the Universe* under the pseudonym Snowqueen's Icedragon
© 2012 Arnoldo Mondadori Editore S.p.A., Milano
Titolo dell'opera originale
Fifty Shades Freed
I edizione luglio 2012
Anno 2012 - Ristampa 1 2 3 4 5 6 7

CINQUANTA SFUMATURE DI ROSSO

*Para mi Mamá con todo mi
amor y gratitud*

*E per il mio amato padre
Papà, mi manchi ogni giorno*

Ringraziamenti

Grazie a Niall, la mia roccia.

A Kathleen, per essere un'ottima ascoltatrice, un'amica, una confidente e un mago della tecnica.

A Bee, per l'infinito sostegno morale.

A Taylor (anche lui un mago della tecnica), Susi, Pam e Nora per aver mostrato a una ragazza come ci si diverte.

Vorrei ringraziare per i loro consigli e per il loro tatto:

la dottoressa Raina Sluder per l'aiuto con gli argomenti medici; Anne Forlines per i consigli in ambito finanziario; Elizabeth de Vos per la gentile consulenza sul sistema di adozione americano.

Grazie a Maddie Blandino per la sua arte squisita e fonte di ispirazione.

E a Pam e a Gillian per il caffè del sabato mattina e per avermi riportata con i piedi per terra.

Ringrazio anche la squadra dei redattori, Andrea, Shay e Janine, sempre adorabile e solo di rado contrariata, che tollera i miei malumori con pazienza, forza d'animo e grande senso dell'umorismo.

Grazie ad Amanda e a tutti quelli della Writer's Coffee Shop Publishing House, e infine un enorme grazie a tutte le persone della Vintage.

Prologo

Mamma! Mamma! La mamma è addormentata sul pavimento. È addormentata da molto tempo. Le scompiglio i capelli perché le piace. Non si sveglia. La scuoto. Mamma! Mi fa male la pancia. È la fame. Lui non è qui. Ho sete. In cucina trascino una sedia vicino al lavello e bevo. L'acqua mi schizza il maglione azzurro. La mamma è ancora addormentata. Mamma, svegliati! È immobile, fredda. Vado a prendere la mia copertina, copro la mamma e mi sdraio accanto a lei sul tappeto verde appiccicoso. La mamma è ancora addormentata. Ho due macchinine. Le faccio correre sul pavimento dove la mamma sta dormendo. Penso che stia male. Cerco qualcosa da mangiare. Trovo dei piselli nel freezer. Sono freddi. Li mangio piano. Mi fanno venire il mal di pancia. Dormo accanto alla mamma. I piselli sono finiti. Nel freezer c'è qualcosa. Ha un odore strano. Lo lecco e la lingua rimane attaccata. Lo addento piano. Ha un sapore cattivo. Bevo un po' d'acqua. Gioco con le macchinine e dormo vicino alla mamma. La mamma è così fredda, e non si sveglierà. La porta si spalanca di colpo. Copro la mamma con la mia copertina. Lui è qui. "Cazzo. Che cazzo è successo qui? Oh, maledetta troia. Merda. Cazzo. Stai fuori dai piedi, piccolo stronzo." Mi dà un calcio e io sbatto la testa sul pavimento. Mi fa male la testa. Lui chiama qualcuno e se ne va. Chiude la porta a chiave. Io sto sdraiato vicino alla mamma. Mi fa male la testa. La poliziotta è qui. No. No. No. Non toccarmi. Non toccarmi. Non toccarmi. Io sto con la mamma. No. Sta' lontana da me. La poliziotta ha preso la mia copertina e mi afferra. Grido. Mamma! Mamma! Voglio la mia mamma. Le parole sono finite. Non riesco a dire le parole. La mamma non può sentirmi. Non ho più parole.

«Christian! Christian!» L'urgenza nella voce di lei lo fa riemergere dall'abisso dell'incubo, dall'abisso della disperazione. «Sono qui! Sono qui!»

Si sveglia e lei è china sopra di lui, lo afferra per le spalle, lo scuote, il viso segnato dall'angoscia, gli occhi azzurri sbarrati e luccicanti di lacrime.

«Ana.» La sua voce è un sussurro ansante, il sapore della paura gli impasta la bocca. «Sei qui.»

«Certo che sono qui.»

«Ho fatto un sogno…»

«Lo so. Sono qui. Sono qui.»

«Ana» mormora il suo nome, un talismano contro il panico soffocante che lo attanaglia.

«Ssh, sono qui.» Lei si rannicchia contro di lui, avvolgendolo, il suo calore gli penetra nel corpo scacciando le ombre minacciose, scacciando la paura. Lei è la luce del sole, lei è la luce… lei è sua.

«Ti prego, non litighiamo.» Ha la voce roca mentre la circonda nel suo abbraccio.

«Okay.»

«La promessa. Niente obbedienza. Posso riuscirci. Troveremo un modo.» Le parole escono a precipizio in un tumulto di emozioni, confusione e ansia.

«Sì. Lo troveremo. Troveremo sempre un modo» mormora lei premendo la bocca sulla sua, facendolo tacere, riportandolo al presente.

1

Guardo tra le fessure dell'ombrellone di paglia il cielo più azzurro del mondo, azzurro estivo, azzurro mediterraneo, e sospiro felice.

Christian è accanto a me, abbandonato su una sdraio. Mio marito – il mio focoso, bellissimo marito, a torso nudo – legge un libro che predice il collasso del sistema bancario occidentale. A quanto pare, un successo strepitoso. Non l'ho mai visto stare seduto così immobile, mai. Ha più l'aria di uno studente che dell'amministratore delegato di una delle aziende più importanti degli Stati Uniti.

Al termine della nostra luna di miele ci crogioliamo sotto il sole sulla spiaggia del Le Méridien Beach Plaza, a Monte-Carlo, anche se per la verità non risiediamo in quell'albergo. Lancio un'occhiata al *Fair Lady* ancorato nella baia. Alloggiamo a bordo di un lussuoso yacht. Costruito nel 1928, beccheggia maestoso sull'acqua, re di tutti gli yacht che lo circondano. Sembra un giocattolo a molla per bambini. Christian lo adora... ho il sospetto che sia tentato di comprarlo. È proprio il caso di dirlo, i ragazzi e i loro giocattoli.

Mi appoggio allo schienale, ascolto la playlist di Christian Grey sul mio nuovo iPod e sonnecchio, ricordando pigramente la sua proposta da sogno nella rimessa delle barche... Riesco quasi a sentire il profumo dei fiori di campo...

«Ci sposiamo domani?» mi sussurra dolcemente all'orecchio Christian. Sono abbandonata sul suo petto in mezzo ai fiori della rimessa, appagata dal sesso appassionato.

«Mmh.»

«È un sì?» Avverto una nota sorpresa di speranza.

«Mmh.»

«È un no?»

«Mmh.»

Percepisco il suo sorriso. «Miss Steele, ti contraddici?» Sorrido. «Mmh.»

Scoppia a ridere e mi abbraccia stretta, dandomi un bacio sui capelli. «Las Vegas, domani, allora.»

Alzo la testa, assonnata. «Non credo che i miei genitori ne sarebbero entusiasti.»

Lui fa scorrere la punta delle dita sulla mia schiena nuda.

«Che cosa vuoi, Anastasia? Las Vegas? Un matrimonio in grande stile con tutti gli annessi e connessi? Dimmelo.»

«Non in grande stile... Solo gli amici e la famiglia.» Lo guardo, commossa dalla supplica silenziosa che leggo nei suoi brillanti occhi grigi. "Lui che cosa vuole?"

«Okay.» Annuisce. «Dove?»

Mi stringo nelle spalle.

«Potremmo farlo qui?» chiede, esitante.

«A casa dei tuoi? Che cosa direbbero?»

Sbuffa. «Mia madre ne sarebbe entusiasta.»

«Okay, qui. Sono sicura che mia madre e mio padre lo preferirebbero.»

Mi passa una mano tra i capelli. Potrei essere più felice?

«Va bene, abbiamo deciso dove. Pensiamo a quando.»

«Dovresti chiederlo a tua madre.»

«Mmh.» Il suo sorriso si smorza. «Posso concederle al massimo un mese. Ti voglio troppo per aspettare di più.»

«Christian, io sono tua. Lo sono da un po'. Ma okay... un mese.» Gli bacio il petto, un bacio lieve, casto, e gli sorrido.

«Ti scotterai» mi sussurra Christian.

«Solo per te.» Gli faccio il più dolce dei sorrisi. Il sole si è spostato e adesso sono completamente esposta. Lui sorride malizioso e con un unico, rapido movimento trascina la mia sdraio al riparo dell'ombrellone.

«Via dal sole mediterraneo, Mrs Grey.»

«Grazie per il tuo altruismo, Mr Grey.»

«Non c'è di che, Mrs Grey, e non sono affatto altruista. Se ti scotti, non potrò toccarti.» Negli occhi ha un lampo divertito, e il mio cuore fa una capriola. «Ma sospetto che tu lo sappia e che ti stia divertendo alle mie spalle.»

«Davvero?» sussulto, ostentando innocenza.

«Davvero, lo faresti e lo fai. Spesso. È una delle tante cose che amo di te.» Mi bacia, mordendomi il labbro inferiore.

«Speravo che mi spalmassi un altro po' di crema solare...»

«Mrs Grey, è un lavoro sporco... ma è un'offerta che non posso rifiutare. Tirati su a sedere» ordina, la voce roca. Obbedisco e lui, lentamente, con una meticolosa pressione delle dita forti e agili, mi unge di crema.

«Sei proprio adorabile, sono un uomo fortunato» mormora mentre le sue dita mi sfiorano il seno.

«Sì, lo sei, Mr Grey.» Lo guardo timidamente.

«Il tuo nome è modestia, Mrs Grey. Adesso la schiena.»

Sorrido, mi giro, e lui sgancia il laccetto del mio bikini spaventosamente costoso.

«Che ne diresti se mi mettessi in topless come fanno le altre qui in spiaggia?» chiedo.

«Direi che mi dispiacerebbe» risponde senza esitare. «Non sono certo felice di vederti così poco vestita, in questo momento.» Mi si avvicina e mi sussurra all'orecchio: «Non sfidare la tua buona sorte».

«È una minaccia, Mr Grey?»

«No. È una constatazione, Mrs Grey.»

Sospiro e scuoto la testa. "Oh, Christian... possessivo, geloso, maniaco del controllo Christian."

Quando ha finito di spalmarmi la crema, mi dà una pacca sul sedere.

«Ecco fatto, fanciulla.»

Il suo onnipresente e iperattivo BlackBerry vibra. Mi incupisco e lui mi fa un sorrisetto.

«Solo per i miei occhi, Mrs Grey.» Inarca le sopracciglia in un ammonimento scherzoso, mi dà un'altra pacca sul sedere e si siede sulla sdraio per rispondere alla chiamata.

Mi fa un sorrisetto complice, e io torno alla mia siesta pomeridiana.

«Mam'selle? Un Perrier pour moi, une Diet Coke pour ma femme, s'il vous plaît. Et quelque chose à manger… laissez-moi voir la carte.»

Mi sveglio sentendo Christian parlare il suo francese perfetto. Sbatto le palpebre al sole e vedo mio marito che mi guarda mentre una ragazza in uniforme si allontana reggendo un vassoio, la coda di cavallo bionda che oscilla provocante.

«Sete?» chiede.

«Sì» farfuglio assonnata.

«Potrei stare a guardarti tutto il giorno. Stanca?»

Avvampo. «Non ho dormito granché stanotte.»

«Neanch'io.» Fa un ampio sorriso, mette giù il BlackBerry e si alza. I jeans gli scivolano sui fianchi lasciando intravedere il costume da bagno. Christian se li toglie e scalcia via le infradito. Perdo il filo dei pensieri.

«Vieni a fare una nuotata con me.» Mi tende la mano mentre io lo guardo confusa. «Nuotiamo?» ripete, con un'espressione divertita. Non rispondo, e lui scuote lentamente la testa.

«Credo che ti ci voglia una sveglia.» Con un movimento improvviso mi solleva tra le braccia mentre io caccio un urlo, più per la sorpresa che per lo spavento.

«Christian! Mettimi giù!» squittisco.

Lui ridacchia. «Solo in acqua, piccola.»

Mentre mi porta verso il mare ed entra in acqua, dalla spiaggia la gente ci osserva con quel divertito distacco così tipico dei francesi. Gli stringo le braccia al collo. «Non lo farai» dico senza fiato.

Lui fa una smorfia. «Oh, Ana, piccola, non hai ancora imparato niente da quando ci conosciamo?» Mi bacia e io colgo l'occasione al volo: lo afferro per i capelli e contraccambio il suo bacio infilandogli la lingua in bocca. Lui inspira bruscamente e si stacca, gli occhi velati ma diffidenti.

«Conosco il tuo gioco» sussurra e s'immerge lentamente nell'acqua fredda cercando di nuovo la mia bocca. Dimentico subito il brivido mentre mi stringo al suo corpo.

«Pensavo che volessi nuotare» mormoro.

«Mi distrai.» Christian mi sfiora il labbro inferiore con i denti. «Ma non sono sicuro di volere che le persone perbene di Monte-Carlo vedano mia moglie in preda alla passione.»

Gli sfioro la mascella con i denti, la barba sfatta mi solletica la lingua: non me ne importa nulla delle persone perbene di Monte-Carlo.

«Ana.» Si avvolge la mia coda di cavallo al polso e mi strattona delicatamente, tirandomi indietro la testa e scoprendomi la gola. Mi bacia dall'orecchio fino alla base del collo.

«Vuoi che ti prenda in mare?» sospira.

«Sì» mormoro.

Christian si stacca da me e mi guarda, uno sguardo caldo, pieno di desiderio, e divertito. «Mrs Grey, sei insaziabile e così sfacciata. Non avrò creato un mostro?»

«Un mostro adatto a te. Vorresti prendermi in qualche altro modo?»

«Ti prenderò in tutti i modi possibili, lo sai. Ma non adesso. Non qui.» Indica la spiaggia con un cenno della testa.

Come c'era da aspettarsi, molte delle persone intente a prendere il sole hanno smesso di essere indifferenti e ci guardano incuriosite. All'improvviso Christian mi afferra per la vita e mi solleva in aria, facendomi cadere in acqua; tocco la sabbia morbida del fondo. Riemergo tossendo e ridendo.

«Christian!» lo rimprovero, lanciandogli un'occhiataccia. Pensavo che stessimo per fare l'amore in mare... spuntando dall'elenco un'altra prima volta. Si morde il labbro per trattenere una risata. Lo schizzo e lui fa lo stesso.

«Abbiamo tutta la notte» dice, ridendo come un matto. «A più tardi, piccola.» Si tuffa e riemerge a un metro di distanza, poi nuota a stile libero con movimenti fluidi e aggraziati, allontanandosi dalla spiaggia e da me.

Mi schermo gli occhi dal sole e lo guardo nuotare. Perché mi provoca così? Cosa posso fare per riportarlo indietro? Mentre nuoto verso la spiaggia, passo in rassegna tutte le possibilità. Sotto l'ombrellone sono arrivate le ordinazioni e io bevo un sorso di Diet Coke. Christian ormai è un punto indistinto in lontananza.

Mi sdraio a pancia in giù e armeggio con i laccetti del reggiseno, poi lo butto distrattamente sulla sdraio di Christian. Ecco fatto... guarda quanto posso essere sfacciata, Mr Grey. Chiudo gli occhi e mi abbandono al calore del sole che mi riscalda la pelle, penetrandomi nelle ossa... La mente vaga e io ripenso al giorno del mio matrimonio.

«Puoi baciare la sposa» annuncia il reverendo Walsh.

Sorrido raggiante.

«Finalmente sei mia» sussurra prendendomi tra le braccia e dandomi un casto bacio sulle labbra.

Sono sposata. Sono Mrs Grey. La gioia mi dà le vertigini.

«Sei bellissima, Ana» mormora e sorride, gli occhi pieni d'amore... e di qualcosa di più oscuro, qualcosa di lascivo. «Non permettere che qualcun altro a parte me ti tolga quel vestito, capito?» Il suo sorriso emana un calore intenso, mentre lui mi sfiora la guancia con le dita, infiammandomi il sangue.

"Ma come fa, con tutte queste persone che ci guardano?"

Annuisco in silenzio. Spero che nessuno ci abbia sentiti. Per fortuna il reverendo Walsh si è allontanato con discrezione. Lancio un'occhiata alla gente riunita, tutti in abiti da cerimonia… Mia madre, Ray, Bob e i Grey stanno applaudendo, persino Kate, la mia damigella d'onore, che è favolosa in rosa pallido accanto al testimone di Christian, suo fratello Elliot. Tutti sfoggiano sorrisi raggianti, eccetto Grace, che piange di gioia in un raffinato fazzoletto bianco.

«Pronta per la festa, Mrs Grey?» mormora Christian, con un sorriso timido. Ha un aspetto divino nel suo smoking nero con il panciotto e la cravatta color argento.

«Pronta come sarò sempre» dico con un sorriso ebete.

Più tardi la festa è al culmine… Carrick e Grace non hanno badato a spese. Hanno fatto montare di nuovo il tendone e l'hanno decorato in modo meraviglioso di rosa pallido, argento e avorio, lasciandolo aperto ai lati che si affacciano sulla baia. La giornata è bellissima e il sole del tardo pomeriggio brilla sull'acqua. A un'estremità del tendone c'è una pista da ballo e all'altra estremità un sontuoso buffet.

Ray e mia madre ballano e ridono. Guardandoli, provo un sentimento dolceamaro. Spero che Christian e io dureremo di più. Non so che cosa farei se lui mi lasciasse. "Sposati in fretta e pentiti con calma." Quel detto mi ossessiona.

Kate è accanto a me, bellissima nel suo abito lungo di seta. Mi lancia un'occhiata, accigliata. «Ehi, dovrebbe essere il giorno più bello della tua vita» mi rimprovera.

«Lo è» sussurro.

«Ana, cosa c'è? Stai guardando tua madre e Ray?»

Annuisco malinconica.

«Sono felici.»

«Sono più felici quando sono lontani l'uno dall'altra.»

«Ti stanno venendo dei dubbi?» chiede Kate allarmata.

«No, per niente. Solo che… lo amo così tanto.» Mi blocco, non riuscendo o non volendo dar voce alle mie paure.

«Ana, lui ti adora, si vede. So che la vostra relazione è cominciata in maniera insolita, ma ho visto quanto siete stati felici nell'ultimo mese.» Mi prende le mani e le stringe. «E poi, ormai è troppo tardi» aggiunge con un ampio sorriso.

Ridacchio. Si può sempre contare su Kate per le ovvietà. Mi attira in un abbraccio speciale alla Katherine Kavanagh. «Ana, andrà tutto bene, vedrai. E se lui ti torce anche solo un capello, dovrà vedersela con me.» Lasciandomi andare, sorride a qualcuno alle mie spalle.

«Ciao, piccola.» Christian mi coglie di sorpresa e mi bacia su una tempia. «Kate» la saluta. La tratta ancora con freddezza anche se sono passate sei settimane.

«Ciao di nuovo, Christian. Sto andando a cercare il tuo testimone, che guarda caso è anche il mio fidanzato.» Ci sorride e si dirige verso Elliot che sta bevendo insieme a Ethan, il fratello di Kate, e al nostro amico José.

«È ora di andare» sussurra Christian.

«Di già? È la prima festa in cui non m'importa di essere al centro dell'attenzione.» Mi giro per guardarlo negli occhi.

«Te lo meriti. Sei uno schianto, Anastasia.»

«Anche tu.»

«Quest'abito meraviglioso è perfetto per te.»

«Questo?» Arrossisco timida e tiro il pizzo finissimo del vestito da sposa, un modello semplice, aderente, disegnato per me dalla madre di Kate. Mi piace che il pizzo sia appena sotto le spalle: pudico, eppure intrigante, spero.

Lui si china e mi bacia. «Andiamo. Non voglio condividerti con tutta questa gente un minuto di più.»

«Possiamo andarcene dal nostro matrimonio?»

«Piccola, è la nostra festa e possiamo fare quello che vogliamo. Abbiamo tagliato la torta. E adesso vorrei che ce la filassimo, così potrò averti tutta per me.»

Faccio una risatina. «Mi avrai per tutta la vita, Mr Grey.»

«Sono felicissimo di sentirtelo dire, Mrs Grey.»

«Oh, eccovi qua, piccioncini!»

Gemo in silenzio... La madre di Grace ci ha trovati.

«Christian, tesoro... un ballo con tua nonna?»
Christian arriccia le labbra. «Certo, nonna.»
«E tu, bellissima Anastasia, vai a far felice un vecchio...
Balla con Theo.»
«Theo, Mrs Trevelyan?»
«Nonno Trevelyan. E penso che tu possa chiamarmi nonna. Ora, bisogna che vi mettiate d'impegno per i miei bisnipoti. Non vivrò molto a lungo.» Ci rivolge un sorriso affettato.

Christian sbatte le palpebre in segno di raccapriccio. «Andiamo, nonna» dice, prendendole bruscamente la mano e guidandola verso la pista da ballo. Si gira a guardarmi, quasi immusonito, e alza gli occhi al cielo. «A più tardi, piccola.»

Mentre mi dirigo verso nonno Trevelyan, mi si avvicina José. «Non ti chiederò un altro ballo. Credo di aver monopolizzato già troppo del tuo tempo sulla pista... Sono felice che tu sia felice, Ana. Ci sarò... se mai avessi bisogno.»

«Grazie, José. Sei un vero amico.»

«Dico sul serio.» I suoi occhi scuri brillano sinceri.

«Lo so. Grazie di nuovo. Adesso, se vuoi scusarmi... ho appuntamento con un vecchio signore... Il nonno di Christian» chiarisco.

Sorride. «Buona fortuna, Ana. Buona fortuna per tutto.»

«Grazie.»

Dopo aver ballato con il nonno di Christian, rimango a guardare il sole che tramonta su Seattle, stendendo sulla baia pennellate di arancio brillante e acquamarina.

«Andiamo» mi sollecita Christian.

«Devo cambiarmi.» Lo prendo per mano con l'intenzione di portarlo con me dentro casa e poi al piano di sopra. Lui aggrotta la fronte, senza capire, e mi trattiene gentilmente.

«Se non sbaglio, volevi essere l'unico a togliermi questo vestito» ricordo. Gli si illuminano gli occhi.

«Esatto.» Mi lancia uno sguardo lascivo. «Ma non ho intenzione di svestirti qui. Non ce ne andremo finché... non so...» Agita la mano libera senza finire la frase, anche se il significato è chiarissimo.

Arrossisco e gli lascio la mano.

«E non scioglierti nemmeno i capelli» sussurra minaccioso.

«Ma...»

«Niente ma, Anastasia. Sei bellissima. E voglio essere l'unico a toglierti i vestiti di dosso.» Aggrotto le sopracciglia.

«Metti in una borsa i vestiti per il viaggio» ordina. «Ti serviranno. Taylor ha preso la valigia grande.»

«Okay.» Che cos'ha in mente? Non mi ha detto dove andiamo. In realtà, credo che nessuno lo sappia. Né Mia né Kate sono riuscite a cavargli una parola. Mi giro verso mia madre e Kate, che indugiano appena più in là.

«Non mi cambio.»

«Cosa?» dice mia madre.

«Christian non vuole.» Mi stringo nelle spalle come se questo spiegasse tutto. Lei si incupisce per un istante.

«Non hai promesso di obbedire» mi ricorda con tatto. Kate cerca di mascherare lo sbuffo di disapprovazione con un colpo di tosse. La guardo con gli occhi socchiusi. Né lei né mia madre hanno la minima idea della lite che ho avuto con Christian su questa faccenda. Non ho alcuna intenzione di riaccendere quella discussione. Il solo ricordo mi impensierisce.

«Lo so, mamma, ma gli piace questo vestito e voglio accontentarlo.»

La sua espressione si ammorbidisce. Kate alza gli occhi al cielo e si allontana con discrezione per lasciarci sole.

«Sei adorabile, tesoro.» Mia madre mi tira affettuosamente una lunga ciocca di capelli sfuggita all'acconciatura e mi sfiora il mento. «Sono così orgogliosa di te. Farai di Christian un uomo felice.» Mi attira a sé e mi abbraccia. «Non riesco a credere quanto sembri adulta in questo momento. Stai per iniziare una nuova vita... Ricordati solo che gli uomini vengono da un altro pianeta, e andrà tutto bene.»

"Christian viene da un altro universo... se soltanto lei sapesse."

«Grazie, mamma.»

Ray ci raggiunge, sorridendoci con affetto.

«Hai fatto una bambina bellissima, Carla» dice, gli occhi pieni d'orgoglio. È così elegante con lo smoking nero e il panciotto rosa pallido. Sento che sto per piangere. Oh, no... finora sono riuscita a non farlo.

«E tu l'hai tenuta d'occhio e l'hai aiutata a diventare grande, Ray.» La voce di Carla è venata di malinconia.

«E l'ho amata ogni minuto. Sei una sposa meravigliosa, Annie.» Ray mi sistema la ciocca di capelli dietro l'orecchio.

«Oh, papà...» Soffoco un singhiozzo e lui mi abbraccia nel suo modo sbrigativo e goffo.

«Sarai anche una moglie meravigliosa» mormora. Quando mi lascia andare, Christian è di nuovo al mio fianco. Ray gli stringe la mano. «Prenditi cura di mia figlia, Christian.»

«È proprio quello che intendo fare, Ray. Carla.» Rivolge uno sguardo d'intesa al mio patrigno e bacia mia madre.

Il resto degli ospiti ha formato un grande arco di braccia sollevate sotto cui dovremo passare per arrivare alla casa.

«Pronta?» dice Christian.

«Sì.»

Tenendomi per mano mi conduce sotto l'arco, mentre gli invitati urlano "Buona fortuna" e "Congratulazioni", sotto una pioggia di riso. Grace e Carrick ci aspettano in fondo. Ci baciano e abbracciano. Grace si commuove di nuovo quando li salutiamo frettolosamente.

Taylor ci aspetta per portarci via sul SUV Audi. Mentre Christian mi tiene aperta la portiera, mi volto e lancio il bouquet di rose bianche e rosa alla folla di giovani donne che si è stretta intorno a noi. È Mia a prenderlo e a sventolarlo trionfante, con un sorriso radioso.

Mentre salgo leggera nel SUV compiacendomi dell'audace presa di Mia, Christian si china per raccogliere l'orlo del mio vestito. Poi saluta con la mano gli invitati. Taylor gli tiene aperta la portiera. «Congratulazioni, signore.»

«Grazie, Taylor» replica Christian, sedendosi accanto a me.

«Fin qui tutto bene, Mrs Grey?»

«Fin qui tutto meraviglioso, Mr Grey. Dove andiamo?»

«All'aeroporto» dice, con un sorriso da sfinge.

"Mmh... Che cos'ha in mente?"

Inaspettatamente Taylor non si dirige al terminal delle partenze ma attraversa un accesso di sicurezza e va direttamente sulla pista. Poi lo vedo... il jet di Christian: GREY ENTERPRISES HOLDINGS INC. scritto in lettere azzurre sulla fusoliera.

«Non dirmi che stai di nuovo abusando dei beni aziendali!»

«Oh, spero proprio di sì, Anastasia» sorride Christian.

Taylor si ferma ai piedi della scaletta e salta giù dall'Audi per aprire la portiera a Christian. Parlano un attimo, poi Christian apre la mia portiera... e invece di farsi da parte per lasciarmi scendere si china e mi prende in braccio.

"Ehi!" «Che cosa stai facendo?» strillo.

«Ti porto oltre la soglia» dice.

«Ah.» "Non doveva essere la soglia di casa?"

Mi porta senza sforzo su per la scaletta, e Taylor lo segue con la mia valigia piccola. La lascia appena oltre il portellone e poi torna all'Audi. In cabina riconosco Stephan, il pilota di Christian, con l'uniforme.

«Benvenuto a bordo, Mr Grey.» Fa un ampio sorriso.

Christian mi mette giù e stringe la mano a Stephan. Accanto al pilota c'è una donna con i capelli scuri... Quanti anni avrà? Trenta? Anche lei indossa l'uniforme.

«Congratulazioni a tutti e due» aggiunge Stephan.

«Grazie, Stephan. Anastasia, tu conosci già Stephan. È il nostro capitano, oggi, e lei è il secondo pilota Beighley.»

La donna arrossisce quando Christian la presenta. Un'altra donna completamente soggiogata dal mio troppo-affascinante-per-il-suo-stesso-bene marito.

«Piacere di conoscerla» dice con trasporto. Le rivolgo un sorriso gentile. In fin dei conti... lui è mio.

«Tutto pronto?» chiede Christian.

L'interno dell'aereo è di legno d'acero chiaro e pelle color crema. È bellissimo. Un'altra ragazza in uniforme è in piedi al capo opposto della cabina... una bruna molto graziosa.

«Abbiamo il via libera. Il tempo è buono da qui a Boston.»

"Boston?"

«Turbolenze?»

«Non prima di Boston. C'è una perturbazione sopra Shannon che potrebbe farci ballare un po'.»

"Shannon? Irlanda?"

«Capisco. Bene, spero di dormire per tutto il viaggio» è la replica concreta di Christian.

"Dormire?"

«Ci prepariamo al decollo, signore» dice Stephan. «Vi affidiamo alle mani esperte di Natalia, l'assistente di volo.» Christian guarda accigliato nella sua direzione, ma quando si gira verso Stephan sorride.

«Ottimo» dice. Tenendomi per mano, mi guida verso una delle sontuose poltroncine di pelle. In totale devono essercene dodici.

«Accomodati» dice togliendosi la giacca e slacciandosi il raffinato panciotto di broccato color argento. Sediamo in due poltroncine singole sistemate una davanti all'altra e separate da un tavolino lucidissimo.

«Benvenuti a bordo, signore, signora, e congratulazioni.» Natalia è accanto a noi e ci offre un calice di champagne rosé.

«Grazie» dice Christian, lei sorride educatamente e si ritira nella cambusa.

«A una felice vita matrimoniale, Anastasia.» Christian alza il suo calice e lo avvicina al mio per brindare. Lo champagne è delizioso.

«Bollinger?» chiedo.

«Sempre quello.»

«La prima volta che l'ho bevuto era servito nelle tazze da tè.» Sorrido.

«Ricordo bene quel giorno. Quando ti sei laureata.»

«Dove stiamo andando?» Sono troppo curiosa.

«Shannon» dice Christian, gli occhi brillanti d'eccitazione. Sembra un ragazzino.

«In Irlanda?» Stiamo andando in Irlanda!

«Per fare rifornimento» aggiunge, stuzzicandomi.

«E poi?» replico.

Fa un ampio sorriso e scuote la testa.

«Christian!»

«Londra» dice, tentando di sondare la mia reazione.

Sono senza fiato. "Porca miseria. Pensavo che saremmo andati a New York o ad Aspen, o magari ai Caraibi." Faccio fatica a crederci. È da una vita che sogno di visitare l'Inghilterra. Scoppio di felicità.

«Poi Parigi.»

"Cosa?"

«Quindi il Sud della Francia.»

"Wow!"

«So che hai sempre sognato di andare in Europa» dice dolcemente. «Adesso voglio che i tuoi sogni diventino realtà, Anastasia.»

«Tu sei il mio sogno diventato realtà, Christian.»

«Lo stesso vale per te, Mrs Grey» sussurra.

"Oddio…"

«Allacciati la cintura.»

Sorrido e obbedisco.

Quando siamo in volo, Natalia ci serve altro champagne e prepara il nostro banchetto di nozze. E che banchetto: salmone affumicato, seguito da pernice arrosto con un'insalata verde di fagioli e patate alla dauphinoise, tutto cucinato e servito dall'efficientissima assistente.

«Dessert, Mr Grey?» chiede.

Lui scuote la testa e si passa le dita sul labbro inferiore

guardandomi con aria interrogativa, l'espressione seria e indecifrabile.

«No, grazie» mormoro, incapace di staccare gli occhi da lui. Le labbra gli si increspano in un sorriso complice e Natalia si ritira.

«Bene» sussurra. «Avevo in mente di prendere... te per dessert.»

"Oh... qui?"

«Vieni» dice, alzandosi e tendendomi la mano. Mi guida verso il fondo della cabina.

«Qui c'è un bagno.» Indica una porticina, poi mi conduce lungo un corridoio che termina con una porta più grande.

"Ehi... una camera da letto." La cabina è color crema e acero e il piccolo letto a due piazze è coperto di cuscini grigi e oro. Ha l'aria di essere molto confortevole.

Christian si volta e mi prende tra le braccia, i suoi occhi nei miei.

«Ho pensato di passare la nostra prima notte di nozze a diecimila metri. È una cosa che non ho mai fatto.»

Un'altra prima volta. Lo guardo sbalordita, il cuore che batte all'impazzata... Sesso in aereo. Ne ho sentito parlare.

«Ma prima devo toglierti questo vestito favoloso.» I suoi occhi bruciano d'amore e di qualcosa di più misterioso, qualcosa che adoro... Mi toglie il fiato.

«Girati.» La voce è bassa, autoritaria e tremendamente sexy. Come riesce a infondere tante promesse in una sola parola? Faccio come dice, obbediente, e lui allunga le mani verso i miei capelli. Toglie le forcine, a una a una, le sue dita esperte si muovono sicure e veloci. I capelli mi ricadono a ciocche sulle spalle, coprendomi la schiena e ondeggiando sul seno. Cerco di rimanere impassibile, ma muoio dalla voglia che mi tocchi. Dopo questa giornata lunga ed estenuante, ma eccitante, lo voglio... voglio tutto di lui.

«Hai dei capelli bellissimi, Ana.» La sua bocca è vicina al mio orecchio e io percepisco il suo respiro, anche se le

25

labbra non mi toccano. Quando ha tolto tutte le forcine, mi passa le dita tra i capelli, massaggiandomi dolcemente la testa... "Oh, sì..." Chiudo gli occhi e mi godo la sensazione. Le sue dita scivolano verso il basso e lui mi tira indietro la testa, scoprendomi la gola.

«Sei mia» sussurra, mordicchiandomi il lobo dell'orecchio. Gemo.

«Zitta, adesso» mi ammonisce. Mi scosta i capelli dalle spalle e percorre con un dito la pelle da una scapola all'altra, seguendo il bordo di pizzo del mio vestito. Rabbrividisco. Depone un bacio delicato sul primo bottone del corpetto.

«Sei così bella» dice mentre slaccia sapientemente il bottone. «Oggi mi hai reso l'uomo più felice del mondo.» Con infinita lentezza slaccia anche gli altri bottoni, uno dopo l'altro, scendendo lungo la schiena. «Ti amo così tanto.» Mi bacia, dalla nuca alla spalla. Tra un bacio e l'altro mormora: «Ti. Voglio. Così. Tanto. Voglio. Stare. Dentro. Di. Te. Sei. Mia».

Ciascuna di quelle parole è inebriante. Chiudo gli occhi e chino la testa per offrirgli il collo, e cedo a quell'incantesimo che è Christian Grey, mio marito.

«Sei mia» sussurra di nuovo. Mi fa scivolare il vestito lungo le braccia, lasciando che si raccolga ai miei piedi in una nuvola di seta e pizzo avorio.

«Girati» sussurra, la voce improvvisamente roca. Lo faccio e lui trattiene il respiro.

Indosso un bustino aderente di satin color porpora con le giarrettiere, in tinta con le mutandine di pizzo, e calze di seta bianche. Christian mi scruta avidamente ma non dice una parola. Si limita a guardarmi, gli occhi colmi di desiderio.

«Ti piace?» sussurro consapevole del rossore che mi colora le guance.

«Altroché, piccola. Sei uno schianto. Qui.» Allunga la mano, io la prendo e faccio un passo avanti, liberandomi del vestito.

«Ferma» mormora, e senza staccare gli occhi dai miei, fa

correre il dito medio sopra il seno, seguendo l'orlo del bustino. Respiro in fretta, e lui lo rifà, una carezza che mi manda brividi lungo tutta la schiena. Si ferma e con l'indice mi
fa cenno di girarmi.

In questo momento farei qualsiasi cosa per lui.

«Ferma» dice di nuovo. Sono rivolta verso il letto e gli
do le spalle. Mi cinge la vita con le braccia, attirandomi a
sé, e strofina il naso sul mio collo. Prende i seni tra le mani
con delicatezza, passando il pollice intorno ai capezzoli che
diventano turgidi e premono contro la stoffa del bustino.

«Mia» sussurra.

«Tua» ansimo.

Abbandonando i miei seni, scende con le mani sull'addome, sul basso ventre, poi giù verso le cosce, i pollici a sfiorarmi il pube. Soffoco un gemito. Le dita scivolano verso le
giarrettiere, che lui sgancia con l'abituale destrezza. Sento
le sue mani circondarmi le natiche.

«Mia» mormora di nuovo, mentre mi accarezza, le dita
che sfregano tra le mie cosce.

«Ah.»

«Ssh.» Con le mani scende lungo la parte posteriore delle mie gambe e finisce di sganciarmi le calze.

Poi si protende in avanti e scosta il copriletto. «Siediti.»

Faccio come mi dice, completamente soggiogata, e lui si
inginocchia ai miei piedi e mi sfila delicatamente le scarpe
Jimmy Choo. Quindi afferra la sommità della calza sinistra
e la abbassa lentamente, facendo scorrere il pollice lungo la
gamba... "Oddio." Poi fa lo stesso con l'altra calza.

«È come aprire un regalo di Natale.» Mi sorride da sotto le lunghe ciglia scure.

«Un regalo che avevi già...»

Lui mi guarda con aria di rimprovero. «Oh, no, piccola.
Questa volta è davvero mio.»

«Christian, sono tua da quando ho detto sì.» Mi avvicino a lui e prendo tra le mani il suo adorato viso. «Sono tua.

Sarò sempre tua. Ora, penso che tu sia troppo vestito.» Mi chino per baciarlo e all'improvviso lui si alza, mi bacia sulla bocca e mi afferra la testa, passandomi le dita tra i capelli.

«Ana» ansima. «Ana mia.» Cerca di nuovo la mia bocca, la sua lingua mi esplora, invitante.

«I vestiti» sussurro. I nostri respiri si fondono mentre gli sfilo il panciotto e lui si divincola per liberarsene, lasciandomi andare per un momento. Si ferma, mi guarda, gli occhi che bruciano di desiderio.

«Lascia fare a me.» La mia voce è dolce, allettante. Voglio svestire mio marito, il mio Christian.

Si siede sui talloni, io mi chino e prendo la cravatta – la sua cravatta argentata, la mia preferita –, disfo lentamente il nodo e la allento. Lui alza il mento per permettermi di slacciare il primo bottone della camicia bianca, poi mi dedico ai polsini. Indossa gemelli di platino su cui sono incise una A e una C intrecciate, il mio regalo di nozze. Dopo che li ho sfilati lui li prende e li stringe nel pugno. Quindi si bacia la mano e li fa scivolare nella tasca dei pantaloni.

«Mr Grey, che romantico.»

«Per te, Mrs Grey… cuori e fiori. Sempre.»

Gli prendo la mano e bacio la fede di platino. Lui geme e chiude gli occhi.

«Ana» mormora: il mio nome è una supplica.

Allungo di nuovo la mano verso i bottoni della camicia e, mimando i suoi gesti di poco prima, lo bacio ogni volta che ne slaccio uno, mormorando a ogni bacio: «Mi. Rendi. Così. Felice. Ti. Amo».

Lui geme e con un unico, rapido movimento, mi afferra per la vita e mi fa sdraiare sul letto, poi è sopra di me. Cerca la mia bocca, mi afferra la testa, mi tiene ferma mentre le nostre lingue si saziano l'una dell'altra. D'un tratto si mette in ginocchio, lasciandomi senza fiato e piena di desiderio.

«Sei così bella…» Corre con le mani lungo le gambe e mi afferra il piede sinistro. «Hai delle gambe stupende. Voglio baciarle centimetro dopo centimetro. Cominciando da qui.» Preme la bocca sul mio alluce e lo mordicchia. Sono scossa da brividi di piacere dalla vita in giù. Passa la lingua sul collo del piede, e mi sfiora con i denti il calcagno, poi la caviglia. Continua a baciarmi lungo la parte interna del polpaccio; sono baci umidi, delicati. Mi inarco sotto di lui.

«Ferma, Mrs Grey» mi avverte, e all'improvviso mi volta a pancia in giù e continua a baciarmi: le gambe, le cosce, le natiche, poi s'interrompe. Gemo.

«Ti prego…»

«Ti voglio nuda» sussurra e slaccia lentamente il bustino, un gancetto alla volta, lasciandolo giacere sotto di me. La sua lingua scorre lungo la mia spina dorsale.

«Christian, ti prego.»

«Che cosa vuoi, Mrs Grey?» La voce s'insinua nel mio orecchio. È sopra di me… Lo sento, duro contro le natiche.

«Te.»

«E io voglio te, amore mio, sei la mia vita…» sussurra e, prima che possa rendermene conto, mi fa girare di nuovo sulla schiena. Si alza in fretta e con un solo movimento si sbarazza dei pantaloni e dei boxer, rimanendo splendidamente nudo, imponente e pronto sopra di me. La piccola cabina dell'aereo scompare davanti alla sua bellezza mozzafiato, al suo desiderio e al suo bisogno di me. Si china e mi sfila le mutandine, poi mi guarda.

"Mia" mima con le labbra.

«Ti prego…» lo supplico e lui si schiude in un ampio sorriso… un sorriso lascivo, malizioso, tentatore, in perfetto stile Mr Cinquanta Sfumature.

Arretra carponi sul letto e mi bacia la gamba destra… finché non arriva all'attaccatura delle cosce. Me le allarga.

«Ah…» mormora, poi la sua bocca è su di me. Chiudo gli occhi, mi abbandono alla sua lingua esperta. Lo afferro per i capelli e muovo il bacino, schiava del suo ritmo, poi mi inarco sul letto. Mi afferra per i fianchi per tenermi ferma, ma non interrompe quella deliziosa tortura. Ci sono quasi, ci sono quasi...

«Christian» gemo.

«Non ancora» ansima e mi bacia l'ombelico, esplorandolo con la lingua.

«No!» "Maledizione!" Percepisco il suo sorriso sul mio ventre, mentre lui continua a risalire.

«Sei così impaziente, Mrs Grey. Abbiamo tempo fino all'Isola di smeraldo.» Mi bacia i seni e stuzzica con le labbra un capezzolo. Alza la testa per guardarmi, gli occhi cupi come una tempesta tropicale.

"Oddio... L'avevo dimenticato. L'Europa."

«Christian, ti voglio. Ti prego.»

Torreggia sopra di me, il suo corpo sul mio, appoggiato ai gomiti. Sfrega il suo naso contro il mio e io scendo con le mani lungo la sua schiena snella e muscolosa, fino al sedere, meraviglioso.

«Mrs Grey... Il nostro scopo è il piacere.» Mi sfiora con le labbra. «Ti amo.»

«Ti amo anch'io.»

«Occhi aperti. Voglio vederti.»

«Christian... ah...» gemo, mentre affonda dentro di me.

«Ana, oh, Ana» ansima e inizia a muoversi.

«Che cosa diavolo pensi di fare così?» urla Christian, svegliandomi dal mio sogno meraviglioso. È in piedi, bagnato e splendido, accanto alla mia sdraio e mi guarda furioso.

Che cos'ho fatto? "Oh, no... sono sdraiata sulla schiena... Merda, merda, merda... E lui è arrabbiato. Davvero arrabbiato."

2

Di colpo sono sveglissima, il mio sogno erotico dimenticato.
«Ero sdraiata a pancia in giù. Devo essermi girata nel
sonno» sussurro debolmente in mia difesa.

I suoi occhi sprizzano lampi di rabbia. Si allunga, afferra
il reggiseno del bikini dalla sdraio e me lo getta addosso.

«Rimettitelo!» sibila.

«Christian, non ci sta guardando nessuno.»

«Fidati. Stanno guardando. Sono sicuro che Taylor e gli
uomini della scorta si stanno godendo lo spettacolo!» ringhia.

"Accidenti!" Perché continuo a dimenticarmi di loro? Mi
copro il seno in preda al panico. Da quando *Charlie Tango*
è stato sabotato, la dannata sicurezza ci sta continuamente
con gli occhi addosso.

«Sì!» dice Christian, rabbioso. «E qualche fottuto papa-
razzo avrebbe potuto farti un bello scatto. Vuoi finire sulla
copertina di "Star"? Nuda?»

"Merda! I paparazzi!" Mentre mi affanno a rimettermi il
reggiseno, armeggiando freneticamente, impallidisco. Sono
percorsa da un brivido. Mi torna in mente lo sgradevole ricordo dell'assedio dei paparazzi fuori dalla SIP dopo che era
trapelata la notizia del nostro fidanzamento... tutto compreso nel pacchetto Christian Grey.

«*L'addition!*» dice seccamente Christian alla cameriera.
«Ce ne andiamo» ordina, rivolto a me.

«Adesso?»

«Adesso.»

Si rimette i jeans, con il costume ancora gocciolante, e si infila una T-shirt grigia. La cameriera è di ritorno con la sua carta di credito e la ricevuta.

Riluttante, mi infilo il prendisole turchese e indosso le infradito. Appena la cameriera se n'è andata, Christian prende il libro e il BlackBerry e nasconde la furia dietro un paio di occhiali da sole a specchio. È il ritratto della tensione e della rabbia. Tutte le altre in spiaggia sono in topless... Non vedo lo scandalo. In effetti sono *io* a sembrare strana, con il pezzo di sopra del costume. Sospiro. Pensavo che Christian avrebbe colto il lato divertente... Forse se fossi rimasta a pancia in giù... ma il suo senso dell'umorismo è scomparso.

«Ti prego, non essere arrabbiato» mormoro, prendendogli il libro e il BlackBerry e infilandoli nel mio zaino.

«Troppo tardi» replica con calma... con troppa calma. «Andiamo.» Prendendomi per mano fa un cenno a Taylor e ai suoi due assistenti, gli addetti alla sicurezza francesi Philippe e Gaston. Curiosamente, sono due gemelli identici. Dalla veranda hanno tenuto d'occhio noi e tutti quelli che stavano sulla spiaggia. "Perché continuo a dimenticarmi di loro?" Taylor è impassibile dietro gli occhiali scuri. Anche lui è arrabbiato con me. Non sono ancora abituata a vederlo vestito in modo informale, in pantaloncini e polo nera.

Christian mi fa entrare nell'hotel, attraversiamo la hall e usciamo in strada. Tace, è di cattivo umore ed è tutta colpa mia. Taylor e i due francesi ci seguono come ombre.

«Dove stiamo andando?» provo a chiedere, guardandolo.

«Ritorniamo allo yacht» risponde senza ricambiare lo sguardo.

Non ho idea di che ore siano. Dovrebbero essere le cinque o le sei del pomeriggio. Quando arriviamo al porticciolo turistico, Christian mi porta verso la banchina dove sono ormeggiati la lancia a motore e la moto d'acqua del *Fair Lady*.

Mentre lui scioglie la cima della moto, allungo lo zaino a Taylor. Nervosa, gli lancio un'occhiata ma la sua espressione è come quella di Christian, indecifrabile. Arrossisco, pensando a come mi ha visto sulla spiaggia.

«Tenga, Mrs Grey.» Taylor mi passa un giubbotto salvagente preso dalla lancia e io lo indosso. Perché sono l'unica a doverlo mettere? Christian e Taylor si scambiano un'occhiata strana. Ehi, è arrabbiato anche con Taylor? Christian controlla le cinghie del giubbotto e stringe quella centrale.

«Ecco fatto» borbotta, sempre senza guardarmi.

Sale agilmente sulla moto e mi tende la mano. La afferro forte e faccio del mio meglio per mettermi a cavalcioni del sedile senza finire in acqua. Taylor e i gemelli prendono posto sulla lancia. Con un calcio Christian si allontana dalla banchina e la moto ondeggia lieve sulla superficie del porticciolo.

«Tieniti forte» ordina, e gli metto le braccia intorno alla vita. È la parte che preferisco degli spostamenti con la moto d'acqua. Lo abbraccio e strofino il naso contro la sua schiena. Se penso a quando non tollerava che lo toccassi in questo modo... Ha un buon odore... di Christian e di mare.

Si irrigidisce. «Partiamo» dice, più dolce. Gli bacio la schiena e appoggio la guancia contro di lui, girandomi a guardare il molo dove alcuni turisti osservano la scena.

Christian gira la chiave e il motore si accende rombando. Con un colpo di acceleratore la moto balza in avanti e acquista velocità sulle acque scure del porto, diretta al centro della baia dove è ormeggiato il *Fair Lady*. Mi stringo più forte a lui. Adoro farlo... è così eccitante. Mentre aderisco alla sua schiena, percepisco i suoi muscoli scolpiti.

Taylor viaggia al nostro fianco sul motoscafo. Christian accelera ancora facendo schizzare in avanti la moto che sferza la superficie del mare come un sasso tirato da mani esperte. Taylor scuote la testa e punta dritto verso lo yacht, mentre Christian sfreccia oltre il *Fair Lady* in mare aperto.

Siamo investiti dagli spruzzi, mentre il vento tiepido mi accarezza le guance e fa svolazzare la mia coda di cavallo. È così divertente. Forse l'eccitazione di questa corsa servirà a far scomparire il cattivo umore di Christian. Non riesco a vederlo in faccia, ma so che si sta divertendo: per una volta è finalmente spensierato come un ragazzo della sua età.

Vira tracciando un ampio semicerchio, e io osservo la costa, le imbarcazioni nel porticciolo, il mosaico di uffici e appartamenti gialli, bianchi e color sabbia, le montagne scoscese alle loro spalle. Christian mi lancia un'occhiata.

«Ancora?» grida per farsi sentire sopra il rumore della moto.

Annuisco con entusiasmo. Mi rivolge un sorriso abbagliante e accelera, girando intorno al *Fair Lady* per dirigersi di nuovo al largo... Penso che mi abbia perdonata.

«Hai preso colore» dice con dolcezza Christian, mentre mi toglie il giubbotto salvagente. Sono ancora tesa, e cerco di capire di che umore sia. Siamo sul ponte dello yacht e uno degli steward è in piedi, silenzioso, poco lontano, in attesa del mio giubbotto. Christian glielo passa.

«È tutto, signore?» chiede il ragazzo. Adoro quell'accento francese. Christian mi guarda, si toglie gli occhiali da sole e li infila nello scollo della T-shirt.

«Vorresti qualcosa da bere?»

«Ne ho bisogno?»

Piega la testa di lato. «Perché lo dici?» La sua voce è dolce.

«Lo sai perché.»

Aggrotta la fronte, come se stesse riflettendo su qualcosa.

«Due gin tonic, per favore. E anche noccioline e olive» dice allo steward, che annuisce prima di scomparire.

«Pensi che stia per punirti?» Il tono è carezzevole.

«Vuoi farlo?»

«Sì.»

«Come?»

«Ho in mente qualcosa. Forse dopo che avrai bevuto il tuo drink.» Una minaccia sensuale. Deglutisco.

Christian aggrotta di nuovo la fronte.

«Vuoi essere punita?»

"Come fa a saperlo?" «Dipende» mormoro, avvampando.

«Da cosa?» Cerca di mascherare un sorriso.

«Se vuoi farmi male davvero oppure no.»

La sua bocca diventa una linea dura, lo scherzo è finito. Si protende verso di me e mi dà un bacio sulla fronte.

«Anastasia, sei mia moglie, non la mia Sottomessa. Non voglio farti male. Ormai dovresti saperlo. Solo... solo non toglierti i vestiti in pubblico. Non voglio vederti nuda su tutti i tabloid. Nemmeno tu lo vuoi, e sono sicuro che non lo vorrebbero nemmeno tua madre, o Ray.»

"Oh, Ray! Accidenti, gli verrebbe un infarto. Che cosa mi è saltato in testa?"

Lo steward ricompare con i nostri drink.

«Siediti» ordina Christian. Obbedisco, accomodandomi su una sedia da regista. Christian prende posto accanto a me e mi passa il mio gin tonic.

«Alla salute, Mrs Grey.»

«Alla salute, Mr Grey.» Bevo un sorso del drink, molto gradito. È dissetante, freddo, delizioso. Quando guardo Christian, lui mi sta osservando attentamente, con un'espressione indecifrabile. È davvero frustrante... Non capisco se sia ancora arrabbiato con me. Ricorro alla mia collaudata tattica diversiva.

«A chi appartiene questo yacht?» chiedo.

«A un baronetto inglese. Sir "Qualcosa". Il suo bisnonno aveva una drogheria. Sua figlia ha sposato uno dei principi ereditari d'Europa.»

"Oh." «Superricco?»

Di colpo Christian assume un'espressione guardinga. «Sì.»

«Come te» mormoro.

«Sì. E come te» sussurra Christian mettendosi in bocca

un'oliva. La visione di lui con indosso lo smoking e il panciotto color argento mi attraversa la mente... I suoi occhi pieni di sincerità durante la cerimonia nuziale.

«Tutto ciò che è mio adesso è tuo» dice, la voce chiara mentre recita la promessa a memoria.

"Tutto mio?" «È strano. Dal niente a...» faccio un gesto per indicare il lusso da cui siamo circondati «... a tutto.»

«Ti ci abituerai.»

«Non credo che ci riuscirò mai.»

Sul ponte compare Taylor. «Una chiamata, signore.» Christian si incupisce, ma si alza e prende il BlackBerry.

«Grey» risponde dirigendosi verso la prua dello yacht.

Guardo il mare, senza ascoltare la sua conversazione con Ros – almeno credo che sia lei –, la sua vice. Sono ricca... sfondata. Non ho fatto niente per guadagnarmelo... ho solo sposato un uomo ricco. Rabbrividisco ripensando alla discussione sull'accordo prematrimoniale. Era la domenica dopo il compleanno di Christian ed eravamo seduti in cucina a fare colazione... C'eravamo tutti. Elliot, Kate, Grace e io parlavamo dei pregi del bacon rispetto alla salsiccia, mentre Carrick e Christian leggevano il giornale della domenica...

«Guardate un po' qua» esclama Mia appoggiando il suo netbook sul tavolo di fronte a noi. «Sul sito Nooz di Seattle c'è un pettegolezzo sul tuo fidanzamento, Christian.»

«Di già?» dice Grace, sorpresa. Poi arriccia le labbra come se le fosse appena venuto in mente qualcosa di sgradevole. Christian si incupisce.

Mia legge il pezzo ad alta voce: «"Ci è giunta notizia che lo scapolo più ambito di Seattle, *quel* Christian Grey, sia finalmente impegnato e che si parli di nozze. Ma chi è la fortunatissima signora? La caccia è aperta. Scommettiamo che in questo momento è impegnata a leggere un infernale accordo prematrimoniale"».

Mia ridacchia, ma s'interrompe quando Christian le lancia un'occhiataccia. Cade il silenzio e nella cucina dei Grey l'atmosfera si fa gelida.

"Un accordo prematrimoniale?!" Il pensiero non mi ha mai sfiorata. Deglutisco, sentendomi impallidire. Vorrei sprofondare. Guardo Christian che si agita sulla sedia, a disagio.

"No" mima lui con le labbra verso di me.

«Christian» comincia Carrick in tono gentile.

«Non intendo discuterne di nuovo» ribatte seccamente Christian. Suo padre mi guarda, vorrebbe replicare...

«Nessun accordo prematrimoniale!» alza la voce Christian, prima di tornare a immergersi nella lettura del giornale, ignorando tutti i presenti. Lanciano un'occhiata prima a me, poi a lui... dopodiché distolgono lo sguardo.

«Christian» mormoro «firmerò qualunque cosa tu e Mr Grey vogliate.» Be', non sarebbe la prima volta che mi fa firmare qualcosa. Lui alza lo sguardo e mi fa un'occhiataccia.

«No!» scatta. Sbianco.

«È per tutelarti.»

«Christian, Ana... credo sia meglio che ne discutiate in privato» ci ammonisce Grace. Fulmina con lo sguardo Carrick e Mia. Oddio, a quanto pare sono nei guai anche loro.

«Ana, tu non c'entri» mormora Carrick in tono rassicurante. «E per favore, chiamami Carrick.»

Christian fissa il padre con uno sguardo gelido, e io mi sento mancare. "Porca miseria... è arrabbiato sul serio."

A un certo punto si mettono a parlare tutti insieme. Mia e Kate, invece, balzano in piedi e cominciano a sparecchiare.

«Io preferisco decisamente la salsiccia!» esclama Elliot.

Mi fisso le mani intrecciate. Spero che i genitori di Christian non pensino che io sia una specie di cacciatrice di dote. Christian si protende verso di me e mi attira a sé con un gesto tenero.

«Smettila.»

Come fa a sapere a cosa sto pensando?

«Ignora mio padre» aggiunge, in modo che solo io possa

sentirlo. «È ancora incazzato per la storia di Elena. Ce l'ha con me. Vorrei che mia madre avesse tenuto la bocca chiusa.»

So che a Christian brucia ancora la "chiacchierata" avuta con il padre ieri sera riguardo a Elena.

«Ma ha ragione. Tu sei ricchissimo, mentre io non possiedo altro che i debiti del prestito studentesco.»

Christian mi fissa, incupito. «Anastasia, se mi lasci, puoi anche prenderti tutto. Mi hai già lasciato una volta.»

"Accidenti!" «Era diverso» sussurro, commossa dall'intensità dei suoi sentimenti. «Ma... potresti essere tu a volermi lasciare.» Il solo pensiero mi fa star male.

Lui sbuffa e scuote la testa, fingendosi indignato.

«Christian, sai che potrei fare qualcosa di molto stupido... e tu...» Abbasso lo sguardo sulle mani, trafitta dal dolore e incapace di finire la frase. Perdere Christian...

«Basta. Adesso smettila. L'argomento è chiuso, Ana. Non ho intenzione di discuterne ancora. Niente accordo prematrimoniale. Né ora né mai.» Mi lancia un'occhiata eloquente, che mi zittisce. Poi si gira verso Grace. «Mamma» dice «possiamo sposarci qui?»

E non è più tornato sull'argomento. Anzi, non ha perso occasione di rassicurarmi sul fatto che la sua ricchezza è anche mia. Rabbrividisco al ricordo della folle maratona di shopping che Christian mi ha chiesto di fare insieme a Caroline Acton, la personal shopper del negozio Neiman Marcus, in vista del matrimonio. Solo il bikini è costato cinquecentoquaranta dollari. Voglio dire... è carino, non si discute, ma è una somma pazzesca per quattro triangoli di stoffa.

«Ti ci abituerai.» Christian interrompe le mie fantasticherie tornando a sedersi accanto a me.

«Mi ci abituerò?»

«Al denaro» dice, alzando gli occhi al cielo.

"Oh, Christian, forse con il tempo." Spingo verso di lui il piattino di mandorle salate e anacardi.

«I suoi stuzzichini, signore» dico con l'espressione più imperturbabile del mondo, tentando di alleggerire l'atmosfera dopo i miei pensieri cupi e la gaffe del costume.

Lui sorride. «Sei tu il mio stuzzichino.» Prende una mandorla, negli occhi un malizioso lampo di divertimento per la battuta. Si lecca le labbra. «Bevi. Andiamo a letto» mi dice, lo sguardo torbido.

"Quegli sguardi potrebbero causare da soli il riscaldamento globale del pianeta." Bevo d'un fiato. Lui schiude le labbra lasciando intravedere la punta della lingua tra i denti, poi mi rivolge un sorriso lascivo. Con un unico movimento fluido si alza e si curva su di me, appoggiando le mani sui braccioli della mia sedia.

«Sto per darti una lezione. Vieni. Non fare la pipì» mi sussurra nell'orecchio.

Trattengo il fiato. "Non fare la pipì?" Il mio subconscio, allarmato, alza lo sguardo dal primo volume delle opere complete di Charles Dickens che sta leggendo.

«Non è quello che pensi.» Christian mi tende la mano. «Fidati.» Ha l'aria così sexy e serena. Come faccio a resistergli?

«Okay.» Gli prendo la mano perché, semplicemente, mi fido di lui. Che cos'ha in mente? Il mio cuore accelera i battiti, pregustando la sorpresa.

Mi guida lungo il ponte. Entriamo nello sfarzoso salone principale, quindi attraverso uno stretto corridoio raggiungiamo la sala da pranzo e scendiamo le scale diretti alla cabina principale. È una stanza magnifica, con due oblò sia a babordo sia a tribordo, è arredata con eleganti mobili in noce scuro e ha le pareti color crema e gli arredi rossi e oro.

Christian mi lascia la mano, si sfila la T-shirt e la getta su una sedia. Scalcia via le infradito e si toglie i jeans e il costume da bagno. È assolutamente splendido, ed è mio. Ha la pelle luminosa, ha preso colore anche lui, e i capelli gli sono cresciuti in un ciuffo che gli ricade sulla fronte. Sono una ragazza molto fortunata.

Mi afferra il mento per impedirmi di mordermi il labbro e fa scorrere il pollice sul mio labbro inferiore.

«Così va meglio.» Si volta e va verso il grande armadio in cui tiene i vestiti, tirando fuori dal cassetto più basso due paia di manette di metallo e una mascherina per gli occhi.

"Manette di metallo! Non abbiamo mai usato manette di questo tipo." Lancio una rapida occhiata al letto. Sono nervosa. "Dove diavolo pensa di attaccarle?" Lui si gira e mi fissa, calmo, gli occhi scuri e luminosi.

«Possono fare parecchio male. Se tiri troppo, ti si conficcano nella carne.» Alza un paio di manette per mostrarmele. «Però adesso ho davvero voglia di usarle.»

"Porca miseria!" Deglutisco a fatica.

«Ecco.» Mi si avvicina con decisione e me ne porge un paio. «Vuoi provarle, prima?»

Sono pesanti, fredde. Distrattamente mi auguro di non dovermi mai ritrovare ammanettata per motivi più seri.

«Dove sono le chiavi?» La mia voce è incerta.

Lui apre il palmo rivelando una minuscola chiave di metallo. «Questa va bene per entrambe. In realtà, funziona per tutte le manette.»

"Ma quante ne ha?" Non ricordo di aver visto niente del genere nel cassettone della sua stanza dei giochi.

Mi percorre la guancia con l'indice fino alla bocca. Si protende come se volesse baciarmi.

«Vuoi giocare?» dice, con la voce bassa. La metà inferiore del mio corpo è percorsa da un'ondata di calore, mentre avverto una fitta di desiderio nel basso ventre.

«Sì» ansimo.

Lui sorride. «Bene. Ci servirà una *safeword*.»

"Cosa?"

«"Basta" non va bene perché magari lo dirai, ma non sul serio.» Sfrega il naso contro il mio... l'unico contatto tra noi.

Inizia a battermi forte il cuore. Come riesce a farmi questo soltanto con le parole?

«Non farà male. Sarà solo intenso. Molto intenso, perché ho intenzione di non permettere che tu ti muova. Okay?»

Suona così erotico... Respiro rumorosamente. "Accidenti, sto già ansimando." Grazie al cielo sono sposata con quest'uomo, altrimenti sarebbe imbarazzante.

Il mio sguardo si posa sulla sua erezione.

«Okay» dico, la voce a malapena udibile.

«Scegli una parola, Ana. Una *safeword*» dice dolcemente.

«Ghiacciolo» dico ansimando.

«Ghiacciolo?» ripete, divertito.

«Sì.»

Mi sorride, mentre si scosta per guardarmi. «Scelta interessante. Alza le braccia.»

Obbedisco, e Christian prende l'orlo del mio prendisole, me lo sfila dalla testa e lo getta sul pavimento. Stende la mano e io gli restituisco le manette. Le mette sul comodino insieme alla mascherina e tira indietro il copriletto, lasciandolo cadere per terra.

«Girati.»

Mi volto e lui slaccia il reggiseno del costume, che finisce ai miei piedi.

«Domani te lo cucio addosso, questo» mormora. Poi toglie l'elastico che mi trattiene i capelli, sciogliendoli. Li raccoglie in una mano e li strattona con delicatezza, tirandomi a sé. Contro il suo petto. Contro la sua erezione. Ansimo mentre mi fa piegare la testa di lato per baciarmi il collo.

«Sei stata molto disobbediente» mi sussurra nell'orecchio, facendomi rabbrividire di piacere.

«Sì» mormoro.

«Mmh. E come facciamo, adesso?»

«Ce ne faremo una ragione» sussurro. I suoi baci languidi mi fanno impazzire. Sorride appoggiandomi la bocca sul collo.

«Ah, Mrs Grey. Sei la solita ottimista.»

Si raddrizza. Mi divide i capelli in tre ciocche, li intreccia e li ferma all'estremità con l'elastico. Mi tira gentilmente la treccia e mi sussurra: «Sto per darti una lezione».

Con una mossa mi afferra per la vita, si siede sul letto e mi sistema sulle sue ginocchia a pancia in giù. Sento la sua erezione premermi contro lo stomaco. Mi colpisce le natiche. Grido, poi mi ritrovo sdraiata di schiena sul letto mentre mi guarda, gli occhi grigi come piombo fuso. Mi sento bruciare.

«Lo sai quanto sei bella?» Mi percorre una coscia con le dita facendomi fremere... dappertutto. Senza staccare gli occhi dai miei, si allunga per prendere le manette dal comodino. Mi afferra la gamba sinistra e fa scattare una delle manette intorno alla caviglia. Poi mi solleva la gamba destra e fa la stessa cosa, così a ogni caviglia è agganciato un paio di manette. Ancora non ho idea di dove intenda fissarle.

«Mettiti seduta» ordina e io obbedisco.

«Abbracciati le ginocchia.»

Sollevo le gambe, piegandole, poi le circondo con le braccia. Lui si abbassa, mi solleva il mento e mi dà un lieve bacio sulle labbra prima di farmi scivolare la mascherina sugli occhi. Non vedo niente, sento solo il mio respiro accelerato e lo sciabordio del mare contro le pareti dello yacht che beccheggia dolcemente.

"Oddio. Sono già così eccitata..."

«Qual è la *safeword*, Anastasia?»

«Ghiacciolo.»

«Bene.» Mi prende la mano sinistra e fa scattare una delle manette intorno al polso, poi fa lo stesso con la destra. Il braccio sinistro è legato alla gamba sinistra e il destro alla destra. Non posso allungare le gambe.

«Adesso» ansima Christian «voglio proprio scoparti fino a farti urlare.»

"Cosa?" Rimango completamente senza fiato.

Mi afferra per i talloni e mi spinge al centro del letto. Non posso far altro che tenere le gambe piegate. Le manette stringono quando le distendo. Ha ragione... il metallo mi si conficca nella carne quasi dolorosamente... È una sensazione strana: legata e impotente, su una barca. Mi allarga le gambe afferrandomi per le caviglie e strappandomi un gemito.

Mi bacia l'interno delle cosce e io vorrei inarcarmi verso di lui, ma non ci riesco. Non ho alcuna possibilità di muovere il bacino. Ho i piedi sospesi in aria.

«Devi assaporare tutto il piacere, Anastasia. Senza muoverti» mormora risalendo con la bocca sul mio corpo, baciandomi lungo l'orlo delle mutandine del bikini. Tira i laccetti e il costume cade sul letto. Adesso sono nuda, alla sua mercé. Mi bacia la pancia, stuzzicandomi l'ombelico con i denti.

«Ah...» sospiro. Sarà dura... Mi bacia lievemente e mi mordicchia risalendo fino al seno.

«Ssh» mi blandisce. «Sei così bella, Ana.»

Gemo, frustrata. Normalmente inarcherei i fianchi, rispondendo alle sue carezze con il mio ritmo, ma non posso fare movimenti. Mi lamento, strattonando le manette. Il metallo affonda nella carne.

«Ahi!» grido. Lui non si scompone, come aveva detto.

«Mi fai impazzire» sussurra. «Così adesso sarò io a far impazzire te.» Adesso è sopra di me, appoggiato ai gomiti, e rivolge la sua attenzione al mio seno. Mordicchia, lecca, mi stringe i capezzoli tra l'indice e il pollice, facendomi morire. Non si ferma. È sconvolgente. "Oh. Ti prego." La sua erezione preme contro di me.

«Christian» lo supplico e percepisco sul suo viso un sorriso trionfante.

«Che dici, ti faccio venire così?» mormora con la bocca su un mio capezzolo, facendolo diventare ancora più turgido. «Sai che se voglio...» Mi succhia con forza e io urlo di piacere. Strattono le manette, travolta da questa sensazione.

«Sì...» gemo.

«Oh, piccola, troppo facile.»

«... ti prego.»

«Ssh.» Mi sfiora il mento con i denti mentre risale con le labbra verso la mia bocca, e io sussulto. Mi bacia. Mi infila in bocca la lingua esperta, assaporando, esplorando, dominando, ma io rispondo alla sfida intrecciando la mia lingua alla sua. Sa di gin freddo e di Christian Grey, e profuma di mare. Mi afferra il mento, tenendomi la testa.

«Ferma, piccola, voglio che tu stia ferma» mormora.

«Voglio vederti.»

«No, Ana. Sentirai di più così.» E con insopportabile lentezza inarca il bacino e si spinge dentro di me. Di solito mi sollevo per andargli incontro, ma non riesco. Si ritrae da me.

«Ah! Christian, ti prego!»

«Ancora?» mi stuzzica, la voce roca.

«Christian!»

Mi penetra di nuovo, poi si tira indietro, baciandomi e strizzandomi i capezzoli. È un piacere insopportabile.

«No!»

«Mi vuoi, Anastasia?»

«Sì» lo supplico.

«Dimmelo» sussurra, il respiro accelerato. Dentro... e fuori.

«Ti voglio» gemo. «Ti prego.»

«Mi avrai, Anastasia.»

Si ritrae e mi penetra di nuovo velocemente. Grido, gettando indietro la testa e strattonando le manette mentre lui raggiunge il punto giusto... Sono inondata dalle sensazioni... Un'agonia dolcissima, e non riesco a muovermi.

«Perché mi sfidi, Ana?»

«Christian, basta...»

Si muove dentro di me, ignorando la mia supplica, ritraendosi lentamente e poi penetrandomi di nuovo con forza.

«Dimmelo. Perché?» sibila, e io sono vagamente consapevole che lo dice a denti stretti.

Grido, un gemito incoerente... È troppo.

«Dimmelo.»

«Christian...»

«Ana, ho bisogno di saperlo.»

Mi penetra ancora, affondando dentro di me, e il piacere cresce... La sensazione è così intensa: mi sommerge levandosi dalle viscere e diffondendosi in ogni parte del corpo, fino alle manette di metallo che mi tengono schiava.

«Non lo so!» grido. «Perché posso! Perché ti amo! Ti prego, Christian.»

Geme forte e si spinge in fondo, ripetutamente, e poi di nuovo, e io mi perdo nel piacere. Mi esplode nel cervello... nel corpo... Vorrei allungare le gambe, trattenere l'orgasmo, ma non posso... sono impotente. Sono sua, semplicemente sua, perché mi usi come vuole... Mi vengono le lacrime agli occhi. È troppo intenso. Non posso fermarlo. Non voglio fermarlo... voglio... voglio... oh, no... no... è troppo...

«Ecco» grugnisce Christian. «Sentilo, piccola!»

L'orgasmo mi squassa divampando come un incendio, consumando ogni cosa. Sono completamente svuotata, le lacrime mi solcano le guance... Il corpo pulsa, trema.

Christian si mette in ginocchio, ancora dentro di me, e mi tira sopra di lui. Con una mano mi afferra la testa, con l'altra mi tiene la schiena e viene con violenza, mentre io sono ancora percorsa dalle contrazioni dell'orgasmo. È spossante, estenuante, è l'inferno... È il paradiso.

Christian mi strappa la mascherina e mi bacia via le lacrime, stringendomi il viso tra le mani.

«Ti amo, Mrs Grey» mormora. «Anche se mi fai arrabbiare da morire, mi fai sentire così vivo.» Non ho la forza di aprire gli occhi né di muovere la bocca per rispondere. Con estrema delicatezza mi adagia sul letto ed esce da me.

Sussurro una protesta inarticolata. Lui scende dal letto e apre le manette. Quando sono libera, mi strofina delicatamente i polsi e le caviglie, poi si sdraia accanto a me, prendendomi tra le braccia. Allungo le gambe. Oddio, che sensazione meravigliosa. Mi sento bene. È stato l'orgasmo più intenso che abbia mai avuto. "Mmh… una scopata punitiva alla Christian Grey."

Dovrei davvero comportarmi male più spesso.

Mi sveglio avvertendo una pressione alla vescica. Quando apro gli occhi sono disorientata. Fuori è buio. "Dove sono?" Londra? Parigi? Oh… lo yacht. Lo sento rollare e beccheggiare, e avverto il basso ronzio dei motori. Ci stiamo muovendo. "Che strano." Christian è accanto a me e lavora al suo portatile; indossa una camicia bianca di lino e pantaloni cachi ed è a piedi nudi. Ha i capelli umidi e io sento l'odore di bagnoschiuma della doccia appena fatta e il suo caratteristico profumo… "Mmh."

«Ciao» mormora guardandomi, gli occhi pieni di affetto.

«Ciao.» Sorrido, improvvisamente intimidita. «Quanto tempo ho dormito?»

«Un'oretta o giù di lì.»

«Ci stiamo muovendo?»

«Visto che ieri sera abbiamo mangiato fuori e siamo andati al balletto e poi al casinò, pensavo che oggi potremmo cenare a bordo. Una tranquilla serata *à deux*.»

Gli rivolgo un sorriso luminoso. «Dove stiamo andando?»

«Cannes.»

«Okay.» Mi stiro, sentendo i muscoli irrigiditi. Nessun allenamento con Claude avrebbe potuto prepararmi a un pomeriggio come questo.

Mi alzo con cautela: ho bisogno di andare in bagno. Prendo la mia vestaglia di seta e me la infilo in fretta. Perché sono così pudica? Sento gli occhi di Christian su di me. Quando lo guardo, lui torna al computer, la fronte aggrottata.

Mentre mi lavo distrattamente le mani nella toilette, la vestaglia si apre. Mi fisso nello specchio, e resto scioccata.

"Merda! Che cosa mi ha fatto?"

3

Fisso con orrore i segni rossi che mi ricoprono il seno. Ho dei succhiotti! Sono sposata con uno dei più rispettati uomini d'affari degli Stati Uniti e lui mi ha fatto dei succhiotti! Com'è che non me ne sono accorta? Il fatto è che so esattamente perché: Mr Orgasmo stava usando le sue raffinate abilità erotiche su di me.

Guardo a bocca aperta la mia immagine nello specchio. Intorno a ciascun polso c'è un segno rosso lasciato dalle manette. Diventerà senz'altro un livido. Mi esamino le caviglie: un altro segno. Mi guardo di nuovo tentando di fare i conti con il mio aspetto. In questi giorni il mio corpo è così diverso. È cambiato sottilmente da quando conosco Christian... Sono diventata più magra e muscolosa, ho i capelli lucenti e tagliati in modo impeccabile. Mi hanno fatto la manicure e la pedicure, le sopracciglia sono sfoltite e disegnate in un arco perfetto. Per la prima volta nella mia vita sono curatissima... tranne questi spaventosi segni dell'amore.

Non voglio pensare a darmi una sistemata, non ora. Sono troppo arrabbiata. Come osa marchiarmi in questo modo, come uno stupido adolescente?! Da quando stiamo insieme non mi aveva mai fatto dei succhiotti. Ho un aspetto orribile. "Maledetto maniaco del controllo. Giusto!" La mia vocina interiore non si tiene: questa volta è andato decisamente oltre. Esco dal bagno ed entro nella cabina armadio, evitando di guardare nella direzione di Christian. Mi tolgo la vestaglia e mi infilo i pantaloni della tuta e un top. Disfo la treccia, prendo una spazzola e mi pettino i capelli.

«Anastasia» chiama Christian e io percepisco la nota d'ansia. «Tutto bene?»

Lo ignoro. "No, non va tutto bene." Dopo quello che mi ha fatto, dubito che potrò indossare un costume per il resto della nostra luna di miele, per non dire del bikini assurdamente costoso. Di colpo questo pensiero mi fa infuriare. Glielo do io il suo "Tutto bene?". Fremo di rabbia. Anch'io posso comportarmi come un'adolescente! Torno in camera e gli lancio addosso la spazzola, mi giro e me ne vado... non prima di aver visto la sua espressione e il movimento fulmineo con cui ha sollevato le braccia per proteggersi la testa; la spazzola lo colpisce sull'avambraccio e cade sul letto senza fargli niente.

Mi precipito fuori dalla nostra stanza, salgo a razzo i gradini ed esco sul ponte, dirigendomi a prua. Ho bisogno di prendere una boccata d'aria per calmarmi. È buio e la serata è tiepida. Il vento caldo porta l'odore del Mediterraneo e un sentore di gelsomino e buganvillea dalla costa. Il *Fair Lady* scivola morbidamente sul mare blu cobalto mentre io appoggio i gomiti sulla battagliola di legno, guardando la costa lontana dove brillano minuscole luci ammiccanti. Faccio un respiro profondo e comincio lentamente a calmarmi. Percepisco la sua presenza alle mie spalle prima di udire la sua voce.

«Sei arrabbiata con me» sussurra.

«Indovinato, Sherlock!»

«Quanto arrabbiata?»

«In una scala da uno a dieci, cinquanta.»

«Così tanto arrabbiata?» Sembra impressionato.

«Sì. Tanto da diventare violenta» rispondo a denti stretti.

Lui rimane in silenzio mentre io mi volto e gli lancio un'occhiataccia. Mi guarda con gli occhi sgranati e guardinghi. È completamente spiazzato, lo capisco dalla sua espressione e dal fatto che non fa alcun tentativo di toccarmi.

«Christian, devi smetterla di cercare di costringermi a obbedirti. Avevi spiegato il tuo punto di vista sulla spiaggia. Molto efficacemente, a quanto ricordo.»

Si stringe nelle spalle. «Be', non voglio che tu ti metta di nuovo in topless» mormora in tono stizzito.

E questo giustifica quello che mi ha fatto? Lo guardo male. «Non mi piace che mi lasci dei segni. Be', non così tanti, comunque. È un limite assoluto!» sibilo.

«E a me non piace che tu ti tolga i vestiti in pubblico. Questo è un limite assoluto per me» ringhia.

«Credevo che fossimo d'accordo» dico con furia trattenuta. «Guardami!» Abbasso il top per fargli vedere la parte superiore del seno. Christian mi fissa, l'espressione cauta e incerta. Non è abituato a vedermi così arrabbiata. Non capisce quello che mi ha fatto? Non si rende conto di quanto è assurdo? Vorrei gridargli contro, ma mi trattengo… non voglio provocarlo troppo. Dio solo sa come potrebbe reagire. Alla fine, sospira e alza le mani in un gesto rassegnato di conciliazione.

«Okay» dice in tono più calmo. «Ho capito.»

«Bene!»

Si passa una mano tra i capelli. «Mi dispiace. Ti prego, non essere arrabbiata con me.» Finalmente ha l'aria contrita, mentre ripete le parole che io avevo rivolto a lui.

«A volte ti comporti proprio come un adolescente» lo rimprovero caparbia, ma la rabbia è ormai scomparsa dalla mia voce, e lui lo sa. Si avvicina e solleva con fare esitante una mano per rimettermi a posto una ciocca di capelli.

«Lo so» ammette con dolcezza. «Devo imparare un sacco di cose.»

Mi vengono in mente le parole del dottor Flynn: "Dal punto di vista emotivo Christian è un adolescente, Ana. Ha totalmente bypassato quella fase della sua vita. Ha incanalato tutte le sue energie nel successo sul lavoro, e l'ha ottenuto al di là di tutte le aspettative. Il suo universo emotivo deve essere ridefinito".

Mi ammorbidisco un po'.

«Tutti e due dobbiamo imparare un sacco di cose.» Sospiro e sollevo cautamente una mano, appoggiandogliela sul cuore. Non indietreggia come al solito, però si irrigidisce. Posa la sua mano sulla mia e fa un sorriso timido.

«Ho appena imparato che hai una buona mira, Mrs Grey. Non me lo sarei mai immaginato, ma del resto continuo a sottovalutarti. Mi sorprendi sempre.»

«Esercitazioni con Ray. Sono in grado di lanciare e sparare con precisione, Mr Grey, e faresti meglio a tenerlo a mente.»

«Sarò costretto a farlo, Mrs Grey, oppure ad assicurarmi che qualunque oggetto utilizzabile come un proiettile sia inchiodato e che tu non abbia accesso a un'arma.»

«Sono una donna piena di risorse.»

«Lo sei» sussurra. Mi stringe a sé e nasconde il viso tra i miei capelli. Lo abbraccio a mia volta, sentendo svanire la tensione mentre lui mi strofina il naso sul collo.

«Perdonato?»

«E io?»

Percepisco il suo sorriso. «Sì» risponde.

«Idem.»

Rimaniamo abbracciati, il mio risentimento è svanito. Adolescente o no, ha un buon odore. Come posso resistergli?

«Fame?» dice dopo un po'.

«Sì. Una fame da lupi. Tutta quella... ehm... attività mi ha fatto venire appetito. Ma non sono vestita nel modo adatto.» Sono sicura che in sala da pranzo non approverebbero i pantaloni della tuta e il top.

«Vai benissimo per me, Anastasia. Inoltre, per questa settimana lo yacht è nostro. Possiamo vestirci come ci pare. Abbigliamento informale per un martedì sulla Costa Azzurra. Pensavo che potremmo mangiare sul ponte.»

«Sì, mi piacerebbe.»

Mi bacia – un casto bacio da richiesta di perdono – poi ci dirigiamo verso il tavolo dove ci aspetta il gazpacho.

Lo steward ci serve la *crème brûlée* e si ritira con discrezione. «Perché mi fai sempre la treccia?» chiedo a Christian curiosa. Siamo seduti vicini a tavola, il mio polpaccio intrecciato al suo. Si ferma con il cucchiaino a mezz'aria.

«Non voglio che ti si impiglino i capelli da qualche parte» dice, e per un momento sembra perso nei suoi pensieri. «Un'abitudine, credo» riflette ad alta voce. All'improvviso si incupisce e sbarra gli occhi, le pupille dilatate dalla paura.

"Che cosa ha pensato?" È qualcosa di doloroso, un ricordo d'infanzia, suppongo. Non voglio che ci si soffermi. Mi protendo verso di lui e gli metto un dito sulle labbra.

«Non importa. Non ho bisogno di saperlo. La mia era semplice curiosità.» Gli sorrido con affetto, rassicurante. Ha un'espressione diffidente ma dopo un attimo si rilassa, sollevato. Mi avvicino a lui e gli bacio l'angolo della bocca.

«Ti amo» mormoro e lui mi rivolge un sorriso che mi spezza il cuore. Mi intenerisco. «Ti amerò sempre, Christian.»

«E io amerò te» dice con dolcezza.

«Anche se sono disobbediente?» inarco un sopracciglio.

«Proprio perché sei disobbediente, Anastasia» risponde.

Rompo la croccante sfoglia di zucchero caramellato che ricopre il mio dessert e scuoto la testa. Capirò mai quest'uomo? Mmh… la *crème brûlée* è deliziosa.

Dopo che lo steward ha portato via i piatti del dessert, Christian prende la bottiglia di rosé e riempie il mio bicchiere. Mi accerto che non ci sia nessuno e chiedo: «Che cos'era quella storia di non fare la pipì?».

«Vuoi saperlo davvero?» Fa un mezzo sorriso, gli occhi illuminati da un lampo lascivo.

«Dovrei?» Bevo un sorso di vino.

«Più hai la vescica piena, più l'orgasmo è intenso, Ana.» Arrossisco. «Capisco.» "Questo spiega un sacco di cose." Lui sogghigna, con l'aria di chi la sa troppo lunga. Rimarrò sempre un passo indietro rispetto a Mr Supersesso?

«Sì. Be'…» Mi guardo intorno disperata alla ricerca di un appiglio per cambiare discorso. Lui ha pietà di me.

«Che cosa vuoi fare, adesso?» Piega la testa di lato e mi rivolge il suo sorrisetto.

"Qualunque cosa tu voglia, Christian. Sperimentare di nuovo la tua teoria?" Mi stringo nelle spalle.

«Io so che cosa voglio fare» mormora. Prende il bicchiere di vino, si alza e mi tende la mano. «Vieni.»

Prendo la sua mano e lui mi porta nel salone principale.

Il suo iPod è collegato all'amplificatore sul cassettone. Lo accende e seleziona una canzone. «Balla con me» mi chiede.

«Se insisti.»

«Insisto, Mrs Grey.»

Nell'aria si diffonde una musica provocante. È un ritmo latino? Christian mi rivolge un sorriso luminoso e inizia a muoversi, trascinandomi con sé per il salone.

A cantare è un uomo dalla voce che sembra caramello fuso. È una canzone che conosco, ma che non riesco a identificare. Christian mi fa piegare in un casqué. Ridacchio. Lui è divertito. Poi mi solleva e mi fa passare sotto il suo braccio.

«Balli così bene» dico. «È come se sapessi ballare anch'io.»

Mi fa un sorriso enigmatico ma non dice niente, e io mi chiedo se non stia pensando a lei… a Mrs Robinson, la donna che gli ha insegnato a ballare, e a scopare. Christian non l'ha più nominata dal giorno del suo compleanno, e per quanto ne so il loro rapporto d'affari è finito. Sebbene con riluttanza, devo ammetterlo: è stata un'insegnante coi fiocchi.

Mi fa piegare in un altro casqué e mi bacia.

«Il tuo amore mi è mancato» mormoro, riecheggiando la canzone.

«Il tuo amore mi è molto più che mancato» ribatte lui e

mi fa volteggiare ancora una volta. Poi mi canta nell'orecchio le parole della canzone mandandomi in estasi.

La musica finisce e Christian mi guarda, gli occhi senza più traccia di umorismo, e di colpo rimango senza fiato.

«Vieni a letto con me?» sussurra, una supplica sincera che mi arriva dritta al cuore.

"Christian, mi hai avuta... due ore e mezzo fa." Ma so che è il suo modo di scusarsi e di essere sicuro che tra noi vada tutto bene dopo la litigata.

Quando mi sveglio, il sole splende attraverso gli oblò e il riflesso dell'acqua proietta motivi scintillanti sul soffitto della cabina. Christian non c'è. Mi stiracchio e sorrido. "Mmh... Dovrei farmi tutti i giorni una scopata punitiva seguita da una bella seduta di sesso rappacificatore." È come andare a letto con due uomini diversi: il Christian arrabbiato e il Christian tenero e devoto. È difficile stabilire quale mi piace di più.

Vado in bagno. Aprendo la porta, trovo Christian che si sta facendo la barba: è nudo, eccetto un asciugamano sui fianchi. Si gira e mi fa un sorriso radioso, nient'affatto turbato da quell'interruzione. Ho scoperto che Christian non chiude la porta se è da solo in una stanza... Un comportamento che fa pensare, ma che non ho voglia di approfondire.

«Buongiorno, Mrs Grey» dice, raggiante.

«Buongiorno a te.» Gli sorrido mentre lo guardo radersi. Adoro farlo. Piega indietro la testa e fa scorrere il rasoio sotto il mento, con passaggi deliberatamente lunghi, e io mi trovo a ripetere inconsapevolmente i suoi gesti, abbassando il labbro superiore proprio come fa lui per radersi il solco sotto il naso. Si volta e mi rivolge un sorriso malizioso, metà della faccia ancora ricoperta di schiuma da barba.

«Ti piace lo spettacolo?»

"Oh, Christian, potrei guardarti per ore." «Uno dei miei preferiti in assoluto» mormoro e lui si protende per darmi un rapido bacio, sporcandomi la faccia di schiuma.

«Dovrei fartelo di nuovo?» mormora malizioso, mostrandomi il rasoio.

Arriccio le labbra. «No» borbotto, fingendo di mettere il muso. «La prossima volta mi faccio la ceretta.» Ripenso al godimento di Christian a Londra quando aveva scoperto che mi ero rasata i peli del pube per curiosità. Ovviamente non l'avevo fatto secondo gli elevati standard di Mr Precisino...

«Che diavolo hai fatto?» esclama Christian. Non riesce a mascherare l'aria divertita e inorridita al tempo stesso. Si tira su a sedere sul letto della nostra suite, accende l'abat-jour e mi fissa, meravigliato. Dev'essere mezzanotte. Divento del colore delle lenzuola della stanza dei giochi e cerco di tirarmi giù la camicia da notte di satin. Mi afferra la mano per impedirmelo.

«Ana!»

«Io... ehm... rasata.»

«Questo lo vedo da solo. Perché?» Ha un sorriso da un orecchio all'altro.

Mi nascondo la faccia tra le mani. Perché sono così imbarazzata?

«Ehi» dice con dolcezza e mi scosta le mani dal viso. «Non nasconderti.» Si morde un labbro per non scoppiare a ridere. «Dimmelo. Perché?» Gli leggo l'ilarità negli occhi. Perché lo trova così divertente?

«Smettila di ridere di me.»

«Non sto ridendo di te. Mi dispiace. Sono... deliziato.»

«Oh...»

«Dimmelo: perché?»

Respiro a fondo. «Questa mattina, dopo che sei uscito, ho fatto una doccia e mi sono ricordata di tutte le tue regole.»

Lui sbatte le palpebre. Dal suo volto è scomparsa ogni traccia di divertimento e adesso mi guarda con circospezione.

«Le ho spuntate a una a una, chiedendomi che cosa provavo, così mi sono ricordata del salone di bellezza e ho pensato... questo ti piacerebbe. Non ho avuto il coraggio di farmi fare la ceretta.» La mia voce si spegne in un sussurro.

Mi fissa, gli occhi ardenti... Questa volta non brillano per l'ilarità suscitata dalla mia idea, ma sono pieni d'amore.

«Oh, Ana» sussurra. Si china verso di me e mi bacia con tenerezza. «Mi incanti» sussurra contro la mia bocca e mi bacia di nuovo, prendendomi la faccia tra le mani.

Dopo un momento si scosta e si appoggia su un gomito. È di nuovo divertito. «Penso che dovrei fare un'accurata ispezione del tuo lavoro, Mrs Grey.»

«Cosa? No.» "Sta scherzando!" Mi copro, proteggendo la zona recentemente "disboscata".

«Oh, no, non farlo, Anastasia.» Mi blocca le mani, mentre con un movimento agile si mette in mezzo alle mie gambe, tenendomi ferme le braccia. Mi lancia un'occhiata capace di scatenare un incendio, ma prima che io possa prender fuoco si china e mi sfiora l'addome con la bocca scendendo verso il pube. Mi dimeno sotto di lui.

«Bene, che cos'abbiamo qui?» Christian depone un bacio nel punto fino a stamattina coperto di peli... poi sfrega il mento ispido contro di me.

«Ah!» esclamo. "Wow... è sensibile."

Christian cerca i miei occhi, lo sguardo pieno di desiderio lascivo. «Penso che tu abbia dimenticato un pezzetto» mormora e tira delicatamente il ciuffetto di peli.

«Oh... accidenti» borbotto, sperando che questo metta fine a quell'esame francamente invadente.

«Ho un'idea.» Balza nudo dal letto e va in bagno. Torna un attimo dopo con un bicchiere d'acqua, una tazza, il mio rasoio, il suo pennello da barba, la schiuma e un asciugamano. Mette tutto, tranne l'asciugamano, sul comodino.

Il mio subconscio chiude di colpo il libro di Dickens, si alza dalla sedia e si mette le mani sui fianchi.

«No. No. No» squittisco.

«Mrs Grey, se si fa un lavoro, tanto vale farlo bene. Solleva il bacino.» Nei suoi occhi risplende il grigio luminoso di un temporale estivo.

«Christian. Non vorrai radermi!»

Piega la testa di lato. «E perché no?»

Arrossisco… Non è ovvio? «Perché… è troppo…»

«Intimo?» sussurra. «Ana, io desidero ardentemente l'intimità con te, lo sai. Inoltre, dopo tutto quello che abbiamo fatto, non metterti a fare la ragazzetta con me. Conosco questa parte del tuo corpo meglio di quanto la conosca tu.»

Rimango a bocca aperta. "Arrogante… Be', è vero, la conosce meglio di me…" «È sbagliato, ecco!» piagnucolo.

«No, non è sbagliato… è eccitante.»

«Ti eccita?» Non riesco a fare a meno di sembrare stupida. Sbuffa. «Tu che dici?» Lancia un'occhiata alla sua erezione. «Voglio raderti» sussurra.

Mi sdraio sulla schiena coprendomi il viso con le braccia. «Se ti rende felice, Christian, fa' pure. Sei così strano» borbotto, sollevando il bacino perché lui metta sotto l'asciugamano. Mi bacia l'interno della coscia.

«Oh, piccola, hai ragione da vendere.»

Sento il rumore dell'acqua mentre immerge il pennello nel bicchiere, quindi il fruscio della schiuma nella tazza. Mi prende la caviglia sinistra e mi allarga le gambe. Il letto si abbassa quando si siede vicino a me. «Mi piacerebbe davvero legarti, adesso» mormora.

«Prometto di rimanere immobile.»

«Bene.»

Sussulto quando mi passa il pennello sul monte di Venere. È caldo. L'acqua nel bicchiere dev'essere bollente. Mi muovo leggermente. Pizzica… ma in maniera piacevole.

«Non muoverti» mi ammonisce Christian, ripassando il pennello «oppure dovrò legarti» aggiunge minaccioso, e un brivido di piacere mi percorre la spina dorsale.

«L'avevi già fatto?» chiedo esitante, quando lui allunga la mano verso il rasoio.

«No.»

«Oh, bene» sorrido.

«Un'altra prima volta, Mrs Grey.»

«Mmh. Adoro le prime volte.»

«Anch'io. Ci siamo.» Con una delicatezza che mi stupisce, passa il rasoio sulla pelle sensibile. «Stai ferma» dice in tono distratto: è concentrato su quel che sta facendo.

È una questione di pochi minuti, poi lui prende l'asciugamano e toglie i residui di schiuma.

«Ecco fatto... così va meglio» riflette a voce alta, e finalmente io mi scopro il viso per guardarlo mentre ammira l'opera terminata.

«Contento?» chiedo, la voce roca.

«Molto.» Sorride malizioso e infila un dito dentro di me.

«Però è stato divertente» dice, lo sguardo canzonatorio.

«Per te, forse» cerco di ribattere, ma ha ragione: è stato... eccitante.

«Mi pare di ricordare che il seguito sia stato molto soddisfacente.» Christian riprende a radersi. Abbasso lo sguardo sulle mie mani. Sì, lo è stato. Non avevo idea che l'assenza di peli pubici potesse fare tanta differenza.

«Ehi, ti sto solo prendendo in giro. Non è questo che fa un marito perdutamente innamorato di sua moglie?» Christian mi solleva il mento e mi guarda negli occhi, lo sguardo improvvisamente preoccupato mentre si sforza di decifrare la mia espressione.

"Mmh... è il momento di fargliela pagare."

«Siediti» borbotto.

Lui mi fissa, senza capire. Lo spingo verso lo sgabello bianco del bagno. Perplesso, si siede, e io gli prendo il rasoio.

«Ana» mi avverte quando capisce le mie intenzioni. Mi chino e lo bacio.

«Testa indietro» sussurro.

Esita.

«Occhio per occhio, Mr Grey.»

Mi guarda con divertita, guardinga incredulità. «Sai quello che fai?» chiede, con la voce bassa. Scuoto la testa lentamente, deliberatamente, cercando di sembrare il più seria possibile. Lui chiude gli occhi e sospira, poi piega la testa all'indietro in segno di resa.

"Oh, porca miseria, mi permette di raderlo." Con una certa esitazione, gli infilo le dita tra i capelli umidi della fronte, afferrandoli per tenerlo fermo. Lui chiude gli occhi e apre lievemente le labbra inspirando. Passo delicatamente il rasoio dal collo al mento, scoprendo una striscia di pelle sotto la schiuma da barba. Christian espira.

«Pensavi che ti avrei fatto male?»

«Non so mai quello che farai, Ana, ma no... non intenzionalmente, almeno.»

Gli passo di nuovo il rasoio sul collo, ampliando la striscia.

«Non ti farei mai del male intenzionalmente, Christian.»

Lui apre gli occhi e mi circonda con le braccia, mentre io gli passo delicatamente il rasoio sulla guancia sotto la basetta.

«Lo so» dice, inclinando la testa in modo che io possa radergli il resto della guancia. Due passate di rasoio e ho finito.

«Fatto, senza una goccia di sangue.» Sorrido orgogliosa.

Lui mi fa scorrere una mano sulla gamba facendomi risalire la camicia da notte sulle cosce e mi prende in grembo, così adesso sono a cavalcioni su di lui. Mi reggo appoggiandomi alle sue braccia. È davvero muscoloso.

«Posso portarti da qualche parte?»

«Niente abbronzatura?» gli domando, caustica.

Si passa la lingua sulle labbra. «Niente abbronzatura, oggi. Pensavo che avresti preferito fare qualcos'altro.»

«Be', visto che mi hai coperta di succhiotti, impedendomi di fatto di mettermi in costume, certo, perché no?»

Sceglie saggiamente di ignorare il mio tono. «Richiede un tragitto in macchina, ma da quel che ho letto vale la pena andarci. Mio padre mi ha raccomandato di visitarlo. È un paese arroccato su una collina che si chiama Saint-Paul de Vence. Ci sono anche alcune gallerie d'arte. Pensavo che potremmo comprare qualche quadro o magari una scultura per la nuova casa, se troviamo qualcosa che ci piace.»

"Accidenti!" Mi scosto da lui e lo guardo. "Arte... vuole comprare opere d'arte. Come faccio?"

«Che cosa c'è?» chiede.

«Non capisco niente di arte, Christian.»

Lui si stringe nelle spalle e mi sorride con indulgenza. «Compreremo solo quello che ci piace. Non si tratta di fare un investimento.»

"Investimento? Addirittura."

«Che cosa c'è?» chiede di nuovo. «Senti, so che i disegni dell'architetto sono arrivati solo l'altroieri ma... non c'è niente di male a dare un'occhiata, e la cittadina è antica.»

Ah, l'architetto. Doveva proprio ricordarmi quella donna... Gia Matteo, un'amica di Elliot che ha lavorato alla casa di Christian ad Aspen. Durante i nostri incontri è stata addosso a Christian come una zecca.

«Che cosa c'è adesso?!» esclama Christian. Scuoto la testa. «Dimmelo» mi sollecita.

"Come faccio a dirgli che Gia non mi piace? La mia antipatia è irrazionale. Non voglio fare la moglie gelosa."

«Non sarai ancora arrabbiata per quello che ho fatto ieri?» Sospira e mi nasconde la faccia tra i seni.

«No, ho fame» mormoro, sapendo bene che questo lo distrarrà dalle sue domande.

«Perché non l'hai detto prima?» Mi mette giù e si alza.

Saint-Paul de Vence è uno dei posti più pittoreschi che io abbia mai visto. Passeggio con Christian nelle strette vie acciottolate, con la mano infilata nella tasca posteriore dei suoi pantaloncini. Taylor e Gaston – o forse è Philippe, non riesco a distinguerli – ci seguono. Oltrepassiamo una piazza ombreggiata dagli alberi dove tre uomini – uno dei quali con il tradizionale basco, nonostante il caldo – giocano a bocce. È pieno di turisti, ma io mi sento confortevolmente protetta accanto a Christian. C'è così tanto da vedere: vicoli e passaggi che portano a cortili con complicate fontane di pietra, sculture antiche e moderne, piccole boutique e negozietti affascinanti.

Nella prima galleria d'arte Christian guarda distrattamente le fotografie erotiche davanti a noi, mordicchiando la stanghetta dei suoi occhiali da sole. Sono opere di Florence D'elle: donne nude in diverse pose.

«Non sono proprio quello che avevo in mente» borbotto in tono di disapprovazione. Mi fanno pensare alla scatola di fotografie che ho trovato nella sua cabina armadio... la nostra cabina armadio. Mi chiedo se le abbia davvero distrutte.

«Nemmeno io» dice Christian, rivolgendomi un ampio sorriso. Mi prende per mano e ci avviamo verso l'artista successivo. Mi chiedo oziosamente se dovrei permettergli di farmi delle foto.

L'esposizione successiva è di una pittrice specializzata in nature morte dipinte in colori splendidi e vivaci.

«Mi piacciono quelli» dico indicando tre quadri con peperoni. «Mi ricordano la volta in cui hai tagliato le verdure nel mio appartamento.» Ridacchio. Christian fa una smorfia mentre tenta senza successo di nascondere la sua ilarità.

«Pensavo di aver fatto un lavoro professionale» borbotta. «Un po' lento, forse, e comunque» mi stringe in un abbraccio «mi stavi distraendo. Dove vorresti metterli?»

«Cosa?»

Christian mi sfiora l'orecchio con la bocca. «I quadri... dove vorresti metterli?» Mi mordicchia il lobo e io avverto la familiare sensazione nel basso ventre.

«In cucina» mormoro.

«Mmh. Ottima idea, Mrs Grey.»

Stringo gli occhi per guardare quanto costano. Cinquemila euro l'uno. "Però!"

«Sono carissimi!» dico senza fiato.

«E allora?» Mi sfiora di nuovo l'orecchio. «Abituati, Ana.» Mi lascia andare e si avvicina lentamente al banco dove una donna vestita di bianco lo fissa a bocca aperta. Vorrei alzare gli occhi al cielo, ma riporto l'attenzione sui dipinti. Cinquemila euro... Accidenti.

Abbiamo finito di pranzare e ci stiamo rilassando con un caffè all'Hotel Le Saint Paul. Il panorama sulla campagna circostante è sbalorditivo. Vigne e campi di girasoli formano un patchwork che ricopre la pianura e sono inframmezzati qua e là da piccole e linde fattorie. È una giornata limpida e bellissima e lo sguardo spazia fino al mare, che luccica debolmente all'orizzonte. Christian interrompe le mie fantasticherie.

«Mi hai chiesto perché ti faccio la treccia» mormora. Il tono mi mette in allarme. Ha l'espressione... colpevole.

«Sì.» "Oh, merda."

«La puttana drogata mi lasciava giocare con i suoi capelli, credo. Non so se è un ricordo o un sogno.»

"Caspita! La madre biologica."

Mi fissa, l'espressione indecifrabile. Il cuore mi balza in gola. Che cosa replico quando mi racconta cose del genere?

«Mi piace che tu giochi con i miei capelli» dico esitante. Mi guarda incerto. «Davvero?»

«Sì.» È la verità. Gli prendo la mano. «Credo che tu amassi tua madre, Christian.» Mi guarda impassibile, senza parlare.

"Mi sono spinta troppo in là? Di' qualcosa, Christian... ti prego." Rimane muto, fissandomi con i suoi impenetrabili occhi grigi, mentre il silenzio tra noi si dilata. Sembra perso.

«Di' qualcosa» sussurro, perché non riesco più a sopportare il silenzio. Lui scuote la testa, espirando con forza.

«Andiamo.» Sottrae la mano alla mia stretta e si alza con un'espressione guardinga. Ho passato il segno? Non ne ho idea. Sento un tuffo al cuore e non so se aggiungere qualcos'altro o lasciar perdere. Decido di lasciar perdere e lo seguo obbediente fuori dal ristorante.

Nella pittoresca stradina lui mi prende per mano.

«Dove vuoi andare?»

"Ha parlato! Non è arrabbiato con me..." Sospiro, sollevata. «Sono solo felice che mi parli ancora.»

«Sai che non mi piace discutere di tutto quello schifo. È storia passata. Finita» dice tranquillamente.

"No che non lo è, Christian." Il pensiero mi rattrista e per la prima volta mi chiedo se sarà mai finita davvero. Lui sarà sempre Mr Cinquanta Sfumature. Voglio che cambi? No, non sul serio... Desidero solo che si senta amato. Lo guardo di sottecchi, prendendomi un momento per ammirare la sua seducente bellezza... Lui è *mio*. E non è solo il fascino del suo viso stupendo e del suo corpo perfetto ad ammaliarmi. È ciò che sta dietro ad attirarmi, a tenermi avvinta... La sua anima fragile, ferita.

Mi lancia quel suo sguardo obliquo, metà divertito e metà circospetto, sexy da morire, poi mi abbraccia e ci incamminiamo in mezzo ai turisti verso il posto dove Philippe/Gaston ha parcheggiato la grossa Mercedes. Tengo una mano infilata nella tasca posteriore dei pantaloncini di Christian, ringraziando il cielo che non sia arrabbiato. Ma, insomma, quale bambino di quattro anni non ama la propria mamma, a prescindere da quanto lei sia una cattiva madre? Mi stringo più forte a lui. So che gli uomini della sicurezza ci seguono con discrezione e mi chiedo pigramente se abbiano mangiato.

Christian si ferma davanti a una piccola boutique che vende gioielli meravigliosi e osserva la vetrina, poi si gira a guardarmi. Mi afferra la mano libera e passa il pollice sul segno lasciato dalle manette, ormai di un rosso sbiadito.

«Non fa male» lo rassicuro. Lui mi fa togliere l'altra mano dalla sua tasca posteriore. La prende e la gira delicatamente per osservare il polso. L'Omega di platino che mi ha regalato a colazione, nella nostra prima mattina a Londra, nasconde il segno rosso. La dedica mi fa ancora andare in estasi.

Anastasia
sei la cosa più importante,
il mio amore, la mia vita.
Christian

Nonostante tutto, a dispetto delle sue cinquanta sfumature, mio marito sa essere così romantico. Guardo i segni sbiaditi sul mio polso... E poi, qualche volta, può essere così selvaggio. Mi lascia andare la mano, mi solleva il mento e scruta la mia espressione, lo sguardo turbato.

«Non fanno male» ripeto. Si porta la mia mano alle labbra e depone un bacio di scuse all'interno del polso.

«Vieni» dice e mi guida dentro il negozio.

«Ecco.» Christian tiene in mano il braccialetto di platino che ha appena comprato. È stupendo, con una finissima lavorazione in filigrana di fiori stilizzati e piccoli diamanti al centro. Me lo allaccia al polso. È simile a un polsino, e nasconde i segni rossi. "E costa circa trentamila euro" penso, anche se non sono riuscita a seguire del tutto la conversazione in francese con la commessa. Non ho mai indossato niente di tanto costoso.

«Così va meglio» mormora.

«Meglio?» sussurro, guardando i suoi occhi luminosi, consapevole che la commessa magra come un chiodo ci fissa con invidia e disapprovazione.

«Tu sai perché» dice Christian in tono incerto.

«Non ho bisogno di questo» dico scuotendo il polso. Il braccialetto cattura la luce pomeridiana che entra dalla vetrina e i diamanti proiettano sulle pareti del negozio piccoli arcobaleni scintillanti.

«Io sì» ribatte lui, con assoluta sincerità.

Perché? Perché ne ha bisogno? Si sente in colpa? E per cosa? I segni? Sua madre? Il fatto che non si fida di me?

«No, non ne hai bisogno, Christian. Mi hai già dato così tanto. Una luna di miele magica, Londra, Parigi, la Costa Azzurra... e te. Sono una ragazza molto fortunata» sussurro e il suo sguardo si addolcisce.

«No, Anastasia, io sono un uomo molto fortunato.»

«Grazie.» Mi alzo in punta di piedi e gli metto le braccia al collo, baciandolo... non per avermi regalato il braccialetto ma per essere mio.

In macchina Christian è pensieroso. Ha lo sguardo fisso sui campi di girasoli con le corolle piegate e immerse nella luce del sole pomeridiano. Uno dei gemelli – Gaston, se non sbaglio – è alla guida e Taylor gli è seduto accanto. Christian sta rimuginando su qualcosa. Gli prendo la mano, stringendogliela con un gesto rassicurante. Lui mi lancia un'occhiata, poi sottrae la mano dalla mia e mi accarezza un ginocchio. Indosso una gonna corta a pieghe bianca e blu e una camicetta senza maniche della stessa tonalità di blu. Christian esita, e io non so se la sua mano risalirà lungo la coscia o si abbasserà sul polpaccio. Ho i sensi all'erta, risvegliati dal suo tocco delicato, e trattengo il fiato. "Che cosa sta per fare?" Decide: mi afferra all'improvviso la caviglia e si mette il mio piede in grembo. Mi giro per guardarlo in faccia.

«Voglio anche l'altro.»

Lancio un'occhiata nervosa a Taylor e Gaston, che tengono gli occhi fissi sulla strada, e gli appoggio in grembo anche l'altro piede. Lo sguardo impassibile, lui allunga una mano e preme un pulsante sul bracciolo della sua portiera. Davanti a noi si alza un sottile divisorio leggermente oscurato e dieci secondi dopo siamo soli. Wow... non c'è da stupirsi che nella parte posteriore di quest'auto ci sia così tanto spazio per le gambe.

«Voglio guardarti le caviglie» spiega Christian tranquillamente. Ha un'espressione ansiosa. I segni delle manette? "Accidenti... Pensavo che l'argomento fosse chiuso." Se ci sono dei segni, sono nascosti dal cinturino dei sandali. Non mi sembra di averli visti stamattina. Strofina piano il pollice sull'interno della caviglia, facendomi sussultare. Mentre slaccia abilmente il cinturino, sulle labbra gli aleggia un sorriso, che scompare alla vista dei segni rosso scuro.

«Non fanno male» mormoro. Lui mi guarda con un'espressione triste, la bocca una linea sottile. Annuisce come se mi prendesse in parola e io scuoto il piede facendo cadere il sandalo.

«Ehi. Che cosa ti aspettavi?» gli chiedo con tenerezza. Lui mi lancia un'occhiata e si stringe nelle spalle.

«Non mi aspettavo di sentirmi come mi sento alla vista di questi segni» dice.

"Oh!" Reticente un minuto prima e aperto un minuto dopo? "Christian! Come faccio a starti dietro?"

«E come ti senti?»

Mi lancia uno sguardo cupo. «A disagio» mormora.

"Oh, no." Sgancio la cintura di sicurezza e mi avvicino, lasciandogli i piedi in grembo. Vorrei sedermi in braccio a lui e stringerlo, e lo farei se davanti ci fosse solo Taylor. Ma la presenza di Gaston mi imbarazza, nonostante il divisorio. Se solo fosse più scuro. Gli prendo le mani.

«Sono i succhiotti la cosa che non mi piace» sussurro. «Tutto il resto... quello che hai fatto» abbasso la voce a un sussurro «con le manette mi è piaciuto. Be', più che piaciuto. È stato travolgente. Puoi farlo di nuovo quando vuoi.»

Si agita sul sedile. «Travolgente?» La mia dea interiore alza gli occhi stupefatta dal suo libro di Jackie Collins.

«Sì.» Gli faccio un sorriso radioso. Fletto le dita dei piedi toccandolo in mezzo alle gambe dove gli sta venendo duro, e percepisco più che udirlo il suo respiro mozzato, le labbra che si schiudono.

«Dovresti metterti la cintura di sicurezza, Mrs Grey.» Ha la voce bassa e io lo accarezzo di nuovo con le dita dei piedi. Ansima e i suoi occhi si fanno cupi, poi mi afferra la caviglia. Vuole che smetta? Che continui?

Fa una pausa, si acciglia, quindi estrae dalla tasca l'immancabile BlackBerry per rispondere a una chiamata e intanto guarda l'orologio. Fa una smorfia.

«Barney» dice seccamente.

Interrotti di nuovo dal lavoro. Cerco di spostare i piedi ma lui rafforza la stretta delle dita sulla mia caviglia.

«Nella stanza dei server?» dice incredulo. «È scattato il sistema antincendio?»

"Un incendio!" Sposto i piedi e questa volta mi lascia fare. Mi siedo al mio posto, allaccio la cintura e giocherello nervosamente con il braccialetto da trentamila euro. Christian preme di nuovo il bottone sul bracciolo della sua portiera e il divisorio scompare.

«Si è fatto male qualcuno? Danni? Capisco... Quando?» Christian guarda di nuovo l'orologio, poi si passa una mano fra i capelli. «No. Né i pompieri né la polizia. Non ancora, comunque.»

Un incendio? Nell'ufficio di Christian? Lo fisso a bocca aperta, la mente che corre. Taylor si gira per ascoltare la conversazione telefonica.

«E lui? Bene... Okay. Voglio un rapporto dettagliato dei danni. E una lista completa di tutti quelli che sono entrati negli ultimi cinque giorni, incluso il personale delle pulizie... Mettiti in contatto con Andrea e fai in modo che mi chiami... Già, sembra proprio che l'argo abbia funzionato.»

"Rapporto dei danni? Argo?" Ho un ricordo vago delle lezioni di chimica... È un elemento, se non sbaglio.

«Capisco che è presto... Mandami una mail entro due ore... No, ho bisogno di saperlo. Grazie per avermi chiamato.» Christian chiude la telefonata e compone immediatamente un altro numero.

«Welch... Bene... Quando?» Christian guarda ancora l'orologio. «Un'ora, quindi... sì... sette giorni su sette all'archivio dati esterno... Bene.» Chiude la telefonata.

«Philippe, devo essere a bordo entro un'ora.»

«*Oui, monsieur.*»

"Merda, è Philippe, non Gaston." La macchina accelera. Christian mi guarda, l'espressione indecifrabile.

«Si è fatto male qualcuno?» chiedo.

Christian scuote la testa. «Pochissimi danni.» Allunga il braccio e mi prende la mano, stringendola con fare rassicurante. «Non preoccuparti. I miei uomini sono sul posto.» Ecco l'amministratore delegato, al comando, con la situazione sotto controllo e nient'affatto turbato.

«Dov'è stato l'incendio?»

«Nella stanza dei server.»

«Nella sede della società?»

«Sì.»

Dalle sue risposte secche capisco che non vuole parlarne.

«Come mai così pochi danni?»

«La stanza dei server è dotata di un sistema antincendio all'avanguardia.»

Ovviamente.

«Ana, ti prego... non preoccuparti.»

«Non sono preoccupata» mento.

«Non siamo sicuri che si tratti di un incendio doloso» dice, andando dritto al punto. Mi porto le mani alla gola, spaventata. *Charlie Tango* e adesso questo?

"Che cosa succederà ancora?"

4

Sono irrequieta. Christian è rintanato nello studio dello yacht da più di un'ora. Ho cercato di leggere, di guardare la tivù, di prendere il sole – vestita – ma non riesco a rilassarmi, e nemmeno a tranquillizzarmi. Dopo essermi cambiata e aver indossato calzoncini e T-shirt, mi tolgo il costosissimo braccialetto e vado a cercare Taylor.

«Mrs Grey» dice, alzando gli occhi con un sussulto dal romanzo di Anthony Burgess. È seduto nel piccolo salone fuori dallo studio di Christian.

«Vorrei andare a fare shopping.»

«Sì, signora.» Si alza.

«Vorrei prendere la moto d'acqua.»

Rimane a bocca aperta, senza sapere cosa dire.

«Non voglio disturbare Christian.»

«Mrs Grey... ehm... non credo che Mr Grey ne sarebbe entusiasta, e mi piacerebbe tenermi il mio lavoro.»

Vorrei alzare gli occhi al cielo, invece li riduco a due fessure sospirando rumorosamente per esprimere, penso, la giusta indignazione per non essere libera di fare quello che voglio. D'altra parte, non mi va che Christian se la prenda con Taylor... o con me, tra parentesi. Lo oltrepasso con aria sicura di me, busso alla porta dello studio ed entro.

Christian è al telefono, appoggiato alla scrivania di mogano. Alza gli occhi. «Andrea, rimani in linea, per favore» borbotta, l'espressione seria. Mi guarda, in attesa. Perché ho la sensazione di essere entrata nell'ufficio del capo? Quest'uomo mi ha ammanettata, ieri. Mi rifiuto di lasciarmi intimidire, è mio marito, accidenti. Raddrizzo le spalle e gli faccio un ampio sorriso.

«Vado a fare shopping. Mi porto dietro gli uomini della sicurezza.»

«Certo, prendi uno dei gemelli e Taylor» dice, e io capisco che qualunque cosa stia succedendo deve trattarsi di una faccenda seria, dato che non mi fa ulteriori domande. Rimango a fissarlo, chiedendomi se posso dargli una mano.

«C'è altro?» mi chiede. Vuole che me ne vada.

«Posso portarti qualcosa?» dico. Mi rivolge il suo sorriso timido.

«No, piccola, sono a posto» dice. «L'equipaggio si occuperà di me.»

«Okay.» Vorrei baciarlo... Posso farlo, è mio marito. Mi avvicino e lo bacio sulle labbra, cogliendolo di sorpresa.

«Andrea, ti richiamo.» Appoggia il BlackBerry sulla scrivania dietro di sé, mi prende tra le braccia e mi bacia con passione. Quando mi lascia andare, sono senza fiato. Ha lo sguardo torbido, pieno di desiderio.

«Mi distrai. Devo sistemare questa faccenda, così potrò tornare alla mia luna di miele.» Mi passa l'indice sul viso e mi accarezza il mento, sollevandomi la testa.

«Okay. Mi dispiace.»

«Ti prego, non scusarti, Mrs Grey. Adoro le tue interruzioni. Vai a spendere un po' di soldi.» Mi lascia andare.

«Lo farò.» Mentre esco dallo studio gli rivolgo un sorriso malizioso. "Non gli hai detto che prendevi la moto d'acqua" mi rimbrotta la vocina interiore, cantilenante. La ignoro.

Taylor sta aspettando paziente.

«Via libera dal comandante in capo... Andiamo?» Sorrido, cercando di non suonare sarcastica. Taylor non nasconde un sorriso d'ammirazione.

«Dopo di lei, Mrs Grey.»

Taylor mi spiega pazientemente i comandi della moto d'acqua e come guidarla. È calmo, autorevole ma gentile; un ottimo insegnante. Siamo a bordo della lancia a motore, che beccheggia sulle acque tranquille del porto accanto al *Fair Lady*. Gaston osserva, l'espressione nascosta dietro gli occhiali da sole, e un marinaio del *Fair Lady* è ai comandi del motoscafo. Caspita… tre persone, e solo perché voglio andare a fare shopping. È ridicolo.

Chiudo la lampo del giubbotto salvagente e rivolgo a Taylor un sorriso radioso. Lui mi tende la mano per aiutarmi a salire sulla moto.

«Si leghi al polso il cinturino della chiave di accensione, Mrs Grey. Se per caso cade, il motore si spegnerà automaticamente» spiega.

«Okay.»

«Pronta?»

Annuisco con entusiasmo.

«Prema il pulsante dell'accensione quando sarà a circa un metro e mezzo dalla barca. Noi la seguiremo.»

«Okay.»

Spinge via dalla lancia la moto, che fluttua morbidamente sulle acque del porto. Quando mi dà l'okay, premo il pulsante dell'accensione e il motore si accende rombando.

«Okay, Mrs Grey, faccia attenzione.» Do gas. La moto balza in avanti, poi si blocca. "Com'è che quando guida Christian sembra così facile?" Riprovo, e mi pianto di nuovo.

«Acceleri gradualmente, Mrs Grey» mi urla Taylor.

«Sì, sì, sì» borbotto sottovoce. Riprovo, accelerando con cautela e la moto balza in avanti… ma questa volta continua a muoversi. "Sì!" Avanza ancora. "Aha! Sta andando!" Vorrei urlare per l'eccitazione ma mi trattengo. Mi allontano dallo yacht e comincio ad attraversare lo specchio d'acqua del porto. Sento il rumore gutturale del motore della lancia alle mie spalle. Quando accelero, la moto balza in avanti, pattinando sulla superficie dell'acqua. Il vento tiepido nei capelli e gli spruzzi di acqua di mare che si sollevano ai lati della moto mi fanno provare una sensazione di libertà. Che figata! Non c'è da stupirsi che Christian non mi lasci mai guidare.

Invece di puntare verso la costa e far cessare il divertimento, viro per fare un giro intorno al maestoso *Fair Lady*. "Wow... È proprio grandioso." Ignoro Taylor e gli uomini dietro di me e faccio un altro giro. Mentre lo completo, scorgo Christian sul ponte. Credo che mi stia guardando con disapprovazione, anche se è difficile dirlo. Tolgo audacemente una mano dal manubrio e agito il braccio per salutarlo. Sembra di pietra, ma alla fine solleva un braccio in quello che sembra un rigido gesto di saluto. Non riesco a decifrare la sua espressione, così mi dirigo verso il porticciolo turistico, scivolando sull'acqua blu del Mediterraneo che scintilla nella luce del tardo pomeriggio.

Al molo, aspetto che Taylor si fermi davanti a me. Ha lo sguardo gelido, e io sento un tuffo al cuore, anche se Gaston sembra vagamente divertito. Mi chiedo per un momento se sia successo qualcosa di così grave da raffreddare le relazioni franco-americane, ma dentro di me sospetto che con ogni probabilità il problema sia io. Gaston salta giù dal motoscafo e lo lega alla bitta, mentre Taylor mi fa cenno di avvicinarmi. Con cautela, porto la moto dietro la lancia e la allineo all'imbarcazione. La sua espressione si addolcisce un po'.

«Spenga il motore, Mrs Grey» dice con calma, allungandosi verso il manubrio e tendendomi la mano per aiutarmi a salire sulla lancia. Salgo a bordo agilmente, stupita di non cadere.

«Mrs Grey» dice Taylor nervoso, le guance arrossate. «Mrs

Grey, non mi sento esattamente a mio agio quando guida la moto d'acqua.» È sulle spine per l'imbarazzo, e mi rendo conto che ha ricevuto una telefonata incazzata da Christian.

Rivolgo un sorriso imperturbabile a Taylor. «Capisco. Be', Taylor, Mr Grey non è qui e se lui non si sente "esattamente a suo agio", sono sicura che mi farà la cortesia di dirmelo di persona quando tornerò a bordo.»

Taylor fa una smorfia. «Molto bene, Mrs Grey» dice tranquillamente, porgendomi la borsa.

Mentre scendo dalla lancia, colgo il suo sorriso riluttante, e mi viene voglia di contraccambiarlo. Sono davvero affezionata a Taylor, ma non apprezzo per niente il fatto che mi rimproveri: non è mio padre, né mio marito.

Sospiro. "Christian è arrabbiato, ed è già abbastanza preoccupato di suo. Perché non ci ho pensato prima?" Mentre aspetto sul molo che Taylor mi raggiunga, sento vibrare il BlackBerry e lo ripesco dalla borsa. *Your Love Is King* di Sade è la suoneria che ho associato al numero di Christian... Solo al suo.

«Ciao» mormoro.

«Ciao» dice.

«Tornerò con la lancia. Non essere arrabbiato.»

Sento il lieve ansito di sorpresa. «Oh...»

«Però è stato divertente» sussurro.

Lui sospira. «Be', lungi da me impedire che tu ti diverta, Mrs Grey. Solo, stai attenta. Ti prego.»

"Caspita! Ho il permesso di divertirmi!" «Lo farò. Vuoi qualcosa in città?»

«Solo te, tutta intera.»

«Farò del mio meglio, Mr Grey.»

«Mi fa piacere sentirtelo dire, Mrs Grey.»

«Il nostro scopo è il piacere» rispondo con una risatina.

Percepisco il sorriso nella sua voce. «Ho un'altra chiamata... a più tardi, piccola.»

Mette giù. "Crisi della moto d'acqua scongiurata." L'automobile è in attesa e Taylor mi tiene aperta la portiera. Mentre salgo gli faccio l'occhiolino e lui scuote la testa divertito. In auto, scrivo una mail con il BlackBerry.

Da: Anastasia Grey
A: Christian Grey
Data: 17 agosto 2011 16.55
Oggetto: Grazie

Per non essere stato troppo brontolone.
La tua devota moglie
xxx

Da: Christian Grey
A: Anastasia Grey
Data: 17 agosto 2011 16.59
Oggetto: Cerco di stare calmo

Prego.
Torna tutta intera.
Non è una richiesta.
X

Christian Grey
Amministratore delegato & Marito Iperprotettivo,
Grey Enterprises Holdings Inc.

La sua risposta mi fa sorridere. Il mio maniaco del controllo.

Perché volevo andare a fare shopping? Odio lo shopping. Ma dentro di me so la ragione e cammino decisa passando davanti a Chanel, Gucci, Dior e altre boutique di stilisti, scovando infine l'antidoto a ciò che mi affligge in un negozietto per turisti zeppo di roba. Una sottile cavigliera d'argento con cuoricini e campanelle. Tintinna dolcemente e costa 5 euro. La indosso subito. Questa sono io, questo è quello che mi piace. Mi sento subito meglio. Non voglio perdere il contatto con la ragazza che apprezza queste cose. Sono consapevole del fatto che non è solo Christian a sopraffarmi, ma anche la sua ricchezza. Mi ci abituerò mai?

Taylor e Gaston mi seguono disciplinatamente tra la folla del tardo pomeriggio e ben presto mi dimentico di loro. Voglio prendere qualcosa per Christian, qualcosa capace di distrarlo da quello che sta succedendo a Seattle. Ma cosa compro a un uomo che ha tutto? Mi fermo in una piazzetta moderna circondata da negozi e li passo in rassegna a uno a uno. Quando scorgo un negozio di elettronica mi tornano in mente la visita alle gallerie d'arte di qualche ora fa e quella al Louvre. Stavamo guardando la *Venere di Milo*... Mi riecheggiano in testa le parole di Christian: "Tutti noi siamo in grado di apprezzare le forme femminili. Adoriamo guardarle, che siano di marmo, dipinte, di raso o di celluloide".

Mi viene un'idea audace. Mi serve soltanto una dritta per scegliere la cosa giusta e c'è solo una persona che può aiutarmi. Tiro fuori dalla borsa il BlackBerry e chiamo José.

«Chi è?» borbotta assonnato.

«José, sono Ana.»

«Ana! Dove sei? È tutto a posto?» Sembra preoccupato.

«Sono a Cannes, nel Sud della Francia, e sto bene.»

«Sud della Francia, eh? Sei in qualche albergo fantastico?»

«Ehm... no. Stiamo su una barca.»

«Una barca?»

«Una grande barca» chiarisco con un sospiro.

«Capisco.» Il tono di voce si raffredda... "Non avrei dovuto chiamarlo. Non voglio affrontarlo in questo momento."

«José, ho bisogno del tuo consiglio.»

«Il mio consiglio?» Sembra perplesso. «Certo» dice, molto più amichevole. Gli spiego che cosa ho in mente.

Due ore dopo Taylor mi aiuta a scendere dalla lancia a motore e a salire sul ponte. Gaston dà una mano al marinaio con la moto d'acqua. Christian non si vede da nessuna parte e io mi precipito nella nostra cabina per incartare il suo regalo, eccitata come una bambina.

«Sei stata via un bel po'.» Christian mi sorprende proprio nel momento in cui finisco di chiudere il pacchetto. Mi giro e lo vedo sulla soglia della cabina, intento a osservarmi. "Sono ancora nei guai per la moto d'acqua? O è per via dell'incendio?"

«Tutto sotto controllo in ufficio?» chiedo, esitante.

«Più o meno» dice, infastidito.

«Ho fatto spese» mormoro, sperando di risollevargli l'umore e pregando che il fastidio non sia dovuto al mio comportamento. Lui sorride, rassicurandomi.

«Che cos'hai comprato?»

«Questa» dico mettendo il piede sul letto per mostrargli la cavigliera.

«Molto carina» dice. Si avvicina e sfiora le minuscole campanelle facendole tintinnare. Si acciglia e passa il dito sul segno, facendomi rabbrividire.

«E questo.» Tiro fuori il pacchetto, sperando di distrarlo.

«Per me?» chiede sorpreso. Annuisco timidamente. Lui prende la scatola e la scuote. Fa il suo meraviglioso sorriso da ragazzino e si siede accanto a me sul letto. Si allunga, mi prende il mento e mi bacia.

«Grazie» dice con gioia trattenuta.

«Non l'hai ancora aperto.»

«Mi piacerà, qualunque cosa sia.» Mi guarda, gli occhi luminosi. «Non ricevo molti regali.»

«È difficile comprarti qualcosa. Hai tutto.»

«Ho te.»

«Mi hai.» Gli faccio un ampio sorriso.

Strappa via la carta che avvolge la scatola. «Una Nikon?» Mi lancia un'occhiata perplessa.

«So che hai la digitale compatta, ma questa è per... ehm... ritratti e cose del genere. Ci sono anche due obiettivi.»

Lui sbatte le palpebre, sempre senza capire.

«Oggi alla galleria hai ammirato le fotografie di Florence D'elle. E mi ricordo che cosa hai detto al Louvre. E, naturalmente, c'erano quelle altre fotografie.» Deglutisco, facendo del mio meglio per non ricordare le immagini che ho trovato nella sua cabina armadio.

Lui trattiene il respiro e spalanca gli occhi, cominciando a capire, e io continuo in fretta prima che mi manchi il coraggio.

«Pensavo che ti sarebbe... piaciuto fare delle foto... a me.»

«Foto? A te?» Mi guarda stupefatto, ignorando la scatola che tiene sulle ginocchia.

Annuisco, cercando disperatamente di decifrare la sua reazione. Alla fine riporta gli occhi sulla scatola, passando le dita sull'illustrazione della macchina fotografica con affascinato rispetto.

Oh, non è la reazione che mi aspettavo e il mio subconscio mi disapprova. Christian non reagisce mai come mi aspetto. Mi guarda, gli occhi colmi di... che cos'è, dolore?

«Perché pensi che voglia farlo?» chiede, disorientato.

"No, no, no! Avevi detto che ti sarebbe piaciuto..."

«Non vuoi?» chiedo, rifiutandomi di dar retta al mio subconscio, che sta domandando perché mai qualcuno dovrebbe volere mie foto erotiche. Christian si passa una mano fra i capelli e ha l'aria così confusa. Fa un respiro profondo.

«Per me foto di quel genere di solito erano una polizza d'assicurazione, Ana. So di aver trattato le donne come oggetti per un sacco di tempo» dice e tace imbarazzato.

«E pensi che scattarmi delle foto significhi... ehm, trattarmi come un oggetto?» Sono senza fiato e impallidisco.

Chiude gli occhi. «Sono così confuso» mormora. Quando li riapre, il suo sguardo è diffidente, pervaso da una sorta di emozione primitiva.

"Accidenti. È colpa mia? Le mie domande di prima sulla madre biologica? L'incendio nel suo ufficio?"

«Perché dici così?» sussurro, il panico che mi serra la gola. Pensavo che l'avrei reso felice. Non voglio confonderlo. L'ho fatto? La mia mente inizia a correre. "Non vede Flynn da quasi tre settimane. È per questa ragione che sta andando in pezzi? Dovrei telefonare a Flynn?" E, in un lampo di straordinaria lucidità, capisco: "L'incendio, *Charlie Tango*, la moto d'acqua...". Ha paura per me, e vedere quei segni sulla mia pelle non fa che peggiorare le cose. È tutto il giorno che ci rimugina, confuso perché non è abituato a sentirsi in colpa quando infligge dolore. Il pensiero mi raggela.

Si stringe nelle spalle e mi guarda di nuovo il polso, dove portavo il braccialetto che mi ha regalato oggi pomeriggio. "Tombola!"

«Christian, non è un problema.» Alzo il braccio, mostrandogli il segno sbiadito. «Mi avevi dato una *safeword*. Accidenti... ieri è stato divertente. Mi è piaciuto. Smettila di rimuginarci sopra: mi piace il sesso violento, te l'ho già detto.» Divento scarlatta mentre cerco di dominare il panico crescente.

Lui mi osserva attentamente, e io non ho la minima idea di cosa gli passi per la testa. Forse sta soppesando le mie parole. Mi muovo alla cieca.

«Si tratta dell'incendio? Pensi che sia collegato in qualche modo con *Charlie Tango*? È per questo che sei preoccupato? Parlami, Christian, ti prego.»

Lui mi fissa, senza aprire bocca, e il silenzio si protrae com'è successo oggi pomeriggio. "Porca miseria! Non mi risponderà, lo so."

«Non rimuginarci troppo, Christian» lo rimprovero tranquillamente, e le parole riecheggiano, suscitando un ricordo del passato recente: quello che mi ha detto del suo stupido contratto. Mi allungo, prendo la scatola che ha sulle ginocchia e la apro. Mi guarda senza muoversi come se fossi un'affascinante creatura aliena. So che la macchina è già stata preparata dall'eccessivamente premuroso commesso del negozio ed è pronta a funzionare, e così la tiro fuori dalla scatola e tolgo il copriobiettivo. Punto la macchina verso di lui inquadrando la sua bellissima faccia ansiosa. Schiaccio il pulsante e lo tengo premuto, immortalando dieci immagini dell'espressione allarmata di Christian in formato digitale.

«Vuol dire che sarò io a trattarti come un oggetto» mormoro, scattando ancora. Sull'ultima foto le sue labbra sono impercettibilmente incurvate. Scatto di nuovo, e questa volta sorride... un sorriso appena accennato, ma pur sempre un sorriso. Schiaccio di nuovo il pulsante dello scatto e lo vedo rilassarsi visibilmente davanti ai miei occhi e fare un'espressione da duro, una plateale, artefatta, ridicola espressione... e mi metto a ridacchiare. "Oh, grazie al cielo. Mr Lunatico è di nuovo tra noi... e io non sono mai stata tanto felice di vederlo."

«Credevo che fosse il mio regalo» borbotta scontroso, ma penso che mi stia prendendo in giro.

«Be', immaginavo che sarebbe stato divertente, ma a quanto pare è un simbolo dell'oppressione femminile» ribatto, scattandogli altre foto e osservando il divertimento sul suo viso in primissimo piano. Poi i suoi occhi si incupiscono e l'espressione diventa rapace.

«Vuoi essere oppressa?» mormora con voce melliflua.

«No, oppressa no» rispondo, continuando a scattare foto.

«Potrei opprimerti alla grande, Mrs Grey» mi minaccia con voce roca.

«Lo so, Mr Grey. E lo fai, spesso.»

Assume un'espressione sgomenta. Abbasso la macchina fotografica e lo fisso.

«Cosa c'è che non va, Christian?» La mia voce trasuda frustrazione. "Dimmelo!"

Rimane in silenzio. "Bah!" È così esasperante. Sollevo di nuovo la macchina fotografica.

«Dimmelo» insisto.

«Niente» dice e all'improvviso scompare dall'inquadratura. Con un unico movimento fulmineo butta sul pavimento la scatola della macchina fotografica, mi afferra e mi spinge sul letto. Si siede a cavalcioni sopra di me.

«Ehi!» esclamo e gli scatto altre fotografie mentre mi sorride con intenzioni minacciose. Prende la macchina per l'obiettivo e il fotografo diventa il soggetto quando lui punta la Nikon su di me e preme il pulsante di scatto.

«E così vuoi che ti faccia delle fotografie, Mrs Grey?» dice, divertito. L'unica cosa che riesco a vedere di lui sono i capelli ribelli e il largo sorriso che gli aleggia sulle labbra scolpite. «Be', tanto per cominciare, penso che dovresti ridere» dice, e inizia a farmi il solletico mentre io ridacchio e mi contorco sotto di lui, finché lo afferro per un polso nel vano tentativo di farlo smettere. Sorride ancora di più e continua a torturarmi scattando foto.

«No! Basta!» urlo.

«Stai scherzando?» grugnisce e appoggia la macchina fotografica sul letto per potermi fare il solletico con entrambe le mani.

«Christian!» farfuglio e ansimo tra le risate. Non mi aveva mai fatto il solletico. "Adesso... basta!" Agito la testa da una parte all'altra, tentando di sottrarmi alla presa, soffocando per il ridere e spingendogli via le mani, ma lui non mi dà tregua... Mi sorride dall'alto, godendosi la mia tortura.

«Christian, basta!» lo supplico e lui smette. Mi prende entrambe le mani e me le blocca ai lati della testa, incombendo sopra di me. Sto ansimando. Anche lui ha il fiato corto e mi guarda con... cosa? Trattengo il fiato. Meraviglia? Amore? Venerazione?

«Sei. Così. Bella» ansima.

Guardo il suo viso, illuminato dall'intensità dello sguardo. È come se mi stesse vedendo per la prima volta. Si piega verso di me, chiude gli occhi e mi bacia, rapito. Vederlo così preso da me risveglia la mia passione. Mi lascia andare le mani e mi prende la testa, infilando le dita tra i miei capelli e tenendomi ferma con tenerezza. I miei sensi sono tutti all'erta, il mio corpo eccitato risponde al suo bacio. E all'improvviso la natura di quel bacio cambia, non più dolce, colmo di venerazione, ma carnale, profondo e vorace: la sua lingua mi esplora la bocca, prendendo invece di dare, con urgenza e disperazione. Mentre il desiderio mi infiamma il sangue, risvegliando ogni muscolo e ogni tendine del mio corpo, avverto un brivido di paura.

"Oh, Christian, che cosa c'è che non va?"

Lui respira bruscamente e geme. «Oh, che cosa mi fai» mormora, perso e selvaggio. Si muove all'improvviso, sdraiandosi sopra di me, schiacciandomi sul materasso, una mano a reggermi il mento mentre l'altra percorre il mio corpo, i seni, la vita, i fianchi, le natiche. Mi bacia ancora, spingendo le gambe tra le mie e premendo contro di me, l'erezione che mi sfrega sul pube. Ansimo e gemo contro le sue labbra, abbandonandomi alla sua passione. Rimango sorda ai lontani campanelli d'allarme che mi risuonano in un angolo del cervello, consapevole solo del fatto che lui mi vuole, che ha bisogno di me e che questo è il suo modo preferito di comunicare con me. Lo bacio con rinnovato abbandono, passandogli le dita tra i capelli. Sa di buono e profuma di Christian, il mio Christian.

All'improvviso si blocca, si alza e mi tira giù dal letto, facendomi mettere in piedi davanti a lui, stordita. Slaccia il bottone dei miei calzoncini e si inginocchia rapido, tirandomeli giù insieme agli slip, e prima che abbia avuto il tempo di respirare siamo di nuovo sul letto, lui sopra di me che si apre i pantaloni. "Ehi!" Non si toglie i vestiti né mi leva la T-shirt. Mi tiene la testa e mi penetra senza preavviso, strappandomi un grido, più di sorpresa che altro. Riesco a udire il sibilo del suo respiro tra i denti digrignati.

«Sì» sussurra vicino al mio orecchio. Si ferma, ruota le anche e affonda ancora di più dentro di me, facendomi gemere. «Ho bisogno di te» grugnisce, la voce bassa e roca. Fa scorrere i denti lungo la mia mascella, mordicchiando e succhiando, e poi mi bacia di nuovo, con violenza. Gli avvolgo le braccia e le gambe intorno al corpo, cullandolo e tenendolo stretto contro di me, decisa a spazzar via qualunque cosa lo preoccupi, e lui inizia a muoversi... come se stesse cercando di entrare completamente dentro di me. Continua in modo frenetico, selvaggio, disperato e prima di perdermi nel suo ritmo folle mi chiedo ancora una volta che cosa lo spinga, che cosa lo preoccupi. Ma il mio corpo prende il sopravvento, cancellando il pensiero, perso nel piacere e inondato dalle sensazioni, e risponde colpo su colpo ai suoi affondi. Sento il suo respiro accelerato, faticoso e feroce. So che è perso dentro di me... Gemo forte, ansimando. Il suo bisogno di me è così eccitante. Il piacere cresce... cresce... e lui mi porta ancora oltre, sopraffacendomi, prendendomi, e io lo voglio. Lo voglio così tanto... per lui e per me.

«Vieni con me» ansima, e si sposta un po', costringendomi a lasciare la presa.

«Tieni gli occhi aperti» mi ordina. «Devo vederti.» Il tono è urgente, implacabile. Obbedisco e lo vedo su di me... il viso contratto per il piacere, lo sguardo selvaggio. La sua passione e il suo amore sono la mia rovina e vengo, gettando indietro la testa mentre il mio corpo esplode intorno a lui.

«Oh, Ana» grida venendo anche lui. Poi si ferma e crolla sopra di me, quindi rotola sulla schiena, trascinandomi con sé e rimanendo dentro di me. Mentre riemergo dall'orgasmo e il mio corpo si calma, vorrei fare una battuta sul fatto di essere trattata come un oggetto e oppressa, ma tengo a freno la lingua, non sapendo di che umore sia. Mi sollevo per guardarlo in faccia. Ha gli occhi chiusi e mi stringe forte tra le braccia. Gli bacio il petto attraverso la stoffa sottile della camicia di lino.

«Christian, cosa c'è che non va?» gli chiedo dolcemente, e aspetto con ansia per capire se adesso, appagato dal sesso, me lo dirà. Sento che le sue braccia mi stringono più forte, ma è l'unica risposta. Non parlerà. Mi viene un'ispirazione.

«Prometto solennemente di essere la tua fedele compagna nella salute e nella malattia, di stare al tuo fianco nella buona e nella cattiva sorte, di condividere le tue gioie e i tuoi dolori» mormoro.

Si irrigidisce. L'unico movimento che fa è aprire i suoi occhi impenetrabili e fissarmi mentre io continuo a recitare la promessa nuziale.

«Prometto di amarti incondizionatamente, di sostenerti nei tuoi obiettivi e nei tuoi sogni, di onorarti e rispettarti, di ridere con te e di piangere con te, di condividere le mie speranze e i miei sogni con te, e di offrirti consolazione nei momenti di bisogno.» Faccio una pausa. Christian mi guarda, le labbra socchiuse, ma non dice niente.

«E di amarti finché morte non ci separi.» Sospiro.

«Oh, Ana» sussurra e si muove, interrompendo il prezioso contatto tra noi. Adesso siamo sdraiati uno di fianco all'altra. Mi accarezza il viso con le nocche.

«Prometto solennemente di proteggerti, di amarti con tutto il cuore e di aver cura della nostra unione e di te» mormora, la voce roca. «Prometto di amarti fedelmente, rinunciando a tutte le altre, nella buona e nella cattiva sorte, nella salute e nella malattia, indipendentemente da dove ci condurrà la vita. Ti proteggerò, avrò fiducia in te e ti rispetterò. Condividerò le tue gioie e i tuoi dolori, e ti consolerò nei momenti di bisogno. Prometto di amarti, di sostenere le tue speranze e i tuoi sogni e di tenerti salda al mio fianco. Tutto quello che è mio è tuo. Ti offro la mia mano, il mio cuore e il mio amore da questo momento e finché morte non ci separi.»

Gli occhi mi si riempiono di lacrime. Il suo viso si addolcisce mentre mi guarda.

«Non piangere» mormora, asciugandomi una lacrima.

«Perché non mi parli? Ti prego, Christian.»

Chiude gli occhi come se provasse dolore.

«Ho promesso di consolarti nei momenti di bisogno. Ti prego, non farmi tradire la promessa» lo supplico.

Lui sospira e apre gli occhi, l'espressione cupa. «È un incendio doloso» dice semplicemente, e all'improvviso sembra così giovane e vulnerabile. «E la preoccupazione maggiore è che ce l'abbiano con me. E se ce l'hanno con me...»

Si interrompe, incapace di proseguire.

«... potrebbero arrivare a me» sussurro. Lui sbianca e io so di aver finalmente scoperto che cosa lo mette tanto in ansia.

«Grazie» mormoro.

Si acciglia. «Per cosa?»

«Per avermelo detto.»

Lui scuote la testa e sulle labbra gli aleggia l'ombra di un sorriso. «Sai essere molto convincente, Mrs Grey.»

«E tu sei così bravo a rimuginare, a tenere le cose per te, e a preoccuparti. Probabilmente morirai di infarto prima di arrivare a quarant'anni, e io ti voglio con me molto più a lungo.»

«Sarai tu a farmi morire. Quando ti ho vista sulla moto d'acqua... per poco non mi è venuto un accidente.» Si mette una mano sugli occhi, e io lo sento rabbrividire.

«Christian, è una moto d'acqua. Ci vanno persino i bambini. Riesci a immaginare che cosa succederà quando andremo nella tua casa di Aspen e io andrò a sciare per la prima volta?»

Lui sussulta e si gira verso di me, e io vorrei ridere alla vista della sua espressione d'orrore.

«Nella nostra casa» dice alla fine.

Lo ignoro. «Sono adulta, Christian, e molto più tosta di quel che sembro. Quand'è che lo imparerai?»

Lui scrolla le spalle. Decido di cambiare argomento.

«Allora, l'incendio. La polizia è stata informata?»

«Sì.» Ha l'espressione seria.

«Bene.»

«Le misure di sicurezza saranno rafforzate» spiega.

«Capisco.» Lo guardo. Indossa ancora i pantaloncini e la camicia, e io ho la T-shirt. Accidenti... è stata proprio una sveltina. Il pensiero mi fa ridacchiare.

«Che c'è?» chiede Christian, confuso.

«Tu.»

«Io?»

«Sì, tu. Ancora vestito.»

«Oh.» Christian si guarda, poi guarda me e sul suo volto si allarga un sorriso.

«Be', sai quanto sia difficile per me non metterti le mani addosso, Mrs Grey... soprattutto quando ridacchi come una scolaretta.»

"Oh, sì... il solletico." Mi sposto in fretta, mettendomi a cavalcioni su di lui, ma capisce al volo le mie intenzioni e mi afferra i polsi.

«No» dice, e parla sul serio.

Metto il broncio ma decido che non è pronto per questo gioco.

«Per favore, no» sussurra. «Non lo sopporto. Non mi hanno mai fatto il solletico quando ero bambino.» Fa una pausa e io rilasso le mani, così me le lascia.

«Guardavo Carrick fare il solletico a Elliot e Mia, e sembrava così divertente, ma io... io...»

Gli metto un dito sulla bocca.

«Ssh, lo so» mormoro e lo bacio teneramente sulle labbra, nel punto dove ho appena posato il dito, poi mi accoccolo sul suo petto. Dentro di me avverto il familiare dolore e vengo invasa dalla profonda tristezza che provo per il bambino che era Christian. So che farei qualunque cosa per quest'uomo perché lo amo così tanto.

Mi circonda con le braccia e affonda il naso nei miei capelli, inspirando a fondo mentre mi accarezza piano la schiena.

Non so per quanto rimaniamo distesi lì, ma alla fine rompo il silenzio appagato che c'è fra noi.

«Qual è stato il periodo più lungo che hai passato senza vedere il dottor Flynn?»

«Due settimane. Perché? Hai l'impulso irrefrenabile di farmi il solletico?»

«No.» Ridacchio. «Sono convinta che ti sia d'aiuto.»

Christian sbuffa. «Deve, visto che lo pago per farlo.» Mi prende delicatamente per i capelli e mi fa girare in modo che lo guardi in faccia. Alzo la testa e incontro i suoi occhi.

«Sei preoccupata per il mio benessere, Mrs Grey?»

«Ogni buona moglie si preoccupa del benessere del suo amatissimo marito, Mr Grey» lo avverto scherzando.

«Amatissimo?» sussurra, e quella domanda toccante rimane sospesa tra noi.

«Molto più che amatissimo.» Mi affretto a baciarlo e lui sorride.

«Vuoi scendere a terra per cena?»

«Voglio andare ovunque tu sia più contento.»

«Bene.» Mi rivolge un ampio sorriso. «A bordo è il posto dove posso tenerti al sicuro. Grazie per il regalo.» Allunga una mano, prende la macchina fotografica e tenendola davanti a sé fa una fotografia di noi due nell'abbraccio postsolletico, postcoito, postconfessione.

«È stato un piacere.» Sorrido e i suoi occhi si illuminano.

Vagabondiamo per l'opulento splendore dorato del settecentesco palazzo di Versailles.

La parte più straordinaria è senza dubbio la Galleria degli specchi. La luce del primo pomeriggio si riversa dalle finestre rivolte a ovest, accendendo gli specchi allineati sulla parete orientale e illuminando la decorazione in lamina d'oro e gli enormi lampadari di cristallo. È una visione mozzafiato.

«Interessante vedere che cosa diventa un megalomane

dispotico che si isola in un simile splendore» mormoro a Christian, che è in piedi accanto a me. Lui abbassa lo sguardo e piega la testa di lato, osservandomi divertito.

«È questo che pensi, Mrs Grey?»

«Oh, era soltanto un'osservazione, Mr Grey.» Indico con un gesto ciò che ci circonda. Sorridendo, lui mi segue al centro della sala, dove osservo rapita la visione che ho davanti: gli splendidi giardini riflessi nello specchio e lo splendido Christian Grey, mio marito, lo sguardo brillante e fiero.

«Io costruirei una cosa del genere per te» sussurra. «Solo per guardare il modo in cui la luce fa risplendere i tuoi capelli, proprio qui e ora.» Mi sistema una ciocca dietro l'orecchio. «Sembri un angelo.» Mi bacia sotto il lobo, mi prende la mano e mormora: «Noi despoti lo facciamo per le donne che amiamo».

Arrossisco per il complimento, sorridendo timida, e lo seguo attraverso l'enorme sala.

«A che cosa stai pensando?» chiede con dolcezza Christian, bevendo un sorso del caffè che ci hanno portato dopo cena.

«A Versailles.»

«Pomposa, vero?» Fa un ampio sorriso. Io lancio un'occhiata all'imponenza più contenuta della sala da pranzo del *Fair Lady* e arriccio le labbra.

«Questo non è affatto pomposo» dice Christian, lievemente sulla difensiva.

«Lo so. È delizioso. La luna di miele più bella che una ragazza potrebbe desiderare.»

«Davvero?» dice sinceramente sorpreso.

«Certo.»

«Ci rimangono solo due giorni. C'è qualcos'altro che ti piacerebbe vedere o fare?»

«Solo stare con te» mormoro. Lui si alza, gira intorno al tavolo e mi bacia sulla fronte.

«Bene, riesci a fare a meno di me per un'ora? Devo controllare le mail e scoprire che cosa sta succedendo a casa.»
«Certo» dico allegramente, tentando di nascondere la delusione. È strano che voglia stare con lui tutto il tempo?
«Grazie per la macchina fotografica» mormora, e si dirige verso lo studio.

Tornata in cabina, decido di controllare la posta e apro il portatile. Ci sono mail di mia madre e di Kate che mi riferiscono gli ultimi pettegolezzi e mi chiedono come va la luna di miele. Alla grande, finché qualcuno non ha deciso di dar fuoco alla GEH, la Grey Enterprises Holdings Inc… Mentre sto finendo di rispondere a mia madre, arriva una mail di Kate.

Da: Katherine L. Kavanagh
A: Anastasia Grey
Data: 17 agosto 2011 11.45
Oggetto: Oh, mio Dio!!!

Ana, ho appena saputo dell'incendio all'ufficio di Christian.
Pensi che sia doloso?
K xox

Kate è online! Mi affretto a usare il mio nuovo giocattolo – Skype – per vedere se lei è disponibile. Scrivo rapidamente un messaggio.

Ana: Ehi, ci sei?
Kate: Sì, Ana! Come stai? Come va la luna di miele?
Hai visto la mia mail? Christian sa dell'incendio?
Ana: Sto bene. La luna di miele è grandiosa.
Ho visto la tua mail. Sì, Christian lo sa.
Kate: Lo immaginavo. Le notizie su quanto è successo
sono vaghe. Ed Elliot non vuole dirmi niente.

Ana: Sei a caccia di una storia?
Kate: Mi conosci troppo bene.
Ana: Christian non mi ha detto granché.
Kate: Elliot l'ha saputo da Grace!

Oh, no: sono sicura che Christian non gradirebbe se la cosa venisse strombazzata per tutta Seattle. Provo la mia collaudata tecnica per distrarre l'ostinata Kavanagh.

Ana: Come stanno Elliot e Ethan?
Kate: Ethan è stato accettato al corso di psicologia a Seattle per la laurea specialistica. Elliot è adorabile.
Ana: Bravo, Ethan.
Kate: Come sta il nostro ex Dominatore preferito?
Ana: Kate!
Kate: Cosa?
Ana: TU SAI COSA!
Kate: Scusa.
Ana: Sta bene. Più che bene. ☺
Kate: Ottimo, finché tu sei felice, sono felice anch'io.
Ana: Sono divinamente felice.
Kate: ☺ Devo scappare. Possiamo sentirci più tardi?
Ana: Non lo so. Guarda se sono online. Accidenti al fuso orario!
Kate: Vero. Ti voglio bene, Ana.
Ana: Anch'io. A più tardi. x
Kate: A più tardi. <3

Ci avrei scommesso che Kate avrebbe dato la caccia alla notizia dell'incendio. Chiudo Skype prima che Christian veda questa chat. Non apprezzerebbe il commento sull'ex Dominatore, e poi non sono sicura che sia del tutto ex... Sospiro rumorosamente. Kate sa tutto fin dalla sera in cui ci siamo sbronzate, tre settimane prima del matrimonio, quando ho ceduto al suo *terzo grado*. È stato un sollievo poter parlare finalmente con qualcuno.

Lancio un'occhiata all'orologio. È passata circa un'ora dalla cena e mio marito inizia a mancarmi. Mi dirigo sul ponte per vedere se ha finito di lavorare.

Sono nella Galleria degli specchi e Christian è in piedi di fianco a me, e mi sorride con amore. "Sembri un angelo." Ricambio, radiosa, ma quando guardo nello specchio, sono in piedi da sola e la stanza è di un grigio incolore. "No!" Mi volto di scatto verso di lui, che ha un sorriso triste e malinconico. Mi sistema una ciocca di capelli dietro l'orecchio, poi si gira senza una parola e si allontana lentamente, il rumore dei passi che riecheggia tra gli specchi mentre lui percorre l'enorme sala verso la porta a doppio battente decorata… un uomo solo, senza riflesso… Mi sveglio, ansimando senza fiato e in preda al panico.

«Ehi» sussurra lui alle mie spalle nel buio, la voce carica di preoccupazione.

"Oh, è qui. Sta bene." Provo un enorme sollievo.

«Oh, Christian» borbotto, cercando di controllare il battito frenetico del mio cuore. Lui mi circonda con le braccia ed è solo in questo momento che mi rendo conto di avere il viso bagnato di lacrime.

«Che cosa c'è, Ana?» Mi passa la mano sulle guance, asciugandomi le lacrime, e io percepisco la sua angoscia.

«Niente. Uno stupido incubo.»

Mi bacia la fronte e le guance umide, consolandomi. «È solo un brutto sogno, piccola» mormora. «Sei mia. Ti proteggerò.»

Inspiro il suo profumo e mi rannicchio contro di lui, cercando di ignorare il senso di perdita e di devastazione che ho provato nel sogno, e mi rendo conto che la mia paura più grande è quella di perderlo.

5

Mi muovo, cercando istintivamente Christian solo per accorgermi che non c'è. Mi sveglio di colpo e mi guardo intorno angosciata. Lui mi osserva dalla poltroncina imbottita accanto al letto. Si abbassa e appoggia qualcosa sul pavimento, poi si sdraia sul letto di fianco a me. Ha addosso i jeans tagliati al ginocchio e una T-shirt grigia.

«Ehi, non aver paura. Va tutto bene» dice, la voce gentile e rassicurante... come se si stesse rivolgendo a un animale selvatico in trappola. Mi scosta i capelli dal viso con tenerezza e io mi rilasso immediatamente. Lo osservo mentre cerca senza successo di nascondere la preoccupazione.

«Sei stata così irrequieta in questi due giorni» mormora.

«Sto bene, Christian.» Gli faccio il sorriso più smagliante perché non voglio che sappia quanto sono angosciata per la faccenda dell'incendio. Continua a riaffiorare il doloroso ricordo di come mi sono sentita quanto *Charlie Tango* è stato sabotato e Christian è stato dato per disperso... quel vuoto terribile, la sofferenza insopportabile... sensazioni che mi assillano e mi tormentano. Cerco di cacciarle sorridendo.

«Mi stavi guardando dormire?»

«Sì» dice, continuando a fissarmi. «Stavi parlando.»

«Ah!» "Accidenti, che cosa ho detto?"

«Sei preoccupata» aggiunge, con l'aria impensierita. C'è

niente che posso nascondere a quest'uomo? Si allunga verso di me e mi bacia tra le sopracciglia.

«Quando aggrotti la fronte, ti si forma una piccola V proprio qui. È morbida da baciare. Non preoccuparti, piccola, baderò a te.»

«Non è per me che sono preoccupata, è per te» protesto.

«Chi bada a te?»

Lui sorride con indulgenza. «Sono abbastanza grande e abbastanza cattivo da badare a me stesso. Su, alzati. C'è una cosa che mi piacerebbe fare prima di tornare a casa.» Mi rivolge un sorriso, un grande sorriso della serie sì-è-vero-sono-solo-un-ragazzo-di-ventotto-anni, e mi dà una pacca sul sedere. Strillo, presa alla sprovvista. Poi mi rendo conto che oggi torniamo a Seattle e divento malinconica. Non voglio andarmene. Mi è piaciuto stare con lui ventiquattr'ore su ventiquattro, sette giorni su sette, e non sono pronta a dividerlo con la sua azienda e la famiglia. Abbiamo trascorso una luna di miele divina. Con alcuni alti e bassi, lo ammetto, ma è normale per una coppia appena sposata, no?

Christian non riesce a contenere la sua eccitazione adolescenziale e, nonostante i pensieri cupi, sono contagiata. Quando si alza dal letto, lo imito, intrigata. Che cosa ha in mente?

Mi lega la chiave al polso.

«Vuoi che guidi io?»

«Sì.» Sorride. «Così non è troppo stretta?»

«Va bene. È per quello che indossi il giubbotto salvagente?»

«Sì.»

«Che fiducia nelle mie capacità di guida, Mr Grey!»

«Come sempre, Mrs Grey.»

«Be', non farmi la predica.»

Christian alza le mani in segno di difesa. «Oserei farlo?»

«Sì, oseresti, e sì, lo fai, e non possiamo accostare e metterci a discutere sul marciapiede, qui.»

«Un punto per te, Mrs Grey. Vogliamo rimanere qui tutto

il giorno a intrattenerci sulle tue abilità di guidatrice oppure andare a divertirci?»

«Un punto per te, Mr Grey.» Afferro il manubrio e salgo in sella alla moto d'acqua. Christian sale dietro di me e ci allontana con un calcio dallo yacht. Taylor e due marinai ci guardano divertiti. Mentre scivoliamo in avanti, Christian mi circonda con le braccia e preme le cosce contro le mie. Infilo la chiave nell'accensione, premo il pulsante di avviamento e il motore si accende con un rombo.

«Pronto?» urlo a Christian per sovrastare il rumore.

«Come sempre» dice, la bocca vicina al mio orecchio.

Accelero dolcemente e la moto d'acqua si allontana dal *Fair Lady*, un po' troppo compostamente per i miei gusti. Christian mi stringe più forte. Do un po' di gas e balziamo in avanti, e io gioisco quando non ci piantiamo.

«Piano!» mi avvisa Christian, ma l'eccitazione nella sua voce è palpabile. Oltrepasso il *Fair Lady* dirigendomi in mare aperto. Siamo ancorati al largo di Saint-Laurent-du-Var e l'aeroporto di Nizza-Costa Azzurra è annidato all'orizzonte, pare quasi costruito nel Mediterraneo. Sento il rumore degli aerei in atterraggio da quando siamo arrivati qui, ieri sera. Decido di andare a dare un'occhiata più da vicino.

Scivoliamo veloci sulle onde in direzione dell'aeroporto. Questa cosa mi piace moltissimo e sono entusiasta che Christian mi lasci guidare. L'ansia degli ultimi due giorni svanisce.

«La prossima volta prendiamo due moto d'acqua» urla Christian. Sorrido eccitata al pensiero di gareggiare con lui.

Mentre sfrecciamo sul mare blu verso quella che sembra la fine della pista di decollo, all'improvviso sento il rombo di un jet in avvicinamento. Il rumore è così forte che vado nel panico e scarto bruscamente.

«Ana!» urla Christian, ma è troppo tardi. Vengo catapultata giù dalla moto d'acqua, mulinando braccia e gambe e trascinandomi dietro Christian in un tuffo spettacolare.

Finisco in mare gridando e bevo una generosa sorsata

di acqua salata. Il mare è gelido così al largo, ma riemergo subito grazie al giubbotto salvagente. Mentre tossisco, mi passo una mano sugli occhi e mi guardo intorno cercando Christian. Sta nuotando verso di me. La moto galleggia inoffensiva a pochi metri di distanza, il motore silenzioso.

«Stai bene?» chiede raggiungendomi, terrorizzato.

«Sì» dico senza riuscire a contenere l'euforia. "Visto, Christian? Questa è la cosa peggiore che ti può capitare su una moto d'acqua!" Mi abbraccia, poi mi prende la testa tra le mani.

«Ehi, non è stato così male!» Faccio un sorriso radioso.

Alla fine mi sorride, chiaramente sollevato. «No, credo di no. Tranne che sono bagnato» borbotta, ma il tono è giocoso.

«Anch'io.»

«Mi piaci bagnata.» Mi lancia uno sguardo lascivo.

«Christian!» lo rimprovero, fingendo una giusta indignazione. Lui fa un sorriso meraviglioso, poi si avvicina e mi bacia con forza. Quando si ritrae, sono senza fiato.

«Vieni. Rientriamo. Dobbiamo farci una doccia. Guido io.»

Oziamo nella sala d'attesa di prima classe della British Airways a Heathrow, in attesa della coincidenza per Seattle. Christian è immerso nella lettura del "Financial Times". Tiro fuori la sua macchina fotografica, intenzionata a fargli qualche foto. Ha un'aria così sexy in camicia bianca di lino e jeans. Il flash lo disturba. Sbatte le palpebre e fa il suo sorriso timido.

«Come stai, Mrs Grey?» chiede.

«Triste di tornare a casa» mormoro. «Mi piace averti tutto per me.»

Lui mi afferra una mano e se la porta alla bocca, solleticandomi le nocche con un lieve bacio. «Anche a me.»

«Ma?» chiedo, percependo il non detto alla fine delle sue parole.

Si acciglia. «Ma?» ripete, fingendo di non capire. Piego la

testa di lato fissandolo con l'espressione "Dimmelo" che ho perfezionato negli ultimi due giorni. Lui sospira, mettendo giù il giornale. «Voglio che questo piromane venga catturato e scompaia dalla nostra vita.»

«Ah.» È giusto, ma la sua franchezza mi sorprende.

«Mi farò portare la testa di Welch su un piatto, se permetterà che una cosa simile succeda di nuovo.» Il suo tono minaccioso mi fa rabbrividire. Mi guarda impassibile, e non capisco se mi stia sfidando. Faccio l'unica cosa che mi viene in mente per alleviare l'improvvisa tensione e sollevo la macchina fotografica per un altro scatto.

«Ehi, dormigliona, siamo a casa» mormora Christian.

«Mmh» borbotto, riluttante ad abbandonare il sogno in cui lui e io siamo su una coperta da picnic ai Kew Gardens. Sono stanchissima. Viaggiare è spossante, anche in prima classe. Sono stata sveglia per oltre diciotto ore, almeno credo... sono così esausta che ho perso il conto. Sento aprirsi la portiera dalla mia parte e poi Christian si protende verso di me. Mi slaccia la cintura di sicurezza e mi prende fra le braccia, svegliandomi.

«Ehi, posso camminare» protesto assonnata.

Lui sbuffa. «Devo portarti oltre la soglia.»

Gli metto le braccia intorno al collo. «Per tutti i trenta piani?» Gli sorrido con aria di sfida.

«Mrs Grey, sono felice di annunciarti che hai messo su peso.»

«Cosa?»

«Perciò, se non ti dispiace, useremo l'ascensore.» Stringe gli occhi a fessura, anche se so che sta scherzando.

Taylor apre la porta d'ingresso dell'Escala e sorride. «Benvenuti a casa, Mr e Mrs Grey.»

«Grazie, Taylor» dice Christian.

Rivolgo a Taylor un rapido sorriso e lo guardo tornare all'Audi, dove Sawyer aspetta al posto di guida.

«Che cosa intendi quando dici che ho messo su peso?»
Lancio un'occhiataccia a Christian. Il suo sorriso si allarga
e lui mi stringe al petto con forza mentre attraversa l'atrio.
«Non molto» mi assicura, ma all'improvviso si incupisce.
«Che c'è?» Cerco di evitare un tono allarmato.

«Hai messo su un po' del peso che avevi perso quando mi
hai lasciato» dice tranquillamente mentre chiama l'ascensore. Sul suo viso appare un'espressione contrariata.

Quell'angoscia improvvisa mi dà una stretta al cuore.
«Ehi.» Gli passo le mani sul viso e tra i capelli, tirandome-
lo vicino. «Se non me ne fossi andata, adesso saresti qui?»

I suoi occhi si inteneriscono, e lui mi fa il suo sorriso timido, il mio preferito. «No» dice ed entra nell'ascensore portandomi in braccio. Si china e mi bacia dolcemente. «No,
Mrs Grey, non sarei qui. Ma saprei di poterti proteggere,
perché non mi sfideresti.»

Ha un tono vagamente rammaricato...

«A me piace sfidarti.» Saggio il terreno.

«Lo so. E mi rende così... felice.» Mi sorride, confuso.

Oh, grazie al cielo. «Anche se sono grassa?» sussurro.

Scoppia a ridere. «Anche se sei grassa.» Mi bacia di nuovo,
con passione questa volta, e io lo prendo per i capelli tenendolo stretto, le nostre lingue impegnate in una danza sensuale. Quando l'ascensore tintinna annunciando che siamo
arrivati all'attico, siamo tutti e due senza fiato.

«Molto felice» mormora. Il suo sorriso è più cupo, adesso, gli occhi sono socchiusi e pieni di una promessa lasciva. Christian scuote la testa come per riprendersi e mi porta nell'atrio.

«Benvenuta a casa, Mrs Grey.» Mi bacia, un bacio casto,
negli occhi un lampo di gioia.

«Benvenuto a casa, Mr Grey» dico raggiante, il mio cuore
in sintonia con il suo, colmo di felicità.

Penso che Christian stia per mettermi giù e invece mi porta lungo il corridoio nel salone, depositandomi sul banco-

ne della cucina, dove siedo con le gambe penzoloni. Prende due flûte dalla credenza e una bottiglia di champagne dal frigo... il nostro preferito, il Bollinger. Apre la bottiglia senza versarne neppure una goccia, riempie i bicchieri con lo champagne rosé e me ne porge uno. Poi prende l'altro e mi allarga con gentilezza le gambe, per potersi avvicinare a me.

«A noi, Mrs Grey.»

«A noi, Mr Grey» sussurro timida. Facciamo tintinnare i bicchieri e beviamo un sorso di champagne.

«So che sei stanca» dice, sfregando il naso contro il mio. «Ma mi piacerebbe andare a letto... e non per dormire. È la nostra prima notte qui e tu sei davvero mia.» A Seattle è tardo pomeriggio e io sono stanca morta, ma il desiderio sboccia nel profondo del mio corpo.

Christian è sdraiato immobile accanto a me, mentre io fisso le strisce rosa e oro dell'alba che entrano dalla vetrata. Ha un braccio appoggiato mollemente sul mio petto e io ascolto il ritmo del suo respiro tentando di riaddormentarmi, ma è inutile. Sono sveglissima, il mio orologio biologico regolato sull'ora di Greenwich, la testa piena di pensieri.

Sono successe così tante cose in queste ultime tre settimane – "Chi credo di prendere in giro? Negli ultimi tre mesi" – che ho la sensazione di non aver mai toccato terra con i piedi. E adesso eccomi qui, Mrs Grey, sposata con l'uomo più delizioso, sexy, generoso e assurdamente ricco che una donna potrebbe incontrare. Come è potuto succedere tutto così in fretta?

Mi giro su un fianco per osservare Christian. So che lui mi guarda dormire, ma io ho di rado l'opportunità di rendergli il favore. Nel sonno sembra spensierato, le lunghe ciglia distese a ventaglio sulle guance, un'ombra di barba sulla mascella e le labbra scolpite socchiuse, rilassate mentre respira profondamente. Vorrei spingergli la lingua in bocca, passare le dita sull'accenno di barba. Devo lottare contro l'impulso di toccarlo, per non disturbarlo... Potrei limitarmi a mordicchiargli il lobo. Il mio subconscio interrompe la lettura del secondo volume delle opere complete di Dickens per guardarmi con aria di disapprovazione. Torno al lavoro lunedì. Ho solo oggi per rientrare nella routine. Sarà strano non vedere Christian per un'intera giornata dopo che nelle ultime tre settimane abbiamo passato insieme quasi ogni minuto. Ho amato ogni istante, anche le liti. Ogni cosa... tranne la notizia dell'incendio nella sede della società.

Mi si gela il sangue. Chi potrebbe voler fare del male a Christian? Mi arrovello sul mistero. Qualche concorrente? Una ex? Un impiegato scontento? Non ne ho la più pallida idea e Christian tiene la bocca chiusa, dandomi meno informazioni possibile per proteggermi. Sospiro. Il mio splendente cavaliere bianco-cavaliere nero cerca sempre di proteggermi. Come posso indurlo ad aprirsi un po' di più?

Lui si muove e io mi immobilizzo, non volendo svegliarlo. Ottengo l'effetto opposto. Due occhi brillanti mi fissano.

«Che cosa c'è che non va?»

«Niente. Dormi.» Tento un sorriso rassicurante.

«Jetlag?» chiede.

«Sarà quello? Non riesco a dormire.»

«Ho la panacea universale proprio qui, solo per te.» Ride come un ragazzino e io alzo gli occhi al cielo. I pensieri cupi scivolano via e io gli mordicchio il lobo dell'orecchio.

Christian e io siamo sull'Audi R8 e viaggiamo sull'I-5 in direzione nord, verso il ponte della 520. Stiamo andando a pranzo dai suoi genitori, un pranzo domenicale di bentornato. Ci sarà tutta la famiglia, più Kate e Ethan. Sarà strano ritrovarsi in compagnia dopo essere stati da soli tutto questo tempo. Non abbiamo avuto occasione di parlare per quasi tutta la mattina. Christian è rimasto rintanato nello studio, mentre io disfacevo i bagagli. Mi ha detto che non ce n'era bisogno, che se ne sarebbe occupata Mrs Jones. Ma questa è un'altra delle cose a cui devo abituarmi: un aiuto domestico. Faccio scorrere distrattamente le dita sul rivestimento di pelle della portiera cercando di distrarmi dai pensieri che mi si affollano in testa. Mi sento fuori fase. Sarà il jetlag? O l'incendio doloso?

«Mi lasceresti guidare questa macchina?» chiedo, sorpresa di averlo detto a voce alta.

«Naturalmente» replica Christian con un sorriso. «Tutto ciò che è mio è tuo. Ma se la ammacchi, ti porterò nella Stanza Rossa delle Torture.» Mi lancia una rapida occhiata con un sorriso malizioso.

Lo guardo decisamente male. È una battuta?

«Stai scherzando. Mi puniresti per averti ammaccato la macchina? Ami la tua auto più di me?» lo provoco.

«Quasi» risponde, allungando una mano per darmi una stretta al ginocchio. «Ma lei non mi tiene caldo di notte.»

«Sono sicura che la cosa si può risolvere. Potresti dormirci dentro» lo rimbecco.

Christian scoppia a ridere. «Siamo a casa da nemmeno un giorno e mi stai già sbattendo fuori?» Sembra divertirsi un mondo. Lo guardo e lui mi fa un sorriso, e anche se vorrei essere arrabbiata con lui, è impossibile quando è di quest'umore. Adesso che ci penso, è più rilassato da quando è uscito dal suo studio stamattina. Mi rendo conto di essere irritabile perché dobbiamo riprendere la routine e non so se lui tornerà a essere il Christian più chiuso di prima della luna di miele, o se invece riuscirò a tenermi la nuova versione migliorata.

«Com'è che sei così contento?» chiedo.

«Perché questa conversazione è così… normale.»

«Normale!» brontolo. «Non dopo tre settimane di matrimonio!»

Il suo sorriso scompare.

«Sto scherzando, Christian» replico in fretta, non volendo guastargli il buonumore. Talvolta sono colpita da quanto può essere insicuro. Sospetto che sia sempre stato così, ma ha nascosto l'insicurezza dietro una facciata minacciosa. È facilissimo provocarlo, probabilmente perché non ci è abituato. È una rivelazione e mi meraviglio ancora una volta di quanto poco ci conosciamo.

«Non preoccuparti, continuerò a usare la SAAB» borbotto e torno a guardare fuori dal finestrino, tentando di scuotermi di dosso il cattivo umore.

«Ehi. Che cosa c'è che non va?»

«Niente.»

«A volte sai essere così esasperante, Ana. Dimmelo.»

Mi giro e gli sorrido. «Anche tu, Mr Grey.»

Si acciglia. «Ci sto provando» dice con dolcezza.

«Lo so. Anch'io.» Sorrido e il mio umore migliora un po'.

Carrick è in piedi vicino al barbecue e ha un'aria ridicola con il cappello da cuoco e il grembiule con la scritta LICENZA DI GRIGLIARE. Ogni volta che lo guardo, mi fa un sorriso. In effetti, il mio umore è migliorato parecchio. Siamo tutti seduti intorno al tavolo sul terrazzo dei Grey, a goderci il sole tardo estivo. Grace e Mia stanno portando diversi tipi di insalata, Elliot e Christian si scambiano insulti amichevoli e parlano del progetto della nuova casa, mentre Ethan e Kate mi fanno una raffica di domande sulla luna di miele. Christian mi tiene per mano e giocherella con la mia fede e l'anello di fidanzamento.

«Perciò, se tu riesci a definire il progetto con Gia, io ho una disponibilità da settembre a metà novembre e posso mettere all'opera tutta la squadra» dice Elliot, allungando un braccio per circondare le spalle di Kate, che gli fa un sorriso.

«Gia deve venire a discutere il progetto domani sera» replica Christian. «Spero che riusciremo a definire tutto.» Si volta e mi guarda, con l'aria di chi aspetta qualcosa.

«Certo.» Gli sorrido, soprattutto a beneficio degli altri, ma il mio umore peggiora di nuovo. Perché prende queste decisioni senza consultarmi? Oppure a darmi fastidio è il pensiero di Gia – tutta fianchi procaci, seno abbondante, costosi abiti firmati e profumo – che sorride a mio marito in modo provocante? La vocina non mi dà scampo: "Non ti ha dato nessun motivo di essere gelosa". Com'è altalenante il mio umore oggi. Che cosa c'è che non va in me?

«Ana» esclama Kate, strappandomi alle mie fantasticherie. «Sei ancora nel Sud della Francia?»

«Sì» rispondo con un sorriso.

«Hai un aspetto splendido» commenta, ma mentre lo dice aggrotta la fronte.

«Tutti e due.» Grace sorride raggiante mentre Elliot ci riempie di nuovo i bicchieri.

«Alla coppia felice.» Carrick sorride alzando il suo, imitato da tutti.

«E congratulazioni a Ethan per essere entrato al corso di psicologia» interviene Mia orgogliosa. Gli rivolge un sorriso adorante e Ethan contraccambia con un sorrisetto. Mi chiedo se abbia fatto qualche progresso con lui.

Ascolto le chiacchiere intorno al tavolo. Christian descrive il nostro itinerario delle ultime tre settimane, abbellendo qua e là il racconto. Ha l'aria rilassata e calma, la preoccupazione per l'incendio sembra dimenticata. Io invece non riesco a liberarmi del malumore. Pilucco il cibo. Ieri Christian mi ha detto che sono grassa. Elliot fa cadere accidentalmente un bicchiere, facendoci sussultare, e c'è un improvviso fervore di attività per raccogliere i cocci.

«Ti porterò alla rimessa delle barche e ti darò una sculacciata, se non la smetti con quel muso» mi sussurra Christian.

Boccheggio per lo shock, mi volto e lo guardo perplessa.

«Non oserai!» grugnisco, avvertendo dentro di me la familiare eccitazione. Lui inarca un sopracciglio. Certo che oserà. Lancio una rapida occhiata a Kate, dall'altra parte del tavolo. Ci sta osservando con interesse. Mi giro di nuovo verso Christian, gli occhi ridotti a una fessura.

«Prima devi prendermi... e ho le scarpe senza tacco» sibilo.

«Mi divertirò» sussurra con un sorriso lascivo, e io penso che stia scherzando.

Avvampo. Non so perché, ma mi sento meglio.

Mentre stiamo finendo il dessert a base di fragole e panna, inizia a piovere. Balziamo in piedi per sparecchiare il tavolo, portando tutto in cucina.

«Meno male che il tempo ha retto finché non abbiamo finito» dice Grace soddisfatta mentre ci dirigiamo nella stanza sul retro. Christian siede al piano verticale nero, schiaccia il pedale della sordina e inizia a suonare un motivo familiare che non riesco a identificare subito.

Grace mi chiede di Saint-Paul de Vence. Lei e Carrick ci sono stati anni fa durante la loro luna di miele e la cosa mi sembra di buon auspicio, visto quanto sono felici insieme ancora adesso. Kate e Elliot sono rannicchiati su uno dei grandi divani superimbottiti, mentre Ethan, Mia e Carrick sono immersi in una conversazione sulla psicologia, se non sbaglio.

Di colpo, tutti insieme, i Grey smettono di parlare e fissano Christian a bocca aperta. "Che succede?"

Christian canta tra sé al pianoforte. Cala il silenzio mentre noi tendiamo l'orecchio per ascoltare la sua bassa voce melodiosa e le parole di *Wherever You Will Go*. L'avevo già sentito cantare; loro no? Si interrompe, improvvisamente consapevole del silenzio che è sceso nella stanza. Kate mi lancia un'occhiata interrogativa e io mi stringo nelle spalle. Christian gira sullo sgabello e si acciglia, imbarazzato per tutta quell'attenzione concentrata su di lui.

«Continua» lo incita Grace con dolcezza. «Non ti avevo mai sentito cantare, Christian. Mai.» Lo fissa meravigliata. Lui la guarda con aria assente, e dopo un momento alza le spalle. I suoi occhi si posano nervosamente su di me, quindi vagano verso le portefinestre. Gli altri presenti si mettono a chiacchierare a disagio, e io rimango a guardare il mio adorato marito.

Grace mi distrae, prendendomi le mani e poi abbracciandomi di slancio.

«Oh, tesoro. Grazie, grazie» sussurra in modo che soltanto io possa sentirla. Mi viene un nodo in gola.

«Ehm…» Ricambio l'abbraccio, senza essere davvero sicura del perché mi ringrazia. Grace sorride, gli occhi splendenti, e mi bacia sulla guancia. "Che cosa ho fatto?"

«Vado a preparare un po' di tè» annuncia, la voce rauca per le lacrime trattenute.

Mi avvicino lentamente a Christian, che si è alzato in piedi e guarda fuori.

«Ciao» mormoro.

«Ciao.» Mi mette un braccio intorno alla vita, attirandomi a sé, e io infilo la mano nella tasca posteriore dei suoi jeans. Guardiamo la pioggia.

«Ti senti meglio?»

Annuisco.

«Bene.»

«Certo che sai come imporre il silenzio in una stanza.»

«Lo faccio continuamente» dice e mi sorride.

«Al lavoro, sì, ma non qui.»

«Vero, non qui.»

«Nessuno ti aveva mai sentito cantare? Mai?»

«A quanto pare no» dice seccamente. «Andiamo?»

Lo osservo, tentando di indovinare di che umore è. Nei suoi occhi leggo tenerezza e calore, e una punta di perplessità. Decido di cambiare argomento.

«Mi sculaccerai?» sussurro, avvertendo all'improvviso le farfalle nello stomaco. Forse è quello che mi serve…

Mi scruta in faccia, mentre gli occhi diventano cupi.

«Non voglio farti male, ma sono più che felice di giocare.»

Mi guardo intorno nervosamente. Nessuno sta ascoltando.

«Solo se ti comporti male, Mrs Grey» mi sussurra.

Come riesce a infondere tanta carica sensuale in così poche parole? «Vedrò cosa posso fare.» Gli sorrido.

Dopo aver salutato, ci avviamo alla macchina.

«Tieni.» Christian mi lancia le chiavi dell'R8. «Non ammaccarla» aggiunge serio «o mi incazzerò come una iena.»

Deglutisco a fatica. Mi sta lasciando guidare la sua macchina? "Oh, sì."

«Sei sicuro?» biascico, stupefatta.

«Sì, prima che cambi idea.»

Non credo di aver mai avuto un sorriso così entusiasta. Lui alza gli occhi al cielo e apre la portiera del guidatore per farmi salire. Avvio il motore prima ancora che lui sia arrivato dalla parte del passeggero e balza dentro in fretta.

«Impaziente, Mrs Grey?» chiede con un sorriso sarcastico.

«Molto.»

Inserisco la retromarcia e faccio manovra lentamente sul vialetto. Con mia sorpresa, riesco a non far spegnere il motore. Ragazzi, quant'è sensibile la frizione. Mentre avanzo con cautela, guardo nello specchietto retrovisore e vedo Sawyer e Ryan che salgono sul SUV Audi. Non avevo idea che gli uomini della sicurezza ci avessero seguiti fin qui. Mi fermo prima di immettermi sulla strada principale.

«Sei sicuro?»

«Sì» risponde in tono fermo, dicendomi che non è sicuro per niente. Avrei voglia di ridere sia di lui sia di me stessa, perché sono nervosa ed eccitata. Una parte di me vorrebbe seminare Sawyer e Ryan per il gusto del brivido. Controllo il flusso delle auto e mi immetto sulla strada. Christian è contratto per la tensione e io non riesco a resistere. Via libera. Schiaccio il pedale dell'acceleratore e l'auto schizza in avanti.

«Piano! Ana!» urla Christian. «Rallenta... Finiremo per ammazzarci.»

Tolgo subito il piede dall'acceleratore. "Wow, come fila questa macchina!"

«Scusa» borbotto, cercando di sembrare contrita e fallendo miseramente. Christian mi fa un sorrisetto, per mascherare il sollievo, penso.

«Be', questo è comportarsi male» dice con noncuranza, e io rallento ancora.

Guardo nello specchietto retrovisore. Nessuna traccia del SUV Audi, solo una solitaria macchina scura con i vetri oscurati. Immagino Sawyer e Ryan innervositi, che si affannano a raggiungerci, e per qualche ragione il pensiero mi dà i brividi. Ma non voglio che al mio adorato marito venga un infarto, perciò decido di comportarmi bene e guido piano, con sicurezza crescente, verso il ponte della 520.

All'improvviso Christian impreca e si contorce sul sedile per cercare di estrarre il BlackBerry dalla tasca dei jeans.

«Cosa?» scatta con rabbia rivolto a chiunque ci sia all'altro capo della linea. «No» dice e lancia un'occhiata alle sue spalle. «Sì. Eccola.»

Controllo lo specchietto retrovisore, ma non vedo niente di strano, solo qualche auto. Il SUV è quattro macchine dopo di noi e andiamo tutti a una velocità regolare.

«Capisco.» Christian fa un lungo sospiro rumoroso e si sfrega la fronte con le dita. "Qualcosa non va."

«Sì… Non lo so.» Mi lancia un'occhiata e allontana il telefono dall'orecchio: «È tutto a posto. Continua a guidare» dice con calma, sorridendomi, ma gli occhi rimangono seri. L'adrenalina comincia a scorrermi nelle vene. Riprende a parlare al telefono.

«Okay, sulla 520. Non appena ci arriviamo… Sì… Lo farò.»

Mette il BlackBerry nel portatelefono, attivando il vivavoce.

«Che cosa succede, Christian?»

«Guarda dove vai, piccola» mi esorta dolcemente.

Mi sto dirigendo sulla rampa d'accesso della 520 in direzione di Seattle. Quando lancio un'occhiata a Christian, lui fissa la strada davanti a sé.

«Non voglio che tu ti faccia prendere dal panico» dice con calma. «Ma non appena siamo sulla 520, voglio che tu acceleri. Qualcuno ci sta seguendo.»

"Non è possibile!" Mi balza il cuore in gola, mi viene la pelle d'oca e mi sento soffocare dal panico. Seguiti da chi? Il mio sguardo guizza verso lo specchietto retrovisore... Eccola, la macchina scura che ho visto prima è ancora dietro di noi. "No! È quella?" Strizzo gli occhi per capire chi c'è alla guida, ma non vedo nulla.

«Tieni gli occhi sulla strada, piccola» mi dice Christian con gentilezza, senza il tono aggressivo che usa ogni volta che parla di come guido.

"Controllati!" Mi schiaffeggio mentalmente per dominare il terrore che minaccia di sopraffarmi. Supponiamo che chiunque sia la persona che ci sta seguendo sia armata. Armata e all'inseguimento di Christian! "Merda!" Avverto un'ondata di nausea.

«Come fai a essere sicuro che siamo seguiti?» La mia voce è uno squittio a malapena udibile.

«Il Dodge dietro di noi ha una targa falsa.»

"Come fa a saperlo?"

Metto la freccia, in attesa di immettermi sulla 520. È tardo pomeriggio e sebbene abbia smesso di piovere l'asfalto è bagnato. Per fortuna non c'è molto traffico.

Nella testa mi risuona la voce di Ray che mi tiene una delle sue lezioni di autodifesa. "Sarà il panico a ucciderti o a far sì che tu rimanga ferita seriamente, Annie." Faccio un respiro profondo, cercando di controllarmi. Chiunque ci stia inseguendo vuole Christian. Respiro di nuovo a fondo e la mia mente comincia a schiarirsi. Devo proteggere mio marito. Volevo guidare la sua auto e volevo andare veloce. "Bene, ecco la mia occasione." Stringo la presa sul volante e do un'ultima occhiata allo specchietto. Il Dodge si sta avvicinando.

Rallento, ignorando l'improvvisa occhiata di panico che Christian mi rivolge, e mi immetto sulla 520 in tempo per costringere il Dodge a fermarsi per far passare il traffico. Scalo una marcia e schiaccio il pedale dell'acceleratore a tavoletta. L'R8 schizza in avanti, mandandoci a sbattere contro lo schienale dei sedili. Il tachimetro sale a centoventi chilometri orari.

«Fai attenzione, piccola» dice Christian con calma, anche se sono certa che è tutto tranne che calmo.

Faccio lo slalom tra le due corsie come una pedina nera in una partita di dama, saltando auto e camion. Su questo ponte siamo così vicini al lago Washington che sembra di guidare sull'acqua. Ignoro deliberatamente le rabbiose occhiate di disapprovazione degli altri automobilisti. Christian ha le mani strette in grembo e sta immobile, mentre io, nonostante i pensieri febbrili, mi chiedo vagamente se lo fa per evitare di distrarmi.

«Brava bambina» dice incoraggiante. Guarda alle nostre spalle. «Non riesco a vedere il Dodge.»

«Siamo proprio dietro l'ESSE I, Mr Grey.» La voce di Sawyer arriva dal vivavoce. «Sta cercando di raggiungervi, signore. Noi tentiamo di stargli dietro e di metterci tra la vostra auto e il Dodge.»

"ESSE I?" Che diavolo vuol dire?

«Bene. Mrs Grey sta andando bene. A questa velocità, se il traffico rimarrà scorrevole – e da quel che capisco sarà così – saremo fuori dal ponte tra pochi minuti.»

«Sì, signore.»

Oltrepassiamo la torre di controllo del ponte e so che siamo a metà del lago Washington. Guardo il tachimetro: sto andando sempre a centoventi chilometri all'ora.

«Ti stai comportando benissimo, Ana» mormora Christian, lanciando un'altra occhiata alle nostre spalle. Per un fugace momento il suo tono mi ricorda il nostro primo incontro nella sua stanza dei giochi, quando lui mi incoraggiava pazientemente a obbedirgli. Il pensiero mi distrae e lo scaccio subito.

«Dove vado?» chiedo, abbastanza calma. Adesso sento l'auto. È una gioia guidarla, è così silenziosa e facile da maneggiare che è difficile credere quanto stia correndo. Andare a questa velocità con l'R8 è facile.

«Mrs Grey, si diriga verso l'I-5 e poi a sud. Vogliamo vedere se il Dodge vi segue per tutto il tragitto» dice Sawyer al vivavoce. Il semaforo sul ponte è verde – grazie al cielo – e io lo oltrepasso a tutta velocità.

Guardo nervosamente Christian e lui mi fa un sorriso rassicurante. Poi il suo volto si rabbuia.

«Merda!» impreca a bassa voce.

Alla fine del ponte c'è una coda e io sono costretta a rallentare. Lancio un'occhiata ansiosa allo specchietto e penso di aver visto il Dodge.

«Dieci o dodici macchine indietro?»

«Già, lo vedo» dice Christian, sbirciando dallo stretto lunotto posteriore. «Mi chiedo chi accidenti sia.»

«Anch'io. Sappiamo se a guidare è un uomo?» sbotto verso il BlackBerry.

«No, Mrs Grey. Potrebbe essere un uomo o una donna. I vetri sono troppo scuri.»

«Una donna?» chiede Christian.

Mi stringo nelle spalle. «La tua Mrs Robinson?» suggerisco senza staccare gli occhi dalla strada.

Christian si irrigidisce e toglie il BlackBerry dal portatelefono. «Non è la mia Mrs Robinson» ringhia. «Non le parlo dal giorno del mio compleanno. E poi Elena non farebbe una cosa del genere. Non è nel suo stile.»

«Leila?»

«È in Connecticut con i genitori, te l'ho detto.»

«Ne sei certo?»

Lui rimane in silenzio un attimo. «No. Ma se si fosse data alla macchia, sono sicuro che i suoi l'avrebbero fatto sapere a Flynn. Discutiamone a casa. Adesso concentrati su quello che stai facendo.»

«Ma potrebbe trattarsi solo di una coincidenza.»

«Non voglio correre rischi. Non quando ci sei di mezzo tu» scatta. Rimette il BlackBerry nel portatelefono, così adesso siamo di nuovo in contatto con gli uomini della sicurezza.

"Porca miseria. Non voglio far innervosire Christian proprio adesso... magari più tardi." Tengo a freno la lingua. Per fortuna, il traffico diventa un po' più scorrevole. Riesco a oltrepassare velocemente l'intersezione di Mountlake verso l'I-5, facendo di nuovo lo slalom tra le macchine.

«Che cosa facciamo se ci ferma la polizia?» chiedo.

«Sarebbe un bene.»

«Non per la mia patente.»

«Non preoccuparti di questo» dice. Inaspettatamente, colgo una punta di umorismo nella sua voce.

Premo sull'acceleratore e raggiungo di nuovo i centoventi all'ora. Ragazzi, questa sì che è una macchina. La adoro... è così docile. Adesso siamo a centoquaranta. Non credo di essere mai andata così veloce. Ero fortunata se il Maggiolino raggiungeva gli ottanta.

«È uscito dalla coda e ha aumentato la velocità.» L'incorporea voce di Sawyer snocciola informazioni. «Sta andando a centocinquanta all'ora.»

"Più veloce!" Schiaccio l'acceleratore e l'auto schizza a centosessanta mentre ci avviciniamo all'innesto dell'I-5.

«Continua così, Ana» mormora Christian.

Rallento per imboccare l'I-5. L'interstatale è abbastanza tranquilla e io mi porto sulla corsia più veloce in una frazione di secondo. Premo l'acceleratore e la favolosa R8 schizza in avanti dominando la corsia di sinistra, mentre i comuni mortali si fanno da parte per lasciarci passare. Se non fossi così spaventata, me la godrei un sacco.

«Va a centosettanta all'ora, signore.»

«Stagli alle costole, Luke» abbaia Christian a Sawyer.

"Luke?"

"Accidenti!" Un camion si sposta sulla corsia di sinistra e io sono costretta a inchiodare.

«Fottuto idiota!» impreca Christian contro l'autista mentre noi veniamo scagliati in avanti. Meno male che abbiamo la cintura di sicurezza.

«Giragli intorno, piccola» dice Christian. Controllo gli specchietti e taglio a destra attraversando tre corsie. Superiamo il camion e poi mi riporto sulla corsia di sinistra.

«Bella mossa, Mrs Grey» mormora Christian. «Dove sono i poliziotti quando hai bisogno di loro?»

«Non voglio prendere una multa, Christian» borbotto, concentrata sulla strada. «Ti hanno mai fatto una multa per eccesso di velocità con questa?»

«No» risponde, ma lanciandogli una rapida occhiata mi accorgo che sta sorridendo.

«Ti hanno fermato?»

«Sì.»

«Oh...»

«Fascino. È tutta una questione di fascino. Adesso concentrati. Dov'è il Dodge, Sawyer?»

«Ha appena toccato i centottanta, signore» dice Sawyer.

Ho di nuovo il cuore in gola. Posso andare più veloce di così? Accelero ancora e sfreccio accanto agli altri veicoli.

«Lampeggia con gli abbaglianti» ordina Christian quando una Ford Mustang si rifiuta di spostarsi.

«Ma è da stronzi.»

«E allora fai la stronza!» dice aspro.

"Accidenti. Okay!" «Ehm, dove sono gli abbaglianti?»

«La freccia. Tirala verso di te.»

Lo faccio e la Mustang si sposta, non prima però che il guidatore mi mostri il medio senza troppi complimenti. Sfreccio al suo fianco.

«È lui lo stronzo» borbotta Christian, quindi abbaia: «Esci sulla Stewart».

"Sì, signore!"

«Prendiamo l'uscita di Stewart Street» dice Christian a Sawyer.

«Dritto all'Escala, signore.»

Rallento, guardo negli specchietti, metto la freccia, quindi mi sposto con sorprendente facilità attraverso le quattro corsie e imbocco la rampa di uscita. Mi immetto in Stewart Street e punto verso sud. La strada è silenziosa, con pochi veicoli. "Dove sono finiti tutti?"

«Siamo stati maledettamente fortunati con il traffico. Ma questo vale anche per il Dodge. Non rallentare, Ana. Portaci a casa.»

«Non mi ricordo la strada» borbotto, presa dal panico perché abbiamo il Dodge ancora alle costole.

«A sud sulla Stewart. Prosegui finché non te lo dico io.» Christian è di nuovo agitato. Sfreccio per tre isolati ma in Yale Avenue il semaforo diventa giallo.

«Vai, Ana» urla Christian. Premo sul pedale così tanto da toccare il pavimento dell'auto e affondare nello schienale, finché passo l'incrocio con il rosso.

«Sta imboccando la Stewart» dice Sawyer.

«Stagli dietro, Luke.»

«Luke?»

«Si chiama così.»

Gli lancio una rapida occhiata e vedo che mi fissa come se fossi pazza. «Guarda la strada!» scatta.

Ignoro il suo tono. «Luke Sawyer.»

«Sì!» Ha un tono esasperato.

«Ah.» Com'è che non lo sapevo? Quell'uomo mi ha accompagnata al lavoro per settimane e io non so nemmeno come si chiama.

«Sono io, signora» dice Sawyer, cogliendomi di sorpresa, anche se parla con la solita calma. «L'ESSE I sta percorrendo la Stewart, signore. Sta andando molto veloce.»

«Vai, Ana. Piantiamola con le chiacchiere!» ringhia Christian.

«Siamo fermi al primo semaforo della Stewart» ci informa Sawyer.

«Ana... svelta... qui» urla Christian, indicando un parcheggio sul lato meridionale di Boren Avenue. Sterzo bruscamente facendo stridere gli pneumatici ed entro nel parcheggio affollato.

«Gira intorno. In fretta» ordina Christian. Guido più veloce che posso portandomi in fondo al parcheggio, lontano dalla strada. «Lì.» Christian indica uno spazio libero. "Merda... Vuole che parcheggi!"

«Fallo e basta» dice. E io eseguo... alla perfezione. Probabilmente il primo parcheggio perfetto della mia vita.

«Siamo nascosti nel parcheggio tra la Stewart e la Boren» dice Christian nel BlackBerry.

«Okay, signore.» Sawyer sembra irritato. «Rimanete dove siete; noi stiamo dietro l'ESSE I.»

Christian si gira verso di me, cercandomi con gli occhi. «Tutto a posto?»

«Certo» sussurro.

Christian fa un sorrisetto malizioso. «Chiunque sia alla guida di quel Dodge non può sentirci, sai.»

Scoppio a ridere.

«Stiamo passando tra la Stewart e la Boren, signore. Vedo il parcheggio. L'ESSE I ha tirato dritto, signore.»

Entrambi ci rilassiamo per il sollievo.

«Bel lavoro, Mrs Grey. Ottima guida.» Christian mi sfiora il volto con le dita, e io sobbalzo a quel contatto, inspirando bruscamente. Non mi ero accorta che stavo trattenendo il fiato.

«Vuol dire che la smetterai di lamentarti di come guido?» chiedo. Lui scoppia a ridere... una risata liberatoria.

«Non mi spingerei ad affermare una cosa del genere.»

«Grazie per avermi lasciato guidare la tua macchina. E

in una circostanza così mozzafiato.» Tento disperatamente di mantenere un tono leggero.

«Forse adesso dovrei guidare io.»

«A essere sincera, non credo di riuscire a scendere per cederti il posto. Le mie gambe sembrano fatte di gelatina.» All'improvviso ho i brividi e tremo.

«È l'adrenalina, piccola» dice lui. «Ti sei comportata incredibilmente bene, come al solito. Non mi deludi mai.» Mi appoggia il dorso della mano su una guancia, gli occhi pieni di amore, paura, rimpianto, e le sue parole mi fanno sciogliere. Sopraffatta, mi lascio sfuggire un singhiozzo e poi inizio a piangere.

«No, piccola, no. Non piangere, ti prego.» Si allunga, mi solleva sopra il bracciolo e mi fa sedere sulle sue ginocchia. Mi scosta i capelli dalla faccia, mi bacia gli occhi, poi le guance; lo circondo con le braccia e piango in silenzio contro il suo collo. Lui affonda il naso nei miei capelli e mi tiene stretta a sé. Rimaniamo lì, senza dire una parola.

La voce di Sawyer ci fa sobbalzare. «L'ESSE I ha rallentato fuori dall'Escala. Sta perlustrando la zona.»

«Seguilo» dice seccamente Christian.

Mi asciugo le lacrime con il dorso della mano e faccio un respiro profondo per calmarmi.

«Usa pure la mia camicia.» Christian mi bacia sulla tempia.

«Scusa» borbotto, imbarazzata per aver pianto.

«Per cosa? Non scusarti.»

Lui mi prende il mento e mi bacia dolcemente sulla bocca. «Le tue labbra sono così morbide quando piangi, mia stupenda, coraggiosa ragazza» sussurra.

«Baciami ancora.»

Christian si immobilizza, una mano sulla mia schiena, l'altra sul sedere.

«Baciami» ansimo e vedo le sue labbra schiudersi mentre inspira bruscamente. Allunga una mano, scavalcandomi, prende il BlackBerry e lo butta sul sedile del guidatore, accanto ai miei piedi. Poi sento la sua bocca su di me, la mano destra tra i capelli, per tenermi ferma, la sinistra ad accarezzarmi la faccia. Mi infila la lingua in bocca e io la accolgo grata. L'adrenalina ricomincia a scorrere, accendendomi i sensi. Gli prendo il viso, passandogli le dita sulle basette, godendomi il suo sapore. Lui geme alla mia reazione appassionata, con un suono gutturale, e il mio inguine freme di desiderio. La sua mano scende lungo il mio corpo, sfiorandomi il seno, la vita, accarezzandomi il sedere. Mi sposto impercettibilmente.

«Ah!» dice e si scosta da me, senza fiato.

«Che c'è?» mormoro contro la sua bocca.

«Ana, siamo in un parcheggio a Seattle.»

«E allora?»

«Be', voglio scoparti subito, e tu ti muovi sopra di me… È imbarazzante.»

A quelle parole il mio desiderio diventa così intenso da farmi contrarre tutti i muscoli.

«E allora scopami.» Lo voglio. Adesso. Quell'inseguimento in auto è stato eccitante. Troppo eccitante. Terrificante… e la paura mi ha scatenato la libido. Lui si piega all'indietro per guardarmi, gli occhi socchiusi e velati.

«Qui?» Ha la voce roca.

Come fa a eccitarmi con una parola? «Sì. Ti voglio. Ora.»

Piega la testa di lato e mi fissa per qualche istante. «Mrs Grey, che sfacciata» sussurra dopo quella che sembra un'eternità. Mi stringe la nuca, tenendomi ferma, e la sua bocca è di nuovo sulla mia, più insistente questa volta. Con l'altra mano mi percorre il corpo, accarezzandomi le natiche e scendendo fino a metà coscia. Gli affondo le dita nei capelli.

«Sono così felice che tu indossi questa» mormora infilando la mano sotto la gonna per accarezzarmi la coscia. Mi agito sopra di lui e lui respira forte.

«Stai ferma» grugnisce. Mi mette una mano sul pube e io

mi immobilizzo. Il pollice mi sfrega il clitoride e io smetto di respirare mentre il piacere mi scorre addosso come elettricità, fino al centro del corpo.

«Ferma» sussurra. Mi bacia di nuovo mentre con il pollice fa dei movimenti circolari sopra il pizzo finissimo della mia biancheria intima firmata. Infila lentamente due dita sotto le mutandine e me le mette dentro. Gemo e mi inarco verso la sua mano.

«Ti prego» sussurro.

«Oh. Sei così pronta» dice, muovendo le dita dentro e fuori con lentezza esasperante. «Gli inseguimenti in auto ti eccitano?»

«Tu mi ecciti.»

Fa un ghigno selvaggio e ritrae di colpo le dita, lasciandomi piena di desiderio. Mette un braccio sotto le mie ginocchia e, cogliendomi di sorpresa, mi solleva e mi gira con la faccia verso il parabrezza.

Mi accarezza le cosce e le natiche, sollevandomi la gonna.

«Mani sulle mie ginocchia, piccola. Piegati in avanti. Solleva quel culo favoloso. Attenta alla testa.»

Stiamo per farlo davvero, in un parcheggio pubblico. Ispeziono rapidamente la zona davanti a noi e non vedo nessuno, ma avverto un brivido di eccitazione. "Sono in un luogo pubblico! È così erotico!" Christian si sposta sotto di me e sento il rumore rivelatore della sua cerniera. Mi mette un braccio intorno alla vita e con l'altra mano mi scosta le mutandine di pizzo, poi mi impala con un unico rapido movimento.

«Ah!» grido, abbassandomi per andargli incontro. Lo sento respirare a fatica. La sua mano risale lungo il mio corpo per afferrarmi il collo sotto il mento. Mi tira verso di sé e mi fa piegare la testa di lato per baciarmi la gola. Con l'altra mano mi tiene per un fianco e iniziamo a muoverci insieme.

Mi sollevo sui piedi e lui si spinge dentro di me… dentro e fuori. La sensazione è… Gemo forte. Mi aggrappo con la sinistra al freno a mano, puntellandomi contro la portiera con la destra. Lui mi mordicchia il lobo e lo tira... È quasi doloroso. Me lo mette dentro, ripetutamente. Io mi alzo e mi abbasso; poi, quando abbiamo trovato un ritmo, mi mette una mano in mezzo alle gambe e mi sfiora il clitoride con un dito attraverso il pizzo delle mutandine.

«Vieni in fretta» mi mormora all'orecchio a denti stretti, la mano ancora sul collo. «Dobbiamo farlo alla svelta, Ana.» E aumenta la pressione del dito sul mio pube.

«Ah!» Sento montare il piacere, che si concentra e cresce dentro di me.

«Andiamo, piccola» mi dice all'orecchio con voce roca. «Voglio sentirti.»

Gemo di nuovo e adesso il piacere mi invade. Tengo gli occhi chiusi. La sua voce nel mio orecchio, il suo respiro sul collo, il piacere che si irradia sotto la sua mano in mezzo alle cosce e nel punto profondo dove mi penetra... e mi perdo. Il mio corpo prende il controllo, bramando il piacere.

«Sì» mi sibila Christian nell'orecchio e io apro gli occhi, guardando senza vederlo il tettuccio di stoffa dell'R8, poi li chiudo di nuovo mentre vengo.

«Oh, Ana» mormora meravigliato, mi circonda con le braccia e affonda dentro di me per l'ultima volta, irrigidendosi mentre raggiunge l'orgasmo.

Mi sfrega il naso contro la mascella e mi bacia dolcemente la gola, la guancia, la tempia, la testa abbandonata contro il suo collo.

«Scaricata la tensione, Mrs Grey?» mi morde il lobo dell'orecchio e tira. Sono svuotata, completamente esausta, e piagnucolo. Sento il suo sorriso sulla pelle.

«Di sicuro con me ha funzionato» aggiunge, facendomi spostare. «Hai perso la voce?»

«Sì» mormoro.

«Però, che creatura lasciva. Non avevo idea che fossi una simile esibizionista.»

Mi tiro su immediatamente, allarmata. Lui si irrigidisce. «Nessuno ci ha visti, vero?» Guardo con ansia il parcheggio.

«Pensi che permetterei a qualcuno di guardare mia moglie mentre viene?» Mi accarezza la schiena per rassicurarmi, ma il tono della sua voce mi fa venire i brividi. Mi giro a guardarlo e gli faccio un sorriso malizioso.

«Sesso in macchina!» esclamo.

Lui contraccambia il sorriso e mi sistema una ciocca di capelli dietro l'orecchio. «Torniamo indietro. Guido io.»

Apre la portiera per farmi scendere dal suo grembo nel parcheggio. Quando lo guardo, lui sta richiudendo in fretta la cerniera dei pantaloni. Scende anche lui e mi tiene aperta la portiera per farmi salire di nuovo in macchina. Si dirige velocemente dal lato del guidatore, sale accanto a me, prende il BlackBerry e fa una chiamata.

«Dov'è Sawyer?» sbraita. «E il Dodge? Perché Sawyer non è con te?»

Ascolta con attenzione Ryan, presumo.

«Lei?» sussulta. «Stalle addosso.» Christian chiude la telefonata e mi guarda.

"Lei!" La persona alla guida dell'auto? Chi potrebbe essere... Elena? Leila?

«La persona alla guida del Dodge è una donna?»

«Così sembrerebbe» dice lui sommessamente, la bocca una sottile linea dura. «Ti riporto a casa» borbotta. Mette in moto l'R8 e fa retromarcia per uscire dal parcheggio.

«Dov'è... ehm... l'ESSE I? E poi, che cosa vuol dire?»

Christian sorride brevemente, mentre guida l'auto fuori dal parcheggio e si immette in Stewart Street.

«Sta per "soggetto ignoto". Ryan è un ex agente dell'FBI.»

«FBI?»

«Non fare domande.» Christian scuote la testa. È ovvio che è immerso nei suoi pensieri.

«Be', dov'è questo ESSE I donna?»

«Sull'I-5, direzione sud.» Mi lancia un'occhiata, rabbuiato.

"Wow!" Da appassionato a calmo ad ansioso nel giro di pochi minuti. Gli accarezzo una coscia, facendo correre le dita lungo la cucitura interna dei jeans nella speranza di tirarlo su di morale. Toglie una mano dal volante e mi ferma. «No» dice. «Siamo arrivati sani e salvi fin qui. Non vorrai farmi fare un incidente a tre isolati da casa.» Si porta la mia mano alla bocca per smussare l'asprezza del commento. Freddo, calmo, autorevole... E per la prima volta da qualche tempo mi fa sentire come una ragazzina ribelle. Ritiro la mano e sto zitta per qualche istante.

«Una donna, dunque?»

«Così sembra.» Svolta nel garage sotterraneo dell'Escala e digita il codice di accesso sul tastierino. Il cancello si apre e lui entra, parcheggiando l'R8 nello spazio riservato.

«Questa macchina mi piace molto» mormoro.

«Anche a me. E mi piace come la tratti... e come sei riuscita a non ammaccarla.»

«Potresti regalarmene una per il mio compleanno» gli dico con un sorriso malizioso.

Christian rimane a bocca aperta, mentre io scendo dall'auto.

«Bianca, direi» aggiungo, chinandomi per fargli un sorriso radioso.

Si illumina. «Anastasia Grey, non smetti mai di sorprendermi.»

Chiudo la portiera e lo aspetto. Lui scende agilmente, lanciandomi quello sguardo... che fa appello a qualcosa di profondo dentro di me. Lo conosco bene, quello sguardo. Quando è di fronte a me, Christian si china e sussurra: «A te piace la macchina. A me piace la macchina. Ti ho scopata dentro l'auto... forse dovrei scoparti sopra».

Trattengo il fiato. Una lucente BMW argentea entra nel garage. Christian le lancia un'occhiata ansiosa, poi infastidita, e mi fa un sorriso malizioso.

«Ma a quanto pare abbiamo compagnia. Vieni.» Mi prende per mano e si avvia verso l'ascensore. Preme il pulsante per chiamarlo e mentre aspettiamo il proprietario della BMW ci raggiunge. È giovane, vestito in modo casual, con lunghi capelli scuri. Ha l'aria di uno che lavora nel mondo dell'informazione.

«Salve» dice, rivolgendoci un sorriso caloroso.

Christian mi mette un braccio intorno alla vita e annuisce educatamente.

«Mi sono appena trasferito qui. Appartamento sedici.»

«Salve.» Contraccambio il sorriso. Ha occhi castani gentili e luminosi.

Arriva l'ascensore ed entriamo. Christian mi lancia un'occhiata, l'espressione indecifrabile.

«Lei è Christian Grey» dice il giovane.

Christian gli fa un sorrisetto tirato.

«Noah Logan.» Tende la mano. Christian gliela stringe con riluttanza. «Quale piano?» chiede Noah.

«Devo inserire un codice.»

«Oh.»

«Attico.»

«Oh.» Noah fa un ampio sorriso. «Naturalmente.» Preme il pulsante dell'ottavo piano e le porte dell'ascensore si chiudono. «Mrs Grey, suppongo.»

«Sì.» Gli sorrido educata e ci stringiamo la mano. Noah arrossisce leggermente guardandomi per un istante di troppo. Arrossisco anch'io e il braccio di Christian aumenta la stretta intorno a me.

«Quando si è trasferito?» chiedo.

«Lo scorso fine settimana. Mi piace moltissimo questo posto.»

C'è una pausa imbarazzata prima che l'ascensore si fermi al piano di Noah.

«Piacere di avervi conosciuti» dice in tono sollevato, e scende. Le porte si chiudono silenziosamente alle sue spalle. Christian digita il codice e l'ascensore ricomincia a salire.

«Sembra simpatico» mormoro. «Non ho mai incontrato nessuno dei vicini.»

Christian si rabbuia. «Io preferisco così.»

«Perché sei un eremita. Pensavo che quel tipo fosse abbastanza gradevole.»

«Eremita?»

«Eremita. Chiuso nella tua torre d'avorio» dico. Christian piega le labbra in una smorfia divertita.

«La nostra torre d'avorio. Penso che tu abbia un altro nome da aggiungere all'elenco dei tuoi ammiratori, Mrs Grey.»

Alzo gli occhi al cielo. «Christian, tu pensi che siano tutti miei ammiratori.»

«Hai appena alzato gli occhi al cielo?»

Il mio battito accelera. «Certo che l'ho fatto» sussurro, la voce strozzata.

Piega la testa di lato con la sua espressione cupa, arrogante, divertita. «E che cosa ti meriti?»

«Qualcosa di violento.»

Sbatte le palpebre per mascherare lo stupore. «Violento?»

«Ti prego.»

«Vuoi di più?»

Annuisco lentamente. Le porte dell'ascensore si aprono e noi siamo a casa.

«Violento come?» ansima, gli occhi sono due pozze scure.

Lo fisso, senza dir niente. Lui chiude gli occhi per un attimo, poi mi prende per mano e mi trascina nell'atrio.

Quando entriamo nell'appartamento, Sawyer è in piedi nel corridoio che ci aspetta.

«Sawyer, a rapporto tra un'ora» dice Christian.

«Sì, signore.» Sawyer si gira e torna nell'ufficio di Taylor.

"Abbiamo un'ora!"

Christian mi guarda. «Violento?»

Annuisco.

«Be', Mrs Grey, è il tuo giorno fortunato. Oggi accetto richieste.»

6

«Hai qualcosa in mente?» mormora Christian, inchiodandomi con il suo sguardo sfrontato. Alzo le spalle, di colpo senza fiato e agitata. Non so se sia a causa dell'inseguimento, del mio cattivo umore di prima... non capisco, ma lo voglio e lo voglio sul serio. Sul viso di Christian compare un'espressione perplessa. «Sesso estremo?» chiede.

Annuisco, il volto in fiamme. "Perché sono così imbarazzata? Ho fatto sesso estremo di ogni genere con quest'uomo. È mio marito, accidenti! E sono a disagio perché lo voglio e mi vergogno di ammetterlo?"

«Carta bianca?» Sussurra, guardandomi pensieroso, come se stesse cercando di leggermi nella mente.

"Carta bianca? Che cosa implicherà?" «Sì» mormoro nervosa, cominciando a eccitarmi. Sorride, un sorriso sensuale.

«Vieni» dice e mi trascina verso le scale. Le sue intenzioni sono chiarissime. "Stanza dei giochi!"

In cima alle scale, mi lascia andare la mano e apre la porta. La chiave è attaccata al portachiavi che gli ho regalato non molto tempo fa.

«Dopo di te, Mrs Grey» dice e spalanca la porta.

La stanza dei giochi ha un odore familiare e rassicurante, di pelle, legno e cera. Arrossisco, sapendo che Mrs Jones deve averla pulita mentre noi eravamo in luna di miele.

Mentre entriamo, Christian preme l'interruttore e una luce morbida e diffusa rischiara le pareti rosso scuro. Lo fisso in attesa, il sangue che mi scorre veloce nelle vene. "Che cosa farà?" Chiude la porta a chiave e si gira. Piega la testa di lato, mi guarda pensieroso, poi scrolla la testa, divertito.

«Che cosa vuoi, Anastasia?» mi chiede con gentilezza.

«Te.» Ho la voce ansimante.

Lui sorride malizioso. «Mi hai. Mi hai dalla volta in cui sei caduta nel mio ufficio.»

«Allora stupiscimi, Mr Grey.»

Sulle labbra gli compare una smorfia di promessa carnale. «Come desideri, Mrs Grey.» Incrocia le braccia e si porta l'indice alle labbra, valutandomi. «Penso che cominceremo liberandoti dei vestiti.» Fa un passo avanti. Mi slaccia il corto giubbotto di jeans e me lo fa scivolare dalle spalle, lasciandolo cadere a terra. Afferra l'orlo del top nero.

«Alza le braccia.»

Obbedisco e lui me lo sfila dalla testa. Si piega e mi dà un lieve bacio, negli occhi uno sguardo in cui si mescolano lussuria e amore. Anche il top finisce sul pavimento.

«Tieni» sussurro, guardandolo nervosamente mentre mi sfilo l'elastico per i capelli che tengo al polso e glielo porgo. Lui si immobilizza, sgranando gli occhi per un breve momento senza però rivelare nulla. Alla fine prende l'elastico.

«Girati» ordina.

Sollevata, sorrido tra me e obbedisco. A quanto pare, abbiamo superato questo piccolo ostacolo. Mi raccoglie i capelli e li intreccia rapidamente, poi li lega. Mi tira la treccia, facendomi piegare la testa all'indietro.

«Buona idea, Mrs Grey» mi sussurra all'orecchio, pizzicandomi il lobo. «Adesso voltati e togliti la gonna. Falla cadere.» Mi lascia andare e fa un passo indietro mentre io mi giro per guardarlo. Senza levargli gli occhi di dosso, slaccio la cintura della gonna e tiro giù la cerniera. La gonna si apre e cade sul pavimento, raccogliendosi ai miei piedi.

Mentre faccio un passo avanti, lui si inginocchia davanti a me e mi afferra la caviglia destra. Slaccia abilmente i sandali mentre io mi chino in avanti, tenendomi in equilibrio con una mano appoggiata sulla parete dove erano appese le fruste, i frustini e gli sculacciatori. Adesso sono rimasti solo il flagellatore e il frustino marrone. Li guardo con curiosità. "Userà questi?"

Adesso che mi ha tolto i sandali, indosso solo il reggiseno e le mutandine di pizzo. Christian è seduto sui talloni e mi guarda. «Sei una visione meravigliosa, Mrs Grey.» Si tira su, in ginocchio, mi afferra i fianchi e mi tira verso di sé, affondando il naso tra le mie cosce. «E sai di te e di me e di sesso» dice, inspirando bruscamente. «È inebriante.» Mi bacia attraverso il pizzo delle mutandine, mentre io sussulto alle sue parole... avvertendo una fitta di desiderio. È così... sconveniente. Raccoglie i miei vestiti e i sandali e si alza con un agile movimento, come un atleta.

«Vai vicino al tavolo» mi dice, facendo un cenno con il mento. Poi si volta e raggiunge il cassettone delle meraviglie.

Lanciandosi un'occhiata alle spalle, mi fa un sorrisetto. «Faccia al muro... così non saprai che cos'ho in mente. Il nostro scopo è il piacere, Mrs Grey, e tu volevi una sorpresa.»

Mi giro, drizzando le orecchie... il mio udito all'improvviso sensibile al minimo rumore. È bravo in questo... far crescere le mie aspettative, accendere il mio desiderio... facendomi aspettare. Lo sento appoggiare i miei sandali e, penso, i miei vestiti sul cassettone, poi sento il rumore delle sue scarpe che cadono, una dopo l'altra. Mmh... Un attimo dopo, lo sento aprire un cassetto.

"Giocattoli!" Oh, quanto mi piace quest'attesa. Il cassetto si chiude e io trattengo il fiato. Come può il rumore di un cassetto farmi fremere così selvaggiamente? Il lieve sibilo dell'impianto stereo che viene acceso mi dice che ci sarà un interludio musicale. Un pianoforte comincia a suonare, in sordina, e accordi malinconici riempiono la stanza. So che non è una canzone. Al piano si unisce una chitarra elettrica. Si sente una voce maschile e io distinguo le parole, qualcosa riguardo al non aver paura di morire.

Christian viene verso di me senza fretta, i piedi nudi che risuonano sul parquet. Lo percepisco alle mie spalle mentre una donna inizia a cantare... gemere...?

«Violento, hai detto, Mrs Grey?» mi alita nell'orecchio sinistro.

«Mmh.»

«Devi dirmi di fermarmi se è troppo. Se tu dici basta, smetterò immediatamente. Capito?»

«Sì.»

«Ho bisogno che me lo prometti.»

Inspiro bruscamente. «Prometto» mormoro senza fiato, ricordando le parole che mi ha detto: "Non voglio farti male, ma sono più che felice di giocare".

«Brava bambina.» Si china e mi bacia sulla spalla nuda, poi infila un dito sotto la chiusura del reggiseno e traccia una linea attraverso la mia schiena. Vorrei gemere. Come fa a rendere tanto erotico un tocco così lieve?

«Toglilo» mi sussurra, e io obbedisco in fretta, lasciandolo cadere per terra. Scende con le mani lungo la mia schiena e infila i pollici nelle mutandine, tirandomele giù.

«Liberatene» ordina. Faccio di nuovo come ha detto. Mi bacia il sedere e si raddrizza.

«Ti bendo, così sarà tutto più intenso.» Mi fa scivolare sugli occhi una mascherina, e su di me cala il buio. La donna che canta geme in modo incoerente... una melodia ossessionante, che viene dal cuore.

«Piegati e stenditi con il busto sul tavolo» dice a bassa voce. «Adesso.»

Eseguo senza fiatare, la faccia imporporata contro la superficie dura e lucida. Il legno è freddo sulla pelle e sa un po' di cera con un vago sentore di agrumi.

«Distendi le braccia in avanti e afferra il bordo.»

"Okay..." Aggancio le mani al bordo del tavolo. È piuttosto grande, per cui ho le braccia completamente distese. «Se lo lasci andare, ti sculaccerò. Hai capito?»

«Sì.»

«Vuoi che ti sculacci, Anastasia?»

La parte inferiore del mio corpo si contrae per il piacere. Mi rendo conto che l'ho desiderato sin da quando mi ha minacciata a pranzo, e né l'inseguimento in macchina né il sesso che abbiamo fatto dopo hanno soddisfatto questo bisogno.

«Sì.» La mia voce è un sussurro roco.

«Perché?»

"Oh... dev'esserci un motivo?" Mi stringo nelle spalle.

«Dimmelo» insiste. Poi all'improvviso mi colpisce con forza.

«Ah!» grido.

«Silenzio, adesso.»

Mi strofina gentilmente le natiche dove mi ha colpita. Quindi si piega su di me, schiacciando i suoi fianchi contro il mio sedere, e mi depone baci sulla schiena. Si è tolto la camicia e i peli del petto mi solleticano la pelle; la sua erezione preme su di me attraverso la stoffa ruvida dei jeans.

«Apri le gambe» ordina.

Lo faccio.

«Di più.»

Gemo e obbedisco.

«Brava bambina» ansima. Mi fa scorrere un dito lungo la schiena, nel solco tra le natiche e sull'ano, che si contrae al suo tocco. «Ci divertiremo con questo» sussurra.

Il suo dito scende ancora ed entra lentamente dentro di me.

«Sento che sei bagnata, Anastasia. Da prima o da ora?»

Fa scorrere il dito dentro e fuori di me, ripetutamente. Spingo contro la sua mano, bramando quell'intrusione.

«Oh, Ana, l'una e l'altra cosa, penso. Credo che ti piaccia essere qui, in questa posizione. Mia.»

"Oh, se mi piace." Toglie il dito e mi colpisce di nuovo.

«Dimmelo» sussurra, la voce roca e carica di urgenza.

«Sì, mi piace» uggiolo.

Mi colpisce ancora facendomi urlare, poi mi mette dentro due dita. Le tira subito fuori e spalma l'umore sopra e intorno all'ano.

«Che cosa vuoi fare?» chiedo, senza fiato. "Oddio..."

«Non è quello che pensi» mormora rassicurante. «Un passo alla volta, piccola.»

Sento il lieve gorgogliare di un liquido, probabilmente spremuto da un tubetto, poi il suo dito mi massaggia di nuovo nello stesso punto. Mi sta lubrificando... *lì*! Mi dimeno mentre la paura lotta contro l'eccitazione dell'ignoto. Mi colpisce ancora, più in basso, sul pube. Gemo. La sensazione è... meravigliosa.

«Stai ferma» dice. «E non mollare il bordo del tavolo. È lubrificante.» Me ne spalma ancora un po'. Cerco di non muovermi, ma mi batte forte il cuore, le pulsazioni impazzite, mentre ansia ed eccitazione lottano dentro di me.

«Era da un po' che volevo fartelo, Ana.»

Gemo. E sento qualcosa di freddo, il freddo del metallo, che mi scende lungo la spina dorsale.

«Ho un piccolo regalo per te» sussurra.

Mi viene in mente la nostra "presentazione e descrizione del campionario". Oh! Un dilatatore anale. Christian me lo fa scorrere nel solco tra le natiche.

«Sto per mettertelo dentro, molto lentamente.»

Trattengo il fiato, combattuta tra aspettativa e paura.

«Fa male?»

«No. È piccolo. Una volta che ce l'hai dentro, ti scoperò per bene.»

Per poco non mi vengono le convulsioni. Piegandosi sopra di me, mi bacia tra le scapole.

«Pronta?» sussurra.

"Sono pronta per questo?"

«Sì» rispondo a voce bassissima, la bocca secca. Fa scorrere un altro dito sull'ano e sul perineo, poi me lo mette dentro. "Porca miseria, è il pollice." Piega la mano a coppa sul pube e mi accarezza piano il clitoride. Gemo... è... bellissimo. E con delicatezza, mentre le dita e il pollice fanno la loro magia, spinge lentamente il dilatatore freddo dentro di me.

«Ah!» gemo forte alla sensazione estranea, i muscoli che si contraggono per l'intrusione. Muove il pollice in circolo dentro di me e spinge il dilatatore con più forza, finché non entra con facilità, e io non so se è perché sono così eccitata o perché mi ha distratta con le sue dita esperte, ma il mio corpo sembra accettarlo. È pesante... e strano... *lì*!

«Oh, piccola.»

E lo sento... dove il pollice si muove dentro di me... e il dilatatore gli preme contro... oh, ah... Gira lentamente l'oggetto, strappandomi un lungo gemito.

«Christian» mormoro confusamente, il suo nome un mantra biascicato, mentre mi abituo alla sensazione.

«Brava bambina» mormora. Fa scorrere la mano libera lungo il mio fianco fino all'anca. Ritrae lentamente il pollice e io sento il rumore rivelatore della lampo dei jeans. Mi afferra l'altro fianco, mi tira verso di sé e mi allarga ulteriormente le gambe, spingendo un piede contro il mio. «Non mollare il tavolo, Ana» mi avverte.

«No» dico senza fiato.

«Qualcosa di violento? Dimmi se è troppo violento. Capito?»

«Sì» sussurro, e lui me lo sbatte dentro tirandomi al contempo verso di sé, spingendo il dilatatore più a fondo...

«Cazzo!» grido.

Lui s'immobilizza, il respiro affannoso, il mio ansimare che si mescola al suo. Cerco di assorbire tutte le sensazioni: quella meravigliosa di essere riempita, la sensazione allettante di fare una cosa proibita, il piacere erotico che si diffonde dal centro del mio corpo. Tira delicatamente il dilatatore.

"Oddio..." Gemo e sento che lui respira forte... un ansito di piacere puro, genuino. Mi infiamma il sangue. Mi sono mai sentita così sfrenata? Così...

«Ancora?» sussurra.

«Sì.»

«Stai giù!» Lo tira fuori e me lo infila dentro di nuovo. "Oh... era questo che volevo." «Sì» dico tra i denti.

E lui prende il ritmo, il respiro più affannoso che si mescola al mio ansimare mentre mi scopa.

«Oh, Ana» dice in un soffio. Toglie una mano dal mio fianco e gira il dilatatore lentamente, tirandolo fuori e poi spingendolo di nuovo dentro. La sensazione è indescrivibile, penso che morirò su questo tavolo. Non perde un colpo mentre mi prende, ripetutamente, muovendosi con violenza dentro di me, mentre io mi contraggo e sono percorsa dagli spasmi.

«Oh, cazzo» gemo. Mi sta aprendo in due.

«Sì, piccola» sibila.

«Ti prego» lo supplico, e non so per cosa... perché smetta, perché non smetta mai, perché giri ancora il dilatatore. Mi contraggo intorno a lui e all'oggetto.

«Ecco» ansima e mi colpisce con forza sulla natica destra, e io vengo... ripetutamente, la sensazione di cadere, di vorticare, di pulsare intorno a quello che mi riempie... e Christian estrae delicatamente il dilatatore.

«Aah!» grido e Christian mi afferra per i fianchi e raggiunge l'orgasmo urlando, tenendomi ferma.

La donna sta ancora cantando. In questa stanza Christian mette sempre le canzoni in *loop*. Sono accoccolata con le gambe intrecciate alle sue, la testa sul suo petto. Siamo sul pavimento della stanza dei giochi, vicino al tavolo.

«Bentornata» dice, togliendomi la mascherina. Sbatto le palpebre mentre gli occhi si abituano alla luce. Mi solleva il mento e mi bacia teneramente sulle labbra, lo sguardo concentrato e ansioso che cerca il mio. Allungo una mano per accarezzargli la faccia. Sorride.

«Bene, ho esaudito la richiesta?» chiede, divertito.

Mi incupisco. «Richiesta?»

«Lo volevi violento» dice con gentilezza.

Faccio un sorriso radioso, semplicemente perché non posso farne a meno. «Sì. Credo che tu l'abbia esaudita...»

Lui inarca un sopracciglio e ricambia il sorriso. «Sono molto felice di sentirlo. In questo momento hai l'aria di una che è stata assolutamente ben scopata, e sei bellissima.»

«È proprio come mi sento» faccio le fusa.

Mi bacia con tenerezza, le labbra calde contro le mie. «Non mi deludi mai.» Si scosta per guardarmi in faccia. «Come stai?» Nella sua voce c'è una nota di preoccupazione.

«Bene» mormoro, sentendomi avvampare. «Assolutamente ben scopata.» Faccio un sorriso timido.

«Be', Mrs Grey, usi un linguaggio davvero volgare.» Christian finge un'espressione offesa, ma io percepisco il divertimento nella sua voce.

«Perché sono sposata con un ragazzo davvero volgare, Mr Grey.»

Fa un sorriso assurdamente stupido ed è contagioso. «Sono felice che tu sia sposata con lui.» Prende in mano la mia treccia, se la porta alle labbra e ne bacia l'estremità con venerazione, gli occhi splendenti d'amore.

Gli prendo la mano sinistra e bacio la sua fede, una semplice fascetta di platino uguale alla mia. «Sei mio» sussurro.

«Tuo» conferma. Mi circonda con le braccia e affonda il naso nei miei capelli. «Posso prepararti un bagno?»

«Mmh. Solo se lo fai insieme a me.»

«Okay» dice. Mi tira in piedi e si alza. Indossa ancora i jeans.

«Ti metterai gli... ehm... gli altri jeans?»

Mi guarda perplesso. «Altri jeans?»

«Quelli che mettevi quando venivi qui.»

«*Quei* jeans?» mormora, con aria stupita.

«Sei molto sexy con quelli addosso.»

«Davvero?»

«Sì... voglio dire, proprio arrapante.»

Sorride timidamente. «Be', per te, Mrs Grey, forse lo farò.» Si china per baciarmi, quindi raccoglie dal tavolo il piccolo contenitore con dentro il dilatatore anale, il tubetto di lubrificante, la mascherina e le mie mutandine.

«Chi pulisce questi giocattoli?» gli chiedo seguendolo verso il cassettone.

Aggrotta la fronte. «Io. Mrs Jones.»

«Cosa?»

Lui annuisce, divertito e imbarazzato, credo. Spegne la musica. «Be'... ehm...»

«Le tue Sottomesse lo facevano...» finisco la frase al suo posto. Lui alza le spalle con aria di scuse.

«Tieni.» Mi porge la sua camicia e io me la metto, avvolgendomela intorno al corpo. Il lino ha ancora il suo odore e dimentico la mortificazione riguardo alla pulizia del dilatatore. Lui lascia gli oggetti sul cassettone. Quindi mi prende per mano, apre la porta della stanza dei giochi, e mi guida giù per le scale. Lo seguo docilmente.

L'ansia, il cattivo umore, il brivido, la paura e l'eccitazione dell'inseguimento in auto sono spariti. Mi sento rilassata... finalmente soddisfatta e calma. Mentre entriamo in bagno, faccio uno sbadiglio rumoroso e mi stiracchio... in pace con me stessa, una volta tanto.

«Che cosa c'è?» mi chiede aprendo il rubinetto della vasca.

Scuoto la testa.

«Dimmelo» mi chiede sommessamente. Versa l'olio al gelsomino nell'acqua, e la stanza si riempie del suo aroma dolce e sensuale.

Arrossisco. «È solo che mi sento meglio.»

Lui sorride. «È vero, eri di un umore strano oggi, Mrs Grey.» Mi prende tra le braccia. «So che ti preoccupi per quello che è successo di recente. Mi dispiace che tu sia rimasta coinvolta. Non so se si tratti di una vendetta privata, di un ex dipendente o di un rivale in affari. Se dovesse accaderti qualcosa a causa mia...» La sua voce si spegne in un sussurro sofferente. Lo circondo con le braccia.

«E se succede qualcosa a te, Christian?» dico, dando voce alle mie paure.

Lui mi guarda. «Ci penseremo. Adesso lasciati togliere questa camicia ed entriamo nella vasca.»

«Non dovresti parlare con Sawyer?»

«Può aspettare.» Gli si induriscono i lineamenti e io provo un'improvvisa fitta di pietà per Sawyer. Che cos'ha fatto per contrariare Christian?

Mi aiuta a togliere la camicia, poi lo sguardo è cupo quando mi giro verso di lui. Sul seno ci sono ancora i livi-di sbiaditi dei succhiotti che mi ha fatto durante la luna di miele, ma decido di far finta di niente.

«Mi chiedo se Ryan sia riuscito a star dietro al Dodge.»

«Vedremo, dopo il bagno. Vieni, adesso.» Mi tende la mano. Entro nell'acqua bollente e profumata e mi siedo con cautela.

«Ahi.» L'acqua calda mi fa sussultare.

«Piano, piccola» mi avverte Christian, ma mentre lo dice la sensazione di disagio scompare.

Christian si spoglia ed entra nella vasca dietro di me, at-tirandomi contro il suo petto. Mi rannicchio tra le sue gam-be e ci godiamo il bagno, pigri e felici. Faccio correre le dita lungo la sua gamba, mentre lui prende la mia treccia e se la rigira delicatamente tra le dita.

«Dobbiamo guardare il progetto per la casa nuova. Più tardi, stasera?»

«Certo.» Quella donna sta per venire di nuovo. Il mio subconscio alza lo sguardo dal terzo volume delle ope-re complete di Dickens con un'espressione torva. È mol-to contrariato, e stavolta sono d'accordo con lui. Sospiro. Sfortunatamente, i disegni di Gia Matteo sono mozzafiato.

«Devo preparare le mie cose per il lavoro» sussurro.

Si irrigidisce. «Lo sai che non devi tornare per forza in ufficio».

Oh, no... ci risiamo. «Christian, ne abbiamo già discusso. Per favore, non sollevare di nuovo l'argomento.»

Mi tira la treccia per farmi alzare la testa. «Era solo per dire...» Mi bacia dolcemente sulle labbra.

Indosso i pantaloni della tuta e un top e decido di andare a prendere i miei vestiti nella stanza dei giochi. Mentre percorro il corridoio, sento Christian alzare la voce nel suo studio. Mi immobilizzo.

«Dove cazzo eri?»

Sta urlando contro Sawyer. Mi faccio piccola piccola e mi precipito su per le scale. Non voglio sentire quello che gli dice... Ho ancora paura quando Christian alza la voce. Povero Sawyer. Almeno io ho imparato a rispondere a tono.

Raccolgo le mie cose e le scarpe di Christian, poi noto che il contenitore con il dilatatore è ancora sul cassettone. "Bene... si suppone che tocchi a me pulirlo." Lo aggiungo alla pila di roba e torno al piano di sotto. Lancio un'occhiata nervosa nel salone, ma è tutto tranquillo. Grazie al cielo.

Taylor tornerà domani sera e di solito Christian è più calmo quando c'è lui. Taylor sta passando qualche giorno con la figlia. Mi chiedo pigramente se la conoscerò mai.

Mrs Jones esce dalla lavanderia. Sobbalziamo entrambe.

«Mrs Grey... non l'avevo vista.» "Sono Mrs Grey, adesso!" «Salve, Mrs Jones.»

«Benvenuta a casa e congratulazioni.» Sorride.

«La prego, mi chiami Ana.»

«Mrs Grey, mi sentirei più a mio agio così.»

Oh! Perché tutto deve cambiare solo per il fatto che porto un anello al dito?

«Desidera decidere i menu della settimana?» mi chiede.

«Ehm...» "I menu?" Non è una domanda che avevo previsto.

Lei sorride. «Da quando ho iniziato a lavorare per Mr Grey, tutte le domeniche sera decidiamo insieme i menu della settimana e facciamo la lista della spesa.»

«Capisco.»

«Posso occuparmi io di questi?»

Tende le mani per prendere i vestiti.

«Oh... ehm. Veramente mi servono ancora.» "E nascondono il contenitore con il dilatatore!" Divento scarlatta. È un miracolo che riesca a guardarla negli occhi. Lei sa quello che facciamo... È lei che pulisce la stanza...

«Quando vuole, Mrs Grey. Sarò più che felice di fare le cose insieme a lei.»

«Grazie.» Veniamo interrotte da Sawyer, con la faccia livida, che esce in fretta dallo studio di Christian e attraversa a lunghi passi il salone. Ci rivolge un breve cenno del capo, senza guardarci, e si infila furtivo nell'ufficio di Taylor. Sono grata del suo intervento, dato che in questo momento non ho alcun desiderio di parlare di menu o di giocattoli erotici con Mrs Jones. Le rivolgo un rapido sorriso e mi precipito in camera da letto. Mi abituerò mai ad avere personale domestico ai miei ordini? Scuoto la testa... Un giorno, forse.

Lascio cadere sul pavimento le scarpe di Christian e appoggio i miei vestiti sul letto, poi prendo il dilatatore e vado in bagno. Lo guardo con diffidenza. Non voglio soffermarmici e lo lavo in fretta con acqua e sapone. Basterà? Dovrei chiedere a Mr Mago del Sesso se bisogna sterilizzarlo o roba del genere. Rabbrividisco al pensiero.

Sono contenta che Christian abbia cambiato la disposizione interna della biblioteca per me. Adesso ospita una bella scrivania bianca di legno su cui posso lavorare. Tiro fuori il portatile e controllo gli appunti sui cinque manoscritti che ho letto durante la luna di miele.

Sì, ho tutto quello che mi serve. Una parte di me è terrorizzata all'idea di tornare in ufficio, ma questo a Christian non posso dirlo. Coglierebbe al volo l'occasione per indurmi a lasciare il lavoro. A Roach per poco non è venuto un colpo quando gli ho detto che stavo per sposarmi, e con chi. E ricordo che, poco dopo, la mia posizione è stata confermata. Adesso mi rendo conto che è stato perché ero prossima alle nozze con il capo. Il pensiero è sgradevole. Non sono più direttore editoriale ad interim... adesso sono Anastasia Steele, direttore editoriale.

Non ho ancora trovato il coraggio di dire a Christian che vorrei mantenere il mio cognome da nubile al lavoro. Sono convinta di avere delle buone ragioni. Ho bisogno di un po' di distanza, ma so che litigheremo quando finalmente se ne renderà conto. Forse dovrei discuterne con lui questa sera.

Mi appoggio allo schienale della sedia e affronto l'ultimo compito della giornata. Sono le sette di sera. Christian è ancora chiuso nel suo studio, quindi ho tempo. Estraggo la memory card dalla Nikon e la inserisco nel portatile per scaricare le foto. Mentre il computer lavora, ripenso a quello che è successo oggi. Ryan sarà tornato? O sarà ancora in viaggio verso Portland? È riuscito a sapere qualcosa della donna misteriosa? Si è messo in contatto con Christian? Vorrei qualche risposta. Non importa se Christian è occupato; voglio sapere che cosa sta succedendo, e di colpo mi sento come una bambina offesa perché lui mi tiene all'oscuro. Mi alzo, intenzionata ad andare nel suo studio per affrontarlo, ma mentre lo faccio sullo schermo compaiono le foto degli ultimi giorni della nostra luna di miele.

Immagini su immagini di me. Mentre dormo, i capelli sulla faccia o sparsi sul cuscino, le labbra socchiuse... "Anche mentre mi succhio il pollice. Erano anni che non mi succhiavo il pollice!" Un sacco di foto. Non avevo idea che me le avesse fatte. Ci sono alcuni innocenti campi lunghi, compreso uno in cui sono appoggiata alla battagliola dello yacht, mentre fisso malinconica l'orizzonte. Sorrido all'immagine in cui sono rannicchiata sotto di lui e rido...

i capelli scompigliati, mentre cerco di sfuggire alle sue dita che mi fanno il solletico. Poi c'è quella di noi due sul letto della cabina, che Christian ha scattato tenendo la macchina davanti a sé. Sono accoccolata sul suo petto e lui guarda la macchina fotografica, con gli occhi sgranati... innamorato. Con l'altra mano mi regge la testa e io sorrido innamorata persa, ma non riesco a smettere di guardarlo. Oh, il mio uomo, i capelli arruffati di chi ha appena fatto l'amore, gli occhi grigi luminosi, le labbra schiuse in un sorriso. Il mio uomo che non sopporta che gli si faccia il solletico e che solo fino a poco tempo fa non tollerava di essere toccato, eppure adesso accetta le mie carezze. Devo chiedergli se gli piace, oppure se mi permette di toccarlo per far piacere più a me che a se stesso.

Mentre lo guardo mi incupisco, improvvisamente sopraffatta dai sentimenti che provo per lui. Là fuori c'è qualcuno che vuole fargli del male: prima *Charlie Tango*, poi l'incendio alla GEH e adesso quel dannato inseguimento in macchina. Sussulto, portandomi le mani alla bocca mentre mi sfugge un singhiozzo involontario. Lascio perdere il computer e mi alzo per andare a cercarlo... solo per controllare che stia bene.

Entro nel suo studio senza preoccuparmi di bussare. Christian è seduto alla scrivania e parla al telefono. Alza lo sguardo, infastidito, ma quando mi vede cambia espressione.

«Quindi non puoi migliorarlo ulteriormente?» dice, proseguendo la conversazione e continuando a tenermi gli occhi addosso. Senza esitare, cammino intorno alla scrivania e lui gira la sedia per guardarmi in faccia, aggrottando la fronte. So che sta pensando: "Che cosa vuoi?". Quando mi siedo sulle sue gambe, inarca le sopracciglia per la sorpresa. Gli getto le braccia al collo e mi rannicchio contro di lui. Mi circonda con un braccio, esitante.

«Ehm... sì, Barney. Puoi rimanere un momento in linea?» Appoggia il telefono sulla spalla.

«Ana, c'è qualcosa che non va?»

Scuoto la testa. Mi solleva il mento e mi guarda negli occhi. Io mi libero dalla presa, gli nascondo il viso nel collo e mi accoccolo sul suo petto. Confuso, mi abbraccia più stretta.

«Okay, Barney, che cosa stavi dicendo?» continua, tenendo il telefono tra l'orecchio e la spalla e digitando qualcosa sul portatile. Sullo schermo compare la granulosa immagine in bianco e nero di una telecamera a circuito chiuso. Nell'inquadratura si vede un uomo con i capelli scuri e una tuta da lavoro chiara. Christian preme un altro tasto e l'uomo cammina verso la telecamera, con la testa abbassata. Quando l'uomo è più vicino, Christian ferma il filmato. L'uomo è in un locale bianco fortemente illuminato, con una lunga fila di quelli che sembrano alti armadietti neri sulla sinistra. Dev'essere la stanza dei server della GEH.

«Okay, Barney, ancora una volta.»

Lo schermo prende vita. Intorno alla testa dell'uomo compare un rettangolo e all'improvviso c'è una zoomata. Mi raddrizzo, affascinata.

«È Barney a farlo?» chiedo a bassa voce.

«Sì» risponde Christian. «Riesci ad avere una definizione migliore?» domanda a Barney.

L'immagine sfarfalla, poi torna a fuoco, un po' più nitida questa volta, mostrando l'uomo che tiene la testa china per evitare di farsi riprendere dalla telecamera. Mentre lo guardo, un brivido mi scende lungo la schiena. C'è qualcosa di familiare nella linea della mascella. Ha corti capelli neri dall'aspetto strano e arruffato... e nell'immagine più nitida vedo un orecchino, un cerchietto.

"Porca miseria! So chi è." «Christian» sussurro. «Quello è Jack Hyde.»

7

«Tu credi?» chiede Christian, sorpreso.

«La linea della mascella è la sua.» Indico lo schermo. «E poi ci sono gli orecchini e la forma delle spalle. Anche la corporatura è quella giusta. Forse si è messo una parrucca... oppure si è tagliato i capelli e li ha tinti.»

«Barney, hai sentito?» Christian mette il telefono in vivavoce. «Sembra che tu abbia studiato il tuo ex capo nel dettaglio, Mrs Grey» mormora, tutt'altro che compiaciuto. Lo guardo, ma vengo salvata da Barney.

«Sì, signore. Ho sentito Mrs Grey. Ho appena avviato il programma di riconoscimento facciale su tutto il filmato della telecamera a circuito chiuso. Vediamo in quali altri posti dell'azienda è stato questo stronzo... ehm, mi scusi, signora... quest'uomo.»

Guardo Christian, che ignora la parolaccia di Barney. Sta esaminando con attenzione l'immagine della telecamera.

«Perché farebbe una cosa del genere?» chiedo a Christian.

«Vendetta, forse. Non ne ho idea. È impossibile capire perché certa gente si comporta in un modo piuttosto che in un altro. Mi fa arrabbiare che tu abbia lavorato a così stretto contatto con lui.»

«Abbiamo anche il contenuto del suo hard disk, signore» aggiunge Barney.

«Sì, me lo ricordo. Hai un indirizzo di Mr Hyde?» dice seccamente Christian.

«Sì, signore, ce l'ho.»

«Allerta Welch.»

«Certo. Controllerò anche tutte le telecamere della città per vedere se riesco a ricostruire i suoi movimenti.»

«Controlla quali veicoli possiede.»

«Barney può fare tutte queste cose?» sussurro.

Christian annuisce e fa un sorriso compiaciuto.

«Che cosa c'era sul suo hard disk?» chiedo.

L'espressione di Christian si indurisce e lui scuote la testa. «Non molto» dice a labbra strette, il sorriso svanito.

«Dimmelo.»

«No.»

«Erano cose che riguardavano te o me?»

«Me» sospira.

«Che genere di cose? Personali?»

Christian scuote la testa e si porta l'indice alle labbra per indicarmi di tacere. Lo guardo male, ma lui stringe gli occhi a fessura, un chiaro avvertimento a tenere a freno la lingua.

«Una Chevrolet Camaro del 2006. Ho mandato i dati della targa a Welch» dice Barney al telefono in tono eccitato.

«Bene. Fammi sapere in quali altri posti della mia società è stato quella testa di cazzo. E confronta quest'immagine con quelle dell'archivio del personale della SIP.» Christian mi guarda scettico. «Voglio essere sicuro di avere un riscontro.»

«Già fatto, signore, e Mrs Grey ha ragione. Si tratta di Jack Hyde.»

Sorrido. "Visto? Posso essere utile." Christian mi accarezza.

«Ottimo lavoro, Mrs Grey.» Sorride, il rancore passato. Dice a Barney: «Fammi sapere quando avete ricostruito tutti i suoi movimenti nella sede centrale della società. Controlla anche le altre proprietà della GEH a cui potrebbe aver avuto accesso e informa gli uomini della sicurezza in modo che facciano un'altra perlustrazione di quegli edifici».

«Sì, signore.»

«Grazie, Barney.» Christian chiude la telefonata.

«Bene, Mrs Grey, a quanto pare sei non solo ornamentale, ma anche utile.» Negli occhi gli passa un lampo di malizioso divertimento. So che mi sta provocando.

«Ornamentale?» dico beffarda, stando al gioco.

«Molto» replica, baciandomi dolcemente sulle labbra.

«Sei molto più decorativo tu di me, Mr Grey.»

Sorride e mi bacia con più forza, avvolgendosi la mia treccia intorno al polso e circondandomi con le braccia. Quando ci fermiamo per respirare, il cuore mi batte all'impazzata.

«Fame?» chiede.

«No.»

«Io sì.»

«Di cosa?»

«Be'… di cibo, a dire il vero.»

«Ti preparo qualcosa.» Ridacchio.

«Adoro sentirlo.»

«Cosa, che ti preparo qualcosa?»

«Che ridacchi.» Mi bacia sui capelli, poi io mi alzo.

«Allora, che cosa desidera mangiare, signore?» chiedo dolcemente.

«Stai facendo la carina con me, Mrs Grey?»

«Sempre, Mr Grey… signore.»

Fa un sorriso enigmatico. «Posso sempre metterti sulle mie ginocchia» mormora in tono seducente.

«Lo so» sogghigno. Metto le mani sui braccioli della sua poltrona e mi chino per baciarlo. «È una delle cose che amo di te. Ma tieni a posto le mani, anche se ti prudono… Hai detto che hai fame.»

Lui fa il suo sorriso timido e io sento una stretta al cuore. «Oh, Mrs Grey, che cosa devo fare con te?»

«Rispondere. Che cosa vorresti mangiare?»

«Qualcosa di leggero. Stupiscimi» dice, ripetendo quel che gli ho detto io nella stanza dei giochi.

«Vedrò quello che posso fare.» Esco dallo studio e vado in cucina. Quando vedo che Mrs Jones è lì, mi demoralizzo.

«Salve, Mrs Jones.»

«Mrs Grey. Siete pronti per mangiare?»

«Ehm...»

Sta mescolando qualcosa in una pentola sui fornelli, da cui esce un profumo delizioso.

«Avevo intenzione di preparare qualche panino per me e per Mr Grey.»

Rimane in silenzio per un istante. «Certo» dice. «A Mr Grey piacciono le baguette... Ce ne sono nel freezer, già tagliate. Sarei felice di prepararle io, signora.»

«Lo so. Ma vorrei occuparmene io.»

«Capisco. Le faccio un po' di posto.»

«Che cosa sta cucinando?»

«Ragù. Si può mangiare quando si vuole. Lo congelerò.» Mi fa un sorriso caloroso e abbassa il fuoco.

«Ehm... che cosa piacerebbe a Christian in un panino?»

«Mrs Grey, può mettere quello che vuole in un sandwich; basta che sia una baguette, e lui lo mangerà.» Ci scambiamo un sorriso.

«Okay, grazie.» Mi avvicino al freezer e trovo le baguette tagliate e infilate in buste di plastica con la zip. Ne prendo due pezzi, li metto su un piatto e li infilo nel microonde per scongelarli.

Mrs Jones è scomparsa. Torno al frigorifero per cercare gli ingredienti. Suppongo che toccherà a me stabilire in che modo rapportarmi con Mrs Jones. Mi piace l'idea di cucinare per Christian nei weekend. Mrs Jones è più che benvenuta durante la settimana... L'ultima cosa che avrò voglia di fare al rientro dal lavoro sarà cucinare. "Mmh... un po' come la routine di Christian con le sue Sottomesse."

Scuoto la testa. Non devo rimuginarci troppo. Nel frigo trovo del prosciutto e nello scomparto della frutta e verdura c'è un avocado maturo al punto giusto.

Mentre sono intenta a condire l'avocado, Christian esce dallo studio con in mano il progetto della casa nuova. Lo mette sul bancone, si avvicina lentamente e mi circonda con le braccia, baciandomi sul collo.

«A piedi nudi in cucina» mormora.

«Non dovrebbe essere "a piedi nudi e incinta in cucina"? Si dice così, no?» chiedo con un sorriso malizioso.

Si irrigidisce e io percepisco tutti i muscoli del suo corpo in tensione. «Non ancora» dichiara, con evidente apprensione.

«No! Non ancora!»

Si rilassa. «Su questo possiamo essere d'accordo, Mrs Grey.»

«Però vuoi dei bambini, vero?»

«Certo, sì. Un giorno. Ma non sono ancora pronto a condividerti.» Mi bacia di nuovo sul collo.

«Che cosa stai facendo? Sembra buono.» Mi bacia dietro l'orecchio per distrarmi. Sento un brivido lungo la schiena.

«Panini.» Sorrido, ritrovando il senso dell'umorismo.

Lui sorride con la bocca sul mio collo e mi morde il lobo dell'orecchio. «Il mio piatto preferito.»

Gli do una gomitata.

«Mrs Grey, mi hai fatto male.» Si porta la mano sul fianco come se provasse dolore.

«Pappamolla» mormoro in tono di disapprovazione.

«Pappamolla?» dice incredulo. Mi dà una pacca sul sedere, facendomi strillare. «Sbrigati con la mia cena, donzella. E più tardi ti mostrerò quanto sono pappamolla.» Mi dà un'altra pacca scherzosa e si dirige verso il frigorifero.

«Ti andrebbe un bicchiere di vino?» mi chiede.

«Sì, grazie.»

Christian apre il progetto di Gia sul bancone. Ha alcune idee veramente spettacolari.

«Mi piace moltissimo la sua proposta di realizzare in vetro tutta la parete posteriore del piano di sotto, ma…»

«Ma?» mi incalza Christian.

«Non voglio stravolgere l'atmosfera di quella casa.»

«Atmosfera?»

«Sì. Quello che suggerisce Gia è piuttosto radicale, ma… be'… io mi sono innamorata di quella casa così com'è… nonostante tutti i suoi difetti.»

Christian sembra contrariato.

«Insomma, mi piace com'è» sussurro. Si arrabbierà?

Mi guarda con calma. «Voglio che quella casa sia come tu la desideri. Qualunque cosa tu voglia. È tua.»

«Voglio che piaccia anche a te, che anche tu sia felice lì.»

«Io sarò felice ovunque ci sia tu. È semplicissimo, Ana.»

Tiene lo sguardo fisso nel mio. È sincero, assolutamente sincero. Mi si allarga il cuore. "Mi ama sul serio."

«Be'» deglutisco, lottando contro il nodo che mi chiude la gola «mi piace la parete di vetro. Forse potremmo chiederle di integrarla nella casa in maniera un po' più leggera.»

Christian sorride. «Certo. Tutto quello che vuoi, Ana. Che cosa ne dici delle proposte per il piano superiore e il seminterrato?»

«Quelle mi piacciono.»

«Bene.»

Okay… Mi faccio forza per fare la domanda da un milione di dollari. «Vuoi metterci una stanza dei giochi?» Mentre parlo, sento il rossore ormai familiare imporporarmi le guance. Christian inarca le sopracciglia.

«E tu?» ribatte, sorpreso e divertito al tempo stesso.

Mi stringo nelle spalle. «Ehm… se la vuoi tu.»

Mi osserva per un istante. «Lasciamo aperta l'opzione, per adesso. In fin dei conti, sarà una casa di famiglia.»

Mi stupisco della fitta di delusione che provo. Immagino che abbia ragione, anche se… quando avremo una famiglia? Potrebbero volerci anni.

«Inoltre, possiamo improvvisare.»

«Mi piace improvvisare» sussurro.

Lui sorride. «C'è qualcosa di cui voglio parlare con te.» Christian indica la stanza da letto principale e cominciamo a discutere nel dettaglio dei bagni e delle cabine armadio separate.

Quando finiamo, sono le nove e mezzo di sera.

«Torni al lavoro?» chiedo, mentre Christian arrotola i disegni.

«No, se tu non vuoi.» Sorride. «Che cosa ti piacerebbe fare?»

«Potremmo guardare la televisione.» Non ho voglia di leggere né di andare a letto... non ancora.

«Okay» Christian accetta e io lo seguo nella stanza della tivù.

Siamo stati seduti qui tre, forse quattro volte in tutto, e in genere Christian legge un libro. Non gli interessa la televisione. Io mi accoccolo accanto a lui sul divano, con le gambe raccolte sotto di me e la testa appoggiata alla sua spalla.

«Vuoi guardare una stupidaggine in particolare?»

«Non ti piace granché la tivù, vero?» borbotto ironica.

Lui scuote la testa. «Una perdita di tempo. Ma guarderò qualcosa con te.»

«Pensavo che potremmo pomiciare.»

Lui si gira di colpo verso di me. «Pomiciare?» Mi guarda allibito. Smette il suo eterno zapping, lasciando la tivù su un'insulsa telenovela spagnola.

«Sì.» "Perché è così inorridito?"

«Potremmo andare a letto e pomiciare.»

«Lo facciamo sempre. Quand'è stata l'ultima volta che l'hai fatto davanti alla tivù?» chiedo, timida e provocatoria.

Lui si stringe nelle spalle e scuote la testa. Preme il telecomando e salta da un canale all'altro prima di fermarsi su un vecchio episodio di *X-Files*.

«Christian?»

«Non l'ho mai fatto» dice tranquillamente.

«Mai?»

«No.»

«Neppure con Mrs Robinson?»

Sbuffa. «Piccola, ho fatto un sacco di cose con Mrs Robinson. Pomiciare non era una di quelle.» Sorride malizioso e poi socchiude gli occhi con divertita curiosità. «E tu?»

Avvampo. «Naturalmente.» Be', una specie…

«Cosa? Con chi?»

"Oh, no." Non voglio avventurarmi in questa discussione.

«Dimmelo» insiste.

Mi guardo le dita intrecciate. Lui mi copre le mani con una delle sue. Quando alzo gli occhi, mi sta sorridendo.

«Voglio saperlo. Così posso ridurre in poltiglia chiunque sia stato.»

Ridacchio. «Be', la prima volta…»

«La prima volta! Ce n'è stata più di una?» ringhia.

Ridacchio di nuovo. «Perché sei così sorpreso, Mr Grey?»

Aggrotta la fronte per un attimo, si passa una mano nei capelli e mi guarda come se mi vedesse in una luce completamente diversa. Fa spallucce. «Lo sono e basta. Voglio dire… data la tua mancanza di esperienza.»

Divento rossa. «Di sicuro mi sono messa in pari da quando ti conosco.»

«Oh, sì.» Sorride. «Dimmelo. Voglio saperlo.»

Guardo i suoi pazienti occhi grigi, tentando di stabilire di che umore sia. Non voglio che mi metta il muso… è impossibile quando mette il muso.

«Vuoi sul serio che te lo dica?»

Annuisce lentamente e sulle labbra gli si dipinge un sorriso divertito, arrogante.

«Ero in Texas per un breve periodo con mia madre e il suo Marito Numero Tre. Ero in seconda superiore. Lui si chiamava Bradley ed era il mio compagno di laboratorio a fisica.»

«Quanti anni avevi?»

«Quindici.»

«E cosa fa lui adesso?»

«Non ne ho idea.»

«In che base è arrivato?»

«Christian!» lo rimprovero... e di colpo mi afferra le ginocchia, poi le caviglie e mi solleva facendomi ricadere sulla schiena. Scivola lentamente sopra di me, intrappolandomi sotto di lui, una gamba in mezzo alle mie. Succede all'improvviso... Mi prende le mani e me le mette sopra la testa.

«Allora, questo Bradley... è arrivato in prima base?» mormora, strofinando il naso contro il mio. Mi bacia lievemente l'angolo della bocca.

«Sì» mormoro contro le sue labbra. Con una mano mi solleva il mento e mi tiene ferma infilandomi la lingua in bocca, e io mi arrendo al suo bacio appassionato.

«Così?» Christian ansima e si ferma per prendere fiato.

«No... niente del genere» riesco a dire, mentre tutto il sangue affluisce nella parte bassa del mio corpo.

Mi lascia andare il mento, mi percorre il corpo con una mano, poi risale verso il seno.

«Così? Ti ha toccata così?» Mi sfiora un capezzolo con il pollice attraverso il top e continua ad accarezzarlo facendomelo inturgidire sotto il suo tocco esperto.

«No.» Mi dimeno sotto di lui.

«È arrivato in seconda base?» mi mormora all'orecchio. La sua mano scende lungo le mie costole, mi tocca la vita, i fianchi. Mi prende il lobo tra i denti e lo tira delicatamente.

«No» ansimo.

Alla tivù l'agente speciale Fox Mulder sta blaterando qualcosa. Christian si ferma, si solleva e azzera il volume con il telecomando. Mi guarda.

«Che cosa mi dici del tizio numero due? Lui è arrivato in seconda base?»

I suoi occhi sono incandescenti... arrabbiato? Eccitato? È difficile dirlo. Si sposta al mio fianco e mi infila una mano nei pantaloni della tuta.

«No» sussurro, inchiodata dal suo sguardo infuocato. Christian mi fa un sorriso lascivo.

«Bene.» Mette la mano a coppa sul mio pube. «Niente biancheria intima, Mrs Grey. Approvo.» Mi bacia ancora mentre le sue dita si muovono facendo la loro magia, il pollice che mi accarezza il clitoride mentre l'indice si insinua dentro di me con meravigliosa lentezza.

«Avevamo parlato di pomiciare» gemo.

Si immobilizza. «Pensavo che lo stessimo facendo.»

«No. Niente sesso.»

«Cosa?»

«Niente sesso...»

«Niente sesso, eh?» Tira fuori la mano dalla mia tuta. «Ecco.» Fa scorrere l'indice sulle mie labbra e io sento il gusto salato della mia eccitazione. Mi infila un dito in bocca, rispecchiando quello che stava facendo poco prima. Poi si mette in mezzo alle mie gambe, premendomi addosso la sua erezione. Spinge, una volta, due e poi ancora. Sussulto mentre la stoffa dei miei pantaloni sfrega proprio nel punto giusto. Spinge di nuovo, schiacciandosi su di me.

«È questo che vuoi?» mormora muovendo le anche, sfregandosi contro di me.

«Sì» gemo.

Riporta la mano sul mio seno, stuzzicandomi il capezzolo, e mi sfiora la mascella con i denti. «Lo sai quanto sei arrapante, Ana?» Ha la voce roca mentre si spinge con più forza contro di me. Apro la bocca per rispondere e fallisco miseramente, gemendo forte. Mette la bocca sulla mia, tirandomi il labbro inferiore con i denti prima di esplorarmi di nuovo con la lingua. Le mie mani percorrono avide le sue spalle, gli accarezzano la testa mentre lui mi bacia. Quando gli tiro i capelli, lui geme e alza gli occhi a guardarmi.

«Ti piace che ti tocchi?» sussurro.

Aggrotta lievemente la fronte come se non capisse la domanda. Si ferma. «Certo. Adoro che mi tocchi, Ana. Le tue carezze sono come un banchetto per un uomo che sta morendo di fame.» La sua voce ha un tono di appassionata sincerità.

Si inginocchia tra le mie gambe e mi fa sollevare per togliermi il top. Sono seminuda sotto di lui. Afferra l'orlo della sua camicia e se la sfila dalla testa, gettandola sul pavimento, poi mi prende in grembo, le braccia incrociate appena sopra il mio sedere.

«Toccami» dice piano.

"Oddio..." Esitante, gli sfioro con la punta delle dita i ciuffi di peli sul petto, sopra le cicatrici delle bruciature. Lui inspira bruscamente e le sue pupille si dilatano, ma non è paura. È una risposta sensuale alle mie carezze. Mi guarda intensamente mentre percorro la sua pelle con le dita, fermandomi prima su un capezzolo, poi sull'altro. Si induriscono al mio tocco. Spingendomi in avanti, lo bacio lievemente sul petto e le mie mani gli accarezzano le spalle, avvertendo le linee scolpite dei muscoli e dei tendini.

«Ti voglio» mormora, il segnale di via libera per la mia libido. Gli passo le dita tra i capelli, tirandogli indietro la testa per reclamare la sua bocca, sentendo il calore che si irradia dal mio ventre. Lui geme e mi spinge sul divano. Si siede e mi strappa via i pantaloni della tuta; poi si abbassa la cerniera dei calzoni.

«Fuoricampo» sussurra, penetrandomi in fretta.

«Ah...» gemo, e lui si ferma.

«Ti amo, Mrs Grey» mormora e fa l'amore con me teneramente, finché io perdo il controllo e mi aggrappo a lui, desiderando di non lasciarlo andare mai più.

Siamo distesi sul pavimento della stanza della tivù.

«Abbiamo saltato la terza base, sai.» Le mie dita percorrono le linee dei suoi pettorali.

Christian scoppia a ridere. «La prossima volta.» Mi bacia sulla testa.

Alzo gli occhi per guardare lo schermo della tivù, dove stanno scorrendo i titoli di coda di *X-Files*. Christian si allunga per prendere il telecomando e rimette l'audio.

«Ti piaceva quella serie?»

«Quand'ero bambino.»

Oh... Christian da bambino... che pratica il kick boxing, guarda *X-Files* e non si fa toccare.

«E a te?» chiede.

«Ero troppo piccola.»

«Sei così giovane.» Christian sorride con affetto. «Mi piace pomiciare con te, Mrs Grey.»

«Anche a me con te, Mr Grey.» Lo bacio sul petto e stiamo lì in silenzio a guardare la tivù.

«Sono state tre settimane meravigliose. Nonostante gli inseguimenti in auto, gli incendi e gli ex capi psicolabili. Come essere nella nostra bolla privata» dico sognante.

Christian fa un basso mormorio. «Non sono sicuro di essere ancora pronto a condividerti con il resto del mondo.»

«Ritorno alla realtà, domani» dico piano, cercando di non far trasparire la tristezza dalla voce.

Christian sospira e si passa una mano tra i capelli. «Le misure di sicurezza saranno rigide...» Gli metto un dito sulle labbra. Non voglio sentire di nuovo questa tirata.

«Lo so. Farò la brava, lo prometto.» Il che mi fa venire in mente... Mi sposto, puntellandomi su un gomito per vederlo meglio. «Perché stavi urlando con Sawyer?»

Lui si irrigidisce subito.

«Perché siamo stati seguiti.»

«Non è stata colpa di Sawyer.»

Lui mi guarda pacato. «Non avrebbero mai dovuto lasciarti andare così avanti. Lo sanno, questo.»

Arrossisco sentendomi colpevole e mi rannicchio di nuovo contro il suo petto. È stata colpa mia. Volevo seminarli.

«Non è stata...»

«Basta!» Christian assume improvvisamente un tono

secco. «Non è un argomento di discussione, Anastasia. È un fatto, e loro non permetteranno che succeda di nuovo.»

"Anastasia!" Sono Anastasia quando finisco nei guai, esattamente come con mia madre.

«Okay» borbotto, placandolo. Non voglio litigare. «Ryan è riuscito a prendere la donna del Dodge?»

«No. E non sono convinto che fosse una donna.»

«Oh?» Alzo di nuovo lo sguardo.

«Sawyer ha visto qualcuno con i capelli legati sulla nuca, ma solo per un attimo. Ne ha dedotto che fosse una donna. Adesso, dato che tu hai identificato quel testa di cazzo, forse era lui. Portava i capelli in quel modo.» Il disgusto nella voce di Christian è palpabile.

Non so che cosa pensare di queste novità. Christian mi accarezza la schiena nuda, distraendomi.

«Se ti succedesse qualcosa...» mormora, gli occhi seri.

«Lo so» dico. «Lo stesso vale per me nei tuoi confronti.» Rabbrividisco al pensiero.

«Vieni. Stai prendendo freddo» osserva, tirandosi su a sedere. «Andiamo a letto. Possiamo raggiungere la terza base di là.» Mi fa un sorriso lascivo, appassionato, arrabbiato, ansioso, sexy... Mr Cinquanta Sfumature. Gli tendo una mano e lui mi tira in piedi, e senza batter ciglio lo seguo attraverso il salone, verso la camera da letto.

Il mattino dopo Christian mi stringe la mano mentre accostiamo davanti alla SIP. È il ritratto del potente uomo d'affari con il completo blu scuro e la cravatta in tinta, e io sorrido. Non era così elegante dalla sera in cui siamo andati al balletto a Monte-Carlo.

«Sai che non sei costretta a farlo, vero?» mormora Christian. Sono tentata di alzare gli occhi al cielo.

«Lo so» sussurro, non volendo che Sawyer e Ryan mi sentano dai loro sedili sull'Audi. Lui aggrotta la fronte e io sorrido.

«Però voglio farlo» continuo. «Questo lo sai.» Mi protendo verso di lui e lo bacio. Il cipiglio non scompare. «Cosa c'è che non va?»

Lui guarda esitante Ryan, mentre Sawyer scende dall'auto. «Mi dispiacerà non averti tutta per me.»

Allungo una mano e gli accarezzo la faccia. «Anche a me dispiace.» Lo bacio. «È stata una luna di miele meravigliosa. Grazie.»

«Va' al lavoro, Mrs Grey.»

«Anche tu, Mr Grey.»

Sawyer apre la portiera. Stringo la mano di Christian prima di scendere sul marciapiede. Mentre mi dirigo verso l'edificio, gli faccio un piccolo gesto di saluto con la mano. Sawyer mi tiene aperta la porta d'ingresso e mi segue all'interno.

«Ciao, Ana.» Claire mi sorride dal banco della reception.

«Ciao, Claire.» Contraccambio il sorriso.

«Hai un aspetto stupendo. Bella la luna di miele?»

«Favolosa, grazie. Come va qui?»

«Il vecchio Roach è sempre lo stesso, però sono arrivati gli uomini della sicurezza e stanno passando al setaccio la stanza dei server. Ma te lo dirà Hannah.»

Sono sicura che lo farà. Faccio un sorriso amichevole a Claire e punto dritta verso il mio ufficio.

Hannah è la mia assistente. È alta, snella e implacabilmente efficiente, al punto che talvolta la trovo un filo angosciante. Ma con me è dolce, nonostante il fatto che sia più vecchia di me di un paio d'anni. Mi aspetta con il caffellatte... l'unico caffè che le permetto di andarmi a prendere.

«Ciao, Hannah» dico calorosamente.

«Com'è stata la tua luna di miele, Ana?»

«Fantastica. Ecco... questo è per te.» Tiro fuori la boccetta di profumo che ho preso per lei e la metto sulla scrivania, e lei batte le mani con gioia.

«Oh, grazie!» dice entusiasta. «La corrispondenza urgente è sulla tua scrivania e Roach vorrebbe vederti alle dieci. Per il momento è tutto.»

«Bene. Grazie. E grazie per il caffè.» Entro nel mio ufficio, appoggio la ventiquattrore sulla scrivania e do un'occhiata alla pila di lettere. Ho parecchie cose da fare.

Poco prima delle dieci sento un timido colpetto alla porta. «Avanti.»

Fa capolino Elizabeth. «Ciao, Ana. Volevo solo salutarti.» Ormai siamo passate a un più informale tu.

«Ciao. Devo dire che, leggendo tutta questa corrispondenza, vorrei essere ancora nel Sud della Francia.»

Elizabeth ride, ma la risata è spenta, forzata, e io piego la testa di lato e la fisso come fa Christian con me.

«Sono felice che tu sia tornata sana e salva» dice. «Ci vediamo tra poco alla riunione con Roach.»

«Okay» mormoro, e lei chiude la porta dietro di sé. Mi incupisco. "Che cos'aveva?" Sento il segnale sonoro che indica l'arrivo di una nuova mail: un messaggio da Christian.

Da: Christian Grey
A: Anastasia Steele
Data: 22 agosto 2011 09.56
Oggetto: Mogli disobbedienti

Moglie,
ho mandato la mail sotto ed è tornata indietro. E questo perché non hai cambiato nome. C'è qualcosa che vuoi dirmi?

Christian Grey
Amministratore delegato, Grey Enterprises Holdings Inc.

Allegato:
Da: Christian Grey
A: Anastasia Grey

Data: 22 agosto 2011 09.32
Oggetto: Bolla

Mrs Grey,
che bello toccare tutte le basi con te. Ti auguro un
magnifico rientro. Mi manca già la nostra bolla

Christian Grey
Amministratore delegato ritornato nel mondo
reale, Grey Enterprises Holdings Inc.

"Accidenti." Rispondo immediatamente.

Da: Anastasia Steele
A: Christian Grey
Data: 22 agosto 2011 09.58
Oggetto: Non far scoppiare la bolla

Marito,
sono completamente d'accordo sulla metafora del baseball.
Voglio mantenere il mio nome, qui.
Te lo spiegherò questa sera.
Sto entrando in una riunione.
Anche a me manca la nostra bolla...

PS: Pensi che dovrei usare il BlackBerry?

Anastasia Steele
Direttore editoriale, SIP

Sarà una litigata di quelle toste. Lo sento. Sospirando,
raccolgo il materiale per la riunione.

L'incontro dura due ore. Ci sono tutti i direttori editoriali,
più Roach ed Elizabeth. Discutiamo del personale, di stra-

tegia, di marketing, di sicurezza e della chiusura del bilancio. Mentre la riunione va avanti, mi sento sempre più a disagio. C'è un sottile cambiamento nel modo in cui i colleghi mi trattano: una distanza e una deferenza che non esistevano prima che partissi per la luna di miele. E Courtney, a capo della redazione saggistica, è apertamente ostile. Forse sto diventando paranoica, ma questo spiegherebbe lo strano comportamento di Elizabeth quando mi ha salutato prima.

Torno con la mente allo yacht, poi penso alla stanza dei giochi e alla fuga dal Dodge sull'I-5 alla guida dell'R8. Forse Christian ha ragione... forse dovrei lasciar perdere. Il pensiero è deprimente: è quello che ho sempre voluto fare. Se non posso fare questo lavoro, che cosa farò? Mentre torno nel mio ufficio, cerco di scacciare questi pensieri cupi.

Quando mi siedo alla scrivania, controllo con calma la posta elettronica. Niente da Christian. Guardo il BlackBerry... Niente. Bene. Almeno non c'è stata alcuna reazione negativa alla mia mail. Forse ne discuteremo stasera, come gli ho chiesto. Difficile da credere, ma ignoro la sensazione di disagio e apro il piano marketing che mi hanno dato alla riunione.

Come ogni lunedì, Hannah entra nell'ufficio con il vassoio del mio pranzo portato da casa, grazie alla collaborazione di Mrs Jones, e ci sediamo a mangiare, discutendo di quello che bisogna fare. Mi aggiorna anche sui pettegolezzi dell'ufficio che – visto che sono stata via tre settimane – sono piuttosto corposi. Mentre chiacchieriamo, qualcuno bussa alla porta.

«Avanti.»

Roach apre la porta e accanto a lui c'è Christian. Rimango sbalordita per un attimo. Christian mi lancia uno sguardo di fuoco ed entra dopo aver sorriso educatamente a Hannah.

«Salve, lei deve essere Hannah. Io sono Christian Grey» dice. Hannah balza in piedi e gli tende la mano.

«Mr Grey. P-piacere di conoscerla» balbetta. «Posso portarle un caffè?»

«Sì, grazie» risponde con calore. Lei mi lancia un'occhiata perplessa ed esce oltrepassando Roach, che è in piedi, sbalordito quanto me, sulla soglia del mio ufficio.

«Se vuole scusarmi, Roach, vorrei dire due parole a Miss Steele.» Christian calca la "s"… in modo sarcastico.

"Ecco perché è qui… accidenti."

«Certo, Mr Grey. Ana» borbotta Roach, chiudendo la porta dell'ufficio mentre se ne va. Recupero la parola.

«Mr Grey, che bello vederti.» Sorrido, troppo dolcemente.

«Miss Steele, posso sedermi?»

«È la tua azienda.» Gli indico la sedia lasciata vuota da Hannah.

«Sì, lo è.» Mi fa un ghigno da lupo, ma gli occhi rimangono seri. Ha un tono brusco. È carico di tensione… la avverto intorno a me. Sento un tuffo al cuore.

«Il tuo ufficio è piccolo» commenta, mentre si siede davanti alla mia scrivania.

«Per me va bene.»

Mi guarda in modo neutrale, ma so che è furioso.

«Allora, che cosa posso fare per te, Christian?»

«Stavo solo dando un'occhiata alle mie proprietà.»

«Le tue proprietà? Tutte?»

«Tutte. Alcune hanno bisogno di un nuovo marchio.»

«Un nuovo marchio? In che senso?»

«Penso che tu lo sappia.» La sua voce è calma.

«Ti prego… non dirmi che hai interrotto il primo giorno di lavoro dopo tre settimane di assenza per venire qui a litigare con me sul mio nome.» "Io non sono una tua proprietà!"

Si muove sulla sedia e incrocia le gambe. «Non esattamente a litigare. No.»

«Christian, sto lavorando.»

«A me è sembrato che tu e la tua assistente foste impegnate a spettegolare.»

«Stavamo mettendo a punto gli impegni della settimana» ribatto. «E tu non hai risposto alla mia domanda.»

Si sente bussare. «Avanti!» urlo, troppo forte.

Hannah apre la porta ed entra con un vassoio. Bricco del latte, zuccheriera, caffettiera a pressofiltro: ha fatto del suo meglio. Appoggia tutto sulla scrivania.

«Grazie, Hannah» borbotto, imbarazzata per aver urlato.

«Le serve altro, Mr Grey?» chiede, senza fiato. Avrei voglia di alzare gli occhi al cielo.

«No, grazie. Basta così.» Le scocca un abbagliante sorriso strappamutandine. Lei arrossisce e se ne va sorridendo in modo affettato. Christian riporta la sua attenzione su di me.

«Allora, Miss Steele, dove eravamo rimasti?»

«Stavi sgarbatamente interrompendo la mia giornata lavorativa per litigare con me sul mio nome.»

Christian è stupito, credo, per la veemenza del mio tono. Si toglie un invisibile pelucco dai pantaloni. Mi distrae. Lo fa apposta. Stringo gli occhi a fessura.

«Mi piace fare strane visite inaspettate. Tiene i dirigenti sul chi vive e le mogli al loro posto. Sai com'è.» Si stringe nelle spalle, sulla bocca un'espressione arrogante.

"Le mogli al loro posto!" «Non pensavo che avessi tempo da perdere» dico seccamente.

Gli si gela lo sguardo. «Perché non vuoi cambiare il tuo nome, qui?» chiede, la voce mortalmente calma.

«Christian, dobbiamo discuterne adesso?»

«Sono qui. Non vedo perché no.»

«Ho un sacco di lavoro da fare, dato che sono stata via per tre settimane.»

Ha uno sguardo freddo e calcolatore... distante, persino. Mi meraviglio di come possa apparire così distaccato dopo ieri notte, dopo le ultime tre settimane. "Dev'essere arrabbiato... arrabbiato sul serio. Quando imparerà a non reagire in modo eccessivo?"

«Ti vergogni di me?» la voce ingannevolmente dolce.

«No! Certo che no, Christian» ribatto seccata. «È una cosa che riguarda me, non te.» Accidenti, a volte sa essere davvero esasperante. Stupido megalomane prepotente.

«Cosa vuol dire che non riguarda me?» Piega la testa di lato, sinceramente perplesso. Mi fissa. È meno distaccato, adesso, e io mi rendo conto che è ferito. "Merda. Ho ferito i suoi sentimenti. Oh, no... è l'ultima persona che voglio ferire." Devo riuscire a fargli capire il mio punto di vista. Devo spiegargli le ragioni della mia decisione.

«Christian, quando ho accettato questo lavoro, ti avevo appena conosciuto» dico, sforzandomi di trovare le parole giuste. «Non sapevo che tu stessi per acquistare l'azienda...»

Che cosa posso dire di quella faccenda nella nostra breve storia? Le folli ragioni del suo gesto: la mania del controllo, le tendenze da stalker spinte all'eccesso a causa della sua ricchezza. So che vuole proteggermi, ma qui il problema fondamentale è il fatto che lui possiede la SIP. Se non avesse interferito, sarei potuta andare avanti normalmente e non sarei stata costretta a subire le recriminazioni risentite dei colleghi sussurrate alle mie spalle. Mi prendo la testa tra le mani solo per non doverlo guardare negli occhi.

«Perché è così importante per te?» chiedo, cercando disperatamente di non diventare aggressiva. Alzo la testa e incontro il suo sguardo impassibile, gli occhi limpidi, impenetrabili, senza traccia del rammarico di poco fa.

«Voglio che tutti sappiano che sei mia.»

«Sono tua... Guarda.» Gli mostro gli anelli.

«Non basta.»

«Non basta che ti abbia sposato?» La mia voce è un sussurro a malapena udibile.

Lui sbatte le palpebre di fronte allo sconcerto che mi si legge in faccia. E adesso? Che cos'altro posso fare?

«Non è quello che intendevo» scatta e si passa una mano nei capelli troppo lunghi, che gli ricadono sulla fronte.

«Che cosa intendevi?»

Deglutisce. «Voglio che il tuo mondo inizi e finisca con me» dice. Il suo commento mi sconvolge. È come se mi avesse tirato un pugno nello stomaco, sbattendomi a terra. E nella mia mente compare la visione di un bambino terrorizzato, con i capelli color rame e gli occhi grigi, vestito con abiti sporchi, male assortiti e della taglia sbagliata.

«È così» dico con sincerità, perché è vero. «Sto solo cercando di farmi strada professionalmente e non voglio sfruttare il tuo nome. Non posso stare reclusa all'Escala o nella nuova casa senza fare niente. Impazzirei. Soffocherei. Ho sempre lavorato, e questo lavoro mi piace. È il mio sogno, quello che ho sempre desiderato. Ma ciò non significa che ti ami di meno. Tu sei tutto il mondo, per me.» Mi si chiude la gola e sento che sto per piangere. Non devo, non qui. Continuo a ripeterlo dentro di me. "Non devo piangere. Non devo piangere."

Lui mi fissa, senza dire niente. Poi sul viso gli compare una smorfia, come se stesse riflettendo su quello che ho detto.

«Ti soffoco?» mi chiede, riecheggiando un discorso già fatto.

«No... sì... no.» È una conversazione così esasperante... di certo non vorrei farla adesso, qui. Chiudo gli occhi, cercando di capire come siamo arrivati a questo punto.

«Stiamo parlando del mio nome. Voglio mantenerlo per mettere un po' di distanza tra noi due... ma solo qui, ecco tutto. Sono convinti che io abbia avuto il lavoro grazie a te, invece...» Mi interrompo quando lo vedo spalancare gli occhi. "Oh, no... è stato grazie a lui?"

«Vuoi sapere perché hai ottenuto il lavoro, Anastasia?» "Anastasia? Oh, no." «Cosa? Che cosa vuoi dire?»

Lui si agita sulla sedia come se stesse cercando di armarsi di coraggio. "Voglio saperlo?"

«I vertici dell'azienda ti hanno offerto il lavoro di Hyde come tappabuchi. Non volevano affrontare il costo di assumere un dirigente esperto in un momento in cui l'azienda era in vendita. Non avevano idea di che cosa avesse intenzione di fare il nuovo proprietario e hanno deciso saggiamente di non accollarsi spese eccessive. Perciò ti hanno offerto il lavoro di Hyde per temporeggiare finché il nuovo proprietario» sorride ironico «vale a dire io, non fosse subentrato.»

"Merda!" «Che cosa stai dicendo?» "Allora è stato davvero grazie a lui!" Sono sconvolta.

Lui sorride e scuote la testa davanti alla mia espressione allarmata. «Rilassati. Sei stata più che all'altezza della sfida. Hai fatto un ottimo lavoro.» Nella sua voce c'è una vaga traccia di orgoglio, e per poco non cedo.

«Oh» mormoro, stordita dalla notizia. Mi raddrizzo sulla sedia e lo fisso a bocca aperta. Lui si agita di nuovo.

«Non voglio soffocarti, Ana. Non voglio rinchiuderti in una gabbia dorata. Be'...» Fa una pausa. «Be', la parte razionale di me non lo vuole.» Si sfrega il mento pensieroso, come se stesse architettando qualcosa.

"Dove vorrà andare a parare?" Christian alza di colpo lo sguardo, come se avesse avuto un'illuminazione. «Perciò, una delle ragioni per cui sono qui... a parte parlare con la mia disobbediente moglie» dice, socchiudendo gli occhi «è discutere che cosa fare di quest'azienda.»

"Moglie disobbediente!" Non sono disobbediente, e non sono una sua proprietà! Gli lancio un'occhiataccia e la voglia di piangere scompare. Sulle labbra gli aleggia l'ombra di un sorriso. Caspita... un altro cambiamento di umore! Come potrò mai star dietro a Mr Lunatico?

«Voglio cambiare nome all'azienda... in Grey Publishing. E, nel giro di un anno, sarà tua.»

Rimango a bocca aperta... spalancata: rende meglio l'idea.

«È il mio regalo di nozze.»

Chiudo la bocca, poi la riapro tentando di replicare qualcosa... ma inutilmente. Ho la mente vuota.

«Perciò, dovrò cambiarle di nuovo il nome... in Steele Publishing?»

Fa sul serio. "Porca miseria."

«Christian» sussurro quando finalmente il cervello si

collega di nuovo con la bocca «mi hai regalato un orologio per le nozze... Non sono in grado di dirigere un'azienda.»

Piega la testa di lato e mi lancia un'occhiata critica. «Io dirigo un'azienda da quando avevo ventun anni.»

«Ma tu... sei tu. Maniaco del controllo e bambino prodigio. Accidenti, Christian, avevi scelto politica ed economia come indirizzo di studio a Harvard, prima di ritirarti. Almeno tu hai idea di come muoverti. Io ho venduto vernice e fascette stringicavo per tre anni part-time. Non ho visto quasi niente del mondo, e non so praticamente nulla!» Sul finire della tirata la mia voce diventa più acuta.

«Sei anche una delle persone più colte che io conosca» ribatte in tono serio. «Ami un buon libro. Non sei riuscita a smettere di lavorare nemmeno in luna di miele. Quanti manoscritti hai letto? Quattro?»

«Cinque» mormoro.

«E hai scritto schede esaurienti su tutti. Sei una donna molto brillante, Anastasia. Sono sicuro che te la caverai.»

«Sei pazzo?»

«Pazzo di te» sussurra.

E io sbuffo perché è l'unica cosa che riesco a fare.

«Diventerai lo zimbello di tutti. Compri un'azienda per l'insignificante donna che ha un lavoro a tempo pieno solo da pochi mesi.»

«Credi che me ne fotta qualcosa di quello che pensa la gente? Inoltre, non sarai da sola.»

Lo guardo stupefatta. Questa volta dà veramente i numeri. «Christian, io...» Il mio equilibrio è messo a dura prova. "È pazzo?" E dalla parte più profonda e oscura di me scaturisce l'impulso improvviso e inappropriato di scoppiare a ridere. Quando alzo lo sguardo, lui ha gli occhi sgranati.

«Qualcosa ti diverte, Miss Steele?»

«Sì. Tu.»

Sbarra gli occhi ancora di più, scioccato ma divertito. «Ridi di tuo marito? Inaccettabile. E ti stai mordendo il labbro.»

Il suo sguardo si incupisce... in quel modo. "Oh, no... conosco quello sguardo." Focoso, seducente, lascivo...

«Non pensarci nemmeno» lo ammonisco allarmata.

«Pensare a cosa, Anastasia?»

«Conosco quello sguardo. Siamo al lavoro.»

Lui si protende verso di me, gli occhi fissi nei miei, ardenti e famelici. Istintivamente deglutisco.

«Siamo in un ufficio piccolo, ragionevolmente insonorizzato, con una porta che si può chiudere a chiave» mormora.

«Volgare depravazione morale» dico, scandendo le parole.

«Non con tuo marito.»

«Con il capo del capo del capo» sibilo.

«Sei mia moglie.»

«Christian, no. Dico sul serio. Puoi farmi tutto quello che vuoi questa sera. Ma non adesso. Non qui!»

Sbatte le palpebre e socchiude gli occhi. Poi, inaspettatamente, scoppia a ridere.

«Tutto quello che voglio?» Inarca un sopracciglio, intrigato. «Potrei costringerti a mantenere la promessa, Miss Steele.»

«Oh, piantala con questo Miss Steele!» scatto, battendo una mano sulla scrivania e facendo sobbalzare entrambi. «Per l'amor del cielo, Christian. Se significa così tanto per te, va bene, cambierò nome!»

«Bene.» Batte le mani e all'improvviso si alza in piedi. «Missione compiuta. Ho del lavoro da fare. Se vuole scusarmi, Mrs Grey.»

Bah... quest'uomo è così esasperante! «Ma...»

«Ma cosa, Mrs Grey?»

Mi arrendo. «Vai.»

«È quello che intendo fare. Ci vediamo questa sera. Tutto quello che voglio, eh?»

Gli lancio un'occhiataccia.

«Ah, ho una serie di impegni sociali legati agli affari, e mi piacerebbe che tu mi accompagnassi.»

Lo guardo a bocca aperta. "Te ne vai o no?"

«Dirò ad Andrea di chiamare Hannah perché segni le date sulla tua agenda. Ci sono persone che devi conoscere. Dovresti lasciare che sia Hannah a gestire i tuoi impegni d'ora in poi.»

«Okay» borbotto, confusa, disorientata e traumatizzata. Si china sulla mia scrivania. "Che c'è adesso?" Mi fissa con il suo sguardo ipnotico.

«Adoro fare affari con te, Mrs Grey.» Mi si avvicina mentre rimango seduta, paralizzata, e mi bacia con tenerezza sulle labbra. «A più tardi, piccola» sussurra. Si raddrizza bruscamente, mi strizza l'occhio e se ne va.

Appoggio la testa sulla scrivania, con la sensazione di essere stata investita da un treno in corsa… quel treno che è il mio adorato marito. Dev'essere l'uomo più frustrante, sgradevole e ostinato del pianeta. Mi raddrizzo e mi sfrego gli occhi. "Che cosa abbiamo appena deciso?" Okay, Ana Grey dirige la SIP… cioè, la Grey Publishing. È fuori di testa. Qualcuno bussa alla porta e Hannah fa capolino.

«Stai bene?» chiede.

Mi limito a fissarla. Lei aggrotta la fronte.

«Posso prepararti un tè?»

Annuisco.

«Twinings English Breakfast, leggero e amaro?»

Annuisco.

«Torno subito, Ana.»

Fisso con lo sguardo assente lo schermo del mio computer, ancora scioccata. Come faccio a farglielo capire? Mail!

Da: Anastasia Steele
A: Christian Grey
Data: 22 agosto 2011 14.23
Oggetto: NON SONO UNA TUA PROPRIETÀ!

Mr Grey,
la prossima volta che vieni a trovarmi, prendi un appuntamento, così almeno posso essere

avvisata in anticipo della tua megalomania
da adolescente dispotico.
Tua

Anastasia Grey <---------------- ti prego di notare il nome.
Direttore editoriale, SIP

Da: Christian Grey
A: Anastasia Steele
Data: 22 agosto 2011 14.34
Oggetto: Tutto quello che voglio

Mia cara Mrs Grey (sottolineo il "mia"),
che cosa posso dire in mia difesa? Ero da quelle parti.
E no, non sei una mia proprietà, sei la mia moglie adorata.
Come sempre, dai un senso alla mia giornata.

Christian Grey
Amministratore delegato & Megalomane
Dispotico, Grey Enterprises Holdings Inc.

Sta cercando di essere spiritoso, ma non sono dell'umore giusto. Faccio un respiro profondo e torno alla mia corrispondenza.

Christian è tranquillo, quando salgo in macchina quella sera.
«Ciao» mormoro.
«Ciao» risponde, circospetto… come dovrebbe.
«Hai interrotto il lavoro di qualcun altro, oggi?» chiedo troppo dolcemente.
L'ombra di un sorriso gli attraversa il volto. «Solo quello di Flynn.»
«La prossima volta che vai da lui, ti do un elenco di argomenti da affrontare» sibilo.
«Sembri di cattivo umore, Mrs Grey.»

Fisso con insistenza la nuca di Ryan e Sawyer davanti a me. Christian si sposta più vicino.

«Ehi» dice piano e mi prende la mano. Per tutto il pomeriggio non ho fatto altro che pensare a quello che gli avrei detto, mentre avrei dovuto concentrarmi sul lavoro. Ma con il passare delle ore sono diventata sempre più furiosa. Ne ho abbastanza del suo comportamento sprezzante, stizzoso e, a dirla tutta, infantile. Sottraggo la mano alla sua stretta... con un gesto altrettanto sprezzante, stizzoso e infantile.

«Sei arrabbiata con me?» sussurra.

«Sì» dico a denti stretti. Incrocio le braccia e do un'occhiata fuori dal finestrino. Lui si avvicina di nuovo, ma io non voglio guardarlo. Non capisco perché sono così infuriata con lui... però lo sono. Infuriata sul serio.

Non appena accostiamo davanti all'Escala, infrango il protocollo e salto giù dalla macchina stringendo in mano la ventiquattrore. Entro nell'edificio senza guardarmi indietro. Ryan mi supera e si precipita a chiamarmi l'ascensore.

«Be', che cosa c'è?» scatto quando lo raggiungo. Lui arrossisce.

«Mi scusi, signora» borbotta.

Arriva Christian e si mette accanto a me ad aspettare l'ascensore.

«Allora non sei arrabbiata solo con me» mormora sarcastico. Gli lancio un'occhiataccia, ma lui sorride.

«Mi prendi in giro?» dico, stringendo gli occhi a fessura.

«Non oserei mai» ribatte, alzando le mani come se lo stessi tenendo sotto tiro. Ha un aspetto fresco e ordinato nel suo abito blu, con i capelli lunghi che gli ricadono sugli occhi in quel modo sexy e un'espressione schietta sul viso.

«Devi tagliare i capelli» borbotto ed entro nell'ascensore.

«Davvero?» dice, scostandosi il ciuffo. Mi segue.

«Sì.» Digito il codice del nostro appartamento sulla pulsantiera.

«Allora adesso mi parli?»

«Esatto.»

«Per cosa esattamente sei arrabbiata? Mi serve un indizio» chiede con cautela.

«Davvero non ne hai idea? Visto che sei tanto brillante, qualche sospetto dev'esserti venuto. Non posso credere che tu faccia finta di non capire.»

Lui arretra di un passo, allarmato. «Sei arrabbiata sul serio. Pensavo che avessimo risolto tutto nel tuo ufficio» mormora, perplesso.

«Christian, mi sono solo arresa alla tua insistenza. Questo è quanto.»

Le porte dell'ascensore si aprono e io esco come una furia. Taylor è in piedi nell'atrio. Si sposta e chiude in fretta la bocca, mentre io gli passo accanto furibonda.

«Salve, Taylor» borbotto.

«Mrs Grey» mormora lui.

Lascio cadere la ventiquattrore in corridoio e mi dirigo verso il salone. Mrs Jones è ai fornelli.

«Buonasera, Mrs Grey.»

«Salve, Mrs Jones» bofonchio. Vado dritta verso il frigorifero e tiro fuori una bottiglia di vino bianco. Christian mi segue in cucina e mi guarda come un falco mentre io prendo un bicchiere dalla credenza. Si toglie la giacca e la appoggia distrattamente sul piano di lavoro.

«Vuoi qualcosa da bere?» chiedo in tono mieloso.

«No, grazie» risponde, senza togliermi gli occhi di dosso, e io mi rendo conto che è disorientato. Non sa come prendermi. Da un certo punto di vista è comico, ma da un altro è tragico. "Be', strizzagli le palle." Fatico a recuperare il mio lato compassionevole da quando è venuto nel mio ufficio oggi pomeriggio. Christian si toglie la cravatta e slaccia il primo bottone della camicia con gesti lenti. Mi verso una generosa dose di sauvignon e lui si passa una mano tra i capelli. Quando mi volto, Mrs Jones è scomparsa. "Porca miseria! Era il mio scudo umano." Bevo un sorso di vino. Mmh. Buono.

«Smettila» sussurra Christian. Si avvicina. Mi sistema una ciocca di capelli dietro l'orecchio e mi accarezza il lobo con la punta delle dita, facendomi rabbrividire. È questo che mi è mancato tutto il giorno? Le sue mani su di me? Scuoto la testa, allontanando la sua mano, e lo guardo.

«Parlami» mormora.

«E perché mai? Non mi ascolti.»

«Sì che lo faccio. Sei una delle poche persone che ascolto.» Bevo un altro sorso di vino.

«È per il nome?»

«Sì e no. È per come reagisci al fatto che non sono d'accordo con te.» Lo fisso, aspettandomi che sia arrabbiato.

Aggrotta le sopracciglia. «Ana, lo sai che ho... dei problemi. Per me è difficile lasciar correre quando la cosa riguarda te. Lo sai, questo.»

«Io non sono una bambina, e non sono una tua proprietà.»

«Lo so.» Sospira.

«Allora smettila di trattarmi come se lo fossi» imploro.

Lui mi accarezza la guancia con il dorso delle dita e mi passa il pollice sul labbro inferiore.

«Non essere arrabbiata. Sei così preziosa per me. Come una proprietà senza prezzo, come un bambino» sussurra, un'espressione triste e riverente sul viso. Le sue parole mi distraggono. Preziosa come un bambino... Un bambino sarebbe prezioso per lui!

«Non sono nessuna di queste cose, Christian. Sono tua moglie. Se ti ha ferito il fatto che non abbia preso il tuo nome, avresti dovuto dirlo.»

«Ferito?» Si incupisce, e io capisco che sta soppesando le mie parole. All'improvviso si raddrizza, ancora accigliato, e lancia una rapida occhiata all'orologio. «L'architetto arriverà tra meno di un'ora. Dovremmo mangiare.»

"Oh, no." Non mi ha risposto e adesso devo affrontare Gia Matteo. La mia giornata schifosa è appena diventata schifosissima. Lancio un'occhiataccia a Christian.

«Questa discussione non è finita» borbotto.

«Cos'altro c'è da discutere?»

«Potresti vendere l'azienda.»

Christian sbuffa. «Venderla?»

«Sì.»

«Credi che troverei un compratore nel mercato attuale?»

«Quanto ti è costata?»

«Relativamente poco» dice in tono prudente.

«E se fallisce?»

Fa un sorrisetto. «Ce la caveremo. Ma non la lascerò fallire, Anastasia. Non finché tu lavori lì.»

«E se me ne andassi?»

«Per fare cosa?»

«Non lo so. Qualcos'altro.»

«Hai già detto che è il lavoro dei tuoi sogni. E se non sbaglio ho promesso davanti a Dio, al reverendo Welsh e a un gruppo delle persone a noi più vicine e più care "di amarti, di sostenere le tue speranze e i tuoi sogni e di tenerti salda al mio fianco".»

«Citare la tua promessa nuziale è giocare sporco.»

«Non ho mai promesso di giocare pulito quando si tratta di te. Inoltre» aggiunge «anche tu una volta hai usato la tua promessa come un'arma contro di me.»

Mi acciglio. È vero.

«Anastasia, se sei ancora arrabbiata con me, sfogati a letto più tardi.» All'improvviso la sua voce è bassa e piena di desiderio sensuale, gli occhi sono ardenti.

"Cosa? Letto? Come?"

Lui sorride indulgente alla vista della mia espressione. Si aspetta che lo leghi?

«Tutto quello che vuoi» sussurra. «Non vedo l'ora.»

"Wow!"

«Gail!» urla di punto in bianco e pochi istanti dopo compare Mrs Jones. Dov'era? Nell'ufficio di Taylor? Ascoltava? Oh, no.

«Mr Grey?»

«Vorremmo cenare, adesso.»

«Molto bene, signore.»

Christian non mi toglie gli occhi di dosso. Mi osserva vigile come se fossi una creatura esotica sul punto di imbizzarrirsi. Bevo un altro sorso di vino.

«Credo che mi unirò a te bevendo un bicchiere» dice con un sospiro e si passa una mano tra i capelli.

«Non finisci?»

«No.» Abbasso gli occhi sul piatto di fettuccine quasi intatto per evitare l'espressione cupa di Christian. Prima che lui possa dire qualcosa, mi alzo e sparecchio.

«Gia arriverà tra poco» borbotto. Christian fa una smorfia contrariata, ma non dice niente.

«Dia pure a me, Mrs Grey» dice Mrs Jones prendendo i piatti.

«Grazie.»

«Non le sono piaciute le fettuccine?» chiede, preoccupata.

«Erano buonissime. È solo che non ho fame.»

Mi fa un sorriso comprensivo, poi si gira per pulire il mio piatto e mettere tutto nella lavastoviglie.

«Devo fare un paio di telefonate» annuncia Christian, soppesandomi con lo sguardo, e scompare nel suo studio.

Faccio un sospiro di sollievo e vado in camera da letto. La cena è stata imbarazzante. Sono ancora arrabbiata con Christian e a quanto pare lui pensa di non aver fatto niente di male. "L'ha fatto?" Il mio subconscio sembra benevolo stavolta. Sì, l'ha fatto. Mi ha reso le cose ancora più difficili al lavoro. Non ha aspettato di discutere la faccenda nella relativa privacy di casa nostra. Come si sentirebbe se io mi presentassi inaspettata nel suo ufficio con fare arrogante? E, ciliegina sulla torta, vuole affidarmi la SIP! Come diavolo faccio a dirigere un'azienda? Non capisco niente di affari.

Guardo lo skyline di Seattle contro il rosa perlaceo del

cielo al tramonto. E come al solito vuole risolvere le nostre divergenze a letto... ehm... atrio... stanza dei giochi... stanza della tivù... bancone della cucina... "Basta!" Con lui si torna sempre lì. Il sesso è il suo sistema per affrontare i problemi.

Vado in bagno e guardo cupa il mio riflesso nello specchio. Tornare al mondo reale è difficile. Siamo riusciti a superare tutte le divergenze mentre eravamo chiusi nella nostra bolla perché eravamo immersi uno nell'altra. Ma adesso? Per un breve momento ritorno con la mente al nostro matrimonio, ricordando le preoccupazioni che mi tormentavano quel giorno: sposati in fretta... No, non devo pensare a queste cose. Sapevo che lui era Mr Cinquanta Sfumature quando l'ho sposato. Devo solo tener duro e cercare di risolvere la cosa parlando.

Sono pallida e adesso devo affrontare quella donna.

Indosso una gonna grigio piombo e una camicetta senza maniche. "Giusto!" La mia dea interiore tira fuori il suo smalto rosso da sgualdrina. Io slaccio due bottoni, rivelando la sommità del solco tra i seni. Mi lavo la faccia, quindi mi trucco con cura, mettendo più mascara del solito e una generosa quantità di rossetto. Mi piego in avanti e mi spazzolo vigorosamente. Quando mi raddrizzo, i miei capelli sono una nuvola castana che mi ricade sul petto. Li sistemo ad arte dietro le orecchie e vado a cambiarmi le scarpe basse, mettendone un paio con il tacco.

Quando torno nel salone, Christian ha aperto il progetto della casa sul tavolo da pranzo. Dall'impianto stereo proviene della musica. Mi fermo ad ascoltarla.

«Mrs Grey» mi saluta lui con calore, poi mi lancia un'occhiata perplessa.

«Che cos'è?» chiedo. La musica è straordinaria.

«Il *Requiem* di Fauré. Sembri diversa» risponde, distratto.

«Ah. Non l'avevo mai sentito.»

«È molto rilassante» dice e inarca un sopracciglio. «Hai fatto qualcosa ai capelli?»

«Li ho spazzolati» borbotto. Sono trasportata dalle voci ossessionanti. Abbandonando i disegni sul tavolo, cammina verso di me lentamente, a ritmo della musica.

«Balli con me?» mormora.

«Questo? È un requiem» squittisco, scioccata.

«Sì.» Mi prende tra le braccia e mi stringe, affondando il naso tra i miei capelli e facendomi oscillare lievemente da una parte all'altra. Ha il suo profumo meraviglioso.

Oh... mi è mancato. Lo circondo con le braccia e lotto contro l'impulso di piangere. "Perché sei così esasperante?"

«Odio litigare con te» sussurra.

«Be', allora piantala di fare lo stronzo.»

Lui ridacchia e il suono gli riverbera nel petto. Mi stringe più forte. «Stronzo?»

«Imbecille.»

«Preferisco stronzo.»

«Giusto. Ti si addice.»

Lui scoppia a ridere e mi bacia la sommità della testa.

«Un requiem?» mormoro, un po' stupita del fatto che stiamo ballando su questa musica.

Lui si stringe nelle spalle. «È solo una musica bellissima, Ana.»

Taylor tossicchia con discrezione alle nostre spalle e Christian mi lascia andare.

«È arrivata Miss Matteo.»

"Oh, che gioia!"

«Falla entrare» dice Christian. Mi prende la mano mentre Gia Matteo fa il suo ingresso nella stanza.

8

Gia Matteo è una bella donna... una bella donna alta. Porta
i corti capelli biondi dal taglio raffinato e dalla piega perfetta come una preziosa corona. Indossa un tailleur pantalone grigio chiaro, la cui giacca svasata e aderente le accarezza le curve provocanti. Una mise costosa. Alla base della
gola brilla un diamante, abbinato agli orecchini. È curatissima... una di quelle donne cresciute in mezzo al denaro
e alle buone maniere, anche se questa sera la sua raffinata
educazione sembra un po' appannata; la camicetta azzurra è troppo sbottonata. Come la mia.

«Christian, Ana.» Fa un sorriso radioso, rivelando denti
perfetti, e allunga una mano curatissima per stringere prima quella di Christian e poi la mia. Il che significa che devo
lasciare andare la mano di mio marito per contraccambia-
re il gesto. È alta quasi come Christian, ma porta vertiginosi tacchi a spillo.

«Gia» la saluta lui. Io sorrido con freddezza.

«Avete entrambi un aspetto meraviglioso dopo la luna di
miele» dice disinvolta, gli occhi castani che guardano Christian da sotto le lunghe ciglia annerite dal mascara. Christian mi circonda con un braccio, stringendomi a sé.

«È stata magnifica, grazie.» Mi sfiora la tempia con le labbra, cogliendomi di sorpresa.

"Vedi... lui è mio." Fastidioso – esasperante, persino – però mio. Sorrido. "In questo momento ti amo davvero, Christian Grey." Faccio scivolare la mano sulla sua vita e la infilo nella tasca posteriore dei pantaloni, dandogli una strizzata al sedere. Gia ci rivolge un sorrisetto.

«Siete riusciti a dare un'occhiata ai disegni?»

«Sì» mormoro. Alzo gli occhi su Christian, che mi sorride, un sopracciglio inarcato con beffardo divertimento. È divertito per cosa? Per la mia reazione a Gia o per il fatto che gli ho toccato il sedere?

«Prego» dice Christian. «I disegni sono qui.» Fa un gesto verso il tavolo da pranzo. Tenendomi per mano, si avvia e Gia ci segue. Mi ricordo solo in quel momento dei miei doveri di ospitalità.

«Vuoi qualcosa da bere?» chiedo. «Un bicchiere di vino?»

«Volentieri» risponde Gia. «Bianco secco, se l'avete.»

"Accidenti! Il sauvignon... è un bianco secco, no?" Mi allontano riluttante da mio marito e mi dirigo in cucina. Sento il sibilo dell'iPod mentre Christian spegne la musica.

«Vuoi del vino anche tu, Christian?» chiedo.

«Sì, grazie, piccola» dice, accarezzandomi con la voce e sorridendo. "Wow, può mandarti in estasi, quando vuole, eppure sa essere anche così irritante."

Allungandomi per aprire la credenza, sono consapevole del suo sguardo su di me e vengo assalita dalla strana sensazione che lui e io stiamo recitando, giocando a un gioco... ma questa volta stiamo dalla stessa parte contro Miss Matteo. Christian sa che lei è attratta da lui e si comporta apposta in modo così esplicito? Sento un brivido di piacere quando mi rendo conto che forse sta cercando di rassicurarmi. O forse sta solo mandando un messaggio forte e chiaro a questa donna per dirle che è impegnato.

È mio. "Sì, stronza... mio." La mia dea interiore sta indossando la tenuta da gladiatrice, e non avrà pietà. Sorrido tra me e prendo tre bicchieri dalla credenza, tiro fuori la bottiglia aperta di sauvignon dal frigorifero e appoggio tutto sul bancone della cucina. Gia è china sul tavolo, mentre Christian è in piedi accanto a lei e indica uno dei disegni.

«Credo che Ana abbia qualcosa da dire sulla parete di vetro, ma in generale le tue idee ci piacciono.»

«Oh, ne sono felice» si entusiasma Gia, rilassandosi, e tocca brevemente il braccio di Christian con fare civettuolo. Lui si irrigidisce, ma non lo dà a vedere. Lei non sembra essersene nemmeno accorta.

"Lascialo in pace, signora. Non gli piace essere toccato."

Christian si sposta con noncuranza fuori dalla sua portata e si volta verso di me. «Abbiamo sete» dice.

«Arrivo subito.» Lei lo mette a disagio. Com'è che non me ne sono accorta prima? Ecco perché non mi piace Gia. Lui è abituato a come si comportano le donne in sua presenza. L'ho visto abbastanza spesso in situazioni simili e di solito non se ne dà pensiero. Ma toccarlo è una faccenda diversa. Bene, Mrs Grey alla riscossa.

Verso il vino, prendo i tre bicchieri e mi affretto a tornare dal mio cavaliere in difficoltà. Porgo un bicchiere a Gia e mi metto apposta tra loro due. Lei mi sorride cortese e accetta il bicchiere. Do il secondo a Christian, che lo prende con un'espressione di divertita gratitudine.

«Alla salute» dice Christian a entrambe, guardando me. Gia e io alziamo il bicchiere e rispondiamo all'unisono.

«Ana, vuoi dirmi qualcosa riguardo alla parete di vetro?» chiede Gia.

«Sì. Mi piace... non fraintendermi. Ma speravo che potessimo inserirla nella casa in modo più organico. In fin dei conti, mi sono innamorata di quella casa così com'era e non voglio apportare cambiamenti radicali.»

«Capisco.»

«Vorrei solo che il progetto fosse più rispettoso, sai... più in sintonia con l'edificio originale.» Lancio un'occhiata a Christian, che mi sta osservando pensieroso.

«Nessun rinnovamento radicale?» mormora lui.

«No.» Scuoto la testa per enfatizzare il mio punto di vista.

«Ti piace così com'è?»

«In gran parte sì. Ho sempre creduto che bastassero solo cure amorevoli.»

Gli occhi di Christian brillano affettuosi.

Gia ci guarda e arrossisce leggermente. «Okay» dice. «Credo di aver capito che cosa intendi, Ana. Che ne dici se mantenessimo la parete di vetro ma facessimo in modo che si apra su un pavimento esterno più grande in sintonia con lo stile mediterraneo? C'è già la terrazza di pietra. Potremmo mettere dei pilastri della stessa pietra, molto distanziati tra loro in modo da non ostruire il panorama, e poi aggiungere una copertura di vetro o di tegole come nel resto della casa. Potrebbe anche essere un posto all'aperto riparato, dove stare seduti e mangiare.»

Ammettiamolo... questa donna è brava nel suo lavoro.

«Oppure, invece del pavimento esterno, potremmo inserire un profilo di legno di tua scelta nelle porte di vetro... contribuirebbe a mantenere lo spirito mediterraneo» continua.

«Come le persiane turchesi nel Sud della Francia» sussurro a Christian, che mi guarda con attenzione. Beve un sorso di vino e si stringe nelle spalle, evitando di prendere posizione. L'idea non gli piace, ma non vuole scavalcarmi, contraddirmi o farmi sentire stupida. Dio, quest'uomo è un groviglio di contraddizioni. Mi torna in mente quello che mi ha detto ieri: "Voglio che quella casa sia come tu la desideri. Qualunque cosa tu voglia. È tua". Vuole che io sia felice... felice in tutto quello che faccio. Dentro di me credo di saperlo. Solo che... basta. "Non pensare alla vostra discussione, adesso." La mia vocina interiore è categorica.

Gia sta guardando Christian, aspettando che sia lui a decidere. Le si dilatano le pupille e le si schiudono le labbra truccate. Si passa rapidamente la punta della lingua sul labbro superiore prima di bere un sorso di vino. Quando mi giro verso Christian, lui sta ancora guardando me... non lei. "Sì!" Sto per dare una lezione a Miss Matteo.

«Ana, tu che cosa vuoi fare?» mormora Christian, demandando chiaramente a me la decisione.

«Mi piace l'idea del pavimento esterno.»

«Anche a me.»

Mi volto di nuovo verso Gia. "Ehi, signora, guarda me, non lui. Sono io quella che decide, qui." «Credo che vorrei vedere i disegni modificati con il pavimento esterno più grande e i pilastri in stile con la casa.»

Con fare riluttante, Gia distoglie gli occhi avidi da mio marito e mi sorride. Pensa forse che non me ne accorga?

«Certo» concorda amabilmente. «C'è altro?»

"Oltre al fatto che ti stai scopando con gli occhi mio marito?" «Christian vorrebbe modificare la camera da letto principale» mormoro.

Un tossicchiare discreto sulla soglia del salone ci interrompe. Ci voltiamo tutti insieme e vediamo Taylor.

«Taylor?» chiede Christian.

«Ho bisogno di parlare con lei di una questione urgente, Mr Grey.»

Christian mi mette le mani sulle spalle e dice a Gia: «Mrs Grey è responsabile del progetto. Ha carta bianca. Qualunque cosa voglia va bene. Mi fido totalmente del suo istinto. È molto acuta». Il tono è impercettibilmente cambiato. Intuisco l'orgoglio e un velato avvertimento... a Gia?

Si fida del mio istinto? Oh, quest'uomo mi fa ammattire. Il mio istinto ha permesso che questo pomeriggio lui passasse come un bulldozer sopra i miei sentimenti. Scuoto la testa per la frustrazione, ma sono grata che stia chiarendo a Miss Provocante e Ahimè Brava Nel Suo Lavoro chi ha la responsabilità qui. Gli accarezzo le mani che tiene appoggiate sulle mie spalle.

«Con permesso.» Christian mi stringe le spalle e segue Taylor. Mi chiedo di sfuggita che cosa stia succedendo.

«Allora... la camera da letto principale?» dice Gia con una punta di nervosismo.

La guardo, rimanendo in silenzio un istante per assicurarmi che Christian e Taylor si siano debitamente allontanati. Poi chiamo a raccolta tutte le mie risorse interiori e, contando sul fatto che sono stata davvero arrabbiata nelle ultime cinque ore, le do quello che si merita.

«Fai bene a essere nervosa, Gia, perché in questo momento il tuo contributo al progetto è pericolosamente in forse. Ma sono certa che andrà tutto bene finché terrai giù le mani da mio marito.»

Lei sussulta.

«Altrimenti sei licenziata. Chiaro?» scandisco le parole.

Lei sbatte le palpebre, completamente stordita. Non può credere a quello che ho appena detto. Ma io tengo duro, fissandola impassibile negli occhi castani spalancati.

"Non distogliere lo sguardo. Non distogliere lo sguardo!" L'ho imparato da Christian, capace di fissarti impassibile come nessun altro. So che rinnovare la residenza principale dei Grey è un progetto prestigioso per lo studio di architettura di Gia... un fulgido fiore all'occhiello. E in questo momento non me ne frega un accidente se lei è amica di Elliot.

«Ana... Mrs Grey... S-sono così spiacente. Non ho mai...» Avvampa, non sapendo che cosa dire.

«Permettimi di essere chiara: mio marito non è interessato a te.»

«Certo» mormora, impallidendo.

«Come ho detto, volevo solo essere chiara.»

«Mrs Grey, mi dispiace molto se ha pensato... che io...» dice Gia, dandomi improvvisamente del lei. S'interrompe, annaspando per trovare le parole.

«Finché ci capiamo, andrà tutto bene. Adesso, ti dirò che cosa abbiamo in mente per la camera da letto principale, poi vorrei un elenco dettagliato di tutti i materiali che intendi usare. Come sai, Christian e io gradiremmo avere una casa ecosostenibile e vorrei poterlo rassicurare riguardo alla provenienza dei materiali e alle loro caratteristiche.»

«C-certo» balbetta, con gli occhi sgranati e un po' intimorita da me. Questa sì che è una vittoria. La mia dea interiore corre intorno all'arena, salutando la folla in delirio.

Gia si aggiusta i capelli: è un gesto di nervosismo.

«La camera da letto principale?» chiede ansiosamente, la voce un sussurro ansimante. Adesso che l'ho messa KO, mi sento rilassata per la prima volta da quando Christian è venuto nel mio ufficio oggi pomeriggio. Posso farlo. La mia dea interiore celebra la stronza che è in lei.

Christian ci raggiunge mentre stiamo finendo.

«Tutto a posto?» chiede. Mi mette un braccio intorno alla vita e si gira verso Gia.

«Sì, Mr Grey.» Gia fa un gran sorriso... nervoso. «Vi farò avere i disegni modificati entro un paio di giorni.»

«Ottimo. Sei contenta?» mi chiede, lo sguardo affettuoso e indagatore. Annuisco e arrossisco senza sapere perché.

«Sarà meglio che vada» dice Gia, eccessivamente allegra. Questa volta tende la mano prima a me, poi a Christian.

«Alla prossima, Gia» mormoro.

«Sì, Mrs Grey, Mr Grey.»

Taylor compare sulla soglia del salone.

«Taylor ti accompagnerà» dico a voce abbastanza alta perché Taylor mi senta. Lei si aggiusta i capelli di nuovo, poi gira sui tacchi alti ed esce dalla stanza, tallonata da Taylor.

«Era notevolmente più fredda» dice Christian, guardandomi con aria perplessa.

«Ah, sì? Non l'ho notato.» Mi stringo nelle spalle, cercando di rimanere impassibile. «Che cosa voleva Taylor?» chiedo, in parte perché sono curiosa e in parte per cambiare argomento.

Christian si acciglia e mi lascia andare, mettendosi ad arrotolare i disegni sul tavolo. «Si trattava di Hyde.»

«Che cos'è successo?»

«Niente di cui preoccuparsi, Ana.» Lascia perdere i disegni e mi prende tra le braccia. «Si è scoperto che non torna nel suo appartamento da settimane, tutto qui.» Mi bacia sui capelli, poi riprende a mettere a posto i disegni.

«Allora, che cosa avete deciso?» mi chiede, e io so che lo fa perché non vuole che continui a fare domande su Hyde.

«Soltanto quello di cui avevamo parlato tu e io. Credo che tu le piaccia» dico piano.

Lui sbuffa. «Le hai detto qualcosa?» chiede, e io divento rossa come un peperone. "Come fa a saperlo?" Per non rispondere subito, mi fisso le mani.

«Eravamo Christian e Ana quando è arrivata e Mr e Mrs Grey quando se n'è andata» osserva in tono asciutto.

«Può darsi che io abbia detto qualcosa» bofonchio. Quando alzo gli occhi, lui mi sta guardando con affetto e per un momento sembra... divertito. Distoglie lo sguardo, scuotendo la testa, e la sua espressione cambia.

«È solo una reazione a me.» Ha un tono vagamente amareggiato.

"Oh, Christian, no!"

«Che cosa c'è?» dice sorpreso dalla mia espressione perplessa. Sgrana gli occhi, allarmato. «Non sarai gelosa, vero?» mi chiede, inorridito.

Io arrossisco di nuovo e deglutisco, poi torno a fissarmi le mani. "Lo sono?"

«Gia è una predatrice sessuale, Ana. Non è affatto il mio tipo. Come puoi essere gelosa di lei? O di chiunque altra? Non sono minimamente interessato a lei.» Quando alzo gli occhi, lui mi fissa come se mi fosse spuntato un arto in più. Si passa una mano nei capelli. «Ci sei solo tu, Ana» dice piano. «Ci sarai sempre solo tu.»

"Oddio." Christian lascia perdere di nuovo i disegni e mi si avvicina, prendendomi il mento tra il pollice e l'indice.

«Come puoi pensare il contrario? Ti ho mai dato motivo di credere che io possa essere anche solo lontanamente interessato a qualcun'altra?» Mi fissa con gli occhi ardenti. «No» sussurro. «Sono una sciocca. È solo che oggi... tu...» Riemergono tutte le mie emozioni contraddittorie. Come faccio a dirgli quanto sono confusa? Sono confusa e frustrata dal suo comportamento di oggi nel mio ufficio. Un minuto vuole che io stia a casa e il minuto dopo mi regala un'azienda. Come pensa che io riesca a stargli dietro?

«Io cosa?»

«Oh, Christian» mi trema il labbro inferiore «sto cercando di abituarmi a questa nuova vita che non avrei mai immaginato per me. Mi viene offerto tutto su un piatto d'argento: il lavoro, il mio bellissimo marito, che mai... mai avrei pensato di amare in questo modo, così intensamente, così in fretta, così... ineluttabilmente.» Faccio un respiro profondo per calmarmi mentre lui rimane a bocca aperta.

«Ma tu sei come un treno in corsa e io non voglio essere travolta perché la ragazza di cui ti sei innamorato finirebbe schiacciata. E cosa rimarrebbe? Un'inutile anoressica famosa, che passa da un comitato benefico all'altro.» Mi interrompo di nuovo, sforzandomi di trovare le parole per esprimere quello che provo. «E adesso vuoi che diventi un dirigente d'azienda, una cosa che non mi è mai nemmeno passata per la testa. Sono sballottata qua e là da queste prospettive. Vuoi che stia a casa. Vuoi che diriga una società. Sono così confusa.» Mi fermo, sul punto di scoppiare a piangere, e soffoco un singhiozzo.

«Devi permettermi di prendere le mie decisioni, di assumermi i miei rischi e fare i miei errori, e lasciare che impari da essi. Ho bisogno di imparare a camminare prima di poter correre, Christian, non lo capisci? Voglio un po' di indipendenza. Questo è ciò che mantenere il mio cognome significa per me.» Ecco che cosa avrei voluto dire oggi pomeriggio.

«Ti senti travolta?» sussurra.

Annuisco.

Lui chiude gli occhi, agitato. «Voglio solo offrirti il mondo, Ana, tutto quello che vuoi, qualunque cosa. E salvarti dal mondo, anche. Tenerti al sicuro. Ma voglio che tutti sappiano che sei mia. Oggi quando ho ricevuto la tua mail sono andato nel panico. Perché non mi hai parlato della faccenda del cognome?»

Arrossisco. Ha ragione.

«Ci ho pensato qualche volta durante la luna di miele e, be', non volevo far scoppiare la nostra bolla, e me ne sono dimenticata. Mi è venuto in mente solo ieri sera. E a quel punto il baseball... sai com'è, mi ha distratta. Mi dispiace, avrei dovuto dirtelo o discuterne con te, ma non sembrava mai il momento giusto.»

Lo sguardo di Christian è inquietante. È come se stesse cercando di farmi accettare il suo punto di vista con la pura forza di volontà, ma non dice niente.

«Perché sei andato nel panico?» gli chiedo.

«È solo che non voglio che mi scivoli tra le dita.»

«Per l'amor del cielo, non sto andando da nessuna parte. Quand'è che te lo ficcherai in quella tua testa dura? Ti... amo.» Agito una mano, come talvolta fa lui, per enfatizzare le mie parole. «Più della... "vista, dello spazio, della libertà".»

Sgrana gli occhi. «L'amore di una figlia?» Mi rivolge un sorriso ironico.

«No.» Scoppio a ridere mio malgrado. «È l'unica citazione che mi è venuta in mente.»

«Il folle re Lear?»

«L'amatissimo, folle re Lear.» Gli accarezzo il viso e lui si avvicina, chiudendo gli occhi. «Cambieresti il tuo nome in Christian Steele perché tutti sappiano che appartieni a me?»

Christian spalanca gli occhi e mi guarda come se avessi appena detto che la terra è piatta. Aggrotta la fronte. «Appartengo a te?» mormora, saggiando le parole.

«Sei mio.»

«Tuo» dice, ripetendo le parole che abbiamo pronunciato soltanto ieri nella stanza dei giochi. «Sì, lo farei. Se per te significasse così tanto.»

«Significa così tanto per te?»

«Sì.» È inequivocabile.

«Okay.» Farò questo per lui. Gli darò l'ulteriore rassicurazione di cui ha bisogno.

«Pensavo che fossi già d'accordo su questo.»

«È vero, ma adesso che ne abbiamo discusso ancora, sono più felice della mia decisione.»

«Oh» borbotta, sorpreso. Poi fa il suo meraviglioso sorriso da ragazzino e mi toglie il fiato. Mi afferra per la vita e mi fa roteare. Caccio uno strillo e inizio a ridacchiare, e non so se è felice, sollevato o... cosa?

«Mrs Grey, sai che cosa significa questo per me?»

«Adesso lo so.»

Mi bacia, le dita tra i miei capelli per tenermi ferma.

«Significa tutto quello che voglio» mormora contro la mia bocca, sfregando il naso contro il mio.

«Credi?» Mi scosto per guardarlo.

«Sono state fatte certe promesse. Formulata un'offerta e concluso un accordo» sussurra, gli occhi che scintillano di gioia.

«Ehm...» Mi gira la testa nel tentativo di star dietro ai suoi cambiamenti d'umore.

«Ti tiri indietro?» chiede incerto, poi fa un sorriso pensieroso. «Ho un'idea» aggiunge.

"Oh, che tipo di sesso estremo avrà in mente?"

«Una questione molto importante da affrontare» continua, all'improvviso serissimo. «Sì, Mrs Grey. Una questione della massima gravità...»

Aspetta... mi sta prendendo in giro.

«Che cosa?» dico in un soffio.

«Ho bisogno che mi tagli i capelli. A quanto pare sono troppo lunghi e a mia moglie non piacciono.»

«Non posso tagliarti i capelli!»

«Sì, che puoi.» Christian fa un sorriso radioso e scuote la testa, facendosi ricadere i capelli sugli occhi.

«Be', se Mrs Jones ha una scodella.» Ridacchio.

Lui scoppia a ridere. «Okay, un punto per te. Andrò da Franco.»

"No! Franco lavora per la Strega!" Forse potrei dargli una spuntatina. Dopotutto, ho tagliato i capelli a Ray per anni, e lui non ha mai avuto da ridire.

«Vieni.» Gli afferro una mano. Lui sgrana gli occhi. Lo porto nel nostro bagno, dove gli lascio andare la mano e prendo la sedia bianca di legno che sta nell'angolo, sistemandola davanti al lavandino. Quando lo guardo, Christian mi sta osservando con malcelato divertimento, i pollici agganciati ai passanti dei pantaloni, ma nei suoi occhi arde il fuoco.

«Siediti.» Indico la sedia, tentando di mantenere una posizione di superiorità.

«Hai intenzione di lavarmi i capelli?»

Annuisco. Lui inarca un sopracciglio e per un momento penso che stia per tirarsi indietro. «Okay.» Comincia lentamente a sbottonarsi la camicia bianca, partendo dall'alto. Le sue dita agili si muovono veloci verso il basso, slacciando un bottone dopo l'altro.

Christian mi porge un polsino, con un gesto che significa "Slacciami questo, per favore", sulle labbra quella smorfia di sfida così sexy.

"Oh, i gemelli." Allungo le mani verso il polsino e tolgo il primo dei gemelli, un dischetto di platino con le sue iniziali incise in un semplice corsivo, quindi l'altro. Mentre finisco, lo guardo: l'espressione divertita è scomparsa, sostituita da qualcosa di più ardente... molto più ardente. Mi protendo verso di lui e gli faccio scivolare la camicia dalle spalle, lasciandola cadere sul pavimento.

«Pronto?» sussurro.

«Per qualunque cosa tu voglia, Ana.»

Sposto lo sguardo dai suoi occhi alle sue labbra, schiuse per inspirare più profondamente. Scolpita, cesellata, comunque la si voglia definire, la sua bocca è bellissima e lui sa molto bene come usarla. Mi ritrovo a baciarlo.

«No» dice, appoggiandomi le mani sulle spalle. «Non farlo. Se lo fai, non riuscirai mai a tagliarmi i capelli.»

"Oh!"

«Voglio che me li tagli» continua. Per qualche inesplicabile motivo, i suoi occhi sono pozze scure, percorse da un lampo selvaggio. È disarmante.

«Perché?» sussurro.

Mi fissa per un momento, e i suoi occhi sono ancora più profondi. «Perché mi farà sentire amato.»

Per poco non mi si ferma il cuore. "Oh, Christian... il mio Christian." E prima di rendermene conto l'ho circondato con le braccia e gli sto baciando il petto, strofinando il naso nei peli che mi fanno il solletico.

«Ana, la mia Ana» sussurra. Mi abbraccia e rimaniamo immobili, tenendoci stretti. Oh, quanto mi piace stare tra le sue braccia. Anche se è uno stronzo megalomane tirannico, è il mio stronzo megalomane tirannico che ha bisogno di una dose perenne di cure amorevoli. Mi scosto da lui senza lasciarlo andare.

«Vuoi davvero che lo faccia?»

Lui annuisce e mi fa il suo sorriso timido. Ricambio con un sorriso radioso e mi libero dal suo abbraccio.

«Allora siediti» ripeto.

Lui obbedisce, sedendosi con la schiena rivolta verso il lavandino. Mi tolgo le scarpe e le scalcio dove c'è la sua camicia arrotolata per terra. Prendo dalla doccia lo shampoo Chanel che abbiamo comprato in Francia.

«Il signore gradirebbe questo?» Sollevo la boccetta con entrambe le mani come se fossi a una televendita. «Importato direttamente dal Sud della Francia. Mi piace il profumo che ha... sa di te» aggiungo in un soffio, smettendo di atteggiarmi a presentatrice televisiva.

«Volentieri» dice con un sorriso.

Prendo un piccolo asciugamano dallo scaldasalviette. Mrs Jones sa come ottenere asciugamani morbidissimi.

«Chinati in avanti» gli ordino e Christian obbedisce. Gli metto l'asciugamano sulle spalle, quindi apro il rubinetto e riempio il lavandino di acqua calda.

«Testa indietro.» Ehi, mi piace dare ordini. Christian si piega all'indietro ma è troppo alto e deve spostare avanti la sedia, poi inclinarla in modo che lo schienale appoggi contro il lavandino. Perfetto. Getta indietro la testa. Occhi spavaldi mi fissano e io sorrido. Prendo uno dei bicchieri che teniamo nell'armadietto, lo immergo nell'acqua e gliela verso sulla testa, bagnandogli i capelli. Ripeto l'operazione, china su di lui.

«Hai un profumo buonissimo, Mrs Grey» mormora lui e chiude gli occhi.

Mentre gli bagno i capelli con metodo, lo guardo. "Accidenti. Mi stancherò mai di questa visione?" Ha lunghe ciglia scure, le sue labbra socchiuse hanno la forma di un piccolo diamante e lui respira tranquillo. Mmh... mi piacerebbe infilarci la lingua...

Gli schizzo l'acqua negli occhi. «Scusa!»

Lui prende un angolo dell'asciugamano e ride tamponandosi gli occhi.

«Ehi, lo so che sono uno stronzo, ma non annegarmi.»

Mi chino e gli bacio la fronte. «Non provocarmi.»

Mi mette una mano dietro la testa e mi bacia, brevemente, facendo un basso verso gutturale. Quel rumore arriva dritto al centro del mio corpo. Un suono davvero seducente. Mi lascia andare e si piega all'indietro, obbediente, guardandomi in attesa. Per un attimo sembra vulnerabile, come un bambino. Mi tocca il cuore.

Mi verso un po' di shampoo nel palmo e gli massaggio la

testa, iniziando dalle tempie e proseguendo verso la sommità, poi in basso, muovendo le dita in cerchio. Lui chiude gli occhi e fa di nuovo quel verso gutturale.

«Che bello» dice dopo un momento e si rilassa sotto il tocco deciso delle mie mani.

«Sì, lo è» commento, baciandogli di nuovo la fronte.

«Mi piace quando mi massaggi la testa con le dita.» Ha gli occhi ancora chiusi, ma l'espressione beata, da cui è scomparsa ogni traccia di vulnerabilità. Che cambiamento d'umore, e mi consola sapere di esserne stata io l'artefice.

«Su la testa» ordino e lui obbedisce. Mmh... una ragazza potrebbe abituarcisi. Gli insapono la nuca, grattando leggermente con le unghie.

«Indietro.»

Lui si piega e io sciacquo la schiuma usando il bicchiere. Questa volta riesco a non schizzarlo.

«Ancora?» chiedo.

«Grazie.» Apre gli occhi e mi guarda con un'espressione serena. Gli sorrido dall'alto.

«Faccio subito, Mr Grey.»

Mi giro verso il secondo lavandino, quello che di solito usa Christian, e lo riempio d'acqua calda.

«Per risciacquarteli» dico, in risposta al suo sguardo perplesso.

Gli faccio un secondo shampoo, ascoltando il suo respiro profondo e regolare. Quando è insaponato e con gli occhi chiusi, mi fermo un attimo a contemplare il suo volto bellissimo. Non posso resistergli. Gli accarezzo una guancia e lui apre gli occhi, guardandomi quasi addormentato da sotto le lunghe ciglia. Mi chino e gli do un casto bacio sulle labbra. Lui sorride, chiude gli occhi di nuovo e fa un sospiro di pura felicità.

Chi avrebbe pensato che dopo la discussione di oggi pomeriggio potesse essere così rilassato? Senza sesso? Mi chino sopra di lui.

«Mmh» mormora con apprezzamento quando i miei seni gli sfiorano la faccia. Resistendo all'impulso di muovermi sopra di lui, tolgo il tappo per far scorrere via l'acqua piena di schiuma. Mi mette una mano su un fianco e poi sul sedere. «Non palpare la shampista» mormoro, fingendo disapprovazione.

«Sono sordo, non dimenticartelo» dice, tenendo gli occhi chiusi, mentre la sua mano scende sotto la gonna per sollevarmela. Gli colpisco il braccio. Mi diverto a fare la parrucchiera. Lui fa un sorriso da ragazzino, come se l'avessi colto a fare qualcosa di illecito di cui è segretamente orgoglioso.

Prendo il bicchiere per risciacquargli con cura i capelli. Sono china su di lui, che mi tiene una mano sulla schiena, percorrendomi con le dita avanti e indietro, salendo e scendendo... mmh. Mi dimeno. Lui fa un basso ringhio gutturale.

«Ecco. Finito.»

«Bene» dice. Stringe la presa su di me e all'improvviso si raddrizza sulla sedia, con i capelli che gli sgocciolano addosso. Mi fa sedere in grembo, risalendo con la mano fino alla mia nuca e prendendomi il mento per tenermi ferma. Sussulto sorpresa e la sua bocca è sulla mia, la lingua ardente che mi esplora. Gli metto le mani nei capelli bagnati e gocce d'acqua mi scorrono lungo le braccia; mentre il suo bacio si fa più profondo, i capelli mi bagnano la faccia. Sposta la mano dal mio mento al primo bottone della camicetta.

«Basta farsi belli. Voglio che mantieni la promessa, e possiamo scopare qui o in camera da letto. Decidi tu.»

Christian ha lo sguardo appassionato e sensuale, mentre i suoi capelli sgocciolano sui nostri corpi. Deglutisco a fatica.

«Che c'è, Anastasia?» chiede tenendomi sulle ginocchia.

«Sei bagnato» rispondo.

China la testa all'improvviso, sfregandomi i capelli grondanti sul davanti della camicetta. Io strillo e cerco di allontanarmi, ma lui rafforza la stretta su di me.

«Oh, no, non farlo, piccola.» Quando alza la testa mi sta

sorridendo con espressione lasciva, e io sono Miss Maglietta Bagnata. La stoffa fradicia è diventata trasparente. Sono bagnata... dappertutto.

«Che visione meravigliosa» mormora e si avvicina sfregando il naso intorno a uno dei miei capezzoli. Mi dimeno.

«Rispondimi, Ana. Qui o in camera da letto?»

«Qui» sussurro frenetica. Al diavolo il taglio di capelli... lo farò dopo. Lui sorride lentamente, le labbra incurvate in una promessa dissoluta.

«Ottima scelta, Mrs Grey» ansima sulla mia bocca. Porta una mano verso il mio ginocchio e la fa scorrere lungo la coscia, sollevandomi la gonna e facendomi fremere. Mi bacia la base dell'orecchio e scende lungo la mascella.

«Oh, che cosa ti farò?» sussurra. Le sue dita si fermano sul bordo delle calze, tenute dal reggicalze. «Mi piacciono queste» dice. Infila un dito sotto le calze e mi accarezza l'interno della coscia. Trattengo il fiato e mi dimeno sopra di lui.

Christian geme forte. «Se devo scoparti per bene, voglio che tu stia ferma.»

«Allora fammi stare ferma» lo sfido, a voce bassa.

Lui inspira bruscamente. Stringe gli occhi a fessura e mi guarda con espressione vogliosa.

«Oh, Mrs Grey. Non hai che da chiederlo.» Sposta la mano dal reggicalze alle mutandine. «Togliti queste.» Le tira delicatamente e io mi sposto per aiutarlo. Mentre mi muovo, respira forte tra i denti.

«Stai ferma» brontola.

«Sto cercando di aiutarti» mi imbroncio, e lui mi morde delicatamente il labbro inferiore.

«Ferma» grugnisce. Mi fa alzare e fa scivolare le mutandine lungo le gambe e me le toglie. Poi mi alza la gonna raccogliendola intorno ai miei fianchi, mi mette le mani sulla vita e mi solleva. Tiene ancora in mano le mie mutandine.

«Siediti. A cavalcioni su di me» ordina, fissandomi. Faccio come mi ha detto e lo guardo con espressione provocatoria.

«Mrs Grey, mi stai incitando?» Mi guarda, divertito ed eccitato. Una combinazione irresistibile.

«Sì. Che cos'hai intenzione di fare?»

Reagisce alle mie parole con un lampo lascivo nello sguardo, e sento la sua erezione premere contro di me. «Unisci le mani dietro la schiena.»

"Oh!" Obbedisco e lui mi lega i polsi con le mutandine.

«I miei slip? Mr Grey, sei privo di vergogna» lo rimprovero.

«Quando si tratta di te, sì, ma tu lo sai.» Lo sguardo è intenso e focoso. Mi prende per la vita e mi sposta indietro verso le sue ginocchia. Gli sgocciola ancora l'acqua sul collo e sul petto. Vorrei avvicinarmi a lui per leccare le gocce, ma sono legata e muovermi è difficile.

Christian mi accarezza le cosce e fa scivolare le mani fino alle ginocchia. Me le allarga, poi apre anche le sue gambe, tenendomi in quella posizione. Allunga le dita verso i bottoni della camicetta.

«Non credo che questa ci serva» dice. Inizia a slacciare con metodo i bottoni, senza smettere di guardarmi negli occhi. Il suo sguardo si fa via via più cupo mentre finisce con calma di aprirmi la camicetta fradicia. Il mio polso accelera e respiro in fretta. Non riesco a crederci... non mi ha praticamente toccata e io sono così... eccitata... pronta. Vorrei muovermi. Mi lascia addosso la camicetta aperta e mi accarezza il viso con entrambe le mani, passandomi il pollice sul labbro inferiore. All'improvviso mi infila il pollice in bocca.

«Succhialo» ordina a voce bassissima, accentuando la "s". Chiudo la bocca intorno a lui e faccio come mi ha detto. Oh... Mi piace questo gioco. Ha un buon sapore. Che cos'altro mi piacerebbe succhiare? A quel pensiero sento uno spasmo nel basso ventre. Schiude le labbra quando gli mordicchio il polpastrello.

Geme e toglie lentamente il dito dalla mia bocca, facendolo scorrere lungo il mento, la gola, nel solco tra i seni. Lo infila sotto la coppa del reggiseno e lo abbassa, liberandomi uno dei seni.

Continua a guardarmi negli occhi, osservando ogni mia reazione alle sue carezze, e io contemplo lui. È sexy. Divorante. Possessivo. Mi piace da morire. Ripete i gesti che ha appena fatto e mi libera anche l'altro seno, poi li prende entrambi tra le mani e mi sfiora i capezzoli con i pollici, con lenti movimenti circolari, stuzzicandoli finché diventano duri e gonfi sotto il suo tocco esperto. Cerco davvero di non muovermi, ma dai capezzoli si irradiano ondate di piacere al centro del mio corpo, così gemo e getto indietro la testa, chiudendo gli occhi e arrendendomi a quella dolcissima tortura.

«Ssh.» La voce carezzevole di Christian stride con il ritmo eccitante, regolare delle sue dita lascive. «Ferma, piccola, ferma.» Mi lascia andare uno dei seni e mi mette la mano sulla nuca. Si china in avanti e mi prende in bocca il capezzolo succhiandolo con forza, i capelli umidi che mi solleticano la pelle. Smette di accarezzarmi l'altro e lo stringe tra le dita, torcendolo delicatamente.

«Ah! Christian!» Gemo e mi sposto sulle sue ginocchia. Ma lui non si ferma, continuando a infliggermi quella lenta agonia. Sento il mio corpo bruciare mentre il piacere diventa più intenso.

«Christian, ti prego» lo imploro.

«Mmh… Voglio farti venire così» dice, dando una tregua momentanea al capezzolo mentre le sue parole mi accarezzano la pelle, ed è come se stesse facendo appello a una parte oscura della mia psiche che solo lui conosce. Quando ricomincia a mordicchiarmi il capezzolo il piacere è quasi intollerabile. Gemo forte, agitandomi sopra di lui, cercando di sfregarmi contro i suoi pantaloni. Cerco inutilmente di liberarmi delle mutandine che mi legano, bramando di toccarlo, ma sono persa… smarrita in quella sensazione.

«Ti prego» sussurro, supplicandolo, e il piacere mi invade tutto il corpo, dal collo alle dita dei piedi, facendomi contrarre.

«Hai dei seni meravigliosi, Ana.» Geme. «Un giorno o l'altro te li scopo.»

"Che diavolo significa?" Apro gli occhi e lo guardo perplessa mentre lui mi succhia, la pelle ardente sotto il suo tocco. Non sento più la camicia bagnata, i capelli umidi... non sento niente se non il piacere, che brucia al centro del mio corpo facendo svanire qualunque pensiero mentre mi gonfio e mi tendo... pronta, vicinissima... bramando lo sfogo. E lui non si ferma... stuzzicandomi, facendomi impazzire.

«Vieni» dice in un soffio... e io godo, il mio corpo scosso dagli spasmi dell'orgasmo, e lui interrompe la tortura deliziosa e mi circonda con le braccia, tenendomi stretta mentre il mio corpo freme al culmine del piacere. Quando apro gli occhi, accoccolata sul suo petto, lui mi sta guardando.

«Dio, adoro guardarti godere, Ana.» La sua voce è piena di meraviglia.

«È stato...» Mi mancano le parole.

«Lo so.» Si china e mi bacia, tenendomi ancora la mano sulla nuca, facendomi inclinare la testa per darmi un bacio profondo... con amore, venerazione.

Mi smarrisco nel suo bacio. Lui si scosta per prendere fiato, gli occhi del colore di una tempesta tropicale.

«Adesso ho intenzione di fotterti per bene» mormora.

Mi afferra per la vita spostandomi più lontana, sulle sue ginocchia, poi si slaccia il bottone dei pantaloni. Mi accarezza con le dita la coscia, fermandosi ogni volta dove iniziano le calze. Siamo faccia a faccia e io sono impotente, legata dalle mutandine, e dev'essere il momento più intimo che ci sia mai stato tra noi: io seduta sulle sue ginocchia che fisso i suoi bellissimi occhi grigi. Mi fa sentire impudica, ma anche in profonda comunione con lui: non sono né imbarazzata né intimidita. Questo è Christian, mio marito, il mio amante, il mio megalomane prepotente... l'amore della mia vita. Si abbassa la cerniera e mentre lui libera la sua erezione, deglutisco a fatica.

Fa un sorriso malizioso. «Ti piace?» sussurra.

«Mmh» mormoro in tono di apprezzamento. Se lo prende in mano e inizia a masturbarsi... "Oddio." Lo guardo a occhi socchiusi. Accidenti, se è erotico.

«Ti stai mordendo il labbro, Mrs Grey.»

«Perché ho fame.»

«Fame?» Apre la bocca per la sorpresa e sgrana gli occhi.

«Mmh...» rispondo, leccandomi le labbra.

Mi fa il suo sorriso enigmatico e si morde il labbro inferiore mentre continua a toccarsi. Com'è che la vista di mio marito che si masturba è così eccitante?

«Capisco. Avresti dovuto mangiare a cena» commenta in tono scherzoso e al tempo stesso critico. «Ma forse posso essere generoso.» Mi mette una mano sulla vita. «Alzati» mi dice piano, e io so che cosa sta per fare. Mi metto in piedi, le gambe salde.

«Inginocchiati.»

Obbedisco e mi inginocchio sul freddo pavimento di piastrelle del bagno. Scivola in avanti sulla sedia.

«Baciami» dice, porgendomi la sua erezione. Gli lancio un'occhiata e lui si passa la lingua sui denti superiori. È eccitante, molto eccitante vedere il suo desiderio, il suo assoluto desiderio di me e della mia bocca. Mi piego in avanti, gli occhi nei suoi, e gli bacio la punta del pene. Lo osservo inspirare bruscamente e stringere i denti. Christian mi mette la mano a coppa dietro la testa e io faccio scorrere la lingua sulla punta, leccando la perla di rugiada che stilla da lui. Mmh... ha un buon sapore. Lui sussulta e io mi abbasso, accogliendolo in bocca e succhiandolo forte.

«Ah...» Respira tra i denti inarcando il bacino per spingersi dentro di me. Ma io non mi fermo. Uso le labbra per coprire i denti, mi abbasso e poi mi ritraggo. Lui mi mette entrambe le mani dietro la testa, seppellendo le dita tra i miei capelli, e si muove lentamente dentro e fuori dalla mia bocca, il respiro affrettato, aspro. Passo la lingua intorno alla punta e spingo in basso seguendo il suo ritmo.

«Gesù, Ana.» Sospira e tiene gli occhi chiusi con forza. È perso ed è inebriante il modo in cui risponde a me. "A me." Ritraggo le labbra molto lentamente, scoprendo i denti.

«Ah!» Christian smette di muoversi. Si protende verso di me e mi solleva sul suo grembo.

«Basta!» grugnisce. Strattona le mutandine che mi legano le mani, liberandomi. Fletto i polsi e osservo a occhi socchiusi il suo sguardo bruciante, pieno di amore, desiderio e lussuria. E mi rendo conto che ero io a volerlo scopare. Lo voglio tantissimo. Voglio guardarlo godere sotto di me. Afferro la sua erezione e mi sposto in fretta sopra di lui. Appoggiandomi alla sua spalla, me lo metto dentro lentamente e con delicatezza. Lui fa un verso gutturale, ferino e allunga le mani per togliermi la camicetta, lasciandola cadere sul pavimento. Mi mette le mani sui fianchi.

«Ferma» dice con voce spezzata, piantandomi le dita nella carne. «Ti prego, lasciamelo gustare. Lascia che ti assapori.»

Mi fermo. "Che bello averlo dentro." Mi accarezza la faccia, gli occhi due pozze profonde, le labbra socchiuse. Si inarca sotto di me e io gemo, chiudendo gli occhi.

«Questo è il posto che preferisco» sussurra. «Dentro di te. Dentro mia moglie.»

"Accidenti, Christian." Non riesco a trattenermi. Infilo le dita tra i suoi capelli umidi, cerco la sua bocca con la mia e inizio a muovermi. Su e giù, assaporando lui, assaporando me. Geme forte, mettendomi una mano dietro la testa e l'altra sulla schiena, infilandomi la lingua in bocca, avido, prendendosi quello che sono così felice di dargli. Dopo tutte quelle discussioni, la mia frustrazione, la sua... abbiamo sempre questo. Avremo sempre questo. Lo amo così tanto, ne sono quasi sopraffatta. Mi mette le mani sul sedere e mi controlla, facendomi muovere al suo ritmo... eccitante e fluido.

«Ah» gemo sulla sua bocca mentre il piacere cresce.

«Sì. Sì, Ana» sibila lui, e io lo ricopro di baci sul viso, sul mento, sulla mascella, sul collo. «Piccola» ansima, cercandomi di nuovo la bocca.

«Oh, Christian, ti amo. Ti amerò sempre.» Sono senza fiato, voglio che lo sappia, voglio che sia sicuro di me dopo il nostro scontro di oggi.

Geme forte e mi stringe tra le braccia mentre gode con un singhiozzo cupo, ed è sufficiente... basta per portarmi di nuovo al culmine. Gli prendo la testa tra le mani e vengo intorno a lui, con gli occhi pieni di lacrime perché lo amo così tanto.

«Ehi» sussurra sollevandomi il mento e guardandomi con preoccupazione. «Perché piangi? Ti ho fatto male?»

«No» cerco di rassicurarlo. Mi toglie i capelli dalla faccia, asciuga una lacrima con il pollice e mi bacia teneramente sulle labbra. È ancora dentro di me. Si sposta, e io sussulto quando lo tira fuori.

«Che cosa c'è che non va, Ana? Dimmelo.»

Tiro su con il naso. «È solo che... è solo che delle volte sono sopraffatta dal mio amore per te» dico piano.

Dopo un istante fa il suo speciale sorriso timido... quello riservato a me, credo. «Tu mi fai lo stesso effetto» sussurra, e mi dà un altro bacio. Sorrido, e vengo inondata di una gioia tranquilla.

«Davvero?»

Fa un sorrisetto malizioso. «Lo sai.»

«A volte lo so. Non sempre.»

«Lo stesso vale per me, Mrs Grey.»

Sorrido radiosa e gli do dei leggerissimi baci sul petto, strofinando il naso nei suoi peli. Christian mi accarezza i capelli e mi fa correre una mano lungo la schiena. Sgancia il reggiseno e mi abbassa una spallina. Io mi sposto e lui fa lo stesso con l'altra spallina, lasciando cadere il reggiseno sul pavimento.

«Mmh. Pelle contro pelle» mormora in tono di apprezzamento e mi circonda con le braccia. Mi bacia la spalla e mi strofina il naso fino all'orecchio. «Hai un odore meraviglioso, Mrs Grey.»

«Anche tu, Mr Grey.» Lo annuso e inspiro il suo profumo, che ora è mescolato con l'odore inebriante del sesso. Potrei stare tra le sue braccia così, appagata e felice, per sempre. Era proprio quello di cui avevo bisogno dopo una giornata di lavoro e di discussioni, per non parlare di dover mettere KO la stronza. È qui che voglio stare e nonostante la sua mania del controllo e la sua megalomania, è questo il posto cui appartengo. Christian affonda il naso nei miei capelli e inspira profondamente. Io sospiro felice e percepisco il suo sorriso. Stiamo seduti lì, abbracciati, senza dire niente.

Alla fine torniamo alla realtà.

«È tardi» dice Christian, strofinandomi la schiena con le dita.

«Devo ancora tagliarti i capelli.»

Lui ridacchia. «È vero, Mrs Grey. Hai l'energia per finire il lavoro che hai iniziato?»

«Per te, Mr Grey, qualunque cosa.» Lo bacio ancora sul petto e mi alzo riluttante.

«Non andartene.» Mi prende per i fianchi e mi fa girare. Mi tira giù la gonna e poi me la slaccia, lasciandola cadere per terra. Mi porge una mano e io faccio un passo, liberandomi della gonna. Adesso ho solo le calze e il reggicalze.

«Sei una gran bella visione, Mrs Grey.» Si appoggia allo schienale della sedia, dandomi una lunga occhiata di apprezzamento.

Allargo le braccia e giro su me stessa.

«Dio, sono un figlio di puttana molto fortunato.»

«Sì, lo sei.»

Fa un sorriso radioso. «Mettiti la mia camicia e poi puoi tagliarmi i capelli. Così mi distrai e va a finire che non andiamo più a letto.»

Non posso fare a meno di sorridere. Consapevole che sta osservando ogni mio movimento, cammino ancheggiando verso il punto in cui ci sono le mie scarpe e la sua camicia. Mi piego lentamente per raccogliere la camicia, la annuso – "Mmh" – e la indosso.

Christian ha gli occhi sgranati. Si è chiuso la cerniera dei pantaloni e mi sta osservando con attenzione.

«Che spettacolo, Mrs Grey.»

«Abbiamo delle forbici?» chiedo con aria innocente, sbattendo le ciglia.

«Nel mio studio.»

«Vado a cercarle.» Entro in camera da letto e prendo il mio pettine dal tavolino da toilette prima di dirigermi verso il suo studio. Mentre entro nel corridoio principale noto che la porta dell'ufficio di Taylor è aperta. Appena dietro la porta c'è Mrs Jones. Mi fermo, paralizzata.

Taylor sta accarezzando la faccia di Mrs Jones e le sorride con dolcezza. Poi si china e la bacia.

"Accidenti! Taylor e Mrs Jones?" Li guardo stupefatta... Voglio dire, pensavo... be', un sospetto ce l'avevo. Ma stanno chiaramente insieme! Arrossisco, sentendomi una guardona, e tiro dritto. Attraverso rapidamente il salone ed entro nello studio di Christian. Accendo la luce e vado verso la sua scrivania. "Taylor e Mrs Jones... Wow!" Sono stordita. Avevo sempre creduto che Mrs Jones fosse più vecchia di Taylor. Oh, devo smetterla di pensarci. Apro il primo cassetto e vengo subito distratta dalla vista di una pistola. "Christian ha una pistola!"

È una rivoltella. Non avevo idea che Christian possedesse un'arma. La tiro fuori, sgancio il fermo ed estraggo il tamburo. È carica, ma leggera... troppo leggera. Dev'essere in fibra di carbonio. Che cosa se ne fa Christian di una pistola? Caspita, spero che sappia usarla. I perenni avvertimenti di Ray sulle armi da fuoco mi attraversano rapidamente il cervello. Non ho mai dimenticato il suo addestramento.

"Sono strumenti letali, Ana. Devi sapere che cosa fai quando maneggi un'arma." Rimetto a posto la pistola e trovo le forbici. Le prendo e mi affretto a tornare da Christian, la testa piena di pensieri. Taylor e Mrs Jones... la rivoltella...

Sulla soglia del salone vado a sbattere contro Taylor.

«Mi scusi, Mrs Grey.» Quando nota la mia mise, arrossisce.

«Ehm, Taylor, salve... ehm. Sto tagliando i capelli a Christian!» sbotto, imbarazzata. Taylor è altrettanto mortificato. Apre la bocca per dire qualcosa, poi la chiude in fretta e si fa da parte.

«Dopo di lei, signora» dice in tono formale. Ho la sensazione di essere del colore della mia vecchia Audi, il Modello Speciale Sottomessa. Potrebbe essere più imbarazzante?

«Grazie» bofonchio e mi affretto per il corridoio. "Porca miseria! Mi abituerò mai al fatto che non siamo soli?" Entro nel bagno come una furia, senza fiato.

«Ho appena visto Taylor.»

«Oh.» Christian si acciglia. «Vestita così.»

"Oh, merda!" «Non è colpa di Taylor.»

Christian si incupisce ancora di più. «No, però...»

«Sono vestita.»

«A malapena.»

«Non so chi fosse più imbarazzato, se io o lui.» Provo la mia tecnica diversiva. «Lo sapevi che lui e Gail sono... be', stanno insieme?»

Christian scoppia a ridere. «Sì, certo che lo sapevo.»

«E non me l'hai detto?»

«Pensavo che lo sapessi.»

«No.»

«Ana, sono adulti. Vivono sotto lo stesso tetto. Entrambi soli. Tutti e due attraenti.»

Arrossisco, sentendomi stupida per non averci fatto caso.

«Be', se la metti così... pensavo solo che Gail fosse più vecchia di Taylor.»

«Lo è, ma non di molto.» Mi guarda, perplesso. «Ad alcuni uomini piacciono le donne più grandi...» Si interrompe di colpo e sgrana gli occhi.

Lo guardo con aria truce. «Lo so» scatto.

Christian sembra contrito. Mi sorride teneramente. Sì! La mia tecnica diversiva ha funzionato! Il mio subconscio è soddisfatto... Ma a che prezzo? Adesso l'innominabile Mrs Robinson incombe su di noi.

«Il che mi fa venire in mente...» dice allegramente.

«Cosa?» borbotto irritata. Afferro la sedia, la giro verso lo specchio sopra il lavandino. «Siediti» gli ordino. Christian mi guarda con divertimento indulgente, ma fa quello che gli ho detto e si siede. Comincio a pettinargli i capelli, ormai solo umidi.

«Stavo pensando che, nella nuova casa, potremmo trasformare le stanze sopra il garage in un alloggio per loro» continua Christian. «Una specie di appartamento. Allora forse la figlia di Taylor potrebbe stare con lui più spesso.» Mi guarda attentamente nello specchio.

«Perché lei non sta qui?»

«Taylor non me l'ha mai chiesto.»

«Forse dovresti parlargliene tu. Ma dovremmo stare attenti a come ci comportiamo.»

Christian aggrotta la fronte. «Non ci avevo pensato.»

«Forse è per questo che Taylor non te l'ha chiesto. L'hai conosciuta?»

«Sì. È adorabile. Timida. Molto carina. Le pago la scuola.»

"Oh!" Smetto di pettinarlo e lo fisso nello specchio. «Non lo sapevo.»

Lui si stringe nelle spalle. «Mi sembrava il minimo che potessi fare. E poi significa che lui non se ne andrà.»

«Sono sicura che gli piace lavorare per te.»

Christian mi guarda con espressione assente, poi alza le spalle. «Non lo so.»

«Penso che ti sia molto affezionato, Christian.» Riprendo a pettinarlo e gli lancio un'occhiata. Lui continua a guardarmi.

«Credi?»

«Sì.»

Sbuffa per liquidare l'argomento, eppure è come se fosse segretamente contento di piacere al suo staff.

«Bene. Parlerai a Gia delle stanze sopra il garage?»

«Sì, certo.» Non provo più il senso di fastidio che avvertivo prima alla menzione del suo nome. La mia vocina interiore annuisce, saggiamente. "Sì... ci siamo comportati bene, oggi." La mia dea interiore gongola. Adesso Gia lascerà in pace mio marito e non lo farà sentire a disagio.

Sono pronta a tagliare i capelli a Christian. «Sei sicuro? Ultima occasione per filarsela.»

«Fai del tuo peggio, Mrs Grey. Io non devo guardarmi, tu invece sì.»

Faccio un sorriso radioso. «Christian, potrei guardarti tutto il giorno.»

Scuote la testa, esasperato. «È solo un bel faccino, piccola.»

«E dietro c'è un uomo meraviglioso.» Gli bacio una tempia. «Il mio uomo.»

Sorride timidamente.

Sollevo la prima ciocca, la pettino in su e la tengo tra l'indice e il medio. Mi metto il pettine in bocca e do il primo colpo di forbice, tagliando due centimetri e mezzo. Christian chiude gli occhi e sta seduto immobile, sospirando soddisfatto mentre io vado avanti. Di tanto in tanto apre gli occhi e io lo sorprendo a guardarmi attentamente. Non mi tocca mentre lavoro, e gliene sono grata. Il suo tocco... mi distrae.

Un quarto d'ora dopo ho finito.

«Fatto.» Sono soddisfatta del risultato. È eccitante come al solito, il ciuffo sexy... solo un filo più corto.

Christian si osserva nello specchio, l'espressione piacevolmente sorpresa. Sorride. «Ottimo lavoro, Mrs Grey.» Gira la testa da una parte all'altra e fa serpeggiare le sue braccia intorno a me. Mi attira a sé e mi bacia la pancia strofinandola con il naso.

«Grazie» dice.

«È stato un piacere.» Mi piego in avanti e gli do un rapido bacio.

«È tardi. A nanna.» Mi dà una sculacciata scherzosa.

«Oh! Dovrei mettere a posto.» Ci sono capelli sparsi su tutto il pavimento.

Christian aggrotta la fronte, come se il pensiero non l'avesse mai sfiorato. «Okay, vado a prendere la scopa» dice beffardo. «Non voglio che metti in imbarazzo lo staff con la tua tenuta inappropriata.»

«Sai dov'è la scopa?» chiedo con aria innocente.

Christian si blocca. «Ehm... no.»

Scoppio a ridere. «Vado io.»

Mentre mi infilo a letto e aspetto che Christian mi raggiunga, rifletto su come questa giornata sarebbe potuta finire in modo diverso. Ero così arrabbiata con lui, e lui con me. Come affronterò questa stupidaggine di dirigere un'azienda? Non ho alcun desiderio di farlo. Io non sono lui. Devo stroncare l'idea sul nascere. Forse dovrei avere una *safeword* per quando si comporta in modo prepotente e tirannico, per quando fa lo stronzo. Ridacchio. Forse la *safeword* dovrebbe essere "stronzo". L'idea è allettante.

«Che c'è?» dice mentre si infila a letto accanto a me con indosso solo i pantaloni del pigiama.

«Niente. Un'idea, e basta.»

«Quale idea?» Si stiracchia.

Ci siamo. «Christian, non credo proprio di voler dirigere un'azienda.»

Si solleva, puntellandosi su un gomito, e mi guarda. «Perché dici questo?»

«Perché è una cosa che non mi ha mai attirata.»

«Ne hai tutte le capacità, Anastasia.»

«A me piace leggere, Christian. Dirigere un'azienda me lo impedirà.»

«Potresti essere la testa creativa.»

Mi acciglio.

«Vedi» continua «dirigere un'azienda di successo significa soprattutto mettere a frutto le qualità delle persone che hai a tua disposizione. Se è in quello che risiedono il tuo talento e i tuoi interessi, allora puoi strutturare l'azienda in modo da renderli possibili. Non respingere completamente la possibilità, Anastasia. Sei una donna in gamba. Penso che potresti fare tutto ciò vuoi, se ti ci applichi.»

"Wow! Come fa a sapere che ne sarei capace?"

«Temo anche che mi porterà via troppo tempo.»

Christian aggrotta le sopracciglia.

«Tempo che potrei dedicare a te.» Tiro fuori la mia arma segreta.

Il suo sguardo si incupisce. «So che cosa stai facendo» mormora, divertito.

"Maledizione!"

«Cosa?» chiedo fingendo innocenza.

«Stai cercando di distrarmi dall'argomento della discussione. Lo fai sempre. Non respingere l'idea, Ana. Pensaci. È tutto quello che ti chiedo.» Si protende verso di me e mi dà un bacio casto, poi fa scorrere il pollice sulla mia guancia. Questa discussione è destinata a ripresentarsi. Gli sorrido... e mi viene in mente una cosa che ha detto oggi.

«Posso farti una domanda?» dico con voce bassa e incerta.

«Certo.»

«Oggi hai detto che se ero arrabbiata con te, avrei dovuto sfogarmi a letto. Che cosa intendevi?»

Lui si immobilizza. «Che cosa pensavi che intendessi?»

"Merda! Devo dirlo e basta." «Che volevi che ti legassi.»

Christian non nasconde lo stupore. «Ehm... no. Non intendevo affatto una cosa del genere.»

«Ah.» Sono sorpresa dalla piccola fitta di delusione che sento.

«Vorresti legarmi?» chiede, interpretando correttamente la mia espressione. Sembra scioccato. Arrossisco.

«Be'…»

«Ana, io…» Si interrompe e sul viso gli passa un'ombra.

«Christian» sussurro, allarmata. Mi giro su un fianco, puntellandomi su un gomito come lui. Gli accarezzo la faccia. Ha gli occhi sgranati e spaventati. Scuote la testa con espressione triste.

«Christian, basta. Non importa. Pensavo che intendessi questo.»

Mi prende la mano e se la appoggia sul cuore che batte forte. "Accidenti! Che succede?"

«Ana, non so come reagirei se tu mi toccassi quando sono legato.»

Mi viene la pelle d'oca. È come se stesse confessando qualcosa di profondo e oscuro.

«È ancora troppo presto.» Ha la voce bassa, inespressiva.

"Oh, no." La mia era solo una domanda. Mi rendo conto che lui ha fatto un lungo cammino, ma che la strada da percorrere è ancora tanta. "Oh, Christian, Christian." Sento una stretta d'ansia al cuore. Mi protendo verso di lui, che si irrigidisce, ma io gli bacio teneramente l'angolo della bocca.

«Christian, mi sono fatta l'idea sbagliata. Ti prego, non preoccuparti. Non pensarci.» Lo bacio di nuovo. Lui chiude gli occhi, geme e risponde al bacio, schiacciandomi sul materasso, le mani che mi afferrano il mento. E ben presto siamo persi… l'uno nell'altra, di nuovo.

9

Quando apro gli occhi prima della sveglia la mattina dopo, Christian è avvinghiato intorno a me come un'edera, il braccio sulla mia vita e una gamba tra le mie. Ed è dalla mia parte del letto. Finisce sempre così, se la sera prima discutiamo, lui mi si aggrappa addosso, lasciandomi accaldata e infastidita.

"Oh, Christian." Da un certo punto di vista è così bisognoso. Chi l'avrebbe detto? La familiare visione di un Christian bambino, sporco e infelice, mi ossessiona. Gli accarezzo piano i capelli e la mia malinconia svanisce. Lui si muove e i suoi occhi assonnati incontrano i miei. Sbatte le palpebre un paio di volte mentre si sveglia.

«Ciao» mormora e sorride.

«Ciao.» Adoro svegliarmi con quel sorriso.

Mi strofina la faccia sul seno e mugola di apprezzamento. La sua mano mi accarezza la vita, scivolando sopra il raso fresco della mia camicia da notte.

«Che bocconcino tentatore» dice. «Ma tentatore o no» lancia un'occhiata alla sveglia «devo alzarmi.» Si stiracchia, districandosi da me, e si alza.

Mi appoggio sul letto con le mani dietro la testa e mi godo lo spettacolo: Christian che si spoglia per fare la doccia. È perfetto. Non cambierei una virgola.

«Ammiri il panorama, Mrs Grey?» Christian inarca un sopracciglio con espressione sardonica.

«È un gran bel panorama, Mr Grey.»

Lui sorride e mi lancia i pantaloni del pigiama che per poco non mi colpiscono in faccia, ma io li prendo al volo e ridacchio come una scolaretta. Con un sorriso lascivo, tira via il copriletto, mette un ginocchio sul materasso, mi afferra per le caviglie e mi trascina verso di sé, facendo risalire la camicia da notte. Lancio un gridolino e lui mi si arrampica addosso, dandomi lievi baci sul ginocchio, sulla coscia... su... oh... "Christian!"

«Buongiorno, Mrs Grey» mi saluta Mrs Jones. Arrossisco imbarazzata, ricordando il suo convegno amoroso con Taylor della notte prima.

«Buongiorno» rispondo mentre lei mi porge una tazza di tè. Siedo sullo sgabello accanto a mio marito che ha un aspetto radioso: fresco di doccia, i capelli umidi, con una camicia bianca immacolata e la cravatta argentea. La mia preferita. Ho ricordi appassionati di quella cravatta.

«Come va, Mrs Grey?» mi chiede, lo sguardo caldo.

«Sono convinta che tu lo sappia, Mr Grey.» Lo guardo da sotto le ciglia.

Fa un sorriso compiaciuto. «Mangia» mi ordina. «Non hai mangiato, ieri.»

"Oh, è autoritario!"

«Perché tu hai fatto lo stronzo.»

Mrs Jones lascia cadere qualcosa nel lavandino, facendomi sobbalzare. Christian sembra ignaro del rumore. Non fa una piega e mi fissa impassibile.

«Stronzo o no, mangia!» Ha un tono serio. Non si discute.

«Okay! Prendi in mano il cucchiaio e finisci i cereali» borbotto come un'adolescente ribelle. Prendo lo yogurt greco e ne metto un po' sopra i cereali, poi aggiungo una manciata di mirtilli. Lancio uno sguardo a Mrs Jones e lei coglie l'occhiata. Sorrido e lei risponde sorridendo con calore. Mi ha preparato la mia colazione preferita, quella che ho imparato ad apprezzare durante la luna di miele.

«È probabile che debba andare a New York in settimana.» L'annuncio di Christian interrompe le mie fantasticherie.

«Ah.»

«Starò fuori una notte e voglio che tu venga con me.»

«Christian, non posso prendere ferie.»

Mi lancia la sua occhiata da "Ah, davvero? Ma il capo sono io".

Sospiro. «So che sei il proprietario dell'azienda, ma sono stata via tre settimane. Per favore. Come puoi aspettarti che gestisca gli affari, se non ci sono mai? Starò benissimo. Immagino che porterai Taylor con te, ma qui rimarranno Sawyer e Ryan...» Mi interrompo, perché mi guarda con un sorriso da un orecchio all'altro. «Che cosa c'è?» dico seccamente.

«Niente. Solo tu» dice.

Mi acciglio. Mi sta prendendo in giro? Poi nella mia mente si affaccia un pensiero sgradevole. «Come vai a New York?»

«Con il jet aziendale, perché?»

«Volevo sapere se avresti preso *Charlie Tango*.» Parlo a voce bassa e un brivido mi percorre la spina dorsale. Ricordo l'ultima volta che ha volato con il suo elicottero. Vengo assalita da un'ondata di nausea mentre rivivo le ore di ansia in attesa. È stato forse il momento peggiore della mia vita. Noto che anche Mrs Jones si è irrigidita. Cerco di scacciare il pensiero.

«Non potrei andare a New York con *Charlie Tango*. Non ha abbastanza autonomia. Inoltre rimarrà in riparazione per altre due settimane.»

"Grazie al cielo." Sorrido in parte per il sollievo, ma anche perché so che l'incidente a *Charlie Tango* ha occupato gran parte dei pensieri di Christian nelle ultime settimane.

«Bene, sono felice che sia quasi a posto, ma...» Mi interrompo. Posso dirgli quanto sarò sulle spine la prossima volta che lo piloterà?

«Cosa?» chiede finendo l'omelette.

Alzo le spalle.

«Ana?» insiste, più severamente.

«È solo che... lo sai. L'ultima volta che l'hai pilotato... Pensavo, pensavamo, che tu...» Non riesco a finire la frase e l'espressione di Christian si addolcisce.

«Ehi.» Mi accarezza la faccia con il dorso della mano. «È stato un sabotaggio.» Sul volto gli passa un'ombra e per un momento mi chiedo se sappia chi è il responsabile.

«Non potrei sopportare di perderti» mormoro.

«Sono state licenziate cinque persone per questo, Ana. Non succederà di nuovo.»

«Cinque?»

Annuisce, l'espressione seria.

"Porca miseria!"

«Questo mi fa venire in mente che nella tua scrivania c'è una pistola.»

Si acciglia, forse per il mio tono accusatorio, anche se non intendevo essere critica. «È di Leila» dice alla fine.

«È carica.»

«Come fai a saperlo?» La sua espressione si incupisce.

«Ho controllato ieri.»

Mi lancia un'occhiataccia. «Non voglio che pasticci con le armi. Spero che tu abbia rimesso la sicura.»

Sbatto le palpebre, sbalordita. «Christian, non c'è nessuna sicura su quella rivoltella. Non sai proprio niente di armi?»

Sgrana gli occhi. «Ehm... no.»

Taylor tossicchia con discrezione sulla soglia del salone e Christian gli fa un cenno di assenso con la testa.

«Dobbiamo andare» dice Christian. Si alza, distratto, e si infila la giacca grigia. Lo seguo nel corridoio.

"Ha la pistola di Leila." Sono sbalordita da questa notizia e mi chiedo che fine abbia fatto lei. È ancora... qual è il posto? Da qualche parte a est. New Hampshire? Non riesco a ricordarmelo.

«Buongiorno, Taylor» dice Christian.

«Buongiorno, Mr Grey, Mrs Grey.» Ci rivolge un cenno del capo, ma evita con cura di guardarmi negli occhi. Gliene sono grata, ricordando che ieri sera quando ci siamo scontrati ero mezza nuda.

«Vado un attimo a lavarmi i denti» bofonchio. Christian si lava sempre i denti prima di fare colazione. Non capisco perché.

«Dovresti chiedere a Taylor di insegnarti a sparare» dico mentre ci dirigiamo verso l'ascensore. Christian mi lancia un'occhiata divertita.

«Dovrei?» chiede asciutto.

«Sì.»

«Anastasia, io disprezzo le armi. Mia madre ha rattoppato troppe vittime di sparatorie e mio padre è un antimilitarista convinto. Sono stato educato con questa etica. Sostengo almeno due iniziative per il controllo della vendita delle armi nello Stato di Washington.»

«Ah, Taylor porta una pistola?»

Christian stringe le labbra.

«Talvolta.»

«Non approvi?» chiedo, mentre Christian mi scorta fuori dall'ascensore al pianoterra.

«No» replica a denti stretti. «Diciamo soltanto che Taylor e io abbiamo una visione completamente diversa riguardo al controllo delle armi.» Su questo argomento io sto dalla parte di Taylor.

Christian mi tiene aperta la porta dell'atrio e io esco, dirigendomi alla macchina. Non mi lascia andare da sola alla SIP da quando ha scoperto che *Charlie Tango* è stato sabotato. Sawyer sorride con fare gradevole, aprendomi la portiera, mentre Christian e io saliamo sull'auto.

«Ti prego» dico a Christian, prendendogli la mano.

«Ti prego cosa?»

«Impara a sparare.»

Lui alza gli occhi al cielo. «No. Fine della discussione, Anastasia.»

Mi sento come una bambina rimproverata. Apro la bocca per fare un commento tagliente, ma decido che non voglio cominciare la giornata lavorativa di cattivo umore. Incrocio le braccia e sorprendo Taylor a guardarmi nello specchietto retrovisore. Lui distoglie lo sguardo, concentrandosi sulla strada, ma scuote impercettibilmente la testa, chiaramente frustrato.

"Mmh... Christian tira scemo anche lui, a volte." Il pensiero mi fa sorridere e il mio umore è salvo.

«Dov'è Leila?» chiedo a Christian, che guarda fuori dal finestrino.

«Te l'ho detto. In Connecticut dai suoi.» Mi lancia un'occhiata.

«Hai controllato? In fin dei conti, ha i capelli lunghi. Potrebbe esserci stata lei alla guida del Dodge.»

«Sì, ho controllato. È iscritta a una scuola d'arte a Hamden. Ha cominciato questa settimana.»

«Le hai parlato?» sussurro, impallidendo.

Christian gira la testa di scatto nell'udire il mio tono.

«No. Le ha parlato Flynn.» Scruta il mio viso per capire a cosa sto pensando.

«Capisco» mormoro, sollevata.

«Che cosa c'è?»

«Niente.»

Christian sospira. «Che cosa c'è, Ana?»

Mi stringo nelle spalle, non volendo ammettere la mia gelosia irrazionale.

Christian continua: «Controllo quello che fa, accertandomi che se ne stia dov'è. Ora sta meglio. Flynn l'ha mandata da uno strizzacervelli di New Haven, e tutti i rapporti sono positivi. Si è sempre interessata di arte, così...». Si interrompe, scrutandomi ancora il viso. E in quel momento mi viene il sospetto che sia lui a pagare la sua scuola. "Voglio davvero saperlo? Dovrei chiederglielo? Non che non possa permetterselo, ma perché si sente in obbligo?" Sospiro. L'esperienza di Christian difficilmente può essere paragonata a Bradley Kent della mia classe di fisica e al suo maldestro tentativo di baciarmi. Christian mi prende la mano.

«Non preoccuparti di questo, Anastasia» mormora e io contraccambio la sua stretta rassicurante. So che sta facendo quello che ritiene giusto.

A metà mattina ho una pausa nelle riunioni. Mentre prendo il telefono per chiamare Kate, noto una mail di Christian.

Da: Christian Grey
A: Anastasia Grey
Data: 23 agosto 2011 9.54
Oggetto: Complimenti

Mrs Grey,
ho ricevuto i complimenti di tre persone
per il mio nuovo taglio di capelli.
I complimenti da parte del mio staff
sono una novità. Dev'essere il sorriso idiota
che mi compare sulla faccia ogni volta
che penso alla notte scorsa. Sei davvero
una donna meravigliosa,
bellissima e dotata.
E tutta mia.

Christian Grey
Amministratore delegato, Grey Enterprises Holdings Inc.

Leggendola mi sciolgo.

Da: Anastasia Grey
A: Christian Grey
Data: 23 agosto 2011 10.48
Oggetto: Sto cercando di concentrarmi, qui

Mr Grey,
sto cercando di lavorare e non voglio essere
distratta da ricordi deliziosi.
È venuto il momento di confessare che tagliavo
regolarmente i capelli a Ray? Non avevo idea che
si sarebbe rivelato un esercizio così utile.
E sì, io sono tua e tu, mio caro e prepotente marito che si
rifiuta di esercitare il proprio diritto costituzionale garantito
dal Secondo Emendamento di portare armi, sei mio. Ma
non preoccuparti, perché ti proteggerò io. Sempre.

Anastasia Grey
Direttore editoriale, SIP

Da: Christian Grey
A: Anastasia Grey
Data: 23 agosto 2011 10.53
Oggetto: Annie Oakley, la pistolera

Mrs Grey,
sono felicissimo di constatare che hai parlato con i responsabili
del settore informatico e ti sei fatta cambiare il nome. :D
Riposerò tranquillo nel mio letto sapendo che
una moglie armata dorme accanto a me.

Christian Grey
Amministratore delegato & Hoplofobo,
Grey Enterprises Holdings Inc.

Hoplofobo? Che diamine vuol dire?

Da: Anastasia Grey
A: Christian Grey
Data: 23 agosto 2011 10.58
Oggetto: Paroloni

Mr Grey,
ancora una volta mi stupisci con la
tua maestria linguistica.
In realtà, con la tua maestria in generale, e
penso che tu sappia a cosa mi riferisco.

Anastasia Grey
Direttore editoriale, SIP

Da: Christian Grey
A: Anastasia Grey
Data: 23 agosto 2011 11.01
Oggetto: Boccheggio!

Mrs Grey,
stai flirtando con me?

Christian Grey
Amministratore delegato scioccato, Grey Enterprises Holdings Inc.

Da: Anastasia Grey
A: Christian Grey
Data: 23 agosto 2011 11.04
Oggetto: Preferiresti...

... che flirtassi con qualcun altro?

Anastasia Grey
Direttore editoriale valoroso, SIP

Da: Christian Grey
A: Anastasia Grey
Data: 23 agosto 2011 11.09
Oggetto: *Grrrrr*

NO!

Christian Grey
Amministratore delegato possessivo,
Grey Enterprises Holdings Inc.

Da: Anastasia Grey
A: Christian Grey
Data: 23 agosto 2011 11.14
Oggetto: Wow…

Stai ringhiando contro di me?
Perché è parecchio eccitante.

Anastasia Grey
Direttore editoriale tremante (in modo piacevole), SIP

Da: Christian Grey
A: Anastasia Grey
Data: 23 agosto 2011 11.16
Oggetto: Attenta

Flirti e giochi con me, Mrs Grey?
Potrei venire a farti visita nel pomeriggio.

Christian Grey
Amministratore delegato priapeo,
Grey Enterprises Holdings Inc.

Da: Anastasia Grey
A: Christian Grey
Data: 23 agosto 2011 11.20
Oggetto: Oh, no!

Farò la brava. Non vorrei che il capo del capo
del capo mi sottomettesse al lavoro. ;)
Adesso lasciami lavorare. Il capo del capo del
capo potrebbe darmi un calcio nel culo.

Anastasia Grey
Direttore editoriale, SIP

Da: Christian Grey
A: Anastasia Grey
Data: 23 agosto 2011 11.23
Oggetto: &*%$&*&*

Credimi sulla parola quando ti dico che ci sono
un mucchio di cose favolose che lui vorrebbe
fare con il tuo culo. Darti un calcio non è
una di queste.

Christian Grey
Amministratore delegato & Fanatico del culo,
Grey Enterprises Holdings Inc.

Da: Anastasia Grey
A: Christian Grey
Data: 23 agosto 2011 11.26
Oggetto: Levati di torno!

Non hai un impero da dirigere?
Smettila di infastidirmi.
Il mio prossimo appuntamento è qui.

Pensavo che fossi un fanatico delle tette...
Tu pensa al mio culo che io penso al tuo...
T.A. X

Anastasia Grey
Direttore editoriale bagnata, SIP

Non riesco a evitare di essere abbattuta mentre Sawyer mi porta in ufficio giovedì. È arrivato il temuto viaggio di lavoro a New York e, anche se Christian è partito da poche ore, mi manca già.

Accendo il computer, e c'è una mail ad aspettarmi. Il mio umore migliora di colpo.

Da: Christian Grey
A: Anastasia Grey
Data: 25 agosto 2011 04.32
Oggetto: Mi manchi già

Mrs Grey,
eri adorabile questa mattina.
Comportati bene mentre sono via.
Ti amo.

Christian Grey
Amministratore delegato,
Grey Enterprises Holdings Inc

Sarà la prima notte che passiamo lontani da quando ci siamo sposati. Ho intenzione di bere qualcosa con Kate... cosa che mi aiuterà a dormire. Gli rispondo d'impulso, anche se so che è ancora in volo.

Da: Anastasia Grey
A: Christian Grey
Data: 25 agosto 2011 9.03
Oggetto: Comportati bene!!

Fammi sapere quando atterri… rimarrò preoccupata fino ad allora.
E mi comporterò bene. Voglio dire, che
problemi possono sorgere con Kate?

Anastasia Grey
Direttore editoriale, SIP

Premo il tasto INVIA e bevo il caffellatte, che mi ha gentilmente portato Hannah. Chi avrebbe detto che avrei finito
per apprezzare il caffè? Nonostante che stasera uscirò con
Kate, mi sento come se mi mancasse un pezzo. In questo
momento lui è diecimilasettecento metri sopra il Midwest,
diretto a New York. Non credevo che mi sarei sentita così
scombussolata e ansiosa solo perché Christian è via. Sicuramente con il tempo non proverò più questo senso di perdita e di incertezza, vero? Faccio un sospiro e torno al lavoro.

Intorno all'ora di pranzo, inizio a controllare la mail e il
BlackBerry in attesa di un SMS. Dov'è Christian? È arrivato
sano e salvo? Hannah mi chiede se voglio pranzare, ma sono
troppo in ansia e la congedo con un gesto. Lo so che è irrazionale, ma devo essere sicura che sia arrivato e stia bene.

Il telefono dell'ufficio si mette a suonare, facendomi sussultare: «Ana St… Grey».

«Ciao.» La voce di Christian è calda, leggermente divertita. Avverto un'ondata di sollievo.

«Ciao.» Faccio un sorriso da un orecchio all'altro. «Com'è
stato il volo?»

«Lungo. Che cosa fai con Kate?»

"Oh, no." «Usciamo a bere qualcosa.»

Christian tace.

«Sawyer e la tizia nuova – Prescott – vengono con noi» dico, cercando di placarlo.

«Credevo che Kate sarebbe venuta a casa nostra.»

«Lei vorrebbe un drink veloce.» "Ti prego, lasciami uscire!"

Christian fa un sospiro. «Perché non me l'hai detto?» dice con calma. Con troppa calma.

Mi do un calcio mentale. «Christian, andrà tutto bene. Ci sono Ryan, Sawyer e Prescott. È solo un drink veloce.»

Christian rimane in assoluto silenzio, e io so che non è contento. «L'ho vista pochissimo da quando tu e io ci siamo conosciuti. Per favore. È la mia migliore amica.»

«Ana, non voglio impedirti di vedere i tuoi amici. Ma pensavo che venisse a casa.»

«Okay» mi arrendo. «Staremo in casa.»

«Solo finché c'è in giro quel folle. Ti prego.»

«Ho detto va bene» borbotto esasperata, alzando gli occhi al cielo.

Christian sbuffa piano nel telefono. «So sempre quando alzi gli occhi al cielo.»

Faccio una smorfia. «Senti, mi dispiace. Non intendevo farti preoccupare. Avvertirò Kate.»

«Bene» mormora, chiaramente sollevato. Mi sento in colpa per averlo fatto preoccupare.

«Dove sei?»

«Sulla pista del JFK.»

«Ah, allora sei appena atterrato.»

«Sì. Mi hai chiesto di chiamarti non appena arrivavo.»

Sorrido. La mia vocina non può evitare di pungermi. "Visto? Lui fa quello che dice che farà."

«Be', Mr Grey, sono felice che uno di noi sia puntiglioso.»

Lui scoppia a ridere. «Mrs Grey, la tua passione per le iperboli non conosce limiti. Che cosa devo fare con te?»

«Sono sicura che escogiterai qualcosa di fantasioso. Di solito lo fai.»

«Stai flirtando con me?»

«Sì.»

Percepisco il suo sorriso. «È meglio che vada. Ana, fa' come ti ho detto, per favore. Gli addetti alla sicurezza sanno quello che fanno.»

«Sì, Christian. Lo farò.» Ho un tono esasperato, di nuovo. "E che cavolo, ho afferrato il messaggio!"

«Ci vediamo domani sera. Ti chiamo più tardi.»

«Per controllarmi?»

«Sì.»

«Oh, Christian!» protesto.

«*Au revoir*, Mrs Grey.»

«*Au revoir*, Christian. Ti amo.»

Inspira bruscamente. «E io amo te, Ana.»

Nessuno dei due riaggancia.

«Metti giù, Christian» sussurro.

«Sei una piccola tiranna, non è vero?»

«La tua piccola tiranna.»

«Mia» dice in un soffio. «Fa' come ti ho detto. Metti giù.»

«Sì, signore.» Riaggancio e mi viene da sorridere, istintivamente.

Qualche istante dopo arriva una mail.

Da: Christian Grey
A: Anastasia Grey
Data: 25 agosto 2011 13.42 ORA LEGALE DEGLI STATI UNITI ORIENTALI
Oggetto: Mi prudono le mani

Mrs Grey,
sei piacevolissima al telefono.
Dico sul serio. Fai come ti ho detto.
Devo sapere che sei al sicuro.
Ti amo.

Christian Grey
Amministratore delegato, Grey Enterprises Holdings Inc.

Diciamoci la verità, è lui il tiranno. Ma è bastata una telefonata e tutta la mia ansia è scomparsa. È arrivato sano e salvo e mi sta addosso come al solito. Mi abbraccio da sola. Quanto amo quest'uomo! Hannah bussa alla porta, distraendomi, e mi riporta alla realtà.

Kate ha un aspetto splendido. Con i jeans bianchi aderenti e il top rosso, è pronta per mettere sottosopra la città. Quando arrivo, sta chiacchierando animatamente con Claire alla reception.

«Ana!» strilla, sollevandomi da terra in un abbraccio alla Kate. Mi allontana da sé per guardarmi.

«Hai proprio l'aria della moglie dell'uomo di potere. Chi l'avrebbe pensato, la piccola Ana Steele? Hai un aspetto così... raffinato.» Mi sorride radiosa. Io alzo gli occhi al cielo. Indosso un tubino color crema con una cintura blu marina e scarpe con il tacco dello stesso colore.

«È bello vederti, Kate» dico, contraccambiando l'abbraccio.

«Allora, dove andiamo?»

«Christian vuole che rimaniamo a casa nostra.»

«Oh, davvero? Non possiamo filarcela a bere un drink veloce allo Zig Zag Café? Ho prenotato un tavolo.»

Apro la bocca per protestare.

«Ti prego» piagnucola e mette un grazioso broncio. Deve averlo imparato da Mia. Non l'aveva mai fatto. Mi piacerebbe moltissimo un drink allo Zig Zag. Ci siamo divertite come matte l'ultima volta che ci siamo state, ed è vicino all'appartamento di Kate.

Alzo l'indice: «Uno solo».

Lei fa un sorriso radioso: «Uno solo». Mi prende sottobraccio e ci dirigiamo alla macchina, parcheggiata vicino al marciapiede con Sawyer al volante. Siamo seguite da Miss Belinda Prescott, la nuova arrivata della sicurezza: una donna afroamericana alta con un atteggiamento serio. Devo ancora affezionarmici, forse perché è troppo fredda e professionale. Il giudizio non è definitivo, comunque, e lei, come il resto della squadra, è stata scelta personalmente da Taylor. È vestita con un sobrio tailleur pantalone scuro.

«Per cortesia, puoi portarci allo Zig Zag Café, Sawyer?»

Sawyer si gira a guardarmi e io so che vorrebbe dire qualcosa. Ovviamente ha ricevuto degli ordini. Esita.

«Lo Zig Zag Café. Prenderemo solo un drink.»

Lancio un'occhiata di sottecchi a Kate, che sta guardando male Sawyer. Pover'uomo.

«Sì, signora.»

«Mr Grey ha chiesto che torniate all'appartamento» interviene Prescott.

«Mr Grey non è qui» replico. «Allo Zig Zag, per favore.»

«Signora» dice Sawyer, lanciando un'occhiata a Prescott, che saggiamente tiene la bocca chiusa.

Kate mi fissa come se non credesse ai suoi occhi e alle sue orecchie. Stringo le labbra e alzo le spalle. Okay, sono un po' più assertiva di un tempo. Kate annuisce mentre Sawyer si immette nel traffico del tardo pomeriggio.

«Sai, le misure di sicurezza straordinarie stanno facendo impazzire Grace e Mia» dice Kate in tono disinvolto.

La fisso con aria confusa, stupefatta.

«Non lo sapevi?» Sembra incredula.

«Sapevo cosa?»

«Le misure di sicurezza per tutti i Grey sono state triplicate. Centuplicate, addirittura.»

«Sul serio?»

«Lui non te l'ha detto?»

Arrossisco. «No.» "Dannazione, Christian!" «Sai perché?»

«Jack Hyde.»

«Che cosa c'entra Jack? Credevo ce l'avesse con Christian.» Trattengo il fiato. "Accidenti. Perché non me l'ha detto?"

«Da lunedì» dice Kate.

Lunedì scorso? "Mmh... abbiamo identificato Jack domenica. Ma perché tutti i Grey?"

«Come fai a sapere queste cose?»

«Elliot.»

Naturalmente.

«Christian non ti ha detto niente, vero?»

Arrossisco di nuovo. «No.»

«Oh, Ana, che rompiballe.»

Sospiro. Come sempre, Kate ha messo il dito nella piaga con il consueto tatto da elefante. «Sai perché?» Se Christian non ha intenzione di dirmelo, forse lo farà Kate.

«Elliot ha detto che ha qualcosa a che fare con le informazioni contenute nel computer di Hyde quand'era alla SIP.»

"Porca miseria." «Stai scherzando.» Avverto un'ondata di rabbia. Com'è che Kate lo sa e io no?

Alzo lo sguardo e vedo che Sawyer mi sta osservando dallo specchietto retrovisore. Il semaforo diventa verde e lui parte, concentrandosi sulla strada. Mi porto un dito alle labbra e Kate annuisce. Scommetto che lo sa anche Sawyer.

«Come sta Elliot?» chiedo per cambiare argomento.

Kate fa un sorriso sciocco, dicendomi tutto quello che mi serve sapere.

Sawyer accosta alla fine del vicolo che porta allo Zig Zag Café e Prescott mi apre la portiera. Io scendo in fretta dall'auto e Kate mi segue. Ci prendiamo sottobraccio e ci incamminiamo, tallonate da Prescott che ha l'aria arrabbiata. Oh, per l'amor del cielo, è solo un drink. Sawyer si allontana per andare a parcheggiare.

«Allora, com'è che Elliot conosce Gia?» chiedo, bevendo un sorso del mio secondo mojito alla fragola. Il locale è intimo e confortevole, e io non ho voglia di andarmene. Kate e io non abbiamo ancora smesso un attimo di parlare. Avevo dimenticato quanto mi piacesse uscire con lei. È liberatorio stare fuori a rilassarmi, godendomi la compagnia della mia migliore amica. Prendo in considerazione l'idea di scrivere un SMS a Christian, ma poi lascio perdere. Si arrabbierebbe e mi costringerebbe a tornare a casa come una bambina disobbediente.

«Non parlarmi di quella stronza!» sbotta Kate.

Scoppio a ridere.

«Che cosa c'è di tanto divertente, Steele?» mi rimbecca, ma non è tanto arrabbiata.

«Anch'io la penso così.»

«Sul serio?»

«Sì. Stava addosso a Christian.»

«Ha avuto una storia con Elliot.» Kate fa il broncio.

«No!»

Lei annuisce, le labbra strette nel cipiglio brevettato Katherine Kavanagh.

«È durata poco. L'anno scorso, mi pare. È un'arrampicatrice sociale. Non mi stupisce che abbia messo gli occhi su Christian.»

«Christian non è disponibile. Le ho detto di lasciarlo in pace, oppure l'avrei licenziata.»

Kate mi guarda stupefatta. Annuisco orgogliosa e lei alza il bicchiere alla mia salute, impressionata ed esultante.

«Mrs Anastasia Grey! Così si fa!» Facciamo tintinnare i bicchieri.

«Elliot ha una pistola?»

«No. È assolutamente contrario alle armi.» Kate mescola il suo terzo cocktail.

«Anche Christian. Dev'essere stata l'influenza di Grace e Carrick» bofonchio. Mi sento un po' brilla.

«Carrick è un brav'uomo.» Kate annuisce.

«Voleva che facessimo un accordo prematrimoniale» mormoro cupa.

«Oh, Ana.» Allunga una mano sul tavolo e mi prende un braccio. «Stava solo cercando di proteggere suo figlio. Come entrambe sappiamo, avevi la scritta "cacciatrice di dote" in fronte.» Mi sorride e io le faccio la linguaccia, ridacchiando.

«Cresci, Mrs Grey» dice, sorridendo. Sembra Christian. «Un giorno farai lo stesso per tuo figlio.»

«Mio figlio?» Non mi era mai venuto in mente che i miei figli sarebbero stati ricchi. Avranno tutto. Voglio dire... proprio tutto. Ci devo riflettere meglio, ma non adesso. Lancio un'occhiata a Prescott e Sawyer che osservano noi e la folla serale da un tavolo appartato, bevendo acqua minerale.

«Pensi che dovremmo mangiare?» chiedo.

«No. Dovremmo bere, invece» risponde Kate.

«Com'è che hai tutta questa voglia di bere?»

«Perché non ti vedo più. Non sapevo che avresti sposato il primo uomo che ti avrebbe fatto girare la testa.» Si immusonisce. «A dirla tutta, ti sei sposata così in fretta che credevo fossi incinta.»

Faccio una risatina. «Lo pensavano tutti. Non tirar fuori di nuovo questa faccenda, per favore! E devo andare in bagno.»

Prescott mi scorta, senza dire una parola. Non è obbligata a parlare. Irradia disapprovazione come un isotopo letale.

«Non esco da sola da quando mi sono sposata» borbotto rivolta alla porta chiusa. Faccio una smorfia, sapendo che lei mi aspetta dall'altra parte, mentre faccio la pipì. E comunque, che cosa verrebbe a farci Hyde in un bar? Christian sta solo reagendo in modo eccessivo, come al solito.

«Kate, è tardi. Dovremmo andare.»

Sono le dieci e un quarto di sera, e io ho finito il quarto mojito alla fragola. Adesso sento gli effetti dell'alcol, ho caldo e mi gira la testa. Christian sarà contento. Prima o poi.

«Certo, Ana. È stato bellissimo vederti. Sembri molto più, non so... sicura di te. Chiaramente il matrimonio ti fa bene.»

Sento il viso in fiamme. Detto da Katherine Kavanagh, è un vero complimento.

«È così» sussurro e, probabilmente perché ho bevuto troppo, mi viene da piangere. Potrei essere più felice? Nonostante il suo passato, la sua natura, le sue cinquanta sfumature,

ho incontrato e sposato l'uomo dei miei sogni. Cambio in
fretta argomento per allontanare quei pensieri, altrimenti
so che mi metterei a piangere.

«Mi sono proprio goduta la serata.» Prendo la mano di
Kate. «Grazie per avermi trascinata fuori!» Ci abbracciamo.
Quando ci stacchiamo, faccio un cenno a Sawyer e lui dà le
chiavi della macchina a Prescott.

«Sono sicura che Miss Virtuosa Prescott ha detto a Christian che non sono a casa. Sarà furibondo» mormoro a
Kate. E forse sta pensando a qualche deliziosa punizione
per me... magari!

«Perché stai sorridendo come una cretina, Ana? Ti piace
far incavolare Christian?»

«Non sul serio. Ma basta un niente. Talvolta è eccessivamente maniaco del controllo.» "La maggior parte delle volte."

«L'ho notato» dice Kate asciutta.

Accostiamo davanti all'appartamento di Kate. Lei mi abbraccia forte.

«Non sparire» sussurra, e mi bacia su una guancia. Poi
scende dall'auto. La saluto con la mano, sentendo una strana nostalgia. Mi sono mancate le chiacchiere tra ragazze.
Sono divertenti, rilassanti, e mi ricordano che sono ancora
giovane. Dovrei sforzarmi di più di vedere Kate, ma la verità è che adoro stare nella mia bolla con Christian. Ieri sera
abbiamo partecipato a una cena di beneficenza. C'erano così
tanti uomini eleganti e donne ben curate che parlavano dei
prezzi delle case, della recessione economica e del crollo delle Borse. È stato noioso, di una noia mortale. Quindi è una
boccata d'ossigeno confidarmi con qualcuno della mia età.

Mi brontola lo stomaco. Non ho ancora mangiato. "Christian!" Rovisto nella borsa e ripesco il BlackBerry. Oh, no...
cinque chiamate perse! E un SMS...

Dove accidenti sei?

E una mail.

Da: Christian Grey
A: Anastasia Grey
Data: 26 agosto 2011 00.42 ORA LEGALE DEGLI STATI UNITI ORIENTALI
Oggetto: Arrabbiato. Non mi hai ancora visto arrabbiato

Anastasia,
Sawyer mi dice che stai bevendo cocktail in un bar
quando hai detto che non l'avresti fatto.
Hai la minima idea di quanto sia furibondo in questo momento?
Ci vediamo domani.

Christian Grey
Amministratore delegato, Grey Enterprises Holdings Inc.

Sento un tuffo al cuore. Sono davvero nei guai. La mia vocina interiore è prima indispettita, poi sconsolata: "Hai voluto la bicicletta? Ora pedala". Che cosa mi aspettavo? Prendo in considerazione l'idea di chiamarlo, ma è tardi e probabilmente dorme... o cammina avanti e indietro. Un SMS può bastare.

> Sono tutta intera. Mi sono divertita.
> Mi manchi. Per favore, non essere arrabbiato.

Fisso il BlackBerry, desiderando che lui mi risponda, ma il telefono rimane minacciosamente silenzioso.

Prescott accosta davanti all'Escala e Sawyer scende per aprirmi la portiera. Mentre aspettiamo l'ascensore, colgo l'occasione per fargli qualche domanda.

«A che ora ti ha chiamato Christian?»

Sawyer arrossisce. «Intorno alle nove e mezzo, signora.»

«Perché non hai interrotto la mia conversazione con Kate in modo che potessi parlargli?»

«Mr Grey mi ha detto di non farlo.»

Stringo le labbra. Arriva l'ascensore e noi entriamo in silenzio. All'improvviso sono grata che Christian abbia tutta la notte per riprendersi dal suo attacco di rabbia, e che sia al capo opposto del Paese. Così ho un po' di tempo anch'io. Però... lui mi manca.

Le porte dell'ascensore si aprono e per una frazione di secondo fisso il tavolo dell'atrio.

"Che cosa c'è che non va?"

Il vaso di fiori giace in pezzi sul pavimento, acqua, fiori e frammenti di porcellana sono sparsi dappertutto, e il tavolo è capovolto. Mi viene la pelle d'oca e Sawyer mi afferra per un braccio, trascinandomi nell'ascensore.

«Rimanga qui» sibila, tirando fuori una pistola. Entra nell'atrio e scompare dal mio campo visivo.

Mi rannicchio in fondo all'ascensore.

«Luke!» sento urlare Ryan dal salone. «Codice blu!»

"Codice blu?"

«Hai il delinquente?» gli urla di rimando Sawyer. «Gesù santo!»

Mi appiattisco contro la parete dell'ascensore. "Che diavolo sta succedendo?" L'adrenalina mi scorre nelle vene, e ho il cuore in gola. Sento delle voci basse e un attimo dopo Sawyer ricompare nell'atrio, in piedi in mezzo alla pozza d'acqua. Rimette la pistola nella fondina.

«Può entrare, Mrs Grey» dice gentilmente.

«Che cos'è successo, Luke?» sussurro con voce a malapena udibile.

«Abbiamo avuto un visitatore.» Mi prende per il gomito e io sono grata del sostegno... Mi sento le gambe di gelatina. Entriamo in casa.

Ryan è in piedi sulla soglia del salone. Ha un taglio sanguinante sopra un occhio e un altro sulla bocca. Sembra che l'abbiano picchiato e ha gli abiti in disordine. Ma la visione più scioccante è Jack Hyde disteso ai suoi piedi.

10

Mi batte forte il cuore e mi ronzano le orecchie; l'alcol che ho in corpo amplifica il rumore.

«È...?» Ansimo, incapace di terminare la frase e fissando Ryan con gli occhi spalancati. Sono terrorizzata.

«No, signora. È solo svenuto.»

Sento un'ondata di sollievo. "Oh, grazie a Dio."

«E tu?» chiedo, guardando Ryan. Mi rendo conto che non so il suo nome di battesimo. Ansima come se avesse corso la maratona. Si pulisce l'angolo della bocca, togliendo le tracce di sangue; sulla guancia gli si sta formando un livido.

«È stata dura, ma sto bene, Mrs Grey.» Mi sorride, rassicurante. Se lo conoscessi meglio, direi che è un tantino compiaciuto.

«E Gail? Mrs Jones?» "Oh, no... È rimasta ferita?"

«Sono qui, Ana.» Mi giro e la vedo in camicia da notte e vestaglia, i capelli sciolti, il colorito terreo e gli occhi sbarrati... come i miei, immagino.

«Ryan mi ha svegliata. Ha insistito che venissi qui» dice indicando l'ufficio di Taylor. «Io sto bene. E lei?»

Annuisco e mi rendo conto che probabilmente è appena uscita dalla stanza blindata adiacente all'ufficio di Taylor. Chi avrebbe detto che ne avremmo avuto bisogno così presto? Christian ha insistito per installarla subito dopo il fidanzamento... e io avevo alzato gli occhi al cielo. Adesso, guardando Gail sulla soglia, sono grata della sua lungimiranza. Uno scricchiolio proveniente dalla porta dell'atrio mi distrae. Penzola dai cardini. Che accidenti è successo?

«Era solo?» chiedo a Ryan.

«Sì, signora. Altrimenti lei non sarebbe qui, glielo posso assicurare.» Ryan suona vagamente offeso.

«Come ha fatto a entrare?» chiedo, ignorando il suo tono.

«Attraverso l'ascensore di servizio. Si è dimostrato piuttosto audace, signora.»

Guardo la figura di Jack accasciata a terra. Indossa una specie di uniforme... una tuta da lavoro, se non sbaglio.

«Quando?»

«Circa dieci minuti fa. L'ho individuato sulla telecamera di sorveglianza. Indossava dei guanti... un po' strano, in agosto. L'ho riconosciuto e ho deciso di farlo entrare. In quel modo sapevo che l'avremmo preso. Lei non c'era e Gail era al sicuro, così mi sono detto ora o mai più.» Ryan ha un'aria molto soddisfatta di sé e Sawyer gli lancia un'occhiataccia di disapprovazione.

"Guanti?" Il pensiero mi distrae, e guardo di nuovo Jack. È vero, indossa un paio di guanti di pelle marrone. Raccapricciante.

«E adesso?» chiedo, cercando di scacciare dalla mente il pensiero delle possibili conseguenze.

«Dobbiamo metterlo in condizioni di non nuocere» risponde Ryan.

«In condizioni di non nuocere?»

«Quando si sveglierà.» Ryan lancia un'occhiata a Sawyer.

«Che cosa vi serve?» chiede Mrs Jones, facendo un passo avanti. Ha recuperato la sua compostezza.

«Qualcosa per legarlo... corda o fune» risponde Ryan.

"Le fascette stringicavo." Avvampo mentre mi viene in mente la notte prima. Di riflesso, mi massaggio i polsi e do una rapida occhiata. No, niente lividi. Bene.

«Io ho qualcosa. Fascette stringicavo. Possono andare bene?»

Tutti gli occhi si girano verso di me.

«Sì, signora. Perfetto» dice Sawyer serio e impassibile. Vorrei sprofondare, ma mi volto e mi dirigo verso la camera da letto. Talvolta bisogna limitarsi a fare come se niente fosse. Forse a rendermi audace è la miscela di alcol e paura.

Quando torno, Mrs Jones sta ispezionando il caos nell'atrio e Miss Prescott si è unita agli uomini della sicurezza. Porgo le fascette a Sawyer, il quale lega le mani di Jack dietro la schiena, lentamente e con inutile cautela. Mrs Jones scompare in cucina e torna con la cassetta del pronto soccorso. Prende Ryan per un braccio, lo porta oltre la soglia del salone e inizia a medicargli il taglio sopra l'occhio. Lui si agita mentre lei lo disinfetta. Poi noto la Glock con il silenziatore sul pavimento. "Oddio! Jack era armato?" Un fiotto di bile mi invade la gola, ma lo ricaccio indietro.

«Non la tocchi, Mrs Grey» dice Prescott quando mi chino per raccoglierla. Sawyer emerge dall'ufficio di Taylor con indosso dei guanti in lattice.

«Mi occupo io di questa, Mrs Grey» dice.

«È sua?» chiedo.

«Sì, signora» risponde Ryan, sussultando mentre Mrs Jones lo medica. Accidenti. Ryan ha lottato contro un uomo armato in casa mia. Rabbrividisco al pensiero. Sawyer si china e raccoglie con cautela la Glock.

«Devi farlo tu?» chiedo.

«Mr Grey se lo aspetterebbe, signora.» Sawyer infila la pistola in un sacchetto di plastica con la zip, poi si accovaccia per perquisire Jack. Si ferma e da una delle tasche dell'uomo tira fuori per metà un rotolo di nastro adesivo da imballaggio. Impallidisce e rimette il rotolo nella tasca di Jack.

"Nastro adesivo?" Il mio cervello registra pigramente le informazioni mentre osservo affascinata le mosse di Sawyer, con uno strano distacco. Poi ho un attacco di nausea quando mi rendo conto delle implicazioni. Mi affretto a cacciarle dalla mente. "Non pensarci, Ana!"

«Dovremmo chiamare la polizia?» bofonchio, cercando di mascherare la paura. Voglio che Hyde esca da casa mia, il prima possibile.

Ryan e Sawyer si scambiano un'occhiata.

«Credo che dovremmo chiamare la polizia» dico, con una certa decisione, chiedendomi che cosa stia succedendo tra i due uomini.

«Ho appena provato a chiamare Taylor, ma non risponde al cellulare. Forse dorme.» Sawyer controlla l'orologio. «Sulla costa orientale sono le due meno un quarto del mattino.»

«Avete chiamato Christian?» sussurro.

«No, signora.»

«Cercavate Taylor perché vi desse istruzioni?»

Sawyer sembra imbarazzato. «Sì, signora.»

Una parte di me si irrigidisce. Quest'uomo – lancio un'altra occhiata a Hyde – si è introdotto furtivamente in casa mia e dev'essere portato via dalla polizia. Ma guardando loro quattro, la loro espressione ansiosa, capisco che mi manca un pezzo, così decido di chiamare Christian. Ho la pelle d'oca. So che è arrabbiato con me – arrabbiatissimo, in realtà – ed esito davanti alla prospettiva di quello che dirà. E di come si agiterà per non essere qui e non poter arrivare prima di domani sera. So di averlo fatto preoccupare abbastanza, per oggi. Forse non dovrei chiamarlo. E poi mi viene in mente. "E se fossi stata qui?" Impallidisco al pensiero. Grazie al cielo ero fuori. Forse non sono così nei guai, dopotutto.

«Sta bene?» chiedo, indicando Jack.

«Al risveglio avrà un gran mal di testa» dice Ryan, guardandolo con disprezzo. «Ma dobbiamo chiamare i paramedici per esserne sicuri.»

Frugo nella borsa tirando fuori il BlackBerry e, prima di rimuginare troppo sul grado di arrabbiatura di Christian, digito il numero. Risponde immediatamente la segreteria telefonica. Deve averlo spento perché è furioso. Non riesco a farmi venire in mente che cosa dire. Mi giro e cammino lungo il corridoio, allontanandomi dagli altri.

«Ciao, sono io. Ti prego, non essere arrabbiato. C'è stato un incidente nell'appartamento. Ma la situazione è sotto controllo, perciò non preoccuparti. Nessuno si è fatto male. Chiamami.» Chiudo la telefonata.

«Chiama la polizia» dico a Sawyer. Lui annuisce, tira fuori il cellulare e fa la telefonata.

L'agente Skinner parla fitto fitto con Ryan al tavolo da pranzo. L'agente Walker è con Sawyer nell'ufficio di Taylor. Non so dove sia Prescott, forse anche lei nell'ufficio di Taylor. Il detective Clark mi sta abbaiando alcune domande mentre siamo seduti sul divano nel salone. È alto, scuro e sarebbe un bell'uomo se non fosse per l'espressione perennemente accigliata. Sospetto che sia stato buttato giù dal letto perché c'è stata un'intrusione nella casa di uno degli uomini d'affari più ricchi e influenti di Seattle.

«Era il suo capo?» chiede concisamente.

«Sì.»

Sono stanca – più che stanca – e voglio andare a letto. Non ho ancora sentito Christian. Il lato positivo è che i paramedici hanno portato via Hyde. Mrs Jones porge a me e al detective Clark una tazza di tè.

«Grazie.» Clark si gira verso di me: «E dov'è Mr Grey?».

«A New York, per lavoro. Tornerà domani sera… cioè, questa sera.» È mezzanotte passata.

«Hyde è noto alla polizia» mormora il detective Clark. «Avrò bisogno che lei venga alla centrale a fare una deposizione. Ma si può rimandare. È tardi e ci sono un paio di giornalisti appostati sul marciapiede. Le dispiace se do un'occhiata in giro?»

«Naturalmente no» rispondo, sollevata che l'interroga-

227

torio sia finito. Rabbrividisco al pensiero dei reporter fuori. Be', non saranno un problema fino a domattina. Ricordo a me stessa di chiamare mia madre e Ray, nel caso in cui sentano la notizia e si preoccupino.

«Mrs Grey, posso suggerirle di andare a letto?» dice Mrs Jones, la voce calda e preoccupata.

Vedendo la sua espressione affettuosa e gentile all'improvviso mi viene da piangere. Lei allunga una mano verso di me e mi accarezza una spalla.

«Adesso siamo al sicuro» aggiunge a bassa voce. «Le cose appariranno in una luce diversa fra qualche ora, dopo una buona dormita. E Mr Grey sarà di ritorno stasera.»

La guardo nervosamente, ricacciando indietro le lacrime. Christian sarà infuriato.

«Posso portarle qualcosa prima che vada a letto?» mi chiede.

Sono proprio affamata. «Vorrei mangiare qualcosa.»

Fa un sorriso: «Un panino e un bicchiere di latte?».

Annuisco con gratitudine e lei si dirige in cucina. Ryan è ancora con l'agente Skinner. Nell'atrio il detective Clark sta esaminando il caos davanti all'ascensore. Ha l'aria pensierosa, nonostante il cipiglio. E di colpo provo nostalgia... nostalgia di Christian. Mi prendo la testa tra le mani. Vorrei che lui fosse qui. Saprebbe cosa fare. "Che serata!" Vorrei sedermi sulle sue gambe, farmi abbracciare e sentirmi dire che mi ama, anche se non ho fatto quello che mi ha detto... ma sarà impossibile fino a questa sera. "Perché non mi ha detto del rafforzamento delle misure di sicurezza per tutti? Che cosa c'è esattamente nel computer di Jack?" Lui è così esasperante, ma in questo momento non m'importa. Voglio mio marito. Mi manca.

«Ecco, Ana, cara.» Mrs Jones interrompe il mio rimuginare. La guardo e lei mi porge un panino al burro di arachidi e gelatina, con gli occhi scintillanti. Non mangio una cosa del genere da anni. Le sorrido timidamente e lo addento.

Quando finalmente vado a letto, mi rannicchio dalla parte di Christian, con addosso la sua T-shirt. Il cuscino e la maglietta hanno il suo odore, e mentre scivolo nel sonno formulo il desiderio che torni sano e salvo... e di buonumore.

Mi sveglio di soprassalto. C'è luce e mi fa male la testa. Le tempie mi pulsano. Spero che non si tratti dei postumi della sbronza. Apro con cautela gli occhi e noto che la sedia della camera da letto è stata spostata, e ci sta seduto Christian. Indossa lo smoking e dal taschino della giacca spunta il papillon. Mi chiedo se sto sognando. Ha il braccio sinistro appoggiato allo schienale e tiene in mano un bicchiere contenente un liquido ambrato. Brandy? Whisky? Ha una gamba piegata sull'altra, la caviglia posata sopra il ginocchio. Porta calzini neri e scarpe eleganti. Il gomito destro è appoggiato al bracciolo della sedia, la mano a sostenere il mento, e si sta passando ritmicamente l'indice sul labbro inferiore. Nella luce dell'alba i suoi occhi bruciano di un'intensità grave, ma l'espressione è indecifrabile.

Per poco non mi si ferma il cuore. È qui. Dev'essere partito da New York stanotte. Da quanto tempo è qui a guardarmi?

«Ciao» sussurro.

Mi guarda freddamente e il mio cuore perde un battito. "Oh, no." Allontana il dito dalle labbra, ingolla quel che resta del liquore e appoggia il bicchiere sul comodino. Mi aspetto quasi che mi baci, ma non lo fa. Si appoggia allo schienale, continuando a guardarmi, il viso impassibile.

«Ciao» dice alla fine, la voce sommessa. E io so che è ancora arrabbiato. Molto arrabbiato.

«Sei tornato.»

«A quanto pare.»

Lentamente mi tiro su a sedere sul letto, senza togliergli gli occhi di dosso. «Da quanto sei seduto lì a guardarmi dormire?»

«Un bel po'.»

«Sei ancora arrabbiato.» Riesco a malapena ad articolare le parole.

Lui mi guarda, come se stesse soppesando la risposta. «Arrabbiato» dice, come per mettere alla prova la parola, valutarne le sfumature, il significato. «No, Ana. Io sono molto, molto più che arrabbiato.»

Cerco di deglutire, ma ho la bocca troppo secca.

«Molto più che arrabbiato... non suona bene.»

Lui continua a fissarmi, impassibile, e non replica. Tra noi scende un silenzio di tomba. Allungo la mano verso il bicchiere d'acqua che tengo sul comodino e bevo avidamente un sorso, cercando di controllare il battito impazzito del cuore.

«Ryan ha preso Jack.» Tento un approccio diverso.

«Lo so» dice gelido.

Certo che lo sa. «Hai intenzione di rispondere a monosillabi ancora per molto?»

Inarca impercettibilmente le sopracciglia, stupito, come se non si aspettasse quella domanda. «Sì» dice alla fine.

Ah... okay. Che faccio? La miglior difesa è... l'attacco. «Mi dispiace di essere stata fuori.»

«Davvero?»

«No» mormoro dopo un attimo, perché è la verità.

«Allora perché lo dici?»

«Perché non voglio che tu sia arrabbiato con me.»

Lui sospira pesantemente, come se stesse reggendo la tensione da migliaia di ore, e si passa una mano tra i capelli. È bellissimo. Arrabbiato, ma bellissimo. Me lo mangio con gli occhi... Christian è tornato... furioso, ma tutto intero.

«Credo che il detective Clark voglia parlare con te.»

«Ne sono certo.»

«Christian, per favore...»

«Per favore cosa?»

«Non essere così freddo.»

Inarca di nuovo le sopracciglia per la sorpresa. «Anastasia, freddo non è la parola giusta. Io sto bruciando. Di rabbia. Non so come comportarmi con questi...» agita una mano, cercando le parole «sentimenti.» Ha un tono amaro.

La sua onestà è disarmante. Voglio solo sedermi sulle sue ginocchia. È l'unica cosa che desidero da quando sono tornata a casa ieri sera. Mi muovo, cogliendolo di sorpresa, e mi arrampico goffamente sulle sue ginocchia. Lui non mi respinge, e dopo un attimo mi circonda con le braccia e affonda il naso nei miei capelli. Sa di whisky. Sa anche di bagnoschiuma... e di Christian. Gli metto le braccia al collo e gli strofino il naso contro la gola, e lui sospira, profondamente.

«Oh, Mrs Grey. Che cosa devo fare con te?» Mi bacia la testa. Chiudo gli occhi, godendomi il contatto con lui.

«Quanto hai bevuto?»

Lui si irrigidisce. «Perché?»

«In genere non bevi superalcolici.»

«Questo è il secondo bicchiere. Ho avuto una notte faticosa, Anastasia. Dammi respiro.»

Sorrido. «Se insisti, Mr Grey» mormoro contro il suo collo. «Hai un odore meraviglioso. Ho dormito dalla tua parte del letto perché il cuscino ha il tuo odore.»

Lui strofina il naso nei miei capelli. «Davvero? Mi chiedevo perché fossi da questa parte. Sono ancora arrabbiato con te.»

«Lo so.»

La sua mano mi accarezza ritmicamente la schiena.

«E io sono arrabbiata con te» sussurro.

Si ferma. «Dimmi, che cosa ho fatto per meritare la tua ira?»

«Te lo dirò più tardi, quando non starai più bruciando di rabbia.» Gli bacio la gola. Lui chiude gli occhi e asseconda il mio bacio. Le sue braccia mi stringono più forte.

«Quando penso a quello che sarebbe potuto succedere...» La sua voce è un sussurro.

«Sto bene.»

«Oh, Ana.» È quasi un singhiozzo.

«Io sto bene. Stiamo tutti bene. Un po' scossi. Ma Gail sta bene. Ryan anche. E Jack è fuori combattimento.»

Lui scuote la testa. «Non grazie a te» borbotta.

"Cosa?" Mi scosto e lo guardo male. «Cosa vuoi dire?»

«Non voglio discuterne adesso, Ana.»

Be', forse io sì, ma decido di lasciar perdere. Perlomeno mi sta parlando. Mi rannicchio di nuovo contro di lui. Mi mette le dita nei capelli e giocherella con le ciocche.

«Vorrei punirti» sussurra. «Picchiarti selvaggiamente.»

Mi balza il cuore in gola. «Lo so» sussurro.

«Forse lo farò.»

«Spero di no.»

Mi abbraccia più stretta. «Ana, Ana, Ana. Faresti perdere la pazienza a un santo.»

«Potrei accusarti di molte cose, Mr Grey, ma non di essere un santo.»

Finalmente sono ripagata dalla sua riluttante risatina. «Un punto per te, Mrs Grey.» Mi bacia la fronte e si sposta.

«Torna a dormire. Anche tu hai riposato poco.» Si muove rapidamente, mi solleva e mi deposita sul letto.

«Vieni anche tu?»

«No, ho alcune cose da fare.» Allunga la mano e prende il bicchiere. «Torna a dormire. Ti sveglio tra un paio d'ore.»

«Sei ancora arrabbiato con me?»

«Sì.»

«Allora mi rimetto a dormire.»

«Bene.» Mi copre con le lenzuola. «Dormi.»

E visto che sono intontita dalla notte prima, sollevata perché lui è tornato ed emotivamente esausta per il nostro scontro di prima mattina, faccio esattamente come mi ha detto. Mentre scivolo nel sonno, sono curiosa di scoprire perché non ha messo in atto il suo solito sistema, saltandomi addosso per risolvere le cose a letto.

«Ti ho portato una spremuta d'arancia» dice Christian e io apro gli occhi. Sono state le due ore di sonno più riposanti che ricordi di aver mai dormito e mi sveglio ristorata, senza mal di testa. La spremuta è una visione gradita... come pure mio marito. Indossa la tuta. E la mia mente torna brevemente all'Heathman Hotel e alla primissima volta che mi sono svegliata insieme a lui. La canottiera grigia è fradicia di sudore. O si è allenato nella palestra del seminterrato oppure è andato a correre, ma non dovrebbe avere quell'aspetto meraviglioso dopo uno sforzo fisico.

«Vado a farmi una doccia» mormora e scompare nel bagno. È ancora distante. È distratto a causa di tutto quello che è successo oppure infuriato o... cosa? Mi tiro su a sedere sul letto e prendo la spremuta, bevendola troppo in fretta. È deliziosa, gelata e lava via il saporaccio che ho in bocca. Scendo dal letto, ansiosa di accorciare la distanza – reale e psicologica – tra me e mio marito. Lancio una rapida occhiata alla sveglia. Sono le otto. Mi tolgo la T-shirt di Christian e lo seguo in bagno. Lui è nella doccia, si sta lavando i capelli. Sguscio dietro di lui e lo abbraccio, la fronte sulla sua schiena bagnata. Lui si irrigidisce. Ignoro la sua reazione e gli appoggio una guancia sulla schiena. Dopo un attimo si sposta, così adesso siamo tutti e due sotto la cascata di acqua calda, e continua a lavarsi i capelli. Mi lascio scorrere addosso il getto, mentre cullo l'uomo che amo. Penso a tutte le volte che mi ha scopata e a tutte le volte che abbiamo fatto l'amore qui. Non è mai stato così silenzioso. Giro la testa e inizio a baciargli la schiena. Lui si irrigidisce di nuovo.

«Ana» dice in tono di avvertimento.

Passo le mani sul suo addome, scendendo verso il basso. Lui mette le mani sulle mie e mi ferma con un gesto brusco.

«No» mi intima.

Lo lascio andare immediatamente. "Sta dicendo di no?" La mia mente precipita in caduta libera... Era mai successo prima? Il mio subconscio è molto irritato, persino rassegnato, mi fa capire che me la sono cercata. "Questa volta hai combinato davvero un casino." Mi sento come se fossi stata schiaffeggiata con violenza. E la mia perenne insicurezza fa sorgere uno spaventoso pensiero: "Non mi vuole più". Sussulto mentre il dolore mi trafigge. Christian si gira e io mi accorgo con sollievo che non è completamente insensibile al mio fascino. Mi afferra il mento, mi fa alzare la testa e io mi ritrovo a fissare i suoi diffidenti occhi grigi.

«Sono ancora maledettamente arrabbiato con te» dice, la voce pacata. Si china e appoggia la fronte sulla mia. Sollevo le mani per accarezzargli la faccia.

«Ti prego, non essere arrabbiato con me. Penso che tu stia reagendo in modo eccessivo» sussurro.

Lui impallidisce. Lascio ricadere le mani lungo i fianchi.

«Reagendo in modo eccessivo?» dice in tono rabbioso. «Un fottuto psicopatico si introduce nel mio appartamento per rapire mia moglie e tu pensi che io stia reagendo in modo eccessivo?» La minaccia trattenuta nella sua voce è spaventosa, e i suoi occhi mandano lampi mentre mi fissa come se la fottuta psicopatica fossi io.

«No... ehm, non intendevo questo. Pensavo che tu ti riferissi al fatto che sono rimasta fuori.»

Lui chiude di nuovo gli occhi, come se provasse dolore, e scuote la testa.

«Christian, non ero qui.» Cerco di placarlo e rassicurarlo.

«Lo so» sussurra, aprendo gli occhi. «E tutto perché non riesci a seguire una semplice richiesta.» Ha un tono amaro e questa volta sono io a impallidire. «Non voglio discuterne adesso, sotto la doccia. Sono ancora arrabbiatissimo con te, Anastasia. Mi spingi a mettere in dubbio la mia capacità di giudizio.» Esce bruscamente dalla doccia. Afferra un asciugamano e scompare come una furia dal bagno, lasciandomi sola e raggelata sotto il getto di acqua bollente.

Poi mi rendo conto del significato di quello che ha appena detto. "Rapire? Quindi Jack voleva rapirmi?" Mi viene in mente il nastro adesivo e il fatto che non ho voluto soffermarmi sul motivo per cui Jack l'avesse con sé. Christian ha più informazioni? Mi lavo in fretta, poi mi faccio lo shampoo e mi risciacquo. Voglio saperlo. Non gli permetterò di tenermi all'oscuro su questa faccenda.

Quando esco dal bagno, lui non è in camera. Accidenti, si è vestito in fretta. Lo imito, infilandomi il mio abito preferito, quello color prugna, e un paio di sandali neri. Sono consapevole di aver scelto questo abito perché piace a Christian. Mi strofino vigorosamente i capelli con l'asciugamano, poi li intreccio e li arrotolo in uno chignon. Mi metto gli orecchini con i piccoli diamanti, e poi corro in bagno per darmi un po' di mascara e guardarmi nello specchio. "Sono pallida. Sono sempre pallida." Faccio un respiro profondo per calmarmi. Devo affrontare le conseguenze della mia decisione impulsiva di divertirmi con un'amica. Sospiro, sapendo che Christian non la vedrà in questo modo.

Nel salone Christian non c'è. Mrs Jones è occupata in cucina.

«Buongiorno, Ana» dice dolcemente.

«'Giorno.» Le rivolgo un sorriso radioso. Sono di nuovo Ana!

«Tè?»

«Sì, grazie.»

«Qualcosa da mangiare?»

«Sì, grazie. Questa mattina vorrei un'omelette.»

«Con funghi e spinaci?»

«E formaggio.»

«La preparo subito.»

«Dov'è Christian?»

«Mr Grey è nel suo studio.»

«Ha fatto colazione?» Lancio un'occhiata ai due posti apparecchiati sul bancone.

«No, signora.»

«Grazie.»

Christian è al telefono, con indosso una camicia bianca senza cravatta e l'aria da amministratore delegato rilassato. Come possono essere ingannevoli le apparenze. Forse non andrà in ufficio. Quando compaio sulla porta, lui alza lo sguardo ma scuote la testa, facendomi capire che non sono la benvenuta. Mi volto e torno abbattuta al bancone della cucina. Appare Taylor, vestito elegantemente con un completo scuro; ha l'aspetto di uno che si è fatto otto ore filate di sonno.

«Buongiorno, Taylor» mormoro, cercando di indovinare di che umore è, e sperando che il suo atteggiamento mi riveli qualcosa di quello che sta succedendo.

«Buongiorno, Mrs Grey» risponde, e in quelle tre parole percepisco la solidarietà. Gli rivolgo un sorriso compassionevole, sapendo che è stato costretto a sopportare Christian per tutto l'imprevisto viaggio di ritorno a Seattle.

«Com'è stato il volo?» mi arrischio a chiedergli.

«Lungo, Mrs Grey.» Quella risposta laconica vale più di mille parole. «Posso chiederle come sta?» aggiunge, in tono più disponibile.

«Sto bene.»

Annuisce. «Se vuole scusarmi.» Si dirige verso lo studio di Christian. "Mmh. Taylor è ammesso, io no."

«Ecco.» Mrs Jones mi mette davanti il piatto della colazione. Mi è passata la fame, ma mangio lo stesso perché non voglio offenderla.

Christian non è ancora emerso dallo studio.

«Grazie, Mrs Jones» mormoro, scivolando giù dallo sgabello e dirigendomi in bagno. Mentre mi lavo i denti, mi viene in mente l'attacco di malumore di Christian sulla faccenda della promessa di matrimonio. Anche quella volta si era rintanato nello studio. È di questo che si tratta? Di un attacco di malumore? Rabbrividisco pensando all'incubo che ha fatto in seguito. Succederà di nuovo? Dobbiamo parlare, sul serio. Devo sapere di Jack e del rafforzamento delle misure di sicurezza per i Grey... tutti dettagli che mi sono stati tenuti nascosti, e di cui invece Kate è a conoscenza. È ovvio che Elliot parla con lei.

Lancio un'occhiata all'orologio. Sono le nove meno dieci... Farò tardi al lavoro. Finisco di lavarmi i denti, metto un filo di rossetto, prendo la giacca nera leggera e torno nel salone. Sono sollevata nel vedere che Christian è seduto a far colazione.

«Stai andando?» mi chiede quando mi vede.

«Al lavoro? Sì, certo.» Mi avvicino coraggiosamente a lui e appoggio le mani sul bordo del bancone. Lui mi guarda senza espressione.

«Christian, siamo tornati da nemmeno una settimana. Devo andare a lavorare.»

«Ma...» Si interrompe e si passa una mano tra i capelli. Mrs Jones esce silenziosamente dalla stanza. "Sempre discreta, Gail."

«So che dobbiamo parlare di un sacco di cose. Forse, se ti sei calmato, possiamo parlarne stasera.»

Apre la bocca sbigottito. «Calmato?» dice in tono minacciosamente sommesso.

Avvampo. «Sai che cosa intendo.»

«No, Anastasia, non so che cosa intendi.»

«Non voglio litigare. Ero venuta a chiederti se posso prendere la mia macchina.»

«No, non puoi» scatta.

«Okay» mi arrendo subito.

Ovviamente si aspettava uno scontro. «Ti accompagnerà Prescott.» Il tono è un po' meno aggressivo.

"Dannazione, Prescott no." Vorrei protestare, ma decido di lasciar perdere. Sicuramente, adesso che hanno arrestato Jack, possiamo ridurre gli uomini della sicurezza.

Ricordo le "perle di saggezza" che mia madre mi ha elargito il giorno prima del matrimonio. "Ana, tesoro, devi scegliere le tue battaglie. Sarà lo stesso quando avrai dei bambini." Be', se non altro lui mi sta consentendo di andare al lavoro.

«Okay» borbotto. E siccome non voglio lasciarlo con tutte quelle cose in sospeso e la tensione tra noi, faccio un passo verso di lui. Si irrigidisce, sgranando gli occhi, e per un momento sembra così vulnerabile da toccare una corda profonda dentro di me. "Oh, Christian, mi dispiace così tanto." Gli bacio castamente l'angolo della bocca. Lui chiude gli occhi come se si godesse il mio tocco.

«Non odiarmi» sussurro.

Mi afferra una mano. «Non ti odio.»

«Non mi hai baciata» dico piano.

Mi guarda con sospetto. «Lo so» borbotta.

Vorrei disperatamente chiedergli perché, ma non sono sicura di voler conoscere la risposta. Di colpo si alza in piedi e mi prende la faccia tra le mani, premendo la sua bocca sulla mia con violenza. Sussulto per la sorpresa, arrendendomi alla sua lingua senza volerlo. Lui me la infila in bocca, reclamandomi, e proprio quando sto iniziando a rispondere al bacio mi lascia andare, ansimando.

«Taylor porterà te e Prescott alla SIP» dice, e negli occhi gli si legge il bisogno. «Taylor!» chiama. Io arrossisco, cercando di ricompormi.

«Signore.» Taylor è sulla porta.

«Di' a Prescott che Mrs Grey sta andando in ufficio. Puoi accompagnarle tu, per favore?»

«Certo.» Taylor gira sui tacchi e scompare.

«Se oggi riuscissi a stare lontana dai guai, te ne sarei grato.»

«Vedrò quello che posso fare.» Gli sorrido con tenerezza. Sulle labbra gli aleggia un sorriso, ma lui lo reprime.

«A dopo, allora» dice freddamente.

«A più tardi» sussurro.

Prescott e io prendiamo l'ascensore di servizio fino al garage sotterraneo per evitare i giornalisti appostati fuori dall'Escala. L'arresto di Jack e il fatto che sia stato sorpreso nel nostro appartamento sono ormai di dominio pubblico. Mentre entro nell'Audi, mi chiedo se ci saranno paparazzi appostati fuori dalla SIP come il giorno in cui è stato annunciato il nostro fidanzamento.

Viaggiamo in silenzio per un po', finché mi ricordo di chiamare prima Ray e poi mia madre per rassicurarli sul fatto che Christian e io stiamo bene. Per fortuna entrambe le telefonate sono brevi, e io chiudo il cellulare proprio quando arriviamo davanti alla SIP. Come temevo, c'è una piccola folla di giornalisti e fotografi in attesa. Si girano tutti insieme, guardando speranzosi l'Audi.

«È sicura di volerlo fare, Mrs Grey?» mi chiede Taylor. Una parte di me vorrebbe tornarsene a casa, ma ciò significherebbe passare tutto il giorno con Mr Rabbia Furiosa. Spero che, avendo un po' di tempo a disposizione, lui riesca a vedere le cose in prospettiva. Jack è nelle mani della polizia, perciò Christian dovrebbe essere contento, ma non lo è. Una parte di me sa perché; troppe cose sono fuori dal suo controllo, me compresa, ma adesso non ho tempo di pensarci.

«Taylor, per favore, portami all'ingresso di servizio.»

«Sì, signora.»

È l'una e sono riuscita a immergermi nel lavoro tutta la mattina. Bussano alla porta. Elizabeth mette dentro la testa.

«Posso entrare un attimo?» chiede vivacemente.

«Certo» borbotto, sorpresa dalla sua visita inaspettata.

Entra e si siede, gettando indietro i lunghi capelli neri.

«Volevo solo sapere se stai bene. Roach mi ha chiesto di venire a trovarti» aggiunge in fretta e arrossisce. «Voglio dire, con tutto quello che è successo questa notte.»

L'arresto di Jack Hyde è su tutti i giornali, ma nessuno sembra aver ancora fatto il collegamento con l'incendio alla GEH.

«Sto bene» rispondo, cercando di non soffermarmi troppo su come mi sento. Jack voleva farmi del male. Be', non è una novità. Ci aveva già provato. La cosa che più mi preoccupa è Christian.

Lancio una rapida occhiata alle mail. Ancora niente da

lui. Non so se mandargli io una mail, rischiando di provocare ulteriormente Mr Rabbia Furiosa.

«Bene» dice Elizabeth, con un sorriso che, una volta tanto, coinvolge anche gli occhi. «Se c'è qualcosa che posso fare... qualunque cosa di cui tu abbia bisogno... fammelo sapere.»

«Lo farò.»

Elizabeth si alza. «So che sei molto occupata, Ana. Ti lascio al tuo lavoro.»

«Ehm... grazie.»

Dev'essere stato l'incontro più breve e inutile dell'intero emisfero occidentale oggi. Perché Roach l'ha mandata? Forse è preoccupato, visto che sono la moglie del capo. Scaccio dalla mente quei pensieri deprimenti e cerco il BlackBerry sperando che ci sia un messaggio di Christian. Proprio in quel momento arriva una mail sul computer.

Da: Christian Grey
A: Anastasia Grey
Data: 26 agosto 2011 13.04
Oggetto: Deposizione

Anastasia,
il detective Clark verrà nel tuo ufficio oggi pomeriggio
alle tre per raccogliere la tua deposizione.
Ho insistito che venisse lui da te, perché non
voglio che tu vada alla centrale.

Christian Grey
Amministratore delegato, Grey Enterprises Holdings Inc.

Fisso la mail per cinque minuti buoni, cercando di farmi venire in mente una risposta lieve e spiritosa per sollevargli l'umore. Ho la testa completamente vuota e opto per la brevità.

Da: Anastasia Grey
A: Christian Grey
Data: 26 agosto 2011 13.12
Oggetto: Deposizione

Okay.
A x

Anastasia Grey
Direttore editoriale, SIP

Fisso lo schermo per altri cinque minuti, ansiosa che mi risponda, ma non succede niente. Christian non è in vena di giocare, oggi.

Mi appoggio allo schienale della sedia. Posso dargli torto? Il mio povero Christian era probabilmente agitatissimo. Poi mi viene in mente una cosa. Questa mattina quando mi sono svegliata indossava lo smoking. A che ora ha deciso di partire da New York? In genere se ne va dai ricevimenti tra le dieci e le undici. Ieri sera a quell'ora io ero ancora con Kate.

Christian è tornato indietro perché ero fuori o a causa della faccenda di Jack? Se è partito perché io mi stavo divertendo, non avrebbe saputo niente di Jack né della polizia fino al suo arrivo a Seattle. All'improvviso per me è importantissimo saperlo. Se Christian è tornato soltanto perché ero uscita, allora stava reagendo in modo eccessivo. Il mio subconscio è perplesso, astioso anche. Okay, sono felice che lui sia tornato, perciò forse tutto ciò è irrilevante. Eppure... deve essersi preso un dannato spavento quando è atterrato. Non c'è da meravigliarsi che sia così confuso, oggi. Mi tornano in mente le parole che mi ha detto questa mattina: "Sono ancora arrabbiatissimo con te, Anastasia. Mi spingi a mettere in dubbio la mia capacità di giudizio".

Devo saperlo... è tornato indietro a causa della storia del drink con Kate o a causa del fottuto psicopatico?

Da: Anastasia Grey
A: Christian Grey
Data: 26 agosto 2011 13.24
Oggetto: Il tuo volo

A che ora hai deciso di tornare
a Seattle, ieri?

Anastasia Grey
Direttore editoriale, SIP

Da: Christian Grey
A: Anastasia Grey
Data: 26 agosto 2011 13.26
Oggetto: Il tuo volo

Perché?

Christian Grey
Amministratore delegato,
Grey Enterprises Holdings Inc.

Da: Anastasia Grey
A: Christian Grey
Data: 26 agosto 2011 13.29
Oggetto: Il tuo volo

Chiamala curiosità.

Anastasia Grey
Direttore editoriale, SIP

Da: Christian Grey
A: Anastasia Grey
Data: 26 agosto 2011 13.32
Oggetto: Il tuo volo

La curiosità uccise il gatto.

Christian Grey
Amministratore delegato, Grey Enterprises Holdings Inc.

Da: Anastasia Grey
A: Christian Grey
Data: 26 agosto 2011 13.35
Oggetto: Eh?

Che cos'è questa risposta indiretta? Un'altra minaccia?
Sai dove voglio andare a parare, vero?
Hai deciso di tornare perché sono uscita a bere un drink con
un'amica dopo che mi avevi chiesto di non farlo, oppure sei
tornato perché c'era un pazzo nel nostro appartamento?

Anastasia Grey
Direttore editoriale, SIP

Fisso lo schermo. Niente. Guardo l'orologio del computer. Due meno un quarto e ancora nessuna risposta.

Da: Anastasia Grey
A: Christian Grey
Data: 26 agosto 2011 13.56
Oggetto: Ecco cos'era…

Prenderò il tuo silenzio come un'ammissione che sei davvero tornato
da Seattle perché AVEVO CAMBIATO IDEA. Sono una donna adulta e sono
uscita per un drink con un'amica. Non avevo capito le conseguenze

per la sicurezza di AVER CAMBIATO IDEA perché TU NON MI DICI MAI NIENTE. Ho scoperto da Kate che le misure di sicurezza erano state rafforzate per tutti i Grey, non solo per noi. Credo che tu sia portato a reagire in modo eccessivo quando si tratta della mia sicurezza, e ne capisco la ragione, ma sei come il ragazzino che grida al lupo. Non ho mai avuto un solo indizio per distinguere un pericolo reale da ciò che tu ti limitavi a percepire come tale. C'erano due persone della sicurezza con me. Pensavo che Kate e io fossimo al sicuro. Tra l'altro, eravamo più al sicuro in quel bar che a casa. Se fossi stata PIENAMENTE MESSA AL CORRENTE della situazione, avrei agito in maniera diversa. So che le tue preoccupazioni hanno a che fare con il materiale trovato nel computer di Jack... o almeno così crede Kate. Hai idea di quanto sia seccante scoprire che la mia migliore amica ne sa più di me su quello che succede? E io sono tua MOGLIE. Quindi, hai intenzione di dirmelo? O mi tratterai come una bambina, assicurandoti che continui a comportarmi come tale? Non sei l'unico a essere maledettamente arrabbiato, okay?
Ana

Anastasia Grey
Direttore editoriale, SIP

Premo il tasto INVIA. "Prendi e porta a casa, Grey." Faccio un profondo respiro. Adesso sì che sono arrabbiata. Prima mi sentivo dispiaciuta e colpevole per essermi comportata male. Be', non più.

Da: Christian Grey
A: Anastasia Grey
Data: 26 agosto 2011 13.59
Oggetto: Ecco cos'era...

Come al solito, Mrs Grey, sei diretta e polemica nelle mail.
Forse possiamo discuterne quando tornerai
a casa nel NOSTRO appartamento.

Dovresti stare attenta a come parli. Anch'io sono ancora maledettamente arrabbiato.

Christian Grey
Amministratore delegato, Grey Enterprises Holdings Inc.

"Stare attenta a come parlo!" Lancio un'occhiataccia al computer, rendendomi conto che così non andrò da nessuna parte. Non rispondo, prendo invece il manoscritto di un nuovo autore promettente e inizio a leggere.

Il mio incontro con il detective Clark scorre via liscio. Lui è meno burbero di ieri notte, forse perché è riuscito a dormire un po'. O forse è solo che preferisce lavorare di giorno.
«Grazie per la deposizione, Mrs Grey.»
«Prego, detective. Hyde è sotto la custodia della polizia?»
«Sì, signora. È stato dimesso dall'ospedale questa mattina presto. Viste le accuse che pendono su di lui, mi sa che rimarrà con noi un bel po'.» Sorride, rivelando le rughe sottili intorno agli occhi scuri.
«Bene. Questa faccenda è stata fonte di parecchia angoscia per me e mio marito.»
«Ho parlato a lungo con Mr Grey, questa mattina. È molto sollevato. Uomo interessante, suo marito.»
«Sì, lo credo anch'io.» Gli faccio un sorriso educato, e lui capisce di essere stato congedato.
«Se le viene in mente qualcosa, può chiamarmi. Ecco il mio biglietto da visita.» Tira fuori un cartoncino dal portafoglio e me lo porge.
«Grazie, detective. Lo farò.»
«Buona giornata, Mrs Grey.»
«Buona giornata.»
Mentre se ne va, mi chiedo quali siano esattamente le accuse mosse a Hyde. Di sicuro Christian non me lo dirà. Faccio una smorfia di disappunto.

Viaggiamo in silenzio verso l'Escala. Alla guida c'è Sawyer, Prescott è seduta accanto a lui, e il mio cuore si fa via via più pesante a mano a mano che ci avviciniamo a casa. Sono sicura che Christian e io faremo una litigata spaventosa, e non so se ne ho la forza.

Mentre salgo in ascensore dal garage insieme a Prescott cerco di mettere ordine nei miei pensieri. Che cosa voglio dire? Mi sembra di aver già detto tutto nella mail. Forse lui mi darà qualche risposta. Lo spero. Non riesco a controllare il nervosismo. Ho il cuore in tumulto, la bocca secca e le mani sudate. Non voglio litigare. Ma talvolta lui è così difficile, e io devo mantenere la mia posizione.

Le porte dell'ascensore si aprono, rivelando l'atrio, di nuovo in ordine. Il tavolo è diritto e regge un vaso nuovo, con uno stupendo mazzo di peonie bianche e rosa. Controllo rapidamente i quadri... tutte le Madonne sembrano intatte. La porta dell'atrio è stata sistemata, e Prescott me la tiene gentilmente aperta. È stata silenziosissima, oggi. La preferisco così.

Lascio cadere la ventiquattrore in corridoio e mi dirigo verso il salone. Mi immobilizzo. "Oddio."

«Buonasera, Mrs Grey» dice Christian sommessamente. È in piedi vicino al pianoforte, con una T-shirt nera aderente e i jeans... *quei* jeans... quelli che indossava nella stanza dei giochi. "Oddio." Sono scoloriti, comodi e strappati su un ginocchio, e arrapanti. Mi si avvicina, a piedi nudi, il bottone in alto dei jeans slacciato, gli occhi ardenti che non lasciano i miei.

«È bello averti a casa. Ti stavo aspettando.»

11

«Davvero?» sussurro. La bocca mi diventa ancora più secca, il cuore mi martella nel petto. "Perché è vestito così? Che cosa significa? È ancora di malumore?"

«Davvero.» La voce è carezzevole, ma mentre mi si avvicina lui fa un sorriso malizioso.

Ha un aspetto che trovo molto eccitante... il modo in cui i jeans gli cadono sui fianchi. Oh, no, non ho intenzione di lasciarmi distrarre da Mr Sexy. Cerco di capire di che umore è mentre cammina verso di me. Arrabbiato? Giocoso? Lascivo? Bah! Impossibile stabilirlo.

«Mi piacciono i tuoi jeans» mormoro. Lui fa un disarmante sogghigno, ma gli occhi rimangono seri. Si ferma di fronte a me, e la sua intensità è bruciante. Mi fissa negli occhi, lo sguardo ardente e indecifrabile. Deglutisco.

«Capisco che hai delle questioni in sospeso, Mrs Grey» dice con voce vellutata, tirando fuori qualcosa dalla tasca posteriore dei jeans.

Non riesco a staccare gli occhi dai suoi, ma lo sento spiegare un foglio di carta. Lo alza e io do una rapida occhiata, riconoscendo la mia mail. Torno a guardarlo negli occhi e vedo balenare un lampo di rabbia.

«Sì, ho delle questioni in sospeso» bisbiglio, senza fiato. Ho bisogno di distanza se dobbiamo discutere di questa faccenda. Ma prima che io possa fare un passo indietro, lui si china e strofina il naso sul mio. Chiudo gli occhi accogliendo il suo tocco inaspettato, lieve.

«Anch'io» sussurra sulla mia pelle, e a queste parole io apro gli occhi. Lui si raddrizza e mi guarda con attenzione.

«Credo di conoscere le tue questioni, Christian.» Parlo in tono sarcastico e lui stringe gli occhi a fessura, reprimendo un lampo divertito. Stiamo per litigare? Faccio un passo indietro per precauzione. Devo allontanarmi fisicamente da lui... dal suo odore, dal suo aspetto, dal suo corpo fasciato in quei jeans. Mentre io mi sposto, lui si acciglia.

«Perché sei tornato da New York?» chiedo con un filo di voce. Facciamola finita una volta per tutte.

«Tu conosci il perché.» Nel suo tono c'è una nota di avvertimento.

«Perché sono uscita con Kate?»

«Perché ti sei rimangiata la parola e mi hai sfidato, correndo un rischio inutile.»

«Rimangiata la parola? È così che la vedi?» Sussulto, ignorando il resto della frase.

«Sì.»

"Altro che reazione eccessiva!" Sto per alzare gli occhi al cielo, ma mi blocco di fronte al suo sguardo torvo. «Christian, ho cambiato idea» gli spiego pazientemente come se fosse un bambino. «Sono una donna. Siamo famose per questo. È quello che facciamo: cambiare idea.»

Sbatte le palpebre come se non capisse.

«Se avessi pensato anche per un solo istante che avresti annullato il tuo viaggio di lavoro...» Mi mancano le parole. Mi rendo conto di non sapere che cosa dire. Per un momento sono catapultata di nuovo alla lite sulla promessa nuziale. "Non ti ho mai promesso obbedienza, Christian." Ma tengo a freno la lingua, perché dentro di me sono contenta che sia tornato. Nonostante la sua furia, sono felice che sia qui tutto intero, arrabbiato e scalpitante davanti a me.

«Hai cambiato idea?» Non riesce a nascondere l'incredulità, venata di disprezzo. «E non hai pensato di chiamarmi?» Mi lancia un'occhiata scettica, prima di continuare: «E, quel che è peggio, a causa del tuo comportamento la squadra della sicurezza qui è rimasta sguarnita e hai messo in pericolo Ryan».

"Ah. Non ci avevo pensato."

«Avrei dovuto chiamare, ma non volevo che ti preoccupassi. Se l'avessi fatto, sono sicura che mi avresti proibito di andare e io avrei perso Kate. Inoltre, ero lontana da qui quando è arrivato Jack. Ryan non avrebbe dovuto lasciarlo entrare.» È tutto così complicato. Se Ryan non l'avesse fatto, Jack sarebbe ancora a piede libero.

Nello sguardo di Christian passa un lampo selvaggio. Poi chiude gli occhi, i lineamenti del viso contratti come se provasse dolore. "Oh, no." Scuote la testa e prima che me ne renda conto mi ha presa tra le braccia, stringendomi con forza.

«Oh, Ana» sussurra, tenendomi così stretta che faccio fatica a respirare. «Se ti fosse successo qualcosa…» dice, la voce ridotta a un sussurro a malapena udibile.

«Non è successo» riesco a dire.

«Ma avrebbe potuto. Sono morto mille volte oggi, pensando a quello che sarebbe potuto succedere. Ero così arrabbiato, Ana. Arrabbiato con te, con me, con tutti quanti. Non ricordo di essere mai stato così arrabbiato… tranne…» Si interrompe.

«Tranne?» lo sollecito.

«Una volta nel tuo vecchio appartamento. Quando Leila era riuscita a entrare.»

"Oh. Non voglio pensare a questo."

«Eri così freddo, stamattina» mormoro. La mia voce si spezza sull'ultima parola mentre ricordo l'orribile sensazione di essere respinta che ho provato nella doccia. Mi mette le mani sulla nuca, allentando la stretta su di me, e io respiro a fondo. Mi tira indietro la testa.

«Non so come affrontare questa rabbia. Non credo di

volerti fare del male» dice, gli occhi grandi e guardinghi. «Questa mattina avrei voluto punirti, duramente, e...» Tace, senza trovare le parole, penso, oppure troppo spaventato per pronunciarle.

«... ed eri preoccupato di farmi male?» finisco la frase al suo posto, senza credere nemmeno per un istante che potrebbe farmi del male, ma al tempo stesso sollevata. Una piccola, crudele parte di me temeva che fosse perché non mi voleva più.

«Non mi fidavo di me stesso» dice sommessamente.

«Christian, io so che non mi faresti mai del male. Non fisicamente, almeno.» Gli prendo la testa fra le mani.

«Davvero?» chiede, la voce venata di scetticismo.

«Sì. Sapevo che le tue parole erano una minaccia ipotetica, vuota. So che non facevi sul serio quando hai detto che mi avresti picchiata selvaggiamente.»

«Volevo farlo.»

«No, non è vero. Hai solo pensato di farlo.»

«Non so se è vero» mormora.

«Pensaci» lo incalzo, circondandolo con le braccia e sfregandogli il naso sul petto attraverso la maglietta nera. «A come ti sei sentito quando me ne sono andata. Mi hai detto tante volte che cosa aveva significato per te. Come aveva cambiato la tua visione del mondo, di me. So a che cosa hai rinunciato per me. Pensa a come ti sei sentito vedendo i lividi lasciati dalle manette durante la nostra luna di miele.»

Lui si irrigidisce e io so che sta riflettendo sulle mie parole. Lo stringo più forte, mettendogli le mani sulla schiena, percependo i muscoli scolpiti attraverso la T-shirt. Piano piano si rilassa e lentamente la tensione svanisce.

Era questo che lo preoccupava? La possibilità di farmi del male? Perché mi fido più io di lui che lui di se stesso? Non capisco. Abbiamo fatto progressi. In genere è così forte, così controllato, ma senza il controllo è perso. "Oh, Mr Cinquanta Sfumature... mi dispiace." Mi bacia i capelli, io alzo il viso verso di lui e lui mi cerca le labbra e mi bacia, prendendo, dando, supplicando... per cosa, non so. Voglio solo sentire la sua bocca sulla mia e gli restituisco il bacio con passione.

«Hai così tanta fiducia in me» dice piano, dopo essersi staccato da me.

«Sì.» Mi accarezza il viso con le nocche e la punta del pollice, fissandomi negli occhi. La rabbia è scomparsa. Christian è di nuovo qui, ovunque sia stato. Lo guardo e gli sorrido timidamente.

«Tra l'altro» sussurro «non hai le scartoffie.»

Sul viso gli si dipinge un'espressione di divertito stupore. Mi stringe di nuovo al petto.

«Hai ragione.» E scoppia a ridere.

Siamo in piedi in mezzo al salone, abbracciati, stretti l'uno all'altra.

«Andiamo a letto» sussurra, dopo un tempo che mi pare infinito.

"Oddio..."

«Christian, dobbiamo parlare.»

«Dopo» mi incalza a bassa voce.

«Christian, ti prego, parla con me.»

Sospira. «Di cosa?»

«Lo sai. Mi tieni all'oscuro.»

«Voglio proteggerti.»

«Non sono una bambina.»

«Lo so benissimo, Mrs Grey.» Mi fa scivolare una mano lungo il corpo e me la mette sul sedere. Inarca il bacino e preme contro di me la sua erezione.

«Christian!» lo rimprovero. «Parlami.»

Sospira di nuovo, esasperato. «Che cosa vuoi sapere?» Ha un tono rassegnato e mi lascia andare. Rimango spiazzata... "Non volevo dire che dovevi smettere di abbracciarmi." Tenendomi stretta con una mano, si piega per raccogliere con l'altra la mail che è caduta a terra.

«Un sacco di cose» borbotto, mentre mi lascio condurre verso il divano.

«Siediti» mi ordina. Alcune cose non cambiano mai, rifletto, obbedendo. Christian si siede accanto a me e si piega in avanti, prendendosi la testa tra le mani.

"Oh, no." È così difficile per lui? Poi si raddrizza, si passa entrambe le mani nei capelli e si gira verso di me, riconciliato con il suo destino.

«Avanti» dice semplicemente.

Oh. Be', è stato più facile di quanto pensassi. «Perché il rafforzamento delle misure di sicurezza per la tua famiglia?»

«Hyde costituiva una minaccia per loro.»

«Come fai a saperlo?»

«Dal suo computer. C'erano dettagli personali su di me e sul resto della mia famiglia. Soprattutto su Carrick.»

«Carrick? Perché lui?»

«Non lo so ancora. Andiamo a letto.»

«Christian, dimmelo!»

«Dirti cosa?»

«Sei così... esasperante.»

«Anche tu» ribatte con un'occhiata torva.

«Non hai rafforzato subito le misure di sicurezza quando hai scoperto che sul computer c'erano informazioni sulla tua famiglia. Che cos'è successo? Perché adesso?»

Christian stringe gli occhi a fessura.

«Non sapevo che avrebbe tentato di dar fuoco alla mia azienda o...» Si interrompe. «Pensavamo che fosse una sgradevole ossessione, ma sai» si stringe nelle spalle «quando sei sotto i riflettori, la gente diventa curiosa. Erano informazioni casuali: articoli di quando ero a Harvard... il canottaggio, i voti. Resoconti riguardanti Carrick... la sua carriera, quella di mia madre... e in certa misura anche cose su Elliot e Mia.»

"Che strano."

«Hai detto "o..."» lo incalzo.

«"O..." cosa?»

«Hai detto "tentato di dar fuoco alla mia azienda o...".
Come se stessi per aggiungere qualcos'altro.»

«Hai fame?»

Gli lancio un'occhiataccia, e il mio stomaco brontola.

«Hai mangiato oggi?» chiede con la voce severa e lo
sguardo gelido.

Arrossisco, tradendomi.

«Come pensavo» dice seccamente. «Sai come mi sento
quando non mangi. Vieni» dice. Si alza e mi tende la mano.
«Lascia che ti dia da mangiare.» E cambia ancora umore...
Questa volta la voce è piena di una promessa sensuale.

«Darmi da mangiare?» bisbiglio, mentre avverto un calore delizioso al centro del corpo. "Maledizione." È una manovra diversiva così tipica del suo temperamento lunatico per distrarmi da quello di cui stavamo discutendo. "È
così, dunque? È tutto quello che riuscirò a tirargli fuori per
adesso?" Mi porta verso la cucina, prende uno sgabello e
lo gira, in modo che dia le spalle al bancone.

«Siediti» dice.

«Dov'è Mrs Jones?» chiedo, notando per la prima volta
la sua assenza, mentre mi isso sullo sgabello.

«Ho dato la serata libera a lei e a Taylor.»

«Perché?»

Mi guarda per un istante, un'espressione di arrogante divertimento sul viso. «Perché posso.»

«Quindi hai intenzione di cucinare?» Il mio tono tradisce
l'incredulità.

«Oh, Mrs Grey, donna di poca fede. Chiudi gli occhi.»

"Wow." Pensavo che avremmo fatto una litigata di quelle
toste, e invece eccoci qui, a giocare in cucina.

«Chiudili» ordina.

Prima li alzo al cielo, poi obbedisco.

«Mmh. Non basta» borbotta. Apro un occhio e lo vedo
tirare fuori un foulard di seta color prugna dalla tasca po-

steriore dei jeans. Si intona al mio vestito. Gli lancio un'occhiata interrogativa. "E quello quando l'ha preso?"

«Occhi chiusi» ordina ancora. «Non si sbircia.»

«Hai intenzione di bendarmi?» balbetto scioccata. All'improvviso sono senza fiato.

«Sì.»

«Christian...» Lui mi mette un dito sulle labbra, facendomi tacere.

"Io voglio parlare."

«Parleremo più tardi. Adesso voglio che mangi. Devi avere fame.» Mi dà un bacio leggero sulle labbra. La seta è morbida sui miei occhi, mentre lui mi lega il foulard dietro la testa.

«Riesci a vedere?» chiede.

«No» bofonchio, alzando metaforicamente gli occhi al cielo. Lui ridacchia piano.

«So quando alzi gli occhi al cielo... e sai che effetto mi fa.» Stringo le labbra. «Possiamo darci un taglio?» scatto.

«Quanta impazienza, Mrs Grey. Così ansiosa di parlare.» Il tono è scherzoso.

«Sì!»

«Prima devo darti da mangiare» dice e mi sfiora una tempia con le labbra, placandomi all'istante.

"Okay... facciamo a modo tuo." Mi rassegno al mio destino e lo ascolto muoversi per la cucina. Lo sportello del frigo si apre e Christian appoggia diversi piatti sul bancone dietro di me. Si dirige verso il forno a microonde, mette dentro qualcosa e lo accende. Ha suscitato la mia curiosità. Sento abbassarsi la leva del tostapane, il tasto che viene acceso e il basso ticchettio del timer. Mmh... toast?

«Sì, sono ansiosa di parlare» mormoro, distratta. La cucina si riempie di una miscela di aromi esotici, speziati, e io mi agito sullo sgabello.

«Stai ferma, Anastasia.» È di nuovo vicino a me. «Voglio che tu faccia la brava...» sussurra. «E non morderti.»

Con delicatezza mi tira il labbro inferiore per sottrarlo alla presa dei denti, e io non riesco a fare a meno di sorridere.

Poi sento lo schiocco di un tappo di sughero e il gorgoglio del vino versato in un bicchiere. Quindi c'è un momento di silenzio e poi un *clic* e il debole sibilo proveniente dagli altoparlanti dello stereo. Il suono di una chitarra dà il via a una canzone che non conosco. Christian abbassa il volume in modo che la musica faccia da sottofondo. Un uomo inizia a cantare, la voce profonda, bassa e sexy.

«Qualcosa da bere, per iniziare» bisbiglia Christian, distraendomi dalla musica. «Testa indietro.» Alzo la testa. «Di più» mi incalza.

Obbedisco e lui mette le sue labbra sulle mie, versandomi in bocca del vino bianco fresco. Deglutisco istintivamente. Mi vengono in mente ricordi di non molto tempo fa... io legata sul mio letto nella casa di Vancouver, prima di laurearmi, insieme a un Christian eccitato e arrabbiato, che non aveva apprezzato le mie mail. Le cose sono cambiate? Non molto. Tranne che adesso riconosco il vino, il preferito di Christian... un Sancerre.

«Mmh» emetto un mormorio di apprezzamento.

«Ti piace?» sussurra lui, il suo respiro caldo sulla mia guancia. Sono immersa nella sua vicinanza, nella sua vitalità, nel calore che irradia dal suo corpo, anche se lui non mi tocca.

«Sì» dico in un soffio.

«Ancora?»

«Ne voglio sempre ancora, con te.»

Posso quasi udire il suo sogghigno. E sogghigno anch'io. «Stai flirtando con me, Mrs Grey?»

«Sì.»

La sua fede tintinna contro il bicchiere mentre prende un altro sorso di vino. Questa volta mi tira indietro la testa, reggendomi. Mi bacia di nuovo e io inghiotto avidamente il vino che mi versa in bocca. Sorride e mi bacia ancora.

«Fame?»

«Se non sbaglio, questo l'avevamo già stabilito, Mr Grey.» Dall'iPod si diffondono le note di una canzone che parla di giochi perversi. "Mmh... molto appropriato."

Il forno a microonde fa *ping* e Christian mi lascia andare. Mi raddrizzo sullo sgabello. Il cibo ha un odore speziato: aglio, menta, origano, rosmarino e agnello, mi pare. Lo sportello del microonde si apre e l'odore del cibo si fa più intenso.

«Merda! Cristo!» impreca Christian e sento il rumore di un piatto che atterra pesantemente sul bancone.

"Oh, Christian!" «Tutto bene?»

«Sì!» scatta, la voce tesa. Un attimo dopo è di nuovo accanto a me.

«Mi sono solo scottato. Ecco.» Mi mette l'indice in bocca. «Forse se lo succhi passerà.»

«Oh.» Gli prendo la mano, sfilandomi delicatamente il suo dito dalla bocca. «Dammi qui» dico, e mi chino per soffiargli sul dito, poi lo bacio piano due volte. Lui trattiene il fiato. Mi rimetto il dito in bocca e lo succhio. Lui inspira bruscamente e quel suono mi arriva dritto al ventre. Ha un sapore delizioso, come sempre, e mi rendo conto che è questo il suo gioco... sedurre a poco a poco sua moglie. Credevo che fosse furibondo, e adesso...? Quest'uomo, mio marito, è così imprevedibile. Ma è così che mi piace. Giocoso. Divertente. Sexy da morire. Mi ha dato qualche risposta, ma io sono avida. Ne voglio altre, però desidero anche giocare. Dopo l'angoscia e la tensione di oggi, e l'incubo di ieri notte con Jack, è un gradito diversivo.

«A cosa stai pensando?» mormora Christian, interrompendo le mie riflessioni e togliendomi il dito dalla bocca.

«A quanto sei lunatico.»

Lui si irrigidisce. «Mr Cinquanta Sfumature, piccola» dice alla fine, e mi bacia delicatamente l'angolo della bocca.

«Il mio Mr Cinquanta Sfumature» sussurro. Gli afferro la T-shirt e lo tiro verso di me.

«Oh, no, non farlo, Mrs Grey. Non toccarmi... non ancora.»
Mi prende la mano, la stacca dalla T-shirt e mi bacia le dita.
«Seduta dritta» ordina.
Faccio il broncio.
«Se fai il broncio ti sculaccio. Adesso apri bene la bocca.»
Obbedisco e lui infila una forchettata di agnello spe-
ziato ricoperto da una salsa fredda a base di menta e yo-
gurt. Mmh. Mastico.
«Ti piace?»
«Sì.»
Fa un verso di apprezzamento, e capisco che sta mangian-
do anche lui.
«Ancora?»
Annuisco. Mi imbocca con un'altra forchettata e io la ma-
stico con entusiasmo. Mette giù la forchetta e spezza... del
pane, se non sbaglio.
«Apri» mi ordina.
Questa volta si tratta di pita e hummus. Capisco che Mrs
Jones – o forse addirittura Christian – ha fatto la spesa al
negozio di specialità gastronomiche che ho scoperto circa
cinque settimane fa a soli due isolati dall'Escala. Mastico
con gratitudine. Il fatto che Christian sia di umore giocoso
mi ha fatto venire fame.
«Ancora?» chiede.
Annuisco. «Ancora di tutto. Per favore. Sto morendo di
fame.»
Sento il suo sorriso deliziato. Con lentezza, paziente, mi
dà da mangiare, ogni tanto mordendo un pezzetto di cibo
sulla mia bocca o pulendomi con un dito. Si interrompe per
darmi da bere un sorso di vino in quel suo modo speciale.
«Apri bene la bocca, poi addenta.» Obbedisco. Mmh... uno
dei miei piatti preferiti, foglie di vite ripiene. Sono deliziose
anche fredde, sebbene le preferisca tiepide, ma non voglio
rischiare che Christian si scotti di nuovo. Mi fa mangiare
piano, e quando ho finito gli pulisco le dita con la lingua.

«Ancora?» chiede, la voce bassa e roca.

Scuoto la testa. Sono sazia.

«Bene» mi sussurra all'orecchio «perché è venuto il momento del mio piatto preferito. Te.» Mi solleva tra le braccia, e io strillo per la sorpresa.

«Non posso togliermi la benda?»

«No.»

Sto per fare il broncio, ma poi mi ricordo della sua minaccia e lascio perdere.

«Stanza dei giochi» mormora.

"Oh... non so se è una buona idea."

«Sei pronta per la sfida?» chiede. E dato che ha usato la parola "sfida", non riesco a dire di no.

«Fatti sotto» mormoro, il corpo scosso dal desiderio e da qualcos'altro che non voglio nominare. Mi porta in braccio oltre la porta e poi su per le scale fino al piano superiore.

«Credo che tu sia dimagrita» borbotta in tono di disapprovazione. "Sul serio? Bene." Ricordo il suo commento quando siamo tornati dalla luna di miele, e quanto mi è bruciato. Accidenti... è stato solo pochi giorni fa?

Fuori dalla stanza dei giochi, mi fa scivolare a terra, ma mi tiene un braccio intorno alla vita. Gira rapidamente la chiave nella serratura.

C'è sempre lo stesso odore: legno lucidato e agrumi. Sta diventando un aroma confortante. Christian mi lascia andare e mi fa voltare in modo che gli dia le spalle. Slega il foulard e io sbatto le palpebre alle luci soffuse. Toglie le forcine dal mio chignon, liberandomi la treccia. La prende e la strattona delicatamente, attirandomi a sé.

«Ho in mente qualcosa» mi sussurra nell'orecchio, provocandomi deliziosi brividi lungo la spina dorsale.

«Ne ero sicura» replico. Mi bacia dolcemente sotto l'orecchio.

«Oh, Mrs Grey, ce l'ho eccome.» La sua voce è dolce, ipnotica. Mi scosta la treccia di lato e mi bacia sulla gola.

«Per prima cosa dobbiamo spogliarti.» Ha la voce bassa, gutturale, che risuona nel mio corpo. Lo voglio... voglio qualunque cosa abbia in mente. Voglio entrare in contatto con lui nel modo che conosciamo così bene. Mi fa girare perché gli stia di fronte. Guardo i suoi jeans, il bottone in alto ancora slacciato, e non riesco a trattenermi. Gli passo l'indice sulla vita, evitando la T-shirt, sentendo i peli che dal pube arrivano all'ombelico solleticarmi la nocca. Lui inspira bruscamente, e io alzo lo sguardo per incontrare il suo. Mi fermo al bottone slacciato. I suoi occhi diventano di un grigio più cupo... "Oddio."

«Dovresti tenerli addosso, questi» sussurro.

«È esattamente quello che intendo fare.»

E si muove, mettendomi una mano sulla nuca e l'altra sul sedere. Mi attira a sé, poi preme la sua bocca sulla mia e mi bacia come se fosse una questione di vita o di morte.

Mi fa arretrare, le nostre lingue sempre unite, finché non sento la croce di legno alle mie spalle. Si inarca contro di me, il suo corpo che preme sul mio.

«Liberiamoci di questo vestito» dice, sollevandomi l'abito sulle cosce, sui fianchi, sulla pancia... con lentezza deliziosa, la stoffa che sfrega sulla pelle, sui seni.

«Chinati in avanti» dice.

Obbedisco e lui mi sfila il vestito dalla testa, facendolo cadere sul pavimento e lasciandomi in mutandine e reggiseno, con i sandali ai piedi. Ha lo sguardo ardente mentre mi prende le mani e me le fa alzare sopra la testa. Sbatte le palpebre e inclina il capo, e io so che mi sta chiedendo il permesso. "Che cosa ha intenzione di farmi?" Deglutisco, poi faccio segno di sì, e sulle labbra gli compare l'ombra di un sorriso di ammirazione. Mi chiude i polsi nelle cinghie di cuoio della sbarra in alto e tira fuori di nuovo il foulard.

«Penso che tu abbia visto abbastanza.» Me lo mette intorno alla testa, bendandomi, e io avverto un fremito mentre tutti i miei sensi si risvegliano; il suono del suo respiro, la mia risposta eccitata, il sangue che pulsa nelle orecchie, l'odore di Christian mescolato a quello di cera e di agrumi della stanza... tutto è amplificato dal fatto che non posso vedere. Il suo naso sfiora il mio.

«Ho intenzione di farti impazzire» sussurra. Mi afferra i fianchi con le mani e mi abbassa le mutandine, facendole scendere lungo le gambe. "Farmi impazzire... Wow."

«Alza i piedi, uno alla volta.» Obbedisco e lui mi toglie prima gli slip e poi i sandali. Mi prende la caviglia e mi tira lievemente la gamba verso destra.

«Spostala» dice. Mi lega la caviglia destra alla croce, poi fa lo stesso con la sinistra. Sono impotente, con le braccia e le gambe divaricate sulla croce. Christian si alza e mi si avvicina, e io sono immersa di nuovo nel suo calore, anche se non mi tocca. Dopo un istante mi prende il mento, mi fa sollevare la testa e mi dà un bacio casto.

«Un po' di musica e giocattoli. Sei bellissima così, Mrs Grey. Mi concedo un momento per ammirare la visione.» Parla a voce bassa. Tutto il mio corpo si contrae.

Dopo un paio di secondi lo sento dirigersi con calma verso il cassettone dei giochi e aprire uno dei cassetti. È quello dei dilatatori? Tira fuori qualcosa e lo appoggia in cima al cassettone, seguito da qualcos'altro. Gli altoparlanti si accendono e dopo un momento la stanza si riempie del suono di un pianoforte che esegue una bassa melodia cadenzata. Mi è familiare – Bach, penso – ma non riconosco il brano. Qualcosa di quella musica mi mette a disagio. Forse perché è troppo fredda, distaccata. Mi acciglio, cercando di capire perché mi turba, ma Christian mi prende il mento, facendomi sussultare, e mi strattona gentilmente perché smetta di mordermi il labbro inferiore. Sorrido, tentando di rassicurare me stessa. Perché mi sento a disagio?

Christian mi fa scorrere la mano sul mento, sulla gola, sui seni. Servendosi del pollice, abbassa una delle coppe del reggiseno, liberandomi il seno. Fa un verso gutturale di apprezzamento e mi bacia il collo. Segue con le labbra il percorso delle dita sul mio seno, baciandolo e succhiandolo. La mano si sposta verso l'altro seno, liberando anche quello. Gemo mentre lui mi accarezza il capezzolo sinistro con il pollice e mi succhia il destro, tirandoli e stuzzicandoli con delicatezza finché non sono gonfi e tesi.

«Ah.»

Non si ferma. Con deliziosa cura aumenta a poco a poco l'intensità delle carezze. Strattono inutilmente le cinghie di cuoio che mi trattengono, mentre acute fitte di piacere si diramano dai seni al ventre. Cerco di spostarmi ma non posso quasi muovermi, cosa che rende la tortura ancora più intensa.

«Christian» lo supplico.

«Lo so» mormora, la voce roca. «Questo è quello che mi fai provare.»

"Cosa?" Gemo e lui ricomincia, torturandomi i capezzoli con il suo dolcissimo tocco lancinante, ripetutamente... portandomi sempre più vicina al culmine.

«Ti prego» mi lamento.

Lui fa un verso gutturale selvaggio, poi si ferma, smettendo di toccarmi e lasciandomi senza fiato a dibattermi tirando i lacci di cuoio. Fa correre le mani lungo il mio corpo, mettendomene una su un fianco e scendendo con l'altra sulla pancia.

«Vediamo come ti stai comportando» dice con voce bassa e melodiosa. Mi mette la mano a coppa sul pube, sfregandomi il pollice sul clitoride e facendomi urlare. Lentamente infila prima un dito, poi un altro dentro di me. Gemo e inarco il bacino per incontrare le sue dita e il palmo della sua mano.

«Oh, Anastasia, sei così pronta» dice.

Muove le dita dentro di me e mi tocca il clitoride con il pollice, sfregandolo avanti e indietro. È l'unico punto in cui mi sta toccando e tutta la tensione, tutta l'angoscia di questa giornata sono concentrate *lì*.

"Oddio... è intenso... e strano... la musica... il piacere inizia a crescere..." Christian si sposta, continuando a muovere la mano dentro e contro di me, e io sento un ronzio.

«Che cosa...?» ansimo.

«Ssh» mi calma lui, mettendo la bocca sulla mia e facendomi tacere. Accolgo con piacere questo contatto più caldo, più intimo, e lo bacio avidamente sulle labbra. Lui si scosta e il ronzio si fa più vicino.

«Questa è una bacchetta magica, piccola. Vibra.»

Me la appoggia sul petto, la sensazione è quella di un oggetto largo, una pallina, che vibra contro di me. Rabbrividisco mentre si muove sulla mia pelle, nel solco tra i seni, contro i capezzoli, e vengo inondata dalle sensazioni, eccitata in ogni punto del corpo, il cervello che esplode mentre un bisogno profondo, selvaggio si concentra nel mio ventre.

«Ah» gemo, le dita di Christian che continuano a muoversi dentro di me. "Sono vicinissima al culmine... tutti questi stimoli..." Getto indietro la testa e gemo forte, e Christian si ferma. Tutte le sensazioni si interrompono.

«No! Christian!» lo imploro, cercando di inarcare il bacino per avere un contatto.

«Ferma, piccola» dice, mentre il mio orgasmo imminente scivola via. Si china verso di me e mi bacia.

«Frustrante, vero?» mormora.

"Oh, no!" Di colpo, capisco il suo gioco.

«Christian, ti prego.»

«Ssh» dice e mi bacia ancora. Poi ricomincia a muoversi – il vibratore, le dita, il pollice – una micidiale combinazione di tortura sensuale. Si sposta per sfiorarmi con il suo corpo. È ancora vestito, e il jeans morbido mi sfrega contro le gambe, l'erezione mi preme su un fianco. Così vicino, tentatore. Mi porta di nuovo vicinissima a godere, il mio corpo che freme per il bisogno, e si ferma.

«No» protesto a voce alta.

Mi dà lievi baci sulla spalla mentre estrae le dita da me e sposta il vibratore verso il basso. Lo fa oscillare sopra il mio stomaco, la pancia, il pube, contro il clitoride. "Accidenti, com'è intenso!"

«Ah!» urlo, strattonando forte i lacci di cuoio che mi trattengono.

Il mio corpo è così sensibile che sento di essere sul punto di esplodere, e proprio mentre sto per godere, Christian si ferma di nuovo.

«Christian!» grido.

«Frustrante, eh?» mormora contro la mia gola. «Esattamente come te. Prometti una cosa e poi...» La sua voce si spegne.

«Christian, ti prego!» lo imploro.

Mi tocca con il vibratore, premendolo contro di me, ripetutamente, fermandosi sempre appena prima. "Ah!"

«Ogni volta che ricomincio dopo che mi sono fermato è più intenso, vero?»

«Ti prego» mi lamento. Le mie terminazioni nervose urlano reclamando lo sfogo.

Il ronzio cessa e Christian mi bacia. Sfrega il naso contro il mio. «Sei la donna più frustrante che abbia mai conosciuto.» "No, no, no."

«Christian, non ho mai promesso di obbedirti. Per favore, ti prego...»

Si mette davanti a me, mi mette le mani sul sedere e preme il bacino contro di me, facendomi sussultare... si sfrega contro di me, i bottoni dei jeans che mi penetrano nella carne, contenendo a stento la sua erezione. Con una mano mi tira via il foulard e mi afferra il mento, e io sbatto le palpebre fissando il suo sguardo bruciante.

«Mi fai impazzire» sussurra, inarcando il bacino contro di me, una, due, tre volte, portandomi di nuovo sull'orlo dell'orgasmo. E negandomelo di nuovo. Lo voglio così tanto. Ho un bisogno assoluto di lui. Chiudo gli occhi e mormoro una preghiera. Non riesco a fare a meno di sentirmi punita. Io sono impotente e lui è spietato. Cominciano a spuntarmi le lacrime. Non so quanto ha intenzione di andare avanti.

«Ti prego» sussurro ancora una volta.

Ma lui mi fissa implacabile. Andrà avanti e basta. Per quanto? Posso giocare a questo gioco? "No. No. No... non posso farlo." So che non ha intenzione di smettere. Continuerà a torturarmi. Le sue mani mi percorrono di nuovo il corpo. "No..." E la diga cede... tutta l'apprensione, l'ansia e la paura che ho provato negli ultimi due giorni mi travolgono mentre cominciano a scendermi le lacrime. Distolgo lo sguardo da lui. Questo non è amore. È vendetta.

«Rosso» gemo. «Rosso. Rosso.» Le lacrime mi scorrono sulle guance.

Lui si immobilizza. «No!» ansima, sconvolto. «Cristo santo, no.»

Si muove in fretta, mi slega le braccia, mi abbraccia la vita e si china per liberarmi le caviglie. Io mi prendo la testa tra le mani e piango.

«No, no, no. Ana, ti prego. No.»

Mi prende in braccio e si dirige verso il letto, si siede e mi tiene in braccio cullandomi mentre io singhiozzo inconsolabile. Sono sopraffatta... il corpo eccitato al limite, la mente vuota e le mie emozioni sparse al vento. Allunga una mano dietro di sé, toglie il lenzuolo di raso dal letto a baldacchino e me lo avvolge intorno al corpo. La stoffa fredda è estranea e sgradevole sulla mia pelle ultrasensibile. Mi circonda con le braccia, tenendomi stretta, cullandomi dolcemente avanti e indietro.

«Mi dispiace. Mi dispiace» mormora, la voce desolata. Mi bacia i capelli, un bacio, poi un altro. «Ana, perdonami, ti prego.»

Gli affondo la faccia nel collo e continuo a piangere, uno sfogo liberatorio. Sono successe così tante cose negli ultimi giorni... l'incendio nella stanza dei server, l'inseguimento in macchina, la mia carriera di donna d'affari, quella stronza di architetto, lo psicopatico nell'appartamento, discussioni, rabbia... e Christian è stato via. Uso un angolo del lenzuolo per asciugarmi il naso e a poco a poco mi rendo conto che le fredde note di Bach risuonano ancora nella stanza.

«Per favore, spegni la musica.» Tiro su con il naso.

«Sì, certo.» Christian si sposta, senza lasciarmi andare, e tira fuori il telecomando dalla tasca posteriore dei jeans. Preme un tasto e il pianoforte smette di suonare, sostituito dal mio respiro affannoso. «Meglio?» chiede.

Annuisco, smettendo un po' alla volta di singhiozzare. Christian mi asciuga con delicatezza le lacrime con il pollice.

«Non sei una fan delle *Variazioni Goldberg* di Bach, eh?» chiede.

«Non quel brano.»

Lui mi guarda, cercando senza successo di nascondere la vergogna.

«Mi dispiace» ripete.

«Perché l'hai fatto?» La mia voce è a malapena udibile, mentre io cerco di mettere ordine nel caos di pensieri ed emozioni.

Lui scuote la testa rattristato e chiude gli occhi. «Mi sono lasciato prendere la mano» dice in modo poco convincente.

Lo guardo con la fronte aggrottata e lui sospira. «Ana, la negazione dell'orgasmo è uno standard nel... Tu non fai mai...» Si interrompe. Mi sposto in braccio a lui, e lui sussulta.

"Oh." Avvampo. «Scusa» borbotto.

Christian alza gli occhi al cielo, poi all'improvviso si sdraia sul letto, portandomi con sé. Adesso siamo entrambi distesi e io sono tra le sue braccia. Il reggiseno mi dà fastidio e lo sistemo.

«Ti serve aiuto?» chiede in tono sommesso.

Scuoto la testa. Non voglio che mi tocchi il seno. Si sposta per guardarmi e alza una mano con fare esitante, accarezzandomi il viso con le dita. Mi spuntano di nuovo le lacrime. Come può essere così insensibile e subito tanto tenero?

«Per favore, non piangere» sussurra.

Sono sbalordita e confusa da quest'uomo. La mia rabbia se n'è andata nel momento acuto del bisogno del piacere... Mi sento inebetita. Vorrei rannicchiarmi in posizione fetale e chiudermi in me stessa. Sbatto le palpebre, cercando di trattenere le lacrime mentre guardo i suoi occhi socchiusi. Faccio un respiro, tremando, senza smettere di fissarlo. Che cosa devo fare con quest'uomo? Imparare a farmi controllare? Non credo...

«Non faccio mai cosa?»

«Quello che ti si dice. Hai cambiato idea; non mi hai detto dov'eri. Ana, ero a New York, impotente e furibondo. Se fossi stato a Seattle, ti avrei riportata a casa.»

«Quindi mi stai punendo?»

Lui deglutisce, poi chiude gli occhi. Non ha bisogno di rispondere, e io so che punirmi era esattamente la sua intenzione.

«Devi smetterla di fare così» mormoro.

Lui aggrotta le sopracciglia.

«Tanto per cominciare, finisci solo per sentirti di merda.»

Lui sbuffa. «È vero» borbotta. «Non mi piace vederti in questo stato.»

«E a me non piace sentirmi così. Sul *Fair Lady* mi hai detto che sono tua moglie, non la tua Sottomessa.»

«Lo so. Lo so» dice con voce bassa e inerme.

«Be', allora smetti di trattarmi da Sottomessa. Mi dispiace di non averti chiamato. Non mi comporterò più in modo così egoista. So che ti preoccupi per me.»

Lui mi fissa, lo sguardo cupo e ansioso. «Okay. Bene» dice alla fine. Si avvicina, ma si ferma prima di posare le labbra sulle mie, chiedendomi silenziosamente il permesso di farlo. Alzo il viso verso di lui e lui mi bacia con tenerezza.

«Le tue labbra sono sempre così morbide dopo che hai pianto» mormora.

«Non ho mai promesso di obbedirti, Christian» sussurro.

«Lo so.»

«Fa' i conti con questa cosa, ti prego. Per il bene di entrambi. E io cercherò di avere più riguardo per la tua... tendenza al controllo.»

Ha l'aria smarrita e vulnerabile, completamente confuso. «Ci proverò» dice piano, la voce piena di sincerità. Emetto un lungo sospiro tremante. «Fallo, ti prego. Inoltre, se io fossi stata qui...»

«Lo so» mi interrompe impallidendo. Si abbandona sul letto, coprendosi il volto con un braccio. Mi avvinghio a lui e gli appoggio la testa sul petto. Rimaniamo distesi in silenzio per un po'. La sua mano si muove verso l'estremità della mia treccia. Toglie l'elastico e mi scioglie i capelli, passandoci in mezzo le dita, più volte. Ecco qual è il nodo della questione... la sua paura... la sua paura irrazionale per la mia sicurezza. Mi torna in mente l'immagine di Jack Hyde disteso per terra nell'appartamento con una Glock... Be', forse non è una paura così irrazionale, il che mi ricorda...

«Che cosa intendevi prima, quando hai detto "o..."?» gli chiedo.

«"O..."?»

«Qualcosa a proposito di Jack.»

Mi scruta attentamente. «Non molli, eh?»

Gli appoggio il mento sullo sterno, godendomi la sua mano che mi accarezza i capelli.

«Mollare? Mai. Dimmelo. Non mi piace essere tenuta all'oscuro. A quanto pare sei esageratamente convinto che io abbia bisogno di protezione. Non sai nemmeno sparare... io sì. Qualunque sia la cosa che non vuoi dirmi, pensi che non riuscirei ad affrontarla, Christian? La tua ex Sottomessa mi ha pedinata e mi ha puntato contro una pistola, la tua ex amante pedofila mi ha molestata... e non guardarmi in quel modo» sbotto, quando lui mi lancia un'occhiataccia. «Tua madre la pensa allo stesso modo su di lei.»

«Hai parlato di Elena con mia madre?» La voce di Christian sale di qualche ottava.

«Sì, Grace e io abbiamo parlato di lei.»

Mi guarda stupefatto.

«Lei era sconvolta. Si dà la colpa.»

«Non posso credere che tu ne abbia parlato con mia madre. Merda!» Si copre di nuovo il volto con il braccio.

«Non sono entrata nei dettagli.»

«Lo spero proprio. Grace non ha bisogno di tutti i sordidi dettagli. Cazzo, Ana. Ne hai parlato anche con mio padre?»

«No!» scuoto la testa con veemenza. Non ho quel genere di rapporto con Carrick. I suoi commenti sull'accordo prematrimoniale mi bruciano ancora. «Comunque, stai cercando di distrarmi... di nuovo. Jack. Che cosa mi dici di lui?»

Christian solleva il braccio per un momento e mi fissa, l'espressione indecifrabile. Sospira e abbassa di nuovo il braccio sul viso.

«Hyde è implicato nel sabotaggio di *Charlie Tango*. Gli investigatori avevano trovato un'impronta parziale... solo parziale, perciò non hanno potuto fare un riscontro. Ma poi tu hai riconosciuto Hyde nella stanza dei server. Aveva alcune condanne per reati commessi a Detroit quand'era ancora minorenne, e le impronte corrispondono.»

La mia mente lavora frenetica mentre cerco di assorbire le informazioni. Jack ha sabotato *Charlie Tango*? Christian ormai è lanciato. «Questa mattina hanno trovato un furgone nel garage qui sotto. Ce l'aveva portato Hyde. Ieri ha consegnato della roba al tizio nuovo, quello che si è appena trasferito qui. Il tipo che abbiamo incontrato in ascensore.»

«Non mi ricordo come si chiama.»

«Neanch'io» dice Christian. «Ma è così che Hyde è riuscito a entrare nell'edificio legalmente. Lavorava per una ditta di consegne...»

«Che cosa c'è di così importante riguardo al furgone?»

Christian tace.

«Christian, dimmelo.»

«La polizia ha trovato... delle cose, nel furgone.» Si interrompe di nuovo e mi abbraccia più stretta.

«Quali cose?»

Rimane zitto per parecchi secondi e io apro la bocca per incalzarlo, ma lui mi precede: «Un materasso, una dose di sedativo per cavalli sufficiente a metterne KO una dozzina e un biglietto». La sua voce si riduce a un sussurro mentre da lui emanano orrore e disgusto.

"Accidenti!"

«Un biglietto?» sussurro anch'io.

«Indirizzato a me.»

«Che cosa diceva?»

Christian scuote la testa, non lo sa... o non vuole dirmelo.

"Oh."

«Ieri notte Hyde è venuto qui con l'intenzione di rapirti.» Christian si irrigidisce, il viso stravolto dalla tensione. Mentre pronuncia queste parole mi viene in mente il nastro adesivo e un brivido mi corre lungo la schiena, anche se la notizia non è nuova per me.

«Merda» borbotto.

«Puoi dirlo» commenta Christian, teso.

Cerco di ricordare Jack al lavoro. È sempre stato folle? Come pensava di cavarsela? Voglio dire, era piuttosto viscido, ma squilibrato fino a questo punto?

«Non capisco perché» mormoro. «Non ha senso.»

«Lo so. La polizia sta facendo ulteriori indagini, e anche Welch. Ma pensiamo che il legame sia Detroit.»

«Detroit?» Lo fisso, confusa.

«Già. C'è qualcosa lì.»

«Continuo a non capire.»

Christian alza la testa e mi fissa, l'espressione indecifrabile: «Ana, io sono nato a Detroit».

12

«Pensavo che fossi nato qui a Seattle» mormoro. La mia mente corre. "Che cos'ha a che fare con Jack, questo?" Christian solleva il braccio dal volto, allunga la mano dietro di sé e prende uno dei cuscini. Se lo mette sotto la testa e mi fissa, guardingo. Dopo un attimo scuote il capo.

«No, sia io sia Elliot siamo stati adottati a Detroit. Ci siamo trasferiti qui poco dopo la mia adozione. Grace voleva stare sulla West Coast, lontano dalla confusione urbana, e ha trovato lavoro al Northwest Hospital. Ho pochissimi ricordi di quel periodo. Mia è stata adottata qui.»

«Quindi Jack è di Detroit?»

«Sì.»

"Oh..." «Come fai a saperlo?»

«Ho fatto un controllo sul suo passato quando sei andata a lavorare per lui.»

Ovviamente. «Hai un dossier anche su di lui?» dico con un sorriso malizioso.

Christian fa una smorfia come se stesse cercando di mascherare il divertimento. «Mi sembra che sia in una cartelletta azzurra.»

«Che cosa c'è scritto nel suo dossier?»

Christian sbatte le palpebre. Si allunga verso di me e mi accarezza una guancia. «Vuoi davvero saperlo?»

«Sono cose brutte?»

Lui si stringe nelle spalle. «Ho visto di peggio» sussurra. Si sta riferendo a se stesso? Mi torna in mente Christian bambino, un bambino sporco, spaventato, smarrito. Mi rannicchio contro di lui, stringendolo forte, coprendolo con il lenzuolo, poi appoggio una guancia sul suo petto.

«Che cosa c'è?» chiede, stupito dalla mia reazione.

«Niente» mormoro.

«No, no. Vale per tutti e due, Ana. Che cosa c'è?»

Alzo lo sguardo, valutando la sua espressione apprensiva. Rimetto la guancia sul suo petto e decido di dirglielo. «A volte ti immagino bambino... prima che andassi a stare con i Grey.»

Christian si irrigidisce. «Non stavo parlando di me. Non voglio la tua pietà, Anastasia. Quella parte della mia vita è passata. Finita.»

«Non si tratta di pietà» dico piano, inorridita. «Si tratta di comprensione e rammarico... rammarico per il fatto che qualcuno possa comportarsi così con un bambino.» Faccio un respiro profondo per calmarmi mentre sento un nodo allo stomaco e sono di nuovo sul punto di piangere. «Quella parte della tua vita non è passata... Come puoi dirlo? Vivi ogni giorno con il tuo passato. Me l'hai detto tu... cinquanta sfumature, ricordi?» La mia voce è un sussurro.

Christian sbuffa e si passa una mano tra i capelli, anche se rimane silenzioso e teso.

«So che è il motivo per cui senti il bisogno di controllarmi. Di tenermi al sicuro.»

«Eppure tu hai deciso di sfidarmi» mormora perplesso, smettendo di accarezzarmi i capelli.

Aggrotto la fronte. "Accidenti. L'ho fatto deliberatamente?" La mia vocina sembra preoccupata, nervosa, e non può fare altro che annuire. La ignoro. È una cosa così sconcertante... Sono sua moglie, non la sua Sottomessa, né un'azienda che ha comprato. "Non sono la prostituta drogata che era sua madre..." Il pensiero mi fa venire la nausea. Mi tornano in mente le parole del dottor Flynn: "Devi solo continuare a fare quello che stai facendo. Christian è innamorato cotto. È un piacere vederlo".

Questo è quanto. Sto semplicemente facendo quello che ho sempre fatto. Non è forse ciò che Christian ha trovato attraente in me?

«Il dottor Flynn ha detto che dovrei darti il beneficio del dubbio. Credo di farlo... non ne sono sicura. Forse è il mio modo di riportarti al qui e ora... lontano dal tuo passato» sussurro. «Non so. È solo che, a quanto pare, non riesco a trovare un sistema per capire fino a che punto tu reagirai in maniera eccessiva.»

Rimane un attimo in silenzio. «Dannato Flynn» borbotta tra sé.

«Ha detto che dovrei continuare a comportarmi come ho sempre fatto con te.»

«Lo direbbe anche adesso?» chiede Christian seccamente.

Okay. O la va o la spacca. «Christian, so che amavi tua madre, e non hai potuto salvarla. Non era compito tuo. Ma io non sono lei.»

Lui si gela. «No» sussurra.

«Stammi a sentire, ti prego.» Alzo la testa per guardarlo negli occhi, sgranati per la paura. Sta trattenendo il fiato. "Oh, Christian..." Mi si stringe il cuore. «Io non sono lei. Sono molto più forte di lei. Io ho te, e tu sei molto più forte adesso, e so che mi ami. Ti amo anch'io» sussurro.

Lui inarca un sopracciglio come se non si aspettasse di sentire quelle parole. «Mi ami ancora?» chiede.

«Certo che ti amo, Christian. Ti amerò sempre. Indipendentemente da quello che mi fai.» È questa la rassicurazione di cui ha bisogno?

Lui espira e chiude gli occhi, coprendosi di nuovo il volto con il braccio, ma stringendomi più forte.

«Non nasconderti da me.» Gli prendo la mano e gli faccio

spostare il braccio. «Hai passato la vita a nasconderti. Non farlo, ti prego, non nasconderti da me.»

Mi guarda incredulo e aggrotta la fronte. «Nascondermi?»

«Sì.»

Si sposta all'improvviso, e io mi ritrovo di fianco a lui. Mi toglie i capelli dalla faccia e me li sistema dietro le orecchie.

«Oggi mi hai chiesto se ti odiavo. Non capivo perché, e adesso...» Si interrompe, fissandomi come se fossi un enigma.

«Pensi ancora che io ti odi?» chiedo con voce incredula.

«No.» Scuote la testa. «Non adesso.» Sembra sollevato. «Ma ho bisogno di sapere... perché hai detto la *safeword*, Ana?»

Sbianco. Che cosa posso dirgli? Che mi ha spaventata. Che non sapevo se avrebbe smesso. Che l'avevo implorato... e lui non si era fermato. Che non volevo che la situazione diventasse insostenibile... come... come quella volta in questa stanza. Rabbrividisco pensando a quando mi ha frustata con la cintura.

Deglutisco. «Perché... perché tu eri così arrabbiato e distante e... freddo. Non sapevo quanto oltre ti saresti spinto.»

La sua espressione è indecifrabile.

«Avevi intenzione di farmi godere?» Parlo a voce bassissima e mi sento avvampare, ma sostengo il suo sguardo.

«No» dice alla fine.

«È... terribile.»

Mi sfrega teneramente la guancia con le nocche. «Ma efficace» mormora. Mi guarda come se stesse cercando di leggermi nell'anima, gli occhi che si incupiscono. Dopo un'eternità aggiunge: «Sono contento che tu l'abbia fatto».

«Davvero?» Non capisco.

Le labbra gli si incurvano in un sorriso triste. «Sì. Non voglio farti male. Mi sono lasciato trasportare.» Si abbassa e mi bacia. «Ho perso la testa. Succede spesso, con te.»

Per qualche strana ragione la cosa mi fa piacere... Gli scocco un sorriso radioso. Perché ciò mi rende felice? Lui contraccambia il sorriso.

«Non so perché stai sorridendo, Mrs Grey.»

«Nemmeno io.»

Si stringe a me e mi mette la testa sul petto. Siamo un groviglio di membra nude e fasciate dai jeans, e di lenzuola di raso rosso scuro. Gli accarezzo la schiena con una mano. Lui sospira e si rilassa tra le mie braccia.

«Vuol dire che posso fidarmi del fatto che tu… mi fermi. Non vorrei mai farti male» mormora. «Ho bisogno…» Si interrompe.

«Hai bisogno di che cosa?»

«Ho bisogno del controllo, Ana. Come ho bisogno di te. È l'unico modo in cui riesco a funzionare. Non posso rinunciarci. Ci ho provato… Eppure, con te…» Scuote la testa, esasperato.

Deglutisco. Questo è il nodo del nostro dilemma… il suo bisogno di controllare e il suo bisogno di me. Mi rifiuto di credere che le due cose siano incompatibili.

«Anch'io ho bisogno di te» dico a bassa voce, stringendolo forte. «Ci proverò, Christian. Proverò a stare più attenta.»

«Io voglio che tu abbia bisogno di me» mormora lui.

«Io ho bisogno di te!» dico in tono appassionato. Ho così tanto bisogno di lui. Lo amo così tanto.

«Voglio aver cura di te.»

«Lo fai. Di continuo. Mi sei mancato tantissimo mentre eri via.»

«Davvero?» Sembra così sorpreso.

«Sì, certo. Detesto che tu stia via.»

Percepisco il suo sorriso. «Saresti potuta venire con me.»

«Christian, per favore. Non ricominciamo con questa discussione. Io voglio lavorare.»

Sospira, mentre gli passo teneramente le dita fra i capelli.

«Ti amo, Ana.»

«Anch'io ti amo, Christian. Ti amerò sempre.»

Stiamo lì, fermi, la quiete dopo la tempesta. Ascoltando il battito del suo cuore, scivolo nel sonno, esausta.

Mi sveglio di soprassalto, disorientata. Dove sono? La stanza dei giochi. Le luci sono ancora accese e illuminano debolmente le pareti rosso sangue. Christian si lamenta e mi rendo conto che è stato lui a svegliarmi.

«No» geme. È sdraiato al mio fianco, la testa gettata indietro, gli occhi chiusi, il viso contratto dall'angoscia.

Sta facendo un incubo.

«No!» urla di nuovo.

«Christian, svegliati.» A fatica mi tiro su a sedere, scalciando le lenzuola. Mi inginocchio accanto a lui e lo scuoto, mentre cominciano a spuntarmi le lacrime.

«Ti prego, Christian, svegliati!»

Lui apre gli occhi di scatto, grigi e selvaggi, le pupille dilatate dalla paura. Mi guarda senza vedermi.

«Christian, è un incubo. Sei a casa. Sei al sicuro.»

Lui sbatte le palpebre, si guarda intorno frenetico e aggrotta la fronte quando capisce dov'è. Poi riporta gli occhi nei miei. «Ana» dice in un soffio, e senza preavviso mi afferra la faccia con entrambe le mani, mi tira sul suo petto e mi bacia. Con forza. Mi infila la lingua in bocca, disperato e bisognoso. Senza darmi quasi il tempo di respirare, rotola di lato, la bocca incollata alla mia, e mi fa sdraiare sulla schiena premendomi contro il materasso. Con una delle mani mi prende la mascella, con l'altra mi afferra la testa, tenendomi ferma e allargandomi le gambe con un ginocchio, poi si abbandona tra le mie cosce con ancora addosso i jeans.

«Ana» ansima, come se non riuscisse a credere che sono lì con lui. Mi guarda per una frazione di secondo, concedendomi un attimo di respiro. Poi preme di nuovo le labbra sulle mie, immergendosi nella mia bocca, prendendo tutto quello che ho da dargli. Geme forte inarcando il bacino contro di me. La sua erezione inguainata nei jeans mi affonda nella carne. Gemo, mentre tutta la tensione sessuale frustrata di prima erompe riemergendo con prepotenza, inondandomi di desiderio e di bisogno. Spinto dai suoi demoni mi bacia il viso, gli occhi, le guance, la mascella.

«Sono qui» sussurro, cercando di tranquillizzarlo, mentre i nostri respiri ansimanti si mescolano. Gli metto le braccia intorno alle spalle e mi inarco contro di lui, accogliendolo.

«Ana» ansima, la voce roca e selvaggia. «Ho bisogno di te.»

«Anch'io» sussurro con urgenza, con il corpo che reclama disperatamente le sue carezze. Lo voglio adesso. Voglio sanare le sue ferite. Voglio guarire le mie... Lui armeggia con i bottoni dei jeans, poi libera la sua erezione.

"Accidenti." Meno di un minuto fa dormivo.

Si sposta, guardandomi per un istante, sospeso su di me.

«Sì. Ti prego» dico con voce roca, carica di urgenza.

E con un unico rapido movimento affonda dentro di me.

«Ah!» grido, non di dolore, ma stupita dalla rapidità con cui mi ha penetrata.

Lui geme e la sua bocca cerca di nuovo la mia mentre si muove dentro di me, arrivando in fondo, ripetutamente, possedendomi con la lingua. Si muove frenetico, spinto dalla paura, dall'eccitazione, dal desiderio, da... dall'amore? Non lo so, ma io rispondo ai suoi affondi, accogliendolo con gratitudine.

«Ana» grugnisce con un suono quasi inarticolato e gode con violenza dentro di me, il viso teso, il corpo rigido, prima di crollare sopra di me, ansimante, lasciandomi insoddisfatta... di nuovo.

"Merda. Decisamente non è la mia serata." Lo tengo abbracciato, facendo un respiro profondo e inarcandomi sotto di lui per il desiderio. Lui scivola fuori da me e mi tiene stretta a lungo... molto a lungo. Alla fine scuote la testa e si puntella su un gomito, spostando parte del peso dal mio corpo. Mi guarda come se mi vedesse per la prima volta.

«Oh, Ana. Dio santo.» Si piega verso di me e mi bacia teneramente.

«Stai bene?» sussurro, accarezzandogli il viso adorabile.

Lui annuisce, ma sembra scosso e profondamente turbato. Il mio bambino smarrito. Aggrotta le sopracciglia e mi fissa con intensità negli occhi come se si rendesse finalmente conto di dove si trova.

«Tu?» chiede, in tono preoccupato.

«Ehm...» Mi muovo contro il suo corpo e dopo un momento lui sorride, un lento sorriso lascivo.

«Hai delle esigenze, Mrs Grey» mormora. Mi dà un rapido bacio, poi salta giù dal letto.

Si inginocchia ai piedi del letto e mi afferra le gambe, tirandomi verso di lui; adesso ho il sedere sul bordo del materasso.

«Siediti» mormora. Mi tiro su a sedere, con i capelli che mi ricadono addosso come un velo, coprendomi il seno. I suoi occhi grigi fissano i miei mentre mi apre con delicatezza le gambe, facendomele allargare il più possibile. Mi appoggio sulle mani... sapendo benissimo che cosa sta per fare. Ma... è proprio... ehm...

«Sei così dannatamente bella, Ana» dice in un soffio, e io lo guardo mentre la sua chioma color rame si abbassa e mi bacia l'interno della coscia destra, risalendo. Il mio corpo si contrae pregustando il momento. Lui mi lancia un'occhiata, gli occhi due pozze scure tra le lunghe ciglia.

«Guarda» dice con voce roca, poi la sua bocca è su di me. "Oddio." Grido mentre il mondo si concentra tra le mie cosce, e guardarlo è così erotico... La sua lingua su quella che è la parte più sensibile del mio corpo. E non ha pietà, mi stuzzica e mi stimola, mi venera. Il mio corpo si tende e mi tremano le braccia per lo sforzo.

«No... ah» ansimo. Con delicatezza infila un dito dentro di me, e io mi abbandono, godendomi il suo tocco. Massaggia lentamente il punto del piacere al centro del mio corpo. Ed è sufficiente... godo. Esplodo intorno a lui, gridando incoerentemente il suo nome mentre l'intensità dell'orgasmo mi fa inarcare sul letto. È una sensazione così selvaggia che ho l'impressione di vedere le stelle... Sono vagamente consapevole che mi sta strofinando il viso sulla pancia, dandomi lievi baci. Gli accarezzo i capelli.

«Non ho ancora finito con te» mormora. E prima che io sia tornata del tutto a Seattle, pianeta Terra, lui mi afferra per i fianchi e mi tira giù dal letto mettendomi a cavalcioni sulle sue ginocchia, dove mi aspetta la sua erezione.

Sussulto mentre mi riempie. "Porca miseria..."

«Oh, piccola» ansima, e mi circonda con le braccia, fermandosi, cullandomi la testa e baciandomi il viso. Inarca il bacino, e violente fitte di piacere si irradiano dal centro del mio corpo. Mi prende per il sedere e mi solleva, poi si spinge dentro di me.

«Ah» gemo, e la sua bocca è di nuovo sulla mia, mentre, con infinita lentezza, mi solleva e si spinge dentro di me, più volte. Gli metto le braccia al collo, abbandonandomi al suo ritmo e lasciandomi trasportare ovunque lui voglia. Inarco il bacino, cavalcandolo... è bellissimo. Getto indietro la testa, la bocca aperta in una muta espressione di piacere, mentre lui fa l'amore con me dolcemente.

«Ana» dice in un soffio, e si china per baciarmi la gola. Mi tiene saldamente, muovendosi piano fuori e dentro, facendo crescere il mio piacere... sempre di più... con un ritmo perfetto... una fluida forza carnale. Dal mio corpo si irradiano ondate di piacere mentre lui mi tiene così vicina a sé.

«Ti amo, Ana» mi sussurra all'orecchio, la voce bassa e roca, e mi solleva di nuovo, poi affonda dentro di me... più volte. Gli metto le mani sulla nuca e poi nei capelli.

«Ti amo anch'io, Christian.» Apro gli occhi e nel suo sguardo leggo solo amore, che risplende con forza nella luce soffusa della stanza dei giochi, l'incubo apparentemente dimenticato. E mentre sento avvicinarsi l'orgasmo, mi rendo conto che era questo che volevo... questa connessione, questa dimostrazione del fatto che ci amiamo.

«Vieni per me, piccola» dice a bassa voce. Chiudo gli occhi mentre il mio corpo si contrae... Vengo urlando, travolta da un orgasmo violento. Lui si ferma, la fronte contro la mia, sussurra il mio nome e viene anche lui.

Mi solleva con delicatezza e mi mette sul letto. Sono tra le sue braccia, svuotata e finalmente appagata. Mi sfrega il naso sul collo.
«Meglio adesso?»
«Mmh.»
«Dovremmo andare a letto, o vuoi dormire qui?»
«Mmh.»
«Parlami, Mrs Grey.» Ha un tono divertito.
«Mmh.»
«È il meglio che riesci a fare?»
«Mmh.»
«Vieni. Ti porto a letto. Non mi piace dormire qui.»
Con riluttanza, mi giro per guardarlo in faccia. «Aspetta» sussurro. Lui sbatte le palpebre, con gli occhi sgranati e l'aria innocente, e al tempo stesso appagato dal sesso e in pace con se stesso.
«Stai bene?» chiedo.
Lui annuisce, compiaciuto come un adolescente. «Adesso sì.»
«Oh, Christian» lo rimprovero e gli accarezzo lievemente il viso adorato. «Stavo parlando del tuo incubo.»
Si irrigidisce per un momento, poi chiude gli occhi e stringe le braccia intorno a me, seppellendomi la faccia nel collo.
«Non chiedere» dice piano, la voce roca e desolata. Mi si stringe il cuore e lo abbraccio forte, accarezzandogli la schiena e passandogli una mano nei capelli.
«Mi dispiace» mormoro, allarmata dalla sua reazione. Accidenti... come faccio a star dietro a questi repentini cambiamenti d'umore? Che diavolo ha sognato? Non voglio causargli altro dolore costringendolo a rivivere i dettagli. «Va bene» dico piano, desiderando con tutta me stessa che

ritorni a essere l'adolescente giocoso di poco fa. «Va bene» ripeto, in tono rassicurante.

«Andiamo a dormire» dice sommessamente dopo un po', e si allontana da me alzandosi dal letto, lasciandomi vuota e dolorante. Mi affretto a imitarlo, rimanendo avvolta nel lenzuolo di raso, e mi chino per raccogliere i miei vestiti.

«Lasciali qui» dice, e prima che me ne renda conto mi solleva. «Non voglio che inciampi nel lenzuolo...» Lo abbraccio, stupita che abbia recuperato la compostezza, e mi accoccolo contro di lui mentre mi porta nella nostra stanza.

Apro gli occhi di scatto. C'è qualcosa che non va. Christian non è a letto, anche se è ancora buio. Lancio un'occhiata alla radiosveglia e vedo che sono le tre e venti del mattino. Dov'è Christian? Poi sento il pianoforte.

Mi alzo in fretta dal letto, afferro la vestaglia e percorro il corridoio diretta al salone. Una melodia così triste... un lamento malinconico che gli ho già sentito suonare. Mi fermo sulla soglia e lo guardo, immerso in una pozza di luce, mentre quella musica cupa riempie la stanza. Finisce il pezzo, poi riprende daccapo. Perché questa melodia straziante? Mi stringo le braccia intorno al corpo e ascolto affascinata mentre lui suona. Ma ho il cuore pesante. "Perché sei così triste, Christian? È a causa mia? Ti ho fatto io questo?" Quando finisce, solo per ricominciare di nuovo, non riesco a sopportare oltre. Lui non alza lo sguardo mentre mi avvicino, ma si sposta di lato perché possa sedermi accanto a lui sullo sgabello. Continua a suonare e io gli appoggio la testa sulla spalla. Mi bacia sui capelli, ma non smette finché non è arrivato alla conclusione del brano. Gli lancio un'occhiata e lui mi sta fissando, circospetto.

«Ti ho svegliata?» chiede.

«Solo perché te n'eri andato. Che cos'è questo brano?»

«Chopin. È uno dei suoi preludi, quello in Mi minore.» Tace un momento. «Si chiama *Soffocamento*...»

Mi allungo per prendergli la mano. «Sei molto scosso, vero?»

Lui sbuffa. «Uno squinternato testa di cazzo si introduce nel mio appartamento per rapire mia moglie. Lei non vuole fare quello che le si ordina. Mi farà impazzire. Mi dice la *safeword*.» Chiude gli occhi per un istante e quando li riapre il suo sguardo è arido, desolato. «Sì, sono piuttosto scosso.»

Gli stringo la mano. «Mi dispiace.»

Lui appoggia la fronte alla mia. «Ho sognato che eri morta» sussurra. «Sdraiata sul pavimento... così fredda... e non ti svegliavi.»

"Oh, Christian."

«Ehi... era solo un brutto sogno.» Gli prendo la testa tra le mani. I suoi occhi ardono nei miei e l'angoscia che vi si legge è terribile. «Sono qui e ho freddo a letto senza di te. Torna di là, ti prego.» Gli prendo una mano e mi alzo, aspettando per vedere se mi segue. Finalmente si alza anche lui. Indossa i pantaloni del pigiama, che gli cadono sui fianchi in quel modo così sexy, e io vorrei passare il dito all'interno dell'elastico, ma mi trattengo e lo riporto in camera.

Quando mi sveglio, lui è avvinghiato a me e dorme tranquillo. Mi rilasso e mi godo il calore del suo corpo, la sua pelle contro la mia. Rimango immobile, per non disturbarlo.

Ragazzi, che serata. Mi sento come se fossi stata investita da un treno... quel treno lanciato a tutta velocità che è mio marito. Difficile credere che l'uomo sdraiato al mio fianco, che sembra così sereno e giovane nel sonno, fosse così tormentato questa notte... e mi abbia così tormentata. Guardo il soffitto e mi viene in mente che penso sempre a Christian come a un uomo forte e dominante... quando in realtà è tanto fragile, il mio bambino smarrito. E l'ironia è che lui mi considera fragile... mentre io non penso di esserlo. In confronto a lui sono una roccia.

Ma sono forte abbastanza per tutti e due? Abbastanza

forte da fare quello che mi viene detto e offrirgli un po' di pace mentale? Sospiro. Non mi sta chiedendo molto, in fondo. Ripenso alla nostra conversazione di ieri sera. Abbiamo deciso altro oltre al fatto di cercare di impegnarci entrambi di più? La verità è che io amo quest'uomo, e ho bisogno di stabilire una rotta per tutti e due. Una strada che mi consenta di mantenere l'integrità e l'indipendenza, ma di rimanere comunque un punto fermo. Io sono il suo punto fermo, come lui è il mio. Decido di fare uno sforzo particolare questo fine settimana per non creargli preoccupazioni.

Christian si agita e alza la testa dal mio petto, guardandomi con gli occhi assonnati.

«Buongiorno, Mr Grey.» Sorrido.

«Buongiorno, Mrs Grey. Dormito bene?» Si stira.

«Dopo che mio marito ha smesso di fare quel terribile fracasso al pianoforte, sì, grazie.»

Lui fa il suo sorriso timido e io mi sciolgo. «Terribile fracasso? Manderò una mail a Miss Kathie per riferirglielo.»

«Miss Kathie?»

«La mia insegnante di pianoforte.»

Ridacchio.

«Questa sì che è musica per le mie orecchie» dice. «Riusciremo ad avere una giornata migliore, oggi?»

«Okay» concordo. «Che cosa vuoi fare?»

«Dopo aver fatto l'amore con mia moglie, e dopo che mi avrà preparato la colazione, mi piacerebbe portarla ad Aspen.»

Lo guardo a bocca aperta. «Aspen?»

«Sì.»

«Aspen, in Colorado?»

«Proprio quella. A meno che non l'abbiano spostata. In fin dei conti, hai pagato un po' di dollari per l'esperienza.»

Gli faccio un sorrisone. «Era denaro tuo.»

«Nostro.»

«Era denaro tuo quando ho fatto l'offerta all'asta...»

«Oh, Mrs Grey, tu e quel tuo gesto» mi sussurra mentre risale con la mano lungo la coscia.

«Non ci vogliono ore per arrivare in Colorado?» chiedo per distrarlo.

«Non in aereo» dice in tono suadente, mettendomi la mano sul sedere.

Già, mio marito ha un jet privato. Come ho fatto a dimenticarlo? La sua mano continua ad accarezzarmi, sollevandomi la camicia da notte, e presto dimentico tutto.

Taylor ci accompagna in macchina sulla pista del Sea-Tac, dove ci sta aspettando il jet della GEH. È una giornata grigia, ma mi rifiuto di lasciarmi deprimere dalle condizioni meteorologiche. Christian è di umore molto migliore. È eccitato per qualcosa... allegro come a Natale e agitato, sembra un ragazzino che nasconde un grande segreto. Mi chiedo che cos'abbia escogitato. Ha un aspetto favoloso, i capelli scompigliati, la T-shirt bianca e i jeans neri. Non sembra affatto un amministratore delegato, oggi. Mi prende per mano mentre Taylor ferma l'auto ai piedi della scaletta del jet.

«Ho una sorpresa per te» bisbiglia e mi bacia le nocche.

Gli rivolgo un sorriso radioso. «Una bella sorpresa?»

«Spero di sì.» Mi sorride con calore.

"Mmh... che cosa può essere?"

Sawyer balza giù dalla macchina e mi apre la portiera. Taylor fa lo stesso con quella di Christian, poi prende i bagagli dal baule. Stephan ci sta aspettando in cima alla scaletta. Lancio un'occhiata nella cabina di pilotaggio e vedo il secondo pilota Beighley impegnata ad azionare interruttori sull'imponente quadro comandi.

Christian e Stephan si stringono la mano. «Buongiorno, signore.» Stephan sorride.

«Grazie per aver fatto tutto con un preavviso così breve.» Christian ricambia il sorriso. «I nostri ospiti sono arrivati?»

«Sì, signore.»

"Ospiti?" Mi volto e rimango senza fiato. Kate, Elliot, Mia e Ethan mi sorridono seduti sulle poltroncine di pelle color crema. Wow! Mi giro verso Christian.

«Sorpresa!» dice.

«Chi? Come? Quando?» balbetto confusa, cercando di contenere l'entusiasmo.

«Hai detto che non vedevi abbastanza i tuoi amici.» Si stringe nelle spalle e mi fa un sorrisetto di scuse.

«Oh, Christian, grazie.» Gli getto le braccia al collo e lo bacio con impeto. Lui mi mette le mani sui fianchi, aggancia i pollici nei passanti dei miei jeans e contraccambia il bacio.

«Continua così e ti trascino in camera da letto» mormora.

«Non oserai» bisbiglio con le labbra sulla sua bocca.

«Oh, Anastasia.» Fa un sorriso radioso, scuotendo la testa. Mi lascia andare e senza preavviso mi afferra per le cosce e mi solleva come un sacco appoggiandomi sulla sua spalla.

«Christian, mettimi giù!» strillo, dandogli una pacca sul sedere.

Colgo brevemente il sorriso di Stephan mentre si gira e si dirige nella cabina di pilotaggio. Taylor è in piedi sulla soglia del portellone e cerca di rimanere serio. Ignorando le mie proteste e il mio futile agitarmi, Christian percorre il corridoio oltrepassando Mia e Ethan, seduti uno di fronte all'altra nei posti singoli, e Kate e Elliot, il quale lancia grida di incitamento come uno scimmione demente.

«Se volete scusarmi» dice ai nostri ospiti. «Devo dire una parola a mia moglie in privato.»

«Christian!» urlo. «Mettimi giù!»

«A tempo debito, piccola.»

Ho una breve visione dei miei quattro amici che ridono. "Maledizione!" Non è divertente, è imbarazzante. Ethan ci guarda come un allocco, a bocca aperta e completamente scioccato, mentre noi scompariamo nella cabina.

Christian si chiude la porta alle spalle e mi lascia andare, facendomi scivolare lentamente lungo il suo corpo, e io sento ognuno dei suoi tendini e dei suoi muscoli scolpiti. Mi fa il suo sorriso da ragazzino, tutto soddisfatto.

«Un bello spettacolo, Mr Grey.» Incrocio le braccia e lo guardo con finta indignazione.

«È stato divertente, Mrs Grey.» E sorride ancora di più. Sembra così giovane.

«Hai intenzione di andare avanti?» Inarco un sopracciglio, incerta su quello che provo. Voglio dire, gli altri ci sentiranno. Di colpo, sono intimidita. Lancio un'occhiata ansiosa al letto e mi sento avvampare mentre ricordo la prima notte di nozze. Abbiamo parlato così tanto, ieri, fatto così tanto. Ho l'impressione che abbiamo superato un ostacolo sconosciuto... ma è questo il problema. È sconosciuto. I miei occhi incontrano lo sguardo di Christian, intenso ma divertito, e io non riesco a rimanere seria. Il suo sorriso è troppo contagioso.

«Credo che sarebbe da maleducati far aspettare i nostri ospiti» dice con voce suadente mentre mi si avvicina. "Da quando ha iniziato a preoccuparsi di quello che pensa la gente?" Faccio un passo indietro contro la parete della cabina e lui mi imprigiona, basta il calore del suo corpo a farmi rimanere immobile. Si china su di me e sfrega il naso contro il mio.

«Una bella sorpresa?» sussurra, nella voce un po' d'ansia.

«Oh, Christian, una sorpresa fantastica.» Faccio scorrere le mani sul petto, verso l'alto, gliele annodo sulla nuca e lo bacio.

«Quando l'hai organizzato?» gli chiedo mentre mi stacco da lui, accarezzandogli i capelli.

«Questa notte, quando non riuscivo a dormire. Ho mandato una mail a Elliot e Mia, ed eccoci qui.»

«È stato un pensiero davvero gentile. Grazie. Sono sicura che ci divertiremo un mondo.»

«Lo spero. Pensavo che sarebbe stato più facile evitare la stampa ad Aspen che a casa.»

I paparazzi! Se fossimo rimasti all'Escala, saremmo stati

assediati. Mi corre un brivido lungo la schiena mentre ricordo i flash del manipolo di reporter in mezzo al quale è passato Taylor questa mattina.

«Vieni. È meglio che andiamo a sederci... Stephan decollerà tra poco.» Mi porge la mano e torniamo in cabina.

Elliot ci accoglie prendendoci in giro: «Servizio celere a bordo, eh?».

Christian lo ignora.

«Prego, prendete posto, signore e signori, a breve inizieremo il rullaggio per il decollo.» La voce di Stephan riecheggia autorevole nella cabina. La bruna – "Natalie?" – che era sul volo della nostra prima notte di nozze emerge dalla cambusa e raccoglie le tazze del caffè. "Natalia... Si chiama Natalia."

«Buongiorno Mr Grey, Mrs Grey» dice facendo le fusa. Perché mi mette a disagio? Per sua stessa ammissione, Christian evita di assumere donne brune perché è attratto da loro. Rivolge a Natalia un sorriso cortese mentre si infila dietro il tavolino e si siede di fronte a Elliot e Kate. Abbraccio brevemente Kate e Mia, e saluto con un cenno Elliot e Ethan, poi mi sistemo accanto a Christian e mi allaccio la cintura. Lui mi mette una mano sul ginocchio e lo stringe con affetto. Sembra rilassato e felice, anche se siamo in compagnia. Mi chiedo pigramente perché non possa essere sempre così... nient'affatto maniaco del controllo.

«Spero che tu abbia messo in valigia gli scarponi da trekking» dice, in tono affettuoso.

«Non andiamo a sciare?»

«Sarebbe un'ardua sfida, in agosto» replica divertito. «Tu scii, Ana?» mi chiede Elliot.

«No.»

Christian mi stringe la mano.

«Sono sicuro che il mio fratellino potrebbe darti qualche lezione.» Elliot mi strizza l'occhio. «Va piuttosto veloce anche sulle piste.»

Non riesco a impedirmi di arrossire. Quando guardo Christian, lui sta fissando impassibile Elliot, ma io penso che stia cercando di reprimere l'ilarità. L'aereo si muove e inizia a rullare verso la pista di decollo.

Natalia illustra le procedure di emergenza con voce chiara e squillante. Indossa una camicetta a maniche corte blu scuro e una gonna stretta dello stesso colore. Il trucco è perfetto... È davvero molto carina. Il mio subconscio osserva attentamente il mio atteggiamento.

«Stai bene?» mi chiede Kate senza mezzi termini. «Voglio dire, dopo la faccenda di Hyde.»

Annuisco. Non voglio pensarci né tantomeno parlarne, ma Kate sembra avere un'idea diversa.

«Allora, com'è che è uscito di testa?» chiede, andando dritta al punto nel suo modo inimitabile. Getta indietro i capelli preparandosi a ulteriori indagini.

Guardandola freddamente, Christian alza le spalle. «L'ho licenziato» dice con franchezza brutale.

«Ah! Perché?» domanda Kate piegando la testa di lato, e io so che è passata in modalità Nancy Drew.

«Mi aveva fatto delle avances» borbotto. Cerco di tirare un calcio alla caviglia di Kate e la manco. Uffa!

«Quando?» Kate mi guarda male.

«Un secolo fa.»

«Non mi hai mai detto che ti aveva fatto delle avances!» mi rimprovera. «Non può aver portato rancore solo per quello. Voglio dire, è una reazione del tutto eccessiva» continua Kate, ma adesso si rivolge a Christian. «È mentalmente disturbato? E che cosa mi dici delle informazioni che aveva sui Grey?»

Questo suo modo di incalzare Christian mi sta infastidendo, ma lei ha già deciso che io non so niente, perciò non può chiedere a me. Il pensiero è sgradevole.

«Crediamo che ci sia un legame con Detroit» risponde Christian gentilmente. Troppo gentilmente.

«Anche Hyde è di Detroit?»

Christian annuisce.

L'aereo accelera e io stringo la mano a Christian, che mi lancia un'occhiata rassicurante. Sa che detesto il decollo e l'atterraggio. Ricambia la stretta e mi accarezza con dolcezza le nocche, tranquillizzandomi.

«Che cosa sappiamo di lui?» chiede Elliot, indifferente al fatto che siamo lanciati a tutta velocità sulla pista di decollo a bordo di un piccolo jet che sta per essere sparato nel cielo, e altrettanto inconsapevole della crescente esasperazione di Christian nei confronti di Kate. Lei si china in avanti, ascoltando con attenzione.

«Sono informazioni riservate» dice Christian rivolgendosi direttamente a Kate. La bocca di Kate si indurisce in una linea sottile. Io deglutisco. «Sappiamo poco su di lui» prosegue poi. «Suo padre è stato ucciso durante una rissa in un bar. Sua madre era un'alcolista all'ultimo stadio. Da bambino è passato da una famiglia affidataria all'altra... e da un casino all'altro. Furti d'auto, perlopiù. Ha trascorso un periodo in riformatorio. La madre si è rimessa in carreggiata grazie a un programma di recupero, e Hyde è cambiato completamente. Ha vinto una borsa di studio a Princeton.»

«Princeton?» chiede Kate, incuriosita.

«Già. È un ragazzo brillante.» Christian si stringe nelle spalle.

«Non così brillante. Si è fatto beccare» borbotta Elliot.

«Ma di sicuro questa prodezza non l'ha fatta da solo» osserva Kate.

Christian si irrigidisce. «Non lo sappiamo ancora» dice calmissimo. Quindi aveva dei complici? Mi giro e fisso con orrore Christian, che mi stringe di nuovo la mano ma non mi guarda negli occhi. L'aereo prende quota dolcemente e io avverto nello stomaco quell'orribile sensazione di sprofondare.

«Quanti anni ha?» chiedo a Christian, avvicinandomi in

modo che possa sentirmi solo lui. Per quanto sia ansiosa di sapere che cosa sta succedendo, non voglio incoraggiare l'interrogatorio di Kate. So che sta irritando Christian, e sono sicura che lei è sulla sua lista nera dalla serata del drink.

«Trentadue. Perché?»

«Sono curiosa, tutto qui.»

Christian contrae la mascella. «Non essere curiosa riguardo a Hyde. Io sono felice che quella testa di cazzo sia al fresco, e basta.» È quasi un rimprovero, ma io decido di ignorare il suo tono.

«Tu pensi che avesse dei complici?» Il pensiero che qualcun altro possa essere coinvolto mi fa star male. Significherebbe che non è finita.

«Non lo so» risponde Christian.

«Forse qualcuno che nutre del rancore verso di te?» suggerisco. Accidenti. Spero che non si tratti della Strega. «Come Elena?» sussurro. Mi rendo conto di aver detto il suo nome ad alta voce, ma lo sente solo lui. Lancio un'occhiata ansiosa a Kate, ma lei è immersa in una conversazione con Elliot, il quale sembra incazzato con lei. Mmh.

«Ti piace demonizzarla, vero?» Christian alza gli occhi al cielo e scuote la testa disgustato. «Forse nutre del rancore, ma non farebbe una cosa del genere.» Mi inchioda con un severo sguardo grigio. «Non parliamo di lei. So che non è il tuo argomento di conversazione preferito.»

«L'hai affrontata?» bisbiglio, senza essere sicura di volerlo sapere davvero.

«Ana, non la vedo dal giorno della mia festa di compleanno. Lascia perdere, ti prego. Non voglio parlare di lei.» Si porta la mia mano alle labbra. Gli occhi ardono nei miei, e io non so se è il caso di incalzarlo su questa faccenda.

«Prendetevi una stanza, ragazzi» scherza Elliot. «Ah, giusto... ce l'avevate, ma non l'avete usata a lungo.»

Christian alza lo sguardo e lancia a Elliot un'occhiata gelida. «Vaffanculo, Elliot» dice senza cattiveria.

«Amico, dico solo le cose come stanno.» Negli occhi di Elliot passa un lampo di ilarità.

«Com'è nel tuo stile» mormora Christian sarcastico.

Elliot fa un ampio sorriso, godendosi quello scambio scherzoso. «Hai sposato la prima fidanzata che hai avuto» dice, indicandomi.

"Accidenti, dove andrà a parare?" Arrossisco.

«Puoi darmi torto?» Christian mi bacia di nuovo la mano.

«No.» Elliot scoppia a ridere e scuote la testa.

Io arrossisco ancora di più e Kate dà una pacca sul ginocchio a Elliot.

«Smettila di fare lo stronzo» lo rimprovera.

«Dài retta alla tua fidanzata» dice Christian a Elliot, e la sua aria preoccupata di poco fa sembra svanita. Mi si stappano le orecchie mentre l'aereo continua a prendere quota e quando si porta in posizione orizzontale la tensione svanisce. Kate guarda male Elliot. Mmh... qualcosa bolle in pentola tra loro?

Elliot ha ragione. Sbuffo per l'ironia della cosa. Io sono – sono stata – la prima fidanzata di Christian, e adesso sua moglie. Le quindici Sottomesse e la malvagia Mrs Robinson... quelle non contano. Ma allora Elliot non ne sa niente, e chiaramente Kate non gliel'ha detto. Le sorrido e lei mi strizza l'occhio con aria cospiratoria. I miei segreti sono al sicuro, con Kate.

«Okay, signore e signori, voleremo a un'altitudine di circa novemilasettecento metri, e la durata stimata del volo è di un'ora e cinquantasei minuti» annuncia Stephan. «Adesso siete liberi di muovervi per la cabina.»

Natalia compare all'improvviso.

«Qualcuno gradisce un caffè?»

13

Atterriamo senza scosse al Sardy Field alle 12.25, ora locale. Stephan porta l'aereo a poca distanza dal terminal principale e dal finestrino vedo un furgoncino Volkswagen in attesa.

«Bell'atterraggio.» Christian sorride e stringe la mano di Stephan, mentre noi ci prepariamo a scendere dal jet.

«Tutto merito dell'altitudine di densità, signore.» Stephan ricambia il sorriso. «Beighley è bravissima con i calcoli.»

Christian annuisce rivolto al secondo pilota. «Ottimo lavoro, Beighley. Atterraggio perfetto.»

«Grazie, signore.» Lei sorride compiaciuta.

«Buon fine settimana. Mr Grey, Mrs Grey. Ci vediamo domani.» Stephan si fa da parte per lasciarci sbarcare. Christian mi prende per mano e mi conduce giù dalla scaletta dove Taylor ci sta aspettando con il veicolo.

«Un furgoncino?» dice Christian sorpreso mentre Taylor fa scorrere la portiera.

Taylor gli fa un sorrisetto contrito e scrolla le spalle.

«All'ultimo momento, lo so» dice Christian, placato. Taylor si dirige verso il jet per recuperare i bagagli.

«Vuoi pomiciare sui sedili di dietro?» mi bisbiglia Christian, un lampo malizioso negli occhi.

Ridacchio. Chi è quest'uomo, e che cosa ne è stato di Mr Rabbia Furiosa degli uomini due giorni?

«Su, voi due. Salite» dice Mia alle nostre spalle, il ritratto dell'impazienza accanto a Ethan. Saliamo, raggiungendo il sedile doppio posteriore, e ci sediamo. Mi rannicchio contro Christian e lui appoggia un braccio sullo schienale del mio sedile.

«Comoda?» bisbiglia, mentre Mia e Ethan si siedono davanti a noi.

«Sì.» Gli sorrido e lui mi bacia la fronte. E per qualche ragione insondabile oggi mi sento timida con lui. "Perché? Questa notte? La compagnia? Non riesco a capirlo."

Elliot e Kate arrivano per ultimi mentre Taylor apre il portellone posteriore per caricare i bagagli. Cinque minuti più tardi siamo in viaggio.

Guardo fuori dal finestrino mentre ci dirigiamo verso Aspen. Gli alberi sono verdi, ma qua e là ci sono già segni dell'autunno, nella punta gialla delle foglie. Il cielo è limpido, anche se a ovest si vedono nuvole scure. All'orizzonte incombono le Montagne Rocciose, la cima più alta proprio di fronte a noi. Sono lussureggianti e verdi, e la vetta più elevata è incappucciata di neve, sembra il disegno delle montagne fatto da un bambino.

Siamo nel campo giochi invernale della gente ricca e famosa. "E io ho una casa qui." Quasi non riesco a crederci. E dal profondo di me affiora il familiare disagio che provo sempre quando cerco di pensare alla ricchezza di Christian. Che cos'ho fatto per meritarmi un simile stile di vita? Niente, eccetto innamorarmi.

«Sei mai stata ad Aspen, Ana?» mi chiede Ethan, voltandosi e strappandomi alle mie fantasticherie.

«No, prima volta. E tu?»

«Kate e io ci venivamo spesso da piccoli. Nostro padre è uno sciatore provetto. E anche la mamma se la cava.»

«Spero che mio marito mi insegnerà a sciare.»

«Non contarci troppo» borbotta lui.

«Non sarò poi questo disastro!»

«Potresti romperti l'osso del collo.» Non sorride più.

"Oh." Non voglio discutere e rovinargli il buonumore, così cambio argomento. «Da quanto tempo hai questa casa?»

«Quasi due anni. Adesso è anche tua, Mrs Grey» dice con dolcezza.

«Lo so» sussurro. Ma, non so perché, non ho il coraggio delle mie convinzioni. Mi protendo verso Christian e lo bacio sulla mascella, poi torno ad accoccolarmi contro di lui, ascoltandolo scherzare con Ethan e Elliot. Ogni tanto interviene anche Mia, ma Kate è silenziosa e mi chiedo se stia rimuginando sulla faccenda di Jack Hyde. Poi mi viene in mente. Aspen... La casa di Christian è stata riprogettata da Gia Matteo e ristrutturata da Elliot. Mi domando se sia questo a preoccupare Kate. Non posso chiedergli davanti a Elliot, data la sua storia con Gia. E poi, Kate sa del legame tra Gia e la casa di Aspen? Mi acciglio, cercando di capire che cosa la turbi e decido di parlargliene quando saremo sole.

Passiamo per il centro di Aspen e il mio umore migliora mentre guardo la cittadina. Ci sono edifici tozzi costruiti in mattoni rossi, chalet in stile svizzero e numerose casette dell'inizio del Novecento dipinte in colori vivaci. È anche pieno di banche e di boutique di stilisti, il che rivela la ricchezza della gente che ci vive. Christian è a suo agio qui.

«Perché hai scelto Aspen?» gli chiedo.

«Cosa?» Mi lancia un'occhiata interrogativa.

«Per comprare una casa.»

«I nostri genitori ci portavano qui quando eravamo piccoli. Ho imparato a sciare qui e mi piace il posto. Spero che piaccia anche a te... altrimenti vendiamo la casa e scegliamo un'altra località.»

Mi sistema una ciocca di capelli dietro l'orecchio. «Sei adorabile, oggi» mormora.

Sento caldo alla faccia. Indosso comodi abiti da viaggio: jeans e una maglietta, con una giacca leggera blu scuro.

Mi bacia, un bacio tenero, dolce, affettuoso.

Taylor esce dalla cittadina e iniziamo ad arrampicarci sull'altro versante della valle, percorrendo una tortuosa strada di montagna. Più saliamo e più sono eccitata, e Christian si irrigidisce al mio fianco.

«Cosa c'è che non va?» gli chiedo mentre facciamo un tornante.

«Spero che ti piaccia» dice piano. «Siamo arrivati.»

Taylor rallenta e imbocca un ingresso di pietra grigia, beige e rossa. Avanza sul vialetto e si ferma davanti a una casa imponente. Ha finestre che si aprono su entrambi i lati della porta principale, il tetto spiovente ed è fatta di legno scuro e pietre simili a quelle dell'ingresso. È straordinaria... moderna ed essenziale, molto nello stile di Christian.

«Siamo a casa» dice piano mentre i nostri ospiti iniziano a scendere dal furgoncino.

«È bella.»

«Vieni. Guarda» dice, un lampo eccitato e al tempo stesso ansioso negli occhi, come se stesse per mostrarmi un progetto scientifico o qualcosa del genere.

Mia sale di corsa i gradini dove una donna aspetta in piedi sulla soglia. È minuscola e ha i capelli corvini spruzzati di grigio. Mia le getta le braccia al collo e la abbraccia.

«Chi è?» chiedo a Christian mentre mi aiuta a scendere dall'auto.

«Mrs Bentley. Vive qui con il marito. Si occupano della casa.»

"Porca miseria... altro personale?"

Mia sta facendo le presentazioni: Ethan, poi Kate. Anche Elliot abbraccia Mrs Bentley. Mentre Taylor scarica il furgoncino, Christian mi guida verso la porta d'ingresso.

«Bentornato, Mr Grey» sorride Mrs Bentley.

«Carmella, questa è mia moglie, Anastasia» dice Christian orgoglioso. La sua lingua accarezza il mio nome, e il mio cuore fa una capriola.

«Mrs Grey.» Mrs Bentley china la testa in un saluto rispettoso. Io le tendo la mano e ce la stringiamo. Non è una sorpresa per me che lei si comporti in modo molto più formale con Christian che con il resto della famiglia.

«Spero che il volo sia stato piacevole. Le previsioni danno bel tempo per tutto il fine settimana, anche se io non ne sono sicura.» Lancia un'occhiata alle nuvole scure alle nostre spalle. «Il pranzo è pronto quando volete.» Sorride di nuovo, gli occhi scuri che brillano, e io la trovo simpatica.

«Ecco qui.» Christian mi afferra e mi solleva.

«Che cosa fai?» squittisco.

«Ti porto oltre un'altra soglia, Mrs Grey.»

Faccio un sorriso radioso mentre lui mi porta nell'ampio ingresso, mi dà un rapido bacio e mi mette giù sul parquet. L'arredamento è essenziale e mi ricorda il salone dell'Escala: pareti bianche, legno scuro e arte astratta contemporanea. L'ingresso immette in un ampio salotto dove tre divani di pelle color bianco sporco circondano un camino di pietra che domina la stanza. Mia afferra la mano di Ethan e lo trascina a vedere la casa. Christian li osserva socchiudendo gli occhi, a labbra strette. Scuote la testa, poi si gira verso di me.

Kate fa un fischio. «Carinissimo.»

Vedo Elliot che aiuta Taylor con i bagagli. Mi chiedo di nuovo se lei sa del contributo di Gia a questa casa.

«Giro della casa?» mi chiede Christian, e qualunque cosa stesse pensando a proposito di Mia e Ethan è un lontano ricordo. Emana eccitazione... o è ansia? Difficile dirlo.

«Certo.» Ancora una volta, sono sopraffatta dalla ricchezza. Quanto è costata questa casa? E non ho contribuito nemmeno con un centesimo. Ripenso brevemente alla prima volta che Christian mi ha portata all'Escala. Anche allora ero stata sopraffatta. "A quello ti sei abituata" mi sibila la vocina interiore.

Christian aggrotta la fronte, ma mi prende per mano e mi guida attraverso le varie stanze. La cucina modernissima ha piani di lavoro di marmo chiaro e pensili neri. Al piano di sotto ci sono un'imponente cantina per i vini e una grande taverna, completa di un enorme televisore, divani soffici... e un tavolo da biliardo. Lo guardo stupefatta e arrossisco quando Christian intercetta il mio sguardo.

«Ti va di giocare?» mi chiede, un lampo malizioso negli occhi. Scuoto la testa e lui aggrotta di nuovo la fronte. Mi prende per mano e mi porta al primo piano. Ci sono quattro camere da letto, ciascuna con un bagno privato.

La camera da letto principale è tutt'altra cosa. Il letto è gigantesco, persino più grande di quello di Seattle, e sta di fronte a un'enorme vetrata che si affaccia su Aspen e sulle montagne verdeggianti.

«Quello è il monte Ajax... o il monte Aspen, se preferisci» dice Christian, guardandomi con cautela. È in piedi sulla soglia, i pollici agganciati ai passanti dei jeans neri.

«Sei molto silenziosa» mormora.

«È bellissima, Christian.» E all'improvviso vorrei essere all'Escala.

Mi raggiunge, mi prende il mento e mi costringe a lasciar andare il labbro, che mi stavo mordendo.

«Che cosa c'è?» chiede, i suoi occhi nei miei.

«Sei molto ricco.»

«Sì.»

«A volte sono un po' disorientata dalle tue possibilità economiche.»

«Le nostre.»

«Le nostre» borbotto automaticamente.

«Non fartene un problema, Ana, ti prego. È solo una casa.»

«E che cos'ha fatto Gia, esattamente?»

«Gia?» Inarca un sopracciglio, stupito.

«Sì. Non ha riprogettato lei la casa?»

«Esatto. Ha progettato la taverna. Elliot l'ha realizzata.»

Si passa una mano tra i capelli e mi guarda accigliato. «Perché stiamo parlando di Gia?»

«Sapevi che ha avuto una storia con Elliot?»

Christian mi guarda per un attimo, l'espressione indecifrabile. «Elliot si è scopato mezza Seattle, Ana.»

Trattengo il fiato.

«Perlopiù donne, a quanto ne so» scherza Christian.

«No!»

Christian annuisce. «Non sono affari miei» commenta, alzando le mani con il palmo rivolto verso di me.

«Non credo che Kate lo sappia.»

«Non sono sicuro che lui abbia divulgato l'informazione. A quanto pare, Kate se la sta cavando piuttosto bene.»

Sono scioccata. Il dolce Elliot, il ragazzo senza pretese biondo e con gli occhi azzurri? Lo fisso incredula.

Christian piega la testa di lato, osservandomi. «Non può essere solo per le storie di sesso di Gia o di Elliot.»

«Hai ragione. Scusa. È solo che, dopo tutto quello che è successo questa settimana...» Mi stringo nelle spalle, provando all'improvviso la voglia di piangere. Christian sembra sollevato. Mi prende tra le braccia e mi tiene stretta, affondando il naso nei miei capelli.

«Lo so. Mi dispiace. Cerchiamo di rilassarci e di divertirci, okay? Puoi stare qui a leggere, guardare qualche scemenza alla tivù, fare shopping, una passeggiata... persino pescare. Qualunque cosa tu abbia voglia di fare. E dimentica quello che ho detto di Elliot. È stato indiscreto da parte mia.»

«Questo spiega perché continua a prenderti in giro» mormoro, accoccolandomi sul suo petto.

«Lui non sa niente del mio passato. Te l'ho detto, la mia famiglia pensava che fossi gay. Asessuato, ma gay.»

Ridacchio e inizio a rilassarmi tra le sue braccia. «Ho pensato anch'io che fossi asessuato. Quanto mi sbagliavo.» Lo circondo con le braccia, meravigliata dall'assurdità di pensare che Christian fosse omosessuale.

«Mrs Grey, mi stai prendendo in giro?»

«Forse un po'» ammetto. «Sai, quello che non capisco è perché tu abbia questa casa.»

«Che cosa vuoi dire?» Mi bacia i capelli.

«Hai una barca, e lo capisco, hai la casa di New York per lavoro... ma perché qui? Non l'hai condivisa con nessuno.» Christian si irrigidisce e tace per un po'. «Stavo aspettando te» dice con dolcezza, gli occhi grigio cupo e luminosi.

«È... è una cosa bellissima quella che hai detto.»

«È la verità. All'epoca non lo sapevo.» Sorride timido.

«Sono contenta che tu abbia aspettato.»

«Ne valeva la pena, Mrs Grey.» Mi solleva il mento e si china su di me per baciarmi.

«Vale anche per te.» Sorrido. «Anche se ho l'impressione di aver barato. Non ho dovuto aspettarti molto.»

Lui fa un sorriso radioso. «Sono un premio così grande?»

«Christian, tu sei un terno al lotto, la cura per il cancro e i tre desideri della lampada di Aladino, tutto in uno.»

Inarca un sopracciglio.

«Quand'è che lo capirai?» lo rimprovero. «Eri uno scapolo ambitissimo. E non mi riferisco a questo.» Faccio un gesto per indicare il lusso che ci circonda. «Ma a questo» dico, appoggiandogli una mano sul cuore. Lui sgrana gli occhi. Il marito sicuro di sé e sexy è scomparso, e davanti a me c'è il mio bambino smarrito. «Credimi, Christian, per favore» sussurro, prendendogli il viso tra le mani e avvicinandomi alle sue labbra. Lui geme, non so se per le mie parole o se per la sua abituale reazione. Lo reclamo, la mia bocca sulla sua, la lingua che lo esplora.

Quando siamo entrambi senza fiato, lui si scosta e mi guarda dubbioso.

«Quand'è che ti ficcherai in quella tua testa straordinariamente dura che ti amo?» gli chiedo, esasperata.

Lui deglutisce. «Un giorno» dice.

È un progresso. Gli sorrido e lui contraccambia.

«Vieni. Andiamo a mangiare qualcosa... gli altri si staranno chiedendo dove siamo. Possiamo parlare di quello che vogliamo fare.»

«Oh, no!» dice Kate all'improvviso.

Ci giriamo tutti verso di lei.

«Guardate» dice, indicando la vetrata. Ha iniziato a piovere. Siamo seduti intorno al tavolo di legno scuro della cucina, dopo aver fatto onore a un banchetto italiano di antipasti misti preparati da Mrs Bentley ed esserci scolati un paio di bottiglie di vino. Sono sazia e un po' stordita dall'alcol.

«Niente passeggiata» borbotta Elliot, in tono vagamente sollevato. Kate lo guarda storto. Decisamente bolle qualcosa in pentola. Sono rilassati con tutti gli altri, ma tra loro c'è tensione.

«Potremmo andare in città» propone Mia. Ethan le rivolge un sorrisetto.

«Tempo perfetto per pescare» suggerisce Christian.

«Io vado a pescare» dice Ethan.

«Allora dividiamoci.» Mia batte le mani. «Le ragazze a fare shopping... i ragazzi a fare cose noiose.»

Lancio un'occhiata a Kate, che guarda Mia con indulgenza. Pesca o shopping? Caspita, quando si dice l'imbarazzo della scelta.

«Che cosa vuoi fare, Ana?» chiede Christian.

«È uguale» mento.

Kate intercetta il mio sguardo e mima con la bocca la parola "shopping". Forse vuole parlare.

«Ma sono più che felice di andare a fare shopping.» Sorrido ironicamente a Kate e Mia. Christian sogghigna. Sa che odio fare shopping.

«Posso stare qui con te, se preferisci» mormora, e il tono mi arriva dritto al ventre, risvegliando qualcosa di oscuro.

«No, vai a pescare» ribatto. Christian ha bisogno di dedicarsi a un'attività da maschi.

«Ha l'aria di un programma» dice Kate alzandosi da tavola.

«Taylor verrà con voi» dice Christian, ed è una dichiarazione di fatto... non si discute.

«Non abbiamo bisogno della baby-sitter» replica Kate secca, diretta come al solito.

Le metto una mano sul braccio. «Kate, Taylor dovrebbe venire.»

Lei si acciglia, poi alza le spalle e per una volta nella sua vita tiene a freno la lingua.

Sorrido timidamente a Christian. Lui rimane impassibile. Spero che non sia arrabbiato con Kate.

Elliot aggrotta la fronte. «Io ho bisogno di una pila per l'orologio in città.» Lancia una rapida occhiata a Kate, e io noto il suo leggero rossore. Lei non se ne accorge, perché lo sta deliberatamente ignorando.

«Prendi l'Audi, Elliot. Quando torni, andiamo a pescare insieme» dice Christian.

«Sì» bofonchia Elliot, ma sembra distratto. «Ottima idea.»

«Entriamo qui.» Mia mi prende per mano e mi trascina nella boutique di uno stilista, tutta seta rosa e arredi anticati finto francesi. Kate ci segue mentre Taylor aspetta fuori, riparandosi dalla pioggia sotto il tendone della vetrina. Aretha Franklin sta cantando a squarciagola *Say a Little Prayer* dall'impianto stereo del negozio. Adoro questa canzone. Dovrei metterla sull'iPod di Christian.

«Questo ti starebbe a meraviglia, Ana.» Mia solleva un pezzetto di stoffa argentea. «Tieni, provalo.»

«Ehm... è un po' corto.»

«Starai benissimo. A Christian piacerà da morire.»

«Tu credi?»

Mia mi fa un sorriso radioso. «Ana, hai delle gambe mozzafiato, e se questa sera andiamo in giro per locali» sorride, pregustando una facile vittoria «sarai molto eccitante per tuo marito.»

Sbatto le palpebre, leggermente scioccata. "Andiamo per locali? Io non vado per locali."

Kate scoppia a ridere quando vede la mia faccia. Sembra più rilassata, adesso che è lontana da Elliot. «Dovremmo andare a fare quattro salti, questa sera» dice.

«Vai a provarlo» mi ordina Mia, e io mi dirigo riluttante verso il camerino.

Mentre aspetto che Mia e Kate emergano dal camerino, vado verso la vetrina del negozio e guardo fuori, non vista, la via principale. La compilation soul prevede Dionne Warwick con *Walk on By*. Un'altra grande canzone... una delle preferite di mia madre. Lancio un'occhiata al vestito che tengo in mano. "Vestito" è una parola grossa. È completamente scollato sulla schiena e cortissimo, ma Mia l'ha dichiarato perfetto per ballare tutta la notte. A quanto pare, mi servono anche delle scarpe e una collana vistosa, cose che ci procureremo tra poco. Alzo gli occhi al cielo e rifletto di nuovo su quanto sia fortunata ad avere Caroline Acton, la mia personal shopper.

Vengo distratta dalla vista di Elliot. È dall'altra parte della strada alberata e sta scendendo da una grossa Audi. Si infila rapidamente in un negozio come se volesse ripararsi dalla pioggia. Sembra una gioielleria... forse sta cercando la pila per l'orologio. Esce qualche minuto dopo e non è solo... è insieme a una donna.

"Sta parlando con Gia! Che cavolo ci fa lei qui?"

Li osservo mentre si scambiano un breve abbraccio e lei getta indietro la testa, come se stesse ridendo per qualcosa che lui ha detto. Lui la bacia sulle guance, poi si precipita verso l'auto. Lei si gira e si incammina lungo la strada, mentre io la guardo stupefatta. "Che cos'è successo?" Mi volto ansiosamente verso i camerini, ma non c'è traccia né di Kate né di Mia.

Lancio un'occhiata a Taylor, in attesa fuori del negozio.

Lui coglie il mio sguardo e si stringe nelle spalle. Anche lui è stato testimone del piccolo incontro di Elliot. Avvampo, imbarazzata per essere stata sorpresa a spiare. Quando mi giro, compaiono Mia e Kate, entrambe sorridenti. Kate mi guarda con aria interrogativa.

«Cosa c'è che non va, Ana?» chiede. «Hai cambiato idea sul vestito? Sei uno schianto con quello addosso.»

«Ehm... no.»

«Stai bene?» dice Kate sgranando gli occhi.

«Sto bene. Paghiamo?» Mi dirigo verso la cassa, unendomi a Mia, che ha preso due gonne.

«Buon pomeriggio, signora.» La giovane commessa – che ha più rossetto di quanto io ne abbia mai visto sulle labbra di una persona – mi sorride. «Sono ottocentocinquanta dollari.»

"Cosa? Per un pezzetto di stoffa!" Sbatto le palpebre e le allungo docilmente la mia American Express nera.

«Mrs Grey» fa le fusa Miss Rossetto.

Seguo Kate e Mia in uno stato di stordimento per le due ore successive, lottando contro me stessa. "Dovrei dirlo a Kate? Sì, dovrei... No, non dovrei. Potrebbe essere stata una cosa del tutto innocente."

«Bene, ti piacciono le scarpe, Ana?» Mia ha le mani sui fianchi.

«Ehm... sì, certo.»

Finisco per scegliere un paio di Manolo Blahnik con il tacco impossibilmente alto e i cinturini che sembrano fatti di specchi. Si intonano a meraviglia con il vestito e rendono Christian più povero di circa un migliaio di dollari. Mi va meglio con la lunga collana d'argento che Kate insiste per farmi comprare; un'occasione, visto che costa 84 dollari.

«Ti stai abituando ad avere i soldi?» mi chiede Kate senza essere sgarbata mentre torniamo alla macchina.

«Lo sai che non sono io, Kate. Mi sento a disagio in tutto questo. Ma sono stata debitamente informata che fa parte del pacchetto.» Faccio il broncio e lei mi mette un braccio intorno alle spalle.

«Ti ci abituerai, Ana» dice con affetto. «Sarai sensazionale, vestita così.»

«Kate, come va tra te e Elliot?» le chiedo.

I suoi grandi occhi blu guizzano fulminei nei miei.

«Non voglio parlarne adesso.» Rivolge un cenno della testa a Mia. «Ma il fatto è...» Non finisce la frase.

Questa non è la mia tenace Kate. "Merda. Sapevo che qualcosa non andava. Le dico che cosa ho visto?" Ma cosa ho visto? Elliot e Miss Predatrice Sessuale parlare, abbracciarsi e baciarsi sulla guancia. Non sarà che sono solo vecchi amici? No, non glielo dirò. Non adesso. Le rivolgo il mio cenno capisco-perfettamente-e-rispetto-la-tua-privacy. Lei mi prende la mano e me la stringe con gratitudine, ed eccola... una traccia di dolore nei suoi occhi, che lei scaccia subito sbattendo le palpebre. Avverto un improvviso desiderio di proteggere la mia amica. A che accidenti di gioco sta giocando Elliot Puttaniere Grey?

Quando torniamo a casa, Kate decide che ci meritiamo qualcosa da bere dopo la faticaccia dello shopping e ci prepara un daiquiri alla fragola. Ci rannicchiamo sui divani del salotto di fronte al fuoco che scoppietta nel camino.

«Elliot è stato un po' distante, in quest'ultimo periodo» mormora Kate, fissando il fuoco. Kate e io abbiamo finalmente un momento per parlare da sole, mentre Mia sistema i suoi acquisti.

«Davvero?»

«E penso di essere finita nei guai per averti messa nei guai.»

«L'hai saputo?»

«Sì. Christian ha chiamato Elliot e Elliot ha chiamato me.»

Alzo gli occhi al cielo. "Oh, Christian... Christian."

«Mi dispiace. Christian è... protettivo. Non vedi Elliot dal nostro drink fuori?»

«No.»

«Oh.»

«Lui mi piace davvero, Ana» sussurra. E per un orribile minuto penso che stia per mettersi a piangere. Questo non è da Kate. Significa il ritorno dei pigiami di flanella rosa? Si gira verso di me.

«Mi sono innamorata di lui. All'inizio pensavo che fosse solo il sesso favoloso. Ma lui è affascinante, gentile, affettuoso e divertente. Già ci vedevo invecchiare insieme... sai... bambini, nipoti... tutto quanto.»

«Il tuo "e vissero per sempre felici e contenti"» dico piano. Lei annuisce triste.

«Forse dovresti parlargli. Cercare un momento da soli qui. Scoprire che cos'è che lo tormenta.»

"Chi lo tormenta" ringhia la mia vocina. Se avesse una faccia, le mollerei un ceffone, irritata come sono dalla mancanza di disciplina dei miei pensieri.

«Magari potreste andare a fare una passeggiata domani mattina.»

«Vedremo.»

«Kate, odio vederti così.»

Lei sorride debolmente e io mi avvicino per abbracciarla. Decido di non menzionare Gia, anche se forse potrei parlarne con il Puttaniere. Come si permette di scherzare con i sentimenti della mia amica?

Torna Mia, e ci spostiamo su un terreno meno infido.

Il fuoco sibila e scoppietta nel camino quando metto l'ultimo ciocco. Abbiamo quasi finito la legna. Anche se è estate, il tepore è assai gradito in questa giornata umida.

«Mia, sai dov'è la legna per il caminetto?» le chiedo mentre lei sorseggia il suo daiquiri.

«Se non sbaglio è nel garage.»

«Vado a prenderne un po'. Così ne approfitto per dare un'occhiata in giro.»

Quando esco, diretta al garage a tre posti annesso alla casa, ha smesso di piovere. La porta laterale non è chiusa a chiave e io entro, accendendo la luce. I tubi al neon ronzano e si illuminano.

Nel garage c'è un'auto: l'Audi su cui ho visto Elliot oggi pomeriggio. Ci sono anche due motoslitte. Ma quello che attira davvero la mia attenzione sono le due moto da enduro 125 cc. Mi viene in mente l'estate scorsa, quando Ethan aveva cercato di insegnarmi a guidare. Inconsciamente, mi sfrego il braccio che mi ero malamente ammaccata in una caduta.

«Vai in moto?» chiede Elliot alle mie spalle.

Mi giro di scatto. «Sei tornato.»

«A quanto pare.» Mi sorride, e io mi rendo conto che Christian potrebbe dirmi la stessa cosa... ma senza il sorriso radioso che mi fa sciogliere. «Be'?»

"Puttaniere!" «Più o meno.»

«Vuoi fare un giro?»

Sbuffo. «Ehm, no... Non credo che Christian sarebbe molto felice se lo facessi.»

«Christian non è qui.» Elliot fa un sorrisetto – "Oh, una caratteristica di famiglia" – e agita la mano in aria per dire che siamo soli. Si dirige verso la moto più vicina e si accomoda sul sellino, afferrando il manubrio.

«Christian ha... ehm... un problema con la mia sicurezza. Non dovrei.»

«Fai sempre quello che ti dice?» Negli occhi azzurri da bambino di Elliot si accende una scintilla maliziosa, e io vedo balenare il ragazzaccio... il ragazzaccio di cui Kate si è innamorata. Il ragazzaccio di Detroit.

«No.» Inarco un sopracciglio in segno di avvertimento. «Ma sto cercando di comportarmi nel modo giusto. Ha già abbastanza preoccupazioni senza che mi ci metta anch'io. È tornato?»

«Non lo so.»

«Non sei andato a pescare?»

«No. Avevo alcune faccende da sbrigare in città.»
"Faccende! Sì... faccende bionde!" Inspiro bruscamente e lo guardo a bocca aperta.
«Se non vuoi fare un giro in moto, che ci fai in garage?» Elliot è curioso.
«Sto cercando la legna per il camino.»
«Eccoti. Oh, Elliot... sei tornato» ci interrompe Kate.
«Ciao, piccola.» Fa un sorriso radioso.
«Preso qualcosa?»
Osservo attentamente la reazione di Elliot. «No. Avevo alcune cose da fare in città.» E per un momento sulla sua faccia compare un'espressione esitante.

«Sono uscita per vedere che cosa tratteneva Ana.» Kate ci guarda, confusa.

«Stavamo solo chiacchierando» dice Elliot, e la tensione tra loro due è percettibile.

Rimaniamo zitti sentendo arrivare un'auto. "Oh, Christian è tornato! Grazie al cielo."

La porta automatica del garage si apre con fracasso, facendoci sobbalzare. Fuori ci sono Christian e Ethan impegnati a scaricare un pick-up nero. Christian si blocca quando ci vede in piedi lì dentro.

«Garage band?» chiede sarcastico mentre entra, venendo dritto verso di me.

Sorrido. Sono sollevata di vederlo. Sotto la giacca da pesca indossa una delle tute da lavoro che gli ho venduto quando lavoravo da Clayton.

«Ciao» dice, guardandomi con aria interrogativa e ignorando sia Kate sia Elliot.

«Ciao. Bella tuta.»

«Un sacco di tasche. Utilissima per pescare.» La voce è bassa e seducente, solo per le mie orecchie, e quando mi guarda ha un'espressione sensuale.

Arrossisco e lui mi fa un enorme sorriso della serie senza-esclusione-di-colpi, tutto per me.

«Sei bagnato» mormoro.

«Pioveva. Che cosa ci fate in garage, ragazzi?» Finalmente si rivolge anche agli altri.

«Ana era venuta a prendere un po' di legna.» Elliot inarca un sopracciglio. Non so come, riesce a far suonare indecenti quelle parole. «Ho cercato di tentarla a fare una sgroppata.» È il maestro del doppio senso.

Christian fa un'espressione sconvolta e il mio cuore si ferma.

«Ma lei ha rifiutato. Ha detto che tu non l'avresti gradito» dice Elliot gentilmente... e senza doppi sensi.

Gli occhi grigi di Christian tornano su di me. «Davvero?» mormora.

«Sentite, non vedo l'ora di parlare di che cosa ha fatto Ana, ma potremmo farlo in casa?» scatta Kate. Si accuccia, prende due ceppi e gira sui tacchi, dirigendosi verso la porta. "Oh, merda. Kate è incavolata... ma non con me." Elliot sospira e, senza una parola, la segue fuori. Io li guardo, ma Christian mi distrae.

«Sei capace di andare in moto?» mi chiede, la voce incredula.

«Non molto bene. Me l'ha insegnato Ethan.»

Il suo sguardo si gela immediatamente. «Hai preso la decisione giusta» dice, la voce molto più fredda. «Il terreno è difficile, e la pioggia l'ha reso infido e scivoloso.»

«Dove vuoi che metta l'attrezzatura da pesca?» chiede Ethan da fuori.

«Lasciala lì, Ethan... Se ne occuperà Taylor.»

«E il pesce?» continua Ethan in tono vagamente ironico.

«Hai preso un pesce?» gli chiedo, surpresa.

«Non io. È stato Kavanagh» dice Christian e fa il broncio... con grazia.

Scoppio a ridere.

«Se ne occuperà Mrs Bentley» gli risponde. Ethan sorride e si dirige verso la casa.

«Ti faccio ridere, Mrs Grey?»

«Parecchio. Sei bagnato fradicio... Lascia che ti prepari un bagno.»

«Solo se lo fai insieme a me.» Si china e mi bacia.

Riempio la grande vasca ovale e verso nell'acqua un po' di costoso olio da bagno che forma subito la schiuma. Il profumo è celestiale... gelsomino, se non sbaglio. Tornata in camera, appendo "il vestito" su una gruccia.

«Ti sei divertita?» mi chiede Christian entrando. Indossa una T-shirt e i pantaloni della tuta, ed è a piedi nudi. Si chiude la porta alle spalle.

«Sì» mormoro, mangiandolo con gli occhi. Mi è mancato. Ridicolo... si è trattato solo di... quanto... un paio d'ore?

Piega la testa di lato e mi guarda. «Che cosa c'è?»

«Stavo pensando a quanto mi sei mancato.»

«Sembra che tu abbia preso una bella sbandata, Mrs Grey.»

«In effetti, Mr Grey.»

Viene verso di me e mi si ferma di fronte. «Che cos'hai comprato?» sussurra, e io so che vuole cambiare argomento.

«Un vestito, un paio di scarpe e una collana. Ho speso un sacco dei tuoi soldi.» Gli lancio uno sguardo colpevole.

Lui è divertito. «Bene» dice e mi sistema una ciocca di capelli dietro l'orecchio. «E, per la miliardesima volta, i nostri soldi.» Mi prende per il mento, costringendomi a smettere di mordermi il labbro, e fa scorrere l'indice sul davanti della mia T-shirt, sullo sterno, tra i seni, sullo stomaco, sulla pancia.

«Questa non ti servirà, nella vasca» sussurra, e afferra l'orlo della maglietta sollevandola lentamente. «Alza le braccia.»

Obbedisco, senza togliergli gli occhi di dosso, e lui lascia cadere per terra la T-shirt.

«Credevo che avremmo fatto il bagno.» Il cuore accelera.

«Prima voglio renderti felice e sporca. Anche a me sei mancata.» Si piega e mi bacia.

«Christian, l'acqua!» Cerco di mettermi seduta, ancora stordita dal piacere.

Christian non mi lascia andare.

«Christian, la vasca!» Lo guardo dalla mia posizione a pancia in giù sul suo petto.

Lui scoppia a ridere. «Rilassati... è un bagno turco.» Rotola su un fianco e mi dà un rapido bacio. «Vado a chiudere il rubinetto.»

Scende con grazia dal letto e si dirige in bagno. Lo seguo avidamente con gli occhi. Mmh... mio marito, nudo e tra poco bagnato. Balzo giù dal letto.

Sediamo ai capi opposti della vasca che è piena... così piena che non appena ci muoviamo, l'acqua tracima sul pavimento. Molto voluttuoso. Ancora più voluttuoso è il fatto che Christian mi lavi i piedi, massaggiando le piante e tirandomi delicatamente le dita. Li bacia, prima uno poi l'altro, e mi mordicchia gli alluci.

«Aaah!» Lo sento... nelle viscere.

«Ti piace?» dice lui in un soffio.

«Mmh» mormoro.

Ricomincia a massaggiare. Oh, che sensazione meravigliosa. Chiudo gli occhi.

«Ho visto Gia in città» bisbiglio.

«Davvero? Credo che abbia una casa qui» dice in tono indifferente. Non è minimamente interessato.

«Era con Elliot.»

Christian smette di massaggiarmi il piede. Ho catturato la sua attenzione. Quando apro gli occhi, ha la testa piegata di lato, come se non capisse.

«Che cosa vuol dire che era con Elliot?»

Gli spiego quello che ho visto.

«Ana, sono soltanto amici. Credo che Elliot sia innamorato di Kate.» Fa una pausa, poi aggiunge più dolcemente:

«In realtà, so che Elliot è innamorato di Kate». E mi lancia la sua occhiata da non-ho-idea-del-perché.

«Kate è meravigliosa» dico sulla difensiva, prendendo le parti della mia amica.

Lui sbuffa. «Continuo a essere contento che sia stata tu a cadere nel mio ufficio.» Mi bacia l'alluce, lascia andare il piede sinistro e prende il destro, poi ricomincia il massaggio. Le sue dita sono forti e agili, e io mi rilasso. Non voglio litigare su Kate. Chiudo gli occhi e mi abbandono alla magia delle sue dita sui miei piedi.

Mi fisso sbalordita nello specchio a figura intera, senza riconoscere la sventola che mi restituisce lo sguardo. Questa sera Kate ha superato se stessa e ha giocato alla Barbie con me, acconciandomi i capelli e truccandomi. I capelli sono vaporosi e lisci, gli occhi bordati di kohl, le labbra rosso scarlatto. Sono... eccitante. Sono anche tutta gambe, soprattutto con i tacchi alti e il vestito corto in maniera indecente.

Ho bisogno dell'approvazione di Christian, anche se ho il terribile presentimento che non gli piacerà vedermi mezza svestita. Decido che dovrei interpellarlo. Prendo il BlackBerry.

Da: Anastasia Grey
A: Christian Grey
Data: 27 agosto 2011 18.53 ORA LOCALE
Oggetto: Mi fa il sedere grosso questo?

Mr Grey mi serve il tuo consiglio sartoriale.

Tua
Mrs G X

Da: Christian Grey
A: Anastasia Grey
Data: 27 agosto 2011 18.55
Oggetto: Fantastico!

Mrs Grey,
ne dubito seriamente. Ma verrò a fare un esame
scrupoloso del tuo sedere giusto per esserne sicuro.
Tuo impaziente
Mr Grey X

Christian Grey
Amministratore delegato, Grey Enterprises
Holdings e Ispettorato del sedere Inc.

Mentre leggo la mail, la porta della camera da letto si apre e Christian si immobilizza sulla soglia. Spalanca la bocca e sgrana gli occhi.

"Porca miseria... non era così che doveva andare."

«Be'?» sussurro.

«Ana, sei... Wow.»

«Ti piace?»

«Sì, credo di sì.» Ha la voce un po' roca. Entra lentamente nella stanza e chiude la porta. Indossa un paio di jeans neri, una camicia bianca e una giacca nera. È divino. Mi si avvicina piano, ma non appena mi raggiunge mette le mani sulle mie spalle e mi fa girare verso lo specchio, rimanendo dietro di me. Il mio sguardo cerca il suo nello specchio, poi lui abbassa gli occhi, affascinato dalla mia schiena nuda. Fa scivolare le dita lungo la spina dorsale fino allo scollo del vestito alla base della schiena, dove la pelle pallida incontra la stoffa color argento.

«Lascia poco all'immaginazione» mormora.

La sua mano scende sul mio sedere e poi sulla coscia nuda. Si ferma, i suoi occhi grigi ardenti fissi nei miei azzurri. Poi risale lentamente con le dita fino all'orlo della gonna.

Mentre guardo le sue lunghe dita muoversi leggere sulla mia pelle che freme sotto il loro tocco, spalanco la bocca.

«C'è poca strada da qui...» tocca l'orlo, poi risale «... a qui» sussurra. Sussulto quando mi tocca il pube attraverso la stoffa delle mutandine, facendomi eccitare.

«Che cosa ne pensi?» bisbiglio.

«Penso che... ci sia poca strada anche da qui...» sfiora le mie mutandine con le dita, poi infila un dito sotto la stoffa, sulla mia carne umida «... a qui. E quindi... a qui.» Mi infila dentro un dito.

Trattengo il fiato e gemo piano.

«Questa è mia» mi sussurra nell'orecchio. Chiude gli occhi e muove lentamente il dito dentro e fuori di me. «Non voglio che la veda nessun altro.»

Ho il respiro corto e ansimo al ritmo della sua carezza. Guardarlo nello specchio mentre mi fa questo... è eccitante oltre ogni immaginazione.

«Perciò fai la brava bambina e non chinarti, e andrà tutto bene.»

«Approvi?»

«No, ma non ho intenzione di impedirti di metterlo. Sei uno schianto, Anastasia.» Toglie il dito all'improvviso, lasciandomi piena di desiderio, e mi si mette di fronte. Appoggia il dito con cui mi ha toccata sulle mie labbra. D'istinto, lo bacio e lui mi scocca un sorriso lascivo. Si mette il dito in bocca e la sua espressione mi informa che ho un buon sapore... buonissimo. Mi sconvolgerà sempre facendo così?

Mi prende una mano.

«Vieni» ordina con dolcezza. Vorrei ribattere che stavo per farlo, ma dopo quello che è successo ieri nella stanza dei giochi, decido di tenere la bocca chiusa.

Stiamo aspettando il dessert in un ristorante esclusivo di Aspen. Finora è stata una serata animata e Mia è decisa a far sì che continui, sostenendo che dovremmo andare per locali. Se ne sta zitta, per una volta, pendendo dalle labbra di Ethan mentre lui parla con Christian. Mia è chiaramente infatuata di Ethan, e lui è... Non so se sono soltanto amici o se c'è qualcos'altro.

Christian sembra a suo agio. Chiacchiera animatamente con Ethan. È evidente che hanno stretto amicizia pescando. Parlano soprattutto di psicologia. Per ironia della sorte, Christian sembra quello che ne sa di più. Sbuffo piano mentre ascolto con un orecchio solo la loro conversazione, tristemente consapevole che le sue conoscenze sono il risultato dell'aver avuto a che fare con un sacco di strizzacervelli.

"Sei la migliore delle terapie." Le sue parole, sussurrate mentre facevamo l'amore, mi riecheggiano nella testa. Sul serio? "Oh, Christian, lo spero proprio."

Lancio un'occhiata a Kate. È bellissima, ma del resto lo è sempre. Lei e Elliot sono meno vivaci. Lui sembra nervoso, fa le sue battute a voce un po' troppo alta e la risata è spenta. "Hanno litigato? Che cos'è che lo tormenta? Quella donna?" Sento una stretta al cuore pensando che potrebbe ferire la mia migliore amica. Lancio un'occhiata verso l'ingresso, quasi aspettandomi di vedere Gia che porta il suo culo curatissimo al nostro tavolo. La mia mente mi gioca degli scherzi, mi sa che è la quantità d'alcol che ho in corpo. Comincia a farmi male la testa.

All'improvviso Elliot ci sorprende alzandosi e spostando la sedia rumorosamente. Ci giriamo tutti verso di lui. Guarda Kate per un attimo e poi cade in ginocchio accanto a lei.

"Oddio."

Le prende la mano e sul ristorante scende un silenzio di tomba mentre tutti smettono di mangiare, di parlare, di muoversi, e ci fissano.

«Mia meravigliosa Kate, ti amo. La tua grazia, la tua bellezza e il tuo spirito appassionato non hanno uguali, e hai rapito il mio cuore. Passa la vita con me. Sposami.»

"Accidenti!"

14

Nel ristorante, gli occhi di tutti sono puntati su Kate e Elliot, che aspettano respirando piano, all'unisono. L'attesa è ormai insostenibile. C'è un silenzio teso, l'atmosfera è opprimente e inquietante, eppure carica di speranza.

Kate fissa attonita Elliot che tiene lo sguardo inchiodato su di lei, gli occhi sgranati per il desiderio, e anche per la paura. "Porca miseria, Kate! Smetti di farlo soffrire così. Per favore." Accidenti, avrebbe dovuto chiederglielo in privato.

Una lacrima le bagna il viso, anche se lei rimane attonita. "Oddio, Kate che piange?" Poi inizia a sorridere, il lento sorriso incredulo di chi ha raggiunto il nirvana.

«Sì» mormora, con un sospiro carico di dolce accettazione, nient'affatto tipico di Kate. C'è un impercettibile intervallo sospeso in cui tutto il ristorante fa un sospiro di sollievo, e poi il rumore diventa assordante. Applausi spontanei, tutti che gridano "evviva", urla da ogni parte e di colpo le lacrime mi inondano il viso, sciogliendomi il trucco da Barbie.

Del tutto incuranti della commozione che li circonda, i due sono isolati nel loro mondo privato. Elliot tira fuori di tasca una scatoletta, la apre e la porge a Kate. Un anello. E da quel che riesco a vedere è di gran classe, anche se avrei bisogno di guardarlo più da vicino. "Era per questo che si trovava con Gia? Per scegliere un anello? Merda!" Meno male che non ne ho parlato con Kate.

Kate sposta lo sguardo dall'anello a Elliot e gli getta le braccia al collo. Si baciano, molto castamente per i loro standard, e la gente impazzisce. Elliot si alza e risponde all'entusiasmo che lo circonda facendo un inchino sorprendentemente aggraziato e poi, con un sorriso compiaciuto, si rimette a sedere. Non riesco a togliere gli occhi di dosso a quei due. Elliot tira fuori l'anello dalla scatoletta e lo infila al dito di Kate, poi si baciano ancora una volta.

Christian mi stringe la mano. Non mi ero accorta che stavo stringendo la sua con tanta forza. Mollo la presa, un po' imbarazzata, e lui scuote la mano articolando in silenzio la parola: "Ahia".

«Scusami. Ma tu ne sapevi qualcosa?» sussurro.

Christian sorride e allora capisco che sì, lui sapeva. Chiama il cameriere e gli ordina: «Due bottiglie di Cristal per favore. Annata 2002, se ce l'avete».

Lo guardo con un sorrisetto ironico.

«Che cosa c'è?» chiede.

«Il 2002 è molto meglio del 2003» lo punzecchio.

Lui si mette a ridere: «Per i palati raffinati, Anastasia».

«E il tuo lo è di sicuro, Mr Grey, ed è anche di gusti un po' particolari» dico con un sorriso.

«Proprio così, Mrs Grey» dice, chinandosi verso di me. «Ma il tuo gusto è di gran lunga il migliore di tutti» mi mormora dandomi un bacio in un punto speciale dietro l'orecchio. Arrossisco nel ricordare, con un pizzico di languore, la dimostrazione pratica dei "limiti" del mio vestito che mi ha fatto poco prima. Nel vero senso della parola!

Mia è la prima ad alzarsi per abbracciare Kate e Elliot, poi a turno ci avviciniamo tutti per congratularci con la coppia felice. Stringo Kate in un formidabile abbraccio.

«Hai visto? Era solo preoccupato per la proposta di matrimonio» le sussurro all'orecchio.

«Oh, Ana!» Fa una risatina soffocata dalle lacrime.

«Kate, sono così felice per te. Congratulazioni.»

Christian è dietro di me e stringe la mano a Elliot. Poi, sorprendendo entrambi, lo attira a sé in un caloroso abbraccio. Riesco appena ad afferrare le sue parole.

«Vai così, Lelliot!» mormora. Elliot non dice niente, una volta tanto costretto a tacere, poi contraccambia calorosamente l'abbraccio del fratello.

"Lelliot"?

«Grazie, Christian» risponde con la voce un po' strozzata.

Poi Christian abbraccia anche Kate, ma è molto impacciato. So che il suo atteggiamento nei confronti di Kate è, nel migliore dei casi, tollerante e ambiguo, per cui tutto sommato mi sembra un passo avanti. Sciogliendosi dall'abbraccio, le sussurra a voce così bassa che solo lei e io riusciamo a sentire: «Spero che tu sia felice nel matrimonio quanto lo sono io».

«Grazie, Christian, lo spero anch'io» gli risponde lei.

Il cameriere torna con lo champagne e apre la bottiglia con un gesto plateale ma leggermente trattenuto.

Christian leva il suo flûte per brindare.

«A Kate e al mio caro fratello... congratulazioni.»

Sorseggiamo tutti il vino... be' io, in realtà, lo tracanno d'un fiato. Mmh, il Cristal è così buono! Mi ricordo la prima volta che l'ho assaggiato al club di Christian, seguito da quel percorso in ascensore così carico di eventi.

Christian mi lancia uno sguardo interrogativo. «A cosa stai pensando?» mi chiede con un sussurro.

«Alla prima volta che ho bevuto questo champagne.»

Il suo sguardo è sempre più incuriosito.

«Eravamo al tuo club» gli rammento.

«Ah, sì, mi ricordo.» Sorride e mi fa l'occhiolino.

«Elliot, avete già deciso una data?» cinguetta Mia.

Lui le lancia uno sguardo esasperato. «Ho appena chiesto a Kate di sposarmi. Ti terremo informata, d'accordo?»

«Oh, dài, sposatevi a Natale! Sarebbe così romantico, e poi non rischiereste di dimenticarvi l'anniversario» dice Mia battendo le mani.

«Ci farò un pensierino» replica Elliot con un sorrisetto.

«Quando abbiamo finito lo champagne possiamo andare un po' in giro per locali?» Mia si gira e guarda Christian spalancando gli occhioni marroni.

«Credo che dovremmo chiedere a Kate e a Elliot che cosa hanno voglia di fare.»

Ci giriamo tutti verso di loro. Elliot alza le spalle, mentre Kate diventa rossa come un peperone. Il desiderio sessuale di Kate nei confronti del fidanzato è così evidente che per poco non sputo quattrocento dollari di champagne sul tavolo.

Lo Zax è il locale più esclusivo di Aspen, almeno a sentire Mia. Christian si avvicina alla breve coda all'ingresso tenendomi un braccio intorno alla vita e ci fanno subito entrare. Mi chiedo se per caso il posto sia suo. Do un'occhiata all'orologio, sono le undici e mezzo di sera e mi gira un po' la testa. I due bicchieri di champagne, insieme a diversi altri di Pouilly-Fumé bevuti durante la cena, cominciano a fare effetto, e sono contenta che Christian mi tenga stretta a sé.

«Bentornato, Mr Grey» lo accoglie una bionda attraente con due gambe lunghissime, pantaloncini di raso nero, camicetta senza maniche dello stesso colore e farfallino rosso. Fa un largo sorriso che rivela una perfetta dentatura da ragazza americana, incastonata tra due labbra dello stesso colore del farfallino. «Max penserà al soprabito.»

Un giovane vestito di nero, ma per fortuna non di raso, si offre di prendere il mio soprabito. I suoi occhi scuri sono invitanti. Sono l'unica a indossare un soprabito – Christian ha insistito per farmi mettere il trench di Mia perché mi coprisse la schiena – così Max ha a che fare solo con me.

«Bel soprabito» dice, senza levarmi gli occhi di dosso.

Dietro di me Christian si irrigidisce e gli lancia un'occhiataccia stile ora-levati-dai-piedi. Max arrossisce e porge in fretta a Christian la ricevuta del guardaroba.

«Vi accompagno al tavolo.» Miss Pantaloncini sbatte le

ciglia a mio marito, scuote i lunghi capelli biondi e veleggia nell'ingresso. Stringo forte Christian, che per un istante mi guarda con aria interrogativa e poi mi fa l'occhiolino mentre seguiamo la bionda all'interno del locale.

Le luci sono soffuse, le pareti nere e gli arredi rosso cupo. Lungo i muri ci sono dei séparé e al centro campeggia un bancone da bar a forma di U. Il locale è pieno, anche se siamo fuori stagione, ma non eccessivamente affollato di ricchi di Aspen in giro a divertirsi. Il codice di abbigliamento è informale, e per la prima volta mi sento un po' troppo ben vestita. O troppo poco, diciamo così. Il pavimento e le pareti vibrano al suono della musica che pulsa dalla pista da ballo dietro il bar e le luci vorticano e lampeggiano...

Miss Pantaloncini ci guida verso un séparé d'angolo, chiuso con un cordone. È vicino al bar e dà direttamente sulla pista. È chiaro che sono i posti migliori del locale.

«Tra poco arriverà qualcuno a prendere le ordinazioni.» Ci lancia uno dei suoi sorrisi incendiari e se ne torna sempre veleggiando da dove è venuta. Mia sta già saltellando da un piede all'altro, non vede l'ora di cominciare a ballare e Ethan si impietosisce.

«Champagne?» chiede Christian mentre si avviano verso la pista tenendosi per mano. Ethan gli risponde alzando i pollici mentre Mia annuisce con entusiasmo.

Kate e Elliot si siedono mano nella mano sui morbidi sedili di velluto. Hanno l'aria felice, i lineamenti distesi e radiosi alla luce morbida delle piccole candele che guizzano nei contenitori di cristallo disposti sul tavolino basso. Christian mi fa segno di sedermi e io mi affretto a sistemarmi accanto a Kate. Lui si siede di fianco a me e comincia a radiografare nervosamente la sala.

«Fammi vedere l'anello» chiedo a Kate, alzando la voce per farmi sentire sopra la musica. Prima che la serata sia finita sarò completamente rauca. A Kate brillano gli occhi mentre solleva la mano verso di me. È un gioiello splendido, un solitario inserito in un castone sottile ma elaborato e circondato da piccoli diamanti. Ha uno stile un po' rétro, vittoriano.

«È meraviglioso.»

Lei annuisce, con lo sguardo rapito, poi si sporge in avanti e stringe una coscia a Elliot. Lui si china e la bacia.

«Prendetevi una stanza, ragazzi!» dico a voce alta.

Una ragazza con i capelli scuri tagliati corti e un sorriso malandrino, che indossa i pantaloncini di raso d'ordinanza, viene a prendere le ordinazioni.

«Che cosa bevete?» chiede Christian.

«Stavolta però lascia perdere il conto» protesta Elliot.

«Non cominciare con queste cazzate, Elliot» ribatte Christian con gentilezza.

Nonostante la proteste di Kate, Elliot e Ethan, è stato lui a offrire la cena a tutti. Si è limitato a liquidarli con un gesto e non ha voluto saperne di lasciar pagare qualcun altro. Gli rivolgo uno sguardo pieno d'amore. Elliot apre la bocca per replicare ma poi, forse saggiamente, la richiude.

«Per me una birra» dice.

«Kate?» chiede Christian.

«Champagne, per favore. Il Cristal è delizioso, ma sono sicura che Ethan preferirebbe una birra.» Sorride con dolcezza – sì, con dolcezza! – a Christian. Arde di felicità, la irradia tutt'intorno a sé ed è un piacere crogiolarsi nella sua gioia.

«Ana?»

«Anche per me champagne.»

«Una bottiglia di Cristal, tre Peroni, una bottiglia di acqua gasata molto fredda e sei bicchieri» dice in tono sbrigativo.

«Grazie, signore. Arrivo subito.» Miss Pantaloncini Numero Due gli scocca un'occhiata languida, ma questa volta a Christian viene risparmiato lo sbattimento di ciglia, anche se lei arrossisce un po'.

Scuoto la testa, rassegnata. "È mio, ragazza."

«Che cosa c'è?» mi chiede Christian.

«Non ti ha sbattuto le ciglia» gli dico con un sorrisetto.

«Ah. Ma perché, scusa, avrebbe dovuto farlo?» mi chiede, senza riuscire a nascondere il divertimento.

«Le donne di solito lo fanno.» Il mio tono è ironico.

«Sei gelosa, Mrs Grey?» mi chiede sogghignando.

«Neanche per idea» gli rispondo, un po' piccata. In quel momento mi rendo conto che sto iniziando a tollerare che le altre sbavino dietro mio marito. Be', più o meno. Christian mi prende una mano tra le sue e mi bacia le nocche.

«Non hai motivo di essere gelosa, Mrs Grey» mi sussurra all'orecchio, e il suo respiro mi fa venire la pelle d'oca.

«Lo so.»

«Bene.»

La cameriera torna con le ordinazioni e un attimo dopo sto sorseggiando un altro bicchiere di champagne.

«Tieni.» Christian mi porge un bicchiere d'acqua. «Bevi.»

Lo guardo con aria interrogativa e riesco a vedere, più che sentire, il suo sospiro.

«Tre bicchieri di vino bianco a cena e due di champagne, e prima, all'ora di pranzo, un daiquiri alla fragola e due bicchieri di vino. Bevi, Ana. Adesso.»

Come fa a sapere del cocktail di oggi? Lo guardo accigliata. Ma devo ammettere che non ha tutti i torti. Prendo l'acqua e la tracanno in modo poco elegante per sottolineare la mia protesta per essermi sentita dire ancora che cosa devo fare. Mi asciugo la bocca con il dorso della mano.

«Brava bambina» mi dice, sorridendo compiaciuto. «Mi hai già vomitato addosso una volta, e non desidero ripetere l'esperienza tanto presto.»

«Non capisco perché ti lamenti. Poi sei venuto a letto con me.»

Sorride e l'espressione si ammorbidisce. «Sì, è vero.»

Ethan e Mia sono tornati.

«Ethan ne ha abbastanza, per il momento. Forza ragazze, buttiamoci in pista. Ci mettiamo in posa, facciamo quattro salti e bruciamo le calorie della mousse al cioccolato.»

Kate si alza immediatamente. «Tu vieni?» chiede a Elliot. «Preferisco stare a guardarti» le risponde. E mi affretto a distogliere lo sguardo, perché il modo in cui la osserva mi fa arrossire. Lei sogghigna mentre mi alzo in piedi.

«Vado a bruciare un po' di calorie» dico e, chinandomi verso Christian, gli sussurro all'orecchio: «Puoi guardarmi».

«Attenta a non piegarti in avanti» brontola.

«Va bene.» Mi alzo di scatto. *Bam*, la testa comincia a girarmi e mi aggrappo alle spalle di Christian mentre il locale sembra muoversi e inclinarsi leggermente.

«Forse dovresti bere ancora un po' d'acqua» dice lui, una sfumatura di avvertimento nella voce.

«Sto bene. È solo che i sedili qui sono bassi e io ho i tacchi alti.»

Kate mi prende per mano, io faccio un respiro profondo e, in equilibrio perfetto, seguo lei e Mia sulla pista.

La musica pulsa: techno, con bassi potenti e ritmati. La pista non è affollata, e abbiamo un po' di spazio. C'è di tutto: un mix di giovani e meno giovani intenti a ballare fino all'alba. Non sono mai stata brava a ballare. A dire la verità, ho cominciato da quando sto con Christian. Kate mi abbraccia.

«Sono così felice» mi urla per sovrastare la musica, e poi comincia a ballare. Mia interpreta se stessa: ci guarda e si agita sulla pista. Cavolo, occupa un sacco di spazio. Mi giro verso il tavolo. Gli uomini ci stanno guardando. Inizio a muovermi. Sento il ritmo della musica martellare. Chiudo gli occhi e mi lascio andare. Quando li riapro, scopro che la pista si sta riempiendo. Kate, Mia e io siamo costrette a stringerci un po'. Mi sto divertendo. Comincio a muovermi di più, trovo un po' di coraggio... Kate alza i pollici in segno di apprezzamento, e io le rispondo con un sorriso scintillante.

Chiudo gli occhi. Come ho fatto a passare i primi vent'anni della mia vita senza tutto questo? Ho sempre preferito leggere piuttosto che andare a ballare. "Jane Austen non aveva a disposizione la musica adatta per scatenarsi e quanto

a Thomas Hardy... accidenti, si sarebbe sentito tremendamente in colpa perché non stava ballando con la prima moglie." Questi pensieri mi fanno ridacchiare.

È merito di Christian. È stato lui a farmi prendere con-
fidenza con il mio corpo e a farmi capire come muoverlo.
All'improvviso sento due mani sui fianchi. Sorrido. Christian mi ha raggiunta. Dimeno un po' le anche e le mani si
muovono, raggiungono il mio sedere e gli danno una bella strizzata, prima di tornare sui fianchi.

Apro gli occhi e vedo Mia che mi guarda con un'espressione piena di orrore. "Faccio così schifo?" Afferro le mani
di Christian. Sono pelose. "Accidenti... non sono le sue!"
Mi giro ed ecco che su di me troneggia un gigante biondo con un numero esagerato di denti e un sorriso lascivo.

«Levami le mani di dosso!» Caccio un urlo molto più forte della musica e divento paonazza per la rabbia.

«Dài, bella, siamo qui per divertirci.» Il tipo sorride alzando le mani da scimmione, gli occhi azzurri brillanti sotto le luci ultraviolette che pulsano.

Prima di rendermene conto, gli mollo un ceffone.

"Ahia! Che male." Brucia. «Vattene!» gli urlo. Mi fissa mas-
saggiandosi la guancia arrossata. Gli sbatto la mano sana
davanti alla faccia e allargo le dita per fargli vedere l'anello.

«Sono sposata, imbecille!»

Lui alza le spalle in modo piuttosto arrogante, e mi rivolge un sorriso svogliato a mo' di scuse.

Mi guardo intorno. Mia è alla mia destra, con lo sguardo fisso sul gigante biondo. Kate è persa nel suo mondo.
Christian non è al tavolo. Faccio un passo indietro e mi trovo davanti un viso molto familiare. Christian mi mette un
braccio intorno alla vita e mi sposta di fianco a lui.

«Tieni lontane quelle cazzo di mani da mia moglie» dice.
Non sta gridando, ma in qualche modo riesce a farsi sentire nonostante la musica altissima.

«Guarda che è in grado di badare a se stessa» urla il gigante biondo. Toglie la mano dalla guancia e Christian gli tira un pugno. È come se lo vedessi al rallentatore. Un pugno alla mascella con un tempismo straordinario, veloce ma senza spreco di energia. Il gigante biondo non lo vede arrivare e si affloscia per terra da rifiuto umano qual è.

«Christian, no!» gli grido senza fiato, in preda al panico, e mi piazzo di fronte a lui per cercare di tenerlo indietro. Accidenti, potrebbe ammazzarlo. «Gliele ho già date io» urlo, cercando di farmi sentire. Christian non mi guarda. Sta fissando il mio molestatore, e nei suoi occhi brilla una cattiveria che non gli avevo mai visto prima. O forse una volta sì, quando Jack Hyde ci ha provato con me.

Gli altri danzatori si spostano verso l'esterno della pista come onde in uno stagno e creano un po' di spazio intorno a noi, cercando di tenersi a distanza di sicurezza. Il gigante biondo si sta rialzando, quando Elliot ci raggiunge.

Kate è accanto a me, e ci guarda a bocca aperta. Elliot afferra il braccio di Christian, ed ecco arrivare anche Ethan.

«Rilassati, d'accordo? Non volevo fare niente di male.» Il gigante biondo si ripara con le mani alzate e batte rapidamente in ritirata. Christian lo segue con lo sguardo finché non è lontano dalla pista. Non mi guarda.

La musica cambia: dalla canzone piuttosto esplicita *Sexy Bitch* si passa a un brano techno molto ritmato, con una donna che canta con voce eccitata. Elliot guarda me, poi Christian. Gli lascia andare il braccio e riporta Kate a ballare. Finalmente Christian mi guarda. Ha gli occhi scintillanti, un lampo primitivo e selvaggio nello sguardo. Per una frazione di secondo sembra un adolescente rissoso. "Porca miseria."

Mi scruta in volto. «Tutto bene?» chiede, alla fine.

«Sì.» Mi sfrego il palmo tentando di attenuare il bruciore e gli appoggio le mani sul petto. Tremano. Non avevo mai picchiato nessuno prima d'ora. Che cosa mi è preso? Toccarmi non è mica un crimine contro l'umanità, no?

Però in fondo so perché l'ho colpito. Perché sapevo istintivamente quale sarebbe stata la reazione di Christian nel vedere qualcuno che mi metteva le mani addosso. Sapevo benissimo che avrebbe perso il suo prezioso autocontrollo. E il pensiero che il primo cretino che passa può far perdere la pazienza a mio marito, al mio amore... be', mi fa impazzire di rabbia. Letteralmente.

«Vuoi sederti?» mi chiede Christian, sovrastando il pulsare della musica.

"Ritorna da me, ti prego..."

«No. Vieni a ballare.»

Mi osserva impassibile, senza dire niente.

"Toccami..." canta la donna.

«Balla con me.» Ma lui è ancora arrabbiato. «Balla, Christian, per favore.» Gli prendo le mani. Sta ancora guardando con odio il tipo di prima, ma io inizio a muovermi contro di lui, ballandogli intorno.

La gente torna ad affollare la pista, anche se intorno a noi c'è una zona libera.

«Gli hai dato uno schiaffo?» chiede Christian, rigido come un palo. Gli prendo le mani chiuse a pugno.

«Certo che sì. All'inizio l'ho scambiato per te, ma aveva le mani più pelose. Per favore, balla con me.»

Christian mi guarda, e lentamente il fuoco nei suoi occhi cambia in qualcos'altro, diventando più cupo, più caldo. All'improvviso mi afferra i polsi e mi attira a sé, bloccandomi le mani dietro la schiena.

«Vuoi ballare? Allora balliamo» mi ringhia, e mentre muove il bacino contro di me non posso far altro che assecondarlo, perché continua a bloccarmi le mani dietro la schiena.

Christian si sa muovere, decisamente. Mi tiene vicina e non mi lascia andare, ma a poco a poco allenta la stretta sulle mie mani, liberandomi. Risalgo lungo le sue braccia; sento i muscoli sodi sotto la giacca e arrivo alle spalle. Lui mi attira a sé e io seguo i suoi movimenti, mentre balla sensuale e lento con me, a tempo con il ritmo pulsante della musica.

Quando mi prende la mano e mi fa girare in un senso e nell'altro, capisco che è tornato da me. Sorrido. Mi sorride. Ballare insieme è liberatorio. Ha dimenticato la rabbia, oppure l'ha solo repressa, e mi fa girare con consumata abilità nel nostro piccolo spazio sulla pista, senza mai fermarsi. Mi rende aggraziata. Mi rende sexy, perché lui è sexy. Mi fa sentire amata, perché, nonostante le sue cinquanta sfumature, ha tanto amore da dare. A guardarlo ora, mentre si sta divertendo, si potrebbe credere che non abbia pensieri. Ma io so che sul suo amore grava l'ombra dell'iperprotettività e del controllo, eppure non per questo lo amo di meno.

Quando la musica cambia di nuovo, sono senza fiato.

«Ci sediamo?» dico ansante.

«Certo.» Mi conduce fuori dalla pista.

«Adesso sono tutta calda e sudata, per colpa tua» gli sussurro mentre ritorniamo al tavolo.

Mi circonda con le braccia. «Mi piaci calda e sudata. Anche se preferisco che diventi così in privato» dice facendo le fusa, e sulle labbra gli spunta un sorriso lascivo.

Quando mi siedo, è come se l'incidente sulla pista non fosse mai successo. Sono sorpresa che non ci abbiano cacciati dal locale. Nessuno ci sta osservando. Non c'è traccia del gigante biondo. Kate e Elliot sono indecenti sulla pista, Ethan e Mia molto meno. Bevo un sorso di champagne.

«Tieni.» Christian mi mette davanti un altro bicchiere d'acqua e mi fissa, in attesa. "Bevilo. Adesso." Gli obbedisco.

Prende una bottiglia di Peroni dal secchiello del ghiaccio sul tavolo e beve un lungo sorso.

«E se ci fossero stati dei giornalisti?» chiedo.

Christian capisce immediatamente che mi riferisco al KO con cui ha steso il gigante biondo.

«Ho dei bravi avvocati» dice freddamente, trasformandosi all'improvviso nella personificazione dell'arroganza.

Lo guardo preoccupata. «Ma la legge vale anche per te, Christian. Avevo la situazione sotto controllo.»

Mi gela con lo sguardo. «Quello che è mio non si tocca» dice con agghiacciante perentorietà, come se non riuscissi a capire una cosa ovvia.

"Ah…" Bevo un po' di champagne. All'improvviso mi sento sopraffatta. La musica è troppo alta, ho mal di testa, i piedi mi fanno male e ho le vertigini.

Mi prende per mano. «Forza, andiamo. Ti porto a casa.» Kate e Elliot ci raggiungono.

«State andando?» chiede Kate con una nota di speranza.

«Sì» risponde Christian.

«Bene, veniamo con voi.»

Mentre aspettiamo al guardaroba che Christian recuperi il mio soprabito, Kate mi fa il suo *terzo grado*.

«Che cosa è successo con quel tipo sulla pista?»

«Mi stava palpando.»

«L'hai colpito in un batter d'occhio.»

Mi stringo nelle spalle. «Be', sapevo che Christian si sarebbe scaldato parecchio, e che avrebbe anche potuto rovinare la vostra serata.» Sto ancora riflettendo su che cosa provo riguardo al comportamento di Christian. Al momento ho temuto che finisse anche peggio.

«La nostra serata» puntualizza lei. «È un po' una testa calda, vero?» aggiunge poi seccamente, guardando Christian che recupera il soprabito.

Sbuffo e sorrido. «Non posso negarlo.»

«Mi sembra che tu riesca a gestirlo bene.»

«Gestirlo?» Aggrotto le sopracciglia. Gestire Christian? Io?

«Ecco qui.» Christian mi tiene il soprabito e mi aiuta a indossarlo.

«Svegliati, Ana.» Christian mi scuote leggermente. Siamo arrivati a casa. Apro gli occhi, riluttante, ed esco barcollando dal furgoncino. Kate e Elliot sono spariti, e Taylor è in paziente attesa accanto al veicolo.

«Devo prenderti in braccio?» chiede Christian.

Faccio cenno di no con la testa.

«Vado a prendere Miss Grey e Mr Kavanagh» dice Taylor.

Christian annuisce, poi mi guida verso l'ingresso. I piedi mi fanno male e incespico. Davanti alla porta si china, mi afferra la caviglia e mi sfila delicatamente prima una scarpa, poi l'altra. "Oh, che sollievo." Si rialza e mi guarda, con le mie Manolo Blahnik in mano.

«Meglio?» chiede divertito.

Annuisco.

«Queste mi hanno suscitato visioni deliziose» mormora, guardando pensoso le scarpe. Scuote la testa e, sempre prendendomi la mano, mi conduce nella casa ancora buia, su per le scale, fino in camera da letto.

«Sei distrutta, vero?» mi chiede dolcemente.

Annuisco. Inizia a slacciarmi la cintura del soprabito.

«Faccio da sola» mormoro, con un blando tentativo di allontanarlo.

«Lascia fare a me.»

Sospiro. Non mi ero resa conto di essere così stanca.

«È colpa dell'altitudine. Non ci sei abituata. E del bere, ovviamente.» Fa un sorrisetto, mi toglie il soprabito e lo getta su una delle sedie della camera. Mi prende per mano e mi porta in bagno. "Che ci andiamo a fare?"

«Siediti» mi dice.

Obbedisco. Lo sento trafficare con le boccette del mobiletto. Sono troppo stanca per guardare. Dopo un attimo mi tira indietro la testa e io apro gli occhi per la sorpresa.

«Occhi chiusi» mi dice. "Oh, cavolo!": ha in mano un batuffolo di cotone! Me lo passa delicatamente sull'occhio destro. Rimango sbalordita: mi sta struccando per bene.

«Ah, questa è la donna che ho sposato» dice dopo alcune passate.

«Non ti piace il trucco?»

«Abbastanza, ma preferisco quel che c'è sotto.» Mi bacia la fronte. «Tieni. Prenditi queste.» Mi mette nel palmo della mano qualche pastiglia di analgesico e mi porge un bicchier d'acqua.

Faccio il broncio.

«Prendile» mi ordina.

Alzo gli occhi al cielo, ma obbedisco.

«Bene. Hai bisogno della tua privacy?» mi chiede beffardo.

Sbuffo. «Sei diventato timido, Mr Grey. Sì, devo fare la pipì.»

Ride. «Quindi vuoi che esca...»

Faccio una risatina. «Vuoi stare qui?»

Piega la testa di lato, con espressione divertita.

«Sei un pervertito figlio di puttana. Fuori. Non voglio che mi guardi. È davvero troppo.» Mi alzo e lo mando via con un cenno della mano.

Quando esco dal bagno, Christian indossa solo i pantaloni del pigiama. Osservo rapita il suo petto, i muscoli, il ciuffo di peli che spunta dall'elastico. Mi fa impazzire.

«Ti piace quello che vedi?» mi chiede sarcasticamente.

«Sempre.»

«Credo che tu sia un po' ubriaca, Mrs Grey.»

«Una volta tanto sono d'accordo con te, Mr Grey.»

«Lascia che ti aiuti a togliere quel poco di vestito che hai. Dovrebbero scrivere sull'etichetta che fa male alla salute.» Mi fa girare e slaccia l'unico bottone sulla nuca.

«Eri così arrabbiato» dico in un soffio.

«Sì, lo ero.»

«Con me?»

«No, non con te.» Mi bacia una spalla. «Una volta tanto.»

Sorrido. Facciamo progressi. «È un buon risultato.»

«Sì.» Mi bacia l'altra spalla, poi mi sfila il vestito, che mi sfiora la schiena e cade sul pavimento. Nel frattempo, mi toglie anche le mutandine, lasciandomi nuda.

«Fuori di lì» mi ordina, ed esco dal vestito, stringendogli la mano per tenermi in equilibrio.

Lui getta il vestito e le mutandine sulla sedia dove c'è il soprabito di Mia.

«Alza le braccia» dice dolcemente. Mi infila la sua T-shirt e la tira giù. Mi prende fra le braccia e mi bacia, il mio fiato profumato alla menta che si mescola al suo.

«Ho una dannata voglia di mettertelo dentro come si deve, Mrs Grey, ma hai bevuto troppo, sei a quasi duemilacinquecento metri di altitudine e la scorsa notte non hai dormito bene. Forza. A nanna.» Scosta la trapunta e io salgo sul letto. Mi copre e mi bacia un'altra volta la fronte.

«Chiudi gli occhi. Quando ritorno, voglio trovarti addormentata.» È una minaccia, un ordine... è Christian.

«Non andartene» lo imploro.

«Devo fare alcune telefonate, Ana.»

«È sabato. È tardi. Per favore.»

Si passa le mani tra i capelli. «Ana, se vengo a letto con te adesso, non riuscirai a riposarti. Dormi.» È irremovibile. Chiudo gli occhi e le sue labbra mi sfiorano ancora una volta la fronte.

«Buonanotte, piccola» sussurra.

Le immagini della giornata trascorsa mi passano davanti agli occhi come una serie di flash: Christian che mi porta in braccio sull'aereo; la sua ansia che la casa mi faccia buona impressione; quando abbiamo fatto l'amore oggi pomeriggio; il bagno; la sua reazione al mio vestito; quando ha steso il gigante biondo... Il mio palmo brucia e trema ancora al ricordo. E poi Christian che mi mette a letto.

Chi l'avrebbe detto? Faccio un gran sorriso, e la parola "progresso" mi attraversa la mente mentre scivolo nel sonno.

15

Ho troppo caldo, e anche Christian è caldo. Ha la testa appoggiata sulla mia spalla, e mi respira dolcemente sul collo mentre dorme, le gambe intrecciate alle mie e il braccio intorno alla mia vita. Sono ancora semiaddormentata, e mi rendo conto che svegliandomi completamente sveglierei anche lui, che non dorme abbastanza. La mia mente appannata vaga tra gli eventi di ieri sera. Ho bevuto troppo, ragazzi... ho bevuto davvero troppo. Sono stupita che Christian me l'abbia lasciato fare. Sorrido, al ricordo di come mi ha messa a letto. È stato dolce, anzi dolcissimo, e inatteso. Faccio un rapido inventario mentale di come mi sento. Pancia? A posto. Testa? Sembra strano, però è a posto, ma confusa. Il palmo della mano è ancora arrossato da ieri sera. Cavolo! Penso oziosamente ai palmi di Christian quando mi ha sculacciata. Mi agito un po' e lui si sveglia.

«C'è qualcosa che non va?» I suoi occhi cercano i miei.

«Nulla. Buongiorno.» Gli passo le dita tra i capelli.

«Mrs Grey, sei splendida stamattina» dice, dandomi un bacio sulla guancia.

«Grazie per esserti preso cura di me ieri sera.»

«Mi piace prendermi cura di te. È esattamente quello che voglio» replica tranquillo, ma i suoi occhi lo tradiscono con un lampo di trionfo. È come se avesse vinto le Olimpiadi, o i campionati di football.

«Mi hai trattata come una regina.»

«Perché lo sei» mormora, e io sento un tuffo al cuore. Mi stringe le mani e ho un fremito. Mi lascia andare immediatamente, un po' allarmato. «È per via del pugno?» mi chiede. Il suo sguardo si incupisce, mentre mi osserva, e la sua voce si vena improvvisamente di rabbia.

«Gli ho dato solo uno schiaffo. Non era un pugno.»

«Quel figlio di puttana!»

"Pensavo che avessimo già risolto la questione ieri sera."

«Non riesco a sopportare che ti abbia toccata.»

«Non mi ha fatto male, è stato solo inopportuno. Sto bene, Christian. Ho solo la mano un po' arrossata, tutto qui. Tu sai di sicuro che cosa si prova…» Faccio un sorriso malizioso e sul suo volto compare un'espressione di divertita sorpresa.

«Già, Mrs Grey, è una sensazione che mi è molto familiare.» Fa una smorfia scherzosa. «Potrei riabituarmici in un attimo, se per caso tu lo volessi.»

«Oh, metti via la tua mano che prude, Mr Grey.» Gli accarezzo la faccia con la mano dolorante, le dita sulle basette. Gliele tiro delicatamente. Si distrae, mi prende la mano e mi dà un tenero bacio sul palmo. Miracolosamente, il dolore scompare.

«Perché ieri sera non mi hai detto che ti faceva male la mano?»

«Non la sentivo proprio. Ma adesso è passato tutto.»

Il suo sguardo si addolcisce e le labbra si piegano in una smorfia. «Come ti senti?»

«Meglio di quanto mi merito.»

«Hai proprio un bel gancio destro, Mrs Grey.»

«Farai bene a ricordartene, Mr Grey.»

«Ah, davvero?» Si gira improvvisamente, e me lo ritrovo sopra, che mi preme sul materasso e mi tiene i polsi sopra la testa. Mi fissa dall'alto.

«Prima o poi ti sfiderò nella lotta, Mrs Grey. In realtà sottometterti a letto è una delle mie fantasie.» Mi bacia la gola.

«Pensavo che tu mi sottomettessi continuamente» dico ansimando, mentre mi mordicchia il lobo.

«Mmh... ma non mi dispiacerebbe un po' di resistenza» mormora, sfiorandomi la mascella con il naso.

"Resistenza?" Mi irrigidisco. Lui smette, mi lascia le mani e si puntella sui gomiti.

«Vuoi fare la lotta? Qui?» sussurro, cercando di contenere la sorpresa... be', lo shock. Annuisce, con gli occhi socchiusi ma attento a ogni mia reazione.

«Adesso?»

Si stringe nelle spalle, e mi rendo conto che l'idea si sta facendo strada nella sua testa. Mi rivolge il suo sorriso timido e annuisce di nuovo, lentamente.

Il suo corpo teso è sopra di me e la sua erezione preme sulla mia carne morbida e vogliosa, distraendomi. Che cos'è esattamente? Una rissa? Una fantasia? Mi farà male?

«Era questo che intendevi quando parlavi di andare a letto arrabbiati?»

Annuisce per la terza volta, con aria guardinga.

Mmh, Christian vuole farmi scoprire le carte.

«Non morderti il labbro» mi ordina.

Obbediente, lo lascio andare. «Credo che tu mi abbia messo in una condizione di svantaggio, Mr Grey.» Gli faccio gli occhi dolci e mi dimeno sotto di lui in modo provocante. Potrebbe essere divertente.

«Svantaggio?»

«Mi hai già messa nella posizione che volevi, no?»

Con un sorrisetto preme l'inguine contro di me.

«Un punto per te, Mrs Grey» mormora e mi bacia rapidamente sulle labbra. Si gira di colpo, mi trascina con sé e mi ritrovo a cavalcioni sopra di lui. Gli afferro le mani e gliele blocco ai lati della testa, senza far caso al dolore che proviene dalla mano acciaccata. I miei capelli ricadono come un velo su di noi e io scuoto la testa per fargli il solletico con le punte. Lui gira il volto, ma non tenta di fermarmi.

«Vuoi giocare pesante, eh?» gli chiedo, strusciando il pube contro il suo.

Spalanca la bocca e inspira bruscamente.

«Sì.» La risposta è un sibilo, e gli lascio andare le mani.

«Aspetta.» Mi allungo per prendere il bicchiere d'acqua sul comodino di fianco al letto: Christian deve averlo lasciato lì. L'acqua è fredda e piena di bollicine, troppo fredda per essere lì da un po'. Mi chiedo quando sia venuto a letto.

Mentre bevo un lungo sorso le dita di Christian disegnano piccoli cerchi sulle mie cosce dandomi un leggero fremito sulla pelle, poi strizzano il mio sedere scoperto.

Prendo spunto dal suo sterminato repertorio, mi piego in avanti e lo bacio, versando l'acqua fresca dalla mia bocca alla sua.

Lui la manda giù. «Davvero squisita, Mrs Grey» mormora, con un sorriso giocoso da ragazzino.

Dopo aver rimesso il bicchiere sul comodino, tolgo le sue mani dal mio sedere e gliele blocco di nuovo sopra la testa.

«Dunque si suppone che io sia non consenziente, giusto?» gli chiedo, con un sorrisetto compiaciuto.

«Esatto.»

«Non sono un granché come attrice.»

Lui sogghigna. «Be', provaci.»

Mi abbasso e gli do un bacio casto. «D'accordo, giochiamo un po'» mormoro, mentre gli accarezzo la mascella con la bocca e sento la corta barba ispida tra la lingua e i denti.

Christian emette un verso gutturale basso e sexy, poi si muove ribaltandomi sul letto accanto a lui. Lancio un grido di sorpresa e lui è già sopra di me; comincio a lottare mentre cerca di afferrarmi i polsi. Appoggio le mani sul suo petto e spingo con forza nel tentativo di spostarlo, mentre lui si dà da fare per aprirmi le gambe con il ginocchio.

Continuo a spingere sul suo petto – "Accidenti, quanto pesa!" – ma lui non cede di un millimetro e neppure si irrigidisce, come avrebbe fatto in passato. "Gli piace!" Cerca di afferrarmi i polsi e alla fine riesce a bloccarne uno, nonostante i miei coraggiosi tentativi di liberarlo a strattoni. È la mano che mi fa male, così finisco con il cedere, ma con quella libera gli afferro i capelli e tiro forte.

«Ahia!» Si libera la testa e mi fissa con uno sguardo feroce e sensuale.

«Selvaggia!» mi sussurra, con la voce velata di piacere e lussuria.

Il mio desiderio esplode in reazione a queste parole appena sussurrate e smetto di recitare. Ricomincio a lottare per liberare la mano dalla sua stretta e nello stesso tempo cerco di agganciarlo tra le caviglie e di levarmelo di dosso. È troppo pesante. "Uffa!" È frustrante, e anche eccitante.

Con un grugnito Christian riesce a catturarmi anche l'altra mano. Mi stringe i polsi con la sinistra e con la destra vaga con comodo, quasi con insolenza, su e giù per il mio corpo, tastando e accarezzando dove capita e strizzandomi i capezzoli quando ci passa vicino.

Per tutta risposta mi metto a strillare, mentre brevi e acute fitte di piacere mi attraversano il corpo. Faccio un altro inutile tentativo di liberarmi, ma lui mi è troppo addosso.

Quando cerca di baciarmi, muovo di scatto la testa di lato per impedirglielo. Subito la sua mano insolente lascia l'orlo della mia T-shirt per afferrarmi il mento e tenermi ferma mentre mi accarezza la mascella con la bocca, rispecchiando esattamente quello che gli ho fatto io poco prima.

«Oh, piccola, difenditi» sussurra.

Mi contorco e mi divincolo cercando di liberarmi dalla sua stretta impietosa, ma è inutile. È decisamente più forte di me. Mi morde delicatamente il labbro inferiore e cerca di infilarmi la lingua in bocca. Mi accorgo di non volergli resistere. Lo voglio... ora, come sempre. Smetto di lottare e gli restituisco il bacio con passione. Non mi interessa se non mi sono lavata i denti, non mi interessa se avremmo dovuto fare un gioco un po' speciale. È desiderio puro e semplice quello che mi scorre nelle vene, e ne vengo travolta. Libero le caviglie, gli circondo la vita con le gambe e uso i talloni per abbassargli il pigiama sul sedere.

«Ana» ansima, e mi bacia dappertutto. Non stiamo più lottando. Siamo mani, lingue, carezze, incalzati dall'urgenza.

«Nuda» mi dice, con un mormorio rauco e il respiro affannoso. Mi tira su a sedere e mi sfila la T-shirt con un solo agile movimento.

«Anche tu» gli sussurro mentre sono seduta. Gli afferro il davanti del pigiama e glielo tiro giù, liberando la sua erezione. Lo afferro e stringo. È duro. L'aria gli sibila tra i denti mentre lui inspira bruscamente, e la sua reazione non fa che aumentare il mio piacere.

«Ti scopo» mormora. Si piega all'indietro, mentre io lo tiro e lo stringo con forza, facendo scorrere la mano su e giù. Sentendo affiorare una gocciolina sulla punta, la spalmo con movimenti circolari del pollice. Mentre mi distende sul materasso mi faccio scivolare il pollice in bocca per sentire il suo sapore, con le sue mani che esplorano il mio corpo, mi accarezzano i fianchi, lo stomaco, i seni.

«Sa di buono?» mi chiede sospeso sopra di me, con gli occhi che brillano.

«Sì, assaggia.» Gli spingo il pollice in bocca e lui lo succhia mordendo il polpastrello. Con un gemito gli afferro la testa e lo attiro verso di me per baciarlo. Lo circondo con le gambe e gli sfilo i pantaloni del pigiama con i piedi, poi lo cullo, sempre tenendogli le gambe intorno alla vita. Le sue labbra mi sfiorano la guancia e poi il mento, mordicchiandomi.

«Sei meravigliosa.» Scende più in basso con la testa fino alla base della gola. «Hai una pelle stupenda.» Respira piano mentre le sue labbra scendono verso il mio seno.

«Christian.» Sento il tono implorante della mia voce e gli metto le mani nei capelli.

«Ssh» sussurra, e disegna con la lingua dei cerchi intorno a un capezzolo prima di infilarselo in bocca e tirare forte.

«Ah!» Gemo e mi dimeno, inarcando il bacino per tentarlo. Sogghigna con la bocca sulla mia pelle e concentra la sua attenzione sull'altro seno.

«Impaziente, Mrs Grey?» Poi comincia a succhiarmi con energia il capezzolo. Gli tiro i capelli. Lui geme e alza lo sguardo. «Adesso ti lego» mi avvisa.

«Prendimi» lo imploro.

«Ogni cosa a suo tempo» mormora contro la mia pelle. Muove la mano con una lentezza esasperante verso la mia anca mentre continua a darsi da fare con la bocca sul capezzolo. Gemo forte, i respiri diventano brevi e profondi, e cerco ancora una volta di attirarlo dentro di me spingendomi contro di lui. È grosso, duro e molto vicino al culmine, ma lui se la sta prendendo dannatamente comoda con me.

"Al diavolo." Ricomincio a divincolarmi e a contorcermi, decisa a togliermelo di dosso.

«Ma che…?»

Christian mi afferra le mani e le blocca premendole sul letto, sono lì con le braccia spalancate e lui appoggia tutto il suo peso su di me, sottomettendomi completamente. Sono senza fiato, eccitatissima.

«Non volevi un po' di resistenza?» gli chiedo, ansimando. Si ritrae, sempre sospeso sopra di me e mi osserva, continuando a bloccarmi i polsi con le mani. Gli appoggio i talloni sul sedere e spingo. Non si muove. "Uffa!"

«Non vuoi proprio fare la brava?» mi chiede, un po' sorpreso, con lo sguardo acceso d'eccitazione.

«Voglio solo che tu faccia l'amore con me, Christian.» Come fa a essere così ottuso? Prima lottiamo e ce le diamo di santa ragione, poi è tutto dolce e tenero. Mi confonde. Sono a letto con Mr Lunatico.

«Ti prego.» Premo i talloni contro la sua schiena ancora una volta. I suoi ardenti occhi grigi cercano i miei. Per un attimo la sua espressione è stupita, confusa. Mi lascia andare le mani e si siede sui calcagni, attirandomi in grembo.

«D'accordo Mrs Grey, lo faremo a modo tuo.» Mi solleva e lentamente mi fa scendere su di lui, mettendomi a cavalcioni. «Ah!» Ecco. È questo che voglio. È di questo che ho bisogno. Gli circondo il collo con le braccia e gli infilo le dita tra i capelli, godendomi la sensazione di averlo dentro di me. Inizio a muovermi. Prendo il controllo e trascino Christian nel mio ritmo, alla mia velocità. Lui geme, le sue labbra cercano le mie e all'improvviso siamo persi l'uno nell'altra.

Passo le dita tra i peli del petto di Christian. È sdraiato sulla schiena, immobile e silenzioso al mio fianco, tutti e due stiamo riprendendo fiato. Tamburella ritmicamente con la mano lungo la mia schiena.

«Sei silenzioso» sussurro e gli bacio la spalla. Gira il viso verso di me e mi guarda, con un'espressione impenetrabile. «È stato divertente.» "Accidenti... c'è qualcosa che non va?"

«Tu mi confondi, Ana.»

«Ti confondo?»

Si sposta, così ora siamo di fronte. «Sì. Tu che comandi. È... una cosa nuova.»

«Ma buona o cattiva?» Gli passo un dito sulle labbra. Si acciglia, come se non capisse fino in fondo la domanda. Mi bacia distrattamente il dito.

«Buona» mi risponde, ma non sembra convinto.

«Non l'hai mai avuta prima questa fantasia?» gli chiedo arrossendo. Sono davvero sicura di volerne sapere di più sulla caleidoscopica vita sessuale di mio marito prima di incontrare me? Il mio subconscio sembra davvero preoccupato.

«No, Anastasia. Tu puoi toccarmi.» È una spiegazione semplice, ma dice tutto. Di certo la numero quindici non poteva.

«Anche Mrs Robinson poteva toccarti.» Sussurro le parole prima che il cervello registri quello che ho detto.

Lui si irrigidisce. Spalanca gli occhi e assume la sua espressione da oh-no-e-adesso-dove-vuole-arrivare. «Era una cosa diversa» mormora.

E di colpo voglio sapere. «Buona o cattiva?»

Mi fissa. Incertezza e, forse, dolore gli attraversano il volto e per un attimo sembra un uomo sul punto di annegare.

«Cattiva, credo.» Le sue parole si sentono appena.

«Pensavo che ti piacesse.»

«Mi piaceva. Allora.»

«E adesso non ti piace più?»

Continua a fissarmi, con gli occhi spalancati, poi scuote lentamente la testa.

"Oddio..." «Oh, Christian.» Sono sopraffatta da una marea di emozioni che mi sommerge. Il mio bambino smarrito. Mi getto su di lui e gli bacio il viso, la gola, il petto, le piccole cicatrici tonde. Geme e mi attira contro di sé, baciandomi con passione. E con molta lentezza e tenerezza, con il suo ritmo, fa di nuovo l'amore con me.

«Ana "Tyson", quando vuole è in grado di battere chiunque!» Ethan applaude mentre entro in cucina per fare colazione. È seduto con Mia e Kate al bancone, mentre Mrs Bentley sta cucinando i waffle. Nessuna traccia di Christian.

«Buongiorno, Mrs Grey.» Mrs Bentley mi saluta con un sorriso. «Che cosa gradisce per colazione?»

«Buongiorno. Quello che c'è andrà benissimo, grazie. Dov'è Christian?»

«È uscito.» Kate indica con la testa il giardino. Mi avvicino alla finestra da cui si vedono il giardino e le montagne più in là. È una giornata serena, il cielo è color cobalto e il mio meraviglioso marito è qualche metro più in là impegnato in un'animata discussione con un tizio.

«Sta parlando con Mr Bentley» dice Mia, a voce alta. Mi giro a guardarla, distratta dal suo tono arrabbiato. Lancia uno sguardo carico di veleno a Ethan. "Oddio! Ma cosa sta succedendo tra quei due?" Accigliata, concentro di nuovo l'attenzione su mio marito e Mr Bentley.

Il marito di Mrs Bentley è biondo con gli occhi scuri, e

ha il fisico asciutto e muscoloso. Indossa pantaloni da lavoro e una maglietta dei pompieri di Aspen. Christian ha la T-shirt e i jeans neri. Camminano lentamente sul prato davanti alla casa, presi nella loro conversazione, e a un certo punto Christian si china per raccogliere quella che sembra una canna di bambù portata lì dal vento, o dimenticata tra i fiori. Si ferma e distrattamente la tiene sollevata lontano dal corpo, come per valutarne con attenzione il peso, poi la usa per dare un colpo secco nell'aria, solo uno.

Mr Bentley non sembra trovare nulla di strano in quel comportamento. I due continuano la loro discussione; ora si sono avvicinati alla casa, quindi si fermano di nuovo e Christian ripete il gesto di prima. La punta della canna colpisce il terreno. Christian alza lo sguardo e mi vede alla finestra. Di colpo mi sento come se lo stessi spiando. Lui si blocca e io gli faccio un saluto un po' imbarazzato, poi mi volto e torno al bancone della colazione.

«Che cosa stavi facendo?» mi chiede Kate.

«Stavo solo guardando Christian.»

«Che cotta che hai preso!» sbuffa.

«Perché tu no, futura cognatina?» le rispondo sogghignando e cercando di togliermi dalla mente l'inquietante vista di Christian con una canna in mano. Sussulto quando Kate si alza di colpo e viene ad abbracciarmi.

«Praticamente sorelle!» esclama, e non è facile evitare di essere travolti dalla sua gioia.

«Ciao, dormigliona.» Christian mi sveglia. «Stiamo per atterrare. Allacciati la cintura.»

Ancora assonnata mi metto ad armeggiare con la cintura, ma è Christian ad allacciarla per me. Mi dà un bacio sulla fronte prima di rimettersi a sedere. Gli appoggio di nuovo la testa sulla spalla e chiudo gli occhi.

Un'escursione inverosimilmente lunga e un picnic in cima a una montagna spettacolare mi hanno distrutta. Anche il resto della compagnia è tranquillo, persino Mia. È tutto il giorno che ha l'aria abbattuta. Mi chiedo come stiano andando le manovre per conquistare Ethan. Colgo il suo sguardo e le faccio un sorrisino, "Tutto bene?". Mi restituisce un breve sorriso triste, poi torna al suo libro. Sbircio Christian. Sta lavorando a un contratto, o qualcosa del genere, continua a rileggerlo e a scrivere annotazioni a margine. Ma ha l'aria rilassata. Elliot russa piano accanto a Kate.

Devo ancora mettere Elliot con le spalle al muro e interrogarlo su Gia, ma finora è stato impossibile staccarlo da Kate. A Christian la cosa non interessa più di tanto, quindi non gli farà domande. È irritante, ma non ho fatto pressione. Ci siamo divertiti troppo. Elliot tiene la mano appoggiata sul ginocchio di Kate con un gesto possessivo. Lei è radiosa, e pensare che solo ieri pomeriggio era piena di dubbi su di lui. Com'è che l'ha chiamato Christian? Lelliot. Un nomignolo di famiglia, forse? È carino, molto meglio di "puttaniere". All'improvviso Elliot apre gli occhi e mi guarda dritto in faccia. Arrossisco, colta in flagrante mentre lo fissavo.

Fa un sorrisetto. «Mi piace come arrossisci, Ana» dice sfottendomi mentre si stiracchia. Kate mi gratifica del suo sguardo da gatto che si è appena mangiato il canarino.

Il secondo pilota Beighley annuncia che ci stiamo avvicinando all'aeroporto di Seattle e Christian mi prende una mano tra le sue.

«Com'è stato il tuo weekend, Mrs Grey?» mi chiede Christian appena saliti sull'Audi che ci riporterà all'Escala. Taylor e Ryan sono seduti davanti.

«Ottimo, grazie.» Di colpo mi sento un po' timida.

«Possiamo andarci quando vogliamo. E portare con noi chiunque tu voglia.»

«Dovremmo invitare Ray. A lui piace pescare.»

«Buona idea.»

«E per te com'è stato?» gli domando.

«Molto buono» mi risponde dopo un attimo, sorpreso dalla mia domanda, credo. «Davvero.»

«Sembravi rilassato.»

Si stringe nelle spalle. «Sapevo che tu eri al sicuro.»

Mi rabbuio. «Christian, io sono quasi sempre al sicuro. Se continui a essere così ansioso, ti verrà un colpo prima dei quarant'anni. E io voglio invecchiare insieme a te.» Gli stringo una mano. Mi guarda come se non capisse di cosa sto parlando. Mi dà un bacio delicato sulle nocche e poi cambia argomento.

«Come va la tua mano?»

«Molto meglio, grazie.»

Sorride. «Ottimo, Mrs Grey. Sei pronta ad affrontare di nuovo Gia?»

"Oh, merda." Mi ero dimenticata che stasera dobbiamo vederla per la revisione del progetto finale. Alzo gli occhi al cielo. «Forse è meglio che io ti tenga un po' in disparte, al sicuro» gli dico facendo una smorfia.

«Vuoi proteggermi?» Christian si mette a ridere.

«Come sempre, Mr Grey. Da ogni genere di predatore sessuale» gli rispondo sussurrando.

Mentre mi infilo sotto le lenzuola, Christian si sta lavando i denti. Domani si torna alla realtà: il lavoro, i paparazzi, Jack in carcere, ma con la possibilità che abbia un complice. "Mmh." Christian è stato piuttosto vago sull'argomento. "Lui lo sa? E se lo sapesse, me lo direbbe?" Sospiro. A Christian bisogna tirare fuori le informazioni con le tenaglie, anche adesso, dopo il meraviglioso fine settimana che abbiamo trascorso. Ho davvero intenzione di rovinare questo momento di gioia cercando di carpirgli qualche notizia?

È stata una rivelazione vederlo fuori del suo ambiente, fuori da casa sua, felice e rilassato con la sua famiglia. Ho il vago sospetto che lui stia male a causa di questo appartamento, con tutti i suoi ricordi. Forse dovremmo cambiare casa.

Poi sbuffo. "Stiamo già cambiando casa!" Stiamo ristrutturando un'enorme villa sulla costa. Il progetto di Gia è finito ed è stato approvato, e la squadra di Elliot comincerà i lavori la settimana prossima. Mi viene da sorridere pensando all'espressione di Gia quando le ho detto che l'avevo vista ad Aspen. Alla fine è venuto fuori che era una coincidenza. Si era rifugiata nella sua casa di vacanza per potersi dedicare al nostro progetto. Per un momento avevo pensato che fosse stata coinvolta nella scelta dell'anello... Comunque, continuo a non fidarmi di lei. Voglio sentire la stessa versione da Elliot. Almeno stavolta si è tenuta a debita distanza da Christian.

Guardo fuori e osservo il cielo notturno. Mi mancherà questa vista così panoramica... Sotto di noi c'è Seattle, ricca di possibilità eppure remota. Forse è questo il problema di Christian: è rimasto troppo a lungo isolato dalla vita reale, a causa dell'esilio che si è autoimposto. Eppure quando è insieme alla sua famiglia è meno ossessionato dal controllo, meno ansioso. È più libero, più felice. Mi chiedo che cosa direbbe Flynn di questa storia. Oddio, forse ho trovato la risposta. Forse ha bisogno di una famiglia sua. Scuoto la testa per allontanare il pensiero: siamo troppo giovani, è troppo presto per queste cose. Christian entra in camera, con la solita aria affascinante e pensierosa.

«Va tutto bene?» gli chiedo.

Annuisce distrattamente, mentre si infila nel letto.

«Non sono poi tanto ansiosa di tornare alla realtà.»

«Ah, no?»

Scuoto la testa e gli accarezzo il bellissimo viso. «Ho passato un weekend meraviglioso. Grazie.»

Sorride dolcemente. «La mia realtà sei tu, Ana» dice, mentre mi bacia.

«Ti mancano tanto?»

«Che cosa?» chiede, perplesso.

«Lo sai. I colpi di verga... tutte quelle cose» rispondo con un filo di voce, imbarazzata.

Mi fissa impassibile. Poi un attimo d'incertezza, e l'espressione da chissà-questa-dove-vuole-arrivare.

«No, Anastasia, non mi mancano.» La sua voce è calma e decisa. Mi accarezza una guancia. «Il dottor Flynn mi ha detto una cosa a cui ho continuato a pensare. Ha detto che io non potevo comportarmi così se tu non avevi le stesse inclinazioni. È stata una rivelazione.» Si interrompe e aggrotta la fronte. «Prima non conoscevo altri modi, Ana. Ora sì. È stato molto educativo.»

«E ti avrei educato io?» gli chiedo ridendo.

Il suo sguardo si ammorbidisce. «E a te? A te mancano?» mi domanda.

"Oh!" «Non voglio che tu mi faccia del male, Christian, ma mi piace giocare. E lo sai. Se tu avessi voglia di usare qualcosa…» Scrollo le spalle e lo guardo dritto negli occhi.

«Qualcosa?»

«Sì, lo sai. Il flagellatore, oppure il frustino…» Mi interrompo, rossa come un peperone.

Christian inarca un sopracciglio, stupito. «Be'… Vedremo. In questo momento mi piacerebbe molto qualcosa di più tradizionale. "Vaniglia", come suol dirsi.» Mi accarezza il labbro inferiore con il pollice e mi bacia di nuovo.

Da: Anastasia Grey
A: Christian Grey
Data: 29 agosto 2011 09.14
Oggetto: Buongiorno

Mr Grey,
volevo solo dirti che ti amo.
Questo è tutto
Sempre tua

Anastasia Grey
Direttore editoriale, SIP

Da: Christian Grey
A: Anastasia Grey
Data: 29 agosto 2011 09.18
Oggetto: Teniamo lontana la tristezza del lunedì

Mrs Grey,
è davvero gratificante sentire parole del genere dalla
propria moglie (disobbediente o meno) il lunedì mattina.
Permettimi di rassicurarti che io provo esattamente
la stessa cosa.
Mi dispiace per la cena di stasera. Spero che non
ti annoierai troppo.

Christian Grey
Amministratore delegato, Grey Enterprises Holdings Inc.

Ah, già, la cena dell'associazione degli armatori americani. Alzo gli occhi al cielo... Ancora colletti inamidati. Christian mi porta sempre a cerimonie davvero affascinanti.

Da: Anastasia Grey
A: Christian Grey
Data: 29 agosto 2011 09.26
Oggetto: Navi che passano nella notte

Caro Mr Grey,
sono sicura che ti verrà in mente qualcosa
per rendere la cena più piccante...
Tua nell'attesa
Mrs G. x

Anastasia (non disobbediente) Grey
Direttore editoriale, SIP

Da: Christian Grey
A: Anastasia Grey
Data: 29 agosto 2011 09.35
Oggetto: La varietà è il sale della vita

Mrs Grey,
qualche idea ce l'avrei...
x

Christian Grey
Amministratore delegato, Grey Enterprises Holdings Inc.
che adesso non vede l'ora di andare alla cena degli armatori Inc.

Sento una deliziosa fitta al ventre. Mmh... Mi chiedo su cosa stia fantasticando. Hannah bussa alla porta, interrompendo il mio sogno a occhi aperti.

«Hai tempo per rivedere gli impegni della settimana, Ana?»

«Certo, siediti.» Le sorrido mentre mi riprendo e intanto riduco a icona il programma di posta elettronica. «Ho dovuto spostare un paio di appuntamenti. Mr Fox alla prossima settimana e il dottor...»

Lo squillo del telefono la interrompe. È Roach, che mi chiama nel suo ufficio.

«Possiamo riprendere tra venti minuti?»

«Certo.»

Da: Christian Grey
A: Anastasia Grey
Data: 30 agosto 2011 09.24
Oggetto: La notte scorsa

... è stata molto divertente!
Chi l'avrebbe mai detto che la cena annuale dell'associazione degli armatori sarebbe stata così stimolante?

Come al solito, non mi deludi mai, Mrs Grey.
Ti amo.

Christian Grey
Amministratore delegato ammirato,
Grey Enterprises Holdings Inc.

Da: Anastasia Grey
A: Christian Grey
Data: 30 agosto 2011 09.33
Oggetto: Mi piacciono i giochi con la palla...

Caro Mr Grey,
mi mancavano le sfere d'argento.
Sei tu quello che non delude mai.
Questo è tutto.
Mrs G. x

Anastasia Grey
Direttore editoriale, SIP

Hannah bussa alla porta e mi interrompe mentre sto rivivendo i momenti erotici della sera precedente.

«Avanti.»

«Ana, poco fa ha chiamato la segretaria di Mr Roach. Vorrebbe che tu partecipassi a una riunione questa mattina, e quindi ho dovuto spostare di nuovo qualche appuntamento. Per te va bene?»

"La sua lingua."

«Sì, certo» mormoro, mentre cerco di fermare i miei pensieri che vanno alla deriva. Lei mi sorride ed esce dall'ufficio, lasciandomi sola con i deliziosi ricordi della sera precedente.

Da: Christian Grey
A: Anastasia Grey
Data: 1 settembre 2011 15.24
Oggetto: Hyde

Anastasia,
volevo informarti che a Hyde è stata rifiutata la domanda
di libertà provvisoria su cauzione, per cui rimane in carcere.
È accusato di tentato rapimento e incendio doloso.
A oggi non è stata ancora fissata la data per il processo.

Christian Grey
Amministratore delegato, Grey Enterprises Holdings Inc.

Da: Anastasia Grey
A: Christian Grey
Data: 1 settembre 2011 15.53
Oggetto: Hyde

Mi sembra un'ottima notizia.
Questo significa forse che allenterai un po' le misure di sicurezza?
Non vado molto d'accordo con Prescott.
Ana x

Anastasia Grey
Direttore editoriale, SIP

Da: Christian Grey
A: Anastasia Grey
Data: 1 settembre 2011 15.59
Oggetto: Hyde

No. La sicurezza rimane. Non se ne parla neanche.
Cosa c'è che non va con Prescott? Se non ti piace, la sostituiamo.

Christian Grey
Amministratore delegato, Grey Enterprises Holdings Inc.

Il tono arrogante della sua mail mi fa rabbuiare. In fondo Prescott non è poi così male.

Da: Anastasia Grey
A: Christian Grey
Data: 1 settembre 2011 16.03
Oggetto: Stai calmo!

Era solo una domanda… (alzo gli occhi al cielo). Quanto a Prescott, ci penserò.
Metti via la mano che prude!
Ana x

Anastasia Grey
Direttore editoriale, SIP

Da: Christian Grey
A: Anastasia Grey
Data: 1 settembre 2011 16.11
Oggetto: Non tentarmi

La mano, in effetti, un po' mi prude.
Magari stasera provo a rimediare.

Christian Grey
Amministratore delegato, Grey Enterprises Holdings Inc.

Da: Anastasia Grey
A: Christian Grey
Data: 1 settembre 2011 16.20
Oggetto: Imbarazzo

Parole, parole, parole…
Smettila di tormentarmi. Sto cercando di lavorare;
ho una riunione non programmata con un autore.

Cercherò di non farmi distrarre e quindi eviterò
di pensare a te durante l'incontro.
A x

Anastasia Grey
Direttore editoriale, SIP

Da: Anastasia Grey
A: Christian Grey
Data: 5 settembre 2011 09.18
Oggetto: Veleggiare, volare e sculacciare

Marito,
è chiaro che tu sai molto bene come far divertire una ragazza.
D'ora in poi è ovvio che mi aspetterò
lo stesso trattamento tutti i weekend.
Mi stai viziando, e lo adoro.
Tua moglie
XOX

Anastasia Grey
Direttore editoriale, SIP

Da: Christian Grey
A: Anastasia Grey
Data: 5 settembre 2011 9.25
Oggetto: Lo scopo della mia vita…

… è proprio viziarti, Mrs Grey.
E tenerti al sicuro, perché ti amo.

Christian Grey
Amministratore delegato innamorato cotto,
Grey Enterprises Holdings Inc.

Oh, mio Dio. Potrebbe essere più romantico?

Da: Anastasia Grey
A: Christian Grey
Data: 5 settembre 2011 09.33
Oggetto: Lo scopo della mia vita…

… è lasciartelo fare, perché anch'io ti amo.
Ora piantala di fare il melenso.
Mi fai venire le lacrime agli occhi.

Anastasia Grey
Direttore editoriale altrettanto cotta, SIP

Il giorno dopo fisso il calendario sulla mia scrivania. Mancano pochi giorni al 10 settembre, il giorno del mio compleanno. So che andremo a vedere i progressi di Elliot e della sua squadra nella ristrutturazione della nostra nuova casa. Mmh… Mi chiedo se per caso Christian non abbia in mente anche qualche altro piano. Il solo pensiero mi fa sorridere. Hannah bussa alla porta.

«Avanti.»

Lì fuori c'è Prescott che gironzola. "Strano…"

«Ciao, Ana» mi saluta Hannah. «Una certa Leila Williams chiede di vederti. Dice che è una faccenda personale.»

«Leila Williams? Non conosco nessuna…» Di colpo deglutisco a fatica e Hannah spalanca gli occhi nel vedere la mia espressione.

"Leila? Che cosa vuole?"

16

«Vuoi che la mandi via?» mi chiede Hannah, spaventata dalla mia espressione.

«Ehm, no. Dove si trova adesso?»

«Alla reception. Non è sola, con lei c'è un'altra donna giovane. E Miss Prescott vuole parlare con te» aggiunge Hannah.

Non stento a crederlo. «Falla entrare.»

Hannah si sposta di lato e Prescott entra nel mio ufficio. È in missione, e sprizza efficienza e professionalità da tutti i pori.

«Solo un minuto, Hannah. Prendi una sedia, Prescott.»

Hannah chiude la porta dietro di sé, lasciandomi sola con Prescott.

«Mrs Grey, Leila Williams è nel suo elenco di visitatori non graditi.»

«Che cosa?» "Ho un elenco di visitatori non graditi?"

«È sulla nostra lista nera, signora. Taylor e Welch sono stati molto chiari: non bisogna permetterle di entrare in contatto con lei.»

Non capisco, e le lancio un'occhiata interrogativa. «Ma è pericolosa?»

«Non glielo so dire, signora.»

«E allora come mai si trova qui?»

Prescott deglutisce, imbarazzata. «Mi ero presa una pausa per andare in bagno. Lei è entrata e ha parlato direttamente con Claire, e Claire ha chiamato Hannah.»

«Ah, capisco.» Mi rendo conto che persino Prescott deve fare la pipì e mi viene da ridere. «Oh, povera!»

«Sì, signora.» Prescott mi fa un sorrisetto e per la prima volta scorgo una crepa nella sua corazza.

«Devo rivedere le procedure di sicurezza con Claire» dice, con la voce un po' affaticata.

«Certo. Taylor sa che lei è qui?» Incrocio inconsciamente le dita, sperando che Prescott non abbia avvisato Christian.

«Gli ho lasciato un messaggio sulla segreteria telefonica.»

"Oh." «Dunque ho pochissimo tempo. Vorrei sapere che cosa vuole quella donna.»

Prescott mi fissa per un istante. «Devo sconsigliarglielo, signora.»

«È venuta a trovarmi con un obiettivo.»

«E io dovrei impedire che lo raggiunga, signora.» Il suo tono è dolce, ma rassegnato.

«Voglio davvero sapere che cos'ha da dirmi.» Il mio tono è più deciso di quanto volessi.

Prescott trattiene un sospiro. «Prima vorrei perquisire la donna e la sua accompagnatrice, però.»

«D'accordo. Puoi farlo?»

«Sono qui per proteggerla, Mrs Grey, certo che posso. Vorrei anche essere presente mentre parlate.»

«Okay» concedo. In fondo, l'ultima volta che ho visto Leila era armata. «Andiamo.»

Prescott si alza.

«Hannah.»

Hannah apre la porta un po' troppo in fretta. Probabilmente era lì fuori a origliare.

«Per favore, puoi controllare se la sala riunioni è libera?»

«Già fatto. Si può usare.»

«Prescott, puoi perquisirle? C'è abbastanza privacy?»

«Sì, signora.»

«Arrivo tra cinque minuti, allora. Hannah, accompagna Leila Williams e l'altra persona, chiunque sia, in sala riunioni.»

«D'accordo.» Hannah, preoccupata, sposta lo sguardo da Prescott a me. «Devo annullare il tuo prossimo appuntamento? È alle quattro, ma dall'altra parte della città.»

«Sì» mormoro, distratta. Hannah annuisce e se ne va.

Che cosa diavolo vuole, Leila? Non penso che sia qui per farmi del male. Non l'ha fatto nel passato, quando ne ha avuto l'opportunità. "Christian andrà fuori di testa." Il mio subconscio annuisce. Devo dirgli che cosa sto per fare. Scrivo una rapida mail, poi mi fermo e controllo l'ora. Ho una momentanea fitta di rimorso. Dopo Aspen siamo andati così d'accordo. Premo il tasto INVIA.

Da: Anastasia Grey
A: Christian Grey
Data: 6 settembre 2011 15.27
Oggetto: Visite

Christian,
Leila è venuta a trovarmi. La incontrerò in presenza di Prescott.
Mi servirò delle doti pugilistiche che ho recentemente acquisito, usando la mano appena guarita, se dovesse servire.
Cerca di non preoccuparti, sul serio.
Ormai sono cresciuta.
Ti chiamo appena abbiamo finito.
A x

Anastasia Grey
Direttore editoriale, SIP

Nascondo velocemente il BlackBerry nel cassetto della scrivania. Mi alzo, sistemandomi la gonna color grafite sui fianchi, mi pizzico le guance per dare loro un po' di colore e slaccio un altro bottone della mia camicetta di seta grigia. Faccio un bel respiro ed esco dal mio ufficio per incontrare la famigerata Leila, ignorando la suoneria *Your Love Is King* che ronza piano dall'interno della mia scrivania.

Leila ha un aspetto decisamente migliore. Anzi, è proprio attraente. Ha le guance di un bel colorito roseo e gli occhi castani sono pieni di luce. I capelli sono puliti e brillanti. Indossa una camicetta rosa pallido e pantaloni bianchi. Appena entro nella sala riunioni si alza in piedi imitata dalla sua amica, anche lei giovane, con i capelli scuri e gli occhi del colore del brandy. Prescott si è sistemata in un angolo, e non toglie gli occhi di dosso a Leila.

«Mrs Grey, la ringrazio per aver accettato di incontrarmi.» La voce di Leila è sommessa, ma chiara.

«Ehm... Mi dispiace per la sicurezza» bofonchio. Agito distrattamente una mano verso Prescott.

«Questa è la mia amica Susi.»

«Salve.» Saluto Susi con un cenno della testa. Assomiglia a Leila. Assomiglia a me. "Oh, no, un'altra."

«Sì» dice Leila, come se mi avesse letto nel pensiero. «Anche Susi conosce Mr Grey.»

E adesso che cosa dovrei dire? Sorrido educatamente.

«Prego, sedetevi» riesco a mormorare.

Bussano alla porta. È Hannah. Le faccio cenno di entrare, sapendo benissimo per quale motivo è venuta a disturbarci.

«Mi dispiace interromperti, Ana. C'è Mr Grey in linea.»

«Digli che sono occupata.»

«È molto insistente» mi risponde, timorosa.

«Non ne dubito. Ti dispiace scusarti con lui e dirgli che lo richiamo tra pochissimo?»

Hannah esita.

«Ti prego, Hannah.»

Annuisce e corre via dalla stanza. Mi giro di nuovo verso le due donne sedute di fronte a me. Mi guardano come se fossero in soggezione. Questo mi mette a disagio.

«Cosa posso fare per voi?» chiedo.

È Susi a rispondere. «So che tutta questa faccenda sembra un po' strana, ma anch'io desideravo incontrarla. La donna che ha catturato Chris...»

Alzo una mano e la interrompo a metà della frase. Non voglio sentire altro. «Ehm... il concetto è chiaro» mormoro.

«Ci siamo date un nome: il club delle Sottomesse.» Mi fa un sorrisetto complice, con gli occhi che brillano di allegria.

Leila rimane senza fiato e fissa Susi a bocca aperta, tra il divertito e lo spaventato. Susi sobbalza: sospetto che Leila le abbia dato un calcio sotto il tavolo.

Che diavolo dovrei rispondere a tutto questo? Lancio qualche occhiata nervosa a Prescott, che rimane impassibile e non toglie mai lo sguardo da Leila.

Susi pare essersi ripresa. È diventata tutta rossa, fa un cenno di saluto e poi si alza in piedi. «Aspetto alla reception. Questo è il momento di Lulu.» Ha l'aria davvero imbarazzata.

"Lulu?"

«Ce la fai?» chiede a Leila, che le risponde sorridendo. Susi mi fa un bel sorriso, aperto e genuino, ed esce in fretta dalla stanza.

"Susi e Christian..." Non è proprio il tipo di pensiero su cui vorrei soffermarmi. Prescott tira fuori il cellulare dalla tasca e risponde. Non l'avevo sentito suonare.

«Mr Grey» sta dicendo. Leila e io ci giriamo verso di lei. Prescott chiude gli occhi, come se stesse soffrendo.

«Sì, signore» dice, poi fa un passo e mi porge il telefono.

Alzo gli occhi al cielo. «Ciao, Christian» mormoro, tentando di trattenere la mia esasperazione. Mi alzo e schizzo fuori dalla stanza.

«A che cazzo di gioco stai giocando?» urla.

«Non urlare con me.»

«Cosa vuol dire non urlare con me?» grida, sempre più forte. «Ho dato istruzioni dettagliate, che tu hai ignorato, ancora una volta. Al diavolo, Ana, sono incazzato nero.»

«Ne parliamo quando sarai più calmo.»

«Non provarci neanche ad attaccare» sibila.

«Ciao, Christian.» Metto giù e spengo il cellulare di Prescott. "Porca miseria. Non mi rimane più molto tempo con Leila." Inspiro a fondo e rientro nella sala riunioni. Leila e Prescott mi guardano con l'aria di chi si aspetta qualcosa, e io restituisco il telefono a Prescott.

«Dove eravamo rimaste?» chiedo a Leila, e mi siedo di fronte a lei. Sgrana lievemente gli occhi.

Sì. A quanto pare, riesco a gestire Christian, vorrei dirle. Ma non penso che lei voglia sentirlo.

Leila si attorciglia nervosamente le punte dei capelli. «Per prima cosa, volevo scusarmi» dice piano.

"Ah..."

Alza gli occhi e si accorge della mia sorpresa. «Sì» aggiunge in fretta. «E anche ringraziarla per non aver sporto denuncia. Sa, per l'auto e l'appartamento...»

«So che lei non... stava molto bene» mormoro, esitando. Non mi aspettavo delle scuse.

«No, infatti.»

«Ora sta meglio?» le chiedo gentilmente.

«Molto meglio. Grazie.»

«Il suo dottore lo sa che lei è qui?»

Lei scuote la testa e assume un'espressione colpevole. «So che dovrò affrontare le conseguenze di questo gesto, più avanti. Ma dovevo fare alcune cose, e volevo vedere Susi, e lei, e... Mr Grey.»

«Lei vuole vedere Christian?» Ho una stretta allo stomaco. "Ecco perché è venuta qui."

«Sì, volevo chiederle se poteva andare bene.»

La guardo a bocca aperta, e vorrei dirle che non va affatto bene. Non voglio assolutamente che si avvicini a Christian. Perché è venuta? Per tastare il terreno? Per sconvolgermi? O forse ne ha bisogno per riuscire a mettere in qualche modo la parola fine?

«Leila, questo non dipende da me.» Sono confusa, esasperata. «Dipende da Christian. Deve chiederlo a lui. Non ha bisogno del mio permesso, è un uomo adulto... Il più delle volte, almeno.»

Mi fissa per una frazione di secondo, come se fosse rimasta sorpresa dalla mia reazione, poi si mette a ridere sommessamente, continuando a tormentarsi le punte dei capelli.

«Lui ha ripetutamente detto di no alla mia richiesta di vederlo» dice, con calma.

Mi sono ficcata in un guaio peggiore di quanto pensassi.

«Perché è così importante per lei vederlo?» le chiedo gentilmente.

«Per ringraziarlo. A quest'ora starei a marcire in un fetido manicomio criminale se non fosse stato per lui. Lo so perfettamente.»

Abbassa lo sguardo e fa scorrere un dito sul bordo del tavolo. Poi riprende. «Ho sofferto di un episodio psicotico acuto e senza Mr Grey e John, cioè il dottor Flynn...» Si stringe nelle spalle e alza lo sguardo su di me, con un'espressione piena di gratitudine.

Sono senza parole. Che cosa si aspetta che io replichi?

«E anche per la scuola d'arte non gli sarò mai abbastanza grata.»

"Lo sapevo. Christian le sta pagando le lezioni!" Rimango impassibile mentre cerco di capire meglio i miei sentimenti nei confronti di questa donna, ora che ha confermato i miei sospetti sulla generosità di Christian. Con mia sorpresa non nutro astio per lei – è una vera rivelazione – anzi, mi fa piacere che stia meglio. Mi auguro che ora possa riprendere la sua vita e uscire dalla nostra.

«Sta saltando una lezione in questo momento?» le chiedo, perché la cosa mi interessa.

«Solo due. Torno a casa domani.»

"Accidenti." «Che programmi ha qui in città?»

«Prenderò le mie cose, che sono rimaste da Susi, poi tornerò a Hamden. Voglio continuare a dipingere e a studiare. Mr Grey ha già un paio dei miei quadri.» Un'altra stretta allo stomaco. "Non saranno quelli appesi in sala?" Mi vengono i brividi al pensiero.

«Che genere di quadri dipinge?»

«Soprattutto quadri astratti.»

«Capisco.» Rivedo con la mente gli ormai familiari quadri nel salone. Un paio, forse, potrebbero essere di questa sua ex Sottomessa.

«Mrs Grey, posso parlarle francamente?» mi chiede, del tutto ignara delle emozioni contrastanti che mi dilaniano.

«Certo» mormoro, e lancio un'occhiata a Prescott che sembra essersi rilassata un po'. Leila si protende verso di me come se stesse per confidarmi un segreto custodito per lungo tempo.

«Io amavo Geoff, il mio fidanzato, quello che è morto quest'anno.» La sua voce si spegne in un sospiro triste.

«Mi dispiace» bofonchio automaticamente, ma lei continua come se non mi avesse sentita.

«Ho amato mio marito... e quest'altro uomo» mormora.

«Mio marito.» Le parole mi escono dalla bocca prima che riesca a fermarle.

"Sì." Articola la risposta silenziosamente.

Non è una novità, per me. Quando solleva gli occhi castani per guardarmi in faccia, nel suo sguardo si colgono emozioni contrastanti. La più forte sembra essere il timore... forse della mia reazione? Ma è soprattutto compassione ciò che provo nei confronti di questa giovane donna sfortunata. Con la mente percorro tutti i classici della letteratura che mi ricordo e che hanno a che fare con l'amore non contraccambiato. Deglutendo con difficoltà, assumo una posizione di superiorità morale.

«Lo so. È molto facile amarlo» sussurro.

I suoi grandi occhi si fanno ancora più grandi per la sorpresa, e mi sorride. «Sì, lo è... lo era.» Si corregge subito, e arrossisce. Poi si mette a ridere con una tale dolcezza che non riesco a resistere e inizio a ridacchiare anch'io. Esatto, Christian Grey riesce a strapparci qualche risatina.

Do un'occhiata all'orologio. Lui sarà qui a breve.

«Avrà l'opportunità di vedere Christian.»

«Sapevo che sarebbe stato così. So quanto può essere protettivo.» Sorride.

Quindi è questo il suo piano. È molto scaltra. "O forse opportunista" sussurra la mia vocina. «È per questo motivo che è venuta a cercarmi?»

«Sì.»

«Capisco.» E Christian fa il suo gioco. Con riluttanza, devo ammettere che lo conosce bene.

«Sembrava molto felice. Con lei, intendo» mi dice.

"Che cosa?" «E come fa a saperlo?»

«Da quella volta, quando ero nel vostro appartamento...» risponde, guardinga.

Dannazione... come ho fatto a dimenticarmene?

«Ci andava spesso?»

«No. Ma con lei Christian era molto diverso.»

Voglio davvero stare a sentirla? Sono percorsa da un brivido e mi viene la pelle d'oca al ricordo della paura che ho provato quando lei era l'ombra invisibile in casa nostra.

«Sa che ha commesso un reato? Violazione di domicilio.»

Annuisce, lo sguardo fisso sul tavolo. Di nuovo, fa scorrere un dito sul bordo. «L'ho fatto solo poche volte, e ho avuto la fortuna di non essere mai scoperta. Ancora una volta devo ringraziare Christian per questo. Avrebbe potuto farmi arrestare.»

«Non credo che ne sarebbe stato capace» mormoro.

All'improvviso si sente un frastuono fuori dalla sala riunioni e istintivamente capisco che Christian è arrivato. Un secondo dopo irrompe nella stanza e prima che richiuda la porta colgo lo sguardo di Taylor che attende pazientemente fuori. Ha un'espressione severa, e non mi restituisce il sorrisetto tirato che gli faccio. "Oh, maledizione, anche lui è arrabbiato con me."

Lo sguardo di fuoco di Christian inchioda prima me e poi Leila alle nostre sedie. Il suo atteggiamento è di calma determinazione, ma io lo conosco bene, e sospetto che lo stesso valga per Leila. La fredda e minacciosa scintilla nei suoi occhi rivela la verità: è pieno di rabbia, anche se lo nasconde bene.

Nel suo abito grigio, con la cravatta scura allentata e il primo bottone della camicia slacciato, ha un'aria professionale e al tempo stesso informale... e molto sensuale. È spettinato... senza dubbio perché si è passato le mani nei capelli in preda all'esasperazione.

Leila fissa nervosamente il bordo del tavolo e continua a passarci sopra il dito mentre Christian sposta lo sguardo da me a lei e poi a Prescott.

«Tu» si rivolge a Prescott in tono calmo. «Sei licenziata. Vattene immediatamente.»

Sbianco di colpo. Oh, no, questo non è leale.

«Senti, Christian...» Faccio per alzarmi.

Lui punta l'indice verso di me in segno di ammonimento. «Stai seduta» mi dice, e la sua voce è così minacciosamente calma che mi zittisco di colpo e rimango incollata alla sedia. Prescott scuote la testa mentre esce rapidamente dalla stanza per raggiungere Taylor. Christian sbatte la porta dietro di lei e si avvicina al tavolo. "Merda! Merda! Merda! È tutta colpa mia." Christian è in piedi di fronte a Leila, appoggia le mani sulla superficie di legno e si china in avanti.

«Che cazzo ci fai qui?» le ringhia.

«Christian!» farfuglio. Lui mi ignora.

«Allora?» chiede.

Leila alza lo sguardo verso di lui, gli occhi con le lunghe ciglia spalancati, il viso terreo. Il bel colorito roseo è sparito.

«Volevo vederti, ma tu non me l'avresti permesso» sussurra.

«E così hai pensato di venire qui e molestare mia moglie, vero?» La voce è calma. Troppo calma.

Leila abbassa di nuovo lo sguardo sul tavolo.

Lui la fissa, torvo. «Leila, se ti avvicini ancora una volta a mia moglie, sospendo tutti gli aiuti che ti sto dando. Le cure mediche, la scuola d'arte, l'assicurazione. Tutto finito. Hai capito bene?»

«Christian...» Ci riprovo, ma lui mi zittisce con un'occhiata gelida. "Perché si comporta in modo così ingiusto?" La compassione che provo per questa povera donna aumenta.

«Sì» gli risponde lei, con un filo di voce.

«Cosa ci fa Susannah alla reception?»

«Mi ha accompagnata.»

Christian si passa una mano nei capelli, continuando a fissarla.

«Per favore, Christian» lo scongiuro. «Leila vuole solo ringraziarti e basta.»

Mi ignora, concentrando la sua rabbia su Leila. «Quando stavi male vivevi da Susannah?»

«Sì.»

«E lei sapeva che cosa facevi mentre stavi da lei?»

«No. Era in vacanza.»

Si passa l'indice sul labbro inferiore. «Perché vuoi vedermi? Sai che le tue richieste devono passare da Flynn. Hai bisogno di qualcosa?» Il suo tono si è ammorbidito, anche se di poco.

Leila continua a far scorrere un dito sul bordo del tavolo. "Smetti di maltrattarla, Christian!"

«Dovevo sapere.» Per la prima volta lo guarda in faccia.

«Sapere che cosa?» chiede lui in tono brusco.

«Che stai bene.»

Christian la guarda a bocca aperta. «Che sto bene?» chiede ridendo, incredulo.

«Sì.»

«Be', sto benissimo. Ecco, adesso lo sai. Taylor ti accompagnerà all'aeroporto, così potrai tornartene a casa. E se fai un passo a ovest del Mississippi, perdi tutto. Hai capito?»

"Accidenti, Christian!" Lo guardo a bocca aperta. Che cosa lo rode in questo modo? Non può esiliarla!

«Sì, ho capito» risponde Leila, calma.

«Bene.» Il tono di Christian è più conciliante.

«Magari a Leila non va bene tornare a casa adesso. Ha altri programmi» provo a obiettare, offesa da quel comportamento.

Christian mi guarda con freddezza. «Anastasia» mi ammonisce, la voce gelida. «Non è una cosa che ti riguarda.»

Gli lancio un'occhiataccia. Certo che mi riguarda. Questo è il mio ufficio. Ci dev'essere sotto qualcos'altro che ancora ignoro. Lui si comporta in modo irrazionale.

«Leila è venuta per me, non per te» mormoro infastidita.

Leila si gira verso di me, con gli occhi spalancati in modo innaturale.

«Avevo istruzioni precise, Mrs Grey, e ho disobbedito.» Lancia un'occhiata nervosa a mio marito, poi si rivolge di nuovo verso di me.

«Questo è il Christian Grey che conosco» dice in tono triste e malinconico. Lui la guarda accigliato mentre io rimango senza fiato. Non riesco a respirare. Christian era così tutto il tempo con lei? E anche con me, all'inizio? Faccio fatica a ricordarmene. Leila mi rivolge un sorriso desolato e si alza.

«Vorrei fermarmi fino a domani. Ho un volo a mezzogiorno» dice con calma a Christian.

«Manderò qualcuno a prenderti verso le dieci per accompagnarti all'aeroporto.»

«Ti ringrazio.»

«Stai a casa di Susannah?»

«Sì.»

«D'accordo.»

Sto fulminando Christian con lo sguardo. Non può dettare legge in questo modo... e poi come fa a sapere dove abita Susannah?

«Arrivederci, Mrs Grey. Grazie per avermi incontrata.»
Mi alzo e le tendo la mano, che lei stringe con gratitudine.
«Ehm… arrivederci, e buona fortuna» mormoro, non sapendo bene quale sia il cerimoniale per dire addio all'ex Sottomessa di mio marito.

Lei annuisce e si rivolge a lui. «Arrivederci, Christian.»

Lo sguardo di Christian si addolcisce un po'. «Arrivederci, Leila.» Poi, a voce più bassa: «Ricordati di andare dal dottor Flynn».

«Sì, signore.»

Christian apre la porta per farla uscire, ma lei si ferma di fronte a lui e alza lo sguardo. Lui si blocca, guardandola perplesso.

«Mi fa piacere che tu sia felice. Te lo meriti» gli dice, e poi se ne va prima che lui possa replicare. La guarda accigliato, poi fa cenno a Taylor di seguirla fino alla reception. Chiude la porta, e mi lancia uno sguardo incerto.

«Che non ti venga in mente di arrabbiarti con me» gli sibilo. «Chiama il tuo personal trainer e sfogati con lui, oppure vai da Flynn.»

Lui rimane a bocca aperta di fronte al mio scatto d'ira, e si incupisce.

«Mi avevi promesso che non l'avresti fatto.» Il suo tono adesso è accusatorio.

«Fatto cosa?»

«Sfidarmi.»

«No, ti ho solo detto che sarei stata più prudente. Ti ho avvertito che lei era qui. Prescott ha perquisito lei e l'altra tua amichetta ed è stata con me per tutto il tempo. E adesso tu hai licenziato quella poveretta che stava solo facendo ciò che le avevo chiesto io. Ti avevo detto di non preoccuparti e sei piombato qui. Non mi pare di aver ricevuto alcuna bolla papale che decretasse che non potevo incontrare Leila. Non sapevo che ci fosse una lista nera di persone che non devo vedere.» Il tono della mia voce sale insieme all'indignazione, mentre mi scaldo sempre di più nel sostenere il mio punto di vista. Christian mi guarda con un'espressione indecifrabile. Dopo un attimo la sua bocca si piega in un mezzo sorriso. «Bolla papale?» dice, divertito, e si rilassa visibilmente. Il mio obiettivo non era quello di alleggerire il nostro confronto, eppure lui è lì che ammicca, il che mi fa infuriare ancora di più. La discussione tra lui e la sua ex è stata uno spettacolo penoso. Come ha potuto essere così freddo con lei?

«Che cosa c'è?» mi chiede, esasperato. La mia espressione decisa non cambia.

«Come hai potuto essere così insensibile con Leila?»

Avanza verso di me sospirando, poi si appoggia al tavolo.

«Anastasia» mi dice, con il tono di chi si rivolge a una bambina. «Tu non capisci. Leila, Susannah e tutte le altre sono state solo un divertente passatempo. Nient'altro. Sei tu il centro del mio universo. E poi l'ultima volta in cui vi siete trovate nella stessa stanza lei ti puntava addosso una pistola. Non voglio che si avvicini a te.»

«Ma, Christian, era malata.»

«Lo so, e so anche che ora sta meglio. Tuttavia, non sono più disposto a concederle il beneficio del dubbio. Quello che ha fatto è stato imperdonabile.»

«Però hai appena fatto il suo gioco. Lei voleva rivederti, e sapeva che saresti arrivato di corsa se fosse venuta da me.»

Christian si stringe nelle spalle, come se non gliene importasse. «Non voglio che la mia vita di un tempo ti contagi.»

«Senti, Christian, tu sei quello che sei grazie alla tua vita di un tempo, a quella attuale e tutto quanto. Quello che riguarda te riguarda anche me. L'ho accettato quando ho acconsentito a sposarti, perché ti amo.»

Rimane immobile. So che per lui è dura sentire queste cose.

«Non mi ha fatto niente. E anche lei ti ama.»

«Non me ne fotte un cazzo.»

Sono sbalordita, e lo fisso a bocca aperta. "Questo è il Christian Grey che conosco." Le parole di Leila continuano a girarmi in testa. Il suo atteggiamento verso di lei è stato così freddo, così poco in sintonia con l'uomo che ho imparato a conoscere e ad amare. Mi acciglio ripensando al rimorso che lui ha provato quando Leila ha avuto il crollo, quando ha pensato di poter essere almeno in parte responsabile del dolore che lei provava. Deglutisco ricordando anche che lui le ha fatto il bagno. Mi prende una stretta dolorosa allo stomaco se ci penso e mi sale la bile in bocca. "Come fa a dire che non gliene importa di lei? Una volta ci teneva. E poi che cosa è cambiato?" Ci sono momenti come questo in cui proprio non lo capisco. Lui agisce a un livello molto, molto lontano dal mio.

«Perché tutt'a un tratto ti metti a difenderla?» mi chiede, confuso e irascibile.

«Senti, Christian, non credo proprio che adesso Leila e io cominceremo a scambiarci ricette e ad andare d'amore e d'accordo. Ma non avrei mai immaginato che saresti stato così insensibile nei suoi confronti.»

I suoi occhi diventano di ghiaccio. «Te l'ho già detto una volta, io non ho un cuore» mormora.

Alzo gli occhi al cielo. Oddio, adesso fa il ragazzino.

«Non è affatto vero, Christian. Non essere ridicolo, tu ci tieni a lei. Altrimenti non le pagheresti la scuola d'arte e tutto il resto.»

Fargli capire questo diventa all'improvviso lo scopo della mia vita. È così evidente che ci tiene a lei. Perché continua a negarlo? È esattamente come con i sentimenti verso la sua madre biologica. "Ma certo!" I suoi sentimenti verso Leila e le altre sue Sottomesse sono inestricabilmente legati con quelli verso sua madre. "Mi piace frustare le ragazze brune come te perché assomigliate alla puttana drogata." Non c'è da meravigliarsi che vada così fuori di testa. Sospiro. "Chiamate il dottor Flynn, per favore." Come fa Christian a non rendersene conto?

Mi piange il cuore per lui. Il mio bambino smarrito... Perché trova così difficile recuperare l'umanità e la compassione che ha dimostrato quando Leila ha avuto il suo crollo? Mi guarda e i suoi occhi mandano lampi di rabbia. «La discussione è finita. Andiamo a casa.»

Lancio un'occhiata all'orologio. Sono le quattro e ventitré del pomeriggio. Ho del lavoro da fare. «È troppo presto» mormoro.

«A casa» insiste.

«Senti, Christian» gli dico con voce stanca «non ne posso più di litigare sempre sulla stessa cosa.»

Aggrotta la fronte, come se non capisse.

«È sempre così» gli spiego. «Io faccio qualcosa che non ti piace e tu cerchi subito il modo di farmela pagare. E di solito tiri fuori qualcosa dal tuo campionario di sesso estremo, il che può essere molto eccitante, ma anche crudele.» Alzo le spalle, esausta. Tutto ciò mi toglie le forze e mi confonde.

«Molto eccitante, hai detto?» mi chiede.

"Che cosa?"

«Di solito, sì.»

«Che cosa ti ha molto eccitata?» chiede, e il suo sguardo brilla di divertita e sensuale curiosità. Sta cercando di distrarmi.

"Non ho nessuna intenzione di parlare di questo nella sala riunioni della SIP." La mia vocina non nasconde l'irritazione: "Non avresti dovuto tirare fuori il discorso, allora".

«Lo sai.» Arrossisco, irritata con lui e anche con me stessa.

«Posso solo immaginarmelo» sussurra.

Accidenti! Sto cercando di fargliela pagare ed ecco che è lui a mandarmi in confusione. «Christian, io…»

«Adoro darti piacere.» Accarezza delicatamente con il pollice il mio labbro inferiore.

«E ci riesci» ammetto, con un filo di voce.

«Lo so» dice piano. Si china su di me e mi sussurra all'orecchio: «È l'unica cosa che so per certo». Oh, ha un così buon profumo. Si raddrizza e mi guarda, con le labbra piegate in un sorrisetto arrogante.

Faccio una smorfia, nel tentativo di sembrare indifferente al suo tocco. Ha un'abilità straordinaria nel distogliermi da ciò che può provocarmi dolore, o che lui non ha voglia di affrontare. "E tu glielo lasci fare" salta ancora su la vocina in tono supponente, interrompendo la lettura di *Jane Eyre*.

«Allora, che cosa ti ha molto eccitata, Anastasia?» insiste, con una luce lasciva nello sguardo.

«Vuoi l'elenco?» gli chiedo.

«Ah, c'è un elenco?» mi risponde, compiaciuto.

«Be', le manette» mormoro a bassa voce, e i ricordi mi catapultano in piena luna di miele.

Aggrotta la fronte e mi afferra una mano, poi con il pollice traccia una linea lungo il polso.

«Non voglio lasciarti segni.»

"Oh..."

Le sue labbra si incurvano in un lento sorriso sensuale. «Vieni, andiamo a casa.» Il tono della sua voce è molto seducente.

«Ho del lavoro da finire.»

«A casa» dice, con più insistenza.

Ci guardiamo negli occhi, il suo grigio rovente contro il mio azzurro pieno di sconcerto, mettendo alla prova i nostri limiti e le nostre volontà. Frugo nel suo sguardo, cercando di capire come sia possibile che in un istante quest'uomo si trasformi da rabbioso maniaco del controllo in amante seducente. I suoi occhi sono sempre più grandi e scuri, le sue intenzioni chiare. Mi accarezza dolcemente una guancia.

«Oppure possiamo rimanere qui.» La sua voce è bassa e roca.

"No, no e poi no. In ufficio no." «Christian, non voglio fare sesso qui. La tua amante è appena stata in questa stanza.»

«Leila non è mai stata la mia amante» ringhia, la bocca tirata in una linea dura.

«Questione di semantica, Christian.»

Mi guarda storto, visibilmente perplesso. L'amante sedu-

367

cente se n'è andato. «Non rimuginarci troppo sopra, Ana. È una storia vecchia» dice, liquidando la faccenda.

Sospiro... forse ha ragione. Voglio solo che ammetta con se stesso che ci tiene ancora a lei. Una morsa gelida mi stringe il cuore. "Oh, no." Ecco perché è così importante per me. Supponiamo che un giorno sia io a fare qualcosa di imperdonabile. Supponiamo che sia io a non adeguarmi. Diventerò anch'io una storia vecchia? Se lui può cambiare a tal punto, dopo essere stato tanto triste e preoccupato quando Leila stava male... potrebbe cambiare nello stesso modo anche nei miei confronti? Mi ricordo alcuni frammenti di un sogno e mi manca il fiato: specchi dorati e il rumore dei suoi passi che riecheggia sul pavimento di marmo, lui che se ne va e mi lascia da sola in quell'opulento splendore.

«No...» La parola mi esce dalla bocca in un sussurro pieno d'orrore prima che possa fermarla.

«Sì» dice lui, mi prende il mento e si china su di me, baciandomi le labbra.

«Christian, a volte mi spaventi.» Gli prendo la testa tra le mani e infilo le dita nei capelli, poi metto la bocca sulla sua. Si irrigidisce per un attimo, mentre mi cinge con le braccia.

«Perché?»

«Hai liquidato Leila con tanta facilità...»

Si oscura in volto. «E tu credi che potrei fare lo stesso con te, Ana? Come diavolo fai a pensare una cosa del genere?»

«Non importa. Baciami, portami a casa» lo supplico. E appena le sue labbra toccano le mie, sono persa.

«Oh, ti prego» lo imploro, mentre soffia sul mio pube.

«Ogni cosa a suo tempo» mormora.

Strattono i lacci che mi tengono ferma e mi lamento forte per protestare contro la sua aggressione erotica. Sono imprigionata con due morbide fasce di cuoio, i gomiti legati alle ginocchia. Christian muove la testa su e giù e di lato tra le mie gambe, stuzzicandomi con la sua lingua esperta. Apro gli occhi e fisso senza vederlo il soffitto della nostra camera da letto, lambito dalla morbida luce del tardo pomeriggio. Con la lingua disegna un cerchio dopo l'altro, passando sopra e intorno al centro del mio universo. Vorrei allungare le gambe e lotto invano cercando di controllare il piacere. Ma non ce la faccio. Gli metto le dita tra i capelli e tiro forte, per combattere la sublime tortura che mi sta infliggendo.

«Non venire» mormora a mo' di avvertimento, e sento il suo respiro delicato sulla mia carne calda e umida mentre lui oppone resistenza alle mie dita. «Se vieni, ti sculaccio.»

Gemo.

«È una questione di controllo, Ana, è solo una questione di controllo.» La lingua ricomincia la sua incursione erotica.

"Oh, sa quello che fa." Non riesco a resistere, né a fermare la mia reazione servile, e ci provo, ci provo davvero, ma il mio corpo esplode sotto le sue spietate attenzioni e la sua lingua non si ferma finché non mi ha spremuto l'ultima goccia di piacere debilitante.

«Che peccato» mi schernisce. «Sei venuta.» La sua voce sommessa è piena di trionfale rimprovero. Mi gira e io mi appoggio sugli avambracci malfermi. Mi colpisce forte sul sedere.

«Ah!» grido.

«Controllo!» mi ammonisce, poi mi afferra per i fianchi e me lo sbatte dentro. Grido di nuovo, con i brividi per i postumi dell'orgasmo di prima. È dentro di me fino in fondo, e si ferma. Si china e sgancia prima una e poi l'altra fascia. Mi circonda con le braccia e mi prende in grembo, la fronte appoggiata alla mia schiena, le mani che scorrono lungo il mento e si incurvano intorno alla mia gola. Godo nel sentirmi così.

«Adesso muoviti» mi ordina.

Con un gemito inizio ad andare su e giù sul suo grembo.

«Più veloce» sussurra.

Mi muovo più veloce, sempre più veloce. Comincia a grugnire e con una mano piega all'indietro la mia testa per mordicchiarmi il collo. L'altra mano si muove senza fretta sul mio corpo, dai fianchi fino al pube, e ancora giù fino al clitoride... ancora molto sensibile per le generose attenzioni che gli ha dedicato poco prima. Ho un sussulto nel momento in cui chiude le dita e ricomincia a stuzzicarmi.

«Oh, sì, Ana» mi sussurra all'orecchio. «Sei mia. Solo tu.»

«Oh, sì.» Sospiro mentre il mio corpo si tende ancora una volta, stringendosi intorno a lui e cullandolo nel più intimo degli abbracci.

«Vieni per me.»

E io mi abbandono, il mio corpo che si sottomette obbediente ai suoi ordini. Mi tiene ferma mentre sono squassata dall'orgasmo e grido invocando il suo nome.

«Oh, Ana, ti amo» grugnisce mentre mi segue e si libera, svuotandosi dentro di me.

Mi bacia la spalla e mi toglie i capelli dalla faccia. «Questo rientra nel tuo elenco, Mrs Grey?» mormora. Sono sdraiata sul letto a pancia in giù, mezza svenuta. Christian mi massaggia la schiena. È accanto a me, appoggiato su un gomito.

«Mmh.»

«È un sì?»

«Mmh.» Sorrido.

Lui contraccambia il sorriso e ricomincia a baciarmi e io, un po' riluttante, mi giro sul fianco per averlo di fronte.

«Allora?» mi chiede.

«Sì, rientra nell'elenco. Ma è un lungo elenco.»

Scoppia a ridere, poi si china su di me e mi bacia. «Bene. Andiamo a mangiare?» I suoi occhi brillano di amore e allegria.

Annuisco. Ho una fame da lupo. «Voglio che tu mi dica qualcosa» gli sussurro.

«Che cosa?»
«Non ti arrabbiare, però.»
«Che cosa c'è, Ana?»
«Ci tieni a lei.»
Christian sbarra gli occhi. Ogni traccia di buonumore è svanita.

«Voglio che tu ammetta che ci tieni a lei, perché il Christian che conosco e che amo ci terrebbe.»

Rimane immobile, con gli occhi fissi nei miei, e assisto alla lotta interiore che lo dilania, neanche fosse il giudizio di re Salomone. Apre la bocca per dire qualcosa, poi la richiude mentre diverse emozioni si alternano sul suo volto... tra cui il dolore, probabilmente.

«Sì. Sì, ci tengo. Contenta?» La sua voce è un sussurro.

Oh, grazie al cielo! Che sollievo. «Sì, molto contenta.»

Si oscura in volto. «Non posso credere che sto parlando con te, nel nostro letto, di...»

Gli metto un dito sulle labbra. «E infatti non lo stai facendo. Andiamo a mangiare. Ho fame.»

Sospira, scuotendo la testa. «Mi incanti e mi confondi, Mrs Grey.»

«Ottimo.» Mi alzo e lo bacio.

Da: Anastasia Grey
A: Christian Grey
Data: 9 settembre 2011 09.33
Oggetto: Elenco

Questa la metterei decisamente al primo posto.
:D

Anastasia Grey
Direttore editoriale, SIP

Da: Christian Grey
A: Anastasia Grey
Data: 9 settembre 2011 09.42
Oggetto: Dimmi qualcosa di nuovo

Sono tre giorni che dici la stessa cosa. Deciditi.
Oppure… sarà il caso di provare qualcosa di nuovo.
;)

Christian Grey
Amministratore delegato a cui piace molto questo
gioco, Grey Enterprises Holdings Inc.

Sorrido allo schermo. Le ultime sere sono state… divertenti. Siamo di nuovo rilassati. La breve interruzione di Leila è ormai dimenticata. Non ho ancora trovato il coraggio di chiedergli se alle pareti c'è qualcuno dei suoi quadri ma, sinceramente, non me ne importa più di tanto. Rispondo al BlackBerry che ronza, convinta che sia Christian.
«Pronto, Ana?»
«Sì?»
«Ana, tesoro. Sono José senior.»
«Mr Rodriguez! Salve!» Mi viene la pelle d'oca. Chissà che cosa vuole il padre di José da me.
«Senti, tesoro, mi dispiace chiamarti al lavoro. Si tratta di Ray.» La voce si fa esitante.
«Cosa c'è? Cosa è successo?» Ho il cuore in gola.
«Ray ha avuto un incidente.»
"Papà, oh, no!" Mi manca il fiato.
«È all'ospedale. Sarebbe meglio che tu venissi qui in fretta.»

17

«Mr Rodriguez, che cos'è successo?» Ho la voce velata e roca per le tante lacrime trattenute. "Oh, Ray, caro Ray. Il mio papà."

«È rimasto coinvolto in un incidente d'auto.»

«Okay, arrivo... arrivo subito.» L'adrenalina che mi aveva invaso ha ceduto il posto al panico. Fatico a respirare.

«L'hanno trasferito a Portland.»

"A Portland? Che cosa diavolo ci fa a Portland?"

«L'hanno portato con l'elicottero, Ana. Ci sto andando anch'io. È all'OHSU, l'ospedale universitario. Oh, Ana, io non ho visto quella macchina, non l'ho proprio vista...»

"Oh, no, Mr Rodriguez!"

«Ci vediamo là» mi dice con voce soffocata. Poi il telefono tace.

Un oscuro timore mi prende alla gola e finisce per travolgermi. Ray. "No, no!" Faccio un respiro profondo cercando di calmarmi, prendo il telefono e chiamo Roach. Mi risponde al secondo squillo.

«Dimmi, Ana.»

«Jerry, si tratta di mio padre.»

«Che cos'è successo?»

Glielo racconto tutto d'un fiato.

«Vai da lui. Devi andarci, è ovvio. Spero che lui stia bene.»

«Grazie. Ti faccio sapere.» Senza volere gli attacco il telefono in faccia, ma in questo momento non m'importa.

«Hannah!» Mentre la chiamo mi rendo conto dell'ansia nella mia voce. Pochi istanti dopo la sua testa fa capolino, mentre finisco di preparare la borsa e raccolgo un po' di documenti da mettere nella ventiquattrore.

«Cosa c'è, Ana?» mi chiede, e si rabbuia.

«Mio padre è rimasto coinvolto in un incidente. Devo andare.»

«Oh, no...»

«Cancella tutti i miei appuntamenti di oggi. Anche quelli di lunedì. Dovrai finire tu di preparare la presentazione dell'e-book, trovi tutte le note nel file condiviso. Fatti aiutare da Courtney, se hai bisogno.»

«Sì» sussurra Hannah. «Speriamo non sia niente di grave. Non preoccuparti dell'ufficio. Ce la caveremo.»

«In ogni caso ho il BlackBerry con me.»

La preoccupazione sul volto pallido e tirato mi fa quasi crollare. Afferro giacca, borsa e ventiquattrore. «Se mi serve qualcosa ti chiamo.»

«Sì, mi raccomando. In bocca al lupo Ana, speriamo bene per tutto.»

Le rispondo con un sorriso tirato nel tentativo di mantenere la mia compostezza ed esco dall'ufficio. Resisto alla tentazione di mettermi a correre fino alla reception. Quando arrivo, Sawyer balza in piedi.

«Mrs Grey!» Mi saluta, stupito dalla mia improvvisa apparizione.

«Dobbiamo partire per Portland... adesso.»

«Benissimo, signora» risponde, aggrottando la fronte, mentre apre la porta.

Muovermi mi fa bene.

«Mi scusi, Mrs Grey» dice Sawyer mentre ci affrettiamo verso il parcheggio. «Posso chiederle il motivo di questo viaggio non programmato?»

«Si tratta di mio padre. È rimasto coinvolto in un incidente.»

«Capisco. Mr Grey lo sa?»

«Lo chiamerò dall'auto.»

Sawyer annuisce, apre la portiera posteriore del SUV Audi e io salgo. Mi tremano le mani mentre prendo il BlackBerry per chiamare Christian.

«Buongiorno, Mrs Grey.» La voce di Andrea è squillante e molto professionale.

«C'è Christian?» chiedo con un filo di voce.

«Ehm... è da qualche parte nell'edificio, signora. Ha lasciato il BlackBerry in carica qui da me.»

Gemo in silenzio, delusa.

«Può dirle che l'ho cercato e che ho bisogno di parlare con lui? È urgente.»

«Posso cercare di rintracciarlo. Ogni tanto ha l'abitudine di andare a farsi un giro.»

«Mi faccia chiamare, per favore» la imploro, cercando di tenere a freno le lacrime.

«Certo, Mrs Grey.» Esita un istante. «Tutto bene?»

«No» sussurro, con la voce incerta. «Per favore, faccia in modo che mi chiami.»

«Certo, signora.»

Riaggancio. Non riesco più a trattenere la mia angoscia. Porto le ginocchia al petto e mi raggomitolo sul sedile posteriore, con le guance rigate da lacrime inopportune.

«Dove esattamente a Portland, Mrs Grey?» mi chiede Sawyer con molta delicatezza.

«All'OHSU» gli rispondo con voce soffocata. «L'ospedale universitario.»

Sawyer si immette nel traffico e si dirige verso l'I-5 mentre io piango in silenzio sul sedile posteriore, mormorando preghiere senza parole. "Fa' che stia bene, fa' che stia bene."

Squilla il telefono. *Your Love Is King* mi fa trasalire e interrompe il mio mantra.

«Oh, Christian.» Sono quasi senza fiato.

«Ana! Che cos'è successo?»

«Si tratta di Ray, è rimasto coinvolto in un incidente.»

«Oh, merda!»

«Sì. Sto andando a Portland.»

«A Portland? Ti prego, dimmi che sei con Sawyer.»

«Sì, sta guidando lui.»

«E Ray dove si trova?»

«All'OHSU.»

Sento sullo sfondo una voce soffocata. «Sì, Ros» ringhia Christian, con rabbia. «Lo so! Scusami, piccola, posso essere lì nel giro di tre ore, più o meno. Ho un lavoro da finire qui, poi arrivo con l'elicottero.»

"Oh, merda." *Charlie Tango* è di nuovo pronto a partire, e l'ultima volta che Christian l'ha pilotato...

«Ho una riunione con alcune persone che vengono da Taiwan. Non posso annullarla. È un affare su cui lavoriamo da mesi.»

"Perché io non ne sapevo niente?"

«Mi muovo appena posso.»

«Okay» sussurro, e vorrei dirgli che va bene così, di rimanere a Seattle a curare gli affari, ma la verità è che lo voglio con me.

«Oh, piccola» mi sussurra.

«Ce la faccio, Christian. Prenditi il tempo che ti serve, non precipitarti. Non voglio dovermi preoccupare anche per te. Vola in sicurezza.»

«Certo.»

«Ti amo.»

«Anch'io ti amo, piccola. Sarò da te il più presto possibile. Stai vicina a Luke.»

«Lo farò.»

«Ci vediamo dopo.»

«Ciao.» Dopo aver riagganciato, mi stringo ancora di più le ginocchia al petto. Io non so nulla del lavoro di Christian.

Cosa diavolo sta facendo con i taiwanesi? Guardo fuori dal finestrino mentre passiamo davanti all'aeroporto King County International. Christian deve volare in sicurezza. Mi si chiude lo stomaco e la nausea mi assale. Ray e Christian. Il mio cuore non potrebbe sopportare una cosa del genere. Mi appoggio allo schienale e riprendo con il mio mantra: "Fa' che stia bene, fa' che stia bene".

«Mrs Grey.» È la voce di Sawyer a scuotermi. «Siamo nel comprensorio dell'ospedale. Adesso devo solo trovare il pronto soccorso.»

«So io dov'è.» Mi viene in mente l'ultima volta in cui sono stata all'OHSU, quando, al mio secondo giorno di lavoro da Clayton, sono caduta da una scala pieghevole, procurandomi una distorsione alla caviglia. Ho ancora in mente Paul Clayton in piedi vicino a me. Rabbrividisco al ricordo.

Sawyer si ferma all'ingresso del pronto soccorso e scende per aprirmi la portiera.

«Vado a cercare un parcheggio, signora, poi vengo da lei. Lasci pure qui la ventiquattrore, la prendo io.»

«Grazie, Luke.»

Mi fa un cenno di assenso e io mi precipito all'accettazione. L'impiegata allo sportello mi accoglie con un sorriso e in pochi istanti localizza Ray e mi indirizza verso la sala operatoria al terzo piano.

"Sala operatoria? No!" Riesco a malapena a mormorare un "grazie" mentre cerco di concentrarmi sulle indicazioni che mi ha dato. Ho lo stomaco sottosopra mentre mi dirigo quasi correndo verso gli ascensori.

"Fa' che stia bene, fa' che stia bene."

L'ascensore è di una lentezza esasperante e si ferma a tutti i piani. "Dài... su!" Cerco di farlo andare più veloce con la forza del pensiero e lancio occhiatacce malevole alla gente che continua a entrare e uscire.

Finalmente le porte si aprono al terzo piano e mi precipito verso un altro banco dell'accettazione. Qui allo sportello ci sono infermiere che indossano un'uniforme blu.

«Posso aiutarla?» mi chiede una zelante infermiera con lo sguardo miope.

«Sto cercando mio padre, Raymond Steele. È appena arrivato. Credo che sia nella sala operatoria numero quattro.»

«Mi lasci controllare, Miss Steele.»

Annuisco, mentre scruta attentamente lo schermo.

«Sì. È dentro da un paio d'ore. Se vuole aspettare, avviso il personale che lei si trova qui. La sala d'attesa è là.» Punta il dito verso una grande porta bianca su cui campeggia la scritta SALA D'ATTESA in grandi lettere blu.

«Lui sta bene?»

«Dovrà aspettare che uno dei medici che lo sta operando venga a darle tutte le spiegazioni, signora.»

«Grazie» mormoro, ma dentro di me sto urlando: "Voglio saperlo adesso!".

Apro la porta bianca e mi trovo davanti una stanza dall'aria austera e funzionale. Mr Rodriguez e José sono già qui.

«Ana!» Mr Rodriguez mi saluta con il fiato mozzo. Ha un braccio ingessato e una guancia piena di lividi. È seduto su una sedia a rotelle e ha anche una gamba ingessata. Lo abbraccio con circospezione.

«Oh, Mr Rodriguez» singhiozzo.

«Ana, tesoro.» Con il braccio sano mi dà leggere pacche sulla schiena. «Mi dispiace proprio tanto» mormora, la voce rotta.

"Oh, no."

«No, papá» lo rimprovera sommessamente José, avvicinandosi a me. Quando mi giro mi abbraccia e mi stringe a sé.

«Oh, José» mormoro, e scoppio in lacrime, travolta dalla tensione, dalla paura e dal dolore delle ultime ore.

«Forza, Ana, non piangere.» José mi accarezza delicatamente i capelli. Gli metto le braccia al collo e piango in silenzio. Restiamo in piedi così per un'eternità e sono davvero contenta che il mio amico sia qui con me. Ci separiamo nel momento in cui Sawyer ci raggiunge. Mr Rodriguez mi allunga una scatola di fazzoletti opportunamente messi a disposizione dall'ospedale e io mi asciugo le lacrime.

«Vi presento Mr Sawyer, della sicurezza» mormoro. Sawyer fa un educato cenno della testa a Mr Rodriguez e a José, poi va a sedersi in un angolo.

«Vieni a sederti, Ana.» José mi accompagna verso una delle poltroncine di vinile.

«Che cos'è successo? Sapete in che condizioni è Ray? Che cosa gli stanno facendo?»

José alza una mano per fermare la mia raffica di domande e si siede accanto a me. «Non abbiamo novità. Ray, papà e io stavamo andando ad Astoria per una battuta di pesca. È un idiota, uno stronzo ubriaco, ci è venuto addosso...»

Mr Rodriguez cerca di intervenire, balbettando qualche parola di scuse.

«*Cálmate, papá!*» gli dice José in tono brusco. «Io non ho neanche un graffio, a parte un paio di lividi sulle costole e un bernoccolo in testa. Papà... be', lui si è rotto un polso e una caviglia. Ma la macchina che ci è venuta addosso ha preso in pieno il lato del passeggero, dove c'era Ray.»

Oh, no, no... Il panico mi travolge. No, no, no. Sto tremando come una foglia e rabbrividisco al pensiero di quello che stanno facendo a Ray in sala operatoria.

«Lo stanno operando. Noi siamo stati ricoverati all'ospedale di Astoria, mentre Ray è stato portato qui con un'eliambulanza. Non sappiamo che cosa gli stiano facendo. Aspettiamo.»

Tremo sempre di più.

«Ehi, Ana, hai freddo?»

Annuisco. Indosso una camicetta bianca senza maniche e una giacca estiva nera, che non mi scaldano per niente. José si toglie il giubbotto di pelle e me lo mette sulle spalle.

«Posso portarle un tè, signora?» È Sawyer, che nel frattempo si è avvicinato. Annuisco con gratitudine e lui sparisce nel corridoio.

«Perché stavate andando proprio ad Astoria?»
José si stringe nelle spalle. «È un posto famoso per la pesca. Era una di quelle cose tra uomini, sai. Un po' di coccole al mio vecchio prima che l'università mi risucchi per l'ultimo anno.» Gli occhi scuri di José sono sgranati e lucidi per la paura e il rimorso.

«Avresti potuto farti male anche tu. E Mr Rodriguez... anche peggio.» Deglutisco al pensiero di ciò che sarebbe potuto accadere. La mia temperatura corporea scende ancora e rabbrividisco per l'ennesima volta. José mi prende la mano.

«Accidenti, Ana, sei gelata.»

Mr Rodriguez si avvicina piano e mi prende l'altra mano nella sua.

«Ana, mi dispiace così tanto.»

«La prego, Mr Rodriguez. È stato un incidente...» La mia voce è ridotta a un sussurro.

«Chiamami José» mi corregge. Gli faccio un debole sorriso, che è il massimo a cui posso arrivare. Un altro brivido.

«La polizia ha arrestato quello stronzo. Erano le sette del mattino e il tipo era già completamente fuori di testa» sibila José con disgusto.

Sawyer ritorna con un bicchiere di carta pieno d'acqua calda e una bustina di tè a parte. "Sa persino come prendo il tè!" Sono sorpresa, e contenta di quella distrazione. Mr Rodriguez e José mi lasciano andare le mani e io prendo con gratitudine il bicchiere che Sawyer mi porge.

«Volete qualcosa anche voi?» chiede Sawyer a Mr Rodriguez e a José. Entrambi scuotono la testa, e Sawyer torna a sedersi nel suo angolo. Immergo la bustina nel bicchiere e la agito, poi la tiro fuori e mi alzo per buttarla nel cestino.

«Perché ci mettono così tanto tempo?» mormoro, senza rivolgermi a nessuno in particolare.

"Oh, papà... Fa' che stia bene, fa' che stia bene."

«Lo sapremo abbastanza presto, Ana» mi dice José dolcemente. Annuisco e bevo un sorso di tè. Torno a sedermi vicino a lui. Aspettiamo... e aspettiamo ancora. Mr Rodriguez ha gli occhi chiusi. Sta pregando, credo. José mi tiene la mano e ogni tanto la stringe. Bevo lentamente il tè. Non è Twinings, ma qualche schifosa sottomarca dal sapore orribile.

Ripenso all'ultima volta in cui sono stata ad aspettare notizie di qualcuno, all'ultima volta in cui ho pensato che non ci fossero più speranze, quando *Charlie Tango* era disperso. Chiudo gli occhi e formulo una muta preghiera perché mio marito arrivi sano e salvo. Do un'occhiata all'orologio. Sono le due e un quarto del pomeriggio. Tra poco dovrebbe essere qui. Il mio tè è diventato freddo...

Mi alzo in piedi, faccio qualche passo e torno a sedermi. Perché i medici non sono ancora venuti a parlare con me? Afferro la mano di José, che stringe la mia in un gesto rassicurante. "Fa' che stia bene, fa' che stia bene."

Il tempo scorre così lentamente.

All'improvviso si apre la porta e tutti alziamo lo sguardo speranzosi. Sento una stretta allo stomaco. "È arrivato il momento?"

Entra Christian. Il suo viso si rabbuia per un istante quando si accorge che José mi tiene la mano.

«Christian!» È un'esclamazione soffocata. Balzo in piedi e ringrazio Dio per averlo fatto arrivare sano e salvo. Subito dopo lo abbraccio forte, il suo naso nei miei capelli, e respiro il suo profumo, il suo calore, il suo amore. Una piccola parte di me si sente più calma, più forte, più resistente perché lui è qui con me. Oh, che differenza fa la sua presenza per la mia tranquillità!

«Ci sono novità?»

Scuoto la testa, incapace di parlare.

«Ciao, José.» Lo saluta con un cenno della testa.

«Christian, ti presento mio padre, José senior.»

«Buongiorno, Mr Rodriguez, ci siamo conosciuti al matrimonio. Mi sembra di capire che anche lei è rimasto coinvolto nell'incidente.»

José gli riassume brevemente tutta la storia.

«Voi due state abbastanza bene per rimanere qui?» chiede Christian.

«Non c'è nessun altro posto dove vorrei essere» risponde Mr Rodriguez, con la voce bassa. Christian annuisce. Mi prende per mano e mi fa sedere, poi si siede vicino a me.

«Hai mangiato qualcosa?» domanda.

Scuoto la testa.

«Hai fame?»

Scuoto la testa.

«Hai freddo, però» mi chiede, notando il giubbotto di José.

Annuisco. Si agita sulla sedia, ma non dice nulla.

La porta si apre di nuovo ed entra un giovane medico con un camice azzurro acceso. Ha l'aria esausta e preoccupata.

Il sangue mi defluisce dal volto, mentre mi alzo in piedi incespicando.

«Ray Steele» sussurro, mentre Christian mi si affianca, cingendomi la vita con un braccio.

«Lei è una parente?» chiede il dottore. Ha gli occhi azzurri, quasi dello stesso colore del camice. In un'altra situazione l'avrei trovato attraente.

«Sono Ana, la figlia.»

«Piacere, Miss Steele...»

«Mrs Grey» lo interrompe Christian.

«Mi scusi» farfuglia il medico, e per un istante avrei voglia di prendere Christian a calci. «Sono il dottor Crowe. Le condizioni di suo padre sono stabili, ma critiche.»

"Che cosa significa?" Mi tremano le ginocchia, e solo il sostegno di Christian mi impedisce di cadere a terra.

«Ha diverse lesioni interne» spiega il dottor Crowe «soprattutto al diaframma, ma quelle siamo riusciti a sistemarle e anche la milza è salva. Sfortunatamente ha subito un arresto cardiaco nel corso dell'operazione, a causa della perdita di sangue. Siamo riusciti a far ripartire il cuore, che però desta ancora qualche preoccupazione. Tuttavia, quello che ci preoccupa di più è il grave trauma cranico. Abbiamo fatto una risonanza magnetica, che ha evidenziato un edema cerebrale. Gli abbiamo indotto il coma farmacologico per tenerlo fermo e tranquillo mentre monitoriamo la situazione.»

"Danni cerebrali? No!"

«È la procedura standard in casi come questo. Per ora possiamo solo aspettare e vedere che cosa succede.»

«Qual è la prognosi?» chiede Christian in tono freddo.

«In questo momento è molto difficile dirlo, Mr Grey. È possibile che il paziente si riprenda completamente, ma per ora la cosa è nelle mani di Dio.»

«Per quanto tempo lo terrete in coma?»

«Dipende da come risponderà il cervello. Di solito tra le settantadue e le novantasei ore.»

"Così tanto tempo?!" «Posso vederlo?» sussurro.

«Sì, dovrebbe poterlo vedere nel giro di mezz'ora. L'hanno portato nel reparto di terapia intensiva, al sesto piano.»

«Grazie, dottore.»

Crowe fa un cenno con la testa, si gira e se ne va.

«Be', almeno è vivo» mormoro a Christian. E le lacrime ricominciano a rigarmi il viso.

«Siediti» mi ordina Christian dolcemente.

«Papà, credo che faremmo meglio ad andarcene. Tu hai bisogno di riposare, e non ci saranno notizie per un po'» mormora José a suo padre, che lo fissa con uno sguardo inespressivo. «Possiamo tornare stasera, dopo che ti sarai riposato un po'. Per te va bene, Ana, vero?» José si gira verso di me con aria implorante.

«Ma certo.»

«Vi fermate a Portland?» chiede Christian. José annuisce.

«Avete bisogno di un passaggio?»

José aggrotta la fronte. «Pensavo di chiamare un taxi.»

«Può accompagnarvi Luke.»

Sawyer si alza, e José sembra un po' confuso.

«Luke Sawyer» dico a bassa voce, per chiarire.

«Ah, certo... Sì, ci farebbe comodo. Grazie, Christian.»

Mi alzo e abbraccio Mr Rodriguez e poi José.

«Coraggio, Ana» mi sussurra José all'orecchio. «È un uomo forte. Le probabilità sono tutte a suo favore.»

«Lo spero proprio.» Lo stringo forte. Poi lo lascio andare, mi tolgo il giubbotto e glielo porgo.

«Tienilo pure, se hai ancora freddo.»

«No, ora va meglio, grazie.» Lancio un'occhiata nervosa verso Christian e vedo che ci sta osservando impassibile. Mi prende la mano.

«Se ci sono novità, ve le comunico subito» dico, mentre José spinge la sedia a rotelle del padre verso la porta che Sawyer sta tenendo aperta.

Mr Rodriguez alza una mano, e si fermano sulla soglia. «Pregherò per Ray, Ana.» La sua voce si incrina. «È stato così bello riprendere i contatti con lui dopo tanti anni. È diventato un buon amico.»

«Lo so.»

Se ne vanno, e Christian e io rimaniamo soli. Mi accarezza. «Sei così pallida. Vieni qui.» Si sistema sulla sedia e mi fa sedere sulle sue ginocchia, abbracciandomi. Mi rannicchio contro il suo petto, oppressa dalla disgrazia del mio patrigno, ma contenta che mio marito sia qui a consolarmi. Mi sfiora i capelli e mi stringe una mano tra le sue.

«Com'è andata con *Charlie Tango*?» gli domando.

Fa un sorrisetto. «"Oh, era un sogno"» risponde, con una sfumatura di orgoglio nella voce. Riesce a farmi sorridere per la prima volta dopo ore, e lo guardo incuriosita.

«Un sogno?»

«È una battuta di *Scandalo a Filadelfia*. Il film preferito di Grace.»

«Non lo conosco.»

«Credo di avere il DVD a casa. Possiamo guardarlo mentre pomiciamo.» Mi dà un bacio sui capelli e io sorrido di nuovo.

«Pensi che riuscirò a convincerti a mangiare qualcosa?» mi chiede.

Il sorriso scompare. «Non adesso. Prima voglio vedere Ray.» Si accascia deluso sulla sedia, ma non cerca di forzarmi.

«Com'erano i taiwanesi?»

«Disponibili.»

«In che senso?»

«Mi hanno permesso di comprare il loro cantiere navale a un prezzo inferiore a quello che ero disposto a pagare.»

"Si è comprato un cantiere navale?" «Ed è una cosa buona?»

«Sì, è una cosa buona.»

«Credevo che tu avessi già un cantiere navale da queste parti.»

«Sì, è così. Lo useremo per fare gli allestimenti interni delle barche. Costruiremo gli scafi in Estremo Oriente. Costa molto meno.»

"Ah." «E i dipendenti di questo cantiere?»

«Li reimpiegheremo. Dovremmo riuscire a contenere molto gli esuberi.» Mi dà un bacio sui capelli. «Andiamo a trovare Ray?» mi chiede, a bassa voce.

Quello di terapia intensiva è un reparto sobrio e asettico, molto funzionale, dove si sentono solo voci sussurranti e il *bip* dei macchinari. Ci sono quattro pazienti, ognuno ospitato in un'area superattrezzata separata. Ray è in fondo al reparto.

"Oh, papà!"

Sembra così piccolo in quel letto enorme, circondato da tutta quella tecnologia. È un vero shock. Mio padre non è mai stato così piccino. Ha un tubo infilato in bocca e flebo in entrambe le braccia. Un piccolo morsetto gli stringe un dito. Mi chiedo a cosa serva. Una gamba è fuori dalle coperte, imprigionata in un'ingessatura blu. Un monitor mostra il suo battito cardiaco: *bip, bip, bip*. Forte e regolare. Lo conosco bene. Mi avvicino lentamente. Ha il petto coperto da un bendaggio grande e candido che scompare sotto il sottile lenzuolo che gli arriva alla vita.

Mi accorgo che il tubo che gli esce dall'angolo destro della bocca finisce in un respiratore. Il suo rumore si mescola al *bip, bip, bip* del monitor cardiaco, formando una specie di battito ritmico. Aspira, espelli, aspira, espelli, aspira, espelli, sempre a ritmo con i *bip*. Ci sono quattro linee sullo schermo del monitor cardiaco, e il loro movimento regolare dimostra molto chiaramente che Ray è ancora tra noi.

Anche con la bocca distorta dal tubo del respiratore ha un'aria calma e pacifica, come se dormisse profondamente.

Una giovane infermiera minuta è in piedi accanto al letto e controlla i dati.

«Posso toccarlo?» le chiedo, allungando esitante una mano verso quella di Ray.

«Certo.» Ha un sorriso gentile. Sulla targhetta c'è scritto KELLIE, e deve avere circa vent'anni. È bionda, con gli occhi molto, molto scuri.

Christian è in piedi in fondo al letto e mi guarda attentamente mentre stringo la mano di Ray. È sorprendentemente calda. Mi lascio andare sulla sedia di fianco al letto, appoggio con cautela la testa di fianco al braccio di Ray e inizio a singhiozzare.

«Oh, papà, ti prego, cerca di stare meglio» gli sussurro.

Christian mi posa una mano sulla spalla e mi dà una stretta rassicurante.

«Tutti i parametri vitali di Mr Steele sono buoni» dice l'infermiera Kellie a bassa voce.

«Grazie» mormora Christian. Alzo lo sguardo in tempo per notare che è rimasta a bocca aperta. Alla fine ha dato una bella occhiata a mio marito. Non mi importa. Può rimanere a fissare Christian per tutto il tempo che vuole, purché rimetta in piedi mio padre.

«Può sentirmi?»

«È in uno stato di sonno profondo, ma chi lo sa?»

«Posso stare un po' qui seduta?»

«Certo.» Mi sorride e le sue guance si coprono di un rossore rivelatore. Chissà perché, mi sorprendo a pensare che il biondo non sia il suo colore naturale.

Christian mi guarda, ignorando l'infermiera. «Devo fare una telefonata. Sono qui fuori, ti lascio un po' da sola con tuo padre.»

Annuisco. Lui mi dà un bacio sui capelli ed esce dalla stanza. Stringo la mano di Ray tra le mie, e mi colpisce l'ironia del fatto che solo adesso che è incosciente e non può sentire la mia voce io desidero davvero dirgli quanto gli voglio bene. Quest'uomo è stato il mio punto fermo, la mia roccia. E non ci ho mai pensato fino a ora. Non sono sangue del suo sangue, ma lui è il mio papà e io lo amo profondamente. Le lacrime mi rigano le guance. "Ti prego, ti prego, guarisci."

A voce bassissima per non disturbare nessuno gli racconto del nostro weekend ad Aspen e di quello che abbiamo trascorso veleggiando a bordo della *Grace*. Gli parlo della nuova casa, del progetto, di come vorremmo renderla ecosostenibile. Gli prometto di portarlo con noi ad Aspen, così potrà andare a pescare con Christian, gli garantisco che anche Mr Rodriguez e José saranno i benvenuti. "Per favore, papà, fa' in modo di esserci. Per favore."

Ray rimane immobile, con il respiratore che continua ad aspirare e a espellere aria, e la sua unica risposta è il monotono ma rassicurante *bip, bip, bip* del monitor cardiaco.

Quando rialzo gli occhi, vedo Christian tranquillamente seduto ai piedi del letto. Non so da quanto tempo è lì.

«Ciao» dice, con gli occhi lucidi per la commozione e la preoccupazione.

«Ciao.»

«E così andrò a pesca con tuo padre, Mr Rodriguez e José, vero?» chiede.

Annuisco.

«Okay. Andiamo a mangiare, lasciamolo dormire.»
Aggrotto la fronte. Non voglio lasciarlo solo.
«Ana, è in coma. Ho dato i nostri numeri di cellulare alle infermiere: se succede qualcosa, ci chiamano. Andiamo a mangiare, poi cerchiamo un hotel, ci riposiamo un po' e stasera torniamo.»

La suite dell'Heathman è esattamente come me la ricordavo. Quante volte ho ripensato a quella prima notte passata con Christian Grey e al mattino successivo! Sono in piedi sulla soglia, paralizzata. Oddio, tutto è cominciato qui.

«A casa lontani da casa» commenta Christian a bassa voce, mentre appoggia la mia ventiquattrore accanto a una delle poltrone superimbottite.

«Vuoi farti una doccia? O un bagno? Di che cos'hai bisogno, Ana?» Christian mi sta fissando e mi rendo conto che è alla deriva, il mio bambino smarrito alle prese con eventi che vanno al di là del suo controllo. È rimasto chiuso e pensieroso per tutto il pomeriggio. È una situazione su cui non può intervenire e dove non è in grado di fare previsioni. È vita vera, in tutta la sua cruda realtà, e lui se n'è tenuto lontano per così tanto tempo che ora è esposto e indifeso. Il mio dolce, protetto Christian.

«Un bagno. Farei volentieri un bagno» mormoro, sapendo che tenerlo occupato lo farà stare meglio, si sentirà persino utile.

«Un bagno. Bene. Sì.» Si dirige verso la camera e poi nel sontuoso bagno. Pochi istanti dopo lo scroscio dell'acqua che scorre nella vasca riecheggia nella suite.

Finalmente mi riscuoto e raggiungo Christian. Rimango costernata nel vedere parecchie borse di Nordstrom sul letto. Christian ritorna con le maniche rimboccate, senza più giacca né cravatta.

«Ho mandato Taylor a comprare un po' di cose. Pigiama, camicia da notte, sai» dice, guardandomi con circospezione.

Ovvio. Faccio un cenno di assenso con la testa per farlo stare meglio. "Dov'è Taylor?"

«Oh, Ana» bisbiglia. «Non ti ho mai vista così. Di solito sei forte e coraggiosa.»

Non so cosa dire. Mi limito a fissarlo con gli occhi sgranati. In questo momento non ho proprio nulla da dare. Credo di essere sotto shock. Mi stringo le braccia intorno al corpo cercando di tenere lontano il freddo che mi ha invasa anche se so che è uno sforzo inutile, perché è un freddo che viene da dentro. Christian mi prende tra le braccia.

«Dài, piccola, Ray è vivo. I suoi parametri vitali sono buoni. Dobbiamo solo avere pazienza» mormora. «Vieni.» Mi prende per mano e mi porta in bagno. Mi toglie delicatamente la giacca e la appoggia sulla sedia, poi si gira e mi slaccia i bottoni della camicetta.

L'acqua è deliziosamente calda e fragrante, il profumo dei fiori di loto è forte nell'aria calda e soffocante del bagno. Sono appoggiata tra le gambe di Christian, con la schiena contro di lui e i piedi sopra i suoi. Siamo taciturni e pensierosi, e io finalmente comincio a riscaldarmi. Ogni tanto Christian mi dà un bacio sui capelli e io faccio distrattamente scoppiare le bolle della schiuma. Mi circonda le spalle con un braccio.

«Non sei entrato anche tu nella vasca con Leila, vero? Quella volta che le hai fatto il bagno» chiedo.

Si irrigidisce e sbuffa, con la mano mi stringe quasi impercettibilmente la spalla. «Ehm... no.» Sembra stupito.

«Lo pensavo. Bene.»

Mi tira leggermente i capelli raccolti in una semplice crocchia e mi gira di lato la testa per potermi guardare in faccia. «Perché me lo chiedi?»

Mi stringo nelle spalle. «Curiosità morbosa. Non so... forse il fatto di averla vista questa settimana.»

I lineamenti del suo viso si induriscono. «Capisco. Non

tanto morbosa.» C'è una sfumatura di rimprovero nelle sue parole.

«Per quanto tempo hai intenzione di aiutarla?»

«Finché non ce la farà da sola. Non lo so.» Si stringe nelle spalle. «Perché?»

«Ce ne sono altre?»

«Altre?»

«Altre ex che aiuti.»

«Ce n'era un'altra, sì. Ma ora non più.»

«Davvero?»

«Studiava medicina. Si è laureata e ha trovato un altro.»

«Un altro Dominatore?»

«Sì.»

«Leila dice che hai due dei suoi quadri» sussurro.

«Li avevo. Non ci ho mai tenuto molto. Tecnicamente non erano male, ma erano troppo colorati per me. Penso che adesso li abbia Elliot. Come sappiamo, non ha molto gusto.»

Ridacchio e lui mi stringe a sé, rovesciando un po' d'acqua fuori dalla vasca.

«Così va meglio» mormora e mi dà un bacio sulla tempia.

«Sta per sposare la mia migliore amica.»

«Allora sarà bene che io stia zitto» commenta.

Dopo il bagno mi sento più rilassata. Avvolta in un morbido accappatoio dell'Heathman fisso le borse degli acquisti sul letto. Accidenti, devono contenere qualcosa più che un pigiama e una camicia da notte. Ne apro una a caso e sbircio dentro. Un paio di jeans e una felpa azzurra con il cappuccio, entrambi della mia taglia. Per la miseria… Taylor ha comprato vestiti per un intero weekend, e conosce bene i miei gusti. Sorrido… Non è la prima volta che acquista capi di vestiario per me mentre alloggio all'Heathman.

«A parte quella volta che sei venuto a molestarmi da Clayton, ti è mai capitato di entrare in un negozio e comprare qualcosa?»

«Molestarti?»

«Sì, esatto, molestarmi.»

«Eri tutta agitata, se ricordo bene. E quel ragazzo ti sbavava dietro. Come si chiamava?»

«Paul.»

«Uno dei tuoi numerosi ammiratori.»

Alzo gli occhi al cielo e lui sorride, un sorriso sollevato e genuino, e mi bacia.

«Eccola, la mia bambina» sussurra. «Ora vestiti. Non voglio che ti venga di nuovo freddo.»

«Sono pronta» dico. Christian sta lavorando con il Mac nell'area della suite adibita a studio. Indossa un paio di jeans neri e un maglioncino grigio a trecce, mentre io mi sono messa i jeans, una T-shirt bianca e la felpa con il cappuccio.

«Sembri giovanissima» mormora Christian, guardandomi con gli occhi che brillano. «E pensare che domani sarai più vecchia di un anno.» Ha un tono preoccupato. Gli faccio un sorriso un po' triste.

«Non sono dell'umore giusto per festeggiare. Possiamo andare subito a trovare Ray?»

«Certo. Vorrei che mangiassi qualcosa. Non hai praticamente toccato cibo.»

«Christian, ti prego. Non ho fame. Magari dopo aver visto Ray. Voglio dargli la buonanotte.»

Quando arriviamo al reparto di terapia intensiva incontriamo José che se ne sta andando. È da solo.

«Ciao, Ana, ciao, Christian.»

«Dov'è tuo padre?»

«Era troppo stanco per tornare qui. In fondo stamattina ha avuto un incidente d'auto» dice, con un sorriso triste. «Gli antidolorifici hanno cominciato a fare effetto, ed era fuori combattimento. Ho dovuto discutere per farmi ammettere nel reparto, visto che non sono un parente.»

«E…?» gli chiedo, ansiosa.

«Sta bene, Ana. Come prima… ma tutto bene.»

Mi sento sollevata. Nessuna nuova, buona nuova.

«Ci vediamo domani? È il tuo compleanno!»

«Certo. Saremo qui.»

José dà un'occhiata a Christian e poi mi stringe in un rapido abbraccio. «*Mañana*.»

«Buonanotte, José.»

«Ciao, José» lo saluta Christian. José fa un cenno di saluto con la testa e si incammina lungo il corridoio. «È ancora pazzo di te» dice Christian tranquillamente.

«No, non lo è. E anche se lo fosse…» Mi stringo nelle spalle, perché in questo momento non me ne importa nulla.

Christian mi fa un sorriso un po' tirato e io mi sciolgo.

«Complimenti» gli sussurro.

Lui aggrotta le sopracciglia.

«Per non esserti fatto venire la bava alla bocca.»

Mi guarda stupefatto, tra l'offeso e il divertito. «Non mi è mai venuta la bava alla bocca. Andiamo a trovare tuo padre, ho una sorpresa per te.»

«Una sorpresa?» mi allarmo.

«Vieni.» Christian mi prende per mano e apriamo la porta del reparto di terapia intensiva.

In piedi in fondo al letto di Ray c'è Grace, impegnata in una serrata discussione con Crowe e una dottoressa che non avevo ancora visto. Quando ci vede, Grace ci fa un ampio sorriso.

"Oh, grazie al cielo."

«Christian.» Lo bacia su una guancia, poi si gira verso di me e mi stringe in un caldo abbraccio.

«Ana. Come stai?»

«Io sto bene, è per mio padre che sono preoccupata.»

«È in ottime mani. La dottoressa Sluder è un'autorità in questo campo. Abbiamo studiato insieme a Yale.»

Ah…

«Mrs Grey, piacere.» La dottoressa Sluder mi saluta cerimoniosamente. Ha i capelli corti, un'aria da folletto e un leggero accento del Sud. «In qualità di medico curante di suo padre, ho il piacere di informarla che tutto procede come previsto. I suoi parametri vitali sono stabili e forti. Abbiamo molta fiducia che si ristabilirà completamente. L'edema si è fermato e mostra segni di essersi ridotto. È un segnale molto incoraggiante, dopo così poco tempo.»

«Questa è una buona notizia» mormoro.

La dottoressa mi sorride con calore. «Lo è, Mrs Grey. Ci stiamo davvero prendendo cura di lui.» Poi aggiunge: «È stato bello rivederti, Grace».

«Anche per me, Lorraina.»

«Dottor Crowe, lasciamo tranquilli i signori che sono venuti a trovare Mr Steele.» Crowe segue la dottoressa Sluder verso l'uscita.

Lancio un'occhiata a Ray e, per la prima volta dopo l'incidente, comincio a essere un po' più ottimista. Le rassicuranti parole della dottoressa Sluder e di Grace hanno riacceso la mia speranza.

Grace mi prende la mano e la stringe dolcemente. «Ana, tesoro, stai un po' qui seduta con lui. Parlagli. Gli farà bene. Io rimango con Christian nella sala d'attesa.»

Annuisco. Christian mi sorride per rassicurarmi e poi lui e la madre mi lasciano sola con il mio adorato padre che dorme tranquillo, cullato dalla dolce ninnananna del respiratore e del monitor cardiaco.

Mi metto la T-shirt bianca di Christian e mi infilo nel letto.

«Sembri più di buonumore» osserva lui cautamente, mentre indossa il pigiama.

«È vero. Penso che parlare con la dottoressa Sluder e con tua madre abbia davvero cambiato le cose. Hai chiesto tu a Grace di venire?»

Christian scivola nel letto e mi prende tra le braccia, girandomi in modo che gli volti le spalle.

«No, è voluta venire lei per vedere di persona come stava tuo padre.»

«E come ha fatto a saperlo?»

«Le ho telefonato io questa mattina.»

Ah.

«Piccola, sei distrutta. Dovresti dormire.»

«Mmh» mormoro, d'accordo con lui. Ha ragione, sono davvero stanca. È stata una giornata piena di emozioni. Volto la testa per dargli una rapida occhiata. "Non stiamo per fare l'amore?" La cosa mi solleva. In effetti ha tenuto le mani a posto per tutto il giorno. Mi domando se dovrei essere preoccupata da questo cambiamento: ci penserò al risveglio. Mi giro verso di lui e mi rannicchio tra le braccia di Christian, intrecciando le gambe alle sue.

«Promettimi una cosa» mi dice, a bassa voce.

«Mmh?» Sono troppo stanca per articolare una domanda.

«Domani mangerai qualcosa. Posso riuscire a sopportare che tu indossi il giubbotto di un altro uomo senza farmi venire la bava alla bocca, ma, Ana, ti prego, devi mangiare.»

«Mmh» acconsento. Mi dà un bacio sui capelli. «Grazie per essere qui con me» riesco a bofonchiare e gli do un bacio assonnato sul petto.

«In quale altro posto dovrei essere? Io voglio stare dove sei tu, Ana. Il fatto di essere qui mi fa pensare a quanta strada abbiamo fatto. E alla prima notte in cui abbiamo dormito insieme. Che notte! Sono rimasto a guardarti per ore. Eri proprio un sogno» sospira. Sorrido contro il suo petto.

«Dormi» mormora, ed è un ordine. Chiudo gli occhi e scivolo nel sonno.

18

Mi sveglio, aprendo gli occhi su una luminosa mattina di settembre. Sono al caldo, comodamente avvolta nelle lenzuola fresche di bucato. Ci metto un attimo per orientarmi, e sono travolta da una sensazione di déjà vu. È ovvio: sono all'Heathman.

«Oddio! Papà!» grido con il fiato mozzo appena mi ricordo perché sono a Portland, in preda al panico e con il cuore che batte all'impazzata.

«Ehi.» Christian è seduto in fondo al letto. Mi accarezza una guancia con il dorso della mano e riesce subito a calmarmi. «Ho chiamato l'ospedale stamattina, Ray ha passato una notte tranquilla. Va tutto bene» mi dice, in tono rassicurante.

«Ah, bene. Grazie» gli rispondo con un filo di voce, tirandomi su a sedere.

Si china e posa le labbra sulla mia fronte. «Buongiorno, Ana» sussurra, dandomi un bacio sulla tempia.

«Ciao» bofonchio io. È già vestito: T-shirt e jeans.

«Ciao» mi risponde con uno sguardo dolce e caldo. «Vorrei farti gli auguri di buon compleanno, posso?»

Rispondo con un sorriso incerto e gli accarezzo la guancia. «Ma certo. Grazie. Per tutto.»

Aggrotta la fronte. «Tutto?»

«Sì, tutto.»

Per un attimo ha un'espressione confusa, che però sparisce subito. Spalanca gli occhi pregustandosi il momento. «Questo è per te.» Mi porge una scatoletta impacchettata con molta eleganza insieme a un minuscolo bigliettino.

Nonostante la preoccupazione per mio padre, percepisco l'ansia e l'eccitazione di Christian, e ne sono contagiata. Leggo il biglietto.

> *Per tutte le nostre prime volte, nel tuo primo compleanno*
> *come mia moglie adorata.*
> *Ti amo.*
> *C x*

Oh, ma quanto è dolce? «Anch'io ti amo» mormoro.

Lui sorride: «Aprila».

Tolgo la carta con cura per non strapparla, e vedo spuntare una meravigliosa scatoletta di pelle rossa. "Cartier." Mi è familiare, per via degli orecchini della seconda chance e dell'orologio. Apro la scatoletta con cautela e all'interno trovo un raffinato braccialetto Charms d'argento o di platino o d'oro bianco, non lo so. È incantevole. Ci sono appesi diversi ciondoli, tra cui la torre Eiffel; un taxi londinese; un elicottero: *Charlie Tango*; un aliante; un catamarano: la *Grace*; un letto e... un cono gelato? Alzo lo sguardo verso di lui, confusa.

«Vaniglia?» Si stringe nelle spalle, come per scusarsi, e non riesco a trattenere una risata. Ma certo.

«Christian, è meraviglioso. Grazie. "È davvero un sogno."»

Sorride.

Il mio ciondolo preferito è quello a forma di cuore. È un piccolo medaglione.

«Dentro ci puoi mettere una foto, o quello che vuoi.»

«Una foto tua.» Lo guardo con gli occhi socchiusi. «Sei sempre nel mio cuore.»

Sfioro gli ultimi due ciondoli: una C. "... Ah, sì, sono stata la prima delle sue donne a chiamarlo per nome." Sorrido al pensiero. E poi una chiave.

«Per il mio cuore e la mia anima» sussurra.

Mi vengono le lacrime agli occhi. Gli butto le braccia al collo e mi accoccolo nel suo grembo. «È un regalo così meditato. Lo adoro. Grazie» gli sussurro all'orecchio. Oh, ha un così buon profumo. Sa di pulito, di biancheria lavata, di bagnoschiuma e di Christian. È il profumo di casa, di casa mia. Non riesco più a trattenere le lacrime.

Lui geme debolmente e mi avvolge in un abbraccio.

«Non so che cosa farei senza di te.» Ho la voce rotta e tento di frenare l'ondata di emozioni che mi travolge.

Deglutisce e mi stringe forte. «Ti prego, non piangere.»

Tiro su con il naso in modo poco raffinato. «Mi dispiace. È che sono felice, triste e piena di ansia nello stesso tempo.»

«Ehi.» La sua voce è delicata come una piuma. Mi fa inclinare indietro la testa e mi dà un tenero bacio sulle labbra. «Lo capisco benissimo.»

«Lo so» sussurro, e mi godo il suo sorriso timido.

«Vorrei che la situazione fosse più felice, che fossimo a casa. Ma siamo qui.» Si stringe di nuovo nelle spalle, come per scusarsi. «Dài, alzati. Facciamo colazione e andiamo a trovare Ray.»

Dopo aver indossato i jeans nuovi e la T-shirt bianca il mio appetito fa una breve ma gradita comparsa durante la colazione nella suite. So che Christian è contento di vedermi mangiare i cereali con lo yogurt greco.

«Grazie per aver ordinato la mia colazione preferita.»

«Be', è il tuo compleanno» dice lui a bassa voce. «E la devi smettere di ringraziarmi.» Alza gli occhi al cielo in segno di esasperazione, ma in modo affettuoso, penso.

«Voglio solo che tu sappia che lo apprezzo.»

«Anastasia, questo è ciò che voglio fare.» Ha un'aria seria. Certo, il Christian che comanda e controlla. Come ho fatto a dimenticarmene... Lo vorrei forse diverso da com'è?

Sorrido. «Sì, è così.»

Mi guarda sorpreso, poi scuote la testa. «Andiamo?»
«Mi lavo i denti.»
Fa un sorrisetto. «Okay.»
Perché quel sorrisetto? Me lo chiedo anche mentre sono in bagno. Poi di colpo spunta un ricordo. Dopo la prima notte con lui ho usato il suo spazzolino. Sorrido anch'io, e prendo il suo spazzolino in omaggio a quella prima volta. Mi guardo allo specchio mentre mi lavo i denti. Sono pallida, troppo. Ma in fondo sono sempre un po' pallida. L'ultima volta che sono stata qui ero single e ora sono una donna sposata, a ventidue anni! Sto invecchiando. Mi sciacquo la bocca.

Sollevo il polso e lo scuoto, i ciondoli emettono un piacevole tintinnio. Come fa il mio dolce Christian a sapere sempre con esattezza qual è la cosa giusta per me? Faccio un respiro profondo cercando di placare le emozioni che ancora si agitano dentro di me, e lancio un'altra occhiata al braccialetto. Scommetto che costa una fortuna. "Ah... be'." Se lo può permettere.

Mentre ci dirigiamo verso gli ascensori, Christian mi prende la mano e mi bacia le nocche, sfregando il pollice sul ciondolo che rappresenta *Charlie Tango*. «Ti piace?»

«Dire che mi piace è poco. Lo adoro. Tantissimo. Come adoro te.»

Sorride e mi dà un altro bacio sulle nocche. Mi sento più leggera rispetto a ieri. Sarà perché è mattina e il mondo sembra sempre un luogo pieno di speranze, molto più che in piena notte. O forse è per via del dolce risveglio con mio marito. Oppure per il fatto di sapere che Ray non è peggiorato.

Mentre entriamo nell'ascensore deserto, lancio un'occhiata a Christian. Per una frazione di secondo i suoi occhi incontrano i miei, poi sorride di nuovo.

«No, eh!» sussurra, mentre la porta si chiude.

«No cosa?»

«Non guardarmi in quel modo.»

«Al diavolo le scartoffie» mormoro sogghignando.

Scoppia a ridere ed è un suono davvero spensierato e fanciullesco. Mi attira tra le sue braccia e mi alza la testa.

«Uno di questi giorni affitto l'ascensore per un pomeriggio.»

«Solo per un pomeriggio?» chiedo, maliziosa.

«Mrs Grey, sei un'ingorda.»

«Quando si tratta di te, lo sono.»

«Sono molto felice di sentirlo.» Mi bacia con tenerezza.

E non so dire se è perché siamo proprio in quell'ascensore o perché non mi tocca da più di ventiquattr'ore o semplicemente perché è lui, il mio inebriante marito, ma il desiderio si risveglia in me. Gli infilo le dita tra i capelli e lo bacio con maggior passione, lo spingo contro la parete e l'impeto del mio corpo si unisce al suo.

Geme nella mia bocca, mi appoggia la mano sulla nuca e mi solleva mentre ci baciamo, e come ci baciamo! Con la lingua esploriamo quel territorio così familiare, eppure sempre nuovo ed eccitante che è la bocca dell'altro. La mia dea interiore è in estasi, e libera la mia libido dall'isolamento. Gli accarezzo con entrambe le mani il viso che adoro.

«Ana» ansima.

«Ti amo, Christian Grey. Non dimenticarlo mai» gli sussurro fissando i suoi occhi grigi che si sono incupiti.

L'ascensore si ferma dolcemente e le porte si aprono.

«Andiamo a trovare tuo padre, prima che decida di affittare fin da adesso quest'ascensore.» Mi dà un rapido bacio, mi prende per mano e mi conduce nella hall.

Mentre passiamo davanti alla reception, fa un cenno molto discreto all'uomo di mezz'età seduto dietro il banco. Lui annuisce e alza il ricevitore del telefono. Guardo Christian con aria interrogativa, e lui mi risponde con il suo sorriso segreto. Gli lancio un'occhiataccia e per un attimo sembra nervoso.

«Dov'è Taylor?» chiedo.

«Sarà qui tra poco.»

Certo, probabilmente è andato a prendere la macchina. «E Sawyer?»

«È in giro per commissioni.»

"Quali commissioni?"

Christian evita di uscire dalla porta girevole, e so che lo fa per non dovermi lasciare la mano. Il pensiero mi scalda il cuore. È una dolce mattina di fine estate, ma nell'aria si sente già il profumo dell'autunno imminente. Mi guardo intorno cercando Taylor e il SUV Audi. Nessuna traccia. La mano di Christian stringe la mia. Lo guardo, mi sembra un po' in ansia.

«Che cosa c'è?»

Lui alza le spalle. Il suono di una macchina che si avvicina mi distrae. È un rumore basso... familiare. Quando mi giro per vedere da dove proviene, cessa di colpo. Taylor sta scendendo da un'auto sportiva bianca parcheggiata di fronte a noi.

"Oh, merda!" È un'R8. Giro di scatto la testa verso Christian, che mi scruta con attenzione. "Potresti regalarmene una per il mio compleanno... Bianca, direi."

«Buon compleanno» mi dice, e so che sta valutando la mia reazione. Lo fisso a bocca aperta, perché non riesco a fare altro. Tira fuori una chiave.

«Tu sei completamente fuori di testa.» "Mi ha comprato un'Audi R8! Proprio quella che gli avevo chiesto!" La mia bocca si apre in un gigantesco sorriso e mi metto a saltellare in preda a un momento di eccitazione sfrenata e senza controllo. L'espressione di Christian riflette la mia e, continuando a saltellare, mi butto tra le sue braccia aperte. Lui mi fa girare tenendomi per le mani.

«Hai più soldi che buonsenso!» gli grido, al culmine della gioia. «È bellissima! Grazie!» Si ferma e mi lascia andare di colpo; colta di sorpresa, devo aggrapparmi alle sue braccia.

«Qualunque cosa per te, Mrs Grey.» Mi sorride. "Oddio." Una vera manifestazione pubblica di affetto. Si piega e mi bacia.

«Dài, andiamo a trovare tuo papà.»

«Sì. Posso guidare io?»

Mi sorride di nuovo. «Certo, è tua.» Si raddrizza, si stacca da me e io mi precipito verso la portiera del guidatore. Taylor me la apre, dicendomi con un gran sorriso: «Buon compleanno, Mrs Grey».

«Grazie, Taylor.» Lo faccio sobbalzare stringendolo in un rapido abbraccio che lui mi restituisce un po' a disagio. Quando salgo in macchina sta ancora arrossendo, e appena sono dentro chiude subito la portiera.

«Prudenza, mi raccomando, Mrs Grey» mi dice in tono burbero. Gli rivolgo uno sguardo beato, incapace di contenere la mia eccitazione.

«Prometto» lo rassicuro, mentre infilo la chiave nell'accensione e Christian si siede al mio fianco.

«Vai piano, non c'è nessuno che ci insegue questa volta» mi ammonisce. Appena giro la chiave il motore romba vivace. Do un'occhiata negli specchietti e, approfittando di uno dei rari momenti di scarso traffico, eseguo una perfetta inversione a U e mi lancio in direzione dell'OHSU.

«Piano!» esclama Christian, con aria allarmata.

«Che cosa c'è?»

«Non voglio che tu finisca in terapia intensiva nel letto accanto a tuo padre. Rallenta» borbotta, con un tono che non ammette discussioni. Allento la pressione sull'acceleratore e gli faccio una smorfia.

«Così va meglio?»

«Molto meglio» bofonchia, cercando di assumere un'aria severa e fallendo miseramente.

Le condizioni di Ray sono stazionarie. La vista di mio padre mi fa tornare con i piedi per terra, dopo l'inebriante giro in macchina di poco fa. "Dovrei davvero guidare con più prudenza." Non si può mai sapere quanti guidatori ubriachi ci sono in giro. Devo chiedere a Christian che cosa ne è stato dello stronzo che ha investito Ray, sono sicuro che lo sa. Nonostante sia intubato, mio padre sembra rilassato e mi sembra anche che gli sia tornato un po' di colore sulle guance. Mentre gli racconto come è andata la mia mattinata, Christian si sposta in sala d'attesa per fare qualche telefonata. Arriva l'infermiera Kellie, che controlla i parametri di Ray e prende appunti sulla sua cartella clinica. «Tutti i valori sono buoni, Mrs Grey.» Mi sorride con gentilezza.

«Questo è molto incoraggiante.»

Poco più tardi arriva anche il dottor Crowe insieme a due assistenti e in tono cordiale mi dice: «Dobbiamo portare suo padre in radiologia, Mrs Grey. Gli facciamo una TAC, così controlliamo il cervello».

«Ci vorrà molto?»

«Al massimo un'ora.»

«Aspetto qui. Vorrei avere notizie subito.»

«Certo, Mrs Grey.»

Vado nella sala d'attesa, dove per fortuna c'è solo Christian che cammina su e giù parlando al telefono e osservando al tempo stesso il panorama di Portland fuori dalla finestra. Quando chiudo la porta, si gira verso di me e sembra arrabbiato.

«Quanto oltre il limite? Ho capito... Accusatelo di tutto quello di cui è possibile accusarlo. Il padre di Ana è in terapia intensiva. Voglio che sia punito il più severamente possibile, papà... Ottimo, tienimi informato.» Chiude la telefonata.

«L'investitore?»

Annuisce. «È un pezzente, un ubriacone squattrinato che sta nella zona industriale di Portland.» Fa un sorriso cattivo, e io rimango irritata dal suo linguaggio e dal tono derisorio. Mi si avvicina e la sua voce si ammorbidisce.

«Hai finito con Ray? Vuoi che ce ne andiamo?»

«Ehm... no.» Lo guardo negli occhi, ancora colpita dal disprezzo che ha manifestato.

«Cosa c'è che non va?»

«Niente. Hanno portato Ray in radiologia a fare una TAC per l'edema cerebrale. Vorrei aspettare i risultati.»

«Okay, aspettiamo.» Si siede e allarga le braccia. Visto che siamo soli, vado volentieri a rannicchiarmi in braccio a lui.

«Non era così che avevo immaginato di passare la giornata» mormora, affondando il naso nei miei capelli.

«Neanch'io, ma mi sento più ottimista, adesso. Tua madre è stata molto rassicurante. È stata proprio gentile a venire ieri sera.»

Christian mi massaggia la schiena e appoggia la guancia sulla mia testa. «Mia madre è una donna straordinaria.»

«Sì, lo è. Sei fortunato.»

Christian annuisce.

«Dovrei chiamare mia mamma, dirle di Ray» mormoro. Christian si irrigidisce. «Mi stupisce che non mi abbia ancora telefonato lei.» Mi acciglio al pensiero. Anzi, ci rimango proprio male. Dopotutto è il mio compleanno, lei c'era quando sono nata. Perché non mi ha chiamata?

«Be', magari l'ha fatto» dice Christian.

Tiro fuori il BlackBerry dalla tasca. Nessuna chiamata persa, ma parecchi messaggi: gli auguri di Kate, José, Mia e Ethan. Da mia madre, niente. Scuoto la testa, un po' abbattuta.

«Chiamala adesso» mi suggerisce. Lo faccio, ma lei non mi risponde. C'è la segreteria telefonica. Non lascio messaggi. Come può essersi dimenticata del mio compleanno?

«Non c'è. Riprovo più tardi, quando saprò i risultati della TAC.»

Christian mi stringe tra le braccia, affondando ancora una volta il naso nei miei capelli, ed evita opportunamente di fare commenti sulla mancanza di istinto materno di mia madre. Percepisco più che udire la vibrazione del suo BlackBerry. Senza permettermi di alzarmi, lo estrae con un po' di fatica dalla tasca.

«Andrea» dice seccamente, riacquistando il tono professionale. Faccio il gesto di alzarmi, ma lui mi blocca, accigliandosi e tenendomi stretta intorno alla vita. Mi accoccolo di nuovo sul suo petto e ascolto la telefonata.

«Bene... A che ora dovrebbe arrivare?... E gli altri... ehm... pacchi?» Christian guarda l'orologio. «All'Heathman hanno tutti i dettagli?... Bene... Sì. Può aspettare fino a lunedì mattina, ma mandamelo comunque via mail. Lo stampo, lo firmo e ti mando la scansione... Possono aspettare. Ora vai a casa, Andrea... No, stiamo bene, grazie.» Riattacca.

«È tutto a posto?»

«Sì.»

«È quella cosa di Taiwan?»

«Sì.» Si muove sotto di me.

«Sono troppo pesante?»

Sbuffa. «No, piccola.»

«Sei preoccupato per questa cosa di Taiwan?»

«No.»

«Pensavo che fosse importante.»

«Lo è. Il destino del cantiere di qui dipende da quell'accordo. Ci sono in gioco molti posti di lavoro.»

"Ah!"

«Dobbiamo solo vendere bene la cosa ai sindacati. È compito di Sam e di Ros. Ma visto come sta andando adesso l'economia, nessuno di noi ha molta scelta.»

Sbadiglio.

«Ti sto annoiando, Mrs Grey?» dice con aria divertita.

«No! Mai... Ma si sta così comodi in braccio a te. Mi piace ascoltarti quando parli del tuo lavoro.»

«Davvero?» Sembra sorpreso.

«Certo.» Mi piego all'indietro per guardarlo negli occhi. «Mi piace ascoltare qualunque briciola di informazione tu ti degni di condividere con me.» Gli faccio un sorrisetto e lui mi guarda divertito, scuotendo la testa.

«Sempre avida di nuove informazioni, Mrs Grey.»

«Dimmelo» lo incalzo e mi rannicchio di nuovo contro il suo petto.

«Che cosa dovrei dirti?»

«Perché lo fai?»

«Perché faccio cosa?»

«Perché lavori in quel modo.»

«Be', bisogna pur guadagnarsi il pane» risponde, divertito.

«Christian, tu ti guadagni altro che il pane.» La mia voce è piena di ironia. Lui rimane in silenzio per un attimo. Penso che non mi svelerà alcun segreto, invece mi sorprende.

«Non voglio essere povero» dice, con un filo di voce. «Lo sono stato, e non voglio più tornare a esserlo. E poi... è come un gioco» mormora. «È questione di vincere. È un gioco che ho sempre trovato facile.»

«A differenza della vita» mormoro tra me e me. Poi mi accorgo di aver parlato a voce alta.

«Sì, suppongo di sì.» Si rabbuia. «Anche se con te è più facile.»

"Con me è più facile?" Lo abbraccio forte. «Non tutto può essere un gioco. Tu sei un vero filantropo.»

Si stringe nelle spalle, e capisco che comincia a essere a disagio. «In alcune cose, forse» dice piano.

«Io amo il Christian filantropo» mormoro.

«Solo lui?»

«Oh, amo anche il Christian megalomane, il Christian maniaco del controllo, il Christian mago del sesso, il Christian pervertito, il romantico, il timido... L'elenco non finisce più.»

«Sono tanti Christian.»

«Direi almeno cinquanta.»

Ride. «Mr Cinquanta Sfumature» mormora, con la bocca sui miei capelli.

«Il mio Mr Cinquanta Sfumature.»

Cambia posizione, poi mi tira indietro la testa e mi bacia. «Bene, Mrs Grey, andiamo a vedere come sta tuo padre.»

«Okay.»

«Possiamo andare a fare un giro?»

Siamo di nuovo a bordo dell'R8 e io mi sento ottimista. Il cervello di Ray è tornato normale, l'edema si è riassorbito. La dottoressa Sluder ha deciso di svegliarlo dal coma domani. Dice che è soddisfatta dei progressi che ha fatto.

«Certo.» Christian mi fa un ampio sorriso. «È il tuo compleanno, possiamo fare tutto quello che vuoi.»

Oh! Il tono della sua voce mi costringe a girarmi per guardarlo in faccia. I suoi occhi sono due pozze scure.

«Tutto?»

«Tutto.»

Come riesce a riempire di promesse una sola parola? «Be', ho voglia di fare un bel giro in macchina.»

«Allora forza, piccola!» E ci sorridiamo a vicenda.

La macchina va che è una meraviglia: appena prendiamo l'I-5 premo un po' sull'acceleratore e la velocità ci schiaccia contro lo schienale.

«Piano, piccola.»

Mentre torniamo a Portland mi viene un'idea.

«Hai già deciso dove mangiare?» chiedo a Christian, tanto per tastare il terreno.

«No. Hai fame?» mi chiede, speranzoso.

«Sì.»

«Dove vuoi andare? Oggi è la tua festa, Ana.»

«Conosco un bel posticino.»

Mi fermo nei pressi della galleria dove José ha esposto le sue foto e parcheggio davanti al Le Picotin, il ristorante in cui Christian e io abbiamo cenato dopo la mostra.

Christian sorride. «Per un attimo ho pensato che volessi portarmi in quel tremendo bar da cui mi avevi telefonato completamente ubriaca.»

«E perché avrei dovuto?»

«Per controllare se le azalee sono ancora vive.» Inarca le sopracciglia con un'espressione sarcastica.

Arrossisco. «Non farmici ripensare. Però... mi hai portato lo stesso nella tua camera d'albergo.» Gli faccio un sorriso malizioso.

«La miglior decisione che io abbia mai preso» dice, con uno sguardo dolce e caldo.

«Sì, decisamente.» Mi protendo verso di lui e lo bacio.

«Credi che ci sia ancora quell'arrogante cameriere a servire ai tavoli?» mi chiede.

«Arrogante? A me sembrava a posto.»

«Stava cercando di far colpo su di te.»

«Be', c'è riuscito.»

La bocca di Christian si piega in una smorfia tra il disgustato e il divertito.

«Vuoi che andiamo a controllare?» gli propongo.

«Prego, dopo di te, Mrs Grey.»

Dopo pranzo facciamo un salto all'Heathman a prendere il portatile di Christian e poi torniamo in ospedale. Passo il pomeriggio con Ray a leggere ad alta voce uno dei manoscritti che mi sono fatta mandare. L'unica compagnia è il suono dei macchinari che lo tengono in vita, che lo tengono con me. Adesso che so che sta facendo progressi posso tirare un po' il fiato e rilassarmi. Sono ottimista. Ha solo bisogno di tempo per riprendersi. Io di tempo ne ho... glielo posso offrire. Mi chiedo senza troppa convinzione se dovrei riprovare a chiamare mia madre, ma decido di rimandare. Mentre leggo, tengo una mano di Ray nella mia e ogni tanto gliela stringo, come per augurargli di guarire presto. Le sue dita sono morbide e calde. Ha ancora il segno della fede sull'anulare, dopo tutti questi anni.

Un'ora o due dopo – non saprei dire con esattezza – alzo lo sguardo e vedo Christian in fondo al letto di Ray con il portatile in mano che parla con Kellie.

«È ora di andare, Ana.»

Oh. Afferro forte la mano di Ray, non voglio lasciarlo.

«Voglio portarti a mangiare. Vieni, è tardi.» Christian è insistente.

«Sto per lavare Mr Steele» dice l'infermiera.

«Okay.» Mi arrendo. «Torniamo domani mattina.»

Do un bacio sulla guancia a Ray e sotto le labbra sento un'insolita barba ispida. Non mi piace. "Continua a migliorare, papà. Ti voglio bene."

«Pensavo che potremmo cenare in una saletta privata, qui sotto» dice Christian con un lampo di luce negli occhi mentre apriamo la porta della nostra suite.

«Davvero? Vuoi finire quello che hai cominciato qualche mese fa?»

Mi fa un sorrisetto compiaciuto. «Solo se sei molto fortunata, Mrs Grey.»

Scoppio a ridere. «Non ho niente di elegante da mettermi.»

Lui sorride, mi porge la mano e mi porta in camera da letto. Apre l'armadio, all'interno del quale è appesa una grande custodia per abiti bianca.

«Opera di Taylor?» domando.

«Di Christian» replica, deciso e un po' ferito. Il suo tono mi fa ridere. Apro la custodia e dentro trovo un vestito di satin blu marina. Lo tiro fuori, è stupendo, attillato e con le spalline sottili. Mi sembra piccolo.

«È veramente bello. Grazie. Spero che mi vada bene.»

«Certo che ti andrà bene» mi dice, sicuro di sé. «E qui» dice, tirando fuori una scatola da scarpe «ci sono le scarpe adatte.» Mi rivolge un sorriso vorace.

«Pensi davvero a tutto. Grazie.» Mi avvicino e lo bacio.

«È proprio così.» Mi porge una borsa.

Lo guardo con espressione interrogativa. Dentro c'è un body nero senza spalline con un inserto di pizzo al centro. Mi accarezza la faccia, mi solleva il mento e mi bacia.

«Non vedo l'ora di togliertelo, più tardi.»

Sono appena uscita dal bagno, dove mi sono lavata e depilata, e mi sento coccolata. Mi siedo sul bordo del letto e accendo il phon. Christian cammina avanti e indietro in camera da letto, credo che stia lavorando.

«Dammi, faccio io» dice, indicando la sedia di fronte al tavolino da toilette.

«Vuoi asciugarmi i capelli?»

Annuisce, e io gli faccio l'occhiolino.

«Vieni qui» mi dice, fissandomi intensamente. Conosco quell'espressione, e so che non è il caso di replicare. Mi asciuga i capelli lentamente e con metodo, una ciocca per volta, con abilità.

«Si vede che sei abituato» mormoro. Lo specchio riflette il suo sorriso, ma lui non dice nulla e continua a pettinarmi i capelli. Mmh... è decisamente rilassante.

Quando entriamo nell'ascensore per andare a cena, non siamo soli. Christian è bellissimo con la sua camicia bianca firmata, i jeans neri, la giacca e senza cravatta. Le due donne nella cabina lanciano sguardi ammirati verso di lui, e un po' meno benevoli verso di me. Cerco di nascondere un sorriso. "Ebbene sì, signore: è tutto mio." Christian mi prende la mano e mi tiene vicina mentre scendiamo in silenzio verso l'ammezzato.

È pieno di gente in abito da sera seduta qua e là a bere e chiacchierare, tutti pronti per il sabato sera. Sono contenta di essere vestita in modo adeguato. Il vestito mi fascia, sfiora le mie curve e tiene tutto al suo posto. Devo ammetterlo, con questo abito mi sento... attraente. E so che Christian è d'accordo.

Pensavo che fossimo diretti verso la saletta privata dove una volta abbiamo discusso il contratto, invece Christian mi conduce oltre, fino a una porta in fondo al corridoio.

«Sorpresa!»

"Oddio." Ci sono Kate e Elliot, Mia e Ethan, Carrick e

Grace, Mr Rodriguez e José, mia madre e Bob, tutti con i calici alzati. Rimango a guardarli a bocca aperta, senza riuscire a proferire parola. "Come? Quando?" Mi giro costernata verso Christian e lui mi stringe la mano. Mia madre viene verso di me e mi abbraccia. "Oh, mamma!"

«Cara, sei meravigliosa. Buon compleanno.»

«Mamma!» La abbraccio singhiozzando. "Oh, mammina." Nonostante ci sia tanta gente non riesco a trattenere le lacrime e affondo il viso nel suo collo.

«Tesoro, non piangere. Ray si riprenderà. È un uomo molto forte. Non piangere. Non nel giorno del tuo compleanno.» Ha la voce incrinata, ma mantiene la calma. Mi prende il viso tra le mani e con i pollici mi asciuga le lacrime.

«Pensavo che te ne fossi dimenticata.»

«Oh, Ana, come avrei potuto? Diciassette ore di travaglio non si dimenticano tanto facilmente!»

Ridacchio tra le lacrime e lei sorride.

«Asciugati le lacrime, tesoro. Qui c'è un sacco di gente che vuole condividere con te questo giorno così speciale.»

Tiro su con il naso, non voglio guardare in faccia nessuno dei presenti, imbarazzata ed eccitata allo stesso tempo per lo sforzo che hanno fatto tutti per venire a trovarmi.

«Come sei arrivata qui? E quando?»

«Tesoro, tuo marito ci ha mandato il suo aereo.» Sorride, visibilmente impressionata.

Mi metto a ridere. «Grazie per essere venuta.» Mi pulisce il naso con un fazzoletto di carta, come solo una madre può fare. «Mamma!» la sgrido, cercando di darmi un contegno.

«Così va meglio. Buon compleanno, tesoro.» Si fa da parte mentre tutti si mettono in fila per farmi gli auguri.

«Ray sta facendo progressi, Ana. La dottoressa Sluder è una delle migliori. Buon compleanno, angelo mio.» Grace mi abbraccia.

«Piangi finché ti pare, Ana. È la tua festa.» José mi stringe forte a sé.

«Buon compleanno, ragazza mia.» Carrick sorride, accarezzandomi il viso.

«Che c'è, piccola? Il tuo vecchio se la caverà.» Elliot mi avvolge tra le braccia. «Buon compleanno.»

«Okay.» Christian mi prende per mano e mi trascina via dall'abbraccio di Elliot. «Smetti di palpare mia moglie e vai a palpare la tua fidanzata.»

Elliot gli risponde con un sorrisetto complice e fa l'occhiolino a Kate.

Un cameriere che non avevo notato offre a Christian e a me un calice di champagne rosé.

Christian si schiarisce la voce. «Questo giorno sarebbe perfetto se anche Ray fosse qui con noi, ma in fondo non è lontano. Sta migliorando, e sono sicuro che vorrebbe che tu ti divertissi, Ana. A tutti voi il mio grazie per essere venuti a festeggiare il compleanno della mia meravigliosa moglie, il primo di tanti che verranno. Buon compleanno, amore mio.» Christian alza il calice verso di me in mezzo a un coro di auguri e io devo fare del mio meglio per non piangere.

Osservo le conversazioni animate intorno al tavolo. È strano trovarmi circondata dalla mia famiglia sapendo che l'uomo che considero mio padre è attaccato a un respiratore in una fredda stanza del reparto di terapia intensiva. Me ne sto in disparte, ma sono contenta che siano tutti qui. Ascolto Christian e Elliot scambiarsi battute, prendo nota della sagace arguzia di José, dell'eccitazione di Mia edel suo entusiasmo per il cibo e mi accorgo che Ethan la osserva di sottecchi. Penso che lei gli piaccia. Mr Rodriguez è appoggiato allo schienale e, come me, si gode le varie conversazioni. Ha un aspetto decisamente migliore, riposato. José è molto premuroso con lui, gli taglia il cibo, fa in modo che abbia sempre il bicchiere pieno. Il fatto che l'unico genitore che gli è rimasto sia andato così vicino alla morte ha portato José ad apprezzare ancora di più suo padre... lo so bene.

Guardo mia madre. È a suo agio: affascinante, spiritosa, cordiale. Le voglio davvero bene. Devo ricordarmi di dirglielo. La vita è un bene prezioso, adesso me ne rendo conto.

«Tutto bene?» mi domanda Kate, con un tono di voce eccessivamente gentile, insolito per lei.

Annuisco e le prendo la mano. «Sì. Grazie per essere venuta.»

«Pensi che Mr Miliardo sarebbe riuscito a tenermi lontana da te il giorno del tuo compleanno? Abbiamo persino volato in elicottero!» mi dice, con un largo sorriso.

«Sul serio?»

«Sì, tutti quanti. E pensare che Christian è in grado di pilotarlo!»

Annuisco.

«È molto eccitante.»

«Sì, credo di sì.»

Sorridiamo entrambe.

«Ti fermi a dormire qui?»

«Sì, ci fermiamo tutti, credo. Davvero non ne sapevi niente?»

Scuoto la testa.

«Ci sa fare, eh?»

Annuisco.

«Cosa ti ha regalato?»

«Questo.» Alzo il braccio, esibendo il braccialetto.

«Che carino!»

«Molto.»

«Londra, Parigi... E il gelato?»

«Non penso che tu voglia saperlo davvero.»

«No, infatti...»

Scoppiamo a ridere e io arrossisco al ricordo di Ben & Jerry's & Ana.

«Ah... anche un'R8.»

Per la sorpresa Kate si sputa sul mento il vino che ha in bocca. Ridiamo ancora più forte.

«Un vero bastardo di prima classe, eh?» ridacchia.

Al momento del dolce portano al tavolo una spettacolare torta al cioccolato illuminata da ventidue candeline d'argento e accolta da un entusiasmante coro di auguri. Grace osserva Christian che canta con i miei amici e la mia famiglia e i suoi occhi brillano d'amore. Quando incrocia il mio sguardo mi scocca un bacio.

«Esprimi un desiderio» mi sussurra Christian. Spengo tutte le candeline con un solo soffio, pregando per mio padre. "Papà guarisci. Per favore, guarisci. Ti voglio tanto bene."

A mezzanotte Mr Rodriguez e José si congedano.

«Grazie davvero per essere venuto» dico a José mentre lo abbraccio.

«Non mi sarei perso questa festa per niente al mondo. Sono contento che le cose per Ray si stiano mettendo bene.»

«Sì. Tu, tuo padre e Ray dovete venire a pescare con Christian ad Aspen.»

«Davvero? Dev'essere divertente.» José mi sorride prima di andare a prendere il soprabito del padre e io mi chino per salutare Mr Rodriguez.

«Sai, Ana, una volta... be', io pensavo che tu e José...» La voce si affievolisce e mi osserva, con uno sguardo intenso ma affettuoso.

"Oh, no."

«Voglio molto bene a suo figlio, Mr Rodriguez, ma per me è come un fratello.»

«Saresti stata una nuora perfetta. E in effetti lo sei. Per i Grey.» Sorride malinconico e io arrossisco.

«Spero che diventerete amici.»

«Certo. Tuo marito è una brava persona. Hai scelto bene, Ana.»

«Lo penso anch'io» gli sussurro. «Lo amo davvero tanto.» Abbraccio Mr Rodriguez.

«Trattalo bene, Ana.»

«Lo farò.»

Christian chiude la porta della suite.

«Finalmente soli» mormora, appoggiandosi con la schiena al battente e guardandomi.

Mi avvicino e gli passo le dita sul bavero della giacca.

«Grazie per questo meraviglioso compleanno. Sei il marito più attento, premuroso e generoso del mondo.»

«È un piacere per me.»

«Già... a proposito di piacere per te, vediamo di fare qualcosa al riguardo» gli sussurro. Stringo più forte il bavero e attiro le sue labbra verso le mie.

Dopo aver fatto colazione tutti insieme, apro i regali e poi saluto i Grey e i Kavanagh che tornano a Seattle a bordo di *Charlie Tango*. Mia madre, Christian e io andiamo in ospedale sull'auto guidata da Taylor, visto che in tre sull'R8 non ci stiamo. Bob ha deciso di non venire, meglio così. Sarebbe stato strano e sono sicura che Ray non sarebbe contento se Bob lo vedesse quando non è al meglio.

L'aspetto di Ray è sempre lo stesso. Ha la barba lunga. Nel vederlo la mamma rimane sconvolta e scoppiamo entrambe a piangere.

«Oh, Ray.» Gli stringe la mano e gli accarezza delicatamente il viso. Mi commuovo nel vedere l'affetto che prova verso il suo ex marito. Sono contenta di avere qualche fazzoletto di carta nella borsetta. Ci sediamo accanto a lui, io prendo la mano di mia madre, che stringe quella di Ray.

«Ana, c'è stato un tempo in cui quest'uomo per me era il centro del mio mondo. Il sole sorgeva e tramontava con lui. Gli vorrò bene per tutta la vita. Si è preso davvero cura di te.»

«Oh, mamma…» Mi manca quasi il respiro, mentre lei mi accarezza il viso e mi sistema una ciocca dietro l'orecchio. «Tu sai che ho sempre voluto bene a Ray. È solo che abbiamo preso strade diverse» sospira. «E non potevo più continuare a vivere con lui.» Abbassa lo sguardo e si guarda le dita, e io mi chiedo se stia pensando a Steve, il Marito Numero Tre del quale non parliamo mai.

«So che vuoi bene a Ray» le sussurro asciugandomi le lacrime. «Lo fanno uscire dal coma oggi.»

«Sono sicura che starà bene. È così testardo. Penso che tu abbia imparato da lui in questo.»

Sorrido. «Ti sei messa d'accordo con Christian?»

«Perché, pensa che tu sia testarda?»

«Credo di sì.»

«Gli dirò che è una caratteristica di famiglia. State così bene insieme, Ana. Sembrate tanto felici.»

«E lo siamo, credo. O comunque ci stiamo lavorando. Lo amo, è il centro del mio mondo. Anche per me il sole sorge e tramonta con lui.»

«È evidente che lui ti adora.»

«E io adoro lui.»

«Ricordati di dirglielo. Gli uomini hanno bisogno di sentirselo dire, proprio come noi.»

Insisto per andare all'aeroporto con la mamma e Bob per salutarli. Christian guida il SUV, mentre Taylor ci segue sull'R8. Mi dispiace che non possano fermarsi di più, ma devono tornare a Savannah. Il nostro è un arrivederci strappalacrime.

«Abbi cura di lei, Bob» gli sussurro mentre lo abbraccio.

«Certo, Ana, e tu riguardati.»

«Va bene.» Mi giro verso mia madre. «Ciao, mamma, e grazie per essere venuta» le dico, con la voce bassa e roca. «Ti voglio tanto bene.»

«Oh, tesoro mio, anch'io ti voglio bene. Vedrai che Ray si riprenderà alla grande. Non è ancora pronto per andarsene da questo mondo complicato. È probabile che ci sia una partita dei Mariners che non vuole perdersi.»

Ridacchio. Forse ha ragione. Decido che in serata leggerò a Ray le pagine sportive dei giornali della domenica. Guardo mia madre e Bob salire sulla scaletta del jet della GEH. Lei mi saluta tristemente con la mano, e scompare. Christian mi circonda le spalle con il braccio.

«Torniamo indietro, piccola» mormora.

«Guidi tu?»

«Certo.»

La sera, quando torniamo in ospedale, Ray ha un aspetto diverso. Ci metto un attimo a rendermi conto che il rumore ritmico del respiratore non c'è più. Mio padre respira da solo. Una sensazione di sollievo mi invade. Gli accarezzo la faccia ispida e tiro fuori un fazzoletto di carta per pulirgli un po' di saliva dalla bocca.

Christian va a cercare la dottoressa Sluder o il dottor Crowe per avere un aggiornamento, mentre io mi siedo come sempre vicino a Ray per vegliarlo.

Apro le pagine sportive dell'"Oregonian" della domenica e mi metto a leggere scrupolosamente la cronaca della partita di calcio tra i Sounders e i Real Salt Lake. A detta di tutti, è stato un incontro teso ed equilibrato, ma i Sounders sono stati sconfitti a causa di un autogol di Kasey Keller. Stringo la mano di Ray, mentre continuo a leggere.

«E la partita si è conclusa con il punteggio di Sounders uno, Real Salt Lake due.»

«Ehi, Annie! Abbiamo perso? Oh, no!» dice Ray con la voce roca, ricambiando la mia stretta.

"Papà!"

19

Le lacrime mi rigano le guance. È tornato. Papà è tornato.
«Non piangere, Annie» dice Ray. «Che cosa sta succedendo?»
Gli prendo le mani tra le mie e me le avvicino al viso. «Hai
avuto un incidente. Sei in ospedale, a Portland.»
Ray aggrotta la fronte, ma non riesco a capire se sia perché la mia inconsueta dimostrazione d'affetto lo mette a disagio o perché non ricorda l'incidente.
«Vuoi un po' d'acqua?» gli chiedo, anche se non sono
sicura di potergliela dare. Lui annuisce, frastornato. Ho il
cuore gonfio. Mi alzo e mi chino su di lui, baciandogli la
fronte. «Ti voglio bene, papà. Bentornato.»
Imbarazzato, fa un cenno con la mano. «Anch'io, Annie.
L'acqua.» Corro verso la vicina stanza degli infermieri.
«Mio padre... è sveglio!» dico raggiante a Kellie, che mi
sorride di rimando.
«Avvertite la dottoressa Sluder» dice alla collega e si av-
vicina in tutta fretta alla scrivania.
«Vuole dell'acqua.»
«Gliene porterò un po'.»
Ritorno da mio padre, profondamente sollevata. Quan-
do lo raggiungo, ha gli occhi chiusi e subito mi preoccupo
che sia ripiombato nel coma.

«Papà?»

«Ci sono» mormora e spalanca gli occhi quando appare Kellie con una tazza di cubetti di ghiaccio e un bicchiere. «Buongiorno, Mr Steele. Sono Kellie, la sua infermiera. Sua figlia mi ha detto che ha sete.»

Nella sala d'aspetto Christian ha lo sguardo fisso sul portatile. Quando entro, chiudendo la porta, alza la testa.

«Si è svegliato» annuncio. Sorride, e la tensione nei suoi occhi scompare. Oh... non ci avevo fatto caso. È stato così teso per tutto il tempo? Sposta il portatile, si alza e mi abbraccia.

«Come sta?» mi chiede, mentre lo stringo a me.

«Parla, ha sete, è confuso. Non ricorda nulla dell'incidente.»

«È comprensibile. Adesso che si è svegliato, vorrei farlo trasferire a Seattle. Così potremo ritornare a casa e mia madre potrà tenerlo d'occhio.»

"Di già?"

«Non sono sicura che stia così bene da potersi muovere.»

«Parlerò con la dottoressa Sluder. Le chiederò un parere.»

«Hai nostalgia di casa?»

«Sì.»

«D'accordo.»

«Non hai smesso un attimo di sorridere» mi dice Christian mentre accosto davanti all'Heathman.

«Sono davvero sollevata. E felice.»

Christian fa un largo sorriso. «Bene.»

Il sole sta tramontando e, quando scendo dall'auto nell'aria fresca e frizzante della sera e porgo le chiavi all'addetto al parcheggio, rabbrividisco. Lui guarda la mia macchina con malcelata invidia, e non posso fargliene una colpa. Christian mi cinge con il braccio.

«Festeggiamo?» mi chiede mentre entriamo nella hall.

«Festeggiare?»

«Il tuo papà.»

Ridacchio. «Ah, lui.»

«Mi è mancato il suono della tua risatina.» Christian mi bacia i capelli.

«Possiamo mangiare qualcosa in camera, e passare una serata tranquilla?»

«Certo. Vieni.» Mi prende la mano, e mi accompagna verso gli ascensori.

«Deliziosa» mormoro soddisfatta mentre sposto il vassoio, finalmente sazia dopo tanto tempo. «Certo che qui fanno proprio un'ottima tarte tatin.»

Mi sono lavata da poco e indosso solo la T-shirt di Christian e le mutandine. L'iPod è in riproduzione casuale e Dido canta dolcemente *White Flag* in sottofondo.

Christian mi osserva pensieroso. I suoi capelli, dopo il bagno che abbiamo fatto insieme, sono ancora umidi, e indossa la T-shirt nera e i jeans. «È la prima volta che ti vedo mangiare come si deve da quando siamo qui» mi dice.

«Avevo fame.»

Si mette comodo sulla sedia con un sorriso compiaciuto e beve un sorso di vino bianco. «E ora che cosa vorresti fare?» chiede in tono sommesso.

«E tu?»

Alza un sopracciglio, divertito. «Quello che ho sempre voglia di fare.»

«E cioè?»

«Mrs Grey, non fare la timida.»

Allungando un braccio sul tavolo, gli prendo una mano, la giro e gli sfioro il palmo con l'indice. «Vorrei che mi toccassi con questo.» Faccio scorrere il dito sul suo indice.

Si sistema sulla sedia. «Solo con quello?» Il colore dei suoi occhi diventa più scuro, e anche più caldo.

«Forse anche con questo.» Faccio scorrere il dito in avanti fino al suo medio e poi indietro, di nuovo sul palmo. «E con questo.» Il mio dito percorre il suo anulare. «Con questo di sicuro.» Mi soffermo sulla sua fede. «È molto sexy.»

«Davvero?»

«Certo che lo è. Dice "Quest'uomo mi appartiene".» Accarezzo il piccolo callo che si è già formato sul palmo sotto l'anello. Si china e mi mette la mano a coppa sotto il mento.

«Mrs Grey, stai cercando di sedurmi?»

«Spero di riuscirci.»

«Anastasia, è il mio punto debole» dice a bassa voce. «Vieni qui.» Mi prende la mano, e mi trascina sulle sue ginocchia. «Mi piace poterti toccare quando voglio.» Mi accarezza una coscia, su fino al sedere. Con l'altra mano mi afferra saldamente la nuca e mi bacia, tenendomi ferma.

Sa di vino bianco, di torta di mele e di Christian. Gli passo le dita tra i capelli, stringendolo mentre le nostre lingue si esplorano e si intrecciano, e il sangue scorre caldo nelle vene. Quando Christian si scosta, siamo senza fiato.

«Andiamo a letto» mi mormora sulle labbra.

«Letto?»

Si scosta di nuovo e mi tira i capelli per costringermi a guardarlo negli occhi. «Dove preferiresti, Mrs Grey?»

Mi stringo nelle spalle, facendo l'indifferente. «Stupiscimi.»

«Sei aggressiva, stasera.» Mi sfiora il naso con il suo.

«Forse ho solo bisogno di qualcuno che mi leghi.»

«Forse sì. Invecchiando diventi prepotente.» Socchiude gli occhi, ma non riesce a nascondere il divertimento.

«E tu che cosa farai al riguardo?» gli dico con aria di sfida.

I suoi occhi scintillano. «So perfettamente che cosa vorrei fare. Dipende se anche tu ne hai voglia.»

«Oh, Mr Grey, sei stato molto gentile con me in questi ultimi giorni. Ma non sono fatta di vetro, sai.»

«Non ti piace la gentilezza?»

«Sì, con te certamente. Ma, sai... la varietà è il sale della vita» gli dico sbattendo le ciglia.

«E quindi sei in cerca di qualcosa di meno gentile?»

«Qualcosa che mi faccia sentire viva.»

Inarca le sopracciglia, sorpreso. «Sentire viva» ripete, con una sfumatura di ironia nella voce.

Annuisco. Mi fissa per un attimo. «Non morderti il labbro» sussurra, poi si alza improvvisamente, continuando a tenermi in braccio. Sussulto e mi aggrappo ai suoi bicipiti, temendo che mi lasci cadere. Raggiunge il più piccolo dei tre divani e mi ci fa sedere.

«Aspettami qui. Non muoverti.» Mi scocca una rapida occhiata, sensuale e intensa, e si gira, dirigendosi a grandi passi verso la camera da letto. Oh... Christian a piedi nudi. Perché i suoi piedi sono così sexy? Poco dopo è di ritorno, e mi sorprende chinandosi su di me da dietro.

«Di questa possiamo fare a meno...» Prende la T-shirt dall'orlo e me la sfila dalla testa, lasciandomi addosso solo le mutandine. Mi tira indietro la coda di cavallo e mi bacia.

«In piedi» mi ordina con la bocca sulle mie labbra e mi lascia andare. Stende un asciugamano sul divano.

"Un asciugamano?"

«Togliti le mutandine.»

Deglutisco, ma me le tolgo, buttandole sul divano.

«Siediti.» Mi afferra di nuovo la coda, tirandomi indietro la testa. «Mi dirai di smettere, se ne avrai abbastanza, vero?»

Annuisco.

«Dillo.» Il tono è severo.

«Sì» dico piano.

Sogghigna. «Bene, Mrs Grey... a grande richiesta, sto per legarti.» La sua voce diventa un sussurro impercettibile. Sentendo quelle parole, il mio corpo è percorso da fitte di desiderio. "Oh, mio dolce Christian, sul divano?"

«Tira su le ginocchia» ordina a bassa voce. «E appoggia bene la schiena.»

Faccio come mi viene detto. Lui si china sulla mia gamba sinistra e, dopo aver preso la cintura di uno dei due accappatoi, ne lega un'estremità sopra il mio ginocchio.

«Accappatoi?»

«Sto improvvisando.» Sogghigna di nuovo. Stringe il cappio sopra il ginocchio e lega l'altra estremità della morbida cintura all'elemento ornamentale nell'angolo posteriore del divano, costringendomi a divaricare le gambe.

«Non ti muovere» mi ammonisce e ripete il procedimento con la gamba destra, legando la cintura del secondo accappatoio all'altro elemento decorativo del divano.

"Oddio..." Sono seduta a gambe spalancate.

«Tutto a posto?» chiede dolcemente, guardandomi concentrato.

Annuisco, e mi aspetto che mi leghi anche le mani. Ma non lo fa. Si china a baciarmi.

«Non hai idea di quanto sei sexy, adesso» mormora, accarezzandomi il naso con il suo. «Meglio cambiare musica.» Si rialza e raggiunge il dock dell'iPod con passo indolente.

Ma come fa? Sono qui, legata stretta e parecchio eccitata, mentre lui è calmo e freddo. Ora che è nel mio campo visivo, osservo i muscoli delle spalle, flessibili e forti, mentre lui cambia canzone. Una voce femminile dolce, quasi infantile, inizia a cantare e dice: "Guardami".

Christian si gira e mi tiene gli occhi incollati addosso mentre si sposta davanti al divano, poi si inginocchia con eleganza di fronte a me. Improvvisamente mi sento molto indifesa.

«Indifesa? Vulnerabile?» chiede con la sua sorprendente capacità di dar voce ai miei pensieri. Tiene le mani sulle ginocchia. Annuisco.

Perché non mi tocca?

«Bene» mormora. «E ora dammi le mani.» Mentre obbedisco, non riesco a distogliere gli occhi dal suo sguardo ipnotico. Mi versa sui palmi un po' di liquido oleoso da una bottiglietta trasparente: è profumato... una fragranza ricca, muschiata e sensuale che non riesco a identificare.

«Strofinati le mani.» Mi agito sotto il suo sguardo sexy e insistente. «Stai ferma» mi ordina.

"Oddio."

«Adesso, Anastasia, voglio che ti tocchi.»

Oh, cavolo.

«Inizia dalla gola e scendi.»

Esito.

«Non essere timida, Ana. Dài, fallo.» L'ironia e la sfida nella sua espressione sono più che evidenti, proprio come il suo desiderio.

La cantante canta con voce dolce che in lei non c'è niente di dolce. Metto le mani sulla gola e le faccio scivolare giù, sul seno. L'olio le fa scorrere senza attrito sulla pelle. Ho i palmi caldi.

«Più giù» mormora Christian, gli occhi due pozze scure. Non mi tocca.

Accarezzo i seni con le mani a coppa.

«Stuzzicati.»

"Oddio." Mi stringo delicatamente i capezzoli.

«Più forte» mi incita Christian. Se ne sta immobile tra le mie gambe, e si limita a guardarmi. «Come farei io» aggiunge, con un oscuro bagliore negli occhi. Sento contrarsi i muscoli del ventre. Gemo e tiro un po' di più i capezzoli, che si induriscono e si gonfiano sotto le mie dita.

«Sì. Così. Ancora.»

Chiudo gli occhi e li tormento ancora più forte, stringendoli e torcendoli tra le dita. Gemo.

«Apri gli occhi.»

Li socchiudo.

«Ancora. Voglio vedere quanto ti piace toccarti.»

"Oddio." Faccio come dice. È tutto così... eccitante.

«Le mani. Più giù.»

Comincio a contorcermi.

«Stai ferma, Ana. Lasciati invadere dal piacere. Più giù» La sua voce è bassa e roca, tentatrice e seducente.

«Toccami tu» gli sussurro.

«Oh, lo farò... presto. Tu. Più giù. Adesso.» Christian,

che trasuda sensualità da tutti i pori, fa scorrere la lingua sui denti. "Oh, accidenti." Mi dimeno, strattonando le cinture che mi trattengono.

Scuote lentamente la testa. «Ferma.» Appoggia le mani sulle mie ginocchia per tenermi ferma. «Forza, Ana. Più giù.»

Le mani scivolano giù sulla pancia.

«Più giù» sussurra appena, e mi sembra la personificazione dell'istinto carnale.

«Christian, ti prego.»

Fa scivolare le mani sulle mie ginocchia, accarezzandomi le cosce e avvicinandosi al pube. «Dài, Ana. Toccati.»

Mi sfioro con la mano sinistra, toccandomi il pube con lenti movimenti circolari. Ansimo ormai a bocca aperta.

«Ancora» mi sussurra.

Gemo più forte, mi accarezzo ancora una volta; rovescio la testa all'indietro, ansimando.

«Ancora.»

Gemo forte, e Christian inspira bruscamente. Mi afferra le mani, si china, e fa scorrere il naso e poi la lingua su e giù tra le cosce.

«Ah!»

Vorrei toccarlo ma, quando cerco di muovere le mani, le sue dita mi si stringono intorno ai polsi.

«Legherò questi. Stai ferma.»

Gemo. Mi lascia andare, poi mi infila dentro le due dita centrali, appoggiando il polso sul clitoride.

«Voglio farti venire in fretta, Ana. Sei pronta?»

«Sì» ansimo.

Inizia a muovere le dita e la mano, avanti e indietro, aggredendo contemporaneamente quel magico punto dentro di me e il clitoride. La sensazione è intensa... Il piacere si concentra nella metà inferiore del mio corpo, trafiggendola. Vorrei allungare le gambe, ma non posso. Afferro l'asciugamano sotto di me.

«Lasciati andare» sussurra Christian.

Esplodo intorno alle sue dita, urlando. Lui preme il polso sul clitoride mentre sono attraversata dagli spasmi dell'orgasmo, prolungando la deliziosa agonia. Mi rendo a malapena conto che mi sta slegando le gambe.

«Ora tocca a me» mormora, e mi gira, con il viso contro il divano e le ginocchia sul pavimento. Mi spalanca le gambe e mi colpisce con forza le natiche.

«Ah!» strillo, e lui affonda dentro di me.

«Oh, Ana» sibila a denti serrati mentre inizia a muoversi. Le sue dita stringono forte i miei fianchi, mentre ruota il bacino sempre più in fretta. E sto per venire di nuovo. «Godi, Ana!» grida Christian, e io esplodo ancora una volta, pulsando intorno a lui e urlando mentre vengo.

«Ti ho fatta sentire abbastanza viva?» mi chiede Christian baciandomi i capelli.

«Oh, sì» mormoro, fissando il soffitto. Sono sdraiata su mio marito, con la schiena sul suo petto: siamo entrambi sul pavimento davanti al divano. Lui è ancora vestito.

«Penso che dovremmo rifarlo. Ma questa volta ti svesti anche tu.»

«Dio, Ana. Dammi due secondi.»

Ridacchio, e lui fa altrettanto. «Sono felice che Ray abbia ripreso conoscenza. A quanto pare, anche tutti i tuoi appetiti si sono risvegliati» dice, senza nascondere il sorriso nella voce.

Mi giro e lo guardo corrucciata: «Ti sei dimenticato di ieri sera e di stamattina?». Faccio il broncio.

«No di certo!» Il suo largo sorriso lo fa sembrare così giovane, spensierato e felice. Mi abbraccia da dietro. «Hai un culo fantastico, Mrs Grey.»

«Anche tu.» E inarco un sopracciglio: «Però il tuo è ancora ben coperto».

«E cosa pensi di fare, Mrs Grey?»

«Be', sto per spogliarti, Mr Grey. Completamente.»

Fa un largo sorriso.

«Penso che ci sia molta dolcezza in te» mormoro, con riferimento alla canzone, che è in *loop* sull'iPod. Il suo sorriso svanisce. «Sì, è così» sussurro. Mi chino e gli bacio l'angolo della bocca. Chiude gli occhi e mi cinge con le braccia.

«Christian, sei davvero dolce. Hai reso speciale questo weekend, nonostante ciò che è successo a Ray. Grazie.»

Apre i grandi occhi grigi, e la sua espressione mi dà una stretta al cuore.

«Perché ti amo» mi sussurra.

«Lo so. Ti amo anch'io.» Gli accarezzo il viso. «E sei anche prezioso per me. Lo sai, vero?»

Si zittisce, con l'aria smarrita.

«Credimi» sussurro.

«Non è facile» dice con voce quasi impercettibile.

«Provaci. Sforzati, perché è vero.» Gli accarezzo di nuovo il viso, sfiorandogli le basette con le dita. I suoi occhi sono oceani grigi di solitudine, risentimento e dolore. Vorrei arrampicarmi su di lui e stringerlo: farei qualsiasi cosa pur di far scomparire quello sguardo. Quando si renderà conto che è tutto il mio mondo? Che è più che degno del mio amore, e di quello dei suoi genitori e dei suoi fratelli? Tempo. Ci vorrà solo tempo.

«Prenderai freddo, vieni qui.» Si rimette in piedi con eleganza e mi fa alzare accanto a lui. Gli faccio scivolare un braccio intorno alla vita mentre ritorniamo in camera. Non voglio fargli pressione, ma, da quando Ray ha avuto l'incidente, per me è diventato più importante che sappia quanto lo amo.

Entro in camera accigliata, perché vorrei riavere il Christian dell'umore spensierato di solo pochi istanti fa.

«Guardiamo un po' di tivù?» gli chiedo.

Christian sbuffa. «Speravo in un secondo round.» Il mio lunatico Christian è tornato. Mi fermo vicino al letto.

«Be', in tal caso, penso di potermene occupare io.»

Rimane stupito; lo spingo sul letto e mi metto rapidamente a cavalcioni su di lui, stringendogli le mani dietro la testa.

Mi sorride. «Mrs Grey, adesso che mi tieni in pugno, che cosa vuoi fare di me?»

Mi chino e gli sussurro all'orecchio: «Voglio scoparti con la bocca».

Chiude gli occhi, inspirando bruscamente. I miei denti gli accarezzano piano la mascella.

Christian sta lavorando al computer, nella luce chiara del primo mattino. Sta scrivendo una mail, penso.

«Buongiorno» mormoro timidamente dalla soglia. Si gira e mi sorride.

«Mrs Grey, ti sei alzata presto.» Spalanca le braccia.

Attraverso la suite di corsa e vado ad accoccolarmi sulle sue ginocchia. «Anche tu.»

«Stavo solo lavorando.» Si sposta e mi bacia i capelli.

«A cosa?» gli chiedo, intuendo che c'è qualcosa che non va.

Sospira. «Ho ricevuto una mail dal detective Clark. Vuole farti qualche domanda su quel bastardo di Hyde.»

«Davvero?» Lo fisso.

«Sì. Gli ho detto che ora sei a Portland, quindi dovrà aspettare. Ma dice che vorrebbe interrogarti qui.»

«Sta venendo qui?»

«Pare di sì.» Christian sembra perplesso.

Aggrotto le sopracciglia. «Ti stai chiedendo cosa c'è di così importante che non può aspettare?»

«Esattamente.»

«Quando arriverà?»

«Oggi. Risponderò alla sua mail.»

«Non ho nulla da nascondere. Però mi chiedo che cosa voglia sapere.»

«Lo scopriremo presto. La cosa incuriosisce anche me.» Christian si sposta di nuovo. «Fra un po' arriva la colazione. Mangiamo, e poi andiamo a trovare tuo padre.»

Annuisco. «Puoi rimanere qui, se vuoi. Vedo che sei occupato.»

Mi guarda corrucciato. «No, voglio venire con te.»

«Okay.» Sorrido, gli getto le braccia al collo e lo bacio.

Ray è di cattivo umore. È meraviglioso vederlo così. È nervoso, ruvido, impaziente e irrequieto.

«Papà, hai avuto un incidente grave. Ci vorrà tempo per guarire. Christian e io vogliamo farti trasferire a Seattle.»

«Non vedo perché dobbiate preoccuparvi per me. Starò benissimo qui per conto mio.»

«Non essere ridicolo.» Gli stringo la mano affettuosamente, e lui mi fa la cortesia di sorridermi.

«Davvero non hai bisogno di niente?»

«Potrei uccidere per una ciambella, Annie.»

Gli sorrido con benevolenza. «Vado a prendertene una o due. Andiamo al Voodoo.»

«Perfetto!»

«Vuoi anche un caffè come si deve?»

«Puoi giurarci!»

«Okay, vado a prenderti anche quello.»

Christian è nella sala d'aspetto, e sta parlando al telefono. Potrebbe davvero trasferire l'ufficio qui. Stranamente non c'è nessun altro a parte lui, anche se tutti i letti del reparto di terapia intensiva sono occupati. Mi domando se Christian non abbia spaventato gli altri visitatori. Chiude la telefonata.

«Clark sarà qui oggi pomeriggio alle quattro.»

Aggrotto le sopracciglia. Che cosa ci sarà mai di così urgente? «Okay. Ray vuole caffè e ciambelle.»

Christian fa una risata. «Credo che li vorrei anch'io se avessi avuto un incidente. Chiedi a Taylor di portarti a prenderli.»

«No, vado io.»

«Fatti accompagnare da Taylor» dice con tono deciso.

«Okay.» Alzo gli occhi al cielo e lui mi rimprovera con lo sguardo. Poi sorride compiaciuto e piega la testa di lato. «Non c'è nessuno, qui.» La sua voce è deliziosamente bassa, e so che mi sta minacciando di sculacciarmi. Sto per raccogliere la sfida, quando una giovane coppia entra nella sala. La donna sta piangendo sommessamente.

Mi stringo nelle spalle con aria di scuse, e Christian annuisce. Prende il computer, mi dà la mano e mi conduce fuori. «Hanno bisogno di privacy più di noi» mormora Christian. «Ci divertiremo un'altra volta.»

Fuori c'è Taylor che aspetta paziente. «Andiamo tutti a prendere caffè e ciambelle.»

Alle quattro in punto bussano alla porta della suite. Taylor fa entrare Clark, che sembra di umore peggiore del solito. In realtà sembra sempre di cattivo umore. Forse sono i lineamenti del volto a dargli questa espressione.

«Mr Grey, Mrs Grey, grazie per avermi ricevuto.»

«Detective Clark.» Christian gli stringe la mano e lo fa accomodare. Io mi siedo sul divano dove ieri sera ho goduto tanto. Al solo pensiero arrossisco.

«È Mrs Grey la persona con cui vorrei parlare» dice Clark rivolgendosi a Christian e a Taylor che è in piedi accanto alla porta. Christian lancia un'occhiata a Taylor e gli fa un cenno quasi impercettibile con la testa. Lui si gira e se ne va, chiudendosi la porta alle spalle.

«Qualunque cosa lei voglia dire a mia moglie può dirla davanti a me» dichiara poi in tono freddo e professionale. Clark si rivolge a me.

«Vuole davvero che suo marito sia presente?»

Lo guardo aggrottando la fronte. «Certo. Non ho nulla da nascondere. È un interrogatorio di routine, no?»

«Sì, signora.»

«Vorrei che mio marito fosse presente.»

Christian si siede vicino a me, visibilmente teso.

«D'accordo» mormora Clark rassegnato. Si schiarisce la voce: «Mrs Grey, Mr Hyde afferma che lei l'avrebbe molestato e fatto più volte oggetto di avances particolarmente sgradite».

Per poco non scoppio a ridere. Poi metto una mano sulla coscia di Christian per trattenerlo, perché ha fatto uno scatto in avanti.

«È assurdo» borbotta Christian. Lo zittisco stringendogli la gamba.

«Non è vero» dico con calma. «In realtà è successo esattamente il contrario. Mi ha fatto delle avances in modo molto aggressivo, ed è stato licenziato.»

Prima di proseguire, Clark stringe le labbra per un attimo.

«Hyde sostiene che lei si è inventata la storia delle molestie per farlo licenziare. Dice che l'avrebbe fatto perché lui aveva rifiutato le sue avances e perché lei voleva rubargli il posto.»

"Dio santo." Jack è più fuori di quanto pensassi.

«Non è vero.» Scuoto la testa.

«Detective, non mi dica che è venuto fin qui per tormentare mia moglie con accuse ridicole.»

Clark fissa Christian con i suoi occhi di un azzurro metallico. «Lasciamolo dire a Mrs Grey, signore» afferma, perfettamente padrone di sé.

Stringo la gamba di Christian ancora una volta, implorandolo in silenzio di stare calmo.

«Non devi stare a sentire tutte queste cazzate, Ana.»

«Penso che dovrei far sapere al detective Clark ciò che è successo.»

Christian mi osserva impassibile per un attimo, poi fa un gesto rassegnato con la mano.

«Ciò che Hyde dice è semplicemente falso.» La mia voce suona calma, anche se io non lo sono affatto. Sono sconcertata da queste accuse e temo fortemente che Christian possa esplodere. "A che gioco sta giocando Jack?" «Mr Hyde mi ha abbordato una sera nella cucina dell'ufficio. Mi ha detto che ero stata assunta grazie a lui, e che si aspettava in cambio favori di natura sessuale. Ha cercato di ricattarmi, usando le mail che avevo inviato a Christian, il quale all'epoca non era ancora mio marito. Non sapevo che Hyde stesse monitorando la mia posta elettronica. Farnetica... Mi ha persino accusata di essere una spia mandata da Christian, probabilmente per aiutarlo a impossessarsi dell'azienda. Non sapeva che Christian aveva già comprato la SIP.» Scuoto la testa ricordando l'incontro teso e angoscioso con Hyde. «Alla fine, l'ho rimesso al suo posto.»

Clark alza le sopracciglia, sorpreso. «Rimesso al suo posto?»

«Mio padre è un ex militare. Hyde... ehm... mi ha messo le mani addosso, e io so come difendermi.»

Christian mi lancia una breve occhiata piena d'orgoglio.

«Capisco.» Clark si appoggia allo schienale del divano, sospirando rumorosamente.

«Avete già parlato con qualcuna delle ex assistenti personali di Hyde?» chiede Christian in tono quasi cordiale.

«Sì, ma la verità è che non siamo riusciti a farne parlare nessuna. Dicono tutte che era un capo esemplare, anche se nessuna di loro è durata più di tre mesi.»

«Anche noi abbiamo avuto lo stesso problema» mormora Christian.

Ah, sì? Guardo Christian stupita, e Clark fa lo stesso.

«Il mio consulente per la sicurezza. Ha interrogato le cinque ex assistenti personali di Hyde.»

«E perché?»

Christian lo fissa con sguardo glaciale. «Perché mia moglie ha lavorato per lui, e faccio sempre controlli di sicurezza sulle persone con cui mia moglie lavora.»

Clark arrossisce. Mi stringo nelle spalle con aria di scuse e un sorriso da benvenuto-nel-mio-mondo.

«Capisco» mormora Clark. «Credo che ci sia sfuggito qualcosa, Mr Grey. Domani faremo una perquisizione più approfondita del suo appartamento, così forse verrà fuori qualche dettaglio. A ogni modo, non vive lì da qualche tempo.»

«Avete già fatto una perquisizione?»

«Sì, ma la rifaremo. E questa volta setacceremo minuziosamente.»

«Non l'avete ancora accusato del tentato omicidio di Ros Bailey e del sottoscritto?» chiede Christian a bassa voce.

"Cosa?"

«Speriamo di ottenere qualche altra prova del sabotaggio del suo elicottero, Mr Grey. Ci serve più di un'impronta parziale e, mentre lui è in prigione, possiamo raccogliere prove sul caso.»

«È venuto fin qui solo per questo?»

Clark si inalbera. «Sì, Mr Grey, a meno che non le sia venuto in mente qualcos'altro su quel biglietto.»

"Ah, già, il biglietto."

«No, glielo ripeto: per me non vuol dire niente.» Christian non riesce a mascherare l'irritazione. «E di questo avremmo potuto parlare anche al telefono.»

«Penso di averle già detto che preferisco un approccio diretto. E poi sto andando a trovare la mia prozia che vive qui a Portland: come suol dirsi... due piccioni con una fava.» Clark rimane freddo e impassibile di fronte alla collera di mio marito.

«Okay, se abbiamo finito, il lavoro mi aspetta.» Christian si alza e Clark lo imita prontamente.

«Grazie per avermi concesso il suo tempo, Mrs Grey» dice educatamente.

Gli rispondo con un cenno del capo.

«Arrivederci, Mr Grey.» Christian apre la porta, e Clark esce.

Mi lascio cadere sul divano.

«Figlio di puttana! Non riesco a credere che abbia detto quelle cose» esplode Christian.

«Chi, Clark?»

«No, quello stronzo di Hyde.»

«Neanch'io.»

«A che razza di gioco sta giocando?» mormora Christian.

«Non lo so. Pensi che Clark abbia creduto a quello che gli ho detto?»

«Certo. Sa benissimo che Hyde è un figlio di puttana.»

«Sei davvero un imprecatore.»

«Un imprecatore?» sorride Christian. «Ma si dice?»

«Da adesso sì.»

Fa un sorriso inatteso e si siede vicino a me, prendendomi tra le braccia.

«Non pensare a quello stronzo. Andiamo a trovare tuo padre e proviamo a parlargli del trasferimento di domani.»

«È stato categorico: vuole stare a Portland e non essere di peso a nessuno.»

«Gli parlerò io.»

«Vorrei viaggiare insieme a lui.»

Christian mi fissa e, per un istante, penso che mi dirà di no. «Okay, verrò anch'io. Sawyer e Taylor possono prendere le macchine. Dirò a Sawyer che può guidare la tua R8 stasera.»

Il giorno successivo Ray esamina il suo nuovo ambiente: una stanza luminosa e ariosa nel centro di riabilitazione del Northwest Hospital di Seattle. È mezzogiorno, e sembra stanco. Il viaggio in elicottero l'ha sfinito.

«Di' a Christian che lo ringrazio» dice a bassa voce.

«Potrai dirglielo tu stesso. Verrà qui stasera.»

«Non vai al lavoro?»

«Non so. Vorrei solo essere sicura che qui sia tutto a posto.»

«Vai pure. Non preoccuparti per me.»

«Mi piace preoccuparmi per te.»

Sento la vibrazione del BlackBerry. Controllo il numero: non lo riconosco.

«Non rispondi?» chiede Ray.

«No, non so chi sia. Ci penserà la segreteria. Ti ho portato qualcosa da leggere.» Indico la pila di riviste sportive sul comodino.

«Grazie, Annie.»

«Sei stanco, vero?»

Annuisce.

«Allora ti lascio dormire.» Gli do un bacio sulla fronte. «A più tardi, papà» mormoro.

«Ci vediamo dopo, tesoro. E grazie.» Ray mi prende la mano e me la stringe leggermente. «Mi piace che mi chiami papà. Mi aiuta a riprendermi.»

"Oh, papà." Ricambio la stretta.

Mentre raggiungo l'ingresso principale dove Sawyer mi sta aspettando con il SUV, sento qualcuno che mi chiama.

«Mrs Grey! Mrs Grey!»

Mi giro e vedo la dottoressa Greene che corre verso di me, la sua solita aria impeccabile, anche se un po' agitata.

«Mrs Grey, come sta? Ha ricevuto il mio messaggio? L'ho chiamata prima.»

«No.» Mi viene la pelle d'oca.

«Be', mi stavo chiedendo perché ha disdetto quattro appuntamenti.»

"Quattro appuntamenti?" La guardo stupita. "Ho saltato quattro appuntamenti! Come ho fatto?"

«Forse è meglio che ne parliamo nel mio ambulatorio. Sono in pausa pranzo e stavo uscendo. Ha tempo adesso?»

Annuisco docilmente. «Certo, io...» Non trovo le parole. Ho saltato quattro appuntamenti? "Oh, no! Sono in ritardo per l'iniezione anticoncezionale!"

Stordita, la seguo fino al suo ambulatorio. Come ho fatto a saltare quattro appuntamenti? Mi ricordo vagamente di averne spostato uno... Hannah me ne ha parlato. Ma quattro? Come ho fatto a saltarne quattro?

L'ambulatorio della dottoressa Greene è spazioso, minimalista e ben arredato.

«Le sono molto grata di avermi fermata prima che uscissi» mormoro, ancora sconvolta. «Mio padre ha avuto un incidente, e lo abbiamo appena trasferito qui da Portland.»

«Oh, mi dispiace. Adesso come sta?»

«Sta bene, grazie. È in convalescenza.»

«Bene. Ecco perché ha annullato l'appuntamento di venerdì scorso.»

La dottoressa Greene muove il mouse sul tavolo, e il computer prende vita.

«Sì, è da tredici settimane che non ci vediamo. Siamo un po' al limite. È meglio fare un test prima della prossima iniezione.»

«Un test?» sussurro, la testa vuota.

«Un test di gravidanza.» Apre il cassetto della scrivania. «Può usare questo» e mi porge un piccolo contenitore. «La toilette è qui fuori.»

Esco, praticamente in trance, come se avessi il pilota automatico, e mi dirigo verso il bagno con passo malfermo. "Merda, merda, merda! Com'è potuto succedere?" Improvvisamente mi sento male, e inizio a pregare in silenzio. "Per favore, no. Non è ancora il momento. Non ancora."

Quando rientro nell'ambulatorio, la dottoressa Greene mi fa un sorriso tirato e mi invita con un cenno a sedermi sulla sedia davanti alla scrivania. Obbedisco e le allungo il campione, senza parlare. Lei immerge un piccolo stick bianco nel contenitore e lo guarda. Quando il bastoncino si colora di azzurro, inarca le sopracciglia.

«Che cosa significa?» Sto quasi soffocando per la tensione.

Alza lo sguardo e mi dice in tono serio: «Mrs Grey, significa che lei è incinta».

"Cosa? Oh, no. No!"

20

Guardo la dottoressa Greene a bocca aperta: il mio mondo crolla all'improvviso. Un bambino. "Non voglio un bambino... non ancora, accidenti!" E so perfettamente che Christian andrà fuori di testa.

«Mrs Grey, è molto pallida. Vuole un bicchiere d'acqua?»

«Sì, grazie» rispondo con voce quasi impercettibile. I pensieri corrono veloci. Incinta? Quando è successo?

«Vedo che è una notizia inaspettata.»

Annuisco in silenzio alla dottoressa che mi porge un bicchiere d'acqua preso dal distributore. Ne bevo un sorso, ne avevo bisogno. «Sono sconvolta» sussurro.

«Potremmo fare un'ecografia per vedere a che punto è la gravidanza. A giudicare dalla sua reazione, intuisco che il concepimento sia avvenuto poche settimane fa. Scommetto che non ha avvertito sintomi.»

Scuoto la testa senza parlare. "Sintomi?" Mi sembra proprio di no. «Pensavo... Pensavo che fosse una forma di contraccezione affidabile.»

La dottoressa Greene inarca un sopracciglio. «Normalmente lo è, quando la paziente si ricorda di fare le iniezioni» replica con freddezza.

«Devo aver perso la cognizione del tempo.» Christian andrà fuori di testa, lo so.

«Ha mai avuto perdite di sangue?»

Aggrotto la fronte. «No.»

«È normale quando si prende il contraccettivo che le ho prescritto. Facciamo un'ecografia? Ho tempo.»

Annuisco, disorientata, e la dottoressa Greene mi fa strada verso un lettino di pelle nera dietro un paravento di stoffa.

«Si tolga la gonna e le mutandine e si copra con la coperta che trova sul lettino: cominceremo da lì» dice in tono spiccio.

"Mutandine?" Mi aspettavo di dover fare un'ecografia esterna. Perché devo togliermi la biancheria intima? Mi stringo nelle spalle, costernata, poi le obbedisco in fretta e mi stendo sotto la morbida coperta bianca.

«Bene.» La dottoressa Greene appare in fondo al lettino, avvicinando l'ultratecnologico apparecchio per le ecografie. Mentre si siede, sposta lo schermo in modo che entrambe possiamo vederlo, e dà un colpetto alla trackball sulla tastiera. Lo schermo prende vita.

«Sollevi e pieghi le gambe, poi le apra bene» dice in tono pratico.

Aggrotto la fronte, con aria diffidente.

«È un'ecografia transvaginale. Se è incinta da poco, dovremmo essere in grado di individuare il bambino con questa.» Tiene in mano una lunga sonda bianca.

"Oh, dimmi che stai scherzando!"

«Okay» borbotto, mortificata, ed eseguo i suoi ordini. La dottoressa infila un preservativo sulla sonda e la lubrifica con un gel trasparente.

«Mrs Grey, si rilassi, per favore.»

Rilassarmi? Sono incinta, maledizione! Come fa a pretendere che mi rilassi? Arrossisco e tento di immaginare il mio luogo felice... che dev'essersi spostato dalle parti dell'isola perduta di Atlantide.

La dottoressa inserisce la sonda lentamente e con delicatezza.

"Dio santo!"

Sullo schermo vedo una specie di effetto neve, ma color seppia. La dottoressa muove la sonda lentamente. La cosa è molto imbarazzante.

«Ecco» mormora. Preme un pulsante e ferma l'immagine sullo schermo, evidenziando un minuscolo puntino nella tempesta color seppia.

"È un puntino." C'è un minuscolo puntino nella mia pancia. Minuscolo. "Wow!" Dimentico il disagio e lo fisso sbalordita.

«È ancora presto per sentire il battito, ma sì, lei è sicuramente incinta. Di quattro o cinque settimane, direi.» Si acciglia. «Sembra che l'effetto dell'iniezione si sia esaurito troppo presto. Be', qualche volta può succedere.»

Sono troppo affascinata per parlare. Quel puntino è un bambino. Un bambino vero. Il bambino di Christian. Il mio bambino. Porca miseria! "Un bambino!"

«Vuole che le stampi un'immagine?»

Annuisco, ancora incapace di parlare, e la dottoressa Greene preme un pulsante. Poi toglie delicatamente la sonda e mi allunga un asciugamano di carta perché possa pulirmi.

«Congratulazioni, Mrs Grey» mi dice mentre mi tiro su a sedere. «Dobbiamo fissare il prossimo appuntamento: le consiglio di ritornare tra quattro settimane. Potremo capire l'età esatta del feto e stabilire la data presunta del parto. Ora può rivestirsi.»

«Okay.» Mi alzo barcollante e mi rivesto in tutta fretta. C'è un puntino, un minuscolo puntino. Quando riemergo da dietro il paravento, la dottoressa Greene è seduta alla scrivania.

«Prima che ci rivediamo, le consiglio di iniziare la terapia a base di acido folico e vitamine. Ecco una piccola guida alla gravidanza.»

Mentre mi passa la scatola di pillole e la guida, continua a parlare, ma non la sento, perché sono sotto shock. Travolta dalle emozioni. Sicuramente dovrei essere felice. Sicuramente avrei dovuto aspettare fino ai trent'anni, almeno. Ora è presto... troppo presto. Cerco di controllare il panico che mi invade.

Saluto educatamente la dottoressa e mi dirigo verso l'uscita e verso il fresco pomeriggio autunnale. Improvvisamente vengo investita da un freddo strisciante e da un profondo senso di inquietudine. Christian perderà la testa, lo so, anche se non sono in grado di dire fino a che punto. Le sue parole mi perseguitano: "Non sono ancora pronto a condividerti". Mi stringo nella giacca, cercando di scacciare il freddo.

Sawyer salta giù dal SUV e mi apre la portiera. Quando mi guarda in faccia, aggrotta la fronte, ma io ignoro la sua espressione preoccupata.

«Dove la porto, Mrs Grey?» chiede gentilmente.

«Alla SIP.» Mi accoccolo sul sedile posteriore, chiudo gli occhi e appoggio la testa. Dovrei essere felice. So che dovrei esserlo, ma non lo sono. Non è ancora il momento. È troppo presto. Che ne sarà del mio lavoro? E della SIP? E di Christian e me? No. No. No. Andrà tutto bene. Anche con lui. Voleva bene alla piccola Mia, ricordo che Carrick me l'ha detto, e adesso stravede per lei. Forse dovrei avvertire Flynn... Forse non dovrei dirlo a Christian. Forse... forse dovrei smetterla. Mi costringo a scacciare questi pensieri cupi, spaventata per la direzione che stanno prendendo. Istintivamente appoggio le mani sulla pancia, come per proteggerla. "No. Il mio Puntino. Mi viene da piangere. E ora che cosa faccio?"

La visione di un bambino con i capelli ramati e gli occhi grigi che corre sul prato della nuova casa invade i miei pensieri, aprendomi un mondo di possibilità affascinanti e allettanti. Ridacchia e strilla divertito mentre Christian e io lo rincorriamo. Christian lo tira su e se lo mette a cavalcioni su un fianco, mentre ci dirigiamo mano nella mano verso casa.

Questa visione si trasforma in quella di Christian che distoglie lo sguardo da me, disgustato. Sono grassa e sgraziata, appesantita dalla gravidanza. Percorre a passi pesanti il salone degli specchi, sempre più lontano, e il suono dei suoi passi riecheggia sugli specchi, sulle pareti e sui pavimenti. "Christian..."

Mi riscuoto. "No." Andrà di sicuro fuori di testa.

Quando Sawyer si ferma davanti all'ingresso della SIP, balzo fuori e mi dirigo verso l'edificio.

«Ana, piacere di vederti. Come sta tuo padre?» mi chiede Hannah appena arrivo. La guardo freddamente.

«Sta meglio, grazie. Puoi venire nel mio ufficio?»

«Certo» e mi segue con aria sorpresa. «C'è qualcosa che non va?»

«Vorrei sapere se hai spostato o annullato gli appuntamenti con la dottoressa Greene.»

«Con la dottoressa Greene? Sì. Ne ho annullati due o tre. Di solito perché eri in riunione o in ritardo. Perché?»

"Perché adesso sono incinta!" le urlo mentalmente. Faccio un respiro profondo per tranquillizzarmi. «Se sposti gli appuntamenti, puoi assicurarti che io lo sappia? Non controllo sempre l'agenda.»

«Certo» risponde Hannah a bassa voce. «Mi dispiace. Ho fatto qualcosa che non va?»

Scuoto la testa e sospiro profondamente. «Mi faresti un tè? Poi parleremo di quello che è successo mentre ero via.»

«Certo, vado subito.» Rianimata, esce dall'ufficio.

La guardo mentre esce. "Vedi quella donna?" dico con calma al Puntino. "Probabilmente è lei il motivo per cui sei qui." Mi accarezzo la pancia, e poi mi sento una vera stupida, perché sto parlando al Puntino. Al *mio* minuscolo Puntino. Scuoto la testa, prendendomela con me stessa e con Hannah anche se, dentro di me, so che Hannah non c'entra niente. Avvilita, accendo il computer. C'è una mail di Christian.

Da: Christian Grey
A: Anastasia Grey
Data: 13 settembre 2011 13.58
Oggetto: Mi manchi

Mrs Grey,
sono ritornato in ufficio solo tre ore fa
e già mi manchi.
Spero che Ray si sia sistemato bene
nella nuova stanza. Mia madre passerà
a trovarlo oggi pomeriggio per vedere come sta.
Ti passo a prendere questa sera alle sei,
così possiamo andarlo a trovare prima
di tornare a casa.
Ti va?
Tuo marito, che ti ama

Christian Grey
Amministratore delegato, Grey Enterprises Holdings Inc.

Scrivo una risposta veloce.

Da: Anastasia Grey
A: Christian Grey
Data: 13 settembre 2011 14.10
Oggetto: Mi manchi

Certo che sì.
x

Anastasia Grey
Direttore editoriale, SIP

441

No, Christian. Non è tutto okay. Ho paura che tu vada fuori di testa. Non so cosa fare. Ma non te lo dirò per mail.

Quando glielo dirò? Stasera? Forse dopo aver fatto l'amore? Forse mentre facciamo l'amore? No, sarebbe pericoloso per entrambi. Mentre sta dormendo? Mi prendo la testa tra le mani. E ora che cosa cavolo faccio?

«Ciao» mi dice Christian con aria guardinga quando salgo sul SUV.

«Ciao» mormoro.

«Che cosa c'è che non va?» mi chiede accigliato. Scuoto la testa mentre Taylor si dirige verso l'ospedale.

«Niente.» "Dovrei dirglielo adesso?" Non posso dirglielo ora che siamo in uno spazio chiuso e c'è Taylor con noi.

«Tutto bene al lavoro?» Christian continua a indagare.

«Sì, bene. Grazie.»

«Ana, che cosa c'è che non va?» ripete. Il suo tono è un po' più inquisitorio, e io non ho il coraggio di rispondere.

«Mi sei mancato molto, tutto qui. E sono preoccupata per Ray.»

Christian si rilassa visibilmente. «Ray sta bene. Ho parlato con mia madre oggi pomeriggio e lei mi ha detto che è colpita dai suoi progressi.» Christian mi stringe la mano. «Dio, che dita gelide. Hai mangiato oggi?»

Arrossisco.

«Ana!» mi rimprovera Christian, irritato.

"Be', non ho mangiato perché so che ti infurierai quando ti dirò che sono incinta."

«Mangerò stasera. Non ho davvero avuto tempo.»

Scuote la testa, frustrato. «Vuoi che aggiunga "dar da mangiare a mia moglie" all'elenco dei compiti degli addetti alla sicurezza?»

«Mi dispiace. Mangerò più tardi. È stata una giornata un po' strana, con il trasferimento di papà e tutto il resto.»

Stringe le labbra con durezza, ma non dice nulla. Guardo fuori dal finestrino. "Diglielo!" mi suggerisce la vocina. No, ho troppa paura.

Christian interrompe il mio rimuginare. «Forse dovrò andare a Taiwan.»

«Ah, quando?»

«A fine settimana. O forse la prossima settimana.»

«Okay.»

«Vorrei che mi accompagnassi.»

Deglutisco. «Christian, per favore. C'è il mio lavoro. Non discutiamone un'altra volta.»

Sospira e fa il broncio come un adolescente scontroso. «Era solo una proposta» borbotta stizzoso.

«Quanto tempo starai via?»

«Solo qualche giorno. Vorrei che mi dicessi che cosa c'è che non va.»

"Come ha fatto a indovinarlo?" «Be', ora che il marito che amo deve andare via...»

Christian mi bacia le nocche. «Non starò via a lungo.»

«Bene.» Gli faccio un debole sorriso.

Ray ha un colorito decisamente migliore ed è molto meno scontroso. Sono commossa dalla sua silenziosa gratitudine nei confronti di Christian e per un attimo dimentico la novità che incombe su di me quando mi siedo e li ascolto parlare della pesca e dei Mariners. Ma Ray si stanca facilmente.

«Ti lasciamo dormire, papà.»

«Grazie, tesoro. Sono contento che tu sia passata. Ho anche visto tua madre oggi, Christian. Mi ha tranquillizzato molto. E tifa anche lei per i Mariners.»

«Però non va pazza per la pesca» dice Christian con ironia mentre si alza.

«Non conosco molte donne che ne siano entusiaste, eh?» replica Ray con un sorriso.

«Ci vediamo domani, okay?» Gli do un bacio. Il mio subconscio non sembra d'accordo. "A patto che Christian non ti metta sotto chiave... o peggio." Il mio umore cola a picco.

«Vieni.» Christian mi tende la mano, guardandomi accigliato. Gliela stringo e lasciamo l'ospedale.

Giocherello con il cibo. È il pollo alla cacciatora di Mrs Jones, ma non ho appetito. Ho lo stomaco contratto per l'ansia.

«Dannazione, Ana! Vuoi dirmi che cosa c'è che non va?» Irritato, Christian spinge via il suo piatto vuoto. Lo fisso.

«Per favore. Mi fai diventare matto.»

Deglutisco e tento di dominare il panico che mi serra la gola. Faccio un respiro profondo per calmarmi. Ora o mai più. «Sono incinta.»

Lui si immobilizza e diventa pallido come un cencio. «Cosa?» sussurra, livido.

«Sono incinta.»

Aggrotta le sopracciglia come se non capisse. «Com'è possibile?»

"Com'è possibile?" Ma che assurdità è questa? Arrossisco e gli lancio un'occhiata della serie "Come credi che sia successo?".

Cambia immediatamente atteggiamento e il suo sguardo diventa di pietra. «L'iniezione?» ruggisce.

"Oh, merda!"

«Ti sei dimenticata l'iniezione?»

Mi limito a fissarlo, senza proferire parola. "Porca miseria, è incavolato nero."

«Cristo santo, Ana!» Sbatte il pugno sul tavolo, facendomi trasalire e si alza così bruscamente che quasi rovescia la sedia. «Devi ricordarti una cosa sola, una sola. Merda! Non ci posso credere. Come hai fatto a essere così stupida?»

"Stupida?" Rimango senza fiato. Vorrei dirgli che l'iniezione non ha fatto effetto, ma non riesco a parlare. Mi guardo le mani. «Mi dispiace» sussurro.

«Ti dispiace? Ma vaffanculo!» mi dice in tutta risposta.

«Lo so che non è il momento giusto.»

«Il momento giusto!» grida. «Ci conosciamo da cinque fottuti minuti. Volevo farti vedere come funziona questo cazzo di mondo e ora… Vaffanculo. Pannolini, vomito e merda!» Chiude gli occhi. Penso che stia lottando per controllarsi, ma perde la battaglia.

«Te ne sei dimenticata? O l'hai fatto apposta?» I lampi di rabbia nei suoi occhi creano una sorta di campo di forze.

«No» sussurro. Non posso dirgli di Hannah, perché la licenzierebbe.

«Pensavo che fossimo d'accordo!» grida.

«Lo so. Hai ragione. Scusa.»

Mi ignora. «Ecco perché. Ecco perché mi piace avere il

controllo. Così le stronzate come questa non mandano tutto a puttane.»

No... il mio Puntino. «Christian, per favore. Non mi urlare addosso.» Le lacrime iniziano a rigarmi il viso.

«Non cominciare con i piagnistei, adesso» dice con un altro scatto di rabbia. «Vaffanculo.» Si passa una mano tra i capelli, tirandoli. «Pensi che io sia pronto per diventare padre?» La sua voce strozzata è un misto di rabbia e panico.

E tutto diventa chiaro: la paura e l'odio scritti a chiare lettere nei suoi occhi... la rabbia è quella di un adolescente indifeso. "Oh, Christian, mi dispiace tanto. Anch'io sono sconvolta."

«So che nessuno di noi due è pronto, ma penso che sarai un padre meraviglioso» dico con voce soffocata. «Lo scopriremo insieme.»

«E come cazzo fai a saperlo?» grida. «Dimmi come cazzo fai!» Ha gli occhi ardenti, mentre sul suo viso si alternano le emozioni: la più evidente è la paura.

«Oh, vaffanculo!» sbraita sprezzante, alzando le mani in un gesto di sconfitta. Si gira e si dirige a passi pesanti verso l'atrio, dopo aver afferrato la giacca. I suoi passi risuonano sul parquet, sbatte la porta e sparisce, facendomi trasalire.

Rimango da sola nel silenzio... nel vuoto immobile e muto del salone. Rabbrividisco involontariamente mentre fisso stordita la porta chiusa. "Se n'è andato!" La sua reazione è stata molto peggiore di quanto immaginassi. Allontano il piatto e incrocio le braccia sul tavolo, poi ci appoggio la testa e piango.

«Ana, cara.» Mrs Jones è in piedi accanto a me.

Alzo in fretta la testa, asciugandomi le lacrime.

«Ho sentito. Mi dispiace» dice con gentilezza. «Vuole una tisana o qualcosa del genere?»

«Vorrei un bicchiere di vino bianco.»

Mrs Jones rimane interdetta per un attimo, e mi ricordo del puntino. Adesso non posso bere. O posso? Devo studiarmi la guida che mi ha dato la dottoressa Greene.

«Gliene porto un bicchiere.»

«In realtà preferisco una tazza di tè, grazie.» Mi pulisco il naso. Mrs Jones mi sorride con dolcezza.

«Arrivo subito.» Sparecchia e va verso la cucina. La seguo e mi sistemo su uno sgabello, guardandola mentre mi prepara il tè.

Mi mette di fronte una tazza fumante. «C'è altro che posso fare per lei, Ana?»

«No, va bene così. Grazie.»

«È sicura? Non ha mangiato molto.»

Alzo gli occhi su di lei. «Non ho fame, tutto qui.»

«Ana, deve mangiare. Adesso non lo fa solo per lei. Per favore, lasci che le prepari qualcosa. Che cosa le andrebbe?» Mi guarda con aria speranzosa. Ma davvero non mi va niente.

Mio marito mi ha appena lasciata perché sono incinta, mio padre ha avuto un incidente grave e quel folle di Jack Hyde cerca di far credere in giro che l'ho molestato. Di colpo mi viene una voglia incontrollabile di ridacchiare. "Guarda un po' che cosa mi hai fatto, Puntino!" Mi accarezzo la pancia.

Mrs Jones mi sorride con aria indulgente. «Di quante settimane è?» mi chiede dolcemente.

«Poche. Quattro o cinque, la dottoressa non lo sa con certezza.»

«Se non vuole mangiare, almeno si riposi.»

Annuisco, prendo la tazza di tè e vado in biblioteca. È il mio rifugio. Tiro fuori il BlackBerry dalla borsetta e per un attimo penso di chiamare Christian. Capisco che anche lui sia sconvolto, ma ha reagito in modo eccessivo. "E quand'è che non reagisce in modo eccessivo?" Sospiro.

"Sì, è il tuo papà, Puntino. Speriamo che si calmi e ritorni... presto."

Tiro fuori la guida alla gravidanza e mi siedo a leggere.

Non riesco a concentrarmi. È la prima volta che Christian se ne va così. Negli ultimi giorni è stato così premu-

roso e gentile, così amorevole e adesso... E se non ritorna
più? Merda! Forse dovrei chiamare Flynn. Non so che cosa
fare. Non ne ho proprio idea. È talmente fragile sotto tanti aspetti e io sapevo che avrebbe reagito male alla notizia.
È stato così dolce durante questo weekend: tutto ciò che
è successo era fuori dal suo controllo, eppure è riuscito a
gestirlo bene. Ma la notizia che gli ho dato è stata troppo.

Da quando l'ho incontrato, la mia vita è diventata com-
plicata. È colpa sua? O è colpa di entrambi? E se non riesce
a farsene una ragione? E se vuole divorziare? Un fiotto di
bile mi sale in gola. No. Non devo pensare così. Ritornerà,
ne sono certa. So, nonostante le urla e le parole dure, che
mi ama. Sì. E amerà anche te, Puntino.

Sdraiata sulla poltrona, scivolo nel sonno.

Quando mi sveglio, ho freddo e sono disorientata. Rabbrivi-
dendo, controllo l'orologio: sono le undici di sera. "Oh, sì...
tu." Mi accarezzo la pancia. Dov'è Christian? Irrigidita, mi
alzo dalla poltrona e vado in cerca di mio marito. Dopo cinque minuti mi rendo conto che non è in casa. Spero che non
gli sia successo nulla. Vengo assalita dai ricordi della lunga attesa, quando *Charlie Tango* era stato dato per disperso.

"No, no, no. Smettila di pensare queste cose. Probabilmente è andato... Dove?" Da chi potrebbe essere andato?
Da Elliot? O forse è da Flynn. Lo spero. Torno in biblioteca
a prendere il BlackBerry e gli mando un messaggio.

Dove sei?

Vado a farmi un bagno. Ho davvero freddo.

Quando esco dalla vasca, Christian non è ancora ritornato. Mi infilo una delle mie camicie da notte di satin in stile
anni Trenta e la vestaglia, e vado nel salone. Passo davanti
alla camera da letto degli ospiti. Forse potrebbe diventare

la camera del Puntino. Il pensiero mi fa trasalire e rimango imbambolata nel corridoio, contemplando questa possibilità. La dipingeremo di azzurro o di rosa? Il dolcissimo pensiero è guastato dal fatto che mio marito, tuttora disperso, si infuria solo a sentirne parlare. Prendo la coperta del letto degli ospiti, e vado nel salone ad aspettarlo.

Qualcosa mi sveglia. Un rumore.

«Merda.»

È Christian, nell'atrio. Sento di nuovo il rumore: il tavolo che striscia sul pavimento.

«Merda!» ripete, questa volta a voce più bassa.

Mi ricompongo in tempo per vederlo varcare la soglia barcollando. "È ubriaco." Mi viene la pelle d'oca. "No, Christian ubriaco?" So perfettamente quanto odia gli ubriachi. Balzo in piedi e corro verso di lui.

«Christian, va tutto bene?»

Si appoggia allo stipite della porta dell'atrio. «Mrs Grey» farfuglia.

Accidenti! È ubriaco fradicio. Non so cosa fare.

«Oh, sei davvero bella, Anastasia.»

«Dove sei stato?»

Si porta un dito alle labbra e mi fa un sorriso sbilenco. «Ssh!»

«Faresti meglio a venire a letto.»

«Con te…» dice ridacchiando.

"Ridacchia!" Sconcertata, gli circondo la vita con il braccio, perché riesce a malapena a stare in piedi, figuriamoci a camminare. Dov'è stato? Come ha fatto a ritornare a casa?

«Ti aiuto ad andare a letto. Appoggiati a me.»

«Sei molto bella, Ana.» Si appoggia a me e mi annusa i capelli, rischiando di farci cadere entrambi.

«Christian, cammina. Voglio portarti a letto.»

«Okay» mi dice, come se stesse tentando di concentrarsi.

Inciampiamo nel corridoio e alla fine riusciamo ad arrivare in camera.

«Letto» dice con un sorriso.

«Sì, letto.» Lo faccio sedere sul bordo, ma lui mi trattiene.

«Vieni anche tu.»

«Christian, penso che ti farebbe bene dormire.»

«Ecco che comincia. L'ho già sentito dire.»

Lo guardo perplessa. «Sentito? Che cosa?»

«Niente sesso quando ci sono i bambini.»

«Sono sicura che non è così. Altrimenti saremmo tutti figli unici.»

Mi fissa. «Sei divertente.»

«E tu sei ubriaco.»

«Sì.» Sorride, ma il suo sorriso si trasforma mentre pensa a ciò che ha detto, e un'espressione tormentata gli attraversa il viso, raggelandomi.

«Dài, Christian» gli dico dolcemente. Odio quell'espressione. Testimonia ricordi orrendi e abietti, che nessun bambino dovrebbe avere. «Andiamo a letto.» Lo spingo con delicatezza e lui si lascia cadere scompostamente sul materasso. Mi sorride, l'espressione tormentata è scomparsa.

«Vieni anche tu» farfuglia.

«Prima ti svesto.»

Fa un ampio sorriso, da ubriaco. «Wow, questo sì che è parlare!»

Dio santo. Christian ubriaco è carino e giocoso. Lo preferisco mille volte al Christian infuriato.

«Tirati su a sedere. Lascia che ti tolga la giacca.»

«Mi gira la testa.»

"Accidenti. E se vomita?" «Christian, tirati su a sedere!»

Mi fa un sorrisetto malizioso. «Mrs Grey, certo che ti piace comandare...»

«Sì. Ora fai come ti dico io, e tirati su a sedere.» Mi metto le mani sui fianchi. Fa un altro sorrisetto, si solleva a fatica sui gomiti e poi si siede in un modo goffo che non è da lui. Prima che si lasci ricadere di nuovo, lo afferro per la cravatta e lotto per farlo uscire dalla giacca grigia, un braccio alla volta.

«Hai un buon profumo.»

«E tu sai di liquori forti.»

«Sì... bour-bon.» Calca così tanto le sillabe che devo trattenere una risatina. Lascio cadere la giacca sul pavimento vicino a me, e mi dedico alla cravatta. Lui mi posa le mani sui fianchi.

«Mi piace come ti sta questo tessuto, Anasta-sia» dice balbettando. «Dovresti sempre vestirti di satin o di seta.» Fa scorrere le mani su e giù sui miei fianchi, poi mi attrae a sé, premendomi la bocca contro la pancia.

«E qui abbiamo un invasore.»

Smetto di respirare. Accidenti, sta parlando al Puntino.

«E tu mi terrai sveglio, vero?» dice alla mia pancia.

"Oddio!" Christian mi guarda da sotto le lunghe ciglia scure, con gli occhi velati e rannuvolati. Ho una stretta al cuore.

«Preferirai lui a me» osserva tristemente.

«Christian, non so di cosa stai parlando. Non essere ridicolo: non preferisco nessuno a nessuno. E poi "lui" potrebbe essere una bambina.»

Mi guarda perplesso. «Una bambina... Oddio.» Si lascia ricadere sul letto e si copre gli occhi con il braccio. Cerco di allentargli la cravatta. Gli slaccio una scarpa e gliela tiro via insieme al calzino, poi faccio la stessa cosa dall'altra parte. Quando mi rialzo, capisco perché non mi ha opposto resistenza: Christian è crollato. Pare addormentato e russa piano.

Lo guardo. È maledettamente bello, persino quando è ubriaco e russa. Le labbra scolpite socchiuse, un braccio sopra la testa che arruffa i capelli spettinati, il volto rilassato. Sembra giovane... e dopotutto lo è: il mio giovane, stressato, ubriaco e infelice marito. Il pensiero mi pesa sul cuore.

Be', se non altro è a casa. Mi chiedo dove sia andato. Non sono sicura di avere l'energia o la forza fisica per spostarlo o svestirlo ulteriormente. Però è sopra la trapunta. Ritorno in soggiorno, prendo la coperta che ho usato prima e la porto in camera.

È sempre addormentato, con la cravatta e la cintura. Salgo sul letto accanto a lui, gli tolgo la cravatta e gli slaccio il primo bottone della camicia. Mormora qualcosa di incomprensibile nel sonno, ma non si sveglia. Gli slaccio cautamente la cintura e gliela sfilo dai passanti, con qualche difficoltà. La camicia gli è uscita dai pantaloni, scoprendo in parte i peli sull'addome. Non resisto. Mi chino e lo bacio proprio lì. Si sposta, flettendo le anche, ma continua a dormire.

Mi siedo e lo guardo di nuovo. "Oh, Christian... che cosa devo fare con te?" Gli accarezzo i capelli: sono così morbidi. E lo bacio su una tempia.

«Ti amo, Christian. Ti amo anche se sei ubriaco e sei stato chissà dove. Ti amerò sempre.»

«Mmh» mormora. Gli bacio di nuovo la tempia, poi scendo dal letto e lo copro. Possiamo dormire vicini, di traverso sul materasso. "Okay, proviamo."

Prima però metto in ordine i suoi vestiti. Scuoto la testa, prendo i calzini e la cravatta e ripiego la giacca sul braccio. Proprio in quel momento, il suo BlackBerry cade. Lo raccolgo e, senza volere, lo sblocco. Si apre la pagina dei messaggi. Vedo il mio messaggio e, sopra, un altro.

Porca miseria! Mi si rizzano i capelli in testa.

Sono contenta di averti visto. Adesso capisco.
Non preoccuparti. Sarai un padre meraviglioso.

È suo. È di Mrs Elena Strega Robinson.
"Ecco dov'è andato. È andato da lei."

21

Continuo a fissare il messaggio a bocca aperta, poi alzo gli occhi verso la sagoma di mio marito che dorme. È stato in giro a bere fino all'una e mezzo del mattino con *lei!* Sta russando piano, il sonno di un ubriaco apparentemente innocente e inconsapevole. Sembra molto sereno.

"Oh, no, no, no." Le gambe mi diventano di gelatina e mi trascino lentamente fino alla sedia accanto al letto, incredula. La cruda, amara umiliazione del tradimento mi trafigge come una lancia. Come ha potuto? Come ha potuto andare da lei? Lacrime di rabbia bruciante mi scendono lungo le guance. La rabbia, la paura, il bisogno di prendersela con me sono cose che posso capire e perdonare, anche se a fatica. Ma questo... è un tradimento troppo grande. Piego le ginocchia e me le porto al petto, stringendole tra le braccia per proteggere me e il Puntino. Piango sommessamente, dondolandomi avanti e indietro.

Che cosa mi aspettavo? Ho sposato quest'uomo troppo in fretta. Lo sapevo... sapevo che saremmo arrivati a questo. Perché, perché, perché? Come ha potuto farmi questo? Sa che cosa provo verso quella donna. Come ha potuto andare da lei? Come? La lama affonda lentamente e dolorosamente nel mio cuore e mi lacera. D'ora in poi sarà sempre così?

Tra le lacrime la sua figura sdraiata è un tremolio sfocato. "Oh, Christian." L'ho sposato perché lo amo, e so che anche lui mi ama. Lo so. Mi viene in mente il suo regalo di compleanno, così dolorosamente dolce.

"Per tutte le nostre prime volte, nel tuo primo compleanno come mia moglie adorata. Ti amo. C x"

No, no, no... Non posso credere che d'ora in poi sarà sempre così, due passi avanti e tre indietro. Ma con lui le cose sono sempre andate in questo modo. Dopo ogni battuta d'arresto abbiamo fatto un passo avanti, centimetro dopo centimetro. Lui tornerà in sé, ne sono sicura. Ma io? Riuscirò a superare tutto questo? Il suo tradimento? Penso a com'è stato lui durante questo terribile e meraviglioso weekend. La sua forza e la sua tranquillità, mentre il mio patrigno giaceva ferito e in coma nel reparto di terapia intensiva... La festa a sorpresa per il mio compleanno, l'aver riunito la mia famiglia e i miei amici... Il bacio fuori dall'Heathman, davanti a tutti. "Oh, Christian, fai di tutto per distruggere la mia fiducia... e io ti amo."

Ma adesso non sono più sola. Appoggio una mano sulla pancia. No, non gli permetterò di fare questo a me e al nostro Puntino. Il dottor Flynn ha detto che dovrei concedergli il beneficio del dubbio: be', non questa volta. Mi asciugo le lacrime e mi pulisco il naso con il dorso della mano.

Christian si agita e si gira, tira le gambe sul letto e si rannicchia sotto la coperta. Allunga una mano come per cercare qualcosa, poi grugnisce e aggrotta la fronte, ma alla fine si rimette a dormire, con un braccio fuori dalla coperta.

"Oh, Christian. Cosa devo fare con te? E cosa diavolo stavi facendo con la Strega?" Devo assolutamente saperlo.

Lancio un'altra occhiata al messaggio incriminato ed elaboro in fretta un piano. Faccio un respiro profondo e inoltro il messaggio al mio BlackBerry. Primo passo fatto. Sbircio velocemente gli altri messaggi recenti, ma tutti quelli che vedo sono di Elliot, Andrea, Taylor, Ros e miei. Nessuno di Elena. Bene, penso. Esco dalla schermata degli SMS sollevata dal fatto che non le abbia scritto e il cuore mi balza in gola. "Oddio." Il suo telefono ha come sfondo un collage di mie foto, tante Anastasia in varie situazioni: durante la luna di miele, nel nostro recente weekend in barca e anche un paio di foto scattate da José. Quando ha creato questo sfondo? Recentemente, penso.

Noto l'icona della posta elettronica e un'idea molto tentatrice si fa strada nella mia mente... "Potrei leggere la posta di Christian." Controllare se ha scritto a *lei*. Devo farlo? Fasciata nella seta verde giada, la mia dea interiore annuisce con energia, facendo il broncio. Prima di riuscire a fermarmi, ho già violato la sua privacy.

Ci sono centinaia di mail. Scorro l'elenco, e sono tutte noiose da morire... Provengono quasi tutte da Ros, Andrea e me, più qualche altro dirigente della società. Nessuna dalla Strega. E, già che ci sono, mi solleva vedere che non ce ne sono neanche da Leila.

Una mail cattura la mia attenzione. È di Barney Sullivan, il responsabile dell'ufficio informatico della società di Christian. L'oggetto è "Jack Hyde". Lancio un'occhiata colpevole a Christian, che sta ancora russando dolcemente. Non l'avevo mai sentito russare. Apro la mail.

Da: Barney Sullivan
A: Christian Grey
Data: 13 settembre 2011 14.09
Oggetto: Jack Hyde

Una telecamera di Seattle ha ripreso il furgone bianco che proveniva da South Irving Street. Non ho trovato altre tracce precedenti, quindi la base di Hyde dev'essere in quella zona. Come le ha detto Welch, l'auto dell'ESSE I è stata noleggiata con un nome falso da una donna sconosciuta, anche se non ci sono collegamenti con la zona di South Irving Street. I dettagli dei dipendenti della GEH e della SIP che abitano nella

zona sono nel file allegato, che ho inoltrato anche a Welch.
Nel computer di Hyde non c'era nulla sulle
sue assistenti personali precedenti.
Le allego come promemoria un elenco di quello che
abbiamo trovato sul computer che Hyde usava alla SIP.

Indirizzi di casa di Grey:
Cinque immobili a Seattle
Due immobili a Detroit

Schede personali di:
Carrick Grey
Elliot Grey
Christian Grey
Dottoressa Grace Trevelyan
Anastasia Steele
Mia Grey

**Articoli da giornali e siti Internet che
parlano delle seguenti persone:**
Dottoressa Grace Trevelyan
Carrick Grey
Christian Grey
Elliot Grey

Fotografie di:
Carrick Grey
Dottoressa Grace Trevelyan
Christian Grey
Elliot Grey
Mia Grey

Continuo con le indagini, vedo cos'altro riesco a trovare.
B. Sullivan
Responsabile dell'Ufficio informatico, GEH

Questa strana mail per un attimo mi distoglie dalla mia notte di dolore. Faccio *clic* sull'allegato per vedere i nomi che contiene, ma ovviamente si tratta di un file troppo grosso per poter essere aperto sul BlackBerry.

Ma che cosa sto facendo? È tardi, ed è stata una giornata faticosa. Non ci sono mail della Strega o di Leila Williams e ne traggo una specie di gelido conforto. Do un'occhiata veloce alla sveglia: sono appena passate le due. È stata una giornata piena di rivelazioni. Diventerò madre e mio marito ha fraternizzato con il nemico. Bene, lasciamolo cuocere nel suo brodo. Non dormirò con lui. Domattina può benissimo svegliarsi da solo. Appoggio il suo BlackBerry sul comodino, prendo la mia borsetta e, dopo aver dato un'ultima occhiata al mio angelico Giuda addormentato, esco dalla camera da letto.

La chiave di riserva della stanza dei giochi è al suo posto nel mobiletto della lavanderia. La prendo e me la svigno al piano di sopra. Dall'armadio della biancheria tiro fuori un cuscino, una trapunta e le lenzuola, poi apro la stanza dei giochi ed entro. Regolo le luci al minimo. È strano che io trovi l'odore e l'atmosfera di questa stanza così confortevoli, se si tiene conto che l'ultima volta che siamo stati qui ho dovuto ricorrere alla *safeword*. Chiudo la porta a chiave dietro di me e lascio la chiave nella toppa. So che domani mattina Christian impazzirà a cercarmi e non credo che verrà a controllare qui dentro, trovando la porta chiusa a chiave. Bene, gli servirà di lezione. Mi rannicchio sul divano Chesterfield, mi avvolgo nella trapunta e tiro fuori il mio BlackBerry dalla borsetta. Scorro i messaggi e trovo quello della Strega che ho inoltrato a me stessa dal telefono di Christian. Premo il tasto INOLTRA e scrivo:

VUOI CHE MRS LINCOLN SI UNISCA A NOI QUANDO FINIREMO
PER DISCUTERE DEL MESSAGGIO CHE TI HA MANDATO?
COSÌ PUOI EVITARE DI CORRERE DA LEI DOPO. TUA MOGLIE.

Premo il tasto INVIA e metto il telefono in modalità silenziosa. Mi raggomitolo sotto la trapunta. Nonostante questa mia prodezza, sono distrutta dall'enormità del tradimento di Christian. Questo dovrebbe essere un momento di gioia. Caspita, avremo un figlio. Rivivo brevemente l'istante in cui dico a Christian che sono incinta e me lo immagino che cade in ginocchio davanti a me in preda alla gioia, prendendomi tra le braccia e dicendo quanto ama me e il nostro Puntino.

E invece sono qui, sola e infreddolita in una stanza attrezzata per le fantasie e i giochi sadomaso. Mi sento vecchia di colpo, più vecchia della mia età. Affrontare Christian è sempre stata una sfida, ma questa volta ha davvero superato se stesso. Che accidenti gli è venuto in mente? Bene, se cerca lo scontro, l'avrà. Non ho nessuna intenzione di permettere che corra a trovare quella donna mostruosa tutte le volte che avremo un problema. Dovrà fare una scelta: o lei o me e il Puntino. Singhiozzo piano ma, stanca come sono, mi addormento subito.

Mi sveglio di soprassalto, per un attimo disorientata... "Ah, sì... Sono nella stanza dei giochi." Non ci sono finestre e così non ho idea di che ora sia. Sento scuotere la maniglia della porta.

«Ana!» È Christian che sta gridando fuori dalla porta. Mi raggelo. Lui non entra. Sento voci attutite, che poi si allontanano. Ricomincio a respirare e guardo l'ora sul BlackBerry. Sono le otto meno dieci e ho quattro chiamate perse e due messaggi sulla segreteria telefonica. Le chiamate sono quasi tutte di Christian, ma ce n'è anche una di Kate. "Oh, no." Deve averla chiamata. Non ho tempo di ascoltare i messaggi. Non voglio far tardi al lavoro.

Mi avvolgo nella trapunta per coprirmi e prendo la borsetta prima di avvicinarmi alla porta. La apro con cautela, do un'occhiata fuori. Nessun segno di vita. Forse tutto ciò è un po' troppo melodrammatico. Alzo mentalmente gli occhi al cielo, faccio un respiro profondo e scendo al piano di sotto.

Taylor, Sawyer, Ryan, Mrs Jones e Christian sono tutti in piedi sulla soglia del salone e Christian sta snocciolando una raffica di ordini. Si voltano all'unisono verso di me, a bocca aperta. Christian indossa ancora i vestiti in cui ha dormito. È pallido e scarmigliato, bello da svenire. I suoi grandi occhi grigi sono spalancati, e non capisco se sia per via del timore o della rabbia. È difficile dirlo.

«Sawyer, sarò pronta per uscire nel giro di venti minuti» mormoro, stringendo ancora più forte la trapunta intorno a me come per proteggermi.

Lui annuisce, e tutti gli sguardi si concentrano su Christian che mi sta fissando intensamente.

«Desidera la colazione, Mrs Grey?» mi chiede Mrs Jones. Scuoto la testa.

«Non ho fame, grazie.» Lei stringe le labbra, ma non dice nulla.

«Dov'eri?» mi chiede Christian, con la voce bassa e roca. All'improvviso Sawyer, Taylor, Ryan e Mrs Jones si sparpagliano e scompaiono; chi nell'ufficio di Taylor, chi nell'atrio, chi in cucina, come topi terrorizzati che abbandonano la nave che affonda.

Io ignoro Christian e vado dritta verso la camera da letto.

«Ana» mi grida dietro «rispondimi.» Sento i suoi passi dietro di me, mentre entro in camera e proseguo verso il bagno. Chiudo in fretta la porta a chiave.

«Ana!» Picchia sulla porta. Apro la doccia. Sento il rumore della porta che viene scossa. «Ana, apri questa maledetta porta.»

«Vattene!»

«Non vado da nessuna parte.»

«Fa' come ti pare.»

«Ana, per favore.»

Entro nella doccia, così lo taglio fuori davvero. Ah, è deliziosamente calda. La cascata d'acqua che mi scorre addosso è salutare, e cancella dalla mia pelle tutta la stanchezza della notte appena trascorsa. "Accidenti." È davvero piacevole. Per un attimo, per un brevissimo attimo, posso fare finta che vada tutto bene. Mi lavo i capelli e, quando ho finito, mi sento meglio, più forte, pronta ad affrontare quel treno lanciato a tutta velocità che è Christian Grey. Avvolgo i capelli in un asciugamano, con un altro mi do una veloce asciugata e me lo metto intorno al corpo.

Giro la chiave e apro la porta, e vedo Christian appoggiato alla parete di fronte, con le mani dietro la schiena. Ha un'espressione circospetta, come quella di un cacciatore diventato preda. Gli passo davanti e mi infilo nella cabina armadio.

«Mi stai ignorando?» mi chiede con aria incredula dalla soglia della cabina.

«Davvero perspicace» gli mormoro distrattamente mentre cerco qualcosa da mettermi. Ah, ecco, il vestito color prugna. Lo sfilo dall'attaccapanni, prendo gli stivali con i tacchi a spillo e torno in camera da letto. Mi fermo aspettando che Christian si tolga di mezzo, cosa che peraltro fa: si vede che le sue naturali buone maniere prendono il sopravvento. Sento i suoi occhi che mi sondano in profondità mentre mi dirigo verso il cassettone e lo intravedo nello specchio, immobile sulla soglia che mi guarda. Con una mossa da attrice consumata lascio cadere l'asciugamano a terra fingendo di non rendermi conto di essere nuda. Lo sento trattenere il fiato e lo ignoro.

«Perché fai così?» mi domanda, a voce bassa.

«Secondo te?» Ho la voce vellutata, e intanto tiro fuori un paio di graziose mutandine nere di pizzo La Perla.

«Senti, Ana...» Si interrompe quando me le infilo.

«Vai a chiederlo alla tua Mrs Robinson, sono sicuro che saprà darti una spiegazione» borbotto mentre cerco il reggiseno coordinato.

«Ana, te l'ho già detto una volta, non è la mia...»

«Non dirmi più niente, Christian.» Lo liquido con un gesto della mano. «Il momento giusto per parlare era ieri, ma tu hai preferito metterti a sbraitare e andarti a ubriacare con la donna che ha abusato di te per anni. Chiamala, sono sicuro che sarà più che felice di sentirti, adesso.» Trovo il reggiseno e me lo infilo lentamente, prima di allacciarlo. Christian fa qualche passo verso il centro della camera da letto e si mette le mani sui fianchi.

«Perché mi hai spiato?»

Nonostante tutta la mia determinazione, arrossisco. «Non è questo il punto, Christian» gli rispondo, brusca. «Di fatto, appena le cose si sono messe male, sei corso da lei.»

La sua bocca si torce in una smorfia di rabbia. «Non è andata così.»

«Non mi interessa.» Prendo un paio di autoreggenti nere con il bordo di pizzo e mi riavvicino al letto. Mi siedo, infilo il piede e faccio scorrere delicatamente il tessuto finissimo fino alla coscia.

«Dove sei stata?» mi chiede, mentre con gli occhi segue il movimento delle mie mani sulle gambe. Io continuo a ignorarlo mentre mi infilo lentamente l'altra calza. Mi alzo in piedi e mi chino per asciugarmi i capelli con l'asciugamano. Vedo il suo piede nudo inquadrato dalle mie cosce e percepisco il suo sguardo rovente. Appena finisco, mi rialzo e vado a prendere il phon.

«Rispondi.» La voce di Christian è bassa e rauca.

Accendo il phon per non sentirlo più e guardo il suo riflesso nello specchio attraverso le palpebre socchiuse, mentre finisco di asciugarmi i capelli. Mi fissa con gli occhi a fessura e freddi, quasi gelidi. Distolgo lo sguardo e mi concentro su quel che sto facendo, cercando di far cessare il brivido che mi percorre. È ancora arrabbiato. Se ne va in giro con quella stronza e si arrabbia con me? "Come si permette?" Quando i miei capelli assumono un aspetto selvaggio e indomito, mi fermo. Sì... così mi piacciono. Spengo il phon.

«Dove sei stata?» mi chiede con un sussurro gelido.

«Che cosa ti importa?»

«Ana, smettila. Subito.»

Mi stringo nelle spalle. Christian attraversa la camera e mi si avvicina velocemente. Quando mi raggiunge, mi giro su me stessa e faccio un passo indietro.

«Non toccarmi» ringhio, e lui si blocca.

«Dove sei stata?» mi chiede, con i pugni stretti sui fianchi.

«Di certo non in giro a ubriacarmi con il mio ex» gli sibilo. «Sei andato a letto con lei?»

Christian resta senza fiato. «Che cosa? No!» Mi fissa a bocca aperta e ha persino il coraggio di fare la faccia ferita e arrabbiata.

«Pensi che io ti abbia tradita?» mi chiede, sdegnato.

«È quello che hai fatto» ringhio. «Sei andato a spifferare i particolari più privati della nostra vita a quella donna, come uno smidollato.»

Rimane a bocca aperta. «Uno smidollato? È questo ciò che pensi?» Un lampo di rabbia gli attraversa lo sguardo.

«Christian, ho letto il messaggio. Questo è ciò che so.»

«Quel messaggio non era indirizzato a te» ruggisce.

«Be', comunque l'ho visto sul tuo BlackBerry quando ti è caduto dalla giacca, mentre ti stavo svestendo perché eri troppo ubriaco per farlo da solo. Hai idea di quanto mi abbia ferito che tu abbia incontrato quella donna?»

Lui impallidisce per un attimo, ma ormai ho ingranato la quarta e la mia dea interiore è scatenata.

«Ti ricordi ieri notte quando sei tornato a casa? Ti ricordi che cos'hai detto?»

Mi guarda, inespressivo.

«Be', avevi ragione. Preferisco di sicuro questo bambino indifeso a te. È quello che fa qualunque genitore amorevole. È quello che avrebbe dovuto fare tua madre con te. E mi dispiace che non l'abbia fatto, perché se l'avesse fatto adesso tu e io non saremmo qui a dirci queste cose. Ora però sei un uomo adulto, devi crescere e darti una bella svegliata, devi smettere di comportarti come un adolescente irascibile.

«Magari questo bambino non ti rende completamente felice. Neanch'io faccio i salti di gioia, visto il momento e la tua meno che tiepida accoglienza a questa nuova creatura, che è carne della tua carne. Ma puoi scegliere se vivere questa cosa con me o lasciare che la viva da sola. È una decisione che spetta solo a te.

«Mentre tu sguazzi nell'autocommiserazione e stai lì a disprezzarti, io vado a lavorare. E, quando torno, porterò le mie cose nella camera di sopra.»

Sbatte le palpebre, sotto shock.

«Ora, se vuoi scusarmi, vorrei finire di vestirmi.» Respiro a fatica.

Christian fa un passo indietro con molta lentezza e il suo atteggiamento si indurisce. «È questo quello che vuoi?» sussurra.

«Non so più quello che voglio.» Il mio tono riflette il suo e mi ci vuole uno sforzo enorme per fingere disinteresse mentre intingo distrattamente la punta delle dita nella crema idratante e me la spalmo con cura sulla faccia. Mi guardo nello specchio. Occhi azzurri spalancati, volto pallido ma guance rosate. "Stai andando alla grande. Non mollare ora, non mollare ora."

«Non mi vuoi più?» sussurra.

"Oh… no. Non fare così, Grey."

«Sono ancora qui, no?» gli rispondo, in tono brusco. Prendo il mascara e comincio ad applicarmelo all'occhio destro.

«Hai pensato di andartene?» Le sue parole si sentono a malapena.

«Quando tuo marito preferisce la compagnia della sua ex amante, di solito non è un buon segno.» Cerco di tenere il giusto livello di sdegno nella voce ed evito di rispondere alla sua domanda. E ora il lucidalabbra. Sporgo le labbra come se facessi il broncio all'immagine nello specchio.

"Tieni duro, Steele... ehm, Grey." Porca miseria, non riesco neanche a ricordare come mi chiamo. Prendo gli stivali, mi siedo sul letto e me li infilo tirandoli su fino al ginocchio. Oh, sì. Sono decisamente stuzzicante solo con gli stivali e la biancheria intima, me ne rendo conto. Mi alzo in piedi e lo guardo con distacco. Lui sbatte le palpebre e mi mangia con gli occhi.

«So che cosa stai facendo, sai?» mormora e il suo tono si è fatto caldo e seducente.

«Davvero?» La mia voce si incrina. "No, Ana... resisti."

Deglutisce e fa un passo in avanti. Io indietreggio e alzo le mani.

«Non pensarci neanche, Grey» sussurro, minacciosa.

«Sei mia moglie.» La sua voce ha un tono tra il dolce e il minaccioso.

«Sono la donna incinta che ieri hai abbandonato, e se solo mi tocchi faccio venire giù la casa a forza di urla.»

Solleva le sopracciglia, incredulo. «Ti metteresti a urlare?»

«Come una pazza.» Gli occhi mi diventano una fessura.

«Nessuno ti sentirebbe» mormora con uno sguardo ardente e mi ricordo per un attimo di quella mattina ad Aspen. "No. No. No."

«Stai cercando di spaventarmi?» mormoro, senza fiato, per sviarlo.

Funziona. Si blocca e deglutisce. «Non era mia intenzione.» Si acciglia.

Ho il fiato corto. Se mi toccasse, cederei di schianto. Conosco il potere che ha su di me e su quel traditore del mio corpo. Lo conosco eccome. Mi aggrappo alla mia rabbia.

«Sono andato a bere qualcosa con una persona a cui una volta tenevo. Ci siamo chiariti. Non la vedrò più.»

«Sei stato tu a cercarla?»

«All'inizio no. Volevo vedere Flynn. E poi mi sono ritrovato al salone di bellezza.»

«E tu ti aspetti che io creda che non la vedrai più?» Non

riesco a trattenere la mia rabbia e le mie parole diventano un sibilo. «Cosa succederà la prossima volta che oltrepasserò un'altra delle tue linee immaginarie? Continuiamo a discutere sempre della stessa cosa. Come se fossimo legati a una specie di ruota di Issione. Se sgarro un'altra volta, tu corri di nuovo da lei?»

«Non la vedrò più» dice, con una glaciale risolutezza. «Ora finalmente ha capito come mi sento.»

Sbatto le palpebre per la sorpresa. «Che cosa significa?»

Si irrigidisce e si passa una mano tra i capelli, esasperato, arrabbiato e ammutolito. Provo a cambiare tattica.

«Perché con lei riesci a parlare e con me no?»

«Ero incazzato con te. Come lo sono ora.»

«Non azzardarti!» scatto. «Sono io a essere infuriata, adesso. Perché ieri sei stato così freddo e insensibile mentre io avevo bisogno di te. Perché hai detto che ho fatto apposta a rimanere incinta, quando non è vero. Perché mi hai tradita.» Riesco a trattenere i singhiozzi. Lui rimane a bocca aperta, sconvolto, e chiude per un attimo gli occhi, come se l'avessi schiaffeggiato. Deglutisco. "Calmati, Anastasia."

«Avrei dovuto fare attenzione alle date delle iniezioni. Ma non l'ho fatto apposta. Questa gravidanza è uno shock anche per me» mormoro, cercando di recuperare un po' di cortesia. «Può darsi che una delle iniezioni non abbia fatto effetto.»

Mi fissa in silenzio.

«Ieri hai davvero combinato un casino» sussurro, mentre la mia rabbia trabocca. «Ho avuto un sacco di problemi nelle ultime settimane.»

«Il casino l'hai combinato tu tre o quattro settimane fa, o quando è stato che ti sei dimenticata l'iniezione.»

«Be', grazie al cielo non sono perfetta come te!»

"Ora basta, basta, basta." Rimaniamo a fissarci in cagnesco.

«Gran bella sceneggiata, Mrs Grey» sussurra.

«Be', sono contenta di continuare a divertirti anche mentre sono incinta.»

Mi fissa con aria inespressiva. «Devo farmi una doccia» mormora.

«E io ti ho messo in piedi un bello spettacolino, eh?»

«Uno spettacolino fantastico» sussurra. Fa un passo avanti, e io indietreggio di nuovo.

«Non provarci.»

«Detesto quando non ti lasci toccare.»

«Che ironia, no?»

Stringe gli occhi a fessura. «Non abbiamo fatto grandi passi avanti, eh?»

«Direi di no, a parte il fatto che sto per andarmene da questa camera.»

I suoi occhi si infiammano. «Lei non significa nulla per me.»

«Tranne quando ne hai bisogno.»

«Io non ho bisogno di lei, ho bisogno di te.»

«Ieri non era così. Quella donna è un limite assoluto per me, Christian.»

«È fuori dalla mia vita.»

«Vorrei poterti credere.»

«Cazzo, Ana!»

«Per favore, lasciami vestire.»

Sospira e si passa un'altra volta la mano tra i capelli. «Ci vediamo stasera» dice, la voce piatta e senza espressione.

Per un breve momento vorrei prenderlo tra le braccia e placare la sua collera, ma resisto perché sono troppo arrabbiata. Si gira e si dirige verso il bagno. Rimango immobile finché non sento la porta che si chiude.

Barcollo verso il letto e mi ci lascio cadere pesantemente. Non ho fatto ricorso alle lacrime, alle urla o all'omicidio e non ho neanche ceduto alla sua magia del sesso. Mi meriterei la Medaglia d'oro del Congresso, ma ora mi sento a pezzi. Merda. Non abbiamo risolto niente. Siamo sull'orlo di un precipizio. È forse in gioco il nostro matrimonio? Come fa a non rendersi conto di quanto è stato stronzo a correre da quella donna? E che cosa intende quando dice che non la rivedrà mai più? Come diavolo può pretendere che io gli creda? Do un'occhiata alla radiosveglia, sono le otto e mezzo. "Accidenti. Non voglio arrivare in ritardo." Faccio un respiro profondo.

«Nel secondo round abbiamo pareggiato, Puntino» sussurro, accarezzandomi la pancia. «Forse papà è una causa persa, ma spero di no. Ma perché, oh, perché sei arrivato così presto, Puntino? Le cose stavano cominciando ad andare bene.» Mi tremano le labbra, ma faccio un profondo respiro purificatore e riesco a tenere le mie emozioni sotto controllo.

«Forza. Andiamo a spaccare il mondo in ufficio.»

Non saluto Christian. Quando Sawyer e io ce ne andiamo, lui è ancora sotto la doccia. Mentre guardo fuori dai finestrini oscurati del SUV il mio autocontrollo ha un cedimento e mi si inumidiscono gli occhi. Il mio stato d'animo si riflette perfettamente nel cielo tetro e grigio e provo uno strano senso di inquietudine. Di fatto del bambino non abbiamo parlato. Io ho avuto meno di ventiquattr'ore per assorbire la novità del Puntino. Christian ha avuto ancora meno tempo. "Non sa neanche come ti chiami." Mi accarezzo la pancia e scoppio in lacrime.

«Mrs Grey» dice Sawyer, interrompendo le mie fantasticherie «siamo arrivati.»

«Oh, grazie, Sawyer.»

«Sto per fare un salto in rosticceria, signora. Vuole che le prenda qualcosa?»

«No, grazie. Non ho fame.»

Hannah mi sta aspettando con il mio caffellatte. Lo annuso e il mio stomaco si rivolta.

«Ehm... potrei avere un tè, per favore?» mormoro, un po' imbarazzata. Sapevo che c'era un motivo se il caffè in fondo non mi è mai piaciuto. Gesù, ha un pessimo odore.

«Tutto bene, Ana?»

Annuisco e mi affretto verso la protezione offerta dal mio ufficio. Il mio BlackBerry vibra: è Kate.

«Perché Christian ti cercava?» mi chiede, senza preamboli.

«Buongiorno, Kate, come stai?»

«Piantala con le cazzate, Steele. Che cosa succede?» Comincia il *terzo grado* di Katherine Kavanagh.

«Niente, Christian e io abbiamo avuto un piccolo scontro, tutto qui.»

«Ti ha fatto del male?»

Alzo gli occhi al cielo. «Sì, ma non nel senso che intendi tu.» In questo momento non posso parlare con Kate. So che scoppierei a piangere, proprio adesso che sono così orgogliosa di non aver avuto cedimenti stamattina. «Kate, scusa ma ho una riunione. Ti richiamo più tardi.»

«D'accordo. Ma tu stai bene?»

«Sì.» "No." «Ti chiamo più tardi, okay?»

«Okay, Ana, come preferisci. Io per te ci sono sempre.»

«Lo so» sussurro, cercando di reggere l'impatto delle sue parole gentili. "No, non mi metterò a piangere."

«Ray sta bene?»

«Sì» le rispondo con un filo di voce.

«Oh, Ana…» sussurra.

«No, ti prego.»

«Okay. Ne parliamo dopo.»

«Sì.»

Nel corso della mattinata ogni tanto controllo le mail, nella speranza di ricevere qualcosa da Christian, ma non arriva nulla. A mano a mano che la giornata procede, mi rendo conto che non mi contatterà e che è ancora furioso. Be', lo sono anch'io. Mi butto a capofitto nel lavoro, facendo solo una breve pausa per il pranzo, che consiste in un bagel al formaggio cremoso e salmone. È incredibile quanto mi senta meglio dopo aver mangiato qualcosa.

Alle cinque in punto Sawyer e io usciamo per andare

all'ospedale a trovare Ray. Sawyer è estremamente attento, fin troppo premuroso. Mi irrita. Mentre ci avviciniamo alla camera di Ray, mi incalza.

«Vado a prenderle un po' di tè mentre lei fa visita a suo padre?»

«No, grazie, Sawyer, sto bene così.»

«L'aspetto qui fuori.» Mi apre la porta e sono contenta di liberarmi di lui per un po'. Ray è seduto a letto e sta leggendo una rivista. È sbarbato e indossa la giacca del pigiama. Sembra il solito Ray.

«Ciao, Annie.» Mi sorride. Ma poi il suo volto si rattrista.

«Oh, papà...» Gli vado vicino e lui, con un gesto per nulla abituale, spalanca le braccia e mi stringe forte.

«Dimmi, Annie» sussurra. «Cosa c'è?» Mi abbraccia e mi bacia i capelli. Lì tra le sue braccia mi rendo conto di quanto siano stati rari tra noi due momenti come questo. "Chissà perché..." È forse per questo motivo che mi piace rannicchiarmi in braccio a Christian? Dopo qualche istante mi stacco da lui e mi siedo sulla sedia di fianco al letto. Ray ha un'espressione preoccupata.

«Dillo al tuo vecchio.»

Scuoto la testa. Non ha certo bisogno dei miei problemi, in questo momento.

«Non è niente, papà. Tu sei in gran forma.» Gli stringo la mano.

«Comincio a essere di nuovo me stesso, anche se la gamba ingessata fa un sacco di storie.»

«Un sacco di storie?» Mi fa sorridere.

«Sì, insomma, prude parecchio.»

«Oh, papà, sono felice che tu stia bene.»

«Anch'io, Annie. Mi piacerebbe far sedere qualche nipotino su questo ginocchio noioso, un giorno. È una cosa che non mi perderei per nulla al mondo.»

Sbatto le palpebre. "Sa già tutto?" Ricaccio indietro le lacrime che si affacciano all'angolo degli occhi.

«Tutto a posto con Christian?»

«Be', abbiamo avuto un piccolo scontro» gli sussurro, cercando di far uscire la voce nonostante il nodo in gola. «Ma risolveremo tutto.»

Ray annuisce. «È un brav'uomo, tuo marito» mi dice, in tono rassicurante.

«Sì, ogni tanto ha i suoi momenti no. Cosa dicono i medici?» Non ho voglia di parlare di lui in questo momento, è un argomento troppo doloroso.

Quando torno all'Escala, Christian non è in casa.

«Mr Grey ha chiamato per avvisare che lavorerà fino a tardi» mi informa Mrs Jones con aria di scuse.

«Ah, grazie per avermelo detto.» Non poteva avvertirmi lui? Accidenti, il suo cattivo umore è decisamente salito di livello. Mi ricordo per un attimo della litigata sulla promessa nuziale e dello sfogo che aveva avuto allora. Ma questa volta sono io la parte lesa.

«Che cosa vorrebbe mangiare?» Lo sguardo di Mrs Jones ha una venatura di grande determinazione.

«Pasta.»

Sorride. «Spaghetti, penne o fusilli?»

«Spaghetti, con il suo ragù.»

«Sono pronti in un attimo. C'è un'altra cosa che dovrebbe sapere, Ana. Mr Grey era letteralmente impazzito stamattina, quando pensava che lei se ne fosse andata. Completamente fuori di sé.» Mi rivolge un sorriso affettuoso.

"Ah..."

Alle nove Christian non è ancora rincasato. Sono in biblioteca, alla mia scrivania, e mi domando dove possa essere. Decido di chiamarlo.

«Sì, Ana?» mi risponde freddamente.

«Ciao.»

Inspira. «Ciao» dice, a voce più bassa.

«Torni a casa?»
«Più tardi.»
«Sei in ufficio?»
«Certo, dove pensi che potrei essere?»
"Con lei." «Bene. Ti lascio lavorare.»
Rimaniamo tutti e due in linea, il silenzio tra noi si fa pesante.
«Buonanotte, Ana» dice lui, infine.
«Buonanotte, Christian.»
Riattacca.

Fisso il BlackBerry. Non so che cosa si aspetta da me. Non ho intenzione di permettergli di calpestarmi. È furioso, d'accordo, ci può stare. Sono furiosa anch'io. Ma la situazione è questa. Non sono stata io a correre sbavando dalla mia ex amante pedofila. Voglio che riconosca che questo modo di comportarsi non è accettabile.

Mi appoggio allo schienale della sedia e guardo il tavolo da biliardo, ricordando i bei momenti trascorsi giocando a biliardo inglese. Appoggio una mano sulla pancia. Forse è troppo presto. Forse non è destino… Ma anche se ho questo pensiero, la mia vocina interiore grida "No!". Se interrompessi la gravidanza, non riuscirei mai a perdonare me stessa… né Christian. «Oh, Puntino, che cosa ci hai combinato?» Non ho il coraggio di parlare con Kate, né con nessun altro. Le mando un messaggio, promettendole che la chiamerò presto.

Alle undici non riesco più a tenere gli occhi aperti. Mi dirigo rassegnata verso la mia vecchia camera. Rannicchiata sotto la trapunta, mi lascio andare, singhiozzo con la faccia affondata nel cuscino, senza ritegno e in modo poco signorile…

Mi sveglio con la testa pesante. Dalle ampie finestre della camera filtra una luce autunnale. Guardando la sveglia, vedo che sono le sette e mezzo. Il primo pensiero è: "Dov'è Christian?". Sul pavimento di fianco al letto c'è la cravatta argentea, la mia preferita. Non c'era la sera prima, quando sono andata a letto. La prendo e la osservo, accarezzo il tessuto setoso con il pollice e l'indice e poi la stringo contro la guancia. Lui è stato qui, mi ha guardata mentre dormivo. Nel cuore mi si accende una scintilla di speranza.

Quando scendo, Mrs Jones è indaffarata in cucina.
«Buongiorno» mi saluta allegramente.
«'giorno. E Christian?» le chiedo.
Il suo viso si rabbuia. «È già uscito.»
«Ma è tornato a casa?» Devo verificarlo, anche se ho la cravatta come prova.
«Sì, è tornato.» Fa una pausa. «Ana, mi perdoni se sono inopportuna, ma non molli. È un uomo cocciuto.»
Annuisco e lei tace. Sono sicura che la mia espressione le fa capire che non ho voglia di discutere di mio marito.

Appena arrivata in ufficio controllo la posta elettronica. Ho un tuffo al cuore nel vedere che c'è una mail di Christian.

Da: Christian Grey
A: Anastasia Grey
Data: 15 settembre 2011 06.45
Oggetto: Portland

Ana,
oggi vado a Portland. Devo chiudere un affare con la
Washington State University. Ho pensato che volessi saperlo.

Christian Grey
Amministratore delegato, Grey Enterprises Holdings Inc.

Gli occhi mi si riempiono di lacrime. Tutto qui? Ho lo stomaco sottosopra. "Merda!" Ho la nausea. Corro in bagno e arrivo giusto in tempo per depositare la mia colazione nel water. Mi siedo per terra e mi tengo la testa tra le mani. "Oh, povera me!" Dopo un po' sento bussare sommessamente alla porta.

«Ana?» È Hannah.

"Oh, no." «Sì?»

«Va tutto bene?»

«Sì, esco tra un attimo.»

«È arrivato Bryce Fox, ha un appuntamento con te.»

"Porca miseria." «Fallo accomodare in sala riunioni, arrivo tra un attimo.»

«Ti porto un tè?»

«Sì, grazie.»

Dopo il pranzo, di nuovo a base di bagel al formaggio cremoso e salmone, che in qualche modo riesco a trattenere nello stomaco, mi siedo a fissare distrattamente il computer, in cerca di ispirazione e chiedendomi in che modo Christian e io risolveremo il nostro problema.

Il BlackBerry vibra e mi fa sussultare. Guardo lo schermo: è Mia. Accidenti, il suo esuberante entusiasmo è proprio quello che mi ci vuole. Esito per un attimo, chiedendomi se posso ignorare la chiamata, poi la buona educazione ha la meglio.

«Ciao, Mia» rispondo in tono allegro.

«Ehilà, ciao, Ana... È tanto che non ci sentiamo.» È una voce maschile familiare. "Accidenti!"

Mi si rizzano i capelli e ho la pelle d'oca ovunque mentre l'adrenalina mi inonda il corpo. È come se il mondo si fermasse.

È Jack Hyde.

22

«Jack.» Non riesco a parlare, soffocata dalla paura. Come
fa a essere fuori di prigione? Perché ha il telefono di Mia?
Il sangue ha smesso di affluirmi al volto e sono frastornata.
«Ti ricordi di me?» mi dice con voce sommessa. Percepisco il suo sorriso amaro.

«Sì, certo» gli rispondo automaticamente, mentre i pensieri corrono veloci.

«Ti starai chiedendo perché ti ho chiamata.»

«Sì.»

"Riattacca!"

«Non riattaccare. Ho chiacchierato un po' con la tua cognatina.»

"Che cosa? Mia! No!" «Che cosa hai fatto?» sussurro, cercando di controllare la paura.

«Stammi a sentire, puttana succhiasoldi. Mi hai rovinato
la vita. Grey mi ha rovinato la vita. Sei in debito con me. Ho
qui con me quell'altra puttanella. E tu, quel succhiacazzi di
tuo marito e tutta la sua fottuta famiglia me la pagherete.»

Il disprezzo e la rabbia di Hyde mi sconvolgono. "La sua
famiglia?" E perché?

«Che cosa vuoi?»

«Voglio i soldi di tuo marito. Voglio i suoi fottuti soldi.
Se le cose fossero andate diversamente, ci sarei stato io al

suo posto. Quindi tu ora vai a prendermeli. Voglio cinque milioni di dollari, entro oggi.»

«Jack, non posso disporre di tutti quei soldi.»

Fa uno sbuffo di derisione. «Hai due ore per procurarteli: solo due ore. Non dirlo a nessuno, o la puttanella qui con me la pagherà. Non dirlo alla polizia. Né a quello stronzo di tuo marito. E nemmeno a quelli della sicurezza. Se lo farai, lo verrò a sapere. Capito?» Fa una pausa e cerco di rispondergli, ma il panico e la paura mi serrano la gola.

«Capito o no?» grida.

«Sì» sussurro.

«Altrimenti la ammazzo.»

Respiro a fatica.

«Porta il telefono con te. Non dirlo a nessuno o prima di ucciderla me la scopo. Hai due ore.»

«Jack, dammi più tempo. Tre ore. Come faccio a sapere che lei è lì con te?»

Cade la linea. Fisso il telefono inorridita, le labbra secche per la paura e, in bocca, il nauseante gusto metallico del terrore. "Mia, ha rapito Mia." Oppure è tutto un imbroglio? Quell'orrenda possibilità mi attraversa la mente e il mio stomaco comincia a protestare. Penso che sono sul punto di vomitare, ma faccio un respiro profondo, cercando di controllare il panico, e la nausea scompare. Passo rapidamente in rassegna tutte le possibilità. "Dirlo a Christian? Dirlo a Taylor? Chiamare la polizia? Come farà Jack a saperlo? Ha davvero rapito Mia?" Ho bisogno di tempo, di tempo per pensare, ma posso averlo solo se eseguo i suoi ordini. Afferro la borsetta e mi dirigo verso la porta.

«Hannah, devo uscire. Non so quanto ci metterò. Annulla gli appuntamenti del pomeriggio. Di' a Elizabeth che ho avuto un'emergenza.»

«Certo, Ana. Tutto a posto?» Hannah è perplessa, e sul suo viso si legge la preoccupazione mentre mi guarda correre via.

«Sì» le rispondo distratta, mentre mi precipito verso la reception, dove Sawyer mi sta aspettando.

«Sawyer.» Balza in piedi dalla poltrona quando mi sente e mi guarda in faccia dubbioso.

«Non mi sento bene. Mi porti a casa, per favore?»

«Certo, signora. Vuole aspettarmi qui mentre vado a prendere la macchina?»

«No, vengo con te. Così facciamo più in fretta.»

Terrorizzata, fisso fuori dal finestrino mentre riepilogo il mio piano. Andare a casa. Cambiarmi. Trovare il libretto degli assegni. Liberarmi in qualche modo di Ryan e Sawyer. Andare in banca. "Oddio, quanto spazio occupano cinque milioni di dollari? Peseranno tanto? Avrò bisogno di una valigia? Devo telefonare in banca per avvertire? Mia... Mia." E se non ha rapito Mia? Come faccio a esserne certa? Se chiamo Grace, le faccio sospettare qualcosa, e forse metto in pericolo Mia. Lui ha detto che lo verrebbe a sapere. Lancio un'occhiata dal lunotto del SUV. Qualcuno ci sta seguendo? Il mio cuore batte forte mentre scruto le macchine dietro di noi. Sembrano abbastanza innocue. "Oh, Sawyer, vai più in fretta, per favore." I miei occhi fremono quando incontrano i suoi nello specchietto retrovisore e lui aggrotta le sopracciglia.

Sawyer preme un pulsante sull'auricolare Bluetooth per rispondere a una chiamata. «T... Volevo informarla che Mrs Grey è con me.» Lo sguardo di Sawyer incontra ancora una volta il mio prima di ritornare a concentrarsi sulla strada. «Non si sente bene. La sto riportando all'Escala... Capisco... signore.» Il suo sguardo guizza di nuovo dalla strada al mio nello specchietto retrovisore. «Sì» dice e riattacca.

«Taylor?» sussurro.

Annuisce.

«È con Mr Grey?»

«Sì, signora.» Lo sguardo di Sawyer si addolcisce, comprensivo.

«Sono ancora a Portland?»

«Sì, signora.»

Bene. Devo tenere Christian fuori da questa storia, al sicuro. Involontariamente la mano scivola sulla pancia, accarezzandola con piena consapevolezza. Devo tenere al sicuro anche te, Puntino. Devo proteggervi entrambi.

«Possiamo andare un po' più veloce, per favore? Non mi sento bene.»

«Sì, signora.» Sawyer preme sull'acceleratore e l'auto scivola nel traffico.

Non c'è traccia di Mrs Jones quando Sawyer e io arriviamo a casa. La sua macchina non è nel garage, quindi presumo che stia facendo le commissioni con Ryan. Sawyer si dirige nell'ufficio di Taylor, mentre io mi precipito nello studio di Christian. In preda al panico, spalanco il cassetto della scrivania in cerca dei libretti degli assegni. Vedo la pistola di Leila. Provo un'incongrua fitta di fastidio perché Christian non l'ha messa al sicuro. Non capisce nulla di armi.

Dopo un attimo di esitazione, afferro la pistola, controllo che sia carica, e la fisso alla cintura dei miei pantaloni sportivi neri. Potrei averne bisogno. Mi sono sempre allenata solo con i bersagli inanimati. Non ho mai sparato a nessuno… Mi concentro sui libretti degli assegni, per trovare quello giusto. Ce ne sono cinque, uno solo è intestato a C. Grey e Mrs A. Grey. Sul mio conto personale ho circa cinquantaquattromila dollari. Non ho idea di quanti soldi ci siano su questo. Ma Christian è un uomo da cinque milioni di dollari. Forse ci sono dei soldi nella cassaforte? "Accidenti! Non so la combinazione." Christian non aveva accennato al fatto che la combinazione si trova nello schedario? Provo ad aprirlo, ma è chiuso a chiave. Dovrò seguire il piano A.

Faccio un respiro profondo e, con un'andatura più composta ma determinata, vado nella nostra camera da letto. Il letto è stato rifatto, e per un attimo il dolore mi trafigge.

Forse avrei dovuto dormire qui la notte scorsa. A che cosa serve discutere con qualcuno che, per sua stessa ammissione, è Mr Cinquanta Sfumature? Ora non mi parla nemmeno. Mi tolgo velocemente i pantaloni neri, infilo i jeans e una felpa con il cappuccio, le scarpe da ginnastica e assicuro la pistola alla cintura, dietro. Nella cabina armadio prendo un grande borsone da viaggio morbido. Ci staranno cinque milioni di dollari? La borsa da palestra di Christian è sul pavimento. La apro, aspettandomi di trovarla piena di vestiti da lavare e invece scopro che la sua roba per la palestra profuma di pulito. Mrs Jones pensa proprio a tutto. Getto il contenuto sul pavimento e infilo la borsa da palestra nel borsone. Così dovrebbe andare. Controllo di avere la patente, che mi servirà quando in banca mi chiederanno un documento d'identità, e lancio un'occhiata all'orologio. Sono passati trentuno minuti da quando Jack ha chiamato. Ora non mi resta che uscire dall'Escala senza che Sawyer mi veda.

Lentamente e silenziosamente mi avvio verso l'atrio, consapevole della presenza della telecamera di sorveglianza puntata sull'ascensore. Penso che Sawyer sia ancora nell'ufficio di Taylor. Apro la porta dell'atrio, cercando di fare meno rumore possibile. La richiudo piano, e rimango sulla soglia, contro la porta, fuori dalla portata della telecamera. Estraggo il cellulare dalla borsetta e chiamo Sawyer.

«Mrs Grey.»

«Sawyer, sono al piano di sopra, puoi venire a darmi una mano?» Parlo a bassa voce, perché so che si trova in fondo al corridoio, poco oltre la porta che ho appena chiuso.

«Arrivo subito, signora» mi dice, ma sento che è confuso. Prima d'ora non gli ho mai telefonato per chiedergli una mano. Ho il cuore in gola. Funzionerà? Riattacco e ascolto i suoi passi che attraversano il corridoio e salgono le scale. Faccio un altro respiro profondo per calmarmi, e per un attimo penso alla situazione paradossale in cui mi trovo: sto scappando da casa mia come una delinquente.

Quando Sawyer arriva al pianerottolo, corro verso l'ascensore e lo chiamo. La porta si apre, con quel suono metallico troppo forte che annuncia che l'ascensore è arrivato. Mi precipito dentro e premo freneticamente il pulsante del seminterrato, il piano del garage. Dopo una pausa angosciante, la porta dell'ascensore inizia lentamente a chiudersi e, nello stesso istante, sento le urla di Sawyer.

«Mrs Grey!» Mentre la porta dell'ascensore si chiude, lo vedo precipitarsi nell'atrio. «Ana!» grida incredulo. Ma è troppo tardi, e scompare dalla mia vista.

L'ascensore sprofonda lentamente verso il seminterrato. Ho pochi minuti di vantaggio su Sawyer, e so che cercherà di fermarmi. Lancio un'occhiata di desiderio all'R8, mentre corro verso la SAAB: apro la portiera, getto il borsone sul sedile del passeggero e mi infilo al posto del guidatore.

Metto in moto, e le gomme stridono mentre mi precipito verso l'entrata e attendo undici terribili secondi prima che la sbarra si alzi. Appena è alta a sufficienza esco, intercettando con lo sguardo nello specchietto retrovisore Sawyer che sta uscendo di corsa dall'ascensore di servizio in garage. La sua espressione sconcertata mi perseguita mentre arrivo in fondo alla rampa e svolto sulla Fourth Avenue.

Lascio andare il respiro a lungo trattenuto. So che Sawyer chiamerà Christian o Taylor, ma a questo penserò al momento opportuno: ora non ho tempo di riflettere. Continuo ad agitarmi sul sedile, perché so, nel profondo del cuore, che Sawyer probabilmente ha perso il lavoro. "Non fermarti a pensare." Devo salvare Mia e prelevare cinque milioni di dollari in banca. Do un'occhiata nello specchietto retrovisore: mi aspetto già di vedere il SUV che sbuca a tutta velocità dal garage, ma mentre mi allontano non c'è traccia di Sawyer.

La banca è elegante, moderna e sobria. Tutti parlano sottovoce e ovunque ci sono pavimenti riecheggianti e vetri satinati verde chiaro. Mi avvicino in fretta al banco informazioni.

«Come posso aiutarla, signora?» La giovane impiegata mi rivolge un sorriso ampio e ipocrita e per un attimo mi pento di essermi messa i jeans.

«Vorrei ritirare una somma di denaro un po' alta.» Miss Sorriso Ipocrita inarca un sopracciglio.

«Ha un conto qui da noi?» chiede con malcelato sarcasmo.

«Sì» rispondo, e passo all'attacco. «Mio marito e io abbiamo diversi conti qui da voi. Sono la moglie di Christian Grey.»

Gli occhi della giovane si spalancano impercettibilmente e l'ipocrisia lascia il posto alla sorpresa. Mi squadra dalla testa ai piedi, con un misto di incredulità e timore reverenziale.

«Mi segua, signora» sussurra e mi fa strada verso un ufficio semivuoto con le pareti dell'onnipresente vetro satinato.

«Prego, si accomodi.» Mi indica una sedia di pelle nera vicino a una scrivania di vetro che ospita un computer e un telefono di ultima generazione. «Quanto vuole prelevare oggi, Mrs Grey?» mi chiede amabilmente.

«Cinque milioni di dollari» la guardo dritta negli occhi, come se fossi abituata a ritirare somme del genere.

Impallidisce. «Capisco. Vado a chiamare il direttore. Ah, mi scusi se glielo chiedo: ha un documento?»

«Sì. Ma vorrei parlare con il direttore.»

«Certo, Mrs Grey» ed esce precipitosamente. Mi accascio sulla sedia, in preda a un conato di vomito, mentre avverto la sgradevole pressione della pistola contro la parte bassa della schiena. "Non adesso. Non posso avere la nausea proprio ora." Faccio un profondo respiro purificatore e il conato cessa. Controllo nervosamente l'orologio. Sono le due e venticinque.

Un uomo di mezza età entra nella stanza. È stempiato e indossa un costoso ed elegante completo color antracite e una cravatta in tinta. Mi porge la mano.

«Mrs Grey. Sono Troy Whelan.» Sorride, ci stringiamo la mano e si siede di fronte a me alla scrivania.

«Mi è stato detto che vorrebbe prelevare una somma ingente.»

«Sì. Cinque milioni di dollari.»

Si gira verso il computer e digita alcune cifre.

«Normalmente, quando si tratta di somme del genere, preferiamo avere un preavviso.» Tace per un attimo e mi scocca un sorriso rassicurante ma altezzoso. «Per fortuna, però, abbiamo una riserva di contanti sufficiente per l'intero Nordovest del Pacifico» dice con orgoglio.

«Mr Whelan, vado di fretta. Che cosa devo fare? Ho la patente, e il libretto degli assegni del conto cointestato a me e a mio marito. Posso semplicemente compilare l'assegno?»

«Una cosa alla volta, Mrs Grey. Posso vedere il documento?» Da gioviale simpaticone si trasforma in banchiere serio.

«Eccolo.» Gli allungo la patente.

«Mrs Grey… Qui c'è scritto Anastasia Steele.»

«Ah… sì. Be'…»

«Chiamo Mr Grey.»

«Oh, no. Non è necessario.» "Merda!" «Devo avere qualcosa con il mio cognome da sposata» rovisto nella borsetta. Che cos'ho con il mio nome sopra? Prendo il portafoglio, lo apro e trovo una fotografia mia e di Christian, sul letto della cabina della *Fair Lady*. "Non posso fargliela vedere!" Tiro fuori la mia American Express nera.

«Ecco.»

«Mrs Anastasia Grey» Whelan legge ad alta voce. «Sì, dovrebbe andare bene.» Aggrotta le sopracciglia. «Ma è un'operazione molto irregolare, Mrs Grey.»

«Vuole che dica a mio marito che la sua banca si rifiuta di collaborare?» Raddrizzo le spalle e lo squadro con lo sguardo più minaccioso possibile.

Tace, riesaminandomi per un attimo, credo. «Dovrà compilare un assegno, Mrs Grey.»

«Certo. Su questo conto?» Gli mostro il libretto degli assegni, cercando di calmare il cuore che mi martella nel petto.

«Va bene. Dovrei anche farle compilare alcuni moduli. Se vuole scusarmi un attimo...»

Annuisco, lui si alza ed esce in fretta. Lascio andare il respiro a lungo trattenuto. Non avevo idea che potesse essere così difficile. Impacciata, apro il libretto degli assegni e tiro fuori una penna dalla borsa. Devo girare l'assegno? Non lo so proprio. Con le dita che mi tremano scrivo: CINQUE MILIONI DI DOLLARI. $ 5.000.000.

"Oddio, spero di fare la cosa giusta. Mia, pensa a Mia. Non posso dirlo a nessuno."

Le parole agghiaccianti e ripugnanti di Jack mi ossessionano. "Non dirlo a nessuno o prima di ucciderla me la scopo."

Mr Whelan ritorna, imbarazzato e pallido in volto.

«Mrs Grey? Suo marito vuole parlarle» mormora, indicando il telefono sulla scrivania di vetro che ci separa.

"Che cosa? No."

«È sulla linea uno. Prema il tasto. Io sono qui fuori.» Ha la compiacenza di sembrare imbarazzato. Che razza di traditore! Lo guardo con aria torva, e mi sento impallidire, mentre lui esce dall'ufficio strascicando i piedi.

"E adesso che cosa dico a Christian?" Lui saprà già tutto. Vorrà intervenire. Così mette in pericolo sua sorella. Con la mano che trema, afferro la cornetta, me la avvicino all'orecchio, cercando di calmare il respiro irregolare, e premo il tasto della linea uno.

«Ciao» mormoro, cercando senza successo di tranquillizzarmi.

«Mi stai lasciando?» sussurra Christian con voce straziata e appena percettibile.

"Cosa?"

«No!» gli rispondo. "Oh, no. No. No... come può pensare una cosa del genere?" I soldi? Pensa che lo stia lasciando perché voglio i soldi? E, in un attimo di orrenda lucidità, capisco che l'unico modo per tenere Christian a distanza, e al sicuro, e per salvare sua sorella è... mentire.

«Sì» sussurro. Un dolore bruciante mi trafigge e mi vengono le lacrime agli occhi.

Lui respira a fatica, quasi singhiozzando. «Ana, io...» Le parole gli muoiono in gola.

«Christian, ti prego. Non dire nulla.» Ricaccio indietro le lacrime.

«Vuoi andartene?» mi dice.

«Sì.»

«Perché i soldi? Sei stata con me solo per i soldi?» Il tormento rende la sua voce quasi impercettibile.

"No!" Le lacrime mi rigano il volto. «No» sussurro.

«Ti bastano cinque milioni?»

"Ti prego, smettila!"

«Sì.»

«E il bambino?» La sua voce strozzata risuona nel vuoto.

Sposto la mano dal volto alla pancia. «Mi prenderò cura di lui» mormoro. Il mio Puntino... il nostro Puntino.

«È questo ciò che vuoi?»

"No!"

«Sì.»

Inspira bruscamente. «Prenditi tutto» sibila.

«Christian» dico singhiozzando «lo faccio per te. Per la tua famiglia. Per favore. Non fare così.»

«Prenditi tutto, Anastasia.»

«Christian...» Sto quasi per cedere. Sto quasi per raccontargli di Jack, di Mia, del riscatto. "Credimi e basta!" lo prego in silenzio.

«Ti amerò per sempre» dice con voce roca. E riattacca.

«Christian! No... Ti amo anch'io.» E tutto quel mare di cazzate in cui ci siamo infilati negli ultimi giorni svanisce nel nulla. Avevo promesso che non l'avrei mai lasciato. "Non ti sto lasciando. Sto salvando tua sorella." Mi accascio di nuovo sulla sedia, piangendo a dirotto con le mani sul viso.

Un timido colpetto alla porta mi interrompe. Whelan entra, anche se non gli ho dato il permesso di farlo. Evita di incrociare il mio sguardo, mortificato.

"L'hai chiamato tu, bastardo!" penso fissandolo torva.

«Suo marito ci ha dato il permesso di liquidare cinque milioni di dollari del suo patrimonio, Mrs Grey. È un'operazione altamente irregolare, ma è il nostro cliente più importante. Ha insistito... molto.» Si interrompe e arrossisce. Poi mi guarda perplesso, non so se è per via dell'operazione irregolare di Christian o se è perché non sa come gestire una donna che piange nel suo ufficio.

«Sta bene?» chiede.

«Le sembra che io stia bene?» lo aggredisco.

«Mi scusi, signora. Vuole un bicchiere d'acqua?»

Annuisco, accigliata. Ho appena lasciato mio marito...

«Glielo faccio portare, mentre le preparo i soldi. Firmi qui, signora. Poi dovrebbe girare l'assegno e firmare anche questo.»

Posa un modulo sulla scrivania. Scarabocchio la mia firma nell'apposito spazio dell'assegno, poi sul modulo. "Anastasia Grey." Le lacrime cadono sulla scrivania, mancando di poco il foglio.

«Questi li prendo io, signora. Ci vorrà una mezz'ora per preparare il denaro.»

Controllo rapidamente l'orologio. Jack ha detto due ore, che scadranno esattamente fra mezz'ora. Annuisco a Whelan che esce in punta di piedi dall'ufficio, lasciandomi sola con il mio dolore.

Dopo alcuni istanti, che potrebbero anche essere ore, Miss Sorriso Ipocrita rientra con una caraffa d'acqua e un bicchiere.

«Mrs Grey» mi avverte gentilmente, mentre posa il bicchiere sulla scrivania e lo riempie.

«Grazie.» Prendo il bicchiere e bevo, riconoscente. Esce, lasciandomi sola con i miei pensieri, confusa e spaventata. In qualche modo sistemerò le cose con Christian... sempre che non sia troppo tardi. Almeno è fuori dai giochi. Ora devo concentrarmi su Mia. "E se Jack sta mentendo? E se non l'ha rapita?" Dovrei chiamare la polizia.

"Non dirlo a nessuno o prima di ucciderla me la scopo." Non posso farlo. Mi appoggio allo schienale della sedia, avvertendo la rassicurante presenza della pistola di Leila. Oh, Ray, sono così felice che tu mi abbia insegnato a sparare.

"Ray!" Lui si aspetterà che stasera io vada a trovarlo. Forse posso semplicemente fare uno scambio con Jack: gli mollo i soldi e lui può darsela a gambe, mentre io riporto Mia a casa...

Il mio BlackBerry dà segni di vita. *Your Love Is King* risuona nella stanza. "Oh, no!" Che cosa vuole Christian? Girare il coltello nella piaga?

"Sei stata con me solo per i soldi?"

"Oh, Christian, come hai potuto pensare una cosa del genere?" La rabbia mi attanaglia le viscere. Dirotto la chiamata sulla segreteria telefonica. Affronterò mio marito più tardi.

Qualcuno bussa alla porta.

«Mrs Grey.» È Whelan. «I soldi sono pronti.»

«Grazie.» Mi alzo e per un attimo mi gira la testa. Mi aggrappo alla sedia.

«Mrs Grey, si sente bene?»

Annuisco e gli scocco un'occhiata come per dirgli di lasciarmi in pace. Faccio un respiro profondo per rilassarmi. "Devo farlo. Devo farlo. Devo salvare Mia." Abbasso l'orlo della felpa, nascondendo il calcio della pistola.

Mr Whelan, perplesso, mi tiene aperta la porta e io esco, con le gambe tremanti.

Sawyer attende nell'ingresso, sta tenendo d'occhio l'entrata. I nostri sguardi s'incontrano e lui aggrotta le sopracciglia per valutare la mia reazione. Oh, è furioso. Faccio un cenno con l'indice, come per dirgli che sarò da lui fra un attimo. Annuisce e risponde al cellulare. "Merda! Scommetto che è Christian." Mi giro bruscamente, andando quasi a sbattere contro Whelan che è subito dietro di me, e mi rifugio in un piccolo ufficio.

«Mrs Grey?» Whelan sembra confuso mentre mi segue dentro.

Sawyer potrebbe far saltare tutto. Guardo fisso Whelan.

«Fuori c'è un tipo che non mi piace: mi sta seguendo.» Whelan spalanca gli occhi.

«Vuole che chiami la polizia?»

«No!» Dio santo, no. Che cosa faccio? Do un'occhiata all'orologio. Sono quasi le tre e un quarto. Jack potrebbe chiamare da un momento all'altro. "Pensa, Ana, pensa!" Whelan mi fissa, con disperazione e perplessità crescenti. Certamente pensa che sono pazza.

«Devo fare una telefonata. Può cortesemente lasciarmi da sola per un attimo?»

«Certo» risponde Whelan, e credo sia sollevato di poter lasciare l'ufficio. Faccio il numero di Mia, tremando.

«Guai a te se non hai i miei soldi» risponde Jack sprezzante. Non ho tempo per queste cazzate. «Ho un problema.»

«Lo so. Il tipo della sicurezza ti ha seguita fino in banca.»

"Cosa?" Come cavolo fa a saperlo?

«Dovrai seminarlo. Ho un'auto che aspetta sul retro della banca. È un SUV nero, un Dodge. Hai tre minuti per raggiungerlo.»

"Il Dodge!"

«Potrebbero volerci più di tre minuti.» Il cuore mi balza in gola.

«Sei intelligente per essere una puttana succhiasoldi. Trova il modo. E butta via il telefono quando hai raggiunto l'auto. Ci siamo capiti, stronza?»

«Sì.»

«Dillo» sbotta.

«Ho capito.»

Riattacca.

"Merda!" Apro la porta e trovo Whelan in paziente attesa.

«Mr Whelan, ho bisogno di una mano per portare le borse in macchina. È parcheggiata qui fuori, sul retro. C'è un'uscita sul retro?»

Aggrotta le sopracciglia.

«Sì, c'è. Per il personale.»

«Possiamo uscire di lì? Così riesco a evitare le attenzioni non richieste all'uscita principale.»

«Come desidera, Mrs Grey. Le mando due impiegati ad aiutarla con le borse e due guardie per controllare. Se vuole seguirmi...»

«Ho un altro favore da chiederle.»

«Dica pure, Mrs Grey.»

Due minuti dopo i miei accompagnatori e io siamo in strada, diretti verso il Dodge. Ha i vetri oscurati e non riesco a distinguere chi ci sia alla guida. Ma, mentre ci avviciniamo, la portiera sul lato del conducente si apre, e una donna vestita di nero con un cappello nero che le copre il volto scende con una mossa elegante dall'auto. "Elizabeth, quella dell'ufficio! Ma che cavolo...?" Si sposta verso il retro del SUV e apre il bagagliaio. I due giovani impiegati che trasportano i soldi gettano dentro le pesanti borse.

«Mrs Grey.» Ha la faccia tosta di sorridere, come se fossimo in una gita tra amiche.

«Elizabeth.» Le rivolgo un saluto glaciale. «Che piacere vederti fuori dall'orario di lavoro.»

Whelan si schiarisce la gola.

«Be', è stato un pomeriggio interessante, Mrs Grey» mi dice. Sono costretta a seguire i convenevoli di rito: gli stringo la mano e lo ringrazio, mentre la mia mente lavora a ritmo vorticoso. "Elizabeth?" Che cosa ci fa con Jack? Whelan e i suoi scompaiono nella banca, lasciandomi da sola con il direttore delle risorse umane della SIP, coinvolta in un rapimento a scopo di estorsione e, molto probabilmente, anche in altri reati. Perché?

Elizabeth apre la portiera posteriore e mi fa entrare.
«Il telefono, Mrs Grey?» mi chiede, guardandomi sospettosa. Glielo consegno e lei lo getta in un bidone dell'immondizia lì vicino.
«Così metteremo fuori strada quei cani» dice compiaciuta.
Chi è davvero questa donna? Chiude con forza la mia portiera e sale sul sedile del conducente. Mentre si immette nel traffico, diretta a est, lancio un'occhiata ansiosa dal lunotto. Nessuna traccia di Sawyer.
«Elizabeth, hai i soldi. Chiama Jack. Digli di lasciar andare Mia.»
«Credo che lui voglia ringraziarti personalmente.»
La fisso impietrita nello specchietto retrovisore.
«Perché lo stai facendo, Elizabeth? Pensavo che Jack non ti piacesse.»
Mi lancia una rapida occhiata nello specchietto e il dolore le vena per un attimo lo sguardo.
«Ana, andremo d'accordo se terrai la bocca chiusa.»
«Ma non puoi fare questo. Stai sbagliando.»
«Sta' zitta» dice, ma intuisco che è a disagio.
«Ti tiene in pugno in qualche modo?» le chiedo. Mi lancia un'occhiataccia e preme forte il freno, scagliandomi in avanti così forte che sbatto la faccia contro il poggiatesta del sedile anteriore.
«Ti ho detto di stare zitta» ringhia. «E ti consiglio di metterti la cintura.»
In quell'istante capisco che Jack la ricatta, qualcosa di così atroce che adesso lei è pronta a fare questo per lui. Furto all'azienda? Qualcosa che ha a che fare con la sua vita privata o con il sesso? Christian ha detto che nessuna delle assistenti personali di Jack voleva parlare. Forse tutte avrebbero la stessa storia da raccontare. "Ecco perché voleva scopare anche me." Il solo pensiero mi ripugna.
Elizabeth si allontana dal centro di Seattle e si dirige verso le colline a est. Dopo un po' attraversiamo i quartieri re-

sidenziali. Intravedo uno dei cartelli stradali: SOUTH IRVING STREET. L'auto svolta improvvisamente a sinistra in una strada deserta con un parco giochi abbandonato su un lato e, sull'altro, un ampio parcheggio asfaltato costeggiato da una serie di edifici di mattoni vuoti. Elizabeth si infila nel parcheggio e si ferma davanti all'ultimo degli edifici.

Si gira verso di me. «Inizio dello spettacolo» mormora.

La testa mi formicola per la paura e l'adrenalina mi scorre nelle vene.

«Non devi farlo per forza» le rispondo. Stringe la bocca in una linea dura e scende dall'auto.

Dico una veloce preghiera per Mia. "Fa' che stia bene, ti prego, fa' che stia bene."

«Scendi» mi ordina Elizabeth, aprendo con violenza la mia portiera.

Mentre scendo a fatica, le gambe mi tremano così tanto che mi chiedo se riuscirò a reggermi in piedi. Il vento fresco del pomeriggio porta il profumo dell'autunno imminente e l'odore di gesso e di polvere degli edifici abbandonati.

«Bene, guarda un po' chi abbiamo qui.» Jack esce da una porticina chiusa con delle assi sul lato sinistro dell'edificio. Ha i capelli corti. Non porta gli orecchini e indossa un completo. "Un completo?" Mi si avvicina con passo tranquillo, trasudando arroganza e odio.

«Dov'è Mia?» balbetto, con la bocca così secca che riesco a malapena a parlare.

«Una cosa alla volta, troia» sogghigna Jack, fermandosi davanti a me. Riesco a percepire il suo disprezzo. «I soldi?»

Elizabeth sta controllando le borse nel bagagliaio. «Qui c'è una quantità di soldi pazzesca» dice ammirata, mentre apre e richiude le borse.

«Il suo cellulare?»

«L'ho buttato nella spazzatura.»

«Bene» ringhia Jack e, di punto in bianco, mi dà uno schiaffo, un pesante manrovescio sulla faccia. Il colpo, violento e inaspettato, mi getta a terra. Sbatto la testa contro il cemento producendo un tonfo sordo e sgradevole. Sento un dolore terribile, gli occhi mi si riempiono di lacrime e la vista mi si offusca, mentre il forte impatto mi riverbera nel cranio. Lancio un grido silenzioso di sofferenza e di terrore. Oh, no... "Puntino!" Jack continua con un calcio veloce e crudele nelle costole, talmente forte che mi fa uscire tutta l'aria dai polmoni. Chiudo gli occhi e cerco di combattere la nausea e il dolore e di inalare una boccata d'aria. "Puntino, Puntino, piccolo mio!"

«Questo è per la SIP, troia» urla Jack.

Mi rannicchio, mettendomi in posizione per parare il colpo successivo. "No, no, no."

«Jack!» strilla Elizabeth. «Non qui. Non in pieno giorno, cazzo!»

Si ferma.

«Questa troia se lo merita!» risponde maligno a Elizabeth. E mi concede un prezioso istante per girarmi appena ed estrarre la pistola dalla cintura dei jeans. Tremante, la punto verso di lui, premo il grilletto e faccio fuoco. Il proiettile lo colpisce proprio sopra il ginocchio e lui cade davanti a me, urlando per il dolore e stringendosi la coscia tra le dita, che si macchiano di sangue.

«Vaffanculo» urla in preda alla rabbia. Mi giro verso Elizabeth: mi sta fissando terrorizzata e con le mani in alto sulla testa. Mi si offusca la vista... tutto diventa nero. L'oscurità la lambisce. Lambisce anche me. Si scatena l'inferno. Rumore di sgommate, freni, portiere, grida, gente che corre, passi. Lascio andare la pistola.

«Ana!» La voce di Christian... La voce straziata di Christian... Mia... "Salva Mia."

«Ana!»

Buio... e pace.

23

C'è solo dolore. La testa, il petto... dolore lancinante. Il fianco, il braccio. Dolore. Dolore e voci sussurrate nel buio. "Dove sono?" Provo ad aprire gli occhi, ma non ci riesco. Le parole sussurrate diventano più chiare... un faro nell'oscurità.

«Ha delle contusioni alle costole, Mr Grey, e una frattura alla testa in corrispondenza dell'attaccatura dei capelli. I parametri vitali, però, sono buoni e stabili.»

«Perché è ancora svenuta?»

«Mrs Grey ha subito un forte trauma cranico. Ma la sua attività cerebrale è normale e non ci sono edemi. Riprenderà i sensi quando sarà il momento, bisogna darle tempo.»

«E il bambino?» chiede angosciato, senza fiato.

«Il bambino sta bene, Mr Grey.»

«Oh, grazie a Dio.» Le parole sono una litania... una preghiera. "Oh, grazie a Dio."

"Oddio." È preoccupato per il bambino... il bambino? "Puntino." Ma certo. Il mio Puntino. Cerco invano di portare la mano sulla pancia. Nulla si muove, nulla reagisce.

"E il bambino?... Oh, grazie a Dio."

Puntino sta bene.

"E il bambino?... Oh, grazie a Dio."

Gli importa del bambino.

"E il bambino?... Oh, grazie a Dio."

Vuole il bambino. Oh, grazie a Dio. Mi rilasso e l'incoscienza mi reclama di nuovo, sottraendomi al dolore.

È tutto pesante e dolorante: gli arti, la testa, le palpebre, non riesco a muovere nulla. Occhi e bocca sono risolutamente chiusi, impossibili da aprire, e mi lasciano cieca, muta e in balia del dolore. Mentre riemergo dalla nebbia, il ritorno alla coscienza si libra sopra di me, come una seducente sirena che non riesco a raggiungere. I suoni diventano voci.

«Non la lascio.»

"Christian!" È qui. Cerco di svegliarmi. La sua voce è tesa, un sospiro straziato.

«Christian, dovresti dormire un po'.»

«No, papà. Voglio esserci quando si sveglierà.»

«Starò io accanto a lei. È il minimo che possa fare dopo che ha salvato mia figlia.»

«Come sta Mia?»

«È stordita... spaventata e arrabbiata. Ci vorrà qualche ora prima che gli effetti del sedativo svaniscano del tutto.»

«Maledizione.»

«Lo so. Mi sento un idiota per aver allentato un po' la sicurezza su di lei. Tu mi avevi avvertito, ma Mia è così testarda. Se non fosse stato per la nostra Ana...»

«Eravamo tutti convinti che Hyde fosse ormai fuori gioco. E quella stupida pazza di mia moglie... Perché non me l'ha detto?» La voce di Christian è piena di angoscia.

«Christian, cerca di calmarti. Ana è una ragazza davvero notevole. È stata incredibilmente coraggiosa.»

«Coraggiosa, ostinata e stupida» dice, con la voce rotta.

«Ehi» mormora Carrick. «Non essere così duro con lei, e neanche con te stesso, figliolo... È meglio che io torni da tua madre. Sono le tre del mattino, Christian. Dovresti davvero cercare di dormire un po'.»

La nebbia scende di nuovo su di me.

La nebbia si è rialzata, ma non ho alcuna percezione del tempo.

«Se non la sculacci tu, lo faccio io, poco ma sicuro. Ma che diavolo le è saltato in mente?»

«Credimi, Ray, potrei farlo davvero.»

"Papà! È qui. Cerco di combattere contro la nebbia... lotto..." Ma ricado di nuovo nella spirale dell'oblio. "No..."

«Detective, come può vedere lei stesso, mia moglie non è in grado di rispondere alle sue domande.»

«È una giovane donna ostinata, Mr Grey.»

«Vorrei che l'avesse ammazzato, quel bastardo.»

«Questo avrebbe significato altre carte da riempire per me, Mr Grey... Miss Morgan ha cantato come un canarino. Hyde è un vero figlio di puttana pervertito. Ha un forte risentimento nei confronti di suo padre e di lei...»

La nebbia mi avvolge ancora e mi trascina giù... "No!"

«Cosa vuol dire che non vi parlavate?» È Grace. Sembra arrabbiata. Cerco di muovere la testa, ma mi scontro con un ostinato, indifferente silenzio da parte del mio corpo.

«Che cos'hai combinato?»

«Mamma...»

«Christian! Che cos'hai combinato?»

«Ero così arrabbiato.» Sembra quasi un singhiozzo... No.

«Ehi...»

Il mondo intorno a me si allontana e sprofonda, e sono di nuovo nel buio.

Riesco a udire voci attutite e confuse.

«Mi avevi detto che con lei avevi rotto i ponti.» È Grace a parlare. La voce è calma, ma il tono è di rimprovero.

«Lo so.» Christian sembra rassegnato. «Ma averla rivista ha messo tutto nella giusta prospettiva per me. Capisci, vero? La storia del bambino... Per la prima volta ho sentito... Quello che avevamo fatto... era sbagliato.»

«Quello che ha fatto lei, tesoro... I figli fanno proprio questo effetto. Ti fanno guardare il mondo sotto una luce diversa.»

«Comunque, lei finalmente ha capito il messaggio... e anch'io... Ho ferito Ana» sospira.

«Finiamo sempre con il ferire le persone che amiamo, caro. Devi dirle che ti dispiace. Con sincerità. E lasciarle il tempo che le serve.»

«Ha detto che mi stava lasciando.»

«E tu le hai creduto?»

«All'inizio sì.»

«Tesoro, tu credi sempre le cose peggiori per chiunque, incluso te stesso. Sei sempre stato così. Ana ti ama moltissimo, ed è evidente che anche tu la ami.»

«Era furiosa con me.»

«Oh, ne sono certa. Anch'io sono furiosa con te, in questo momento. Penso che possiamo infuriarci davvero solo con le persone che amiamo.»

«Ci ho pensato a lungo, lei mi ha dimostrato più e più volte quanto mi ama... fino al punto di mettere in pericolo la propria vita.»

«Sì, è così, tesoro.»

«Oh, mamma, perché non si sveglia?» La sua voce si incrina. «Per poco non la perdevo.»

"Christian!" Sento dei singhiozzi attutiti. No...

"Oh..." Il buio si richiude sopra di me. "No..."

«Ci sono voluti ventiquattro anni perché tu mi permettessi di starti così vicina.»

«Lo so, mamma, sono contento che abbiamo parlato.»

«Anch'io, tesoro. Io ci sono sempre. Non riesco ancora a credere che sto per diventare nonna.»

"Nonna!"

Il dolce oblio mi attira a sé.

Mmh. Sta sfregando la barba ispida sul dorso della mia mano e intanto mi stringe le dita.

«Oh, piccola, ti prego, torna da me. Mi dispiace. Scusami, per tutto. Ma, per favore, svegliati, apri gli occhi. Mi manchi. Ti amo...»

"Ci sto provando. Voglio vederlo." Ma il mio corpo mi disobbedisce, e cado addormentata ancora una volta.

Ho un urgente bisogno di fare la pipì. Apro gli occhi. Sono nell'ambiente sterile e pulito di una stanza di ospedale. È buio, tranne che per la luce di cortesia, e silenzioso. Mi fanno male la testa e il petto, ma soprattutto ho la vescica che scoppia. Il braccio destro brucia, e vedo l'ago della flebo infilato all'altezza del gomito. Chiudo subito gli occhi. Giro la testa, notando con piacere che risponde ai miei comandi, e riapro gli occhi. Christian sta dormendo, seduto accanto a me, con la testa appoggiata sulle braccia incrociate sopra il letto. Allungo la mano, contenta che il mio corpo risponda, e gli passo le dita sui capelli morbidi.

Si sveglia con un sussulto e alza la testa talmente di scatto che la mia mano ricade debolmente sul letto.

«Ciao» dico con voce roca.

«Oh, Ana» mi risponde con voce strozzata, ma allo stesso tempo sollevata. Mi prende la mano e la stringe piano, poi se l'appoggia alla guancia ispida.

«Devo andare in bagno» sussurro.

Mi fissa e per un attimo si acciglia. «Okay.»

Mi sforzo di tirarmi su a sedere.

«Ana, stai giù. Chiamo un'infermiera.» Si alza in piedi con l'aria un po' allarmata e afferra il cicalino di fianco al letto.

«Ti prego» sospiro. "Ma perché mi fa male dappertutto?" «Devo alzarmi.» "Accidenti, mi sento debolissima."

«Vuoi darmi retta una buona volta?» sbotta, esasperato.

«Ho davvero bisogno di fare la pipì» gli dico, con una vocina stridula. Ho la gola e la bocca completamente secche.

Entra un'infermiera. Avrà una cinquantina d'anni, anche se i capelli sono corvini. Porta enormi orecchini di perle. «Bentornata, Mrs Grey. Informerò la dottoressa Bartley che si è svegliata.» Si avvicina al letto. «Mi chiamo Nora. Sa dove si trova?»

«Sì, all'ospedale. Devo fare la pipì.»

«Le hanno messo un catetere.»

"Che cosa? Oh, che schifo!" Lancio un'occhiata ansiosa a Christian e poi mi rivolgo di nuovo all'infermiera.

«Per favore, vorrei alzarmi.»

«Mrs Grey...»

«La prego.»

«Ana» mi dice Christian, con tono di rimprovero. Faccio un altro tentativo per mettermi seduta.

«Lasci che le tolga il catetere. Mr Grey, sono certa che Mrs Grey desidera un po' di privacy.» L'infermiera guarda Christian con decisione per farlo allontanare.

«Non vado da nessuna parte.» La fissa torvo.

«Christian, per favore» sospiro mentre gli prendo la mano e gliela stringo. Mi restituisce una stretta rapida, poi mi lancia un'occhiata esasperata. «Per favore» lo imploro.

«D'accordo» dice in tono brusco e si passa una mano nei capelli. «Le concedo due minuti» sibila all'infermiera, poi si china a baciarmi la fronte prima di voltarsi e uscire.

Christian irrompe nella camera due minuti dopo, mentre l'infermiera Nora mi sta aiutando a scendere dal letto. Indosso un leggero camice da ospedale, non mi ricordo di essere stata svestita.

«Lasci che la accompagni io» dice avvicinandosi.

«Mr Grey, ce la faccio da sola» lo redarguisce Nora.

Lui le lancia un'occhiataccia. «Maledizione, è mia moglie. L'accompagno io» dice a denti stretti, mentre si fa largo spostando l'asta della flebo.

«Mr Grey!» protesta lei.

Lui la ignora e si china, sollevandomi delicatamente dal letto. Gli metto le braccia intorno al collo, il corpo dolorante. Mi porta nel bagno della stanza, con l'infermiera che ci segue, spingendo l'asta della flebo.

«Mrs Grey, sei troppo magra» borbotta con disapprovazione mentre mi mette delicatamente in piedi. Barcollo, mi sento le gambe molli. Christian preme l'interruttore della luce e, per un attimo, sono accecata dal neon che si accende tremolando e ronzando.

«Siediti, così non cadi» mi dice bruscamente, continuando a sostenermi.

Mi siedo sul water con un po' di incertezza.

«Vai.» Gli faccio segno di uscire.

«No. Fa' la pipì, Ana.»

Che situazione imbarazzante. «Non ci riesco, se stai qui.»

«Rischi di cadere.»

«Mr Grey!»

Entrambi ignoriamo l'infermiera.

«Ti prego» lo imploro.

Alza le mani in segno di resa. «Rimango qui fuori, con la porta aperta.» Fa un paio di passi indietro fino a ritrovarsi proprio dietro la porta, insieme all'infermiera arrabbiata.

«Per favore, girati» gli chiedo. Lui alza gli occhi al cielo, ma obbedisce. E appena mi volta le spalle... comincio a fare la pipì, assaporando la sensazione di sollievo.

Faccio l'inventario delle ferite. Ho mal di testa e un dolore al petto, dove Jack mi ha presa a calci, e il fianco pulsa nel punto in cui ho sbattuto per terra. Inoltre ho sete e fame. "Gesù, altro che fame." Quando ho finito, ringrazio di non dovermi alzare per lavarmi le mani, visto che il lavandino è molto vicino. Non mi reggo in piedi.

«Ho fatto» dico a Christian, mentre mi asciugo le mani.

Lui si gira, entra nel bagno e, prima che me ne renda conto, sono di nuovo tra le sue braccia. Mi sono mancate tanto le sue braccia. Lui si ferma e affonda il naso tra i miei capelli.

«Oh, quanto mi sei mancata, Mrs Grey» sussurra, e con l'infermiera sempre alle calcagna mi mette sul letto e, un po' riluttante, mi lascia andare.

«Se ha finito, Mr Grey, vorrei dare un'occhiata a Mrs Grey.» L'infermiera Nora è furibonda.

Christian fa un passo indietro.

«È tutta sua» dice, in tono più tranquillo.

L'infermiera sbuffa e poi si concentra su di me.

«Come si sente?» mi chiede, comprensiva ma irritata verso Christian.

«Dolorante e assetata. Molto assetata» sussurro.

«Le porterò un po' d'acqua, dopo aver controllato i suoi parametri e dopo che la dottoressa Bartley l'avrà visitata.»

Prende un manicotto per misurare la pressione. Lancio un'occhiata preoccupata a Christian. Ha un aspetto tremendo, sembra quasi spiritato, come se non dormisse da giorni. Ha i capelli in uno stato pietoso, la barba lunga e la camicia stropicciata. Lo guardo accigliata.

«Come ti senti?» Ignorando completamente l'infermiera, si siede sul letto, fuori dalla mia portata.

«Confusa. Dolorante. Affamata.»

«Affamata?» Sbatte le palpebre, sorpreso.

Annuisco.

«Che cosa vorresti mangiare?»

«Qualunque cosa. Del brodo.»

«Mr Grey, c'è bisogno del permesso della dottoressa prima che Mrs Grey possa mangiare qualcosa.»

Lui la fissa con aria impassibile per un istante, poi tira fuori il BlackBerry dalla tasca dei pantaloni e compone un numero.

«Ana vuole del brodo di pollo... Bene... Grazie.» Poi mette giù.

Sbircio Nora, che sta guardando malissimo Christian.

«Era Taylor?» gli chiedo.

Christian annuisce.

«La pressione è a posto, Mrs Grey. Vado a cercare la dottoressa.» Toglie il manicotto ed esce con passo deciso dalla stanza, trasudando irritazione da tutti i pori.

«Credo che tu abbia fatto infuriare l'infermiera.»

«Faccio quest'effetto, alle donne» mi risponde.

Scoppio a ridere, ma smetto di colpo appena il dolore si irradia nel petto.

«Sì, è così.»

«Oh, Ana, sono felice di sentirti ridere.»

Nora ritorna con una caraffa d'acqua. Christian e io ci zittiamo e ci guardiamo in faccia mentre lei riempie un bicchiere e me lo porge.

«Beva a piccoli sorsi.»

«Sì, signora» mormoro e mando giù un po' d'acqua fresca. "Ah, sì." È buonissima. Ne bevo un altro sorso, mentre Christian mi guarda assorto.

«E Mia?» gli domando.

«È al sicuro. Grazie a te.»

«L'avevano rapita?»

«Sì.»

Ho avuto ragione a fare quella pazzia. Il sollievo invade ogni fibra del mio corpo. "Grazie a Dio, grazie a Dio, grazie a Dio, sta bene." Aggrotto le sopracciglia.

«Come hanno fatto a rapirla?»

«Elizabeth Morgan» risponde Christian.

«No!»

Annuisce. «L'ha prelevata fuori dalla palestra.»

Mi acciglio, ancora non capisco.

«I dettagli te li racconto un'altra volta. Mia sta bene, tutto sommato. L'hanno drogata. Adesso è un po' intontita e scossa, ma miracolosamente incolume.» Christian serra la mascella. «Quello che hai fatto è stato incredibilmente coraggioso e incredibilmente stupido. Avresti potuto farti ammazzare.» Nei suoi occhi brilla una debole fiamma grigia, e capisco che sta trattenendo la rabbia.

«Non sapevo cos'altro fare» gli dico con un filo di voce.

«Avresti dovuto dirmelo!» replica lui con foga, stringendo i pugni.

«Lui mi ha detto che l'avrebbe ammazzata, se ne avessi parlato con qualcuno. Non potevo correre il rischio.»

Christian chiude gli occhi, con il terrore dipinto sul volto.

«Sono morto mille volte da giovedì a oggi.»

«Ma che giorno è oggi?»

«È quasi sabato» mi risponde, guardando l'orologio. «Sei stata priva di sensi per più di ventiquattr'ore.»

«E Jack e Elizabeth?»

«Li hanno arrestati. Anche se Jack in realtà è qui, piantonato. Hanno dovuto estrargli la pallottola che gli hai ficcato in corpo» dice Christian in tono amaro. «Non so in quale reparto sia, per fortuna, altrimenti probabilmente sarei già andato ad ammazzarlo.» Il suo viso si incupisce.

"No... Jack è qui?"

"Questo è per la SIP, troia." Impallidisco. Lo stomaco mi si contrae, ho le lacrime agli occhi e sono percorsa da un profondo brivido.

«Ehi.» Christian si precipita verso di me, preoccupatissimo. Mi toglie il bicchiere di mano e mi stringe dolcemente tra le braccia. «Sei al sicuro, adesso» mormora rauco, con la bocca sui miei capelli.

«Christian, mi dispiace davvero.» Iniziano a scendermi le lacrime.

«Ssh.» Mi accarezza i capelli, e io comincio a piangere con il viso affondato nel suo collo.

«Se penso a quello che ti ho detto. Non ho mai avuto l'intenzione di lasciarti.»

«Ssh, piccola, lo so.»

«Davvero?» Smetto di piangere.

«L'ho capito. Alla fine l'ho capito. Onestamente, Ana, che cosa pensavi?» Il tono della sua voce è affaticato.

«Mi hai colto di sorpresa» mormoro contro la sua camicia «quando ero in banca e abbiamo parlato. Quando credevi che ti avrei lasciato. Io pensavo che mi conoscessi meglio. Te l'ho detto e ridetto che non ti avrei mai lasciato.»

«Ma dopo il mio comportamento inqualificabile...» Sussurra a voce bassissima, e le sue braccia si stringono intorno a me. «Per un momento ho pensato di averti persa.»

«No, Christian, non accadrà mai. Non volevo che tu interferissi e mettessi in pericolo la vita di Mia.»

Sospira, e non so se sia per la rabbia, l'esasperazione o il dolore.

«Come hai fatto a capirlo?» gli domando in fretta, per distrarlo dal corso dei suoi pensieri.

Mi sistema i capelli dietro l'orecchio. «Ero appena atterrato a Seattle quando mi ha chiamato la banca. Le ultime notizie che avevo erano che stavi male ed eri diretta a casa.»

«Quindi eri a Portland quando Sawyer ti ha chiamato dall'auto?»

«Stavamo per decollare. Ero preoccupato per te.»

«Davvero?»

«Certo che lo ero.» Passa il pollice sul mio labbro inferiore. «Trascorro la vita a preoccuparmi per te. Ormai lo sai.»

"Oh, Christian!"

«Jack mi ha telefonato in ufficio» gli racconto a voce bassa. «Mi ha dato due ore di tempo per procurarmi i soldi.» Alzo le spalle. «Dovevo andare via subito, e mi è sembrata la scusa migliore.»

La bocca di Christian diventa una linea dura. «E hai seminato Sawyer. Anche lui è furibondo con te.»

«Anche lui?»

«Sì, come me.»

Gli tocco la faccia esitando un po', facendo correre le dita sulla barba ispida.

«Non essere arrabbiato con me, ti prego» gli sussurro.

«Sono furioso con te. Quello che hai fatto è stato di una stupidità colossale. Ai limiti della follia.»

«Te l'ho già detto, non sapevo che altro fare.»

«Sembra che tu non abbia alcun riguardo per la tua sicurezza. E adesso non sei più sola» aggiunge, con rabbia. Mi trema il labbro. Sta pensando al nostro Puntino.

La porta si apre, cogliendoci di sorpresa, ed entra una giovane afroamericana con una giacca bianca sopra un camice grigio.

«Buonasera, Mrs Grey. Sono la dottoressa Bartley.»

Comincia a visitarmi a fondo. Prima mi punta una luce negli occhi, poi mi fa toccare le sue dita, e poi il mio naso chiudendo prima uno e poi l'altro occhio, e mi controlla i riflessi. La sua voce è dolce e il suo tocco delicato, ha un modo di fare rassicurante, caldo. Arriva anche l'infermiera Nora, e Christian si sposta in un angolo della camera a fare qualche telefonata mentre le due donne si occupano di me. È difficile concentrarsi sulla dottoressa Bartley, sull'infermiera Nora e su Christian nello stesso momento, ma lo sento chiamare suo padre, mia madre e Kate per avvisarli che mi sono svegliata. Infine, lascia un messaggio sulla segreteria di Ray.

"Ray. Oh, no..." Mi torna in mente un ricordo vago della sua voce. Era qui quando ero priva di conoscenza.

La dottoressa Bartley mi controlla le costole, preme dolcemente ma con fermezza con le dita. «Sono contuse, ma non sono rotte né incrinate. È stata molto fortunata, Mrs Grey.»

"Fortunata?" Non è il termine che avrei scelto. Anche Christian la guarda un po' male. Mima una parola con le labbra. Credo che sia "temeraria", ma non ne sono sicura.

«Le prescrivo qualche analgesico per il dolore alle costole e per il mal di testa che dovrebbe esserle già venuto. Sta andando tutto bene, Mrs Grey. Le consiglio di dormire. A seconda di come si sentirà domattina, potremmo già mandarla a casa. Sarà la mia collega, la dottoressa Singh, a seguirla.»

«Grazie.»

Bussano alla porta: entra Taylor, portando una scatola di cartone nero con la scritta FAIRMONT OLYMPIC su un lato.

"Accidenti."

«Cibo?» chiede la dottoressa Bartley, sorpresa.

«Mrs Grey ha fame» risponde Christian. «Qui c'è del brodo di pollo.»

La dottoressa sorride. «Il brodo va bene, ma mi raccomando, solo quello, niente di pesante.» Ci fissa per un momento e poi esce con l'infermiera Nora.

Christian sposta il tavolino con le ruote vicino a me e Taylor ci appoggia la scatola.

«Bentornata, Mrs Grey.»

«Salve, Taylor, grazie mille.»

«Prego, signora.» Credo che voglia aggiungere qualcosa, ma si trattiene.

Christian sta aprendo la confezione e tira fuori un thermos, una scodella, un piattino, un tovagliolo di lino, un cucchiaio, un cestino pieno di panini, una saliera d'argento e un macinapepe... Taylor ha svaligiato l'Olympic!

«Taylor, è fantastico.» Il mio stomaco sta brontolando, muoio di fame.

«Va tutto bene?» mi chiede.

«Sì, grazie» gli risponde Christian, congedandolo.

Taylor fa un cenno con la testa.

«Grazie, Taylor.»

«Posso fare qualcos'altro per lei, Mrs Grey?»

Do un'occhiata a Christian. «Magari dei vestiti puliti per mio marito.»

Taylor sorride. «Sì, signora.»

Christian abbassa lo sguardo sulla sua camicia.

«Da quanto tempo hai addosso quella camicia?» gli chiedo.

«Da giovedì mattina.» Mi fa un sorriso sbilenco.

Taylor esce.

«Anche Taylor ce l'ha abbastanza con te» aggiunge Christian, in tono scontroso. Svita il coperchio del thermos e versa il brodo nella scodella.

"Anche Taylor!" Ma non ci rimugino troppo sopra, distratta dal brodo. Ha un profumo delizioso e dalla superficie si alzano piccole volute di vapore molto invitanti. Ne assaggio un po' e sembra all'altezza delle aspettative.

«È buono?» mi chiede Christian, che si è seduto sul letto. Annuisco con entusiasmo e comincio a mangiare con voracità. Mi fermo solo per pulirmi la bocca con il tovagliolo.

«Dimmi che cosa è successo... dopo che hai capito che cosa stava accadendo.»

Christian si passa una mano tra i capelli e scuote la testa.

«Oh, Ana, è bello vederti mangiare.»

«Ho fame. Su, racconta.»

Si rabbuia. «Be', dopo la telefonata della banca ho pensato che tutto il mio mondo fosse crollato...» Non riesce a nascondere il dolore nella voce.

Smetto di mangiare. "Oh, no."

«Non fermarti, se no io smetto di raccontare» mi sussurra severo. Io riprendo a sorseggiare il brodo. "Okay... Okay... Accidenti, è davvero buono." Lo sguardo di Christian si addolcisce. Dopo un attimo ricomincia.

«Comunque, poco dopo la nostra conversazione al telefono, Taylor mi ha informato che a Hyde era stata concessa la libertà su cauzione. Come sia potuto succedere, non lo so; ero convinto di essere riuscito a bloccare tutti i suoi tentativi di ottenerla. Ma questa notizia mi ha dato modo di riflettere su quello che avevi detto... e ho capito che c'era qualcosa che non andava, qualcosa di molto grave.»

«Non mi è mai importato niente dei tuoi soldi» sbotto all'improvviso, con un inaspettato rigurgito di rabbia. Alzo la voce. «Come hai potuto anche solo pensarlo? Non è mai stata una questione di soldi per me!» Christian mi fissa per una frazione di secondo, stupito dalla mia veemenza.

«Modera le parole» ringhia. «Calmati e mangia.»

Lo fisso con un'espressione di protesta.

«Ana» mi ammonisce.

«È la cosa che mi ha fatto più male di tutte, Christian» sospiro. «Quasi quanto il fatto che tu abbia rivisto quella donna.»

Inspira bruscamente, come se gli avessi dato uno schiaffo, e all'improvviso sembra esausto. Chiude gli occhi per un istante e scuote la testa, rassegnato.

«Lo so» sospira. «E mi dispiace davvero. Più di quanto tu possa immaginare.» I suoi occhi sono pieni di rimorso. «Per favore, mangia, finché il brodo è ancora caldo.» Il suo tono è dolce e pressante, e io obbedisco. Lui tira un sospiro di sollievo.

«Continua» sussurro, mentre mastico qualche boccone proibito di pane fresco.

«Non sapevo che Mia fosse sparita. Pensavo che lui ti ricattasse, o qualcosa del genere. Ti ho richiamata, ma tu non mi hai risposto.» Il suo volto si indurisce. «Ti ho lasciato un messaggio e poi ho chiamato Sawyer. Taylor ha cominciato a seguire il tuo telefono. Sapevo che eri in banca e ci siamo precipitati lì.»

«Non so come abbia fatto Sawyer a trovarmi. Anche lui ha localizzato il mio telefono?»

«La SAAB ha un dispositivo di localizzazione. Tutte le nostre auto ce l'hanno. Quando siamo arrivati alla banca, tu ti eri già mossa, e ti abbiamo seguita. Perché stai sorridendo?»

«In un certo senso sapevo che mi saresti stato alle calcagna.»

«E perché lo trovi divertente?»

«Jack mi aveva dato istruzioni di gettare via il cellulare. Così mi sono fatta prestare quello di Whelan: è quello che è stato buttato via. Il mio l'ho messo dentro uno dei borsoni, in modo che tu potessi seguire i tuoi soldi.»

Christian sospira. «I nostri soldi, Ana» dice in tono calmo. «Mangia.»

Pulisco la scodella con l'ultimo pezzo di pane e me lo infilo in bocca. Per la prima volta dopo molto tempo mi sento sazia, nonostante la conversazione con Christian.

«Ho finito.»

«Brava bambina.»

Bussano alla porta, è l'infermiera Nora con un bicchierino. Christian toglie le stoviglie e rimette tutto nella scatola.

«È un analgesico.» Nora sorride mentre mi mostra la pillola bianca contenuta nel bicchierino.

«Ma posso prenderla? Sa, con il bambino...»

«Sì, Mrs Grey. Va benissimo.»

La ringrazio con un cenno del capo. La testa continua a pulsare. Ingoio la pillola con un po' d'acqua.

«Dovrebbe riposarsi un po', Mrs Grey.» L'infermiera fissa Christian negli occhi.

Lui annuisce.

"No!" «Te ne vai?» esclamo, mentre il panico mi assale. "Non andartene, abbiamo appena cominciato a parlare."

Christian sbuffa. «Se pensi solo per un attimo che ti perda di vista, Mrs Grey, ti sbagli di grosso.»

Nora si avvicina al letto con un gesto di stizza e mi sistema il cuscino in modo che mi possa sdraiare.

«Buonanotte, Mrs Grey.» E con un'ultima occhiataccia a Christian esce dalla camera.

Appena lei chiude la porta, lui inarca un sopracciglio.

«Non credo di essere molto simpatico all'infermiera.»

È in piedi vicino al letto e ha l'aria stanca. Pur desiderando che resti, so che dovrei persuaderlo ad andare a casa.

«Anche tu hai bisogno di riposarti, Christian. Vai a casa, hai l'aria esausta.»

«Non ti lascio sola. Farò un pisolino in poltrona.»

Lo guardo contrariata, poi mi volto su un fianco.

«Dormi con me.»

Si acciglia. «No, non posso.»

«Perché no?»

«Non voglio farti male.»

«Ma non mi fai male. Ti prego, Christian.»

«Hai la flebo attaccata.»

«Christian, ti prego.»

Mi fissa, e capisco che è un po' tentato.

«'Fanculo.» Sollevo le coperte per invitarlo nel letto.
«Al diavolo.» Si toglie scarpe e calze e si infila nel letto
di fianco a me. Mi mette un braccio intorno alle spalle e io
appoggio la testa sul suo petto. Mi dà un bacio.

«Non credo che l'infermiera Nora sarà molto contenta di
questa sistemazione» sussurra in tono cospiratorio.

Ridacchio ma smetto subito a causa del dolore lancinante al petto. «Non farmi ridere, mi fa male.»

«Ah, ma io amo sentirti ridere» risponde a voce bassa,
con una sfumatura di tristezza. «Mi dispiace, piccola, mi dispiace davvero tanto.» Mi bacia di nuovo i capelli e inspira
forte, e non so per che cosa si stia scusando... Per avermi
fatta ridere? O per il casino in cui siamo finiti? Appoggio
una mano sul suo cuore e lui ci mette sopra la sua. Per un
attimo restiamo in silenzio.

«Perché sei andato da quella donna?»

«Oh, Ana» mi risponde con un gemito. «Vuoi davvero
parlarne in questo momento? Non possiamo lasciar perdere? Mi dispiace di averlo fatto, d'accordo?»

«Ho bisogno di saperlo.»

«Te lo dico domani» mormora irritato. «Ah, e il detective
Clark vuole parlarti, una formalità. Ora cerca di dormire.»

Mi dà un bacio sui capelli. Io sospiro forte. Devo sapere
il perché. Almeno ha detto che gli dispiace. È già qualcosa.
"Accidenti, il detective Clark." Al pensiero di dover rivivere gli eventi di giovedì mi viene un brivido.

«Si sa perché Jack l'ha fatto?»

«Mmh» mormora Christian. Il lento alzarsi e abbassarsi
del suo petto mi placa, culla dolcemente la mia testa e mi
conduce lentamente verso il sonno; il suo respiro rallenta
sempre più. Mentre mi addormento, cerco di dare un senso
ai frammenti di conversazione che ho udito quando ero semicosciente, ma continuano a scivolare via dalla mia mente, a rimanere sfuggenti, a schernirmi dai confini della memoria. Oh, è frustrante e stancante... e...

L'infermiera Nora fa una smorfia e incrocia le braccia con aria ostile. Mi porto un dito alla bocca.

«Per favore, lo lasci dormire» sussurro, con gli occhi socchiusi nella prima luce del mattino.

«Questo letto è per lei, non per lui» sibila in tono severo.

«Ho dormito meglio con lui qui» insisto, pronta a prendere le difese di mio marito. Dopotutto, è la verità. Christian si muove nel letto, e l'infermiera e io ci blocchiamo.

Sta mormorando qualcosa nel sonno. «Non toccarmi. Non toccarmi più. Solo Ana.»

Mi acciglio, non ho quasi mai sentito Christian parlare nel sonno. Certo, forse è perché lui dorme meno di me. Ho sentito solo i suoi incubi. Mi stringe fra le braccia e io ho un sussulto.

«Mrs Grey...» l'infermiera Nora ha lo sguardo torvo.

«Per favore» la imploro.

Scuote la testa, si gira e se ne va, e io mi rannicchio di nuovo contro Christian.

Quando mi sveglio, non ci sono tracce di Christian. Il sole brilla attraverso le finestre e posso finalmente rendermi conto di com'è la camera. "Ci sono dei fiori!" Non li avevo notati la notte scorsa. Ci sono tanti mazzi diversi. Mi chiedo distrattamente chi li abbia mandati.

Un leggero bussare mi distrae. Carrick fa capolino dalla porta. Si illumina quando vede che sono sveglia.

«Posso entrare?» mi chiede.

«Certo.»

Entra e mi si avvicina, e poi mi esamina molto attentamente con i suoi dolci e gentili occhi azzurri. Indossa un completo scuro, probabilmente viene dal lavoro. Mi sorprende chinandosi su di me e baciandomi la fronte.

«Posso sedermi?»

Annuisco e lui si sistema in fondo al letto e mi prende una mano tra le sue.

«Non so come ringraziarti per mia figlia, pazza, coraggiosa e cara ragazza. Il tuo intervento probabilmente le ha salvato la vita. Sarò per sempre in debito con te.» Gli trema un po' la voce, colma di gratitudine e di commozione. "Oh..." Non so che cosa dire. Gli stringo la mano, ma rimango muta.

«Come ti senti?»

«Meglio. Un po' indolenzita» gli dico, per amore di verità.

«Ti hanno dato le medicine contro il dolore?»

«Sì. Mi hanno dato... qualcosa.»

«Bene. Christian dov'è?»

«Non lo so. Quando mi sono svegliata, non c'era più.»

«Non sarà lontano, ne sono sicuro. Non se ne andrebbe di certo, mentre sei addormentata.»

«Lo so.»

«È un po' arrabbiato con te, e ha ragione.» Carrick mi fa un sorrisetto compiaciuto. "Ah, ecco da chi ha preso Christian."

«Christian è sempre arrabbiato con me.»

«Davvero?» Carrick sorride, come se fosse una cosa positiva. Il suo sorriso è contagioso.

«Come sta Mia?»

Lo sguardo di Carrick si rannuvola e il sorriso sparisce. «Sta meglio. È veramente furibonda. Credo che la rabbia sia una reazione sana a quello che le è accaduto.»

«È qui?»

«No, è tornata a casa. Non credo che Grace le permetterà di allontanarsi dal suo campo visivo.»

«Conosco la situazione.»

«Anche tu hai bisogno di essere tenuta d'occhio» mi ammonisce. «Non voglio che corra altri rischi, che metta a repentaglio la tua vita o quella del mio nipotino.»

Arrossisco. "Lo sa!"

«Grace ha letto la tua cartella clinica e me l'ha detto. Congratulazioni.»

«Ehm... grazie.»

Mi guarda e la sua espressione si addolcisce, anche se la mia faccia lo lascia perplesso.

«Christian capirà» dice. «Questa sarà la cosa migliore che poteva capitargli. Solo... dagli un po' di tempo.»

Annuisco. "Oh... si sono parlati."

«Devo andare. Mi aspettano in tribunale.» Sorride e si alza. «Ti chiamo più tardi per sapere come stai. Grace stima molto la dottoressa Singh e la dottoressa Bartley. Sanno il fatto loro.»

Si china su di me e mi dà un altro bacio. «Lo dico davvero, Ana: non potrò mai ripagarti per quello che hai fatto per noi. Grazie.»

Lo guardo cercando di trattenere le lacrime, improvvisamente travolta dall'emozione, e lui mi accarezza una guancia con affetto. Poi si gira e se ne va.

"Oddio." Questa manifestazione di gratitudine mi ha fatto girare la testa. Forse ora posso archiviare la faccenda dell'accordo prematrimoniale. Scuoto la testa e con molta cautela scendo dal letto. Mi conforta vedere che sono più stabile sulle gambe rispetto a ieri. Nonostante la presenza di Christian nel letto, ho dormito bene e mi sento rinvigorita. La testa mi fa ancora male: è un dolore sordo e fastidioso, ma niente a che vedere con le fitte pulsanti di ieri. Sono irrigidita e indolenzita, e ho bisogno di lavarmi. Mi sento sporca. Entro nel bagno della camera.

«Ana!» urla Christian.

«Sono in bagno» gli rispondo mentre finisco di lavarmi i denti. Va molto meglio. Cerco di ignorare la mia immagine nello specchio. "Sono proprio un disastro." Quando apro la porta, vedo Christian vicino al letto, con in mano un vassoio pieno di cibo. È completamente trasformato. Tutto vestito di nero, sbarbato, fresco di doccia. Ha un aspetto molto riposato.

«Buongiorno, Mrs Grey» mi dice, allegro. «Ti ho portato la colazione.» Sembra un ragazzino, ha l'aria felice.

Mentre salgo sul letto gli faccio un sorriso radioso. Mi avvicina il tavolino e mi mostra il contenuto del vassoio: porridge con frutta secca, pancake con sciroppo d'acero, bacon, succo d'arancia e tè Twinings English Breakfast. Mi viene l'acquolina in bocca. Bevo il succo d'arancia in pochi sorsi e mi butto sul porridge. Christian si siede in fondo al letto e sorride con aria compiaciuta.

«Che cosa c'è?» gli chiedo, con la bocca piena.

«Mi piace guardarti mangiare» mi risponde. Ma non penso che sia questo che lo fa sorridere. «Come ti senti?»

«Meglio» mormoro tra un boccone e l'altro.

«Non ti ho mai vista mangiare così.»

Gli lancio un'occhiata, e mi si stringe il cuore. Non possiamo più nascondere l'evidenza. «È perché sono incinta, Christian.»

Sbuffa, e curva le labbra in un sorriso ironico. «Se avessi saputo che bastava metterti incinta per farti mangiare, l'avrei fatto prima.»

«Christian Grey!» Mi manca il fiato, e poso la ciotola con il porridge.

«Non smettere di mangiare.»

«Christian, dobbiamo parlare.»

Si irrigidisce. «E cosa c'è da dire? Diventeremo genitori.» Si stringe nelle spalle, cercando disperatamente di sembrare disinvolto, ma io percepisco la sua paura. Allontano il tavolino e scendo dal letto per avvicinarmi a lui. Gli prendo una mano tra le mie.

«Sei spaventato» sussurro. «Lo vedo.»

Mi fissa con aria inespressiva, gli occhi spalancati, e l'aria da ragazzino svanisce.

«Lo sono anch'io, è normale» mormoro.

«Ma che padre potrò mai essere?» mi chiede. La sua voce è roca, a stento udibile.

«Oh, Christian.» Cerco di trattenere un singhiozzo. «Uno che fa del suo meglio. La sola cosa che ognuno di noi può fare.»

«Ana… io non so se ce la faccio…,»

«Ma certo che sì. Sei affettuoso, divertente, forte, sai porre delle regole. A nostro figlio non mancherà nulla.»

Mi fissa immobile, il dubbio dipinto sul viso bellissimo.

«D'accordo, aspettare sarebbe stato l'ideale. Avere più tempo per noi due. Ma adesso saremo noi tre, e cresceremo insieme. Saremo una famiglia. La nostra famiglia. E tuo figlio ti amerà incondizionatamente, proprio come me.» Mentre parlo, mi spuntano le lacrime agli occhi.

«Oh, Ana» sussurra Christian, con la voce piena di angoscia e dolore. «Pensavo di averti persa di nuovo. Ti ho vista lì per terra, pallida, fredda, priva di sensi. I miei peggiori timori sembravano essersi realizzati. E invece eccoti qui, forte e coraggiosa, e capace di darmi speranza. Mi ami ancora dopo tutto quello che ho fatto.»

«Certo che ti amo, Christian, moltissimo. E ti amerò per sempre.»

Mi prende delicatamente la testa tra le mani e mi asciuga le lacrime con i pollici. Mi guarda dritto negli occhi, i suoi occhi grigi nei miei occhi azzurri, e tutto quello che vedo sono paura, meraviglia e amore.

«Anch'io ti amo» sospira. E mi bacia con dolcezza, teneramente, come un uomo che adora la propria moglie. «Cercherò di essere un buon padre» sussurra, con la bocca sulle mie labbra.

«Ci riuscirai. E, comunque, non hai molta scelta, visto che Puntino e io non abbiamo alcuna intenzione di andarcene.»

«Puntino?»

«Sì, Puntino.»

Inarca un sopracciglio. «Il nome che avevo in testa io era Junior.»

«Junior va benissimo.»

«Ma Puntino mi piace.» Mi rivolge uno dei suoi sorrisi timidi e mi bacia di nuovo.

24

«Starei qui tutto il giorno a baciarti, ma la tua colazione si raffredda» mormora Christian sfiorandomi le labbra. Adesso ha un'espressione divertita, ma i suoi occhi sono più cupi e sensuali. È cambiato di nuovo. Il mio Mr Lunatico.

«Mangia» mi ordina con voce dolce. Mi infilo di nuovo a letto, cercando di non impigliarmi nel tubicino della flebo. Mi spinge il vassoio davanti. Il porridge è freddo, ma i pancake sotto il coprivivande non sono male... anzi, mi fanno venire l'acquolina in bocca.

«Sai» mormoro tra un boccone e l'altro «Puntino potrebbe essere una femminuccia.»

Christian si passa una mano nei capelli. «Due donne, eh?» Il timore gli balena sul viso, e la sua espressione sensuale scompare.

"Oh, cavolo!" «Tu che cosa preferiresti?»

«In che senso?»

«Maschio o femmina?»

Aggrotta la fronte. «Mi basta che sia sano» dice con calma, chiaramente sconcertato dalla domanda. «Mangia» mi ordina in tono secco e mi rendo conto che sta cercando di cambiare discorso.

«Mangio, mangio... stai calmo, Grey.» Lo guardo con attenzione. Ha piccole rughe di preoccupazione intorno agli occhi. Ha detto che ce la metterà tutta, ma so che l'idea del bambino gli fa ancora paura. "Oh, Christian, anche a me." Si siede nella poltrona vicino a me e prende il "Seattle Times". «Sei di nuovo in prima pagina, Mrs Grey» mi dice amaramente.

«Di nuovo?»

«Quei giornalisti da strapazzo hanno rimaneggiato la storia di ieri, ma la ricostruzione dei fatti sembra abbastanza fedele. Vuoi leggerla?»

Scuoto la testa. «Leggimela tu. Sto mangiando.»

Inizia a leggere. È un servizio su Jack e Elizabeth, che li dipinge come una specie di Bonnie e Clyde dei nostri giorni. Racconta il rapimento, il mio intervento e la liberazione di Mia, oltre al fatto che Jack e io ci troviamo nello stesso ospedale. Come ha ottenuto la stampa tutte queste informazioni? Dovrò chiederlo a Kate.

Quando Christian finisce, dico: «Per favore, leggimi qualcos'altro. Mi piace ascoltarti». Mi accontenta e mi legge un articolo su una paninoteca che pare straordinaria e un altro sulla Boeing che ha dovuto annullare il lancio di non so quale aereo. Aggrotta le sopracciglia durante la lettura, mentre io, ormai certa che sto bene, che Mia è al sicuro e che il mio Puntino è sano e salvo, nell'ascoltare la sua rassicurante voce vivo un prezioso momento di pace.

Capisco che Christian sia spaventato dall'idea di avere un figlio, ma non riesco a rendermi conto di quanto sia profondo il suo timore. Decido di non lasciar cadere il discorso, e di vedere se riesco a tranquillizzarlo. La cosa che mi confonde è che non gli sono mancati modelli genitoriali positivi. Sia Grace sia Carrick sono genitori esemplari, o almeno così sembrano. Forse è stata l'interferenza della Strega a ferirlo così profondamente. Vorrei che fosse così. Ma, in realtà, penso che la cosa risalga alla sua madre biologica, anche se ovviamente Mrs Robinson non gli è stata d'aiuto. Smetto di pensare, perché mi vengono in mente brandelli di una conversazione sussurrata. "Accidenti!" Sono relegati ai margini della mia memoria, da quando ho perso conoscenza. Christian che parla con Grace: poi tutto scompare nelle ombre della mia mente. "Oh, è così frustrante."

Mi chiedo se Christian mi dirà mai spontaneamente la ragione per cui è andato a trovare quella donna, o se dovrò essere io a spingerlo a farlo. Sto per interrogarlo sull'argomento, quando qualcuno bussa alla porta.

Il detective Clark entra nella stanza, con aria di scuse. Il mio cuore smette di battere, quando lo vedo.

«Mr Grey, Mrs Grey. Disturbo?»

«Sì» risponde seccamente Christian.

Clark lo ignora. «Sono felice di vedere che sta bene, Mrs Grey. Devo farle un paio di domande su giovedì pomeriggio. Pura formalità. Adesso le andrebbe bene?»

«Certo» borbotto, ma non voglio rivivere gli eventi di quel giorno.

«Mia moglie dovrebbe riposare» si inalbera Christian.

«Sarò rapido, Mr Grey. Toglierò il disturbo in fretta.»

Christian si alza, offrendo il posto a Clark, e si siede sul bordo del letto, mi stringe la mano con fare rassicurante.

Mezz'ora dopo Clark ha finito. Non sono venuta a conoscenza di dettagli nuovi, ma gli ho raccontato i fatti di giovedì con voce pacata ed esitante, mentre osservavo Christian impallidire e fare smorfie.

«Vorrei che tu avessi mirato più in alto» mormora Christian.

«Se l'avesse fatto, Mrs Grey avrebbe reso un servizio al genere femminile» concorda Clark.

"Cosa?"

«Grazie, Mrs Grey. Per ora abbiamo finito.»

«Non lo farete uscire di nuovo, vero?»

«Non credo che stavolta riusciranno a pagargli la cauzione, signora.»

«Si sa chi gliel'ha pagata?» chiede Christian.

«No. È un'informazione riservata.»

Christian aggrotta le sopracciglia, ma credo che sospetti di qualcuno. Clark si alza e, proprio mentre si sta congedando, entrano nella stanza la dottoressa Singh e due suoi colleghi.

Dopo una visita accurata la dottoressa Singh stabilisce che posso essere dimessa. Christian si accascia, sollevato.

«Mrs Grey, faccia attenzione che il mal di testa non peggiori e che non le si offuschi la vista. In tal caso, dovrà tornare immediatamente in ospedale.»

Cerco di contenere la gioia per l'imminente ritorno a casa.

Quando la dottoressa Singh esce, Christian chiede di poter scambiare due parole con lei nel corridoio. Le rivolge una domanda e, attraverso la porta socchiusa, vedo che lei sorride.

«Sì, Mr Grey, si può.»

Lui fa un ampio sorriso e, quando rientra in camera, ha un'aria decisamente contenta.

«Che cosa le hai chiesto?»

«Del sesso» dice, con un ghigno malizioso.

Arrossisco. «E?»

«Puoi farlo.» Fa un sorrisetto compiaciuto.

«Ho mal di testa» gli rispondo con un analogo sorrisetto.

«Lo so. Non potrò toccarti per un po'. Mi sono solo informato.»

"Non potrà toccarmi?" Aggrotto le sopracciglia, avvertendo una momentanea fitta di disappunto. Non sono proprio sicura di non voler essere toccata.

L'infermiera Nora ci raggiunge e mi toglie l'ago della flebo. Guarda fisso Christian. Penso che sia una delle poche donne di mia conoscenza insensibile al suo fascino. Mentre se ne va con l'asta della flebo, la ringrazio.

«Vuoi che ti porti a casa?» chiede Christian.

«Prima vorrei passare da Ray.»

«Certo.»

«Sa già del bambino?»

«Pensavo che volessi dirglielo tu. Non l'ho detto neanche a tua madre.»

«Grazie.» Gli sorrido, riconoscente.

«Mia madre lo sa» aggiunge Christian. «Ha visto la tua cartella clinica. L'ha detto a mio padre, ma a nessun altro. Dice che di solito si aspetta più o meno fino alla dodicesima settimana... per essere sicuri.» Si stringe nelle spalle.

«Non sono sicura di essere pronta a dirlo a Ray.»

«Devo avvertirti: è furioso. Secondo lui dovrei sculacciarti.» "Che cosa?" Christian ride per la mia espressione sbigottita. «Gli ho detto che ho tutte le intenzioni di accontentarlo.»

«Non puoi averlo fatto!» ribatto senza fiato, ma l'eco di una conversazione sussurrata mi stuzzica la mente. Sì, quando ero priva di sensi c'era Ray con me...

Mi fa l'occhiolino. «Tieni, Taylor ti ha portato qualcosa di pulito da metterti. Ti aiuto a vestirti.»

Come preannunciato da Christian, Ray è furioso. Da che mi ricordo, non l'ho mai visto così. Christian ha deciso di lasciarci soli. Per essere un uomo taciturno Ray riempie la camera dell'ospedale di invettive, accusandomi di essermi comportata da irresponsabile. Ho di nuovo dodici anni.

«Ho anche dovuto affrontare tua madre» brontola, facendo un gesto di esasperazione con entrambe le mani.

«Papà, mi dispiace.»

«E povero Christian! Non l'avevo mai visto così. Siamo entrambi invecchiati di colpo negli ultimi giorni.»

«Ray, mi dispiace.»

«Tua madre sta aspettando che la chiami» dice, in tono più pacato.

Lo bacio sulla guancia e alla fine lui smette di inveire.

«Le telefonerò. Mi dispiace davvero. Ma ti ringrazio per avermi insegnato a sparare.»

Per un attimo mi guarda con malcelato orgoglio paterno.

«Sono contento della tua mira» mi dice in tono burbero. «Adesso vai a casa a riposarti un po'.»

«Hai un'ottima cera, papà» dico per cambiare discorso.

«Tu invece sei pallida.» Il suo sguardo è identico a quello che aveva Christian ieri sera, e gli stringo forte la mano.

«Sto bene. Prometto di non rifarlo mai più.»

Mi stringe la mano e mi abbraccia, attirandomi a sé. «Se ti fosse successo qualcosa...» sussurra con voce roca appena percettibile. Mi vengono le lacrime agli occhi. Non sono abituata a manifestare le mie emozioni davanti al mio patrigno.

«Papà, sto bene. Una doccia calda e mi passerà tutto.»

Lasciamo l'ospedale dall'uscita posteriore per evitare i paparazzi radunati all'entrata. Taylor ci accompagna al SUV che ci sta aspettando.

Sawyer è alla guida e Christian pare tranquillo. Evito lo sguardo di Sawyer nello specchietto retrovisore: sono a disagio perché l'ultima volta che l'ho visto è stato in banca, quando gli ho fatto perdere le mie tracce. Telefono a mia madre, che non la smette di singhiozzare. Mi ci vuole quasi tutto il tragitto per calmarla. Mentre parlo al telefono Christian mi tiene la mano. È nervoso...

«Cosa c'è che non va?» gli chiedo quando alla fine riesco a liberarmi da mia madre.

«Welch vuole vedermi.»

«Welch? E perché?»

«Ha trovato qualcosa su quel bastardo di Hyde.» Le sue labbra si piegano in una smorfia di rabbia, e io sono percorsa da un brivido. «Non mi ha voluto dire nulla al telefono.»

«Ah...»

«Arriverà qui oggi pomeriggio da Detroit.»

«Pensi che abbia scoperto un collegamento?»

«Non ne ho idea.» Christian è perplesso.

Taylor entra nel garage dell'Escala e si ferma vicino all'ascensore per farci scendere prima di parcheggiare. Riusciamo a sottrarci ai fotografi appostati in attesa. Christian mi fa scendere. Cingendomi la vita con un braccio, mi accompagna all'ascensore che ci sta aspettando.

«Sei contenta di essere a casa?» mi domanda.

«Sì» sussurro. Ma, mentre sono nell'ascensore, in quel posto così familiare, l'enormità di quanto è successo mi travolge e mi fa vacillare.

«Ehi.» Christian mi prende tra le braccia e mi attira a sé. «Sei a casa. Sei al sicuro» dice baciandomi i capelli.

«Oh, Christian.» Un argine di cui ignoravo l'esistenza si rompe, e inizio a singhiozzare.

«Calmati, dài» sussurra lui, cullandomi la testa appoggiata sul suo petto.

Ma è troppo tardi. Sopraffatta, piango sulla sua camicia, ricordando l'attacco crudele di Jack – "Questo è per la SIP, troia!" – le cose terribili che ho detto a Christian e la sua domanda disperata: "Mi stai lasciando?". E ricordo la paura, la terribile paura per Mia, per me stessa e per Puntino.

Quando le porte dell'ascensore si aprono, Christian mi prende in braccio come una bambina e mi porta nell'atrio. Io mi aggrappo a lui, gemendo piano.

Mi porta in bagno e mi depone delicatamente sulla sedia. «Vuoi fare un bagno?» mi chiede.

Scuoto la testa. No... no... non come Leila.

«Una doccia?» Ha la voce strozzata dalla preoccupazione.

Annuisco, tra le lacrime. Voglio lavare via la sporcizia degli ultimi giorni, lavare via il ricordo dell'attacco di Jack. "Puttana succhiasoldi." Singhiozzo portandomi le mani al volto, mentre lo scroscio della cascata d'acqua della doccia riecheggia sulle pareti.

Christian si inginocchia davanti a me, mi scosta le mani dalle guance rigate di lacrime e mi prende il viso tra le dita. Lo guardo, sbattendo le palpebre per allontanare le lacrime.

«Sei al sicuro. Siete tutti e due al sicuro» sussurra.

"Puntino e io." Mi vengono ancora le lacrime agli occhi.

«Basta, adesso. Non sopporto di vederti piangere» mi dice con voce roca. Mi asciuga le guance con i pollici, ma io continuo a piangere.

«Mi dispiace, Christian. Mi dispiace tanto. Per averti fatto preoccupare, per aver rischiato tutto, per le cose che ho detto.»

«Calmati, piccola, ti prego.» Mi bacia la fronte. «Mi dispiace. Si sbaglia sempre in due, Ana. Be', mia madre dice sempre così. Ho fatto e detto cose di cui non sono affatto orgoglioso.» Ha lo sguardo desolato, ma pentito. «Lascia che ti svesta» mi dice con voce dolce. Mi asciugo il naso con il dorso della mano, e lui mi bacia di nuovo la fronte.

Mi spoglia velocemente, con particolare cautela quando mi toglie la maglietta sfilandomela dalla testa. Ma la testa non mi fa poi così male. Mentre mi accompagna verso la doccia, si spoglia a tempo di record prima di entrare insieme a me sotto il gradito getto di acqua calda. Mi prende tra le braccia e mi tiene stretta per un tempo lunghissimo, mentre l'acqua scroscia su di noi, calmandoci entrambi.

Mi lascia piangere sul suo petto. Di tanto in tanto mi bacia i capelli, ma non molla la presa: si limita a cullarmi piano sotto l'acqua calda. Sento la sua pelle sulla mia, la peluria del suo torace contro le mie guance: è l'uomo che amo, quest'uomo meraviglioso e insicuro, l'uomo che avrei potuto perdere con il mio comportamento folle. Avverto una sensazione di vuoto e di pena, eppure sono riconoscente che sia ancora qui, nonostante quello che è successo.

Mi deve qualche spiegazione, ma adesso voglio godermi la sensazione delle sue braccia protettive che mi stringono. Non posso forzarlo, dev'essere lui a parlarmi. Non voglio diventare una di quelle mogli assillanti che vessano il marito per strappargli informazioni: è estenuante. So che lui mi ama. So che mi ama più di quanto abbia mai amato nessun'altra, e per ora va bene così. È una presa di coscienza liberatoria: smetto di piangere e mi sciolgo dal suo abbraccio.

«Va meglio?»

Annuisco.

«Bene. Fatti guardare» mi dice e per un attimo non so come interpretare le sue parole. Ma lui mi prende le mani ed esamina il braccio su cui sono caduta quando Jack mi ha colpita. Ho dei lividi sulla spalla e dei graffi sul gomito e sul polso. Prende una spugna e il docciaschiuma dalla mensola, e il familiare profumo di gelsomino mi invade le narici.

«Girati.» Inizia a lavarmi con cautela il braccio che mi fa male, poi il collo, le spalle, la schiena e l'altro braccio. Mi fa girare e mi accarezza il fianco con le sue dita affusolate. Ho un fremito quando scivolano sul grosso livido che ho proprio su quel lato. Lo sguardo di Christian si inasprisce. La sua rabbia è palpabile mentre fischia tra i denti.

«Non fa male» mormoro per tranquillizzarlo.

I suoi occhi grigi ardenti incontrano i miei. «Vorrei ucciderlo. Ci ero quasi riuscito» sussurra enigmatico. Aggrotto le sopracciglia, poi la sua espressione fredda mi dà un brivido. Mette ancora un po' di docciaschiuma sulla spugna e con tenerezza commovente mi lava i fianchi e il sedere poi, inginocchiandosi, scende verso le gambe. Si ferma a esaminare il ginocchio. Mi accarezza il livido con le labbra, prima di ritornare a lavarmi le gambe e i piedi. Chinandomi, gli accarezzo la testa, passandogli le dita nei capelli bagnati. Si alza in piedi e percorre con le dita il contorno del livido sulle costole, che Jack mi ha procurato con il calcio.

«Oh, piccola» geme, con la voce spezzata per l'angoscia e gli occhi incupiti per l'ira.

«Sto bene.» Lo attiro a me e lo bacio sulle labbra. Prima di ricambiare, esita, ma, quando le nostre lingue si incontrano, il suo corpo aderisce al mio.

«No» mi sussurra con le labbra sulle mie, e si allontana. «Devo lavarti.»

Ha un'espressione grave. "Accidenti!" Fa proprio sul serio. Mi acciglio, e l'atmosfera tra di noi si surriscalda in un attimo. Lui fa un ampio sorriso e mi bacia rapidamente.

«Ho detto lavare» sottolinea. «Non sporcare.»

«Mi piacciono le cose sporche.»

«Anche a me, Mrs Grey. Ma non ora. Non qui.» Prende lo shampoo e, prima che possa convincerlo a desistere, si mette a lavarmi i capelli.

A dire il vero mi piace anche essere pulita. Mi sento rinfrescata e rinvigorita, non so se per la doccia, perché ho pianto o per la decisione di smetterla di tormentare Christian. Mi avvolge in un grande asciugamano e se ne mette un altro intorno ai fianchi, mentre io mi asciugo i capelli. Ho mal di testa, ma è un dolore più che sopportabile. La dottoressa Singh mi ha prescritto degli analgesici, consigliandomi però di usarli solo in caso di effettiva necessità.

Mentre mi asciugo i capelli penso a Elizabeth.

«Continuo a non capire che c'entra Elizabeth con Jack.»

«Io lo so» borbotta Christian tetro.

Questa mi giunge nuova. Lo guardo male, ma qualcosa mi distrae. Si sta frizionando i capelli con un asciugamano: ha il petto e le spalle imperlati di gocce d'acqua che scintillano sotto le alogene. Si ferma e mi sorride malizioso.

«Ti piace lo spettacolo, eh?»

«Come fai a saperlo?» gli chiedo, cercando di non pensare al fatto che sono stata sorpresa a spiare mio marito.

«Che ti piace lo spettacolo?» mi stuzzica.

«No» lo rimbrotto. «Di Elizabeth.»

«Me l'ha accennato il detective Clark.»

Lo guardo come per invitarlo a parlare, e mi torna in mente un altro fastidioso ricordo di quando ero priva di sensi. C'era Clark nella mia camera. Se solo potessi ricordarmi quello che ha detto.

«Hyde le aveva filmate. Le aveva filmate tutte. E teneva i filmati su chiavette USB.»

"Cosa?"

«I filmati di lui che si scopava Elizabeth e tutte le altre assistenti personali.»

"Ah!"

«Esatto. Materiale ricattatorio. Gli piace il sesso violento.» Christian si incupisce, e sul suo viso passano prima la confusione e poi il ribrezzo. Impallidisce, e il ribrezzo si trasforma in disgusto verso se stesso. Certo... anche a Christian piace il sesso violento.

«No, tu no» dico prima di riuscire a fermarmi.

Si incupisce ancora di più. «Che cosa vuoi dire?» Mi guarda con apprensione.

«Tu sei completamente diverso.»

Il suo sguardo si indurisce, ma non dice nulla, confermandomi così che ho indovinato i suoi pensieri.

«Completamente» ribadisco con decisione.

«Siamo fatti della stessa pasta.»

«Non direi proprio» sbotto, ma posso capire la ragione di quel pensiero. "Suo padre è stato ucciso durante una rissa in un bar. Sua madre era un'alcolista all'ultimo stadio. Da bambino è passato da una famiglia affidataria all'altra... e da un casino all'altro. Furti d'auto, perlopiù. Ha trascorso un periodo in riformatorio." Ricordo ciò che Christian mi ha rivelato durante il viaggio in aereo verso Aspen.

«Entrambi avete un passato problematico, ed entrambi siete nati a Detroit. Questo è tutto, Christian» ribatto.

«Ana, la tua fiducia in me è commovente, soprattutto dopo quello che è successo negli ultimi giorni. Ne sapremo di più quando arriverà Welch.»

«Christian...»

Mi ferma con un bacio. «Basta» sussurra, e mi ricordo la promessa che ho fatto a me stessa di non perseguitarlo pretendendo di sapere tutto.

«E non fare il broncio» aggiunge. «Vieni. Lascia che ti asciughi i capelli.»

Dopo aver indossato i pantaloni della tuta e una T-shirt, mi siedo tra le gambe di Christian che mi asciuga i capelli. «Quindi Clark non ti ha detto nient'altro mentre ero svenuta?»

«Non che io mi ricordi.»

«Ho sentito qualcosa di ciò che vi siete detti.»

La spazzola si ferma tra i miei capelli.

«Davvero?» mi chiede con noncuranza.

«Sì. Mio padre, tuo padre, il detective Clark... tua madre.»

«E Kate?»

«C'era anche Kate?»

«Ha fatto un salto, sì. Anche lei è arrabbiata con te.»

Mi giro. «E smettila con la storia che tutti sono arrabbiati con me, d'accordo?»

«Ti sto solo dicendo le cose come stanno» ribatte Christian, confuso dal mio scatto d'ira.

«E va bene, è stata una cazzata, però sai bene che tua sorella era in pericolo.»

«Sì, è vero» ammette, sgomento. Spegne il phon e lo appoggia sul letto accanto a sé. Mi afferra il mento.

«Grazie» mi dice, sorprendendomi. «Ma non fare più cazzate. La prossima volta, ti sculaccio finché non mi implori di smettere.»

«Non lo faresti!»

«Sì.» È serio. Serissimo. «Ho il permesso del tuo patrigno» aggiunge con un sorrisetto. Mi sta prendendo in giro! O fa finta? Mi avvento contro di lui, ma lui si sposta, cosicché cado sul letto tra le sue braccia, avvertendo una fitta di dolore alle costole che mi strappa una smorfia.

Christian impallidisce. «Fa' attenzione» mi ammonisce, per un attimo arrabbiato.

«Mi dispiace» borbotto, accarezzandogli la guancia.

Strofina il naso sulla mia mano e poi la bacia. «Ana, non hai davvero nessuna considerazione per la tua incolumità.» Mi tira su l'orlo della T-shirt e mi appoggia le dita sulla pancia. «Ora non sei più da sola» sussurra, accarezzandomi. Il desiderio esplode inaspettato, sensuale e dirompente. Ansimo e Christian si irrigidisce, fermando la mano e fissandomi. Mi sistema una ciocca di capelli dietro l'orecchio.

«No» sussurra.

"Cosa?"

«Non guardarmi così. Ho visto i lividi. E la risposta è no.» Inflessibile, mi bacia la fronte.

Mi stiracchio e piagnucolo: «Christian...».

«No, vai a letto» mi dice, tirandosi su a sedere.

«A letto?»

«Hai bisogno di riposarti.»

«Ho bisogno di te.»

Chiude gli occhi e scuote la testa, come se stesse cercando di dominarsi. Quando li riapre, brillano di risolutezza. «Fai come ti ho detto, Ana.»

Sono tentata di spogliarmi, ma poi mi ricordo dei lividi e capisco che in questo modo non l'avrei vinta.

Annuisco, riluttante. «Okay» e mi acciglio in modo volutamente esagerato.

Sorride, divertito. «Ti porto qualcosa da mangiare.»

«Vuoi cucinare?»

Ha il buongusto di mettersi a ridere. «Riscalderò qualcosa. Mrs Jones è stata occupata.»

«Christian, faccio io. Sto bene. Accidenti, se ho voglia di fare sesso, di sicuro posso anche cucinare!» Mi tiro su goffamente a sedere, cercando di ignorare la fitta acuta alle costole.

«Stai giù!» Christian indica il cuscino.

«Vieni qui anche tu» mormoro, rimpiangendo di non avere addosso qualcosa di più sexy dei pantaloni della tuta e della T-shirt.

«Ana, mettiti giù. Subito!»

Mi alzo con aria corrucciata e lascio cadere i pantaloni sul pavimento, continuando a fissare Christian. Lui fa una smorfia ironica, mentre tira indietro la trapunta.

«Hai sentito la dottoressa Singh, no? Ha detto che devi riposarti» dice in tono più gentile. Mi rimetto a letto e incrocio le braccia, frustrata. «Stai un po' tranquilla» aggiunge, con aria chiaramente divertita.

Lo guardo storto.

Lo spezzatino di pollo di Mrs Jones è uno dei miei piatti preferiti. Christian mangia con me, seduto al centro del letto. «Molto ben scaldato» dico maliziosamente. Sono sazia, e ho sonno. Era questo il suo piano?

«Sembri stanca.» Prende il mio vassoio.

«Sì.»

«Bene. Dormi» e mi bacia. «Devo lavorare un po'. Rimango qui, se per te va bene.»

Annuisco. Sto perdendo la battaglia contro il sonno. Non sapevo che lo spezzatino di pollo fosse così spossante.

Mi sveglio al crepuscolo. La stanza è immersa in una pallida luce rosata. Christian è seduto in poltrona e mi guarda, gli occhi grigi luminosi. Stringe convulsamente dei fogli. È pallido come un cencio.

«Che cos'è successo?» gli chiedo immediatamente, tirandomi su a sedere incurante delle costole che protestano.

«Welch se n'è appena andato.»

"Oh, merda." «E?»

«Ho vissuto insieme a quel bastardo» sussurra.

«Vissuto? Con Jack?»

Annuisce, gli occhi sgranati.

«Siete parenti?»

«No. Grazie al cielo, no.»

Scosto la trapunta, invitandolo a sedersi vicino a me: non si fa pregare. Si libera delle scarpe con un calcio e mi si sdraia vicino. Mi circonda con un braccio, si accoccola e mi posa il capo in grembo. Sono sbalordita. "Che succede?"

«Non capisco» mormoro, passandogli le dita tra i capelli

e fissandolo. Christian chiude gli occhi e aggrotta la fronte, come se si stesse sforzando di ricordare.

«Dopo che mi hanno trovato con quella puttana drogata e prima che andassi a vivere con Carrick e Grace, i servizi sociali mi hanno mandato presso una famiglia affidataria. Ma io non ricordo nulla di quel periodo.»

Sono sconvolta. Una famiglia affidataria?

«Per quanto tempo?» sussurro.

«Due mesi, più o meno. Ma non ho ricordi» ribadisce.

«Ne hai parlato con i tuoi?»

«No.»

«Forse dovresti. Magari riuscirebbero a colmare le lacune.»

Mi abbraccia forte. «Guarda qui.» Mi porge i fogli, che risultano essere due fotografie. Mi allungo verso il comodino e accendo la luce, per poterle esaminare meglio. La prima ritrae una casa fatiscente con una porta d'ingresso gialla e una grande finestra a timpano. Davanti ci sono un porticato e un giardinetto. È un edificio anonimo.

Nella seconda foto si vede una famiglia, a prima vista una normale famiglia operaia: due che sembrano essere marito e moglie e i loro figli. Gli adulti indossano vecchie T-shirt di un azzurro scolorito dai molti lavaggi. Sono sulla quarantina. La donna ha i capelli biondi tirati indietro e l'uomo un austero taglio a spazzola e sorridono entrambi all'obiettivo. L'uomo ha la mano sulla spalla di un'adolescente corrucciata. Osservo ciascuno dei bambini: due maschi – gemelli, di circa dodici anni, i capelli biondi come la sabbia – che sorridono al fotografo; poi c'è un altro bambino, più piccolo, con i capelli rossicci e lo sguardo corrucciato; dietro di lui, un bimbetto con i capelli color rame e gli occhi grigi. Ha lo sguardo terrorizzato; indossa vestiti scompagnati e stringe una piccola coperta sporca.

«Questo sei tu» sussurro con il cuore in gola. So che Christian aveva quattro anni quando sua madre è morta. Ma il bambino della foto sembra molto più piccolo. Con ogni

527

probabilità è gravemente denutrito. Reprimo un singulto, e mi vengono le lacrime agli occhi.

Lui annuisce. «Sono io.»

«È stato Welch a portarti queste foto?»

«Sì. Non mi ricordo assolutamente nulla» dice con voce atona e spenta.

«Perché dovresti ricordarti della coppia che ti ha preso in affido? È passato un sacco di tempo, Christian.»

«Mi ricordo di altre cose del periodo prima e di quello dopo... quando ho conosciuto i miei attuali genitori. Ma questo... È come se ci fosse un buco nero.»

Il cuore mi balza in gola e improvvisamente tutto diventa chiaro. Il mio amato maniaco del controllo vuole che tutto sia al suo posto, e ora è venuto a conoscenza della tessera del puzzle che mancava.

«C'è Jack nella foto, vero?»

«Sì, è il bambino più grande.» Ha ancora gli occhi chiusi e si aggrappa a me come se fossi la sua ancora di salvezza. Gli accarezzo i capelli, mentre osservo il bambino più grande che fissa l'obiettivo con aria spavalda e arrogante. Riconosco Jack in lui. Ma è solo un bambino, un bambino triste di otto o nove anni, che nasconde la paura dietro l'ostilità. Mi viene in mente una cosa.

«Quando Jack mi ha chiamata per dirmi che aveva rapito Mia, ha detto che, se le cose fossero andate diversamente, ci sarebbe stato lui al tuo posto.»

Christian rabbrividisce. «Che bastardo!»

«Pensi che abbia fatto tutto questo perché i Grey hanno adottato te e non lui?»

«Chi lo sa» dice con amarezza. «Non me ne frega un cazzo di lui.»

«Forse ha capito che ci frequentavamo quando sono andata a fare il colloquio. Forse aveva intenzione di sedurmi fin dal principio.» Sento la bile salirmi in gola.

«Non credo» mormora Christian, che adesso ha aperto

gli occhi. «Le ricerche che ha effettuato sulla mia famiglia sono iniziate solo dopo circa una settimana dal tuo arrivo alla SIP. Barney conosce le date esatte. E, Ana, si è scopato tutte le sue assistenti personali e le ha filmate.» Christian chiude gli occhi e mi stringe forte.

Dominando il tremore, cerco di ricordare le conversazioni con Jack quando ho iniziato a lavorare alla SIP. Dentro di me sentivo che non ne sarebbe venuto nulla di buono, ma non ho dato retta all'intuito. Christian ha ragione: non faccio proprio attenzione alla mia incolumità. Ricordo la litigata che abbiamo fatto a proposito del mio viaggio a New York con Jack. Accidenti, sarei potuta finire filmata in qualche squallido video! Il pensiero mi dà la nausea. E in quell'istante ricordo le fotografie che Christian aveva scattato alle sue Sottomesse. "Siamo fatti della stessa pasta." No, Christian, non è vero. Tu sei completamente diverso. È ancora avvinghiato a me, come un bambino.

«Christian, penso che dovresti parlare con i tuoi genitori.» Sono riluttante a farlo spostare, perciò scivolo nel letto finché non ci ritroviamo uno di fronte all'altra.

Due occhi grigi e disorientati incontrano i miei, ricordandomi lo sguardo del bambino della fotografia.

«Lascia che li chiami» sussurro. Christian scuote la testa. «Ti prego» lo imploro. Mi guarda: nei suoi occhi leggo il dolore e la sfiducia in se stesso, mentre lui riflette sulle mie parole. "Oh, Christian, ti prego."

«Li chiamo io» sussurra.

«Bene. Possiamo andare a trovarli insieme, oppure puoi andare da solo. Come preferisci.»

«No. Possono venire loro qui.»

«Perché?»

«Non voglio che ti muovi.»

«Christian, posso fare un viaggio in macchina.»

«No» dice irremovibile, ma con un sorriso ironico. «E comunque è sabato sera; forse sono andati da qualche parte.»

«Chiamali. Questa notizia ti ha chiaramente sconvolto. Magari possono aiutarti a fare chiarezza.» Lancio un'occhiata alla radiosveglia. Sono quasi le sette di sera. Mi osserva impassibile per un attimo.

«Okay» dice, come se gli avessi lanciato una sfida. Si tira su a sedere e prende il telefono dal comodino.

Lo stringo in un abbraccio e appoggio la testa sul suo petto.

«Papà?» Intuisco che è sorpreso perché è Carrick a rispondere. «Ana sta bene. Siamo a casa. Welch se n'è appena andato. Ha trovato il collegamento... la famiglia affidataria di Detroit... Non mi ricordo nulla di tutto ciò.» La voce di Christian si riduce a un sussurro mentre mormora l'ultima frase. Avverto un'emozione forte. Lo abbraccio più forte e lui mi dà una stretta alla spalla.

«Sì... Davvero venite? Fantastico.» Riattacca. «Stanno arrivando.» Sembra sorpreso, e mi rendo conto che forse non ha mai chiesto aiuto ai suoi genitori.

«Bene. È meglio che mi vesta.»

Christian mi stringe con il braccio. «Non andare.»

«Okay.» Mi rannicchio contro il suo fianco, stupita perché mi ha appena raccontato qualcosa di molto importante su se stesso... del tutto spontaneamente.

Sulla soglia del salone Grace mi abbraccia dolcemente.

«Ana, Ana, tesoro mio» sussurra. «Hai salvato due dei miei figli. Come potrò mai ringraziarti?»

Arrossisco, commossa e imbarazzata dalle sue parole. Anche Carrick mi abbraccia, baciandomi in fronte.

Poi Mia mi stringe forte, schiacciandomi le costole. Faccio una smorfia e ansimo, ma lei non lo nota. «Grazie per avermi salvata da quei bastardi.»

Christian la guarda accigliato. «Mia, fa' attenzione: è ancora dolorante.»

«Oh, mi dispiace.»

«Sto bene» mormoro, sollevata quando lei allenta la presa.

Ha un aspetto splendido, impeccabilmente vestita con un paio di jeans neri attillati e una camicetta rosa chiaro con i volant. Sono contenta di essermi messa un comodo vestito e le ballerine. Se non altro, ho un'aria presentabile.

Mia corre verso il fratello e gli stringe le braccia alla vita. Senza parlare, Christian porge la foto a Grace. Lei sussulta e si porta le mani alla bocca per trattenere l'emozione quando riconosce il figlio. Carrick le mette un braccio intorno alle spalle ed esamina anche lui l'immagine.

«Oh, tesoro.» Grace accarezza la guancia di Christian.

Taylor appare sulla soglia. «Mr Grey? Miss Kavanagh, suo fratello e Elliot stanno salendo.»

«Grazie, Taylor» mormora Christian perplesso.

«Ho telefonato a Elliot e gli ho detto che stavamo venendo qui.» Mia fa un mezzo sorriso. «Festeggiamo il ritorno a casa di Ana.»

Lancio un'occhiata comprensiva al mio povero marito, mentre sia Grace sia Carrick fissano la figlia esasperati.

«Forse è meglio che mangiamo qualcosa tutti insieme» dichiaro. «Mia, mi aiuti?»

«Oh, volentieri.»

Ci dirigiamo verso la zona cucina, mentre Christian porta i suoi genitori nello studio.

Kate è furibonda con me e Christian, ma soprattutto con Jack e Elizabeth.

«Che cosa credevi di fare, Ana?» urla, affrontandomi in cucina e facendo sì che tutti si voltino a guardarci.

«Kate, ti prego. Mi avete già fatto tutti la predica!» sbotto. Mi fissa e per un attimo penso che stia per impartirmi una delle lezioni stile Kavanagh. Invece mi abbraccia.

«Accidenti... a volte sembra che tu ti sia bevuta il cervello, Steele» sussurra. Quando mi bacia sulla guancia, ha le lacrime agli occhi. "Kate!" «Sono stata così in pensiero per te.»

«Non piangere. Farai piangere anche me.»

Si scosta e si asciuga le lacrime, imbarazzata, poi fa un profondo respiro e si ricompone. «Parlando di cose più gradevoli, abbiamo deciso quando sposarci. Pensavamo al maggio prossimo. Ovviamente ti voglio come testimone.»

«Oh... Kate... Congratulazioni.» "Puntino... Junior!"

«Che cosa c'è?» mi chiede, fraintendendo la mia preoccupazione.

«Ehm... sono così felice per te. Finalmente una buona notizia.» La circondo con le braccia e la stringo. Quando nascerà Puntino? Faccio un rapido calcolo mentale. La dottoressa Greene ha detto che era di quattro o cinque settimane. Quindi dovrebbe essere a maggio?

Elliot mi porge un bicchiere di champagne.

"Non dovrei."

Christian fa capolino dallo studio, con il viso terreo, e segue i suoi genitori in soggiorno. Quando vede il bicchiere che ho in mano, sgrana gli occhi.

«Kate» dice, salutandola con freddezza.

«Christian» replica lei, con altrettanta freddezza. Sospiro.

«Le medicine, Mrs Grey.» Lancia un'occhiata al bicchiere di champagne.

"Voglio bere qualcosa!" Grace mi raggiunge, sorridendo e prendendo un bicchiere da Elliot mentre gli passa vicino.

«Un sorso puoi concedertelo» mi sussurra facendomi l'occhiolino come se fossimo due congiurate, e alza il bicchiere per brindare. Christian ci guarda corrucciato, finché Elliot non lo distrae con le novità dell'ultima partita tra i Mariners e i Rangers.

Carrick si unisce a noi, abbracciandoci entrambe, e Grace gli dà un bacio prima di raggiungere Mia nel salone.

«Come sta Christian?» sussurro a Carrick, mentre dalla cucina osserviamo la famiglia che si rilassa sul divano. Noto con sorpresa che Mia e Ethan si tengono per mano.

«È sconvolto» mi mormora Carrick, accigliato e con il volto serio. «Ricorda così tante cose della vita con la sua madre biologica; molte cose che vorrei non ricordasse. Ma questa...» si interrompe. «Spero che gli siamo stati utili. Sono contento che ci abbia chiamati. Dice che gliel'hai consigliato tu.» L'espressione di Carrick si addolcisce. Mi stringo nelle spalle e bevo un piccolo sorso di champagne.

«Sei molto brava con lui. Non ascolta nessun altro.»

Inarco le sopracciglia. Non penso che sia vero. Lo sgradito fantasma della Strega incombe minaccioso nei miei pensieri. So che Christian parla anche con Grace. L'ho sentito. Provo un'altra fitta di frustrazione mentre cerco di ricostruire ciò che si sono detti in ospedale; ma continua a sfuggirmi.

«Vieni a sederti, Ana. Hai l'aria stanca. Sono sicura che non ci aspettavi tutti quanti qui, questa sera.»

«È bellissimo vedervi tutti» dico sorridendo. Perché è vero: è davvero bellissimo. Sono una figlia unica che, con il matrimonio, è entrata in una grande famiglia di persone socievoli, e mi piace che sia così. Mi rannicchio vicino a Christian.

«Solo un sorso» mi sibila, prendendomi il bicchiere.

«Sì, signore» e sbatto le ciglia, disarmandolo completamente. Mi cinge le spalle con il braccio e riprende a parlare di baseball con Elliot e Ethan.

«I miei pensano che tu sia in grado di fare miracoli» mormora Christian, togliendosi la T-shirt.

Sono raggomitolata sul letto, intenta ad ammirare lo spettacolo. «Meno male che tu non sei d'accordo» sbuffo.

«Mah, non saprei.» Si sfila i jeans.

«Hanno colmato le lacune che avevi?»

«In parte. Ho vissuto con i Collier due mesi mentre la mamma e il papà aspettavano i documenti. Erano già stati dichiarati idonei all'adozione per via di Elliot, ma per legge doveva esserci un periodo d'attesa per vedere se per caso ci fosse ancora un parente in vita che potesse venire a reclamarmi.»

«Come ti senti?» sussurro.

Aggrotta le sopracciglia. «Riguardo al fatto di non avere nessun parente in vita? Non me ne frega un cazzo. Se fossero anche lontanamente simili alla puttana drogata...» Scuote la testa disgustato.

"Oh, Christian! Anche tu sei stato un bambino che voleva bene alla sua mamma."

Si infila il pigiama, viene a letto e mi abbraccia.

«Mi sta venendo in mente qualcosa. Mi ricordo il cibo. Mrs Collier cucinava bene. E almeno adesso sappiamo perché quel bastardo è fissato con la mia famiglia.» Si passa l'altra mano nei capelli. «Cazzo!» dice, girandosi di colpo verso di me.

«Cosa?»

«Adesso ha un senso!» Gli si illuminano gli occhi.

«Che cosa?»

«Passerotto. Mrs Collier mi chiamava sempre Passerotto.»

Aggrotto le sopracciglia. «E quindi?»

«Il biglietto» dice, fissandomi. «La richiesta di riscatto di quel bastardo. C'era scritto qualcosa del tipo: "Sai chi sono. Perché io so chi sei tu, Passerotto".»

Non ci capisco niente.

«Viene da un libro per bambini. Maledizione! Ce l'avevano i Colliers. Si intitolava *Sei tu la mia mamma?* Merda!» Sbarra gli occhi. «Adoravo quel libro.»

Oh, lo conosco anch'io. Ho un tuffo al cuore: Christian!

«Mrs Collier me lo leggeva sempre.»

Non so davvero che cosa dire.

«Cristo. Sapeva tutto. Quel bastardo sapeva tutto.»

«Lo dirai alla polizia?»

«Sì. E Dio solo sa che cosa ne farà Clark di quest'informazione.» Christian scuote la testa, come per cercare di schiarirsi le idee. «Comunque, grazie per questa sera.»

"Oh, cambio di direzione!" «E per cosa?»

«Hai cucinato per la mia famiglia in un batter d'occhio.»

«Non è me che devi ringraziare, ma Mia. E Mrs Jones che tiene la dispensa ben fornita.»

Scuote la testa, come se fosse esasperato. Ce l'ha con me? Perché?

«Come ti senti, Mrs Grey?»

«Bene. E tu?»

«Sto bene.» Aggrotta la fronte, senza capire perché mi sto preoccupando.

Be', in tal caso... Gli accarezzo l'addome, la striscia di peli che va dall'ombelico al pube.

Ride e mi afferra la mano. «Oh, no. Non farti venire strane idee.»

Faccio il broncio, e lui sospira. «Ana, Ana, Ana. Che cosa devo fare con te?» Mi bacia sui capelli.

«Io saprei che cosa...» Mi dimeno accanto a lui, e faccio una smorfia quando avverto una fitta di dolore proveniente dal costato.

«Piccola, per oggi hai già dato troppo. E poi ho una storia della buonanotte da raccontarti.»

"Ah, sì?"

«Volevi sapere...» Si interrompe, chiude gli occhi e deglutisce.

Ogni singola fibra del mio essere è in allerta.

Inizia a voce bassa: «Immaginati un adolescente che cerca di guadagnarsi un po' di soldi extra per continuare a bere di nascosto». Si sposta su un fianco, così possiamo guardarci mentre stiamo sdraiati, e mi fissa negli occhi.

«Ero nel cortile posteriore dei Lincoln, e stavo raccogliendo calcinacci e detriti dalla nuova ala che Mr Lincoln aveva deciso di aggiungere alla casa.»

"Oh, cavolo..." Mi sta raccontando di sé.

25

Respiro a fatica. Voglio sentire questa storia? Christian ha ancora gli occhi chiusi e deglutisce di nuovo. Quando li riapre, sono luminosi ma circospetti, pieni di ricordi inquietanti. «Era una calda giornata d'estate. Stavo lavorando sodo.» Sbuffa e scuote la testa, improvvisamente divertito. «Era massacrante trasportare tutte quelle macerie. Ero da solo, e a un certo punto El... Mrs Lincoln è comparsa dal nulla e mi ha portato un po' di limonata. Abbiamo scambiato qualche parola, io ho fatto un apprezzamento da gradasso... e lei mi ha tirato uno schiaffo. Uno schiaffo molto forte.» Si porta involontariamente la mano al viso e si strofina la guancia, mentre il suo sguardo si rannuvola al ricordo.

«E poi mi ha baciato. E dopo il bacio, un altro schiaffo.» Sembra confuso ancora adesso, dopo tanto tempo.

«Non ero mai stato baciato prima, né colpito in quel modo.»

"Ah. Lei si è buttata addosso a un ragazzino."

«Vuoi sentire il resto?» chiede Christian.

"Sì... No..."

«Solo se ti va di raccontarmelo» dico con un filo di voce, mentendo, mentre lo guardo con la mente in subbuglio.

«Sto cercando di spiegarti il contesto.»

Annuisco, in quello che spero sia un segnale di incoraggiamento. Ma temo di avere più l'aria di una statua, immobile e con gli occhi sgranati per lo shock.

I suoi occhi cercano i miei nel tentativo di valutare la mia reazione. Poi si gira sulla schiena e fissa il soffitto.

«Be', ovviamente ero confuso, arrabbiato ed eccitato da morire. Una donna più grande e molto sexy che ti fa una cosa del genere...» Scuote la testa, come se non riuscisse ancora a crederci.

"Sexy?" Sono nauseata.

«Poi è rientrata in casa, lasciandomi lì in cortile. Si comportava come se niente fosse accaduto. Io ero confuso. E così ho ricominciato a lavorare, a buttare roba nel cassone per le macerie. Quando stavo per andarmene, quella sera, lei mi ha chiesto di tornare il giorno dopo. Non ha minimamente accennato a quello che era successo. E così l'indomani sono tornato. Non vedevo l'ora di rivederla» sussurra, come se stesse confessando qualche peccato... e in effetti è un po' così.

«Non mi aveva toccato durante il bacio» mormora, e volta la testa per guardarmi. «Devi capire... La mia vita era un inferno... Ero praticamente un'erezione ambulante, avevo quindici anni ed ero alto per la mia età, con gli ormoni in subbuglio... A scuola le ragazze...» Si interrompe, ma io ho afferrato il concetto: un adolescente spaventato, solitario e molto attraente. Sento una stretta al cuore.

«Ero arrabbiato, dannatamente arrabbiato con tutti, con me, con i miei. Non avevo amici. Il mio terapeuta di allora era una testa di cazzo. I miei tenevano il guinzaglio corto, non capivano.» Riprende a fissare il soffitto e si passa una mano tra i capelli.

«Non sopportavo che qualcuno mi toccasse. Non tolleravo di avere qualcuno vicino. Facevo sempre a botte... Cazzo, quante botte. Sono anche rimasto coinvolto in qualche rissa di quelle brutte. Sono stato espulso da un paio di scuole. Ma era un modo per sfogarmi... per tollerare qualche forma di contatto fisico.» Si interrompe di nuovo. «Be', hai capito. E quando lei mi ha baciato, mi ha preso solo la faccia. Non mi ha toccato.» La sua voce si sente appena.

Lei doveva aver capito. Forse gliel'aveva detto Grace. "Oh, il mio povero Christian." Devo infilare le mani sotto il cuscino e appoggiarci sopra la testa per resistere all'impulso di stringerlo a me.

«Be', il giorno dopo sono tornato in quella casa senza sapere che cosa aspettarmi. Ti risparmio i dettagli scabrosi, ma è stato più o meno come il giorno prima. Così è cominciata la nostra relazione.»

"Porca miseria, fa male sentirlo raccontare."

Si gira di nuovo su un fianco per guardarmi in faccia.

«E vuoi sapere una cosa, Ana? Il mio mondo è diventato più nitido. Chiaro e preciso. Tutto. Era esattamente ciò di cui avevo bisogno. Lei è stata come una ventata d'aria fresca. Prendeva le decisioni, mi toglieva tutta quella merda di dosso e così mi permetteva di respirare. E anche quando la storia è finita il mio mondo è rimasto nitido grazie a lei. Ed è stato così finché non ho conosciuto te.»

Che cosa dovrei replicare a un racconto del genere? Esitante, Christian mi sistema una ciocca di capelli dietro l'orecchio.

«Tu hai messo sottosopra il mio mondo.» Chiude gli occhi, e quando li riapre ardono. «Il mio mondo era ordinato, calmo e controllato e poi sei entrata tu nella mia vita, con la tua lingua biforcuta, la tua innocenza, la tua bellezza e la tua calma temerarietà… E tutto quello che avevo fatto prima di colpo mi è sembrato noioso, vuoto, mediocre… Non era nulla.»

"Oddio."

«Mi sono innamorato» sospira.

Smetto di respirare. Mi accarezza una guancia.

«Lo stesso vale per me» riesco a mormorare, con quel poco fiato che mi resta.

Il suo sguardo si addolcisce. "Lo so" mima con le labbra.

«Davvero lo sai?»

«Sì.»

Gli rivolgo un timido sorriso. «Finalmente» sussurro.

«E ha messo tutto nella prospettiva giusta per me. Quando ero più giovane, Elena era il centro del mio mondo. Non c'era nulla che non avrei fatto per lei. E lei ha fatto molto per me. Mi ha fatto smettere di bere. Mi ha fatto studiare... Sai, mi ha insegnato un sistema per affrontare i problemi che non conoscevo, mi ha permesso di sperimentare cose che non avrei mai pensato di poter sperimentare.»

«Tipo l'essere toccato.»

Annuisce. «In un certo modo.»

Aggrotto la fronte, chiedendomi che cosa intende.

Vedendo la mia reazione, ha un attimo di esitazione.

"Dimmelo!" Cerco di costringerlo con la forza del pensiero.

«Quando uno cresce con un'immagine di sé completamente negativa, pensando di essere una specie di reietto, un selvaggio impossibile da amare, pensa anche di meritarsi di essere picchiato.»

"Christian... tu non sei nessuna di queste cose."

Fa una pausa. «Ana, è molto più facile mostrare il proprio dolore all'esterno...» Un'altra confessione. «Lei ha incanalato la mia rabbia.» Piega le labbra in una smorfia desolata. «Soprattutto verso l'interno, me ne rendo conto ora. Il dottor Flynn ha insistito un bel po' su questa cosa. È solo da poco che vedo la mia relazione con lei per quello che era. Lo sai... dal mio compleanno.»

Rabbrividisco allo sgradevole ricordo di Elena e Christian che si distruggono a parole durante la festa dai Grey.

«Per lei la nostra relazione era un fatto di sesso e controllo... una donna solitaria che trovava una sorta di consolazione nel giocare con un ragazzino.»

«Ma a te il controllo piace» sussurro.

«Sì, molto. E mi piacerà sempre, Ana. Ho ceduto il controllo per un breve periodo. Ho lasciato che qualcuno prendesse tutte le decisioni al posto mio. Io non potevo farlo, non ero nelle condizioni giuste. Ma sottomettendomi a lei ho

trovato me stesso e la forza di farmi carico della mia vita...
di assumere il controllo e prendere le decisioni da solo.»

«E cioè di diventare un Dominatore?»

«Sì.»

«È stata una tua scelta?»

«Sì.»

«Anche quella di ritirarti da Harvard?»

«Sì, è stata una mia decisione, la migliore che abbia mai
preso. Almeno finché non ho conosciuto te.»

«Me?»

«Sì.» Le sua labbra si piegano in un sorriso dolce. «Perché la miglior decisione che abbia mai preso in assoluto è
stata quella di sposarti.»

"Oddio." «Non quella di fondare la tua azienda?»

Scuote la testa.

«Neanche quella di imparare a pilotare?»

Scuote la testa. "Sei stata tu" mima con le labbra. Mi accarezza la guancia con le nocche. «E lei lo sapeva» sussurra.

Mi acciglio. «Sapeva cosa?»

«Che ero tanto innamorato di te da aver perso la testa. Mi
ha esortato a venire a trovarti in Georgia, e sono contento
che l'abbia fatto. Pensava che saresti rimasta disorientata e
te ne saresti andata. Cosa che hai fatto.»

Impallidisco. Preferirei non pensarci.

«Pensava che io avessi bisogno di tutti gli ammennicoli
dello stile di vita che mi piaceva.»

«Quello del Dominatore?» sussurro.

Annuisce. «Mi consentiva di tenere tutti a debita distanza, mi dava il controllo e mi manteneva distaccato, almeno
così pensavo. E sono sicuro che tu hai capito perché» aggiunge con voce sommessa.

«La tua madre biologica?»

«Non volevo essere di nuovo ferito. Poi tu mi hai lasciato.» Le sue parole si sentono a malapena. «E io ero distrutto.»

"Oh, no."

«Ho evitato l'intimità per tanto tempo… Non so come comportarmi.»

«Stai andando benissimo» mormoro. Gli passo l'indice sulle labbra. Lui le chiude in un bacio. "Stai parlando con me."

«Ti manca?» sussurro.

«Che cosa?»

«Quello stile di vita.»

«Sì.»

"Ah!"

«Ma solo perché mi manca il controllo che comporta. E per essere franco, la tua stupida bravata» fa una pausa «quella che ha salvato mia sorella» continua sussurrando, con la voce piena di sollievo, meraviglia e incredulità «è stata ciò che mi ha fatto capire.»

«Capire?»

«Capire fino in fondo che tu mi ami.»

Mi acciglio. «Davvero?»

«Sì. Perché hai rischiato così tanto… per me, per la mia famiglia.»

Mi acciglio ancora di più. Si avvicina e fa scorrere l'indice lungo la mia fronte, sopra l'attaccatura del naso.

«Quando aggrotti la fronte ti viene una v proprio qui» mormora. «È morbida da baciare. Io sono capace di comportarmi così male… eppure tu sei ancora qui.»

«Perché la cosa ti stupisce? Ti avevo detto che non ti avrei mai lasciato.»

«Per il modo in cui mi sono comportato quando mi hai detto che eri incinta.» Fa scorrere il dito lungo la mia guancia. «Avevi ragione. Sono un adolescente.»

"Porca miseria… l'ho detto davvero." La mia vocina interiore precisa: "L'ha detto il dottore!".

«Christian, ho detto delle cose tremende.» Mi appoggia l'indice sulle labbra.

«Ssh. Me le meritavo. E poi questo è il momento della mia storia della buonanotte.» Si gira di nuovo sulla schiena.

«Quando mi hai detto che eri incinta...» Si interrompe.
«Io pensavo che per un po' saremmo stati solo tu e io. Avevo preso in considerazione l'idea di avere dei figli, ma solo in astratto. Avevo questa vaga fantasia che un giorno o l'altro, in futuro, tu e io avremmo avuto un bambino.»

"Uno solo? No... Non un figlio unico. Non come me." Ma non è il momento per sollevare la questione.

«Sei ancora così giovane, e so che sei ambiziosa, anche se non si direbbe.»

"Ambiziosa? Io?"

«Be', mi hai spiazzato. Insomma, è stata una cosa del tutto inattesa. Mai e poi mai mi sarei immaginato che tu fossi incinta, quando ti ho chiesto cosa c'era che non andava.» Sospira. «Ero furioso. Con te. Con me. Con tutti. E così si è ripresentata... la sensazione di non avere il controllo su niente. Dovevo uscire. Sono andato a cercare Flynn, ma era a una riunione scolastica dei genitori.» Christian fa una pausa.

«Ironia della sorte» sussurro.

«E così ho cominciato a camminare, camminare, camminare... e mi sono ritrovato davanti al salone di bellezza. Elena ne stava uscendo. È stata sorpresa di vedermi. E a dire il vero ero a mia volta sorpreso di trovarmi lì. Ha visto che ero sconvolto e mi ha proposto di andare a bere qualcosa.»

"Accidenti. Eccoci al punto." Il cuore mi batte forte. "Sono sicura di volerlo sapere davvero?"

«Siamo andati in un bar tranquillo che conoscevo e abbiamo preso una bottiglia di vino. Mi ha chiesto scusa per come si era comportata l'ultima volta che ci eravamo visti. Le dispiace che mia madre abbia deciso di chiudere con lei: in questo modo la sua cerchia sociale si è ristretta. Ma la capisce. Abbiamo parlato di lavoro, lei se la cava bene nonostante la recessione... Le ho accennato al fatto che tu volevi dei bambini.»

Mi rabbuio. «Pensavo che le avessi detto che sono incinta.»

Mi guarda con aria sincera. «No, non l'ho fatto.»

«E perché non me l'hai detto?»

Si stringe nelle spalle. «Non ne ho avuto la possibilità.»

«Sì, invece.»

«Il mattino dopo non ti ho più trovata, Ana. E quando ti ho vista eri infuriata con me.»

"Oh, sì." «Sì, lo ero.»

«Comunque, a un certo punto della serata, più o meno a metà della seconda bottiglia, si è avvicinata per toccarmi e io sono diventato di ghiaccio» sussurra, mettendosi un braccio sugli occhi.

Mi viene la pelle d'oca. "Che cos'è questa storia?"

«Ha capito che mi ero allontanato da lei. Siamo rimasti entrambi scioccati.» Sta parlando piano, troppo piano.

"Christian, guardami!" Gli prendo il braccio e lui lo abbassa, girandosi per guardarmi. È pallido, gli occhi sgranati.

«Che cosa c'è?» sussurro.

Si incupisce e deglutisce forte.

"Ah..." Che cos'è che non mi sta dicendo? Voglio davvero saperlo?

«Ci ha provato.» È sconvolto, e si vede.

Rimango senza fiato, stravolta, e ho l'impressione che il mio cuore si sia fermato. "La fottuta Strega!"

«È stato un attimo, sospeso nel tempo. Lei ha visto la mia espressione e si è resa conto di aver oltrepassato il confine. Le ho detto... di no. Erano anni che non pensavo più a lei in quel modo e inoltre» deglutisce di nuovo «amo te. Gliel'ho detto: io amo mia moglie.»

Lo guardo negli occhi. Non so che cosa dire.

«Si è subito tirata indietro. Si è scusata, ha cercato di farlo passare come uno scherzo. Cioè, è felice con Isaac e con il lavoro, e non ci augura certo nulla di male. Ha detto che le mancava la mia amicizia, ma che si rendeva conto che ora la mia vita è con te. È stata una situazione imbarazzante, visto quello che era successo l'ultima volta che ci eravamo trovati tutti nella stessa stanza. Ci siamo detti addio. In modo definitivo. Le ho detto che non avevo più intenzione di vederla, e lei se n'è andata per la sua strada.»

Ho il cuore stretto dalla paura. «Vi siete baciati?»

«No!» sbuffa. «Non avrei sopportato di avvicinarmi così a lei. Stavo malissimo. Volevo tornare a casa da te. Ma... sapevo di essermi comportato male. Sono rimasto lì e ho finito la bottiglia, poi ho cominciato con il bourbon. Mentre bevevo mi sono ricordato che un giorno mi avevi detto: "Se si fosse trattato di tuo figlio...". E ho iniziato a pensare a Junior e a com'era cominciata tra me ed Elena. E mi sono sentito... a disagio. Non mi era mai capitato prima.»

Ecco che nella mente spunta un ricordo, una conversazione sussurrata mentre ero semicosciente... era la voce di Christian. "Ma averla rivista ha finalmente messo tutto nella giusta prospettiva per me. Capisci, vero? La storia del bambino... Per la prima volta ho sentito... Quello che avevamo fatto... era sbagliato." Stava parlando con Grace.

«Questo è quanto?»

«Più o meno, sì.»

«Ah.»

«Ah?»

«Ed è finita?»

«Sì. Lo è da quando ho messo gli occhi su di te. Me ne sono reso conto quella sera, e se n'è resa conto anche lei.»

«Mi dispiace» mormoro.

Aggrotta la fronte. «Perché?»

«Per essermi arrabbiata tanto il giorno dopo.»

Christian sbuffa. «Piccola, so cosa significa essere arrabbiati.» Fa una pausa, poi sospira. «Vedi, Ana, io ti voglio tutta per me. Non voglio dividerti con nessuno. Quello che abbiamo noi ora io non l'ho mai avuto prima. Voglio essere il centro del tuo universo, almeno per un po'.»

"Oh, Christian." «Ma lo sei. E questo non cambierà mai.»

Mi rivolge un sorriso indulgente, triste, rassegnato. «Ana» sussurra. «Non è vero.»

Mi spuntano le lacrime agli occhi.

«E come potrebbe?» mormora.

Oh, no.

«Merda... non piangere, Ana. Ti prego, non piangere.» Mi accarezza la faccia.

«Scusami.» Il labbro inferiore sta tremando e lui ci passa sopra il pollice, tranquillizzandomi.

«No, Ana, no. Non devi scusarti. Avrai qualcun altro da amare tanto quanto me. Ed è giusto così.»

«Anche Puntino ti amerà. Sarai il centro del mondo di Puntino, o Junior» sussurro. «I bambini amano i loro genitori incondizionatamente, Christian. Vengono al mondo così, programmati per amare. Tutti i bambini... anche tu. Pensa a quel libro per bambini che ti piaceva tanto quand'eri piccolo. Volevi ancora tua madre. Tu l'amavi.»

Ritira la mano, chiudendosela a pugno contro il mento.

«No» sussurra.

«Invece sì, l'amavi.» Le lacrime ormai scorrono liberamente sul mio viso. «Certo che l'amavi. Non avevi scelta. Ecco perché hai sofferto così tanto. Per questo motivo sei in grado di amare me» mormoro. «Perdonala. Lei aveva tutto un mondo di dolore a cui pensare. Come madre faceva schifo, ma tu l'amavi.»

Mi fissa senza parlare, con lo sguardo tormentato da ricordi che io non riesco neanche a immaginare.

"Oh, ti prego, non smettere di parlare."

Finalmente dice qualcosa: «Le spazzolavo sempre i capelli. Era bella».

«Basta guardare te per non avere dubbi su questo.»

«Come madre faceva schifo.» La sua voce si sente appena.

Annuisco e lui chiude gli occhi. «Sono terrorizzato dall'idea di diventare un padre così anch'io.»

Gli accarezzo il viso. "Oh, Christian..." «Ma tu pensi che io ti permetterei di diventarlo?»

Apre gli occhi e mi fissa per un istante lungo un'eternità.

Poi sorride e un'espressione di sollievo gli illumina il volto. «No, non credo che me lo permetteresti.» Mi accarezza il viso con le nocche, guardandomi con stupore. «Mio Dio, sei una donna forte, Mrs Grey. Ti amo così tanto...» Mi dà un bacio sulla fronte. «Non pensavo che ne sarei stato capace.»

«Oh, Christian» sospiro, tentando di trattenere le emozioni.

«Bene, questa è la fine della mia storia della buonanotte.»

«E che storia...»

Fa un sorriso malinconico, ma mi sembra che sia sollevato. «Come va la testa?»

«La mia testa?» "Veramente, con tutto quello che mi hai raccontato, è sul punto di esplodere!"

«Ti fa male?»

«No.»

«Bene. Penso che dovresti dormire, adesso.»

"Dormire! Come faccio a dormire dopo questo racconto?"

«Dormi» mi dice in tono deciso. «Ne hai bisogno.»

Metto il broncio. «Ho ancora una domanda.»

«Ah, sì? Quale?» Mi guarda con aria circospetta.

«Come mai sei diventato di colpo tanto... loquace, diciamo così?»

Si acciglia.

«Mi hai raccontato tutte queste cose, quando di solito per tirarti fuori le informazioni ci vogliono le tenaglie.»

«Davvero?»

«Lo sai benissimo.»

«Perché sono diventato così loquace? Non saprei. Forse è stato vederti praticamente morta sull'asfalto. O il fatto che sto per diventare padre. Non lo so. Mi hai detto che volevi sapere, e io non voglio che Elena continui a essere una presenza ingombrante fra noi. Non può più farlo, appartiene al passato, e te l'ho detto un sacco di volte.»

«Se lei non ci avesse provato... sareste ancora amici?»

«Ehi, avevamo detto una domanda...»

«Scusami. Non sei tenuto a rispondermi.» Arrossisco. «Mi

hai già detto spontaneamente molte più cose di quante mi sarei mai immaginata.»

Il suo sguardo si ammorbidisce. «No, non credo. Ma era come se ci fosse ancora una questione aperta con lei, dopo il mio compleanno. Ha oltrepassato un confine, e per me è finita. Credimi, ti prego. Non la vedrò mai più. Hai detto che per te rappresenta un limite assoluto. È un termine che capisco benissimo» mi dice, con tranquilla sincerità.

Okay, lascerò perdere questa storia. La mia vocina interiore si rilassa. "Era ora!"

«Buonanotte, Christian. Grazie per l'illuminante storia della buonanotte.» Mi protendo per baciarlo e le nostre labbra si sfiorano, ma lui si ritrae.

«No» sussurra. «Ho una voglia matta di fare l'amore con te.»

«E allora facciamolo.»

«No, hai bisogno di riposare, ed è tardi. Su, dormi ora.» Poi spegne l'abat-jour e piombiamo nell'oscurità.

«Ti amo incondizionatamente, Christian» mormoro mentre mi rannicchio accanto a lui.

«Lo so» sussurra lui, e riesco a percepire il suo sorriso timido.

Mi sveglio di soprassalto. La stanza è piena di luce e Christian non è a letto. Lancio un'occhiata alla sveglia e vedo che sono le sette e cinquantatré del mattino. Faccio un respiro profondo e il dolore alle costole mi fa sussultare, anche se non è intenso come ieri. Penso che potrei andare al lavoro. "Sì, il lavoro!" Voglio andare in ufficio.

È lunedì e ieri ho passato tutta la giornata a oziare a letto. Christian mi ha permesso di uscire solo per andare a trovare Ray. È ancora un tale maniaco del controllo. Sorrido. "Il mio maniaco del controllo." È stato attento, amorevole, chiacchierone... e ha tenuto le mani a posto da quando sono tornata a casa. Devo fare qualcosa, a questo proposito.

La testa non mi fa più male e il dolore alle costole è quasi sparito, anche se devo ammettere che ridere è una cosa che richiede ancora una certa cautela, ma mi sento frustrata. Penso che questo sia il periodo più lungo che ho trascorso senza fare sesso da... be', dalla prima volta.

Ritengo che abbiamo ritrovato entrambi il nostro equilibrio. Christian è molto più rilassato, la lunga storia della buonanotte che mi ha raccontato sembra essere riuscita a scacciare alcuni dei suoi fantasmi, che ora sono lontani da lui e anche da me. Staremo a vedere.

Faccio una doccia veloce e, dopo essermi asciugata, scelgo accuratamente un vestito. Voglio qualcosa di sexy, qualcosa che possa indurre Christian all'azione. Chi l'avrebbe mai detto che un uomo così insaziabile sarebbe stato capace di un simile autocontrollo? Per il momento non ho intenzione di approfondire dove abbia imparato una tale disciplina nei confronti del suo corpo. Dopo la sua confessione, non abbiamo più parlato della Strega. E spero che non lo faremo mai più. Per me, è morta e sepolta.

Scelgo una gonna nera indecentemente corta e una camicetta bianca di seta. Mi infilo le autoreggenti con i bordi di pizzo e le mie Louboutin nere con il tacco. Metto un po' di mascara e del lucidalabbra, per mantenere un look naturale, e dopo una vigorosa spazzolata lascio i capelli sciolti. Sì, così dovrebbe andare.

Christian sta facendo colazione. La forchettata di omelette rimane a mezz'aria appena mi vede. Si rabbuia.

«Buongiorno, Mrs Grey. Devi andare da qualche parte?»

«In ufficio.» Sorrido con dolcezza.

«Non penso proprio.» Christian sbuffa con un tono di divertita presa in giro. «La dottoressa Singh ha parlato di una settimana di riposo.»

«Christian, non ho nessuna intenzione di passare una giornata a letto da sola. Tanto vale che vada in ufficio. Buongiorno, Gail.»

«Buongiorno, Mrs Grey.» Mrs Jones tenta di mascherare un sorriso. «Vuole fare colazione?»

«Sì, grazie.»

«Un po' di cereali?»

«Preferirei uova strapazzate e pane integrale tostato.»

Mrs Jones fa un ampio sorriso e sul viso di Christian si legge la sorpresa.

«Bene, Mrs Grey» dice Mrs Jones.

«Ana, tu in ufficio non ci vai.»

«Ma...»

«No. Argomento chiuso. Non si discute.» Christian è molto risoluto. Lo guardo male e mi accorgo solo in quel momento che indossa ancora i pantaloni del pigiama e la T-shirt che aveva questa notte.

«Non vai in ufficio?»

«No.»

"Sto impazzendo?" «Ma oggi è lunedì, vero?»

Sorride. «L'ultima volta che ho controllato, sì.»

Socchiudo gli occhi. «Vuoi marinare il lavoro?»

«Non ti lascio certo qui da sola a metterti nei guai.»

Mi sistemo su uno sgabello vicino a lui e tiro un po' su la gonna. Mrs Jones mi posa davanti una tazza di tè.

«Hai un bell'aspetto» dice Christian. Incrocio le gambe. «Molto bello. Soprattutto qui.» Passa un dito sulla pelle sopra le autoreggenti. Il mio battito accelera mentre lui gioca. «È una gonna corta» mormora, con un vago tono di disapprovazione mentre segue con gli occhi il movimento del dito.

«Davvero? Non l'avevo notato.»

Christian mi fissa e sorride, tra il divertito e l'esasperato. «Davvero, Mrs Grey?»

Arrossisco.

«Non sono sicuro che sia l'abbigliamento adatto per l'ufficio» mormora.

«Be', dal momento che non andrò in ufficio, la cosa è opinabile.»

«Opinabile?»

"Opinabile" mimo con le labbra.

Christian sorride e ricomincia a mangiare la sua omelette. «Io ho un'idea migliore.»

«Ah, sì?»

Mi fissa da sotto le lunghe ciglia e i suoi occhi grigi si fanno più intensi. Respiro bruscamente. "Ecco, ci siamo quasi."

«Possiamo andare a vedere come procede Elliot con la casa.»

"Cosa? Oh! Mi stava solo stuzzicando!" Ricordo vagamente che ci saremmo dovuti andare prima che Ray fosse ferito.

«Mi piacerebbe molto.»

«Bene, allora.» Fa un sorriso radioso.

«Ma tu non devi lavorare?»

«No. Ros è tornata da Taiwan. È andato tutto bene. Oggi è tutto a posto.»

«Pensavo che andassi tu a Taiwan.»

Sbuffa di nuovo. «Ana, ma eri in ospedale!»

«Ah.»

«Sì, "ah". E così oggi ho deciso di dedicarmi un po' a mia moglie.» Schiocca le labbra mentre beve un sorso di caffè.

«Dedicarti a me?» Non riesco a mascherare una punta di speranza nella mia voce.

Mrs Jones mi mette davanti il piatto con le uova, senza riuscire a trattenere un altro sorriso.

Christian sogghigna. «Esatto, dedicarmi a te.» Annuisce.

Ho troppa fame per continuare a flirtare con mio marito.

«È bello vederti mangiare» mormora. Nell'alzarsi, si china a darmi un bacio sui capelli. «Vado a farmi una doccia.»

«Ehm… posso venire a lavarti la schiena?» bofonchio con la bocca piena di pane tostato e uovo.

«No. Mangia.»

Mentre esce si sfila la T-shirt, regalandomi la visione delle spalle perfettamente scolpite e della schiena nuda mentre varca la soglia del salone. Mi blocco con il boccone a metà.

Christian è rilassato mentre guida diretto a nord. Abbiamo appena lasciato Ray e Mr Rodriguez che guardavano una partita di calcio sul nuovo televisore a schermo piatto che sospetto sia stato comprato da Christian per l'ospedale. Dopo la nostra "conversazione" Christian è molto sereno. Come se si fosse tolto un peso; l'ombra di Mrs Robinson non incombe più su di noi, forse perché io ho deciso di darci un taglio, o forse perché anche lui l'ha deciso, non lo so. Non mi sono mai sentita così vicina a lui come ora. Forse perché si è finalmente confidato con me. Spero che continui a farlo. E sta accettando il bambino sempre di più.

Lo guardo mentre guida, mangiandomelo con gli occhi. Ha un'aria casual... sexy, con i capelli arruffati, gli occhiali da sole, la giacca gessata, la camicia bianca di lino e i jeans.

Mi guarda e mi appoggia una mano sopra il ginocchio, con una lieve carezza. «Sono contento che tu non ti sia cambiata.»

Mi sono infilata un giubbotto di jeans e ho messo le scarpe basse, ma porto ancora la gonna corta. La sua mano indugia un po' più in su del mio ginocchio e io ci metto sopra la mia.

«Hai intenzione di stuzzicarmi ancora a lungo?»

«Forse.» Christian sorride.

«E perché?»

«Perché sì.» Fa un ampio sorriso da ragazzino.

«Guarda che è un gioco che si può fare in due» gli sussurro.

Le sue dita continuano a salire su per la mia coscia e a stuzzicarmi. «Coraggio, allora, Mrs Grey.» Il sorriso si allarga.

Gli prendo la mano e gliela rimetto sul ginocchio. «Be', te la puoi tenere, la tua mano.»

Sogghigna. «Come vuoi, Mrs Grey.»

"Maledizione." Questo gioco mi si sta ritorcendo contro.

Christian imbocca il vialetto d'accesso della nostra nuova casa. Si ferma davanti al tastierino numerico e digita un codice, e il cancello di metallo bianco si apre. Proseguiamo lungo la stradina costeggiata dagli alberi ricoperti di foglie verdi, gialle e color rame brunito. L'erba alta del prato sta diventando color oro, ma qua e là spunta ancora qualche fiore di campo giallo. È una giornata splendida. Il sole brilla e il caratteristico odore salato del Puget Sound si mescola con il profumo dell'autunno imminente. È davvero un posto tranquillo e meraviglioso. Se penso che ci trasferiremo a vivere qui...

La stradina fa una curva e appare la casa. Davanti sono parcheggiati diversi camion con la scritta COSTRUZIONI GREY su una fiancata. La casa è circondata dai ponteggi e ci sono parecchi operai con il casco di protezione che lavorano sul tetto.

Christian si ferma fuori dal portico e spegne il motore. Riesco a percepire la sua eccitazione.

«Andiamo a cercare Elliot.»

«È qui?»

«Lo spero. Con quello che lo pago.»

Sbuffo, e Christian sogghigna mentre scendiamo dalla macchina.

«Ehilà, fratello!» grida Elliot da un punto imprecisato. Ci guardiamo entrambi intorno.

«Quassù!» È sul tetto che saluta con un sorriso da un orecchio all'altro. «Era ora che vi faceste vedere. Rimanete lì. Scendo in un attimo.»

Lancio uno sguardo a Christian, che si stringe nelle spalle. Pochi minuti dopo Elliot appare alla porta d'ingresso.

«Ciao, fratello.» Stringe la mano a Christian. «E tu come stai, giovane signora?» Mi solleva e comincia a farmi girare.

«Molto meglio, grazie» ridacchio senza fiato mentre le mie costole protestano. Christian gli lancia un'occhiataccia, ma Elliot lo ignora.

«Andiamo in ufficio. Dovete mettervi uno di questi.» Si tocca il casco di protezione.

La casa è un guscio vuoto. I pavimenti sono coperti da uno strato di materiale fibroso che sembra iuta. Alcune delle pareti originarie sono sparite e ne sono state tirate su delle altre. Elliot ci porta in giro, illustrandoci come stanno procedendo i lavori. Ci sono uomini, e perfino qualche donna, all'opera ovunque. Sono sollevata nel vedere che lo scalone di pietra con l'intricata ringhiera di ferro è ancora al suo posto, completamente coperto dai teloni antipolvere.

Nel salone la parete di fondo è stata eliminata per far posto alla vetrata di Gia, e sono cominciati i lavori sulla terrazza. Nonostante il caos, la vista rimane sorprendente. I nuovi lavori sono coerenti e in sintonia con il fascino antico della casa... Gia è stata davvero brava. Elliot ci spiega con pazienza tutti i vari lavori in corso e ci dà anche una stima di massima per il completamento di ciascuno. Spera che potremo entrare già a Natale.

Trascorrere il Natale sul Puget Sound... non vedo l'ora. Mi immagino già noi due che decoriamo un enorme albero mentre un bambino con i capelli ramati ci osserva meravigliato.

Il giro di Elliot finisce in cucina. «Vi lascio dare un'occhiata da soli. Fate attenzione, però, questo è un cantiere.»

«Certo. Grazie, Elliot» mormora Christian prendendomi per mano. «Sei contenta?» mi chiede dopo che Elliot se n'è andato. Io sto guardando con aria sognante la stanza vuota chiedendomi dove potrò appendere i quadri con i peperoni che abbiamo comprato in Francia.

«La adoro. E tu?»

«Anch'io» mi risponde sorridendo.

«Bene. Stavo pensando di appendere qui in cucina i quadri con i peperoni.»

Christian annuisce. «Voglio che ci siano i ritratti che ti ha fatto José. Devi decidere dove vuoi metterli.»

Arrossisco. «In un punto in cui non dovrò vederli spesso.»

«Non fare così» mi rimprovera, passandomi il pollice sul labbro inferiore. «Sono le mie foto preferite. Mi piace molto quella che ho in ufficio.»

«Non capisco perché» mormoro e gli bacio il polpastrello del pollice.

«Be', ci sono cose peggiori che stare tutto il giorno a guardare il tuo meraviglioso sorriso. Hai fame?» mi chiede.

«Fame di cosa?»

Mi fa un sorrisetto e i suoi occhi si fanno torbidi. La speranza e il desiderio si mescolano dentro di me.

«Di cibo, Mrs Grey.» E mi bacia dolcemente sulle labbra.

Fingo di accigliarmi e sospiro. «Sì, in questi giorni ho sempre fame.»

«Potremmo fare un picnic, noi tre.»

«Noi tre? Viene qualcuno con noi?»

Christian piega la testa di lato. «Tra sette o otto mesi circa.»

"Ah... Puntino." Gli faccio un sorrisetto sciocco.

«Pensavo che magari ti piacerebbe mangiare all'aperto.»

«Nel prato?» gli domando.

Annuisce.

«Certo» gli rispondo con un sorriso.

«Questo sarà un posto fantastico per far crescere una famiglia» mormora, guardandomi negli occhi.

"Una famiglia! Più di un figlio?" Chissà se avrò il coraggio di parlarne adesso.

Mi mette una mano sulla pancia. "Accidenti." Trattengo il respiro e metto la mia sopra la sua.

«È difficile da credere» sussurra, e per la prima volta colgo la meraviglia nella sua voce.

«Lo so. Ah... qui ho le prove. Una foto.»

«Davvero? Il primo sorriso del piccolo?»

Tiro fuori l'ecografia di Puntino dalla borsetta.

«Ecco, lo vedi?»

Christian la esamina, fissandola per parecchi secondi.

«Ah... Puntino. Sì, lo vedo.» Sembra distratto, quasi sgomento.

«Tuo figlio» sussurro.

«Nostro figlio» ribatte lui.

«Il primo di molti.»

«Molti?» Christian sgrana gli occhi, allarmato.

«Almeno due.»

«Due? Possiamo cominciare con questo, intanto?»

Sorrido. «Ma certo.»

Usciamo all'aperto, nel caldo pomeriggio autunnale.

«Quando lo dirai ai tuoi?» mi chiede Christian.

«Presto» mormoro. «Avevo intenzione di dirlo a Ray questa mattina, ma c'era Mr Rodriguez.» Mi stringo nelle spalle.

Christian annuisce e apre il bagagliaio dell'R8. All'interno ci sono un cestino da picnic di vimini e il plaid scozzese che abbiamo comprato insieme a Londra.

«Vieni» dice, prendendo coperta e cestino con una mano e offrendomi l'altra. Ci inoltriamo nel prato.

«Certo, Ros, vai tranquilla.» Christian chiude la telefonata. È la terza che riceve da quando abbiamo iniziato il picnic. Si è tolto le scarpe e le calze e mi osserva, con le braccia sulle ginocchia piegate. La giacca è da una parte, appoggiata sopra la mia, perché fa caldo. Sono sdraiata accanto a lui, allungata sul plaid, in mezzo all'erba alta; siamo lontani dal rumore del cantiere e nascosti agli occhi degli operai, nel nostro paradiso bucolico privato. Mi allunga una fragola, che addento con piacere, senza smettere di guardarlo negli occhi.

«È buona?» sussurra.

«Molto.»

«Ne vuoi ancora?»

«Di fragole, no.»

Mentre sorride nei suoi occhi passa un lampo pericoloso. «Mrs Jones prepara dei picnic davvero ottimi» dice.

«Proprio così» sussurro.

Si muove all'improvviso e si sdraia appoggiandomi la testa sulla pancia. Chiude gli occhi e sembra molto soddisfatto. Gli infilo le dita nei capelli.

Sospira rumorosamente, poi aggrotta la fronte mentre guarda il numero che è apparso sul display del BlackBerry. Alza gli occhi al cielo e risponde alla chiamata.

«Welch» dice brusco. Si irrigidisce, ascolta per un paio di secondi, poi di colpo si tira su a sedere. «Ventiquattr'ore su ventiquattro, sette giorni su sette... Grazie» dice a denti stretti e poi mette giù. Il cambiamento d'umore è immediato. Il marito che mi stuzzicava e mi corteggiava è sparito e al suo posto c'è un freddo e calcolatore padrone dell'universo. Stringe gli occhi a fessura, poi mi rivolge un sorriso che mi lascia di ghiaccio. Prende il Black-Berry e digita un numero.

«Ros, che quota possediamo dell'azienda di Lincoln?» Si mette in ginocchio.

Mi viene la pelle d'oca. "Oh, no, che cosa significa?"

«Allora, consolidiamo l'acquisizione, poi licenzia tutto il consiglio d'amministrazione, eccetto l'amministratore delegato... Non me ne frega un cazzo... Ho capito, fai come ti dico e basta... grazie... fammi sapere.» Mette giù il telefono e poi mi guarda impassibile per un momento.

Porca miseria! Christian è furioso.

«Che cos'è successo?»

«Si tratta di Linc» mormora.

«Linc? L'ex marito di Elena?»

«Esatto. È stato lui a pagare la cauzione di Hyde.»

Fisso Christian, sbalordita. La sua bocca è una linea dura.

«Be', farà la figura dell'idiota» mormoro, costernata. «Voglio dire, Hyde ha commesso un altro reato mentre era fuori su cauzione.»

Christian fa un sorriso cattivo. «Un punto per te, Mrs Grey.»

«E tu adesso che cos'hai fatto?» mi metto in ginocchio anch'io, di fronte a lui.

«L'ho fottuto.»

"Ah!" «Ehm... una reazione un po' impulsiva, no?»

«Io sono il tipo che agisce d'impulso.»

«Ah, lo so bene.»

«Tenevo questo piano in serbo da un po'» aggiunge, in tono asciutto.

Mi acciglio. "Eh?"

Rimane in silenzio un attimo, come per soppesare qualcosa, poi fa un respiro profondo.

«Anni fa, quando io ne avevo ventuno, Linc ha massacrato di botte Elena. Le ha rotto la mandibola, il braccio sinistro e quattro costole perché scopava con me.» Lo sguardo si indurisce. «E adesso scopro che ha pagato la cauzione per un uomo che ha cercato di uccidermi, ha rapito mia sorella e rotto la testa a mia moglie. Ne ho abbastanza. Penso che sia venuto il momento di fare i conti.»

Impallidisco. «Un punto per te, Mr Grey» sussurro.

«Ana, di solito non sono spinto dalla vendetta, ma questa non posso proprio passargliela. Quello che ha fatto a Elena... Be', lei avrebbe dovuto denunciarlo, ma non l'ha fatto. È stata una sua scelta. Ma con la storia di Hyde ha davvero passato il limite. Linc l'ha trasformata in una cosa personale prendendosela con la mia famiglia. Sto per distruggerlo, smembrandogli l'azienda e vendendo i pezzi al miglior offerente. Sto per mandarlo in bancarotta.»

"Ah..."

«E inoltre» fa un sorrisetto «da questo affare guadagneremo un sacco di soldi.»

Lo fisso negli occhi grigi fiammeggianti, che improvvisamente si addolciscono.

«Non volevo spaventarti» sussurra.

«Non mi hai spaventata» replico, mentendo. «Mi hai solo colta di sorpresa» mormoro, prima di deglutire. A volte Christian fa davvero paura.

Mi sfiora le labbra con le sue. «Farò di tutto perché tu sia al sicuro, perché la mia famiglia sia al sicuro, perché questo piccolino sia al sicuro» mormora e accarezza delicatamente la mia pancia.

"Oh..." Smetto di respirare. Christian mi fissa, con gli occhi torbidi. Schiude le labbra e, con una mossa calcolata, mi sfiora il pube con la punta delle dita.

Il desiderio esplode come un ordigno che mi incendia il sangue. Gli afferro la testa, tirandolo verso di me finché le mie labbra non trovano le sue. È sorpreso dal mio assalto, e io gli infilo la lingua in bocca. Geme e risponde al mio bacio, le sue labbra e la sua lingua affamate, e per un momento ci perdiamo mentre la lingua, le labbra, il respiro e la sensazione dolcissima del riscoprirsi si fondono.

Oh, voglio quest'uomo. È passato troppo tempo. Lo voglio adesso, qui, all'aria aperta, nel nostro prato.

«Ana» ansima, in estasi, e scende con la mano lungo la mia schiena fino al bordo della gonna. Armeggio per sbottonargli la camicia.

«Fermati, Ana, smettila.» Si ritrae, la mascella contratta, e mi afferra le mani.

«No.» Gli mordicchio il labbro inferiore e lo tiro piano. «No» mormoro di nuovo, guardandolo negli occhi. Lo lascio andare. «Ti voglio.»

Lui inspira bruscamente. È combattuto, l'indecisione è scritta a caratteri cubitali nei suoi luminosi occhi grigi.

«Ti prego, ho bisogno di te.»

Si arrende con un gemito quando la sua bocca trova la mia, e incolla le labbra alle mie. Con una mano mi sorregge la testa e con l'altra mi accarezza fino alla vita, poi mi fa sdraiare sulla schiena e si stende al mio fianco.

Si scosta e mi guarda mentre è sopra di me. «Sei così bella, Mrs Grey.»

«Anche tu, Mr Grey. Dentro e fuori.»

Aggrotta la fronte, e io gli passo un dito sulla ruga tra le sopracciglia.

«Non accigliarti. Sei fatto per me, anche quando sei arrabbiato» sussurro.

Geme di nuovo e, catturando la mia bocca con la sua, mi spinge dolcemente nell'erba morbida.

«Mi sei mancata» sospira, mentre i suoi denti mi mordicchiano piano la mascella. Sono al settimo cielo.

«Anche tu mi sei mancato, Christian. Oh, Christian.» Gli tiro i capelli con una mano e gli afferro una spalla con l'altra. Le sue labbra si spostano sulla mia gola, lasciando una scia di baci lungo il percorso. Mi sbottona abilmente la camicetta e la apre, baciando le morbide protuberanze dei miei seni. Sento i suoi mormorii di apprezzamento, quei versi gutturali che mi arrivano dritti al centro del corpo.

«Il tuo corpo sta cambiando» sussurra. Mi stuzzica un capezzolo con il pollice finché non si indurisce premendo contro il reggiseno. «Mi piace» aggiunge. Guardo la sua lingua che mi lecca e segue la linea tra il reggiseno e il seno, tormentandomi e stuzzicandomi. Stringe delicatamente la coppa del reggiseno tra i denti e l'abbassa, liberando il seno e strofinando con il naso il capezzolo, che si indurisce per il tocco e per il fresco della dolce brezza autunnale. Chiude le labbra intorno a me e comincia a succhiare, con forza e a lungo.

«Ahi!» gemo inspirando forte, per poi sussultare quando il dolore si irradia dalle costole.

«Ana!» esclama e mi guarda fisso, con la preoccupazione dipinta sul volto. «È esattamente questo che intendo» mi ammonisce. «La tua mancanza di attenzione per la tua incolumità. Non voglio farti male.»

«No... non smettere» mugolo. Lui continua a fissarmi, lottando contro se stesso. «Ti prego.»

«Come vuoi.» Si muove di scatto, mettendomi seduta a cavalcioni su di lui, con la gonna corta raccolta intorno ai fianchi. La sua mano scivola sul bordo delle autoreggenti.

«Così. Così va meglio, e posso godermi la vista.» Allunga una mano e infila l'indice nell'altra coppa del reggiseno, liberando anche l'altro seno. Stringe entrambi i seni e io, gettando la testa all'indietro, li premo contro le sue mani tanto attese. Mi stuzzica, tirando e stringendomi i capezzoli finché non urlo, poi si raddrizza in modo da avvicinare la faccia alla mia, gli occhi grigi e avidi fissi nei miei. Mi bacia, continuando a stuzzicarmi con le dita. Armeggio con la sua camicia e slaccio i primi due bottoni, ed è uno shock sensoriale... vorrei baciarlo ovunque, svestirlo, fare l'amore con lui tutto nello stesso momento.

«Ehi...» mi afferra con delicatezza la testa e la tira indietro, con lo sguardo torbido e pieno di promesse sensuali. «Non c'è fretta. Prenditela con calma. Voglio gustarti.»

«Christian, è così tanto tempo...» gli dico, ansimando.

«Piano» sussurra, ed è un ordine. Mi bacia l'angolo destro della bocca. «Piano.» Bacia l'angolo sinistro. «Piano, piccola.» Mi tira il labbro inferiore con i denti. «Prendiamocela comoda.» Infila le dita tra i miei capelli e mi tiene ferma mentre con la lingua invade la mia bocca esplorando, assaggiando, placandomi... e infiammandomi di nuovo. Ah, come bacia bene il mio uomo.

Gli accarezzo il viso, sposto le mani sul mento, poi sulla gola e ricomincio ad armeggiare con i bottoni della sua camicia, prendendomi tutto il tempo mentre lui continua a baciarmi. Gliel'apro lentamente, le mie dita percorrono le sue clavicole toccando la pelle calda e vellutata. Lo spingo delicatamente indietro finché non giace sotto di me. Mi raddrizzo e lo guardo negli occhi, consapevole della sua erezione. "Mmh." Gli sfioro le labbra con le dita spostandomi verso la mascella, poi lungo il collo e sul pomo d'Adamo fino al solco alla base della gola. "Il mio meraviglioso uomo." Mi chino, baciandolo dove l'ho appena toccato. Gli mordicchio la mascella e lo bacio sulla gola. Lui chiude gli occhi.

«Ah.» Geme e getta la testa all'indietro, scoprendo la base della gola. Ha la bocca rilassata e aperta, in silenziosa venerazione. Christian perso ed eccitato mi rende euforica... e mi accende.

Scendo con la lingua lungo lo sterno, e la passo sui peli del petto. "Mmh." Ha un sapore buonissimo. Un profumo buonissimo. Bacio le piccole cicatrici tonde e lui mi afferra i fianchi. Mi appoggio con le mani sul suo petto e lo guardo in viso. Ha il respiro accelerato.

«Ne hai voglia? Qui?» ansima, con gli occhi socchiusi e colmi di un'eccitante combinazione di amore e lussuria.

«Sì» mormoro, mentre con le labbra e la lingua percorro il suo petto fino a raggiungere il capezzolo. Lo tiro e lo mordicchio delicatamente con i denti.

«Oh, Ana» sussurra, poi mi prende per la vita e mi solleva, slacciando il bottone dei pantaloni e tirando giù la cerniera in modo da liberare di colpo la sua erezione. Mi fa sedere di nuovo e io mi struscio contro di lui, godendomi la sensazione del suo sesso caldo e duro sotto di me. Risale con le mani lungo le cosce e si ferma nel punto in cui termina il bordo delle autoreggenti e comincia la pelle. Le sue mani disegnano piccoli cerchi stuzzicanti sulla parte alta delle cosce, le punte dei pollici mi toccano... proprio dove voglio essere toccata. Trattengo il fiato.

«Spero che tu non sia troppo affezionata alla tua biancheria intima» mormora, con uno sguardo selvaggio e infuocato. Passa le dita lungo l'elastico delle mutandine e poi le infila sotto, accarezzandomi. Tira la stoffa degli slip e me li strappa. Allarga le dita sulle mie cosce e mi sfrega i pollici sul pube. Si inarca premendomi contro la sua erezione.

«Sento quanto sei bagnata.» La sua voce risuona di apprezzamento carnale. Si raddrizza di colpo, tenendomi un braccio intorno alla vita e ci ritroviamo faccia a faccia. Strofina il naso sul mio.

«Ce la prendiamo comoda, Mrs Grey. Voglio sentirti fino in fondo.» Mi solleva e poi, con lentezza deliziosa e frustrante, mi abbassa su di lui. Sento ognuno dei centimetri della sua erezione che mi penetra.

«Ah...» Gemo in modo sconnesso mentre allungo le mani per afferrargli le braccia. Cerco di ritrarmi per sentirlo di più, ma lui mi tiene ferma.

«Devi prendermi tutto» sussurra e inarca il bacino, spingendosi dentro di me fino in fondo. Getto la testa all'indietro e faccio un urlo soffocato di puro piacere.

«Fammi sentire» mormora. «No... non muoverti, sentilo e basta.»

Apro gli occhi. Lui mi fissa, i licenziosi occhi grigi socchiusi inchiodati all'azzurro dei miei. Si sposta ruotando un fianco, ma continua a tenermi ferma.

«Questo è il mio posto preferito: affondato dentro di te» mormora con la bocca sulla mia pelle.

«Per favore, muoviti un po'» lo imploro.

«Piano, Mrs Grey.» Inarca di nuovo il bacino e il piacere si irradia attraverso di me. Gli prendo la faccia tra le mani e lo consumo di baci.

«Amami. Ti prego, Christian.»

Con i denti mi sfiora la mascella risalendo delicatamente fino all'orecchio.

«Adesso» sussurra, e mi solleva facendomi andare su e giù. La mia dea interiore è scatenata e io premo Christian contro il terreno, e comincio a muovermi, assaporando la sensazione di averlo dentro... lo cavalco, lo cavalco sempre più forte. Lui si adegua al mio ritmo tenendomi le mani sui fianchi. Mi è mancata... l'eccitante sensazione di averlo sotto di me, dentro di me... Sento il sole sulla schiena, il dolce profumo dell'autunno nell'aria, la soave brezza di mezza stagione. È un'eccitante fusione di sensi: il tatto, il gusto, l'olfatto, e la vista del mio adorato marito sotto di me.

«Oh, Ana» geme, con gli occhi chiusi, la testa rovesciata all'indietro e la bocca aperta.

"Ah... questo mi piace." Il piacere comincia a farsi più intenso... sempre più intenso... portandomi vicinissima al culmine. Le mani di Christian si muovono sulle mie cosce, finché lui preme delicatamente i pollici in mezzo alle mie gambe e io esplodo intorno a lui, ripetutamente, e crollo sul suo petto, mentre anche lui gode gridando il mio nome con gioia e amore.

Mi tiene stretta al petto cullandomi la testa. "Mmh." Chiudo gli occhi e mi godo la sensazione delle sue braccia intorno a me. Ho una mano sul suo petto e percepisco il battito regolare che piano piano rallenta e si calma. Lo bacio e strofino il naso contro di lui, e per un istante mi stupisco pensando che fino a non molto tempo fa non mi avrebbe consentito di farlo.

«Va meglio?» sussurra.

Alzo la testa. Ha un sorriso da un orecchio all'altro. «Molto meglio» dico. E tu?» Il mio sorriso riflette il suo.

«Mi sei mancata, Mrs Grey.» Diventa serio.

«Anche tu.»

«Non farai più l'eroina, vero?»

«No» prometto.

«Dovresti sempre parlare con me» sussurra.

«Vale anche per te, Mr Grey.»

Fa un sorriso malizioso. «Un punto per te. Ci proverò.» Mi dà un bacio sui capelli.

«Penso che qui saremo felici» sussurro, chiudendo di nuovo gli occhi.

«Sì. Tu, io e… Puntino. Come ti senti?»

«Bene. Rilassata. Felice.»

«Ottimo.»

«E tu?»

«Sì, tutte quelle cose lì» mormora.

Apro gli occhi e lo guardo, cercando di interpretare la sua espressione.

«Cosa c'è?»

«Sei molto autoritario quando facciamo sesso.»

«Ti stai lamentando?»

«No. Mi stavo solo domandando… Hai detto che il tuo vecchio stile di vita ti manca.»

Rimane immobile, e mi fissa. «A volte» sussurra.

"Ah." «Bene, vedremo che cosa possiamo fare in proposito» mormoro e gli do un bacio leggero sulle labbra, avvinghiata a lui. Rivivo immagini di noi due, nella stanza dei giochi; la musica di Tallis, il tavolo, io legata alla croce, incatenata al letto... Mi piace il suo sesso estremo, il nostro sesso estremo. Sì. Posso fare quel tipo di cose. Posso farle per lui, con lui. "Posso farle per me." La mia pelle formicola al ricordo del frustino.

«Anche a me piace giocare» mormoro e quando alzo gli occhi vengo premiata dal suo sorriso timido.

«Sai, mi piacerebbe molto scoprire quali sono i tuoi limiti» sussurra.

«I miei limiti in cosa?»

«Nel piacere.»

«Oh, penso che potrebbe anche attrarmi.»

«Bene, allora magari quando arriviamo a casa» sussurra, lasciando la promessa sospesa tra noi.

Gli strofino di nuovo il naso addosso. Lo amo così tanto.

Sono passati due giorni dal nostro picnic. Due giorni da quella promessa, "allora magari quando arriviamo a casa". Christian continua a trattarmi come se fossi di cristallo. Non mi lascia andare in ufficio, e così lavoro a casa. Metto da parte sulla scrivania la pila di lettere di presentazione di nuovi autori che stavo leggendo e sospiro. Christian e io non siamo più entrati nella stanza dei giochi dalla volta in cui ho dovuto usare la *safeword*. Eppure ha detto che ne sente la mancanza. Be', anch'io... Soprattutto adesso che vuole esplorare i miei limiti. Arrossisco al pensiero di che cosa può implicare una cosa del genere. Lancio un'occhiata al tavolo da biliardo... Sì, non vedo l'ora di esplorarli.

I miei pensieri sono interrotti da una musica dolce e appassionata che risuona nell'appartamento. Christian sta suonando il pianoforte, non uno dei suoi soliti motivi tristi, ma una melodia piena di speranza. Una melodia che riconosco, ma che non gli avevo mai sentito suonare prima.

Mi avvicino in punta di piedi alla soglia del salone e lo

osservo suonare. È il crepuscolo. Il cielo è di un rosa opulento e la luce si riflette sui suoi capelli colore del rame brunito. Christian è di una bellezza mozzafiato, concentrato sulla musica, ignaro della mia presenza. Negli ultimi giorni è stato così disponibile, così attento a offrirmi piccoli scorci delle sue giornate, dei suoi pensieri, dei suoi progetti. È come se avesse rotto una diga, e cominciato a parlare.

So che tra pochi minuti verrà a controllare come sto e questo mi suggerisce un'idea. Me la svigno tutta eccitata, sperando che non mi abbia notata. Corro nella nostra camera togliendomi tutto quello che ho addosso fino a rimanere solo con le mutandine azzurre di pizzo. Cerco una camicetta azzurra e me la infilo in fretta. Nasconderà i miei lividi. Entro nella cabina armadio e tiro fuori dal cassetto i jeans scoloriti di Christian, quelli della stanza dei giochi, i miei preferiti. Prendo il BlackBerry dal comodino, piego con cura i jeans e mi inginocchio accanto alla porta socchiusa della camera. Riesco a udire le note di un altro brano, che non conosco. Ma è anch'esso un motivo pieno di speranza, ed è delizioso. Scrivo in fretta una mail.

Da: Anastasia Grey
A: Christian Grey
Data: 21 settembre 2011 20.45
Oggetto: Il piacere di mio marito

Mio signore,
attendo istruzioni.
Tua per sempre
Mrs G X

Premo il tasto INVIA.

Pochi minuti dopo la musica si interrompe di colpo. Il mio cuore perde un colpo e poi comincia a battere forte. Aspetto. Alla fine il mio BlackBerry vibra.

Da: Christian Grey
A: Anastasia Grey
Data: 21 settembre 2011 20.48
Oggetto: Il piacere di mio marito <--- questo titolo mi piace, piccola

Mrs G,
mi intrighi. Verrò a cercarti.
Tieniti pronta.

Christian Grey
Amministratore delegato che pregusta grandi
cose, Grey Enterprises Holdings Inc.

"Tieniti pronta!" Il cuore comincia a battermi forte e io
inizio a contare. Trentasette secondi dopo la porta si apre.
Sto guardando in basso, i suoi piedi nudi fermi sulla soglia.
"Mmh." Lui non dice nulla. Non dice nulla per un'eternità. Resisto all'impulso di alzare gli occhi e guardarlo e tengo lo sguardo abbassato.

Alla fine si china e prende i jeans. Rimane in silenzio ma
si dirige verso la cabina armadio mentre io rimango immobile. "Oddio… Ci siamo." Il cuore batte all'impazzata e mi
godo la scarica di adrenalina che mi percorre tutto il corpo.
Fremo mentre l'eccitazione cresce. Che cosa mi farà? Pochi
momenti dopo è di ritorno e indossa i jeans.

«E così hai voglia di giocare, eh?» mormora.

«Sì.»

Non dice nulla e arrischio una rapida occhiata… i jeans,
le cosce fasciate dal tessuto, la protuberanza all'altezza della cerniera, il bottone aperto in vita, la striscia di peli pubici, l'ombelico, l'addome cesellato, i peli sul petto, gli occhi
grigi incandescenti e la testa piegata di lato. Ha un sopracciglio inarcato. "Oddio."

«Sì e poi?» sussurra.

"Ah."

«Sì, signore.»

Lo sguardo si ammorbidisce. «Brava bambina» mormora, e mi accarezza la testa. «Credo che sia meglio portarti di sopra, adesso» aggiunge. Mi sciolgo dentro, e il mio ventre si contrae per il desiderio.

Mi prende per mano e lo seguo attraverso l'appartamento, e poi su per le scale. Arrivati davanti alla porta della stanza dei giochi si ferma e si china per baciarmi dolcemente, prima di tirarmi forte i capelli.

«Sai, questo che stai facendo si chiama dominazione dal basso» mormora con le labbra sulle mie.

«Come?» Non capisco di cosa sta parlando.

«Non preoccuparti. Me ne farò una ragione» sussurra, divertito, poi fa scorrere il naso lungo la mia mascella e mi morde dolcemente un orecchio. «Quando saremo dentro, inginocchiati come ti ho insegnato.»

«Sì... signore.»

Mi guarda, con gli occhi che brillano d'amore, di meraviglia e di pensieri pervertiti.

Caspita... La vita non sarà mai noiosa con Christian, e mi sento pronta per il lungo viaggio che ci attende. Amo quest'uomo: è mio marito, il mio amante, il padre di mio figlio, a volte è il mio Dominatore... è il mio Mr Cinquanta Sfumature.

Epilogo
The Big House, maggio 2014

Sono sdraiata sulla coperta da picnic, intenta a guardare il blu del cielo estivo: il panorama è incorniciato dai fiori di campo e dall'erba alta. Il sole del pomeriggio mi riscalda la pelle, le ossa e il pancione: mi rilasso, distesa mollemente. È confortevole. Anzi, no, è meraviglioso. Assaporo quest'attimo di pace, di puro e semplice appagamento. Dovrei sentirmi in colpa perché provo questa gioia, questo senso di completezza, ma non è così. La vita, qui e ora, è bella, e ho imparato ad apprezzarla e a viverla momento per momento come mio marito. Sorrido, ritornando con il pensiero al delizioso ricordo di ieri sera a casa, all'Escala.

Le strisce di cuoio del flagellatore mi accarezzano il pancione, a un ritmo dolorosamente pigro.

«Ne hai già abbastanza, Ana?» mi sussurra Christian.

«Oh, ancora» lo prego, strattonando le manette sopra la testa, mentre sono bendata e legata alla griglia della stanza dei giochi.

Il flagellatore mi morde dolcemente il sedere.

«Ancora, e poi?»

Sussulto. «Ancora, signore.»

Christian mette la mano sulla mia pelle che pulsa, e la accarezza delicatamente.

«*Là. Là. Là*» dice con voce dolce. Le dita si muovono verso il basso e in cerchio, poi scivolano dentro di me.

Gemo.

«Mrs Grey» sospira, e mi mordicchia il lobo dell'orecchio. «Sei così pronta.»

Le dita scivolano dentro e fuori, andando a toccare quel punto, quel punto dolcissimo, ripetutamente. Il flagellatore schiocca sul pavimento e le sue mani si muovono sulla mia pancia risalendo fino ai seni. Mi tendo. Sono sensibili.

«Ssh» dice Christian, circondandone uno con le mani. Mi accarezza delicatamente il capezzolo con il pollice.

«Ah!»

Le sue dita sono delicate e seducenti, e il piacere, con ampie spirali, inizia a scendere sempre più in basso, fino al centro del mio corpo. Getto indietro la testa, spingendo il capezzolo contro il suo palmo, e gemo ancora.

«Mi piace sentirti godere» sussurra Christian. La sua erezione mi preme contro il fianco, i bottoni dei pantaloni mi affondano nella carne. Le dita continuano il loro assalto implacabile: dentro, fuori, dentro, fuori, a ritmo. «Posso farti venire così?» chiede.

«No.»

Le dita si fermano dentro di me.

«Davvero, Mrs Grey? Adesso sei tu che decidi?» Le dita si stringono intorno al capezzolo.

«No, no, signore.»

«Così va meglio.»

«Ah, ti prego» lo imploro.

«Che cosa vuoi, Anastasia?»

«Voglio te. Sempre.»

Inspira bruscamente.

«Ti voglio tutto» aggiungo, senza fiato.

Tira fuori le dita, mi gira in modo che possa guardarlo e mi toglie la benda. Sbatto le palpebre, scrutando gli occhi grigi, due pozze scure, che ardono nei miei. Mi accarezza il labbro inferiore con le dita e mi mette l'indice e il medio in bocca, per farmi assaporare il gusto salato della mia eccitazione.

«Succhia» sussurra, e io gli passo la lingua intorno e in mezzo alle dita.

"Mmh... persino il mio sapore è buono su di lui."

Mi fa scivolare le mani lungo le braccia, raggiunge le manette sopra la mia testa, le apre e mi libera. Mi fa girare con la faccia al muro e mi tira la treccia, trascinandomi contro di lui. Mi gira la testa di lato e mi accarezza con le labbra dalla gola all'orecchio, mentre continua a tenermi stretta a lui.

«Voglio mettertelo in bocca.» La sua voce è dolce e seducente. Il mio corpo, pieno e pronto, si contrae. Il piacere è dolce e intenso.

Gemo. Mi giro per guardarlo, lo attiro a me e gli do un bacio lascivo: la mia lingua invade la sua bocca. Grugnisce, mi mette le mani sul sedere e mi attira a sé: solo il mio pancione arriva a toccarlo. Gli mordicchio la mascella, mi sposto verso la gola continuando a baciarlo e faccio scivolare le dita verso i jeans. Getta indietro la testa, scoprendo la gola. Lo accarezzo con la lingua, scendendo sul torace e sui peli del petto.

«Ah.»

Gli afferro i jeans alla cintura. I bottoni si slacciano e lui mi afferra le spalle mentre mi inginocchio davanti a lui.

Lo guardo con gli occhi socchiusi, e vedo che mi sta fissando. Ha lo sguardo torbido, le labbra socchiuse e inspira bruscamente mentre glielo prendo in bocca. Mi piace da morire. Lo guardo mentre si arrende, sento il suo respiro sincopato e quei gemiti bassi, gutturali. Chiudo gli occhi e succhio forte, abbassandomi su di lui e gustandomi il suo sapore e il suo respiro affannoso.

Mi afferra la testa, fermandomi, e io copro i denti con le labbra e lo prendo ancora più in fondo.

«Apri gli occhi e guardami» mi ordina a bassa voce.

Due occhi ardenti incontrano i miei e lui inarca il bacino, riempiendomi fino alla gola per poi tirarsi velocemente indietro. Mi entra di nuovo dentro e io allungo una mano per prenderglielo. Si immobilizza, e mi tiene ferma.

«Non mi toccare, o ti metto di nuovo le manette. Voglio solo la bocca» ringhia.

"Funziona così?" Mi metto le mani dietro la schiena e lo guardo con espressione innocente e la bocca piena.

«Brava bambina» dice, con un sorrisetto compiaciuto e la voce roca. Si tira leggermente indietro e, continuando a stringermi con delicata fermezza, si spinge di nuovo dentro di me. «Hai una bocca tutta da scopare, Mrs Grey.» Chiude gli occhi e si insinua in profondità, mentre lo stringo tra le labbra e lo accarezzo con la lingua. Lo prendo più a fondo, avanti e indietro, mentre lui respira affannosamente.

«Ah! Ferma» dice, e si allontana, mentre io ne vorrei ancora. Mi afferra per le spalle e mi fa alzare. Mi tira la treccia e mi bacia con violenza, la lingua ostinata, bramosa e generosa allo stesso tempo. All'improvviso mi lascia andare e, prima che me ne renda conto, mi ha già presa tra le braccia e ha raggiunto il letto a baldacchino. Mi depone delicatamente sul letto, facendomi sedere sul bordo.

«Mettimi le gambe intorno alla vita» ordina. Obbedisco, e lo attiro a me. Si china, mettendomi le mani ai lati della testa e, rimanendo in piedi, mi penetra molto lentamente.

Ah, che meraviglia. Chiudo gli occhi e godo mentre mi possiede piano.

«Va tutto bene?» mi chiede con evidente preoccupazione.

«Oddio, Christian. Sì, sì, ancora.» Lo stringo con le gambe e mi spingo contro di lui. Geme. Gli afferro le braccia e lui inarca il bacino, dapprima molto piano.

«Christian, ti prego. Più forte. Non mi fai male.»

Geme e inizia a muoversi sul serio, un colpo dopo l'altro. Oh, è meraviglioso.

«Sì» ansimo, stringendolo più forte mentre sento montare il piacere... Geme, scopandomi con rinnovata determinazione. Sto per venire. "Ti prego. Non smettere."

«Godi, Ana» ansima digrignando i denti e vengo intorno a lui, con un orgasmo interminabile. Grido il suo nome e Christian si ferma, gemendo forte, mentre viene dentro di me.

«Ana» grida.

Christian è sdraiato vicino a me: mi accarezza il pancione con le mani, le dita allargate.

«Come sta mia figlia?»

«Sta ballando» e rido.

«Ballando? Oh, sì. Wow, la sento.» Fa un ampio sorriso, mentre Puntino Due fa le capriole nella mia pancia.

«Penso che le piaccia già fare l'amore.»

Christian aggrotta la fronte. «Davvero?» dice seccamente. Avvicina le labbra al mio pancione. «Non se ne parla almeno fino ai trent'anni, signorina.»

Ridacchio. «Christian, che ipocrita che sei.»

«No, sono un padre ansioso.» Mi fissa, con le sopracciglia aggrottate, tradendo la sua ansia.

«Sei un padre meraviglioso. Ho sempre saputo che lo saresti stato.» Accarezzo il suo volto attraente, e lui mi fa il suo sorriso timido.

«Mi piace» mormora, prima accarezzando e poi baciando il pancione. «Mi piaci così grossa.»

Faccio il broncio. «Io non mi piaccio così grossa.»

«Sei meravigliosa quando vieni.»

«Christian!»

«E non vedo l'ora di assaggiare di nuovo il tuo latte.»

«Christian! Sei un pervertito...»

Si avventa su di me, baciandomi con violenza. Si insinua tra le mie gambe e mi blocca le mani sopra la testa. «Dillo che ti piace il sesso estremo» sussurra.

Sorrido, contagiata dal suo sorriso perverso. «Sì, mi piace il sesso estremo. E ti amo. Molto.»

Mi sveglio di soprassalto, perché sento un acuto strillo di gioia di mio figlio. Anche se non riesco a vedere né lui né Christian, faccio uno stupidissimo sorriso di esultanza. Ted si è svegliato dal sonnellino e lui e Christian stanno giocando rumorosamente nelle vicinanze. Sono sdraiata tranquilla, e mi meraviglio ancora della capacità di Christian di giocare. Ha una pazienza straordinaria con Teddy, molto più che con me. Sbuffo. Ma, in fondo, dev'essere così. E il mio meraviglioso bambino, la pupilla degli occhi di sua madre e di suo padre, non ha paura. Christian, però, tende ancora a proteggerci troppo, entrambi. Il mio dolce, lunatico Christian con la mania del controllo.

«Dov'è la mamma? Sarà qui da qualche parte nel prato.» Ted dice qualcosa che non riesco a sentire, e Christian inizia a ridere felice. È un suono magico, pieno di gioia paterna. Non riesco a resistere. Mi sforzo di alzarmi sui gomiti per spiarli dal mio nascondiglio tra l'erba alta.

Christian sta facendo fare l'altalena a Ted, e lui continua a strillare felice. Si ferma, lo lancia in aria. Mi si blocca il respiro, ma poi lo riprende. Ted lancia un urletto di entusiasmo infantile, e io faccio un sospiro di sollievo. Oh, bambino mio, tesorino mio, sempre in movimento.

«Ancora, papà!» urla. Christian obbedisce, e io ho il cuore in gola quando lancia Teddy in aria e poi lo riprende, abbracciandolo forte. Christian bacia i capelli color rame di Ted e gli dà un bacio sulla guancia, poi gli fa il solletico senza pietà per un attimo. Teddy ride forte, dibattendosi e spingendo contro il petto di Christian, per liberarsi dall'abbraccio. Con un largo sorriso, Christian lo posa a terra.

«Dài, cerchiamo la mamma. È nascosta nell'erba.» Ted si illumina, entusiasta del gioco, e si guarda intorno. Afferra la mano di Christian e indica un posto sbagliato. Io mi metto a ridacchiare e mi riabbasso velocemente.

«Ted, ho sentito la mamma. L'hai sentita anche tu?» «Mamma!»

Il tono imperioso di Ted mi fa un po' sorridere e un po' sbuffare. Gesù, è tutto suo padre, e ha solo due anni.

«Teddy!» lo chiamo, sdraiata a pancia in su con un sorriso ridicolo sulle labbra.

«Mamma!»

Prima di quanto mi sarei aspettata, sento i loro passi nel prato, e Ted e Christian sbucano uno dopo l'altro in mezzo all'erba alta.

«Mamma!» strilla Ted come se avesse trovato un tesoro perduto e mi salta in braccio.

«Ehi, piccolo!» lo cullo e gli bacio la guancia paffuta. Ridacchia e mi restituisce il bacio, poi si libera dalle mie braccia.

«Ciao, mammina» mi dice Christian sorridendo.

«Ciao, paparino.» Faccio un sorriso radioso; lui prende Teddy e si siede accanto a me, con nostro figlio in braccio.

«Fai attenzione con la mamma.» Christian ammonisce Ted. Sogghigno. Per fortuna non ho perso la mia vena ironica. Christian tira fuori dalla tasca il BlackBerry e lo dà a Ted. Forse ci siamo guadagnati cinque minuti di pace, al massimo. Teddy lo esamina, con le piccole sopracciglia aggrottate. Sembra così serio, con gli occhi azzurri concentrati, proprio come suo padre quando legge le mail. Christian accarezza i capelli di Ted e il cuore mi si gonfia di gioia a guardarli insieme. Si assomigliano come due gocce d'acqua: mio figlio seduto tranquillo, per qualche minuto almeno, in braccio a mio marito. I due uomini che amo di più.

Ovviamente, Ted è il bambino più bello e talentuoso del mondo, ma dopotutto sono sua madre, quindi è ovvio che la pensi così. E Christian... be', Christian è Christian. Con la T-shirt bianca e i jeans è sensuale come sempre. Che cos'ho fatto per meritarmi una fortuna simile?

«Come sei bella, Mrs Grey.»

«Anche tu sei bello, Mr Grey.»

«Vero che la mamma è bella?» sussurra Christian all'orecchio di Ted, che lo scaccia via, più interessato al BlackBerry.

Ridacchio. «Non lo freghi.»

«Lo so.» Christian sorride e bacia i capelli di Ted. «Non riesco a credere che domani compirà due anni» dice pensieroso. Allungandosi, mi mette le mani sul pancione. «Facciamo tanti bambini» dice.

«Almeno un altro» sorrido e lui mi accarezza il pancione. «Come sta mia figlia?»

«Bene. Credo che stia dormendo.»

«Ciao, Mr Grey. Ciao, Ana.»

Ci giriamo e vediamo Sophie, la figlia di Taylor, che appare tra l'erba.

«Sofiiiii» strilla Ted felice di vederla. Scivola giù dal grembo di Christian, lasciando perdere il BlackBerry.

«Ho dei ghiaccioli fatti da Gail» dice Sophie. «Posso darne uno a Ted?»

«Certo» dico. Oddio: qui mi combinerà un casino.

«'Olo!» Ted alza le mani e Sophie gli dà un ghiacciolo, già mezzo sciolto.

«Vieni qui, fai vedere alla mamma.» Mi siedo e lo succhio, leccando via il succo in eccesso. Mmh... lampone: fresco e delizioso.

«Mio!» protesta Ted, con indignazione.

«Tieni» gli restituisco il ghiacciolo, che cola un po' meno, e lui se lo mette subito in bocca, sorridendo.

«Posso portare Ted a fare un giro?» chiede Sophie.

«Certo.»

«Non allontanatevi troppo.»

«No, Mr Grey» dice Sophie spalancando i serissimi occhi nocciola. Penso che Christian la intimidisca un po'. Dà la mano a Teddy, che gliela stringe di buon grado. Se ne vanno camminando a fatica in mezzo all'erba alta.

Christian li osserva.

«Non succederà nulla, Christian. Che male potrebbero mai farsi, qui?» Mi guarda perplesso per un attimo, e io mi siedo in braccio a lui.

«Tra l'altro, Ted è innamorato cotto di Sophie.»
Christian sbuffa e mi accarezza i capelli. «È una brava bambina.»
«Davvero. Ed è pure carina. Un angelo biondo.»
Christian si irrigidisce e mi mette le mani sul pancione.
«Bambine, eh?» dice con la voce venata d'ansia. Gli metto una mano dietro la testa.
«Non devi preoccuparti per tua figlia almeno per i prossimi tre mesi. Ce l'ho io qui al riparo, d'accordo?»
Mi bacia dietro l'orecchio e mi mordicchia il lobo.
«Agli ordini, Mrs Grey.» Poi affonda i denti e io caccio uno strillo.
«Mi è piaciuto la notte scorsa» dice. «Dovremmo farlo più spesso.»
«Anche a me è piaciuto.»
«Se tu smettessi di lavorare, potremmo...»
Alzo gli occhi al cielo; lui mi stringe tra le braccia e mi sorride baciandomi il collo.
«Hai alzato gli occhi al cielo, Mrs Grey?» La sua minaccia implicita mi fa fremere, ma siamo in mezzo al prato, e i bambini non sono lontani, quindi ignoro il suo invito.
«La Grey Publishing ha un autore nell'elenco dei best seller del "New York Times": le vendite di Boyce Fox sono eccezionali, il settore e-book è esploso, e finalmente ho la squadra di collaboratori che voglio.»
«E stai facendo soldi in questi tempi difficili» aggiunge Christian, con l'orgoglio nella voce. «Ma... mi piacerebbe averti "a piedi nudi e incinta in cucina".»
«Piacerebbe anche a me» mormoro, e lui mi bacia, con le mani ancora incollate al pancione.
Vedendo che è di buonumore, decido di affrontare un argomento delicato.
«Hai ripensato a quello che ti ho detto?»
Si irrigidisce. «Ana, la risposta è no.»
«Ma Ella è un nome così bello.»

«Non voglio chiamare mia figlia come mia madre. No. Fine della storia.»

«Sei sicuro?»

«Sì.» Mi afferra il mento e mi guarda serio, esasperato. «Ana, smettila. Non voglio che mia figlia sia macchiata dal mio passato.»

«Okay, scusa.» Accidenti... non voglio farlo arrabbiare.

«Così va meglio. Smettila di cercare di rimediare» mormora. «Mi hai fatto ammettere che le volevo bene, mi hai trascinato sulla sua tomba. Basta.»

Oh, no. Mi sistemo in braccio a lui e gli faccio aprire le gambe, poi gli afferro la testa tra le mani.

«Mi dispiace. Davvero. Non essere arrabbiato con me, ti prego.» Lo bacio, poi gli bacio l'angolo della bocca. Dopo un istante, lui mi indica l'altro angolo: sorrido e lo bacio. Indica il naso, e bacio anche quello. Sorride e mi mette le mani sul sedere.

«Oh, Mrs Grey, che cosa devo fare con te?»

«Sono sicura che ti verrà in mente qualcosa» mormoro. Mi fa un largo sorriso e, girandosi all'improvviso, mi scaraventa sulla coperta.

«E se mi venisse in mente adesso?» sussurra, con un sorriso lascivo.

«Christian!» Mi manca il fiato.

Improvvisamente si sente un grido acuto di Ted. Christian balza in piedi con una mossa da pantera e corre verso il punto da cui proviene il suono. Lo seguo, a passo più lento. In fondo sono meno preoccupata di lui: non è uno di quegli urli che mi farebbe fare a perdifiato le scale per capire che cos'è successo.

Christian prende Ted tra le braccia. Il nostro bambino piange, inconsolabile, indicando il suolo, dove giacciono i resti del ghiacciolo, mollicci, che si sciolgono nell'erba.

«L'ha fatto cadere» dice tristemente Sophie. «Avrei potuto dargli il mio, ma l'ho finito.»

«Oh, Sophie, tesoro. Non preoccuparti» le dico, accarezzandole i capelli.

«Mamma!» piagnucola Ted, allungando le mani verso di me. Christian, riluttante, lo lascia andare quando lo raggiungo.

«Per terra, per terra.»

«'Olo!» dice tra i singhiozzi.

«Lo so, tesoro. Andiamo da Mrs Taylor e ne prendiamo un altro.» Gli bacio i capelli... Oh, che buon profumo che ha. Il profumo del mio tesorino.

«'Olo» e continua a singhiozzare. Gli prendo la mano, e gli bacio le dita appiccicose.

«Hai il sapore del ghiacciolo sulle dita.»

Ted smette di piangere e si guarda le mani con attenzione.

«Metti le dita in bocca.»

Obbedisce. «'Olo!»

«Sì, il ghiacciolo.»

Fa un sorrisetto. Il mio piccolo lunatico, tutto suo padre. Almeno lui ha una scusa: ha solo due anni.

«Andiamo da Mrs Taylor?» Lui annuisce, con il suo meraviglioso sorriso di bambino. «Vuoi andare in braccio a papà?» Scuote la testa, e mi butta le braccia al collo, abbracciandomi forte, con la testina piegata sulla mia spalla.

«Penso che anche papà voglia assaggiare il ghiacciolo» gli sussurro nel minuscolo orecchio. Ted mi guarda aggrottando le sopracciglia, poi si guarda la mano e la tende verso Christian. Christian sorride e si mette le dita di Ted in bocca.

«Mmh... buono.»

Ted ridacchia e allunga le braccia, aspettando che Christian lo prenda in braccio. Christian mi fa un sorriso e lo tira su, mettendoselo a cavalcioni sul fianco.

«Sophie, dov'è Gail?»

«Era in casa.»

Lancio un'occhiata a Christian. Il suo sorriso ora è venato di amarezza, e mi chiedo a che cosa stia pensando.

«Sei così brava con lui» mormora.

«Con il piccolino?» Scompiglio i capelli di Ted. «Solo perché ho già preso le misure a voi uomini Grey» e faccio un sorrisetto a mio marito.

Ride. «È vero, Mrs Grey.»

Teddy si dibatte nella stretta di Christian. Adesso vuole camminare, il mio tesoro testardo. Gli prendo una mano, suo padre prende l'altra e gli facciamo fare l'altalena mentre ritorniamo verso casa, con Sophie che corre e salta davanti a noi.

Saluto Taylor che, in uno dei suoi rari giorni di ferie, se ne sta fuori dal garage, in jeans e canottiera, e armeggia con una vecchia motocicletta.

Mi fermo fuori dalla camera di Ted e ascolto Christian che gli sta leggendo qualcosa. «Sono Lorax, il guardiano della foresta...»

Quando sbircio nella camera, Teddy è quasi addormentato, mentre Christian continua a leggere. Alza la testa quando apro la porta e chiude il libro. Si porta il dito alle labbra e accende il baby monitor vicino al lettino. Sistema le lenzuola di Ted, gli accarezza la guancia, poi si alza e, in punta di piedi, viene verso di me silenziosamente. Mi trattengo a stento dal fare una risatina.

Fuori nel corridoio Christian mi abbraccia. «Dio, gli voglio bene, ma che sollievo quando si addormenta» mormora con le labbra sulle mie.

«Non potrei essere più d'accordo.»

Mi fissa, con gli occhi dolci. «Non riesco a credere che è con noi da due anni.»

«Lo so.» Lo bacio e, per un attimo, torno con la memoria a quando è nato Ted: il cesareo d'urgenza, la terribile ansia di Christian, la calma assurda della dottoressa Greene quando Puntino era in pericolo. Il ricordo mi fa rabbrividire.

«Mrs Grey, il suo travaglio dura da quindici ore. Le contrazioni sono rallentate, nonostante l'ossitocina. Dobbiamo fare il cesareo: il bambino è in sofferenza.» La dottoressa Greene è inflessibile.

«Era ora!» ringhia Christian. La dottoressa lo ignora.

«Calmati, Christian!» Gli stringo la mano. Ho la voce bassa, debole, e tutto gira intorno a me: le pareti, i macchinari, i camici verdi... Voglio solo dormire. Ma prima ho qualcosa di importante da fare... Oh, sì. «Avrei voluto un parto naturale.»

«Mrs Grey, la prego: facciamo il cesareo.»

«Ti prego, Ana» mi implora Christian.

«Allora posso dormire?»

«Sì, tesoro, sì.» Christian, quasi singhiozzando, mi bacia.

«Voglio vedere Puntino.»

«Lo vedrai.»

«Okay» sussurro.

«Finalmente» mormora la dottoressa Greene. «Infermiera, avverta l'anestesista. Dottor Miller, si prepari al cesareo. Mrs Grey, dobbiamo spostarla in sala operatoria.»

«Spostare?» diciamo Christian e io contemporaneamente.

«Sì. Subito.»

Ci stiamo già spostando... veloci, le luci sul soffitto si trasformano in una striscia confusa, mentre mi spingono in fretta lungo il corridoio.

«Mr Grey, dovrà mettersi il camice.»

«Cosa?»

«Si sbrighi, Mr Grey.»

Mi stringe la mano e mi lascia andare.

«Christian!» Lo chiamo, in preda al panico.

Stiamo attraversando un'altra serie di porte e, in men che non si dica, un'infermiera mi sistema un lenzuolo sul petto. La porta si apre e si chiude, e la stanza è piena di gente. Che casino... Voglio andare a casa.

«Christian?» passo in rassegna i volti, cercando mio marito.

«Sarà qui con lei tra un attimo, Mrs Grey.»

Un istante dopo, me lo trovo accanto, con un camice blu, e gli prendo la mano.

«Ho paura» sussurro.

«No, piccola, no. Ci sono qua io. Non aver paura. Sei forte, Ana.» Mi bacia la fronte, e dal suo tono di voce intuisco che c'è qualcosa che non va.

«Che cosa succede?»

«Come?»

«Cosa c'è che non va?»

«È tutto a posto. Tutto a posto. Sei solo esausta, piccola.» Negli occhi gli si legge la paura.

«Mrs Grey, c'è l'anestesista. Sta preparando la spinale, poi possiamo procedere.»

«Ha un'altra contrazione.»

Tutto si stringe come una fascia d'acciaio intorno alla mia pancia. Tengo stretta la mano di Christian. La cosa più faticosa è sopportare questo dolore. Sono così stanca. Sento l'anestesia che fa effetto... sempre di più. Mi concentro sul volto di Christian. Sulla ruga tra le sue sopracciglia. È teso. È preoccupato. "Perché è preoccupato?"

«Le faccio male qui, Mrs Grey?» La voce della dottoressa Greene arriva da dietro il lenzuolo.

«Male? Dove?»

«Non le faccio male, quindi.»

«No.»

«Bene. Dottor Miller, siamo pronte.»

«Stai andando benissimo, Ana.»

Christian è pallido, il sudore gli imperla la fronte. È spaventato. "Non aver paura, Christian. Non aver paura."

«Ti amo» sussurro.

«Oh, Ana» singhiozza. «Ti amo tanto anch'io.»

Sento qualcosa tirare, qualcosa dentro il mio corpo. È una sensazione mai provata prima d'ora. Christian guarda oltre il lenzuolo e impallidisce, ma continua a fissare la scena, affascinato.

«Che cosa sta succedendo?»

«Sta uscendo. Bene…»

Improvvisamente, si sente un pianto acuto e arrabbiato.

«È un maschio, Mrs Grey. Indice di Apgar?»

«Nove.»

«Posso vederlo?» ansimo.

Christian sparisce per un attimo e ricompare subito dopo, tenendo tra le mani mio figlio, avvolto nel camice blu. Ha il faccino rosa coperto di sangue e muco biancastro. Puntino… Theodore Raymond Grey.

Christian ha le lacrime agli occhi.

«Ecco tuo figlio, Mrs Grey» sussurra con voce tesa e rauca.

«Nostro figlio» dico in un soffio. «È bellissimo.»

«Sì, lo è» dice Christian e stampa un bacio sulla fronte del nostro meraviglioso bambino, sotto una zazzera di capelli scuri. Theodore Raymond Grey non si accorge di nulla. Con gli occhi chiusi, dimentico del pianto di prima, è addormentato. È una delle cose più belle che abbia mai visto. Che meraviglia. Inizio a piangere sommessamente.

«Grazie, Ana» sussurra Christian, anche lui con le lacrime agli occhi.

«Che cosa c'è?» Christian mi solleva il mento.

«Stavo ricordando la nascita di Ted.»

Christian impallidisce e mi mette le mani sul pancione.

«Non voglio rivivere una cosa del genere. Questa volta fai il cesareo programmato.»

«Christian, io…»

«No, Ana. Cazzo, sei quasi morta la volta scorsa. No.»

«Non sono quasi morta.»

«No.» È categorico e il suo tono non ammette repliche, ma, mentre mi fissa, il suo sguardo si addolcisce. «Mi piace Phoebe, come nome» sussurra e strofina il suo naso sul mio.

«Phoebe Gray? Phoebe. Sì. Piace anche a me» e gli rivolgo un ampio sorriso.

«Bene. Voglio preparare il regalo di Ted.» Mi prende per mano, e scendiamo al piano di sotto. Trasuda eccitazione da tutti i pori. È tutto il giorno che aspetta questo momento.

«Pensi che gli piacerà?» Il suo sguardo apprensivo incontra il mio.

«Gli piacerà da morire. Per due minuti o poco più. Christian, ha solo due anni.»

Christian ha finito di costruire il trenino di legno che ha comprato a Ted per il suo compleanno. Ha parlato con Barney dell'ufficio, e gli ha fatto modificare due delle piccole locomotive perché vadano a energia solare come l'elicottero che ho regalato a Christian tempo fa. Christian sembra impaziente che sorga il sole. Ho il forte sospetto che sia perché con quel trenino, che occupa gran parte del pavimento di pietra della terrazza, ci vuole giocare lui.

Domani faremo una festa in famiglia per Ted. Verranno Ray e José e tutti i Grey, compresa la nuova cugina di Ted, Ava, la figlia di due mesi di Kate e Elliot. Non vedo l'ora di rivedere Kate, e di scoprire che effetto le fa la maternità.

Mi perdo a osservare il tramonto sulla Penisola Olimpica. Christian ha mantenuto tutte le sue promesse. Guardando il panorama sono attraversata dallo stesso brivido di felicità della prima volta che l'ho visto. È semplicemente meraviglioso: il crepuscolo sul Puget Sound. Christian mi stringe tra le braccia.

«Bel panorama...»

«Direi di sì» risponde Christian e, quando mi volto a guardarlo, vedo che mi osserva assorto. Mi bacia dolcemente sulle labbra. «Un bel panorama» mormora. «Il mio preferito.»

«Panorama di casa.»

Sorride e mi bacia di nuovo. «Ti amo, Mrs Grey.»

«Ti amo anch'io, Christian. E ti amerò sempre.»

Sfumature di Christian

Il primo Natale di Mr Cinquanta Sfumature

Ho un cappotto che mi fa prurito e sa di nuovo. Tutto è nuovo. Ho una nuova mamma. È una dottoressa. Ha un "tettoscopio", o come si chiama, che mi posso mettere nelle orecchie per sentire il cuore. È gentile e sorride. Sorride sempre. Ha i denti piccoli e bianchi.

«Vuoi aiutarmi a fare l'albero, Christian?»

C'è un grande albero nella stanza con i divani grandi. È grande davvero. Ne ho visti altri così, ma solo nei negozi. Non dove ci sono i divani. Nella mia casa nuova ci sono un sacco di divani. Non solo uno. Non un solo divano sporco e marrone.

«Guarda qui.»

La mia nuova mamma mi fa vedere una scatola, piena di palline. Un sacco di belle palline luccicanti.

«Sono le decorazioni dell'albero.»

De-co-ra-zio-ni. De-co-ra-zio-ni. Mi ripeto la parola nella mente. De-co-ra-zio-ni.

«E queste...» si interrompe, tira fuori una corda con dei fiorellini sopra. Poi continua: «... sono le luci. Prima mettiamo le luci, e poi possiamo addobbare l'albero». Si china e mi accarezza i capelli. Rimango immobile. Ma mi piacciono le sue dita nei capelli. Mi piace stare vicino alla mia nuova mamma. Ha un buon profumo. Sa di pulito. E poi mi tocca solo i capelli...

«Mamma!»

È lui che la chiama. Lelliot. È grande e parla forte. Molto forte. Parla. Non la smette di parlare. Io non parlo. Non mi vengono le parole. Le ho tutte in testa.

«Elliot, tesoro, siamo in salotto.»

Ci raggiunge correndo. È tornato da scuola. Ha un disegno. Un disegno della mia nuova mamma, che è anche la sua. Lei si accuccia, lo abbraccia e guarda il disegno. È una casa con una mamma, un papà, Lelliot e Christian. Nel disegno di Lelliot, Christian è molto piccolo. Lelliot è grande e fa un sorriso grande, mentre Christian ha la faccia triste.

Ecco che arriva il papà. Va verso la mamma. Stringo la mia piccola coperta. Lui bacia la mia nuova mamma, e la mia nuova mamma non è spaventata. Sorride. Lo bacia anche lei. Stringo la copertina.

«Ciao, Christian.» Il papà ha una voce profonda e dolce. Mi piace la sua voce. Non urla mai. Non grida. Non grida come... Mi legge i libri prima di dormire. Legge di un gatto e di un cappello, e delle uova verdi e del prosciutto. Non ho mai visto le uova verdi. Il papà si china, e diventa piccolo.

«Che cosa hai fatto di bello oggi?»

Gli faccio vedere l'albero.

«Hai comprato un albero? Un albero di Natale?»

Faccio cenno di sì con la testa.

«È un bell'albero. Tu e la mamma avete scelto proprio bene. Scegliere l'albero giusto è una cosa importante.»

Anche lui mi accarezza i capelli, e io rimango immobile e stringo forte la copertina. Il papà non mi fa del male.

«Papà, guarda il mio disegno.» Lelliot è arrabbiato quando il papà parla con me. Lelliot è arrabbiato con me. Quando è arrabbiato con me, lo picchio. La mia nuova mamma si arrabbia con me. Lelliot non mi picchia. Lelliot ha paura di me.

Le luci sull'albero sono belle.

«Guarda, ti faccio vedere. Facciamo passare il filo nel gancetto, e poi la possiamo appendere all'albero.» Mamma mette la de-co... de-co-ra-zio-ne rossa sull'albero.

«Prova con questa campanella.»

La campanella suona. La scuoto. Il suono è felice. La scuoto di nuovo. La mamma fa un sorriso. Un grande sorriso. Un sorriso speciale per me.

«Ti piace la campanella, Christian?»

Faccio segno di sì con la testa; la scuoto di nuovo, e tintinna felice.

«Hai un bellissimo sorriso, tesoro.» La mamma sbatte le palpebre, e si passa una mano sugli occhi. Mi accarezza i capelli. «Mi piace vederti sorridere.» Mi sposta la mano sulla spalla. No. Faccio un passo indietro e stringo la copertina. La mamma sembra triste, e poi felice. Mi accarezza i capelli.

«Mettiamo la campanella sull'albero?»

Faccio segno di sì con la testa.

«Christian, devi dirmelo quando hai fame. Sei in grado di farlo. Puoi prendere la mano della mamma, portare la mamma in cucina e fare così con il dito.» Mi punta contro il suo lungo dito. L'unghia rosa luccica, è carina. Ma non capisco se la mia nuova mamma è pazza. Ho già finito la cena. Pasta con il formaggio. Che buona.

«Non voglio che tu abbia fame, tesoro. Okay? Vuoi un po' di gelato, adesso?»

Entusiasta, faccio cenno di sì con la testa. La mamma mi sorride. Mi piacciono i suoi sorrisi. Sono meglio della pasta con il formaggio.

L'albero è bello. Sono in piedi e lo guardo, stringendo la copertina. Le luci scintillano, tutte di colori diversi, e anche le de-co-ra-zio-ni sono di tanti colori diversi. Mi piacciono quelle blu. E sulla punta dell'albero c'è una grande stella. Il papà ha preso Lelliot in braccio, e Lelliot ha messo la stella sull'albero. A Lelliot piace mettere la stella sull'albero. Voglio metterla io la stella sull'albero… ma non voglio che il papà mi prenda in braccio e mi faccia andare così in alto. Non voglio che mi prenda in braccio. La stella è luminosa e scintillante.

Vicino all'albero c'è il pianoforte. La mia nuova mamma mi fa toccare il bianco e il nero sul piano. Bianco e nero. Mi piacciono i suoni bianchi. Quelli neri sono stonati. Ma mi piacciono anche i suoni neri. Mi piace fare prima bianco e poi nero. Prima bianco poi nero. Prima nero, poi bianco. Bianco, bianco, bianco, bianco. Nero, nero, nero, nero. Mi piace il suono. Mi piace tantissimo.

«Vuoi che ti suoni qualcosa, Christian?»

La mia nuova mamma si siede. Tocca il bianco e poi il nero, e arrivano le canzoni. Preme il pedale che c'è in basso. Un po' suona forte, e un po' piano. La canzone è allegra. A Lelliot piace anche quando la mamma canta. La mamma canta di un brutto anatroccolo. La mamma fa *qua qua*: è divertente. Anche Lelliot fa *qua qua* e mette le braccia come delle ali, e le fa andare su e giù come un uccello. Lelliot è divertente.

La mamma ride. Lelliot ride. Rido anch'io.

«Ti piace questa canzone, Christian?» E la mamma ha lo sguardo un po' felice e un po' triste.

Ho una cal-za. È rossa e ha un disegno di un uomo con un cappello rosso e una grande barba bianca. È Babbo Natale. Babbo Natale porta i regali. Ho visto Babbo Natale disegnato. Però prima d'ora Babbo Natale non mi ha mai portato i regali. Ero cattivo. Babbo Natale non porta i regali ai bambini cattivi. Adesso sono buono. La mia nuova mamma dice che sono buono, molto buono. La mia nuova mamma non lo sa. Non glielo devo dire… ma sono cattivo. Non voglio che la mia nuova mamma lo sappia.

Il papà appende la cal-za sopra il camino. Anche Lelliot ha una cal-za. Lelliot sa leggere la parola sulla sua cal-za. C'è scritto Lelliot. C'è una parola sulla mia cal-za. Christian. La mia nuova mamma legge ad alta voce: C-H-R-I-S-T-I-A-N.

Il papà si siede sul mio letto. Mi legge un libro. Afferro la mia copertina. Ho una camera grande. Qualche volta la camera è buia e faccio brutti sogni. Brutti sogni su com'era prima. Quando faccio i brutti sogni, la mia nuova mamma viene nel mio letto. Si mette vicino a me e canta le canzoni dolci e io mi addormento. Profuma di dolce, di nuovo e di amore. La mia nuova mamma non è fredda. Non è come… come… E i brutti sogni vanno via quando mi addormento con lei.

Babbo Natale è passato. Babbo Natale non sa che sono stato cattivo. Sono contento che non lo sappia. Ho un treno, e un elicottero, e un aeroplanino, e un elicottero, e una macchinina, e un elicottero. Il mio elicottero vola. È blu. Vola intorno all'albero di Natale. Vola sul pianoforte e atterra tra i tasti bianchi. Vola sopra la mamma, sopra il papà, sopra Lelliot che gioca con il Lego. L'elicottero vola per tutta la casa, nel soggiorno, in cucina. Attraversa la porta, entra nello studio del papà e sale al piano di sopra, nella mia camera, nella camera di Lelliot, e nella camera della mamma e del papà. Vola per tutta la casa perché è la mia casa. La casa dove vivo.

Entra in scena Mr Cinquanta Sfumature
Lunedì 9 maggio 2011

«Domani» borbotto, e congedo Claude Bastille che è in piedi sulla soglia del mio ufficio.

«Questa settimana si gioca a golf, Grey?» Bastille fa un sorrisetto arrogante, ben sapendo che sul campo da golf ha la vittoria assicurata.

Gli lancio un'occhiataccia mentre si gira e se ne va. Le parole con cui si è accomiatato sono come sale su una ferita perché, nonostante i miei eroici tentativi, stamattina in palestra il mio personal trainer mi ha fatto un culo così. Bastille è l'unico che riesce a battermi e adesso vuole ciò che gli spetta sul campo da golf. Io odio il golf, ma si fanno parecchi affari tra una buca e l'altra e così mi tocca prendere lezioni da lui anche lì... e, per quanto detesti ammetterlo, Bastille è riuscito a migliorare un po' il mio gioco.

Mentre osservo lo skyline di Seattle, sono preso dalla solita sensazione di tedio. Il mio umore è spento e grigio come il cielo là fuori. Le mie giornate si susseguono uguali e ho bisogno di qualche diversivo. Ho lavorato tutto il week-end e ora, chiuso nei confini del mio ufficio, sono irrequieto. Non dovrei sentirmi così, non dopo parecchi round con Bastille. E invece...

Mi incupisco. La verità, e dovrebbe farmi riflettere, è che l'unica cosa che ha acceso il mio interesse recentemente è stata la decisione di inviare due navi da carico in Sudan. E questo mi fa venire in mente che Ros dovrebbe venire da me con tutti i resoconti dell'operazione. "Che cosa diavolo la trattiene?" Deciso a capire a che gioco sta giocando, do un'occhiata alla mia agenda e allungo la mano verso il telefono.

"Oh, no!" Devo sorbirmi l'intervista con quell'insistente Miss Kavanagh per il giornale studentesco della Washington State University. "Ma perché cazzo ho accettato?" Io odio le interviste, una serie di domande inutili da parte di idioti altrettanto inutili, male informati e superficiali. Suona il telefono.

«Sì» rispondo seccamente ad Andrea, come se fosse colpa sua. Perlomeno posso tentare di far sì che sia un'intervista breve.

«C'è Miss Anastasia Steele per lei, Mr Grey.»

«Steele? Io stavo aspettando Katherine Kavanagh.»

«Qui c'è Miss Anastasia Steele, signore.»

Detesto gli imprevisti. «Falla entrare» dico, brontolando. Mi rendo conto che sembro un adolescente lunatico, ma non me ne frega un cazzo.

"Bene, bene… Miss Kavanagh non è disponibile." Conosco suo padre, il proprietario della Kavanagh Media. Abbiamo fatto qualche affare insieme, e mi sembra un professionista accorto e un uomo razionale. Ho concesso questa intervista per fargli un favore, un favore che ho intenzione di farmi restituire un giorno o l'altro. E devo ammettere che ero anche un po' incuriosito da sua figlia, mi interessava capire se la mela era caduta lontano dall'albero oppure no.

Un certo scompiglio vicino alla porta mi fa alzare in piedi, mentre un vortice di capelli castani, pelle chiara e stivali marroni si tuffa a capofitto nel mio ufficio. Alzo gli occhi al cielo e reprimo la naturale reazione di fastidio per tanta goffaggine, mentre mi precipito verso la ragazza che è atterrata con mani e ginocchia sul pavimento. La prendo per le spalle esili e la aiuto a rimettersi in piedi.

Due luminosi e imbarazzati occhi azzurri incontrano i miei, e io mi blocco di colpo. Sono di un colore straordinario – azzurri, ingenui – e per un terribile istante ho la sensazione che lei possa leggere dentro di me. Mi sento... esposto. Il pensiero mi innervosisce. Ha un viso minuto e delicato, e sta arrossendo, un innocente rosa pallido. Per un secondo mi domando se tutta la sua pelle sia così – perfetta – e che aspetto potrebbe avere una volta arrossata e scaldata dal morso di una verga. "Cazzo." Caccio i miei pensieri capricciosi, preoccupato dalla direzione che stanno prendendo. "A che cazzo stai pensando, Grey? Questa ragazza è troppo giovane." Mi sta fissando a bocca aperta, e per poco non alzo di nuovo gli occhi al cielo. "Sì, sì, piccola. È solo un bel viso, e la bellezza esteriore è effimera." Voglio togliere quello sguardo d'impudente ammirazione da quegli occhioni azzurri.

"Si va in scena, Grey. Divertiamoci un po'." «Miss Kavanagh. Sono Christian Grey. Va tutto bene? Vuole sedersi?»

Di nuovo quel rossore. Sono tornato padrone di me, e mi metto a studiarla. È molto attraente, con quell'aria maldestra. È magra, pallida, con una criniera di capelli color mogano a stento trattenuti da un elastico. Una bruna. Sì, è decisamente attraente. Le porgo la mano e lei comincia a balbettare una mortificata serie di scuse, mettendo la sua piccola mano nella mia. Ha una pelle fresca e morbida, ma la sua stretta di mano è sorprendentemente decisa.

«Miss Kavanagh è indisposta, quindi ha mandato me. Spero che non le dispiaccia, Mr Grey.» Ha una voce pacata, con una musicalità un po' esitante. Continua a sbattere le palpebre e le lunghe ciglia ondeggiano sui grandi occhi azzurri.

Non riesco a trattenere un sorriso mentre ripenso al suo ingresso non esattamente elegante nell'ufficio, e le chiedo come si chiama.

«Anastasia Steele. Studio letteratura inglese con Kate,

cioè... Katherine... cioè... Miss Kavanagh, alla Washington State University di Vancouver.»

La classica studiosa timida e nervosa, eh? Ne ha tutta l'aria: è vestita in modo tremendo, nasconde la sua corporatura magra sotto un maglioncino informe e una gonna marrone a trapezio. "Non ha il minimo gusto nel vestire." Si guarda intorno con aria nervosa... Noto con divertita ironia che guarda ovunque ma non verso di me.

Come fa questa ragazza a essere una giornalista? Non ha un briciolo di assertività. Agitata, mansueta, mite... sottomessa. In modo affascinante. Scuoto la testa, un po' perplesso quando mi rendo conto della direzione presa dai miei pensieri inopportuni. Mormoro qualche banalità e la invito a sedersi, poi vedo che osserva con occhio attento i quadri appesi alle pareti. Prima di riuscire a fermarmi, mi trovo a illustrarglieli. «Un artista locale. Trouton.»

«Sono belli. Elevano l'ordinario a straordinario» dice lei con aria sognante, persa nella squisita fattura artistica dei miei quadri. Ha un bel profilo, naso all'insù, labbra morbide e piene, e ha trovato le parole che rispecchiano esattamente quello che sento io. "Elevano l'ordinario a straordinario." Un'osservazione acuta. Miss Steele è sveglia.

Le dico che sono d'accordo e osservo il rossore che si fa strada sul suo viso ancora una volta. Mi siedo di fronte a lei e cerco di mettere un freno ai miei pensieri.

Tira fuori un foglio di carta stropicciato e un registratore digitale da uno zainetto. Un registratore digitale? "Ma una volta non andavano in giro con i registratori a cassette?" Cazzo, è così maldestra, fa cadere due volte quel dannato aggeggio sul mio tavolino Bauhaus. È ovvio che non ha mai fatto niente del genere prima, ma per qualche motivo che non riesco a spiegarmi trovo tutto piuttosto divertente. Di solito questo tipo di goffaggine mi irrita profondamente, mentre adesso cerco di nascondere il sorriso dietro l'indice e resisto alla tentazione di metterglielo a posto io.

Mentre lei si agita sempre di più, mi viene in mente che potrei migliorare le sue capacità motorie con l'aiuto di un frustino da equitazione. Usato come si deve, è in grado di rimettere in riga anche il soggetto più recalcitrante. Questo pensiero errante mi fa cambiare posizione sulla poltrona. Lei mi guarda, e intanto si morde il labbro inferiore. "Cazzo!" Come ho fatto a non accorgermi prima di quella bocca?

«M-mi scusi, non sono abituata a usare questo arnese.»

"Lo vedo, piccola" penso con ironia "ma in questo momento non me ne frega un cazzo, perché non riesco a togliere gli occhi dalla tua bocca."

«Si prenda tutto il tempo che le occorre, Miss Steele.» Ho bisogno di un altro momento per ordinare i miei pensieri vagabondi. "Grey, adesso basta. Stop."

«Le dispiace se registro le sue risposte?» mi chiede, con un'espressione candida e speranzosa.

Vorrei mettermi a ridere. "Mio Dio!"

«Me lo chiede adesso, dopo aver tanto faticato per far funzionare il registratore?» Sbatte le palpebre, e per un attimo ha uno sguardo smarrito. Mi sento leggermente in colpa, un sentimento che non mi è familiare. "Piantala di fare lo stronzo, Grey."

«No, non mi dispiace» mormoro, non volendo essere il responsabile di quello sguardo.

«Kate, voglio dire, Miss Kavanagh, le aveva spiegato a cosa è destinata questa intervista?»

«Sì. Apparirà sul prossimo numero del giornale studentesco, dato che alla cerimonia di quest'anno sarò io a consegnare i diplomi di laurea.» Perché cazzo avrò accettato di farlo, non lo so. Sam, l'addetto alle pubbliche relazioni, sostiene che è un grande onore e che il dipartimento di Scienze ambientali di Vancouver ha bisogno di un po' di pubblicità per trovare ulteriori finanziamenti di entità pari alla donazione fatta da me.

Miss Steele sbatte le palpebre e mi guarda di nuovo con

gli occhioni azzurri spalancati, come se le mie parole fossero una sorpresa, e, cazzo... sembra che disapprovi! Ma non si è documentata neanche un po' prima di venire qui? Queste cose dovrebbe saperle. Il pensiero mi raggela. È... spiacevole, non è certo ciò che mi aspetto, né da lei né da chiunque altro a cui concedo un po' del mio tempo.

«Bene. Avrei alcune domande da farle, Mr Grey.» Si infila una ciocca ribelle dietro l'orecchio, distraendomi dalla sensazione di fastidio che ho provato.

«Lo avevo intuito» mormoro seccamente. "Mettiamola un po' in imbarazzo." Compiacente al punto giusto, comincia ad agitarsi, poi si riprende e raddrizza le spalle esili. Si china in avanti, preme il pulsante del registratore e si acciglia mentre abbassa lo sguardo sui suoi appunti stropicciati.

«Lei è molto giovane per aver creato un simile impero. A che cosa deve il suo successo?»

Oh, Cristo! Sono sicuro che può fare molto meglio di così. Che stupida domanda del cazzo. Neanche un briciolo di originalità. È veramente deludente. Tiro fuori la solita risposta sul fatto che negli Stati Uniti ci sono persone eccezionali che lavorano per me, persone in cui ripongo la mia fiducia, che sono ben pagate, *bla bla bla*. Ma, Miss Steele, la verità è semplice: nel mio lavoro sono un fottuto genio. Per me è come bere un bicchier d'acqua. Acquisto società in crisi e gestite male e le risano o, se sono casi disperati, le spoglio di tutto quello che può valere qualcosa, rivendendolo poi al miglior offerente. Bisogna solo saper distinguere tra i due casi, ed è sempre questione di chi si trova al comando. Per avere successo negli affari c'è bisogno di gente in gamba, e io so giudicare le persone meglio di chiunque altro.

«Forse ha solo avuto fortuna» osserva lei, con calma.

"Fortuna?" Ho un brivido di fastidio. "Fortuna?" Qui la fortuna non c'entra un cazzo, Miss Steele. Ha un'aria tranquilla e senza pretese, e poi se ne esce con queste osservazioni! Nessuno mi aveva mai fatto notare che poteva essere una questione di "fortuna". Lavorare sodo, portare le persone dalla mia parte, tenerle d'occhio, magari dar loro una seconda possibilità e, se non sono all'altezza del compito, farle fuori senza pietà. "È questo quello che faccio, e lo faccio bene. La fortuna non c'entra niente! Ma vaffanculo." Do sfoggio di erudizione tirando fuori una citazione di uno dei miei industriali americani preferiti.

«Lei sembra un maniaco del controllo» mi dice, e ha un'espressione assolutamente seria.

"Ma come cazzo fa?"

Forse quegli occhioni innocenti riescono davvero a leggere dentro di me. "Controllo" è il mio secondo nome.

Le lancio un'occhiataccia. «Oh, io esercito il controllo su tutto, Miss Steele.» "E mi piacerebbe molto esercitarlo su di te, qui e adesso."

Lei spalanca gli occhi. Quel rossore così attraente le attraversa il viso un'altra volta e si morde di nuovo il labbro. Comincio a divagare, cercando di distrarre l'attenzione dalla sua bocca.

«Inoltre, se nelle proprie fantasie segrete ci si convince di essere nati per dominare, si acquista un potere immenso.»

«Lei pensa di avere un potere immenso?» mi chiede con una voce sommessa e vellutata, ma al tempo stesso inarca un sopracciglio, rivelando così la propria disapprovazione. Sono sempre più infastidito. Sta cercando deliberatamente di provocarmi? Non capisco se mi fanno incazzare di più le sue domande o il suo atteggiamento o il fatto di trovarla attraente.

«Ho più di quarantamila persone alle mie dipendenze, Miss Steele. Questo mi dà un certo senso di responsabilità... di potere, se preferisce. Se io dovessi decidere che il settore delle telecomunicazioni non mi interessa più e che voglio vendere, ventimila persone faticherebbero a pagare il mutuo dopo un mese o poco più.»

A questa risposta, rimane a bocca aperta. Comincia ad

andare meglio. "Prendi e porta a casa, Miss Steele." Sento che l'equilibrio sta tornando.

«Non ha un consiglio di amministrazione a cui rispondere?»

«La società è di mia proprietà. Non devo rispondere a nessun consiglio» dichiaro seccamente. Ma questo dovrebbe saperlo. Alzo un sopracciglio con aria interrogativa.

«E ha qualche interesse, al di fuori del lavoro?» continua come se niente fosse, interpretando correttamente la mia reazione. Sa che sono incazzato, e per qualche inesplicabile motivo questo mi dà un enorme piacere.

«Ho interessi molto vari, Miss Steele.» Sorrido. «Molto vari.» Nella mia mente si affacciano immagini di lei nelle posizioni più diverse nella stanza dei giochi: incatenata alla croce, a gambe e braccia spalancate sul letto, distesa sulla panca pronta a essere frustata. "Cazzo! Da dove viene tutto ciò?" Ed ecco... di nuovo quel rossore. È come un meccanismo di difesa. "Datti una calmata, Grey."

«Che cosa fa per rilassarsi?»

«Rilassarmi?» Sorrido. Quelle parole uscite dalla sua bocca impudente suonano strane. E poi, quando mai ho tempo per rilassarmi? Ha idea del numero di aziende che controllo? Ma è lì che mi guarda con quegli ingenui occhioni azzurri e mi sorprendo a riflettere sulla sua domanda. Che cosa faccio per rilassarmi? Vado in barca a vela, volo, scopo... Metto alla prova i limiti delle ragazze brune come lei, e le rimetto in riga... Il pensiero mi costringe a cambiare posizione sulla sedia, ma le rispondo con calma, omettendo i miei due hobby preferiti.

«Lei investe nell'attività industriale. Perché, esattamente?»

La domanda mi riporta bruscamente al presente.

«Mi piacciono le cose. Mi piace sapere come funzionano: quali sono i loro ingranaggi, come costruirle e smontarle. E ho una passione per le navi. Cosa posso dire?» Distribuiscono cibo in giro per il mondo, prendono cose da chi le ha e le portano a chi non ne ha, e poi tornano e ricominciano daccapo. Che cosa c'è di male?

«Sembra che sia il suo cuore a parlare, più che la logica o i fatti.»

"Il cuore? Io? Oh, no, piccola." Il mio cuore è stato massacrato fino a diventare irriconoscibile tanto tempo fa. «È possibile. Anche se certe persone direbbero che io non ho un cuore.»

«Perché direbbero una cosa del genere?»

«Perché mi conoscono bene.» Le rivolgo un sorriso sarcastico. In realtà nessuno mi conosce così bene, eccetto forse Elena. Mi chiedo che cosa ne penserebbe della piccola Miss Steele. La ragazza è un groviglio di contraddizioni: timida, ansiosa, evidentemente molto sveglia e arrapante da morire. "Sì, d'accordo, lo ammetto, è piuttosto gnocca."

Fa la domanda successiva senza leggerla.

«I suoi amici direbbero che è facile conoscerla?»

«Sono una persona molto riservata, Miss Steele. Faccio di tutto per proteggere la mia privacy. Non rilascio molte interviste…» Per fare le cose che faccio, per vivere la vita che ho scelto, ho bisogno della mia privacy.

«Perché ha accettato di rilasciare questa?»

«Perché sono uno dei finanziatori dell'università, e a dispetto dei miei sforzi non sono riuscito a togliermi di torno Miss Kavanagh. Ha tormentato i miei addetti alle pubbliche relazioni fino all'esaurimento, e io ammiro questo genere di tenacia.» "Ma sono felice che sia venuta tu e non lei."

«Lei investe anche in tecnologie agricole. Perché le interessa questo settore?»

«I soldi non si mangiano, Miss Steele, e troppe persone su questo pianeta non hanno abbastanza da mangiare.» La guardo negli occhi, impassibile.

«Sembra molto filantropico. È una cosa che la appassiona… sfamare i poveri del mondo?» Mi guarda con un'espressione interrogativa, come se fossi una specie di enigma da

...re, ma non ho assolutamente intenzione di permettere a quei begli occhioni azzurri di sondare il buio della mia anima. Su questo argomento non si discute. Né ora né mai.

«È solo senso per gli affari.» Mi stringo nelle spalle, affettando una certa noia, e mi immagino di scopare quella dolcissima bocca per distrarmi dai pensieri legati alla fame nel mondo. Sì, quella bocca ha bisogno di un po' di addestramento. Questo sì che è un pensiero affascinante, e mi concedo di immaginare questa ragazza in ginocchio davanti a me.

«Lei ha una filosofia? Se sì, quale?» Un'altra domanda fatta senza leggere.

«Non ho una filosofia vera e propria. Forse un principio guida, quello di Carnegie: "Un uomo che acquisisce la capacità di prendere pieno possesso della propria mente è in grado di prendere possesso di qualsiasi altra cosa a cui abbia diritto". Sono un tipo molto particolare, motivato. Mi piace avere il controllo, di me stesso e di quelli che mi circondano.»

«Quindi vuole possedere le cose?» I suoi occhi si spalancano.

"Oh, sì, piccola. Per esempio, te."

«Voglio meritarne il possesso, ma sì, alla fine, voglio possederle.»

«Lei sembra il consumatore ideale.» La sua voce è venata di disapprovazione, il che mi fa di nuovo incazzare. Sembra una ragazzina ricca che ha sempre avuto quello che voleva, ma dopo un'occhiata più attenta ai suoi vestiti – roba da grandi magazzini – capisco che non è così. Non è cresciuta in una famiglia ricca.

"Potrei davvero prendermi cura di te."

"Merda, e questa idea da dove viene fuori?" Anche se, ora che ci penso, ho proprio bisogno di una nuova Sottomessa. Dopo Susannah quanto tempo è passato? Due mesi? Ed eccomi a sbavare su questa brunetta. Sorrido, in fondo sono d'accordo con lei. Non c'è nulla di male nel consumismo: dopotutto è la forza che traina quel che resta dell'economia americana.

«Lei è stato adottato. In quale misura ritiene che ciò abbia influenzato il suo modo di essere?»

E questo che cazzo c'entra con il prezzo del petrolio? La guardo malissimo. Che domanda ridicola. Se fosse stato per la puttana drogata, probabilmente a quest'ora sarei morto. La liquido con una non risposta, tentando di mantenere lo stesso tono di voce, ma lei continua a pressarmi, vuole sapere quanti anni avevo al momento dell'adozione. "Tappale la bocca, Grey."

«È un'informazione di pubblico dominio, Miss Steele.» La mia voce è gelida. Dovrebbe sapere queste cose. Ora ha un'espressione contrita. Bene.

«Ha dovuto sacrificare la vita familiare al lavoro.»

«Questa non è una domanda» rispondo seccamente.

Arrossisce di nuovo e si morde quel maledetto labbro. Ma ha il buon gusto di scusarsi.

«Ha dovuto sacrificare la vita familiare al lavoro?»

"Perché dovrei volere una cazzo di famiglia?"

«Io ho già una famiglia. Un fratello, una sorella e due genitori amorevoli. Non mi interessa allargarla ulteriormente.»

«Lei è omosessuale, Mr Grey?»

"Ma che cazzo! Non riesco a credere che l'abbia detto davvero!" La tacita domanda che neanche la mia famiglia ha il coraggio di fare, cosa che mi diverte parecchio. "Ma come osa?" Devo combattere l'impulso di tirarla su da quel divano, mettermela di traverso sulle ginocchia e sculacciarla a sangue. E poi scoparmela sulla scrivania con le mani legate dietro la schiena. Questo risponderebbe alla sua domanda. Ma quanto è frustrante questa femmina! Faccio un profondo respiro per calmarmi. Con mio grande e vendicativo piacere, sembra decisamente imbarazzata dalla sua stessa domanda.

«No, Anastasia, non lo sono.» Alzo un sopracciglio, ma

mantengo un'espressione impassibile. Anastasia. È un nome delizioso. Mi piace il modo in cui la mia lingua ci gira intorno.

«Le chiedo scusa. È... ecco... è scritto qui.» Si sistema nervosamente alcune ciocche dietro l'orecchio.

Non conosce neanche le sue domande? Forse non sono sue. Glielo chiedo, e lei impallidisce. Cazzo, è davvero molto attraente, di una bellezza sobria, quasi reticente. Mi spingerei quasi a dire che è stupenda.

«Ehm... no. È stata Kate, Miss Kavanagh, a prepararle.»

«Siete colleghe al giornale studentesco?»

«No, lei è la mia coinquilina.»

Allora non c'è da stupirsi che sia così in confusione. Mi gratto il mento, cercando di decidere se farle passare un brutto quarto d'ora oppure no.

«Si è offerta lei di farmi questa intervista?» le chiedo, e sono subito premiato dalla sua espressione sottomessa: occhi sgranati, nervosa per la mia reazione. Mi piace l'effetto che ho su di lei.

«Sono stata reclutata all'ultimo. Kate non sta bene.»

«Questo spiega molte cose.»

Qualcuno bussa alla porta, e compare Andrea.

«Mr Grey, mi scusi se la interrompo, ma il suo prossimo appuntamento è fra due minuti.»

«Non abbiamo ancora finito, Andrea. Per favore, annulla il prossimo appuntamento.»

Andrea esita, mi fissa a bocca aperta. Anch'io la guardo. "Fuori! Subito! Sono occupato con la piccola Miss Steele." Andrea diventa paonazza, ma si riprende subito.

«Certo, Mr Grey» dice, poi gira sui tacchi e ci lascia soli.

Rivolgo di nuovo la mia attenzione all'intrigante e frustrante creatura seduta sul mio divano.

«Dove eravamo, Miss Steele?»

«La prego, non voglio distoglierla dai suoi impegni.»

"Oh, no, piccola, adesso tocca a me." Voglio sapere se c'è qualche segreto da scoprire dietro quegli occhi meravigliosi.

«Voglio sapere qualcosa di lei. Mi sembra doveroso.» Mentre mi appoggio allo schienale e mi porto le dita alle labbra, i suoi occhi si fermano per un istante sulla mia bocca e lei deglutisce. "Ah, sì, il solito effetto." È gratificante sapere che non è completamente insensibile al mio fascino.

«Non c'è molto da sapere» dice, arrossendo di nuovo. La intimidisco. "Ottimo!"

«Che progetti ha dopo la laurea?»

Si stringe nelle spalle. «Non ho fatto progetti, Mr Grey. Per il momento, mi basta superare gli esami.»

«Nella mia azienda abbiamo un ottimo programma di stage.» "Cazzo. Come mi è saltato in testa di dirle una cosa simile?" Sto per rompere una delle regole fondamentali: mai, mai scoparsi una dello staff. "Ma, Grey, non ti stai scopando questa ragazza." Lei ha l'aria sorpresa, e affonda di nuovo i denti nel labbro. "Ma perché è così eccitante?"

«Me lo ricorderò» mormora. Poi, come soprappensiero, aggiunge: «Anche se non sono certa di essere adatta a questo posto».

"Perché diavolo non dovresti esserlo? Cosa c'è che non va nella mia azienda?"

«Perché dice così?» chiedo.

«È ovvio, no?»

«Non per me.» La sua risposta mi confonde.

Mentre prende il registratore è di nuovo in confusione. "Merda, se ne sta andando." Ripasso mentalmente i miei impegni del pomeriggio, non c'è nulla che non possa aspettare.

«Vuole che le faccia fare un giro dell'azienda?»

«Sono certa che lei è molto impegnato, Mr Grey, e io devo fare un lungo viaggio.»

«Deve tornare a Vancouver?» Lancio un'occhiata alla finestra. Non è un viaggio da poco, e ha cominciato a piovere. Non dovrebbe guidare con questo tempo, ma non posso proibirglielo. «Be', è meglio che guidi con prudenza.» Il mio tono è più severo di quanto volessi.

Lei armeggia con il registratore. Vuole andarsene dal mio ufficio e, per qualche ragione che non mi so spiegare, io non voglio che se ne vada.

«Ha ottenuto quello che le serviva?» aggiungo, nell'assai trasparente tentativo di trattenerla.

«Sì, signore» mi risponde con calma.

La sua replica mi manda al tappeto – il suono di quelle due parole mentre escono da quella bocca impudente – e per un istante mi immagino di poter avere la sua bocca ai miei ordini.

«Grazie per l'intervista, Mr Grey.»

«È stato un piacere» rispondo, e sono sincero visto che nessuno da tempo mi affascinava così. La cosa mi turba.

Si alza e le tendo la mano, impaziente di toccarla.

«Alla prossima, Miss Steele.» Parlo a voce bassa mentre lei mette la sua piccola mano nella mia. "Sì, voglio frustare e scopare questa ragazza nella mia stanza dei giochi." La voglio legata... che mi vuole, che ha bisogno di me, che si fida di me. Deglutisco. "Non succederà, Grey."

«Mr Grey.» Annuisce e ritrae in fretta la mano. Troppo in fretta.

"Merda, non posso lasciarla andare via così." È ovvio che non vede l'ora di andarsene. L'irritazione e un'illuminazione mi colpiscono simultaneamente mentre le tengo aperta la porta per farla uscire.

«Solo per assicurarmi che la oltrepassi indenne, Miss Steele.»

La battuta la fa arrossire, con quella deliziosa tonalità rosata.

«È molto premuroso da parte sua, Mr Grey!» risponde piccata.

Miss Steele mostra i denti! Sogghigno dietro di lei mentre esce, e la seguo. Sia Andrea sia Olivia mi guardano sbalordite. "Sì, sì, sto solo accompagnando la ragazza all'uscita."

«Ha un soprabito?» le domando.

«Una giacca.»

Rivolgo uno sguardo corrucciato a Olivia che, con il suo sorriso affettato, si alza immediatamente per recuperare una giacca blu marina. La prendo, e le ordino con lo sguardo di rimettersi a sedere. Cazzo, Olivia è fastidiosa. Mi guarda per tutto il tempo con quella sua aria trasognata.

Mmh, come pensavo, la giacca è un capo da grandi magazzini. Miss Anastasia Steele dovrebbe vestirsi meglio. Gliela porgo e, mentre la aiuto a indossarla, le tocco la pelle alla base del collo. Il contatto la fa irrigidire. Impallidisce. "Sì!" Le ho fatto effetto. La consapevolezza di ciò è estremamente piacevole. La accompagno all'ascensore e premo il pulsante, mentre lei rimane al mio fianco, nervosa.

"Saprei io come calmarti, piccola."

Le porte si aprono; lei entra in fretta e poi si gira.

«Anastasia» le mormoro congedandola.

«Christian» sussurra. Le porte dell'ascensore si chiudono, lasciando il mio nome sospeso a mezz'aria, come un suono strano, sconosciuto, eppure sexy da morire.

"Cazzo, che cos'è stato?"

Devo saperne di più su questa ragazza. «Andrea» grido, ritornando a grandi passi in ufficio. «Chiamami Welch, subito.»

Seduto alla scrivania mentre attendo la chiamata, guardo i quadri alle pareti dell'ufficio e le parole di Miss Steele mi risuonano nella mente. "Elevano l'ordinario a straordinario." Potrebbe benissimo aver descritto se stessa.

Sento suonare il telefono.

«Mr Welch in linea.»

«Passamelo.»

«Sì, signore.»

«Welch, ho bisogno di un controllo sul passato di una persona.»

Sabato 14 maggio 2011

Anastasia Rose Steele

Data e luogo di nascita: 10 settembre 1989, Montesano,
Washington

Indirizzo: SW Green Street, 1114,
scala 7, Haven Heights,
WA 98888 Vancouver

Telefono cellulare: 360.959.4352

**Numero di previdenza
sociale:** 987-65-4320

Coordinate bancarie: Wells Fargo Bank, WA 98888,
Vancouver
Conto corrente n. 309361,
saldo: 683,16 dollari

Occupazione: Studentessa universitaria
non ancora laureata
Facoltà di Lettere e filosofia,
Washington State University,
Vancouver – Indirizzo di studio:
Letteratura inglese

Media: 4,0

**Precedente
titolo di studio:** Scuola superiore di Montesano

Punteggio: 2150

Impiego attuale:	Ferramenta Clayton NW Vancouver Drive, Portland, Oregon (part-time)
Padre:	Franklin A. Lambert (1° settembre 1969 - 11 settembre 1989)
Madre:	Carla May Wilks Adams (18 luglio 1970) Sposata con – Frank Lambert (data matrimonio: 1° marzo 1989, data vedovanza: 11 settembre 1989) – Raymond Steele (data matrimonio: 6 giugno 1990, data divorzio: 12 luglio 2006) – Stephen M. Morton (data matrimonio: 16 agosto 2006, data divorzio: 31 gennaio 2007) – Robbin (Bob) Adams (data matrimonio: 6 aprile 2009)

Orientamento politico: Sconosciuto

Orientamento religioso: Sconosciuto

Orientamento sessuale: Sconosciuto

Relazioni sentimentali: Nessuna al momento

Sto leggendo il curriculum per la centesima volta da quando l'ho ricevuto due giorni fa, cercando di scoprire qualcosa di più dell'enigmatica Anastasia Rose Steele. Dannazione, non riesco a togliermela dalla testa, e sto seriamente iniziando a incazzarmi. Durante la settimana appena trascorsa, nel corso di qualche riunione particolarmente noiosa, mi sono sorpreso a rivivere l'intervista nella mente. Le sue dita che armeggiano con il registratore, il modo in cui si sistemava i capelli dietro l'orecchio, l'abitudine di mordersi il labbro. "Sì." Quella dannata abitudine mi dà ai nervi ogni volta.

E ora, eccomi qui, in macchina fuori da Clayton, il modesto negozio di ferramenta alla periferia di Portland in cui lei lavora.

"Sei un cretino, Grey. Perché sei venuto qui?"

Sapevo che sarei arrivato a questo. Durante tutta la settimana... sapevo che avrei dovuto rivederla. Lo sapevo da quando ha pronunciato il mio nome sull'ascensore ed è scomparsa nelle profondità dell'edificio in cui ha sede la mia società. Ho provato a resistere. Ho provato ad aspettare cinque giorni, cinque fottuti giorni, per vedere se l'avrei dimenticata. "Non sono abituato ad aspettare. Odio aspettare... in qualunque cosa." Non ho mai inseguito una donna prima d'ora. Le donne che ho avuto sapevano perfettamente che cosa volevo da loro. Adesso temo che Miss Steele sia semplicemente troppo giovane e che non sarà interessata a ciò che posso offrirle... no? Diventerà mai una buona Sottomessa? Scuoto la testa. C'è un solo modo per scoprirlo... quindi eccomi qui, come un coglione, in un parcheggio di periferia nella zona più desolata di Portland.

Dalle indagini che ho fatto fare su di lei non è emerso nulla di significativo, tranne l'ultima informazione, che è balzata in cima ai miei pensieri. È per questo che sono qui. "Perché non sei fidanzata, Miss Steele?" Orientamento sessuale sconosciuto. Forse è lesbica. Sbuffo, pensando che sia improbabile. Mi ricordo la domanda sull'omosessualità che mi ha rivolto durante l'intervista, il suo profondo imbarazzo, e il modo in cui è arrossita, con la pelle che le diventava di un color rosa pallido... Sono ossessionato da questi pensieri ridicoli da quando l'ho incontrata.

"Ecco perché sei qui."

Non vedo l'ora di rivederla: i suoi occhi azzurri mi perseguitano, persino nei sogni. Non ho parlato di lei a Flynn e sono contento di non averlo fatto perché ora mi sto comportando come uno stalker. "Forse dovrei parlargliene." Alzo gli occhi al cielo: non voglio che lui mi perseguiti con l'ennesima cazzata "orientata alla soluzione". Voglio solo distrarmi... e, ora come ora, l'unica distrazione che vorrei è lavorare come commesso in un negozio di ferramenta.

"Sei arrivato fin qui. Vediamo se Miss Steele è affascinante come te la ricordi. Inizia lo spettacolo, Grey." Scendo dalla macchina e attraverso il parcheggio, diretto all'ingresso. Un campanello emette una nota elettronica monocorde quando entro.

Il negozio è molto più grande di quanto sembra da fuori e anche se è quasi l'ora di pranzo è tranquillo, per essere sabato. Ci sono corsie su corsie della solita roba che ci si aspetta di trovare in un posto del genere. Ho dimenticato le possibilità che un negozio di ferramenta può offrire a uno come me. Compro quasi sempre online, ma, già che sono qui, forse posso fare scorta di alcune cose. Velcro, anelli portachiavi... sì! Troverò quella deliziosa Miss Steele e mi divertirò un po'.

Ci vogliono tre secondi per individuarla. È seduta dietro la cassa, osserva lo schermo del computer e sta mangiando qualcosa: un bagel. Soprappensiero, si toglie con le dita una briciola dall'angolo delle labbra, se la mette in bocca e si succhia il dito. Il mio uccello ha un fremito. "Merda! Non sono mica un ragazzino, no?" È dannatamente irritante. Forse questa reazione da adolescente smetterà se la lego, la scopo e la frusto… e non necessariamente in quest'ordine. Sì. Devo proprio fare così.

È totalmente assorbita nel suo lavoro e così ho l'opportunità di studiarla bene. Pensieri lascivi a parte, è attraente, molto attraente. Me la ricordavo bene.

Alza lo guardo e si blocca, inchiodandomi con quei suoi occhi intelligenti e acuti, di quel meraviglioso azzurro che sembra scavarmi dentro. È sconcertante come la prima volta che l'ho incontrata. Rimane a fissarmi, piuttosto sbalordita, e non so se la reazione sia buona o cattiva.

«Miss Steele. Che piacevole sorpresa.»

«Mr Grey» mormora, ansimante e confusa. "Ah… la reazione è buona."

«Passavo di qua. Ho bisogno di fare qualche acquisto. È un piacere rivederla, Miss Steele.» "Un vero piacere." Indossa una T-shirt attillata e i jeans, non quegli abiti informi che aveva la prima volta. Ha le gambe lunghe, la vita sottile, e due tette perfette. Continua a fissarmi a bocca aperta e devo combattere contro il pressante desiderio di avvicinarmi e metterle un dito sotto al mento per farle chiudere la bocca. "Sono venuto in elicottero da Seattle solo per vederti e, per il modo in cui mi stai guardando, direi che ne è valsa la pena."

«Ana. Mi chiamo Ana. Come posso aiutarla, Mr Grey?» Fa un respiro profondo, raddrizza le spalle come ha fatto durante l'intervista e mi rivolge un sorriso di cortesia, di quelli che, ne sono certo, riserva ai clienti.

"Inizia il gioco, Miss Steele."

«Mi servono un paio di cose. Tanto per cominciare, vorrei delle fascette stringicavo.»

Lei schiude le labbra e inspira bruscamente.

"Ti stupiresti vedendo quello che sono in grado di fare con qualche fascetta, Miss Steele."

«Ne abbiamo di diverse lunghezze. Vuole che gliele faccia vedere?»

«Grazie, Miss Steele, la seguo.»

Esce da dietro il bancone e indica con la mano una delle corsie. Indossa scarpe da ginnastica Converse. Mi chiedo oziosamente come starebbe con un paio di scarpe con i tacchi vertiginosi. Louboutin, ovviamente.

«Si trovano nel reparto materiale elettrico, scaffale otto» dice, esitante, mentre arrossisce di nuovo.

"Le faccio effetto." E nel cuore nasce un po' di speranza. "Non è lesbica, allora" penso con un sorrisetto malizioso.

«Dopo di lei» mormoro, e con la mano le indico di farmi strada. Facendola camminare davanti, ho il tempo e lo spazio per ammirare il suo culo fantastico. Ha davvero tutto: è dolce, educata e attraente, con tutte le caratteristiche fisiche che apprezzo in una Sottomessa. Ma la domanda da un milione di dollari è: può diventare una Sottomessa? Probabilmente non sa nulla di questo stile di vita, del mio stile di vita, ma non vedo l'ora di farglielo conoscere. "Stai correndo decisamente troppo, Grey."

«È a Portland per affari?» chiede, interrompendo i miei pensieri. Parla a voce alta e sta cercando di mostrarsi noncurante. Mi fa venir voglia di sorridere, il che è tonificante. Raramente le donne mi fanno sorridere.

«Ero in visita al dipartimento di agraria della Washington State University. Ha sede a Vancouver» mento. "In realtà sono qui per vederti, Miss Steele."

Arrossisce e mi sento una merda.

«Sto finanziando alcune ricerche sulla rotazione delle colture e sulla micromorfologia del suolo.» Questo, almeno, è vero.

«Fa tutto parte del suo piano per sfamare il mondo?» Le sue labbra si piegano in un mezzo sorriso.

«Qualcosa del genere» mormoro. "Sta ridendo di me?" Se è così, mi piacerebbe tanto farla smettere. Ma come cominciare? Forse con una cena, invece che con il solito colloquio… Sarebbe davvero una novità portare una candidata Sottomessa fuori a cena.

Arriviamo allo scaffale delle fascette, disposte per lunghezza e per colore. Soprappensiero, faccio scorrere le dita sulle varie confezioni. "Potrei semplicemente chiederle se viene a cena con me." Come se fosse un appuntamento? Ci verrebbe? La sbircio, e vedo che si sta fissando le dita intrecciate. Non riesce a guardarmi negli occhi... "Promette bene." Scelgo le fascette più lunghe. Dopotutto sono le più flessibili: possono contenere due caviglie e due polsi in un colpo solo.

«Queste dovrebbero andare» mormoro, e lei arrossisce.

«Le serve altro?» chiede prontamente: o è molto professionale o vuole farmi uscire in fretta dal negozio. Non saprei.

«Vorrei del nastro adesivo di carta.»

«Deve imbiancare?»

Mi viene da sbuffare, ma mi contengo. «No, niente del genere.» Non prendo in mano un pennello da un sacco di tempo. Al pensiero mi viene da sorridere; ho a chi delegare tutti questi lavoretti.

«Da questa parte» mormora, e pare imbarazzata. «Il nastro adesivo di carta è nel reparto vernici.»

"Dài, Grey. Non hai molto tempo. Falla parlare un po'."

«È da molto che lavora qui?» Ovviamente conosco già la risposta. A differenza di altri, faccio tutte le ricerche del caso. Lei arrossisce di nuovo: accidenti, com'è timida! "Non ho la benché minima speranza." Si gira velocemente e percorre la corsia verso il reparto con il cartello vernici. La seguo con impazienza. "Che cosa sono diventato? Un fottuto cagnolino?"

«Quattro anni» mormora, mentre arriviamo al nastro adesivo. Si china e ne prende due rotoli, di formato diverso.

«Va bene questo» dico. Il nastro più grande è molto più efficace per tappare la bocca. Mentre me lo passa, le punte delle nostre dita si toccano per un attimo. L'eco di quel contatto mi si riverbera nell'inguine.

Impallidisce. «Qualcos'altro?» mi chiede con voce roca e affannosa.

Cazzo, le faccio lo stesso effetto che lei fa a me. "Forse..."

«Un po' di corda, direi.»

«Di qua.» Percorre la corsia a passo veloce, dandomi un'altra possibilità di apprezzare il suo bel culo.

«Che tipo di corda le serve? Abbiamo quella sintetica e quella in fibre naturali... lo spago... il fil di ferro...»

"Merda... piantala!" Gemo silenziosamente, cercando di scacciare l'immagine di Ana sospesa al soffitto della mia stanza dei giochi.

«Prendo cinque metri di quella in fibra naturale.» È più ruvida e fa più attrito sulla pelle quando una cerca di liberarsi... è il tipo di corda che preferisco.

Le tremano leggermente le mani, ma riesce a misurarne cinque metri con molta professionalità. Tira fuori un coltellino dalla tasca posteriore dei jeans, taglia la corda con un gesto rapido, la arrotola con precisione e la lega con un nodo scorsoio. "Notevole."

«Era negli scout?»

«Le attività di gruppo organizzate non sono la mia passione, Mr Grey.»

«Qual è la sua passione, Anastasia?» La guardo negli occhi e, mentre la fisso, le si restringono le pupille. "Sì!"

«I libri» sussurra.

«Che genere di libri?»

«Oh, le solite cose. I classici. Soprattutto letteratura inglese.»

"Classici inglesi? Brontë e Austen, scommetto. Tutte quelle romanticherie sdolcinate." Cazzo, così non va.

«Le serve altro?»

«Non so. Cosa mi consiglia?» Voglio vedere come reagisce.

«Per il bricolage?» mi chiede sorpresa.

Mi viene da ridere. "Tesoro, il bricolage non è la mia passione." Annuisco, soffocando l'ilarità. I suoi occhi guizzano sul mio corpo, e mi irrigidisco. Mi sta osservando attentamente!

«Tute da lavoro» spara.

È la cosa più inattesa che sia sfuggita da quella bocca dolce e intelligente, da quando mi ha chiesto se sono omosessuale.

«Non vorrà rovinarsi i vestiti» e indica i jeans, di nuovo imbarazzata.

Non ce la faccio a trattenermi. «Posso sempre togliermeli.»

«Ah.» Diventa rossa come un peperone e fissa il pavimento.

«Prenderò qualche tuta. Dio non voglia che rovini i miei vestiti» mormoro, per toglierla dall'imbarazzo. Senza dire una parola, si gira e percorre a grandi passi la corsia, e ancora una volta seguo la sua scia eccitante.

«A posto così?» dice, senza fiato, passandomi un paio di tute blu. È mortificata, tiene gli occhi ancora piantati a terra, e le guance sono sempre rosse. Cristo, che effetto mi fa!

«Come sta venendo l'articolo?» le chiedo, sperando che si rilassi un po'.

Alza lo sguardo, e mi fa un breve sorriso sollevato. "Era ora!" «Non lo sto scrivendo io, ma Katherine. Miss Kavanagh. La mia coinquilina, è lei la giornalista. È soddisfatta di come sta venendo. È il direttore del giornale, ed era molto avvilita di non averla potuta intervistare personalmente.»

È la frase più lunga che ha pronunciato da quando ci conosciamo, e sta parlando di qualcun altro, non di se stessa. "Interessante."

Prima che io possa intervenire, aggiunge: «Le dispiace solo di non avere sue foto».

La tenace Miss Kavanagh vuole le fotografie. Le solite foto posate a scopo pubblicitario, eh? Gliele posso concedere. Mi permetteranno di trascorrere un po' di tempo in più con la deliziosa Miss Steele.

«Che genere di foto vorrebbe?»

Mi guarda per un attimo, poi scuote la testa.

«Be', io sono in zona. Domani, magari…» Posso rimanere a Portland. Lavorare dall'albergo, magari da una camera all'Heathman. Dovrò farmi raggiungere da Taylor, per farmi portare il computer e qualcosa da mettermi. Oppure da Elliot, a meno che non sia in giro a cazzeggiare, che è il suo passatempo abituale nei fine settimana.

«Sarebbe disponibile a posare per un servizio fotografico?» Non riesce a nascondere la sorpresa.

Annuisco brevemente. "Saresti stupita da quello che potrei fare per trascorrere più tempo con te, Miss Steele. In realtà, sono stupito anch'io."

«Kate ne sarebbe entusiasta... sempre che riusciamo a trovare un fotografo.» Sorride e il suo volto si illumina come un'alba estiva. Mi lascia senza fiato.

«Mi faccia sapere per domani.» Tiro fuori il portafoglio. «Ecco il mio biglietto da visita. C'è anche il mio numero di cellulare. Mi chiami prima delle dieci del mattino.» Se non lo farà, ritornerò a Seattle e mi dimenticherò di questa rischiosa, stupida avventura. Al solo pensiero mi deprimo.

«Okay.» E continua a sorridere.

«Ana!» Ci giriamo entrambi mentre un giovane, vestito con abiti casual ma costosi, si materializza in fondo alla corsia. È tutto un fottuto sorriso per Miss Anastasia Steele. "Chi cazzo è questo coglione?"

«Ehm, mi scusi un secondo, Mr Grey.» Lo raggiunge e il coglione la abbraccia con una mossa scimmiesca. Mi si gela il sangue: è una reazione istintiva. "Tira giù quelle zampacce da lei." Stringo i pugni e mi calmo un po' quando vedo che lei non fa cenno di restituirgli l'abbraccio.

Iniziano a conversare. "Merda, forse le informazioni di Welch erano sbagliate." Forse questo tipo è il suo fidanzato. Sembra dell'età giusta, e non riesce a toglierle di dosso i suoi piccoli occhi bramosi. La scosta da sé per un attimo, esaminandola, ma le tiene un braccio sulla spalla. È una mossa apparentemente casuale, ma io so che così sta rivendicando il possesso e mi sta dicendo di fare marcia indietro. Lei sembra imbarazzata, e sposta il peso da una gamba all'altra.

"Merda. Dovrei andarmene." Poi gli dice qualcos'altro e si muove con lui verso di me, tenendolo per un braccio, non per mano. È chiaro che non stanno insieme. "Meno male." «Ehm, Paul, ti presento Christian Grey. Mr Grey, Paul Clayton. Suo fratello è il proprietario del negozio.» Mi guarda in un modo strano, che non riesco a decifrare, e continua: «Conosco Paul da quando lavoro qui, anche se non ci vediamo spesso. È appena tornato da Princeton, dove studia gestione aziendale».

È il fratello del capo, non il fidanzato. Il sollievo che provo, molto superiore al previsto, mi fa aggrottare le sopracciglia. "Questa donna ha proprio fatto colpo su di me."

«Mr Clayton» dico con tono volutamente freddo.

«Mr Grey.» La sua stretta di mano è molle. "Coglione untuoso." «Aspetti un attimo… *quel* Christian Grey? Della Grey Enterprises Holdings?» In men che non si dica assisto alla sua trasformazione: da padrone di casa è diventato uno zerbino.

"Sì, sono io, cretino."

«Wow… Posso fare qualcosa per lei?»

«Ha già provveduto Anastasia, Mr Clayton. È stata molto premurosa.» "E ora togliti dalle palle."

«Ottimo» mi dice con esagerato entusiasmo, spalancando gli occhi con deferenza. «Ci vediamo dopo, Ana.»

«Certo, Paul» dice. E lui si allontana con flemma, grazie al cielo. Lo vedo scomparire nel retro.

«Le serve altro, Mr Grey?»

«Solo queste cose» mormoro. "Merda, ho perso tempo e non so ancora se la rivedrò. Devo sapere se c'è una minima speranza che possa interessarle quello che ho in mente. Come faccio a chiederglielo? Sono pronto ad affrontare una nuova Sottomessa, totalmente inesperta? Dovrò addestrarla per bene." Gemo silenziosamente, pensando a tutte le possibilità interessanti che la situazione comporterebbe… "Cazzo, sarebbe metà del divertimento. Le interesserà? Oppure ho frainteso tutto?"

Ritorna alla cassa e batte i miei acquisti, tenendo gli occhi bassi per tutto il tempo. "Guardami, dannazione!" Voglio rivedere i suoi meravigliosi occhi azzurri e sondare i suoi pensieri.

Finalmente alza lo sguardo. «Sono quarantatré dollari.» "Tutto qui?"

«Vuole un sacchetto?» mi chiede, ritornando in modalità commessa mentre le passo la carta di credito.

«Sì, grazie, Anastasia.» Accarezzo il suo nome – un nome bellissimo per una fanciulla bellissima – assaporandolo sulla lingua.

Veloce ed efficiente, mette i miei acquisti nel sacchetto. È tutto. Devo andare.

«Mi chiamerà se vorrà fare il servizio fotografico?»

Annuisce e mi restituisce la carta.

«Bene. A domani, forse.» "Non posso andarmene via così. Devo farle capire che mi interessa." «Ah... e... Anastasia, sono felice che Miss Kavanagh non abbia potuto fare l'intervista.» Deliziato dalla sua espressione stupita, mi metto il sacchetto in spalla ed esco lentamente dal negozio.

Sì, contro ogni buonsenso, la voglio. Ora devo aspettare. Una fottuta attesa. Di nuovo.

E questo è tutto... per ora.
Grazie, grazie, grazie a tutti i lettori.
E L James

Romantica, erotica, appassionante,
questa storia ti ossessionerà e ti travolgerà
come i suoi due protagonisti.

❖

Cinquanta sfumature di Grigio
di E L James

L'incontro travolgente tra Ana e Christian

Il primo romanzo dell'irresistibile trilogia
Cinquanta sfumature

Quando Anastasia Steele conosce il giovane imprenditore miliardario Christian Grey, si accorge di essere attratta irresistibilmente da lui. Convinta però che il loro incontro non avrà mai un futuro, prova a toglierselo dalla testa, finché Grey non compare nel negozio dove lei lavora e la invita a uscire con lui.

Semplice e ingenua, Ana rimane scioccata quando capisce di volere quest'uomo a tutti i costi. E quando lui la avverte di stargli lontano, questo fa sì che lei lo voglia ancora di più.

Ma Grey è tormentato da demoni interiori e consumato dall'ossessione del controllo. Quando si lanciano in una travolgente storia d'amore, Ana scopre un lato di sé che ignorava, e gli oscuri segreti che Grey tiene nascosti a tutti...

Romantica, erotica, appassionante,
questa storia ti ossessionerà e ti travolgerà
come i suoi due protagonisti.

Cinquanta sfumature di Nero
di E L James

Che cosa faranno ora Ana e Grey?

Il secondo romanzo dell'irresistibile trilogia
Cinquanta sfumature

Sconfortata dagli oscuri segreti del giovane e inquieto imprenditore Christian Grey, Ana Steele ha messo fine alla loro relazione per iniziare un nuovo lavoro in una casa editrice.

Ma l'attrazione per Grey domina ancora ogni suo pensiero e quando lui le propone di rivedersi, lei non può resistere. Presto scoprirà molto più di quanto avrebbe mai immaginato sullo sconvolgente passato dell'affascinante e tormentato Christian Grey.

Ma mentre lui combatte contro i suoi demoni interiori, Ana si trova di fronte alla decisione più importante della sua vita.

Una decisione che può prendere solo lei…

MISTO
Carta da fonti gestite
in maniera responsabile
FSC® C018290
www.fsc.org

Arnoldo Mondadori Editore S.p.A.

Questo volume è stato stampato
presso Mondadori Printing S.p.A.
Stabilimento Nuova Stampa Mondadori - Cles (TN)

Stampato in Italia - Printed in Italy